사기 열전 3

사기 열전 3

사마천 지음 | 김영수 · 최인욱 역해

차 례

위장군 · 표기 열전 • 9

평진후 · 주보 열전 • 37

남월 열전 • 68

동월 열전 • 83

조선 열전 • 92

서남이 열전 • 99

사마상여 열전 • 107

회남 · 형산 열전 • 156

순리 열전 • 196

급 · 정 열전 • 203

유림 열전 • 219

혹리 열전 • 239

대원 열전 • 278

유협 열전 • 308

영행 열전 • 322

골계 열전 • 329

일자 열전 • 359

귀책 열전 • 372

화식 열전 • 424

태사공 자서 • 453

작품 해설 및 사기관계 연표 • 499

사기 열전 3

† **일러두기**

1. 본서는《사기 열전》전 70편을 완역한 것으로 그 중 25편은 1권에, 25편은 2권에, 20편은 3권에 나누어 수록했다.
2. 각편은 저본(底本)의 배열을 따랐고, 3권말에 〈태사공 자서〉의 논찬을 실어 대의를 밝혔으며, 표제명 역시 저본을 따랐다.
3. 역문은 평이한 현대문 서술을 원칙으로 삼았고, 인지명 · 관작명 · 국명 등의 고유 명칭 및 난해한 용어는 저본의 표기를 따르되 괄호 속에 음훈을 달았다.
4. 저본으로는 중국 상해 상무인서관간(商務印書館刊)의《사기》를 썼고,《사기회주고증(史記會注考證)》및《교보(校補)》를 참조했다.

위장군 · 표기 열전(衛將軍驃騎列傳)

변새(邊塞)의 일에 직면하여 하남을 넓히고, 기련산의 적을 무찌르고, 서역의 모든 나라와 통하여, 북방의 호(胡)를 휩쓸었다. 그래서 〈위장군 · 표기 열전 제 51〉을 지었다.

대장군 위청(衛青)은 평양현 사람이다. 그 아버지 정계(鄭季)가 관리로서 평양후(平陽侯)의 집에 근무하던 시절, 후의 비첩 위온(衛媼)과 밀통하여 청을 낳았다. 청의 동복 형제로는 형 위장자(衛長子), 누이 위자부(衛子夫)가 있다. 위자부가 평양 공주(무제의 누이)를 모시다가 천자(효무제)의 총애를 받게 되었으므로 청도 위씨를 성으로 삼았던 것이다. 위청의 자는 중경(仲卿)이다. 위장자는 자를 장군(長君)으로 고쳤다.

위온은 장군을 비롯해 장녀 위유(衛孺), 차녀 소아(少兒), 삼녀 자부(子夫)를 낳았는데, 뒤에 자부의 밑으로 사내 동생

보광(步廣)을 얻었다. 그 역시 위씨를 성으로 했다.

처음 위청은 평양후의 집에서 종으로 지내다 소년이 되어서야 아버지의 집으로 들어갔다. 하지만 아버지는 위청에게 양을 지키게 했고, 본처의 아들들은 위청을 종으로 취급할 뿐 형제로 여기지 않았다.

어느 날, 위청은 누군가를 따라 감천궁(甘泉宮)의 옥사(獄舍)에 간 적이 있었다. 그때 죄수 중에 한 사람이 위청의 관상을 보더니 이렇게 말했다.

"너에게는 귀인의 상이 있다. 벼슬은 봉후에 이를 것이다."

그러자 위청은 웃으며 말했다.

"종놈으로 태어난 몸이니 매나 맞지 않고 욕이나 먹지 않으면 그것으로 다행일 따름입니다. 봉후가 되다니 무슨 그런 터무니없는 소리를 하십니까?"

위청은 장년이 되면서 평양후 집의 기사(騎士)가 되어 평양 공주를 모셨다.

건원(建元, 한무제의 첫번째 연호) 2년 봄, 위청의 누이 위자부가 궁중으로 들어가 황제의 총애를 받게 되었다. 그런데 황후는 당읍후(堂邑侯)의 부인 대장 공주(大長公主, 효경제의 누님)의 딸로, 그때까지 아들을 낳지 못하여 질투가 심했다. 대장 공주는 위자부가 황제의 총애를 받아 아기를 가졌다는 소리를 듣자 질투를 일으켜 우선 위청을 붙잡아들이게 했다. 위청은 그 무렵 건장궁(建章宮, 상림원에 있는 궁)에서 일을 보고 있었으며, 아직 세상에 이름이 알려져 있지 않았다.

그러나 대장 공주가 위청을 잡아 가두고 그를 죽이려 하자 위청의 친구인 기랑(騎郎) 공손오(公孫敖)가 장사들을 이끌고 달려와 구해주어 위청은 겨우 죽음을 면했다.

황제는 그 소식을 듣자, 위청을 불러 건장궁의 궁감(宮監) 겸 시중(侍中)에 임명했고, 잇달아 위청의 동복 형제들을 귀한 신분으로 올려주었다. 이 무렵, 황제가 내린 하사금은 불과 며칠 사이에 수천 금이나 되었다. 위유는 태복(太僕) 공손하(公孫賀)의 아내가 되었고, 소아는 원래 진장(陳掌, 진평의 증손)과 밀통하고 있었기 때문에, 대신 진장이 벼슬을 얻었다. 공손오는 위청을 구해준 일로 더욱 귀하게 되고, 자부는 부인(夫人)으로 올라앉았으며, 위청은 태중대부(太中大夫)가 되었다.

원광(元光, 한무제의 두 번째 연호) 5년, 위청은 거기장군으로 흉노를 토벌하기 위해 상곡군에서 출격하고, 태복 공손하는 경거장군으로서 운중군에서, 태중대부 공손오는 기장군으로서 대군에서, 위위(衛尉) 이광(李廣)은 효기장군으로서 안문군에서 각각 1만 기를 거느리고 출격했다. 이 출전에서 위청은 농성(蘢城, 흉노의 天祭地)까지 육박해서 적의 수급 · 포로 6백을 얻었다. 하지만 기장군 공손오는 7천 기를 잃고, 위위 이광은 적에게 사로잡혔다가 겨우 탈출해 돌아왔다. 두 사람 다 사형에 해당됐지만 속죄금을 물고 평민이 되었다. 공손하도 군공은 없었다.

원삭(元朔) 원년 봄, 위부인은 아들을 낳아 황후가 되었다. 그해 가을 위청은 거기장군으로서 3만 기를 거느리고 안문군에서 출격하여 흉노를 토벌하고, 적의 수급 · 포로 수천을 얻었다. 이듬해, 흉노가 침입하여 요서 태수를 죽이고, 어양군 백성 2천여 명을 잡아갔으며, 한안국의 군사를 깨뜨렸으므로 한나라는 이를 토벌하기 위해 대군에서 출격하도록 하고, 거기장군에게는 운중군으로부터 나가 치게 했다.

위청은 다시 서쪽으로 나아가 고궐(高闕)에 이르렀고, 드디어 하남 땅을 공략하여 농서에 이르렀다. 그리하여 적의 수급·포로 수천을 얻고, 가축 수십만 마리를 얻는 한편, 백양왕(白羊王)과 누번왕(樓煩王)을 패주시켰으며, 마침내는 하남 땅에 삭방군(朔方郡)을 설치했다.

이에 한나라에서는 위청에게 3천8백 호의 식읍을 주고 장평후(長平侯)라 했다. 또 군공이 있었던 위청의 교위 소건(蘇建)에게는 1천1백 호의 땅에 봉하여 평릉후(平陵侯)로 한 다음 삭방성을 쌓도록 했다. 그리고 교위 장차공(張次公)은 안두후(岸頭侯)에 봉했다. 이때 천자는 다음과 같은 조서를 내렸다.

"흉노는 그 풍습이 천리(天理)를 거스르고 인륜을 어지럽히며, 나이 많은 사람을 혹사하고 노인을 학대하며, 도둑질을 일삼고 모든 오랑캐들을 속여 모략으로써 응원병을 빌어다가 자주 우리 변경을 침략하였다. 그러므로 군사를 일으키고 장수를 보내어 그의 죄를 치게 했던 것이다. 옛날에도 흉노를 친 일이 있었으니, 그러기에 ≪시경≫에도 이렇게 말하지 않았던가. '험윤을 내쫓아 태원에 이르렀네. 점차 소리 요란하고, 저 삭방에 성을 쌓네.' 지금 거기장군 위청은 서하(西河)를 건너 고궐에 이르러, 적의 수급·포로 2천3백을 얻고, 그들 전차와 치중차 및 가축 등을 모조리 노획했다. 또 열후로 봉해진 뒤로는, 서쪽으로 하남 땅을 평정하고 유계(楡谿, 유림산의 계곡)의 요새지를 순찰하고, 재령(梓嶺)을 넘고 북하(北河)에 다리를 놓아, 포니(蒲泥)를 치고 부리(符離)를 깨뜨렸으며, 적의 정예부대를 무찌르고, 복병과 정찰병을 사로잡길 3천71명, 포로를 심문하여 적의 많은 군사를 노획하고, 말·소·양 백여 마리를 몰아, 우리 군사의 손상 없이 무사히 귀환했다. 따라서 위청에게 3천 호를 증봉한다."

그 이듬해에 흉노가 또 쳐들어와 대군 태수 공우(共友)를 죽이고, 안문군 백성 천여 명을 잡아갔다. 그 이듬해에도 흉노가 대군·정양군·상군으로 크게 쳐들어와, 한나라 백성 수천 명을 죽이거나 잡아갔다.

그 이듬해, 즉 원삭 5년 봄, 한나라는 거기장군 위청에게 3만 기를 거느리고 고궐에서 출격하게 했다. 동시에 위위 소건을 유격장군으로, 좌내사 이저(李沮)는 강노장군, 태복 공손하는 기장군, 대국의 재상 이채(李蔡)는 경거장군으로 삼아 거기장군 위청의 지휘하에 삭방군으로 출격하게 했다. 또 대행(大行) 이식과 안두후 장차공을 장군으로 한 대병력이 우북평군에서 출격하여 흉노를 공격했다.

위청 등의 목표는 흉노의 우현왕이었다. 그러나 우현왕은 한군이 거기까지 오리라고는 생각지 못하고 술에 만취해 있었다. 갑자기 한군이 야습하여 포위하자 우현왕은 놀란 나머지 애첩 한 사람과 수백의 정예병만을 이끌고 야음을 타서 북쪽으로 도주하였다. 한나라의 경기교위(輕騎校尉) 곽성(郭成) 등이 뒤를 쫓아 수백 리를 추적했으나 따라잡지 못했다. 이 싸움에서 한군은 우현비왕(右賢裨王) 10여 명과 남녀 1만 5천여 명, 가축 수천 마리를 잡아, 군사를 이끌고 요새로 돌아왔다.

그러자 천자는 사신에게 대장군의 인을 들려보내, 거기장군 위청을 대장군으로 승진시켰다. 군중에서 모든 장수들은 각각 그의 군사를 거느린 채 대장군에 소속되었다. 위청은 대장군의 이름으로 서울로 돌아왔다. 천자는 위청에게 말했다.

"대장군 위청은 몸소 군대를 이끌고 가서 큰 승리를 거두어 흉노의 왕 10여 명을 사로잡았다. 이에 위청에게 1천 호를 증봉한다. 또 위청의 아들 항(伉)을 의춘후(宜春侯)에, 아들 불의(不疑)를 음안후(陰安侯)에, 아들 등(登)을 발간후(發干侯)에 봉한다."

그러나 위청은 굳이 사양하며 말했다.

"신은 다행히도 장군으로 등용되어 폐하의 신령에 힘입어 싸움을 크게 이길 수 있었습니다. 이것은 모두 교위들이 용전분투한 공에 의한 것이옵니다. 그런데 폐하께서는 황공하옵게도 신에게 증봉해주셨을 뿐 아니라, 아직도 강보에 싸여 있어서 일을 할 나이가 아닌 신의 자식놈들에게까지 땅을 내리시고 각각 후로 봉하셨습니다. 그러하오나 이것은 신이 장군으로 등용되어서 병사들에게 용전 분투할 것을 권장하는 뜻에 부합되지 않는 일이옵니다. 항 등 세 사람은 도저히 봉후를 받을 수는 없는 일이옵니다."

"짐이 어찌 교위들의 공을 잊을 리 있겠는가. 마땅히 지금 곧 적절한 조처를 내리리라."

그리하여 천자는 다음과 같은 조서를 어사에게 내렸다.

호군도위(護軍都尉) 공손오는 세 번 대장군을 따라 흉노를 치며, 항상 전체 군대를 감독 보호하여 부대를 이끌고 흉노의 왕을 사로잡았다. 이에 1천5백 호를 봉하여 합기후(合騎侯)로 한다. 도위 한열(韓說)은 대장군을 따라 유혼(窳渾, 몽고 오르도스 땅)으로 출격해서 흉노의 우현왕 본진까지 육박하여 대장군 휘하로서 싸워 흉노의 왕을 사로잡았다. 이에 1천3백 호를 봉하여 용액후(龍額侯)라 한다. 기장군 공손하는 대장군을 따라 흉노의 왕을 사로잡았다. 이에 1천 3백호를 봉하여 남교후(南窌侯)라 한다. 경거장군 이채는 두 번이나 대장군을 따라 흉노의 왕을 사로잡았으므로 1천6백 호를 봉하여 낙안후(樂安侯)로 삼는다. 교위 이삭 · 조불우 · 공손융노는 각각 세 번이나 대장군을 따라 흉노의 왕을 사로잡았다. 그래서 이삭에게는 1천3백 호를 봉하여 섭지후(涉軹侯)라 하고, 1천3백 호로써 조불우를 봉해 수성후(隨成侯)라 하고, 공손융노에게는 1천3백 호를 봉해 종평후(從平侯)라 한다. 장군 이저와 이식 및 교위 두여의(豆如意)는 군공이 있었으므로 이에 관내후(關內侯)의 작과 각각 식읍 3백 호를 하사한다.

그해 가을, 흉노는 다시 대군(代郡)에 침입하여 도위 주영(朱英)을 죽였다.

그 이듬해 봄, 대장군 위청은 정양군에서 출격했다. 합기후 공손오가 중장군, 태복 공손하가 좌장군, 흡후 조신(趙信)이

전장군, 위위 소건이 우장군, 낭중령 이광이 후장군, 우내사 이저가 강노장군이 되어 대장군에 모두 예속되었다. 이 토벌전에서는 적의 수급 수천을 올리고 돌아왔다. 다시 한 달 남짓하여 대장군 이하 모두가 정양군에서 출격하여 수급 · 포로 1만 남짓을 얻었다.

그러나 이때 우장군 소건과 전장군 조신의 군사 도합 4천여 기가 따로 떨어져 단독으로 선우의 군사와 마주친 끝에 하루 남짓 교전한 결과, 거의 전멸 상태에 빠지고 말았다. 전장군은 원래 흉노 출신으로 한나라에 항복하여 흡후가 된 사람이었다. 따라서 흉노는 그의 투항을 끈질기게 권유했고, 더 이상 지탱할 수 없었던 전장군은 마침내 그의 잔여 병력 8백 기를 거느린 채 선우에게 항복하고 말았다. 이때 우장군 소건은 단신으로 도망쳐 나와 대장군에게 그 일을 보고했다. 대장군은 소건의 죄를 군정(軍正) 굉(閎)과 장사(長史) 안(安), 의랑(議郎) 주패(周霸) 등에게 물었다.

"소건을 어떻게 처리해야 되겠소?"

주패가 말했다.

"대장군께서는 출정하신 이래로 아직 비장을 목 벤 일이 없습니다. 그러나 지금 소건은 군사를 버리고 도망쳐 왔으니 사형에 처하여 장군의 위엄을 분명히 해야 할 줄로 아옵니다."

그러나 굉과 안은 이렇게 말했다.

"그렇지 않습니다. 병법에도 '작은 군사는 아무리 튼튼히 싸워도 끝내는 큰 군사의 포로가 된다.'고 했습니다. 지금 소건은 불과 수천 명의 군사로 선우의 수만 명 군사를 상대로 용감히 하루 동안이나 지탱했을 뿐 아니라, 드디어는 군사들이 다 죽고 말았는데도 두 마음을 품지 않고 스스로 돌아온 것입니다. 스스로 돌아온 것을 사형에 처한다는 것은 앞으로는 돌아오지 말라는 것을 보여주는 것밖에 되지 않습니다. 사형에 처하는 것은 부당할 줄로 아옵니다."

대장군이 말했다.

"나는 다행히도 폐하의 인척인 까닭으로 장군에 임명된 것이지만 위엄이 서지 않을까 근심하지는 않소. 주패는 나에게 위엄을 분명히 하라고 했으나 내 뜻과는 전혀 다르오. 물론 내 직권으로서 부장들의 목을 베어도 되기는 하나, 폐하의 은총을 입고 있는 나로서는 국경 밖에서 감히 내멋대로 죄를 주는 것보다, 사정을 상세히 천자께 보고하여 직접 결정을 내리도록 함으로써, 내가 신하로서 감히 권력을 함부로 하지 않는다는 것을 보여주는 것도 또한 좋지 않겠소?"

"그것이 좋겠습니다."

군사들이 모두 이렇게 말했으므로, 드디어 소건을 가두어 행재소로 보내고 요새로 들어와 군대를 풀었다.

이 해에 대장군의 누이 소아의 아들인 곽거병은 18세였는데 천자의 총애를 받아 시중에 임명되었다. 곽거병은 말타기와 활쏘기에 재주가 뛰어나 두 차례 대장군을 따라 출전했다. 대장군은 조서를 받아 곽거병에게 병사를 주고 그를 표요교위로 삼았다. 표요교위는 가볍게 무장한 용사 8백 기와 함께 곧장 주력부대에서 수백 리나 떨어진 싸움터로 달려나가 적의 수급과 포로를 대단히 많이 얻었다. 그래서 천자는 이렇게 말했다.

"표요교위 곽거병은, 적의 수급과 포로 2천28명을 얻었는데, 그중에는 흉노의 상국(相國)과 당호(當戶)도 포함되어 있으며, 선우의 할아버지 뻘인 적약후(籍若侯, 흉노의 후) 산(產)도 목 베었고, 선우의 막내 숙부인 나고비(羅姑比)도 생포하였다. 이로 보아 그의 군공은 전군의 으뜸이리라."

그러고는 1천6백 호로 곽거병을 봉하여 관군후(冠軍侯)라 했다. 또 상곡 태수 학현(郝賢)은 네 번이나 대장군을 따라 적의 수급과 포로 2천여 명을 얻었으므로 1천1백 호를 봉하여 중리후(衆利侯)라 했다. 그러나 대장군은 이 해에 두 장군을 잃었고, 흡후 조신이 도망치는 등, 군공이 많지 못한 때문에 증봉을 받지 못했다. 또 행재소로 보내졌던 우장군 소건은 천자의 용서를 받아 죽음은 모면했으나 속죄금을 내고 평민이 되었다. 대장군이 돌아오자 천자는 천금을 하사했다. 이 무렵 왕(王)부인이 천자의 총애를 받고 있었다. 그래서 영승(寗乘)이란 자가 대장군에게 이렇게 귀띔했다.

"장군께서는 군공이 그리 많은 편이 아닌데도 1만 호의 식읍을 갖게 되고 세 아드님은 모두 후가 되어 있습니다. 이것은 오직 황후와의 관계 때문입니다. 지금 왕부인이 폐하의 총애를 받고 있으나 그 집안 사람들은 아직 부귀를 누리지 못하고 있습니다. 바라건대 장군께서는 이번 하사받으신 천금을 바치고 왕부인 어머님의 장수를 축수하십시오."

대장군은 그 말을 따라 5백금을 들여서 왕부인 어머니의 장수를 축원했다. 이 이야기를 들은 천자가 그 까닭을 대장군에게 묻자, 대장군은 정직하게 사실 그대로를 아뢰었다. 천자는 영승을 기특히 여긴 듯 곧 동해군 도위로 임명했다.

한편 장건(張騫)은 대장군을 따라 출전했는데, 일찍이 사신으로 대하(大夏)에 가다가 오랫동안 흉노에게 억류당했던 그 경험을 살려서 군대를 안내했다. 그의 인도로 한군은 물과 풀이 풍부한 곳을 따라 전진했으므로 갈증과 마초의 곤란을 덜 수 있었다. 이에 천자는 장건의 공을 헤아리며 앞서 사신을 다녀왔던 공로를 감안해 박망후(博望侯)에 봉했다.

관군후 곽거병은 후가 된지 3년 뒤인 원수(元狩, 한무제의 네 번째 연호) 2년 봄, 표기장군에 임명되어 1만 기를 이끌고 농서로부터 출격하여 군공을 세웠으므로 천자는 이렇게 그 공을 기렸다.

"표기장군은 군사들을 이끌고 오려산을 넘어 속복 마을을 치고 호노(狐奴, 강 이름)를 건너 오왕국(五王國)을 거쳐 지나가면서 군수품과 겁먹고 떨고 있는 군사들을 약탈하지 않고 선우의 아들을 잡기만을 바랐다. 그는 여기저기 찾아다니며 싸우기를 엿새, 연지산을 지나 천여 리나 진출했다. 그리하여 칼을 손에 잡고 싸워 절란왕(折蘭王)을 죽이고, 노호왕(盧胡王)을 목 베며, 전갑(全甲, 흉노국명)을 무찌르고 혼야왕의 아들 및 상국·도위를 사로잡고 적의 수급과 포로 8천여를 얻은 다음, 휴도왕(休屠王)이 하늘에 제사지낼 때 쓰는 금상(金像)까지 빼앗아 왔다. 이에 곽거병에게 2천 호를 증봉한다."

그해 여름, 표기장군은 다시 합기후 공손오와 함께 북지에서 출격했고, 박망후 장건과 낭중령 이광은 함께 우북평에서 출격했다. 그러나 이들 넷은 모두 길을 나누어 나아가며 흉노를 공격하기로 했다.

낭중령은 4천 기를 이끌고 앞서 가고, 박망후는 1만 기를 거느리고 후방에 있었는데, 흉노의 좌현왕이 수만 기를 거느리고 낭중령을 포위했다. 낭중령은 그들을 맞아 이틀이나 교전하는 동안 군사의 태반을 잃었지만 흉노의 전사자는 그보다 더 많았다. 이때에야 비로소 박망후의 구원군이 달려왔으므로 흉노는 재빨리 물러났다. 박망후의 구원군이 늦은 죄는 마땅히 사형에 해당되었으나 박망후는 곧 속죄금을 물고 평민이 되었다.

한편 북지에서 출격한 표기장군은 흉노 땅 깊숙이까지 들어가는 동안 합기후와 너무 떨어져 서로 연락이 끊겼다. 그러나 표기장군은 곧장 거연을 지나, 기련산까지 진군해서 적의 수급과 포로를 다수 얻고 돌아왔다. 천자는 또다시 표기장군의 공을 기렸다.

"표기장군은 거연을 건너가, 소월지(小月氏)[1]를 통과하여 기련산을 공격하고 추도왕(酋途王)을 사로잡았다. 이때 무리를 이끌고 항복해 온 사람이 2천5백 명, 적의 수급과 포로가 3만 2백 명, 왕 다섯과 그들의 어미, 선우의 연지와 왕자 59명, 상국 · 장군 · 당호 · 도위 63명을 사로잡았는데, 이 싸움으로 아군의 군사는 약 10분의 3을 잃었을 뿐이다. 이에 곽거병에게 5천 호를 증봉하고, 교위들 중에 곽거병을 따라 소월지까

1. 월지가 서쪽으로 옮겨 대월지를 세웠을 때, 그대로 감숙성 서부에 남아 있던 사람들이 세운 나라.

지 간 사람에겐 좌서장(左庶長)의 작을 내린다. 또 응격사마(鷹擊司馬) 조파노(趙破奴)는 표기장군을 따라 속복왕을 베고, 계저왕(稽且王)을 사로잡았으며, 조파노의 부하 천기장(千騎將)은 왕과 왕의 어머니 각각 한 사람, 왕자 이하 41명을 사로잡고, 포로 3천3백 명을 얻었으며, 그의 전위부대는 포로 1천4백 명을 얻었다 하니 이에 1천5백 호로 조파노를 봉하여 종표후(從驃侯)라 한다. 교위 구왕(句王, 흉노관명) 고불식(高不識, 흉노인)은 표기장군을 따라 호우도왕(呼于屠王)과 왕자 이하 11명을 사로잡고, 포로 1천7백68명을 얻었다. 이에 1천1백 호로 고불식을 봉하여 의관후(宜冠候)로 한다. 교위 복다(僕多)도 군공이 있으므로 이에 혼거후(渾渠侯)라고 한다."

합기후 공손오는 지체하여 표기장군과 합류하지 못한 죄로 사형을 당해 마땅했으나 속죄금을 물고 평민이 되었다. 한나라의 여러 노장들이 이끄는 병마(兵馬)도 어느 모로나 표기장군의 그것을 따르지 못했다. 표기장군은 언제나 선발된 정예부대를 이끌고 있었다. 또한 표기장군은 언제나 용감한 기사들과 함께 주력부대의 앞장을 서서 적지 깊숙이 전진했고, 또 하늘의 도움이 있어 곤란한 처지에 빠진 일이 한 번도 없었다. 그런데 여러 노장들은 언제나 불행과 불운 속에 시달리고 있었다. 이런 까닭에 표기장군에 대한 천자의 사랑과 신임은 날이 갈수록 두터워지더니 마침내는 대장군의 위세와 맞먹게끔 되었다.

그해 가을, 흉노의 선우는 서방의 혼야왕이 번번이 한나라에 패하여 수만 명을 잃은 것을 노여워한 나머지 그를 불러들여 목을 베려고 했다. 혼야왕은 줄곧 표기장군에게 패했던 것이다. 이에 혼야왕은 휴도왕과 상의 끝에, 한나라에 투항할 결심을 하고 사신을 변경으로 보내 그곳의 한군에게 자신의 뜻을 전했다.

때마침 한나라 대행 이식이 군대를 거느리고 하수 유역에 성을 쌓고 있다가 혼야왕의 사신을 맞아 곧장 파발마를 보내 나라에 알렸다. 그러나 천자는 이를 듣자 혼야왕이 항복을 가장하고 변경을 습격하려는 것이나 아닌가 싶어, 표기장군에게 명하여 군사를 거느리고 가서 이를 맞이하게 했다.

표기장군은 하수를 서쪽으로 건너 혼야왕의 군사들에게 다가갔다. 그러자 혼야왕의 부장들 가운데 한나라 군사를 보고서 동요하는 자들이 잇달아 발생하였다. 그리고 그들이 계속 도망치자 표기장군은 지체없이 흉노의 군중으로 달려들어가 도망치려던 8천여 명을 베어버렸다. 그리고 혼야왕만을 역마에 태워 먼저 행재소로 보내고 혼야왕의 모든 군사들은 자신이 이끌고 하수를 건너 귀로에 올랐다. 이때 항복한 자는 수만이었지만 통칭 10만이라 했다.

일행이 장안에 도착하자 천자는 수십만 금의 거액을 하사하면서 혼야왕에게는 1만 호의 땅에 봉하여 탑음후(漯陰侯)라 하고, 그의 비소왕(裨小王)인 호독니(呼毒尼)를 하마후(下摩侯), 응비(鷹庇)를 혼거후(渾渠侯), 금리(禽梨)를 하기후(河綦侯), 대당호(大當戶)인 동리(銅離)를 상락후(常樂侯)에 각각 봉했다. 이어서 천자는 표기장군의 공을 이렇게 기렸다.

"표기장군 곽거병은 군사를 거느리고 흉노를 쳐서, 서역의 혼야왕 및 그의 군사들을 한나라에 항복시켰다. 곽거병은 적의 군량으로 보급을 대신하고, 활쏘는 군사 1만여 명을 편입시켰다. 또한 거칠고 사나워 맞서는 자는 무찔러 수급과 포로 8천여 명을 얻었다. 이국의 왕으로서 그에게 항복한 자는 32명이나 되는데도 우리 군사에게 아무런 손상이 없었다. 10만의 무리 역시 이 모두 자진해서 귀복한 것이다. 우리 군사들이 지금까지 거듭되어 온 토벌의 고달픔을 잘 견디어 왔기 때문에 이제야 비로소 새외(塞外)와 아울러 하수 연안의 모든 고을에서 백성들의 근심은 사라지고 영원한 평화가 찾아오려 하고 있다. 이에 표기장군에게 1천7백 호를 증봉하고, 농서군 · 복지군 · 상군의 수비군 수를 반으로 줄여 천하의 부역을 늦추려 한다."

그로부터 얼마 뒤 항복해 온 흉노들은 변경의 다섯 군, 즉 새외의 땅에 나누어 살게 했다. 그들의 모두 다시 하남 땅에 살면서 각각 구래의 풍습을 유지한 채 한나라 속국이 되었던 것이다.

그러나 이듬해, 흉노가 다시 우북평군(右北平郡)과 정양군(定襄郡)에 침입하여, 주민 천여 명을 살상하고 약탈해 갔으므로 그 이듬해, 천자는 여러 장수들과 이렇게 상의했다.

"흡후 조신은 선우를 위해 계책을 세우고 있으나 항상 한나라 군사는 사막을 넘어 쉽게 머물러 있지는 못할 것으로 알고 있다. 지금 크게 군사를 동원하여 이를 공격하면, 형세로 보아 반드시 목적을 달성할 수 있으리라."

이 해는 원수 4년(기원전 119년)이었다.

원수 4년 봄, 천자는 대장군 위청과 표기장군 곽거병에게 명하여, 각각 5만 기를 거느리게 했고, 보병과 군수품 운반 병사 수십만 명을 뒤따르게 했다. 이때에도 정선된 정예부대는 모두 표기장군에 소속되었다. 표기장군은 처음 정양에서 출격하여 선우와 맞부딪칠 예정이었다. 그러나 '선우는 동쪽으로 이동했다'는 포로들의 말을 들은 천자는 계획을 바꿔 대군에서 출격하라는 명령을 표기장군에게 내렸고, 그 대신 대장군이 정양에서 출격하게 했다. 낭중령 이광은 전장군, 태복 공손하는 좌장군, 주작도위 조이기는 우장군, 평양후 조양은 후장군이 되어, 모두 대장군에게 소속되었다.

이리하여 대장군은 사막을 건너게 되었는데 그 병력은 약 5만 기로서 표기장군 등과 협력해 일제히 흉노의 선우를 공격했다. 한편 조신은 선우에게 한군의 공격에 대응하기 위한 계책을 이렇게 말했다.

"한군은 이미 사막을 건너서 사람이나 말이 다 같이 지쳐 있습니다. 우리는 가만히 앉아서 적을 사로잡을 수 있을 것입니다."

그리하여 선우는 먼저 군수 물자를 모두 멀리 북쪽으로 옮기고 정예부대만을 거느린 채 사막 북쪽에서 기다리고 있다가 마침 대장군과 마주치게 되었다. 대장군의 군사는 요새를 벗어나 천여 리를 진격한 곳에서 선우의 군사가 진을 치고 기다리고 있는 것을 발견하자 곧 무강거(武剛車, 兵車의 일종)를 고리 모양으로 둥글게 배치시켜 진을 친 다음, 5천 기를 내보내 흉노에게 돌진시켰다. 흉노도 1만 기 가량을 내보냈다.

때마침 해는 저물어가고, 거센 바람이 불어닥쳐 모래가 사람의 얼굴을 치는 통에 양쪽이 다 적을 볼 수 없는 형편이었다. 한나라 군대는 더욱더 좌우로 날개처럼 벌리며 전군을 동원해 선우를 포위했다. 선우는 한나라가 군사도 많고 군사와 말들이 아직도 싸울 힘이 있어 흉노가 불리한 것을 알아차리자, 황혼 무렵에 여섯 마리의 노새가 끄는 수레에 올라 곧장 서북쪽으로 달아났다. 하지만 한군과 흉노군은 혼전을 벌이며 날이 저물도록 싸우고 있었다. 이때의 양군의 사상자 수는 거의 같았다.

그러는 동안 한나라 좌교(左校) 한 사람이 포로에게서 선우가 이미 해가 저물기도 전에 달아났다는 사실을 캐냈으므로 대장군은 지체없이 날랜 기사들을 보내 그를 추격케 하는 한편, 그 자신도 친위 병단을 이끌고 뒤따라 나섰다. 그러자 흉노 군사 역시 뿔뿔이 흩어져 선우에게로 도망쳐 달아났다. 한군은 새벽녘까지 2백 리나 추격했으나 선우를 잡을 수 없었다. 1만이 넘는 수급과 포로를 얻고 드디어는 전안산의 조신성에 이르러, 흉노가 그곳에 쌓아둔 군량을 전군에게 지급했다. 그리고 하루를 머물러 있다가 철수하고 말았는데 성 안에 남아 있는 군량도 모조리 불태워 버렸다.

대장군과 선우가 맞붙어 싸울 때, 전장군 이광과 우장군 조이기는 주력 부대와 갈라져 동쪽 길로 나아가고 있었는데, 도중에 길을 잃고 헤매는 바람에 전투에 참가하지 못했었다. 두 장군이 합류한 것은 대장군이 사막의 남쪽까지 철수해 왔을 때였다. 이에 대장군은 보고서를 작성하기 위해 장사(長史)를 두 장군에게 보내어 해명하도록 했다. 그러나 이광은 이를 거부한 채 자살했고, 다만 우장군만이 솔선해 묶였다가 속죄금을 물고 평민이 되었다.

이윽고 대장군의 군사는 귀환했는데 이번 토벌의 전과는 적의 수급과 포로가 약 1만 9천 명에 이르렀다.

한편 흉노에서는 10여 일이 되도록 선우의 행방이 묘연하자 우곡려왕이 스스로 선우가 되었다. 그러나 선우가 뒤에 나타나 그의 군사를 손에 넣게 되자, 우곡려왕은 순순히 선우 호칭을 버리고 말았다.

표기장군 역시 5만 기를 거느렸으며, 전차와 군수품도 대장군의 군사와 같았으나 부장은 없었다. 그래서 이감(李敢, 李廣의 아들) 등을 모두 대교로 임명해서 부장에 충당시킨 다음, 대군 · 우북평군에서 천여 리나 출격하여, 흉노의 좌방군과 상대했다. 그리하여 적의 수급과 포로를 얻은 군공은 대장군의 그것보다 많았다. 군대가 돌아오자 천자는 말했다.

"표기장군 곽거병은 군을 통솔하여, 지금까지 사로잡은 흉노의 용사를 직접 거느리고, 장비와 군수품을 가볍게 하여 큰 사막을 가로질러 강을 건너 장거(章渠, 선우의 근신)를 사로잡고, 비거기(比車耆, 흉노의 왕호)를 무찌르고 되돌아 좌대장을 공격하여 기(旗)와 북을 빼앗고, 이후산(離侯山)을 넘고 궁려강(弓閭江)을 건너가 둔두왕(屯頭王)과 한왕 등 세 사람과 장군 · 상국 · 당호 · 도위 83명을 사로잡고, 낭거서산(狼居胥山)에서 봉제(封祭)를 올리고, 고연산(姑衍山)에서 선제(禪祭)를 드린 다음, 한해(翰海)에 다다랐다. 포로는 7만 4백43명으로서 이로 인해 적군은 약 10분의 3이 줄게 되었다. 양식을 적으로부터 취하여 저 먼 곳까지 진출했으나 군량이 끊어진 일이 없었다. 이에 표기장군에게 5천8백 호를 증봉한다. 우북평 태수 노박덕(路博德)은 표기장군에 소속되어, 여성(與城)에서 합류하는 데 시기를 잃지 않았고, 또 따라 도도산(檮荼山)에 이르러 적의 수급과 포로 2천7백 명을 얻었다. 이에 1천6백 호를 봉하여 부리후(符離侯)라 한다. 북지 도위 형산(邢山)은 표기장군을 따라 흉노의 왕을 사로잡았다. 이에 1천2백 호를 봉하여 의양후(義陽侯)로 한다. 흉노로서 귀순해 온 인순왕(因淳王) 복육지(復陸支)와 누전왕(樓專王) 이즉간(伊卽軒)은 함께 표기장군을 따라 군공이 있었으므로 이에 1천3백 호로 복육지를 봉해 장후(壯侯)로 하고, 1천8백 호로 이즉간을 봉해 중리후(衆利侯)로 한다. 종표후 조파노와 창무후 안계는 표기장군을 따라 군공이 있었으므로 이에 각각 3백 호를 증봉한다. 교위 이감은 적의 기와 북을 빼앗았으므로 이에 관내후로 하여 식읍 2백 호를 준다. 교위 서자위(徐自爲)에게는 대서장(大庶長)의 벼슬을 준다."

표기장군의 군관과 병졸로 관에 임명되고 상을 받은 사람이 대단히 많았는데, 대장군은 증봉도 되지 않고 그의 군관과 병졸 가운데 후에 봉해진 사람은 한 사람도 없었다. 양쪽 군사가 요새를 나올 때 세어 본 관마(官馬)와 사마(私馬)는 약 14만이었는데, 다시 요새로 돌아온 것은 3만 필도 되지 않았다. 그래서 대사마(大司馬)의 관위(官位)를 증설했는데, 대장군과 표기장군도 함께 대사마에 임명되었다. 또 법령에 의해 표기장군의 지위와 봉록을 대장군과 같게 했다. 그로부터 대장군 위청의 위세는 날로 줄어들고, 표기장군은 날로 더 높아갔다. 대장군의 그 전 친구들과 문하인들은 거의가 대장군을 떠나 표기장군에게로 갔는데, 대부분은 곧 벼슬과 작위를 얻었다.

그러나 오직 임안(任安)만은 그렇지 않았다.

표기장군의 사람됨은 말이 적고 남의 비밀을 함부로 떠벌리는 일이 없었으며, 감히 스스로 일을 책임지고 나서는 기개가 있었다. 천자가 일찍이 그에게 손자(孫子)와 오자(吳子)의 병법을 가르치려고 하자 그는 이렇게 대답했다.

"어떤 전략을 쓸 것인가를 잘 생각하면 그만입니다. 옛날 병법을 배울 필요는 없습니다."

또 천자가 그를 위해 저택을 지어 두고, 그로 하여금 가서 구경을 하도록 시켰다. 그는 또 이렇게 대답했다.

"흉노는 아직 망하지 않았습니다. 집이 문제가 아닙니다."

이런 일들이 있은 뒤 천자는 더욱 그를 소중히 여기고 아꼈다. 그러나 표기장군은 젊은 나이에 시중이 되고, 높은 지위에 올랐기 때문에 부하를 보살필 줄 몰랐다. 그가 전쟁터에 나가 있을 때 천자는 태관(太官, 膳部를 맡아 보는 벼슬)을 시켜, 수십 대의 수레로 음식을 보내 주었었다. 또한 그가 돌아왔을 때에도 군수품을 실은 수레에는 주체를 못할 만큼 좋은 쌀과 고기들이 남아 있었는데, 실상 부하들 중에는 굶주린 자도 있었다. 또 요새 밖에 있을 때 군사들은 식량이 모자라 제대로 기운을 차리지 못하고 있는데도, 표기장군은 여전히 구역을 정해 놓고 공차기를 즐기고 있었다. 그에게는 이와 비슷한 일들이 많았다.

한편 대장군의 사람됨은 인자하고 마음씨 착하고 겸손하고 양보심이 많았으며, 언제나 부드러운 것으로써 천자의 환심을 샀다. 그러나 세상 사람들로 대장군을 칭송하는 사람은 없었다.

표기장군은 원수 4년의 토벌이 있은 지 3년 만인 원수 6년에 죽었다. 천자는 이를 슬퍼하여, 변경 5군의 속국들로부터 철갑을 두른 무장병을 동원시켜 장안에서 무릉(茂陵, 효무제의 壽陵)까지 열지어 행진을 시키고, 그곳에 기련산의 모양을 본뜬 무덤을 만든 다음, 무용을 뜻하는 '경(景)'과, 땅을 넓혔다는 '환(桓)'을 합쳐, 표기장군의 시호를 경환후(景桓侯)라 했다.

그의 아들 선(嬗)이 뒤를 이어 후가 되었는데 아직 나이가 어렸고, 자는 자후(子侯)라 불렀다. 천자는 선을 사랑하여 그가 자라나면 장군을 만들 생각이었다. 그러나 그로부터 6년이 지난 원봉 원년에 선이 죽었으므로 애후(哀侯)라 시호를 붙였다. 아들이 없었기 때문에 뒤가 끊어지고 봉국도 없어졌다.

표기장군이 죽은 뒤, 대장군의 큰아들 의춘후 항은 법에 저촉되어 후의 지위를 잃었다. 그로부터 5년 뒤에 항의 두 아우, 즉 음안후 불의와 발간후 등은 다 같이 주금(酎金) 때문에 불경죄에 걸려 후의 지위를 잃었다. 그들이 후의 지위를 잃은 2년 뒤에, 관군후의 봉국도 없어졌다. 그 4년 뒤에 대장군 위청이 죽어 시호를 열후(烈侯)라 했다. 그의 아들 항이 뒤를 이어 장평후(長平侯)가 되었다. 대장군이 죽은 것은 그가 선우를 포위했던 해로부터 14년 뒤였다.

그 동안 두 번 다시 흉노를 치지 않았던 것은 한나라에 말이 적고, 또 남쪽으로 양월을 무찌르고, 동쪽으로 조선을 치고, 강(羌)과 서남의 만족(蠻族)들을 치고 있었기 때문이었다.

대장군은 평양 공주의 남편이었기 때문에, 장평후 항이 뒤를 이어 후가 될 수 있었던 것인데, 항은 6년 뒤에 법에 저촉되어 후의 지위를 잃었다.

다음은 두 대장군과 그의 부장들에 대해 기록한다.

대장군 위청은 모두 일곱 번 흉노로 출격해서, 적의 수급과 포로 5만여 명을 얻었다. 한번은 선우와 싸워 하남 땅을 손에 넣은 뒤 그곳에 삭방군을 설치했다. 두 차례 증봉되어 모두 1만 1천8백 호를 봉령(封領)으로 했다. 세 아들이 다 후로 봉해져 각각 1천3백 호의 봉령을 받았으니 모두 합치면 1만 5천7백 호의 봉령이었다. 그의 교위와 비장으로 대장군을 따른 관계로 후가 된 사람은 아홉이었다. 또 그의 비장 및 교위로서 독립해 장군이 된 사람은 14명이었다. 비장이었던 사람 가운데는 이광(李廣)이 있었고 이광에게는 따로 전(傳)이 있다. 전이 없는 사람은 다음과 같다.

장군 공손하(公孫賀)는 의거(義渠, 진나라에 망한 서융의 나라) 사람으로 그의 조상은 흉노의 종족이었다. 공손하의 아버지 혼야(渾邪)는 효경제 때 평곡후가 되었으나 법에 저촉되어 후의 지위를 잃었다. 공손하는 태자(효무제)의 가신이었다.

효무제가 즉위한 지 8년째 되던 해에 태복으로서 경거장군이 되어 마읍에 주둔했다. 그 4년 뒤에 경거장군으로서 운중군에 출격했다. 그 5년 뒤에 기장군으로서 대장군을 따라 출격했다가 공을 세워 남교후로 봉해졌다. 그로부터 1년 뒤에 좌장군이 되어 다시 대장군을 따라 정양군에서 출격했으나 공을 세우지 못했다. 그 4년 뒤에 주금 관계로 불경죄에 저촉되어 후의 지위를 잃었다. 그로부터 8년 뒤에, 부저장군으로서 오원에서 2천여 리나 출격을 했으나 군공은 없었다. 또 그 8년 뒤에는 태복에서 승상으로 승진되어 갈역후(葛繹侯)에 봉해졌다. 공손하는 일곱 번 장군이 되어 흉노로 출격했으나 큰 공은 없었다. 그러나 두 번 후가 되고 또 승상이 되었다. 그의 아들 경성(敬聲)은 양석 공주(陽石公主, 무제의 딸)와 사통하고 무술(巫術)로써 남을 저주했다는 죄로, 일족이 전멸당하는 화를 입어 뒤가 끊어졌다.

장군 이식은 욱질(郁郅, 감숙성) 사람으로 효경제를 섬겼다. 효무제가 즉위한 지 8년, 재관장군이 되어 마읍에 주둔했다. 그 6년 뒤에 장군으로서 대군에서 출격했다. 그 3년 뒤에 장군으로서 대장군을 따라 삭방군에서 출격했다. 모두 군공은 없었다. 세 번 장군이 되었었는데, 그 뒤로는 항상 대행(大行)으로 있었다.

장군 공손오는 의거 사람이다. 낭관으로서 효무제를 섬겼다. 무제가 즉위한 지 12년째 되던 해에, 기장군으로서 대군에서 출격하여 사졸 7천을 잃어, 그 죄가 사형에 해당됐으나 속죄금을 물고 평민이 되었다. 그 5년 뒤에 교위로서 대장군을 따라 출정하여 공을 세워 합기후에 봉해졌다. 그 1년 뒤에 중장군으로서 대장군을 따라 다시 정양군에서 출격했으나 군공은 없었다. 그 2년 뒤에 장군으로서 북지군에서 출격했으나, 표기장군과의 약속한 기일에 합류하지 못했다. 그 죄가 사형에 해당됐으나 속죄금을 물고 평민이 되었다. 또 그 2년 뒤에 교위로서 대장군을 따랐으나 군공은 없었다. 그로부터 14년 뒤에 인우장군으로서 수항성(受降城)을 쌓았다. 그 7년 뒤에 다시 인우장군으로서 흉노에 출격하여 여오(余吾)에 이르렀으나 사졸을 많이 잃어, 형리의 손으로 넘어갔다. 사형에 해당됐으나 죽었다고 속이고 도망쳐서 5, 6년 동안이나 민간에 숨어 있었다. 그러나 뒤에 발각되어 다시 옥에 갇히게 되었는데 그의 아내가 굿을 하여 사람을 저주한 죄로 인해, 온 가족이 몰살을 당했다. 모두 네 차례 장군이 되어 흉노에 출격했고, 한 차례 후에 봉해졌다.

장군 이저(李沮)는 운종 사람으로 효경제를 섬겼다. 효무제가 즉위한 지 17년째 되던 해에, 좌내사로서 강노장군이 되었다. 그 1년 뒤에 다시 강노장군이 되었다.

장군 이채(李蔡)는 성기(成紀) 사람이다. 효문제, 효경제, 효무제를 섬겼다. 경거장군으로서 대장군을 따라 군공이 있었으므로 낙안후(樂安侯)에 봉해졌다. 그 뒤 승상이 되었으나 법에 저촉되어 죽었다.

장군 장차공은 하동 사람이다. 교위로서 위장군 청을 따라 군공이 있었으므로 안두후에 봉해졌다. 그 뒤 왕태후가 죽자 장군이 되어 북군을 거느리게 되었다. 그 1년 뒤에 장군이 되어 대장군을 따랐다. 두 번 장군이 되었으나 법에 저촉되어 후의 지위를 잃었다. 장차공의 아버지 융(隆)은 경거(輕車) 부대의 사수였는데, 활을 잘 쏘았기 때문에 경제의 사랑을 받아 가까이 있게 되었다.

장군 소건은 두릉(杜陵) 사람이다. 교위로서 위장군 청을 따라 출정하여 공을 세웠으므로 평릉후에 봉해졌다. 장군이 되어 삭방군에 요새를 쌓았다. 그 4년 뒤에 유격장군이 되어 대장군을 따라 삭방으로 출격했다. 그 1년 뒤에 우장군으로 다시 대장군을 따라 정양군에서 출격했으나 흡후 조신을 도망치게 만들고 군대를 잃었다. 사형에 해당됐으나 속죄금을 물고 평민이 되었다. 그 뒤 대군 태수로 있다가 죽었다. 무덤은 대유향(大猶鄕)에 있다.

장군 조신은 흉노의 상국으로서 한나라에 항복하여 흡후로 봉해졌다. 효무제가 즉위한 지 17년째 되던 해에, 전장군이 되었으나, 선우와 싸우다가 패하자 흉노에 항복했다.

장군 장건은 사신으로 대하로 가서 대하와 국교를 맺게 됨으로써 돌아와 교위에 임명되었다. 그 뒤 대장군을 따라 군공이 있었으므로 박망후에 봉해졌다. 그 3년 뒤에, 장군이 되어 우북평에서 출격을 했으나 이광과의 기일을 지키지 못하고 늦게 도착했다. 사형에 해당되었으나 속죄금을 물고 평민이 되었다. 그 뒤 사신이 되어 오손(烏孫)과의 국교를 열었다. 대행으로 있다가 죽었다. 무덤은 한중(漢中)에 있다.

장군 조이기는 대우(穀翮)사람이다. 효무제가 즉위한 지 22년째 되던 해에 주작도위로서 우장군이 되어, 대장군을 따라 정양군에서 출격했으나 길을 잃고 헤매게 되었다. 사형에 해당되었으나 속죄금을 물고 평민이 되었다.

장군 조양은 평양후로서 후장군이 되어, 대장군을 따라 정양군에서 출격했다. 조양은 조참의 손자다(실은 玄孫).

장군 한열은 궁고후(弓高侯)의 서손이다. 교위로서 대장군을 따라가 공을 세워 용액후에 봉해졌다. 그러나 그 뒤 주금으로 불경죄에 걸려 후의 지위를 잃었다. 원정(元鼎) 6년, 대조(待詔, 천자의 부름을 받아 관명을 기다림)의 몸으로 횡해장군(橫海將軍)에 임명되어, 동월을 쳐서 공을 세웠으므로 안도후에 봉해졌다. 태초(太初) 3년에 유격장군이 되어 오원 북쪽의 여러 성에 주둔해 있었다. 그 뒤 광록훈(光祿勳)이 되었으나 무고(巫蠱)의 난(위태자 사건) 때 위태자(衛太子)의 궁전 밑 땅 속에서 나무 인형을 파내었다가 위태자에게 피살되었다.

장군 곽창은 운중 사람이다. 교위로서 대장군을 따랐다. 원봉 4년, 태중대부로서 발호장군이 되어 삭방에 주둔했다. 거기서 돌아온 뒤, 곤명(昆明)을 쳤으나 공을 세우지 못해 장군의 인을 빼앗겼다.

장군 순체는 태원군 광무 사람이다. 말을 잘 모는 것으로써 천자를 뵙게 되어 시중에 임명되었다. 그 뒤 교위가 되어 자주 대장군을 따랐다. 원봉 3년에 좌장군으로서 조선을 쳤으나 군공이 없었고, 누선장군을 구속한 죄로 법에 걸려 죽었다.

표기장군 곽거병은 모두 여섯 차례에 걸쳐 흉노에 출격했는데, 이 중 네 차례는 장군이 되어 출격한 것이었다. 적의 수급과 포로를 얻은 것이 11만이 넘었고, 거기에 혼야왕이 그의 군사 수만을 거느리고 항복해 옴으로써 마침내 하서와 주천 땅을 얻게 되었고, 이로 인해 서쪽 방면에서의 흉노의 침략은 아주 적어지게 되었다. 네 차례 증봉되어 모두 1만 5천1백 호의 봉령을 가졌다. 그의 부하 장교로서 군공을 세워 후로 봉해진 사람이 모두 여섯, 뒤에 독립하여 장군이 된 사람이 둘이었다.

장군 노박덕은 평주 사람이다. 우북평 태수로서 표기장군을 따라 출정하여 공을 세워 부리후에 봉해졌었다. 표기장군이 죽은 뒤, 노박덕은 위위(衛尉)로서 복파장군이 되어 남월을 쳐서 깨뜨리고 증봉되었다. 그러나 그 뒤, 법에 저촉되어 후의 지위를 잃고 강노도위로서 거연에 주둔해 있다가 죽었다.

장군 조파노는 원래가 구원(九原, 몽고 땅)사람이다. 일찍이 흉노로 도망갔다가 다시 한나라로 돌아와서 표기장군의 사마가 되어 북지군에서 출격했다. 그때 군공이 있어서 종표후에 봉해졌다. 그러나 주금 때문에 불경죄에 걸려 후의 지위를 잃었다. 그로부터 1년 뒤에 흉하장군(匈河將軍)이 되어, 흉노를 쳐서 흉하수까지 진격했으나 군공은 없었다. 그 2년 뒤에 누란왕을 쳐서 포로로 함으로써 다시 착야후에 봉해졌다. 그로부터 5년 뒤에, 준계장군(浚稽將軍)이 되어, 2만 기를 거느리고 흉노의 좌현왕을 쳤다. 좌현왕은 이를 맞아 공격하여 8만 기의 군사로서 조파노를 포위했다. 조파노는 적에게 생포되고 그의 군사는 전멸당했다. 그리고 흉노에게 10년 동안 억류되어 있다가 흉노의 태자 안국(安國)을 데리고 다시 한나라로 도망쳐 돌아왔다. 그 뒤 굿을 하여 사람을 저주한 죄로 집안이 몰살당했다.

위씨(衛氏)가 일어나기 시작해서 대장군 위청이 제일 먼저 후로 봉해졌고, 그 뒤로 한 집안에 후가 다섯이나 되었다. 그러나 24년 동안 다섯 후는 모두 후의 지위를 빼앗기고 위씨로서 후는 한 사람도 없게 되었던 것이다.

태사공은 말한다.

소건이 내게 다음과 같이 말한 일이 있다.

"나는 일찍이 대장군을 책망하여, '장군은 지극히 높은 자리에 앉아 있으나 천하의 어진 사대부로서 장군을 칭송하는 사람은 없습니다. 바라건대 옛날 유명한 장군들이 어진 사람들을 골라 초빙한 일들을 생각하시어 그 점을 특히 힘써 주십시오.' 하고 말한 일이 있었다. 그러나 대장군은 그것을 받아들이지 않았으며, '위기후와 무안후가 빈객들을 후히 대접하여 위세를 떨치게 된 뒤부터는 천자는 항상 이를 갈며 미워하고 있었다. 사대부들을 가까이 한다거나, 어진 사람을 불러들이고 착하지 못한 사람을 물리치는 것은, 임금이 가질 수 있는 권한이다. 신하된 사람은 법을 따르며 직책을 지키고 있으면, 그것으로 족한 것이다. 내가 어떻게 어진 선비들을 불러들이는 일을 생각할 수 있겠는가.' 하고 말했다."

표기장군도 역시 그와 같은 생각을 하고 있었다. 그들의 장군으로서의 몸가짐은 이러했다.

평진후 · 주보 열전(平津侯主父列傳)

대신(大臣) · 종실(宗室)이 사치를 서로 시새우고 있을 때 오직 공손홍(公孫弘)만은 먹고 입는 것을 절약하여 모든 벼슬아치의 앞장을 섰다. 그래서 〈평진후 · 주보 열전 제52〉를 지었다.

승상 공손홍은 제 땅 치천국(菑川國) 설현 사람으로 자는 계(季)이다. 젊었을 때 설현의 옥리로 있다가 죄를 짓고 벼슬에서 쫓겨났는데, 그로부터 바닷가에서 돼지를 길러 겨우 생계를 유지하였다. 마흔이 넘어서야 비로소 《춘추》와 잡가의 학설들을 공부했으며, 계모에게는 효성을 다했다.

건원 원년, 천자〔武帝〕가 즉위하여 전국에 현량의 선비를 추천하게 했을 때 공손홍도 추천되어 박사에 임명되었다. 이때 그의 나이 이미 예순이었다. 그러나 흉노에 사신을 다녀와서 보고를 올렸다가 그 보고가 천자의 마음을 거슬렸으므로 무능력자로 취급되었다. 이에 공손홍은 병을 핑계로 사직하고 고향으로 돌아갔다. 원광 5년, 다시 조서를 내려 현량의 선비들을 추천케 했는데, 치천국에서는 또다시 공손홍을 추천했다. 이때 공손홍은 이렇게 사양했다.

"나는 일찍이 서쪽 변두리 서울에 들어가서 칙명에 응한 일이 있었지만 무능하다 하여 벼슬을 그만두고 돌아온 것입니다. 부디 다른 사람을 추천해 주시오."

그러나 그 나라 사람들은 굳이 그를 추천했으므로 공손홍은 태상(太常)에게로 갔다. 태상은 불러온 학자 백여 명에게 각각 천자의 물음에 대한 답안을 써서 내게 했는데, 공손홍의 성적은 그 중 하위에 속했다. 그런데 답안이 천자에게로 올라가자 천자는 공손홍의 답안을 뽑아 첫째로 하여 그를 불러들였다. 그러나 공손홍의 풍모가 매우 단아해 마음에 들었으므로 박사에 임명했다.

당시 한나라에서는 서남이(西南夷)와 통하는 길을 열어 군(郡)을 설치하느라고 파·촉 백성들이 부역에 시달리고 있었다. 그래서 천자는 조서를 내려 공손홍에게 그 실정을 살펴보고 오게 했다. 공손홍은 살피고 돌아와 사정을 아뢰며 서남이들의 쓸모없음을 애써 주장하느라고 그들을 심하게 헐뜯었다. 그러나 천자는 공손홍의 의견을 받아들이지 않았다.

공손홍은 겉보기에 대인의 풍격을 지녔고 견문이 넓었다. 또한 언제나, '임금된 사람의 병은 마음이 넓고 크지 못한 데 있고, 신하된 사람의 병은 검소하고 절약할 줄 모르는 데 있다'고 말하고 있었다. 그래서 공손홍은 늘 베로 만든 이부자리를 쓰며, 상에는 고기를 한 접시로 제한했고, 계모가 죽었을 때에도 3년간 상복을 입었다.

조정에서의 회의 때는 어떤 문제에 대해, 찬성할 수 있는 점과 찬성할 수 없는 점을 함께 말하여 천자 스스로 결정을 내릴 수 있게끔 이끌어갈 뿐, 상대방의 잘못을 정면으로 지적하여 공석상에서 논쟁을 벌이려고 하지 않았다. 이리하여 천자는 공손홍의 언행이 중후하고 여유 있으며 법률과 사무에 정통해 있을 뿐 아니라 거기에 유학의 이념을 세련되게 가미하는 것을 알게 되자 각별히 그를 총애했다. 그래서 공손홍은 2년도 채 안되어 좌내사에 승진될 수 있었다.

그는 또한 안건을 주청해 그것이 천자에게 받아들여지지 않아도 조정에서 캐고 따지는 일이 없었다. 그때마다 그는 주작도위 급암과 함께 천자의 한가한 틈을 타서 따로 찾아뵙되, 급암이 먼저 이야기를 꺼내고 자신은 뒤에 찬성하는 뜻을 보였다. 이렇게 되면 천자는 늘 기분좋게 그것을 승낙하곤 했다. 이와같이 하여 공손홍은 날이 갈수록 더욱 신임을 받게 되었다.

언젠가 공손홍은 공경들과 어떤 일에 대해 서로 약속을 해 놓고도 천자 앞에 나가서는 약속을 완전히 뒤엎고 천자의 의향을 따른 일이 있었다. 그래서 급암은 조정에서 이 문제를 공손홍에게 따지고 들었다.

"제나라 사람은 거짓이 많고 진실된 데가 없다더니 귀공은 처음 우리들과 같이 이 일을 건의하고서도 지금 그 약속을 전부 어기고 말았소. 이야말로 불충한 일이오."

천자가 어떻게 된 일인가를 묻자 공손홍은 이렇게 변명했다.

"신을 아는 사람은 신을 충성되다고 생각하고 있습니다. 그러나 신을 모르는 사람은 신을 불충하다고 생각하고 있습니다."

천자는 공손홍의 말을 옳다고 생각했다. 그 뒤부터는 좌우의 충신들이 공손홍을 헐뜯어도 오히려 천자는 공손홍을 후대할 뿐이었다.

원삭 3년에 어사대부 장구(張歐)가 파면되자 공손홍이 그 후임이 되었다. 당시 한나라는 서남이와 교통로를 열고 동쪽으로는 창해군(滄海郡)을 설치했으며, 북으로는 삭방군에 성을 쌓고 있었다.

그런데 공손홍은 그것이 무익 무용한 땅에 힘과 재물을 낭비해 중국을 피폐하게 만들 뿐이라며 수차에 걸쳐 천자에게 중지하자고 간했다. 그러자 천자는 주매신(朱買臣) 등에게 명하여 공손홍을 반박하게 하고 삭방군을 두는 이점 10조목을 열거하게 했다. 공손홍은 그 의견에 한 마디의 반론도 없이 곧 이렇게 사죄했다.

"신은 산동의 촌사람이라 이익이 이토록 큰 것인 줄 모르고 있었습니다. 하오나 앞으로는 서남이와 창해군의 일을 폐지하시고 오로지 삭방군의 경영에만 주력하는 것이 지당하다고 생각합니다."

천자는 이를 허락했다. 그런데 또다시 급암이 공손홍을 탄핵했다.

"공손홍은 삼공의 지위에 있어 그 봉록이 대단히 많은데도 베이불을 쓰고 있습니다. 이것은 위선적인 행동입니다."

천자가 이 일에 대해 공손홍에게 묻자 공손홍은 사죄하여 말했다.

"급암의 비난은 당연한 것이옵니다. 대체로 구경(九卿)들 가운데 급암처럼 신과 친한 사람은 없습니다. 그런데 급암은 오늘 조정에서 신을 힐난했습니다. 그것은 참으로 신의 결점을 잘 지적한 것이옵니다. 신이 삼공의 지위에 있으면서도 베이불을 덮고 있는 것은 참으로 마음에도 없는 일을 하여 겉치레를 하며, 명성을 낚으려는 생각에서였습니다. 하오나 관중은 제나라 재상이 되어 삼귀(三歸)의 저택을 가지고 있었으며, 임금과 비교될 정도로 사치하면서 환공이 패(覇)를 이루도록 했다 하옵니다. 이것은 위로 임금에 대해 참월된 행동을 한 것이옵니다. 그러나 안영은 경공(景公)의 재상이 되어서도 상에는 두 가지 고기를 오르게 하지 않았고, 그의 처첩에게는 비단옷을 입히지 않았으나 역시 제나라를 잘 다스렸습니다. 이것은 아래로 백성들의 생활을 따른 것이옵니다. 지금 신은 어사대부의 지위에 있으면서 베이불을 덮고 있습니다. 이렇게 되면 구경으로부터 말단 관리에 이르기까지 차별을 지을 수 없습니다. 참으로 급암의 말 그대로입니다. 그리고 또 급암의 충성이 아니었던들 폐하께서는 이 같은 곧은 말을 들을 수 없었을 것이옵니다."

이에 천자는 공손홍의 겸허함을 높이 평가하고 후대하더니 마침내는 공손홍을 승상에 임명하고 평진후에 봉했다(한나라 시대에는 제후가 아니고서는 승상에 오르지 못했다.).

공손홍의 성격은 의심이 많고 남을 시기하며 겉으로는 너그러운 척하고 있었으나 속마음은 각박했다. 일찍이 대립했던 자에게는 비록 겉으로는 친밀한 척해도 보이지 않는 곳에서 반드시 그들에게 앙갚음을 했다. 주보언(主父偃)을 죽이고, 동중서(董仲舒)를 교서로 귀양보낸 것도 공손홍의 짓이었다. 그러나 상에는 고기를 한 가지밖에 놓지 않았고 현미로 밥을 지어 먹으면서도 옛 친구나 친한 손들이 생활비를 얻으러 오면 봉록 받은 것을 있는 대로 다 털어 주어 집에는 재산이 남아 있지 않았다. 그러므로 이 점에서만은 선비들도 그의 어짐을 인정했다.

회남왕과 형산왕의 반란으로 그 일당에 대한 조사가 준엄하게 행해지고 있을 때 중병을 앓고 있었던 공손홍은 스스로, '자신은 이렇다 할 공로도 없으면서 벼슬이 승상에까지 올랐다. 마땅히 명군을 도와 나라를 진무하고 사람들로 하여금 신하된 도리를 지키도록 했어야 할 일이다. 그런데 지금 제후들이 반란을 꾀했다는 것은 모두가 승상인 내가 직책을 다하지 못한 때문이다. 만일 병으로 죽게 된다면 책임을 다할 수 없게 된다.' 고 생각하고 다음과 같은 글을 올렸다.

신이 듣건대, 천하에 공통된 도(道)가 다섯이 있는데, 이것을 행하는 방법에는 세 가지가 있다고 하옵니다. 즉 군신 · 부자 · 형제 · 부부 · 장유(長幼)의 차례, 이 다섯 가지는 천하의 덕으로서 공통된 도리이고, 지(智) · 인(仁) · 용(勇) 세 가지는 천하에 공통된 덕으로서 공통된 도리를 실천하는 방법입니다. 그러기에 또 행하기를 힘쓰는 것은 인에 가깝고, 묻기를 좋아하는 것은 지에 가깝고, 부끄러움을 아는 것은 용에 가깝다고도 말합니다. 이 세 가지를 알면 제 스스로 자기를 다스릴 줄을 알게 되고, 제 스스로 자기를 다스릴 줄 알면 비로소 사람 다스릴 줄을 알게 됩니다. 천하에는 자기 스스로를 다스리지 못하면서 남을 다스릴 수 있는 사람은 아직 없습니다. 이것은 백세(百世)를 통해도 바꿀 수 없는 도리입니다. 지금 폐하께서는 대효(大孝)를 몸소 행하시고, 삼왕(三王)을 거울삼아 큰 도를 세우시며, 문무(文武)를 겸하시어 어진 사람을 격려하여 녹을 주시고, 유능한 사람을 골라 벼슬을 주고 계시옵니다. 그런데 신은 못쓸 짐말과도 같은 우둔한 몸일 뿐 아니라 땀 흘려 싸운 공로조차도 없사옵니다. 폐하께서는 잘못 신에게 은총을 내리시어 신을 미천한 가운데서 발탁하여 열후에 봉하시어 삼공의 지위에 오르게 하셨습니다. 신은 행동에서나 재능에서나 다 같이 소임을 감당해 내지 못하고 있었습니다. 본래부터 병약한 몸이어서 옆에 두신 개와 말보다도 먼저 구렁에 빠져 죽음으로써 끝내는 직책을 다하여 덕성에 보답하지 못할까 두렵습니다. 이에 후의 인을 도로 바치고 직에서 물러나 어진 사람에게 나아갈 길을 열어 줄 것을 원하는 바이옵니다.

천자는 이에 답하여 다음과 같이 말했다.

"옛날부터 공이 있는 사람을 상주고, 덕이 있는 사람을 칭찬하며, 이룩한 사업을 지키기 위해서는 문(文)을 숭상하고 어려운 때를 당해서는 무(武)를 귀하게 여겼다. 예로부터 이를 바꾼 사람은 없었다. 짐도 밤낮으로 이런 것을 바라고 높은 자리를 이어받아 천하를 편안하게 하지 못할까 두려워하며 누구와 더불어 정치를 할 것인가를 생각하고 있다. 또 생각건대 군자는 선을 좋아하고 악을 미워하는 것이다. 경은 짐의 뜻을 잠시도 잊은 적이 없다. 경은 불행히도 거처를 잘못하여 병에 걸렸으나 회복되지 않을까 염려할 것은 없다고 본다. 그런데도 글을 올려 후를 도로 바치고 직을 물러나고 싶다고 하는 것은 도리어 짐의 부덕함을 드러내는 것이 된다. 지금 나라 일은 다소 한가롭다. 공연한 걱정은 말고, 마음을 한결같이 하여 약의 도움을 받아 병을 치료하기에 전념해주기 바란다."

그리고 공손홍에게 휴가를 주고, 쇠고기와 술과 비단 등을 내렸다. 그로부터 몇 달이 지나자 공손홍의 병은 완쾌되어 다시 일을 볼 수 있게 되었다.

원수 2년, 공손홍은 다시 병이 들어 마침내 승상으로 있으면서 죽었다. 그의 아들 도(度)가 뒤를 이어 평진후가 되었다. 도는 산양(山陽) 태수가 되어 10여 년 있다가 법에 저촉되어 후의 지위를 잃었다.

주보언은 제나라 임치 사람이다. 처음 합종·연횡의 기술을 배웠으나 뒤에 《주역》·《춘추》·제자 백가의 학설을 배웠다. 제나라의 여러 유생들과 교류하였으나 어느 누구도 그를 후대하기는커녕 오히려 배척하였으므로 도저히 제나라에 있을 수 없게 되었다. 그래서 북쪽으로 연나라 · 조나라 · 증산 땅을 두루 돌아다녔으나 역시 어디서도 그를 후대해 주는 사람이 없어서 이루 말할 수 없는 객고를 겪었다.

효무제 원광 원년, 마침내 제후 중에는 그가 모실 만한 사람이 없다고 판단한 그는 서쪽 관중으로 들어와 위장군 청을 만나게 되었다. 위장군이 천자에게 종종 주보언을 추천해 주었으나 천자는 끝내 그를 부르지 않았다. 자연 주보언은 돈도 없는데다 오래 머무르고 있었으므로, 그가 찾아다니던 여러 공들과 그들의 빈객에게 눈치받는 일이 많게 되었다. 그래서 마지막으로 천자에게 글을 올려 보았는데, 아침에 글을 올리자 저녁녘에 불리어 궁중으로 들어가서 황제를 뵙게 되었다.

그 글의 내용은 아홉 가지였는데, 그 중 여덟 가지는 율령에 관한 것이었고, 한 가지는 흉노 토벌에 관해 간한 것이었다. 그의 글은 다음과 같다.

신이 듣건대, '명군은 간절한 간언을 미워하지 않고 넓이 보고 들으며, 충신은 감히 중벌을 피하지 않고 직간한다. 그러므로 모든 일에 못다 한 계책이 없어 그 공이 만세에 전한다.' 합니다. 지금 신은 감히 충심을 감추거나 죽음을 피하지 않을 생각으로 어리석은 마음을 말씀드립니다. 바라옵건대 폐하께서는 다행히 용서하시어 잠시 살펴 주옵소서. 사마법(司馬法, 周代의 兵法)에 말하기를, '나라가 비록 커도 싸움을 좋아하면 반드시 망하고, 천하가 태평해도 싸움을 잊으면 반드시 위태롭다. 천하가 이미 태평하더라도 천자는 승리를 노래한 대개(大凱)의 음악을 연주하며, 봄이 되면 봄사냥〔蒐〕을 가을에는 가을사냥〔獮〕을 행하며, 제후는 봄에는 군대를 사열하고 가을에는 군대를 점검한다. 이것이 곧 싸움을 잊지 않는 것이다.' 라고 했습니다. 또 노여움은 덕을 거스르는 일이며, 군사란 흉기이며, 싸움은 작은 일이옵니다. 옛 임금이 한 번 노여워하면 반드시 시체를 남기고 피를 흘려야만 했습니다. 그러므로 영명한 임금은 가볍게 전쟁을 하지 않았던 것입니다. 대체로 싸움에 이기는 것만을 힘써 힘이 자라는데까지 전쟁만을 일삼은 사람치고 옛부터 후회하지 않은 사람이 없습니다. 옛날 진시황제는 전승의 위엄을 자랑하며 천하를 잠식하여 전국을 병합함으로써 천하 통일을 보게 되었고, 그 공은 하·은·주 삼대에 맞먹게 되었습니다. 그런데도 계속해서 싸움에 이기기만을 힘써 쉴 줄을 모르고 흉노를 치려했습니다. 그때 이사(李斯)가 간언하되 '옳지 못하옵니다. 대체로 흉노는 성곽을 쌓아 그 속에 살고 있는 것도 아니고, 양식을 저축하여 두고 지키는 것도 아닙니다. 새가 떼를 지어 날아 옮기듯이 이동하니 이를 잡아 다스리기는 어려운 일이옵니다. 가볍게 무장한 부대로써 깊이 쳐들어가게 되면, 반드시 양식은 떨어지고 말 것이며, 양식이 떨어지지 않게끔 행군을 하게 되면 무거운 짐으로 인해 싸움을 제대로 할 수 없게 될 것입니다. 흉노의 땅은 얻어도 이익이 될 만한 것이 없고, 흉노의 백성을 얻어 후대하더라도 그들로 부대 수비를 하도록 만들 수는 없습니다. 그렇다고 이기는 족족 이를 모두 죽인다는 것은 백성의 부모된 천자의 도리에 어긋나는 일입니다. 중국을 피폐시키면서까지 흉노와 끝까지 싸우는 일은 좋은 계책이 되지 못하옵니다.' 라고 하였습니다. 그러나 진시황은 받아들이지 않았습니다. 그리고 드디어는 몽염에게 명하여 군사를 이끌고 흉노를 침으로써 천 리의 땅을 개척하고 하수로써 그 경계를 삼게 되었습니다. 그러나 그 땅은 원래가 소금기가 많은 땅이라 곡식이 자라지 않습니다. 그 뒤 천하의 장정들을 징발하여 북하(北河)의 땅을 수비하게 했으나 군사를 비바람 속에 내놓은 10여 년 동안, 이루 헤아릴 수 없이 많은 군사를 죽게 만들었을 뿐 끝내 하수를 건너 북진할 수는 없었습니다. 이것이 어찌 군사의 수가 모자라고 무기와 장비가 제대로 갖춰지지 않은 탓이겠습니까? 형세가 그럴 수 없었기 때문입니다. 또 온 천하가 말먹이와 군량을 운반하고 있었는데, 수현 · 낭야군 등 바닷가 군현으로부터 북하까지 실어 보내게 되면 대체로 30종(1鍾은 6石 4斗)을 보내 겨우 1석(石) 정도 도착하는 형편이었습니다. 남자가 농사를 지어도 군량이 부족하고, 여자가 길쌈을 해도 군막이 넉넉지 못했습니다. 백성들은 피폐해져 고아와 과부와 노인과 어린아이들을 부양할 수 없어서 길바닥에는 죽은 사람이 널려 있는 형편이었습니다. 천하가 진나라를 배반하기 시작한 것입니다. 고조 황제께서도 천하를 평정하면서 변경을 공략할 때 흉노가 대의 산골짜기 밖에 모여 있다는 말을 듣고 이를 공격하려 한 적이 있었습니다. 이때 어사 성(成)이 나아가, '아니옵니다. 대체로 흉노의 천성은 짐승처럼 모였다가 새처럼 흩어지기 때문에 이를 쫓아 친다는 것은 손으로 그림자를 치는 것과 같습니다. 지금 폐하의 성덕으로 흉노를 친다 해도 신은 적이 위태롭게 생각되옵니다.' 하고 간했습니다. 그러나 고조 황제는 이를 듣지 않으시고, 마침내는 북쪽 대의 산골짜기로 나가셨다가 결국은 평성에서 흉노에게 포위되고 말았습니다. 고조 황제께선 이 일을 몹시 후회하시고 유경을 흉노에 사신으로 보내어 화친의 약속을 맺게 하셨습니다. 그런 뒤에 천하는 전쟁을 잊게 되었던 것입니다. 병법에는, '10만의 군사를 일으키면 하루 천금의 비용을 쓰게 된다.' 고 했습니다. 대체로 진나라는 항상 많은 사람들을 모아 군사를 싸움터로 내보낸 것이 몇십 만이었습니다. 이렇게 되면 적군을 전멸시키고 적장을 죽이고, 선우를 포로로 하는 공을 세우더라도 이로써 또한 적과 원한을 맺어 복수심을 깊게 만들게 되므로 천하의 비용을 보상하기에 부족한 것이었습니다. 대체로 위로는 국고를 텅 비게 하고, 아래로는 만민을 피폐시키면서 나라 밖으로 힘을 돌리고 있는 것은 완전한 일이 되지 못하옵니다. 흉노를 붙들어 다스리기 힘들다는 것은 오늘에 한정된 일이 아닙니다. 이리저리로 몰려다니며 도둑질과 약탈을 행하는 것은 그들의 한 생활 방법으로서 타고난 천성이 그들을 그렇게 만들고 있는 것입니다. 멀리 우 · 하 · 은 · 주의 옛날부터 그들에게 어떤 일을 맡겨 감독한 적은 한 번도 없었고, 짐승과 같이 기를 뿐 보통 사람과 같이 취급하지는 않았습니다. 위로는 우 · 하 · 은 · 주의 통치법을 참고로 하지 않고, 아래로는 근세의 실책을 그대로 따르고 있는 것은 신이 크게 걱정하는 바이며 만백성들이 아파하고 괴로워하는 것이옵니다. 또 전쟁을 오래 끌게 되면 변이 생기기 마련이며, 사태가 어렵게 되면 생각이 달라지는 법입니다. 즉 변경에 있는 백성들은 지치고 괴로운 나머지 모반할 마음을 품게 되고, 장사(將士)와 군리(軍吏)들은 서로가 의심을 품고 외국과 내통하여 사사로운 이익을 구하게끔 됩니다. 이런 까닭으로 위타(尉佗)와 장한(章邯)은 그들의 개인을 위한 일을 도모하기에 이른 것입니다. 대체로 진나라의 통치가 불가능하게 된 것은 권세가 위타와 장한 두 사람에게 나뉘어졌기 때문이며, 이것이야말로 득실의 구체적인 예입니다. 그러므로《주서》에 말하기를 '나라의 안위는 어떤 법령을 내느냐에 달려 있고, 나라의 존망은 어떤 인물을 쓰느냐에 있다.' 고 했습니다. 바라옵건대 폐하께서는 자세히 살피시어 잠시 숙려하여 주옵소서.

이때 조나라 사람 서악(徐樂)과 제나라 사람 엄안(嚴安)도 함께 글을 올려 당면한 급무를 논했는데, 그것은 각각 다른 일에 대해서였다. 서악이 말한 내용은 다음과 같다.

신이 듣건대, '천하의 근심은 밑에서 서서히 무너져 내리는 토붕(土崩)에 있을 뿐 위가 갑자기 허물어져 내리는 와해(瓦解)에는 있지 않다. 이것은 고금(古今)을 통해 변함이 없다.' 고 합니다. '토붕' 이 어떤 것인가를 말씀드린다면 진나라 말세가 바로 그것입니다. 진섭(陳涉)에게는 제후의 높은 지위도 없었고 조그마한 영토도 없었으며, 몸은 왕공이나 대인이나 명문의 자손도 아니었고, 향리에서도 명예가 없었으며, 공자 · 묵자 · 증자와 같은 현인도 아니고, 도주공(陶朱公)이나 의돈(猗頓)과 같은 부(富)가 있는 것도 아니었습니다. 그러나 그가 가난한 뒷골목에서 들고 일어나 창을 잡고 휘두르며 한 팔을 걷고 크게 외치자 온 천하의 백성들은 풀이 바람에 휩쓸리듯 그를 따르게 되었던 것입니다. 이것은 어떤 이유에서였겠습니까? 그것은 백성이 괴로워해도 왕은 이를 돌보지 않고, 아래가 원망을 해도 위에서는 이를 모르고 있었으며, 세상은 이미 어지러워져 정치를 제대로 할 수 없었기 때문입니다. 이 세 가지는 진섭이 들고 일어나게 된 밑바탕이 되었던 것으로 이것이 바로 토붕이란 것입니다. 그러므로 천하의 근심은 토붕에 있다고 말씀드리는 것입니다. '와해'란 어떤 것인가를 말씀드리면 오 · 초 · 제 · 조나라 등의 반란이 바로 그것이옵니다. 오 · 초 등 7국이 공모하여 반역을 도모, 각각 만승의 왕을 자칭했던 바, 무장한 군사는 몇 십만에 달하여 그들의 위엄은 영내를 두렵게 하는 데 충분했고, 재물은 그들 사민(士民)을 반란으로 끌어들이기에 충분했습니다. 그럼에도 불구하고 서쪽으로 한 자 한 치의 땅도 빼앗지 못하고, 몸은 중원에서 포로가 되고 말았습니다. 이것은 무엇 때문이었겠습니까? 그들의 권세가 필부보다도 가볍고, 병력이 진섭만 못하지는 않았습니다만 당시는 선황제의 은택이 아직 줄어들지 않고, 그 땅에 편안히 살고 있으면서 세상을 즐기는 백성들이 많았습니다. 이로 인해 제후들에게는 밖으로부터의 원조가 없었던 것인데, 이것을 바로 와해라고 하옵니다. 그러므로 천하 근심은 와해에 있지 않다고 한 것입니다. 이것으로 미루어 볼 때 천하가 참으로 토붕의 형세로 기울면 가난한 뒷골목에 사는, 지위도 벼슬도 없는 천하 백성이라도 때론 반란을 일으켜 천하를 위태롭게 할 수가 있습니다. 진섭이 바로 그러한 경우입니다. 더구나 삼진(三晉)의 왕이라도 살아 있다면 더 말할 것도 없습니다. 천하가 아직 잘 다스려지지 않았더라도 참으로 토붕의 형세가 없다면, 강한 나라와 강한 군사가 있더라도 뒤돌아설 겨를도 없을 만큼 재빨리 몸은 포로가 되고 말 것입니다. 오 · 초 · 제 · 조나라 등이 바로 이러했습니다. 하물며 신하들이나 백성들이 어떻게 반란을 꾀할 수 있겠습니까? 이 두 가지 점은 나라의 안위를 가름하는 분명하고도 중요한 일로써 현철하신 왕께서 유의하여 깊이 살펴야 할 일이 옵니다. 최근 관동 땅은 모든 곡식이 제대로 익지 못해 아직 평년 수확에 이르지 못했고, 많은 백성들은 곤궁에 처해 있으며, 게다가 변방에는 뜻하지 않은 일이 거듭 일어나고 있습니다. 객관적인 사태와 자연의 이치로 미루어 볼 때 백성들은 역시 편안함을 얻지 못한 사람이 많은 것으로 생각됩니다. 편안하지 못하면 자연 동요하기 쉽게 되고, 동요하기 쉬운 것은 곧 토붕의 형세가 되는 것입니다. 그러므로 현군은 혼자 만물이 변화하는 근본 원인을 살펴보고, 안위의 기틀을 밝게 알아 이를 조정에서 해결하여 환란을 미연에 막게 되옵니다. 중요한 것은 천하에 토붕의 형세가 생겨나지 않게끔 하는 것입니다. 그것만 이룩할 수가 있다면, 비록 강국과 강병이 있다 하더라도 폐하께서는 달리는 짐승을 쫓고 날아가는 새를 쏘며, 유원지를 넓혀 마음껏 놀이를 즐기고, 사냥의 즐거움을 다하더라도 태연자약한 마음을 가질 수 있습니다. 종과 북, 거문고와 피리의 소리는 귀에서 끊이지 않고, 장막 안에서의 기쁨과 배우 · 주유(侏儒, 난쟁이)의 웃음소리가 앞을 떠나지 않으며, 그러고도 천하에는 오래도록 걱정이 없을 것입니다. 어찌 명성이 은나라 탕왕과 주나라 무왕과 같기를 바라고, 주나라 성왕과 강왕 때의 태평성대와 같기를 바라겠습니까? 엎드려 생각하옵건대 폐하께서는 타고 나신 성덕과 관인(寬仁)하신 자질을 가지고 계시므로 진실로 천하를 다스리는 데 힘을 기울이신다면, 탕왕이나 무왕과 같은 명성을 얻는 일이 어렵지 않을 것이고, 또 성왕이나 강왕 때와 같은 태평성대를 다시 일으킬 수가 있습니다. 이 둘을 이룩하신 다음 명실상부한 상태에서 높고 편안한 당대에 이름을 날리고 자랑을 넓혀, 천하의 백성들을 가까이 하시고 사방 오랑캐들을 굴복시켜 남은 은혜와 끼치신 덕이 여러 대에 걸쳐 융성을 가져오게 하며, 남면하여, 전(扆, 도끼 무늬로 수놓은 병풍)을 등지고 소매를 여미어 왕공을 대하는 것이 폐하께서 하셔야 할 일이옵니다. 신이 듣건대, '왕자(王者)가 될 것을 도모하다가 성공하지 못해도 세상을 편안케 한다.' 했습니다. 세상이 편안하게 된다면 폐하께서 어느 것을 구하시든 얻지 못할 것이 있으며, 무슨 일을 하시든 이룩하지 못할 것이 있으며, 누구를 치시게 되든 굴복하지 않을 자가 있겠습니까?

또 엄안이 올린 글은 다음과 같다.

신이 듣건대, '주나라는 천하를 차지하여 잘 다스리기 3백여 년, 성왕과 강왕 때가 가장 융성했으며 형법이 있었지만 40여 년 동안이나 쓰지 않았다.' 고 하옵니다. 그러기에 주나라는 쇠약해진 뒤에도 다시 3백여 년의 명맥을 유지할 수 있었고, 그 사이에 오패(五覇)가 번갈아 일어나게 되었습니다. 오패는 언제나 천자를 도와 이(利)를 일으키고 해를 제거하며 모진 것을 무찌르고 그릇된 것을 금하며, 천하를 바로잡아 천자를 높였습니다. 오패가 죽은 뒤에는 이를 이을 만한 거룩한 인물이 없어 천자는 외롭고 약해져서 호령을 행하지 못하고, 제후들은 행동이 방자해져서 강한 것은 약한 것을 업신여기고, 많은 것은 적은 것을 못살게 굴어, 전상(田常)은 제나라를 찬탈하고, 육경(六卿)은 진나라를 분할하여 전국 시대로 들어섰습니다. 이것이 백성들이 고통받게 된 시초였습니다. 이리하여 강한 나라는 침략을 일삼고 약한 나라는 지키기에 바빠 혹은 합종을 하고, 혹은 연횡하는 통에 달리는 전차가 너무 많아서 서로 바퀴가 부딪치고, 싸움을 너무 오래 끌어 투구와 갑옷에 서캐와 이가 생기는 형편이었으나, 백성들은 어느 곳에도 그 고통을 호소할 데가 없었습니다. 이윽고 진나라 왕이 천하를 잠식하여 전국을 병탄하기에 이르러 황제라 이름하고 천하의 정치를 한손에 쥐자 제후들의 성을 파괴하고 제후국의 병기를 녹여 종과 종틀을 만들어 다시는 병기를 쓰지 않을 것을 천하에 보였습니다. 이에 착한 백성들은 전국의 불안에서 벗어나 명철하신 천자를 만나게 되었다 생각하고, 저마다 다시 살아난 듯한 느낌을 가지게 되었던 것입니다. 이때 진나라가 형벌을 늦추고 세금을 줄이고 부역을 덜며, 인의를 존중하고 권세와 이익을 가볍게 여기며, 독실하고 후덕한 것을 숭상하고, 지혜와 기교를 멀리하여 나쁜 풍속을 바로잡아 천하를 올바로 이끌었더라면 진나라가 대대로 태평을 누렸을 것은 틀림없는 일이었습니다. 그런데 진나라는 이같이 하지 않고 옛날 진나라 풍습에 따라 교활한 지혜나 권세와 이익을 쫓는 자는 끌어다 쓰고, 독실하고 돈후하며 충성스럽고 신의가 있는 자는 물리쳤으며, 법은 무섭고 정치는 까다로웠습니다. 아첨하는 자가 많아 황제는 날마다 아첨하는 무리들의 말만 들어서 생각이 교만해지고 마음은 방탕해져서 함부로 위엄을 해외(海外)에 떨치려 했었습니다. 그리하여 몽염으로 하여금 군사를 이끌어 북쪽으로 흉노를 치게 하여 영토를 개척하여 국경을 넓히려고, 군사를 동원하여 북하의 땅을 지키게 하고, 그 뒤를 대기 위해 말먹이와 군량을 힘겹게 실어 보냈습니다. 또 위타와 도수(屠睢)로 하여금 수군(水軍)을 이끌고 남쪽으로 백월(百越)을 치게 하고, 감(監, 관명) 록(祿)으로 하여금 운하를 파서 양식을 운반하게 하여 월나라 땅 깊숙이 쳐들어가게 했습니다. 월나라 사람은 처음엔 도망쳐 달아났으나, 진군(秦軍)이 오랜 시일을 허송하는 동안 양식이 떨어진 것을 알자 공격을 가해 대파하고 말았습니다. 그래서 진나라는 위타로 하여금 군사를 거느리고 월나라를 방어하게 했던 것입니다. 당시 진나라는 북쪽으로는 흉노와 화를 얽고 남쪽으로는 월나라와 화를 맺어 군사를 쓸데없는 땅에 머물러 있으면서 나아갈 수도 물러날 수도 없는 상태에 있었습니다. 이리하여 10여 년 동안 장정들은 갑옷을 두른 채 싸움터에서 보내고 여자들은 짐을 실어 나르기에 지쳤습니다. 고통에 못이겨 스스로 길가의 나무에 목을 매어 죽은 사람들이 줄을 지어 서로 바라볼 수 있을 정도였습니다. 진시황이 죽자 천하는 모두 진나라를 배반하였습니다. 즉 진승(陳勝)과 오광(吳廣)은 진(陳)에서 군사를 일으키고, 무신(武臣)과 장이(張耳)는 월나라에서 군사를 일으키고, 항량(項梁)은 오나라에서 군사를 일으키고, 전담(田儋)은 제나라에서 군사를 일으키고, 경구(景駒)는 영(郢)에서 군사를 일으키고, 주시(周市)는 위나라에서 군사를 일으키고, 한광(韓廣)은 연나라에서 군사를 일으켰으며, 그 밖의 깊은 산과 골짜기에서도 그 수를 헤아릴 수 없을 정도의 호걸들이 함께 들고 일어났습니다. 그렇지만 그들은 모두 공후(公侯)의 자손이 아니었으며, 한 관청의 장(長)도 아니었습니다. 아무런 세력도 없이 시골 마을에서 일어나 창한 자루를 자랑삼아 시류를 타고 움직인 자들이었습니다. 그들은 모의하지 않았지만 함께 일어났고, 약속도 없이 서로 만나고 모여 차츰 땅을 빼앗아 세력을 확대시켜 패왕(霸王)에게까지 이르렀던 것입니다. 결국 진나라의 포악한 정치가 그렇게 만든 것입니다. 진나라는 천자의 귀한 자리에 앉아 천하의 부를 누리고 있으면서도 자손의 뒤가 끊어지고 종묘의 제사를 잇지 못하게 된 것은 지나치게 전쟁만을 힘써 온 때문에 생겨난 화였습니다. 그러므로 주나라는 약했기 때문에 정권을 잃고, 진나라는 강했기 때문에 정권을 잃었던 것을 보면 다 같이 때를 따라 정책을 변경하지 못한 때문에 일어난 화환

(禍患)이었습니다. 지금 한나라에서는 남쪽 오랑캐를 불러들이고, 야랑(夜郎, 귀주성에 있는 나라)을 조공하게 하며, 강북(羌僰, 청해성에 있던 나라)을 항복시키고, 예주(濊州, 길림성 동남부에서 조선 북부에 걸친 지역)를 공략해 성읍을 세우고, 흉노 땅에 깊숙이 쳐들어가 그들의 농성(蘢城)을 불태우려 합니다. 말하는 사람들은 이것을 장한 일이라 칭찬하고 있으나 그것은 다만 신하로서의 이익을 위해 하는 말일 뿐, 천하를 위한 좋은 계획은 아닙니다. 지금 중국은 개 짖는 소리에도 놀라는 일이 없을 만큼 태평스러우나 밖으로 먼 지방의 수비에 얽매여 나라를 피폐하게 하는 것은 백성을 자식으로 거느리고 있는 천자의 취하실 길이 아니옵니다. 끝없는 욕망을 실천하기 위해서 마음껏 행동하여 흉노와 원한을 맺는 것은 변경을 편안케 하는 길이 되지 못합니다. 화가 맺혀져 풀리지 않고, 전쟁이 그쳤는가 하면 다시 일어나 가까운 사람은 걱정과 고통을 겪게 되고, 먼 사람은 놀라게 되는 것은 장구한 계획이 되지 못합니다. 지금 천하 사람들은 갑옷을 가다듬고 칼을 갈며, 화살을 고치고 활줄을 매며, 양식을 실어 나르느라 잠시도 쉴 여가라곤 없습니다. 이것은 천하 사람들이 모두 우려하는 바입니다. 대체로 전쟁을 오래 끌면 변이 일어나게 되고, 일이 번거로워지면 생각지 않은 걱정이 생기게 되는 것입니다. 지금 바깥 군의 땅은 혹은 사방이 천 리에 가까운 것이 있으며, 그 중에는 몇십 개의 성읍이 열지어 있어서 그 토지나 형세로 보아 가까운 이웃 제후들을 속박 위협하고 있는데 이것은 종실의 이익이 될 수 없습니다. 옛날 제나라와 진(晉)

나라가 망하게 된 까닭을 생각해 보면 공실(公室)의 지위가 낮고 위세가 줄어든 데 반해 육경의 세력은 크게 커진 때문이라 하겠습니다. 또 최근에 진(秦)나라가 망하게 된 까닭을 생각해 보면, 법이 너무 엄한 데다 황제의 욕망마저 너무 커서 한이 없었기 때문입니다. 지금의 태수 권세는 너무도 무거워서 육경조차 비유가 되지 않습니다. 땅은 사방 천 리에 가까워 진승 등이 차지한 마을에 비할 바가 아닙니다. 또 갑옷과 병기 따위도 정교해서 창자루에 비할 바 아닙니다. 혹 만일에라도 큰 변이 일어나게 되면, 황공하오나 나라의 멸망은 피할 길이 없는 사실인 줄로 아옵니다.

글이 천자에게 올려지자 천자는 세 사람을 불러 보고 말했다.

"경들은 지금껏 어디에 있었소? 어째서 만나는 것이 이토록 늦었단 말인가?"

이리하여 천자는 주보언 · 서악 · 엄안을 낭중에 임명했다.

주보언은 자주 천자를 만나보기도 하고, 또 글을 올려 나라 일을 논했다. 천자는 주보언을 인정한 듯 조서를 내려 알자에 임명하더니 다시 중대부로 옮겨 1년 동안에 네 번이나 승진시켰다. 이 무렵 주보언은 다시 천자에게 진언했다.

"옛 제후들의 봉지는 사방 백 리에 지나지 않아 강하고 약한 형세에 있어서 다스리기가 쉬웠습니다. 그런데 지금 제후들은 혹은 몇십 개의 성읍을 지니고 있고, 봉지는 사방 천 리나 되어 너그럽게 대해 주면 교만하고 사치하여 음란에 빠지기 쉽고, 엄하게 다스리면 그의 강한 것을 믿고 서로 연합하여 조정에 반항하게 됩니다. 그렇다고 법으로써 봉지를 삭감하게 되면 반란의 기운이 싹트게 됩니다. 일찍이 조착의 경우가 그러했습니다. 지금 제후의 자제들은 수십 명이 되는 경우도 있지만 다만 본처 소생의 맏아들이 뒤를 이을 뿐 그 밖의 아들들은 같은 골육인데도 한 자 한 치의 봉토도 얻지 못하고 있습니다. 이것은 사랑하고 효도하는 도리를 펴는 것이 되지 못합니다. 바라옵건데 폐하께서는 제후들에게 명령을 내려 은덕을 넓혀 그의 자제들 전부에게 땅을 나눠주고 후를 봉할 수 있게끔 하여 주십시오. 그렇게 되면 저들은 원하는 바를 얻게 되어 기뻐할 것이고, 폐하께서는 은혜를 베풀어 주시면서 실은 제후들의 나라를 분할하게 되는 것이며, 일부러 삭감하지 않아도 점점 약해지게 될 것입니다."

천자가 그의 계획에 따르자 주보언은 다시 천자에게 진언했다.

"지금 무릉(茂陵, 무제의 壽陵)이 완성되어 있습니다. 천하의 호걸과 부잣집과 그리고 백성들을 어지럽히는 무리들은 모조리 무릉 땅으로 옮기는 것이 좋겠습니다. 그러면 안으로는 서울을 충실하게 만들고, 밖으로는 간사하고 교활한 무리들을 없애게 되어, 이른바 벌을 가하지 않고도 해독을 제거하는 것이 되옵니다."

천자는 또 그의 계획에 따랐다. 위황후(衛皇后)를 세우는 데도, 연왕(燕王) 정국(定國)의 비밀을 들추어내는 데도 주보언은 공이 있었다. 대신들은 모두 주보언의 입을 두려워하여 다투어 천금의 뇌물을 보내게 되었다.

그 중에는 주보언을 보고 이렇게 충고하는 사람도 있었다.

"너무 횡포가 심합니다."

그러면 주보언은 이렇게 대답했다.

"나는 상투를 올리고 각지로 유학한 지가 40여 년이나 되었으나 아직 뜻을 이루지 못했습니다. 어버이는 자식으로 생각지 않았고, 형제들은 돌보아주지 않았으며, 빈객들도 푸대접을 했습니다. 나는 너무도 오랫동안 곤궁하게 지내왔습니다. 또한 남자가 세상에 태어난 이상 오정(五鼎)[2] 의 식사를 할 수 없을 때는 오정에 삶겨 죽을 따름입니다. 나는 해는 저물고 갈 길은 먼 것처럼(〈오자서 열전〉 참조) 이미 나이는 늙었는데 해야 할 일이 너무 많습니다. 그래서 거꾸로 걸어가며 서둘러 일을 하는 것입니다."

또 주보언은 이렇게 주장하고 나섰다.

"삭방은 땅이 비옥하고, 외부와는 하수로 가로막혀 있습니다. 몽염은 이곳에 성을 쌓고 흉노를 내쫓았던 것입니다. 이곳을 다스리게 되면 안으로는 식량 수송과 군대의 수비를 덜게 되며, 중국을 넓히고 흉노를 없애는 근본이 될 것입니다."

천자는 그의 말이 현명하다고 생각하고 공경들의 의논에 붙였다. 그러나 공경들은 모두가 그것이 마땅치 않다고 지적했는데, 특히 공손홍은 이렇게 말했다.

"진나라 때 일찍이 30만의 많은 군대를 동원해서 북하의

2. 다섯 개의 솥에 담은 제후의 식사. 소 · 양 · 돼지 · 생선 · 사슴의 요리를 말한다.

땅에 성을 쌓은 일이 있었으나 결국은 목적을 이루지 못했으며, 마침내는 이를 버리고 말았습니다."

그러나 주보언은 열심히 그것의 편리함을 주장했다. 천자는 결국 주보언의 주장에 따라 삭방군을 두었다.

원삭 2년, 주보언은 이렇게 말을 올렸다.

"제왕은 안으로 음탕하고 방자하여 그 행동이 옳지 못합니다."

그래서 천자는 주보언을 제나라 재상에 임명했다. 그는 제나라에 도착하자 형제들과 옛날 빈객들을 한 사람도 남기지 않고 불러들인 다음, 5백금을 풀어 그들에게 나눠 주고 이렇게 꾸짖었다.

"예전에 내가 가난하게 살 때 형제들은 내게 옷도 밥도 주지 않았으며, 빈객들은 나를 문 안에 들여놓지도 않았었소. 그런데 지금 내가 제나라 재상이 되자 여러분들 중에는 나를 천 리 먼 곳까지 나와 맞아 준 사람도 있소. 나는 여러분과 절교하겠으니 두 번 다시 내 집문을 들어서지 마시오!"

주보언은 그 뒤 사람을 시켜 제왕이 그의 누님과 밀통하고 있는 것을 자신이 알고 있다고 비치며, 제왕의 마음을 움직여 보려 했다. 제왕은 끝내 자기가 죄를 벗어나지 못할 것으로 짐작하고, 연왕과 같이 사형을 받게 될 것이 두려워 자살하고 말았다. 소임은 이 사실을 천자에게 보고했다.

이보다 앞서 주보언이 아직 지위도 벼슬도 없는 평민이었을 때 일찍이 연나라와 조나라에 있은 적이 있었다. 그런데 주보언이 높은 지위에 오른 뒤에 연나라의 비밀을 들추어내었으므로 조왕은 자기 나라에도 화를 미치게 하지나 않을까 두려워서 글을 올려 주보언의 비밀을 고발하려 했었다. 그러나 주보언이 조정에 있었기 때문에 감히 고발하지 못했는데, 이제 주보언이 제나라 재상이 되어 관외(關外)로 나가게 되자 조왕은 지체 없이 사람을 시켜 이런 글을 올렸다.

주보언은 제후들의 뇌물을 받고 있었습니다. 그로 인해 제후의 자제들 중에 봉지를 얻은 사람이 많이 있습니다.

한편 제왕이 자살한 것을 들은 천자는 크게 노했다. 주보언이 제왕을 위협해서 자살하게 한 것으로 생각하고, 그를 불러들여 형리에게 넘긴 다음 그의 죄를 다스리게 했다. 주보언은 제후들로부터 돈을 받은 죄만은 시인했으나 실지로 제왕을 위협해서 자살하게 한 것은 아니라고 했다. 천자 역시 그를 죽일 생각은 없었으나 당시 어사대부로 있던 공손홍이 이렇게 주장하고 나섰다.

"제왕이 자살하였는데 그의 후사가 없기 때문에 자연 나라는 없어져서 조정의 직할 군이 되었습니다. 이 결과를 빚은 것은 주보언이 그 원흉이옵니다. 그를 사형에 처하지 않으면 천하에 대해 변명할 길이 없을 것입니다."

그리하여 주보언은 그 가족과 함께 몰살당하고 말았다. 그가 한창 천자의 총애를 받고 있을 때에 빈객의 수효가 거의 천을 헤아릴 정도였다. 그러나 집안이 몰살당하자 누구 한 사람 그의 시체를 거둬 주는 사람이 없었다. 다만 효현(洨縣, 안휘성) 사람 공거(孔車)만이 시체를 거둬 이를 장사지내 주었다. 천자는 뒤에 이 이야기를 듣고 공거를 장자(長者)인 줄로 생각했다.

태사공은 말한다.

공손홍은 행동면에서나 의리면에서나 수양이 되어 있는 사람이었지만, 역시 때를 잘 만난 사람이었다. 한나라가 일어난 지 80여 년, 천자의 마음은 바야흐로 학문으로 쏠리고 있어서, 훌륭한 인재를 불러모아 유가와 묵가의 학문을 넓히려 하고 있었다. 공손홍은 그 첫째로 천거된 사람이었다.

주보언이 요직에 있을 때에 사람들은 모두 그를 칭찬하고 있었다. 그러나 명성이 떨어져 사형에 처하게 되자 선비들은 다투어 그의 나쁜 점만을 말했다. 참으로 슬픈 일이다.

● 다음은 한나라 효평제(孝平帝)의 할머니인 태황태후 왕씨가 효평제의 심정으로서 그때의 대사도(大司徒, 승상) · 대사공(大司空, 어사대부)에 내린 조서다. 후세 사람이 여기에 보충해서 기록해 둔 것이다.

태황태후는 대사도와 대사공에게 다음과 같이 조서를 내렸다.

들은 바에 의하면 나라를 다스리는 길은 백성을 잘 살게 하는 것을 첫째로 하고, 백성을 잘 살게 하는 데 가장 중요한 것은 절약과 검소에 있다고 한다. 《효경(孝經)》에 말하기를 "위를 편하게 하고 백성을 다스리는 데는 예(禮)보다 더 좋은 것은 없다."고 했다. 또 "예는 사치한 것보다는 검소한 편이 낫다(《論語》〈八佾〉)."고도 했다. 옛날 관중은 제환공의 재상으로서 환공을 제후의 패자로 만들고, 제후들을 한데 합쳐 천하를 바로잡은 공로가 있다. 그런데 공자는 관중을 평하여 예를 모른다고 말했다. 관중이 심히 사치하여 임금과 비교되는 생활을 한 때문이다. 하나라 우임금은 궁실을 누추하게 하고 남루한 의복을 입고 있었는데, 그 자손들은 이에 따르지 못함으로써 망하고 만 것이다. 이로 미루어 볼 때 처음 나라가 흥성할 때는 임금의 덕이 높이 뛰어나 있었다. 덕에는 절약과 검소보다 더 높은 것이 없다. 절약과 검소의 덕으로써 백성과 풍속을 교화하면 존비의 질서가 서고, 골육간의 정이 두터워져, 싸움의 근원이 그치게 된다. 이것은 곧 집이 넉넉해져서 부족한 것이 없어지므로 치세의 형벌을 필요없게 하는 근본이 되는 것이다. 이를 실현시키도록 힘써야 할 것이다.

대체로 삼공은 백관의 어른이며 만민의 스승이다. 또 곧은 기둥을 세워 두었는데, 구부러진 그림자가 비친 일은 없다. 공자도, "위에 있는 그대가 앞장서서 바른 도리를 행하면 누가 백성으로서 감히 바르지 않을 자가 있겠는가." "착한 사람을 등용하여 능하지 못한 사람을 가르치면 백성은 자연 착한 일을 힘쓰게 된다."고 말하지 않았던가. 생각컨대 우리 한나라가 일어난 이래 고굉(股肱)의 신하인 재상들 가운데서 몸소 검약한 생활을 하며 재물을 가볍게 여기고 의리를 소중히 하여 뚜렷이 세상에 알려진 사람으로는 지난날 승상이었던 평진후 공손홍에 미칠 사람이 없다. 공손홍은 승상의 지위에 있으면서 질박한 베이불을 덮고, 현미밥에 고기 반찬은 한 가지를 넘지 않았다. 그러면서도 옛 친구나 친한 손들에 대해서는 자신의 봉록을 나누어 주고 집에 남겨 두는 일이 없었다. 참으로 안으로는 극기와 검약을 힘쓰고, 밖으로는 스스로 제도에 따랐던 것이다. 급암이 이를 힐책하자 공손홍은 조정에서 있는 그대로를 말했다. 그것은 분명 제도를 벗어난 검약이기는 하지만 그것은 실행해서 조금도 해될 것은 없는 일이다. 공손홍의 덕이 뛰어나 있었기 때문에 그것을 실행한 것이지 그렇지 못했으면 실행하지 않았을 것이다. 안으로는 사치를 일삼으면서 밖으로는 괴상한 옷차림으로 헛이름을 낚으려는 사람과는 전혀 그 성질을 달리하는 것이다.

공손홍이 병으로 벼슬에서 물러날 것을 정하자 효무제께서는 곧 조서를 내리시어, "공이 있는 사람은 표창하며, 착한 것을 좋아하고 악한 것을 미워하는 짐의 마음을 경은 알아주기 바란다. 공연한 걱정을 말고 마음을 가다듬어 약의 도움을 받아 치료에 전념해 주기 바란다."고 하고 휴가를 내려 병을 치료하게 하고, 쇠고기 · 술 · 비단 같은 것들을 하사하셨다. 달이 지나자 공손홍의 병은 완쾌되어 나라 일을 보게 되었고, 그 뒤 원수 2년에 이르러 공손홍은 승상의 지위에 있으면서 세상을 떠났다. 대체로 신하를 아는 것은 임금만한 이가 없다고 한 말은 이것으로 증명이 된다. 공손홍의 아들 공손도는 아버지의 작을 승계하고, 뒤에 산양 태수가 되었으나 법에 저촉되어 후의 지위를 잃었다. 생각하건대 덕이 있는 사람과 의리가 있는 선비를 표창하는 것은 풍속을 이끌어 교화에 힘쓰는 것으로서 성왕의 제도인 동시에 만고에 바꿀 수 없는 도다. 이에 공손홍의 자손으로서 다음 뒤를 잇게 될 사람에게 관내후의 작과 식읍 3백 호를 준다. 그를 불러 공거(公車, 관청 이름)로 나오게 하고, 그 이름을 《상서(尚書)》에 올리도록 하라. 짐이 직접 그를 임명하리라.

● 다음은 반고(班固)의 《한서(漢書)》 가운데 있는 공손홍 · 복식(卜式) · 예관전(兒寬傳)의 논찬인데 후세 사람이 여기에 보충 기록한 것이다.

반고는 다음과 같이 말하고 있다.

"공손홍 · 복식 · 예관 등은 모두 기러기와 같은 나래를 가지고 있으면서 제비나 참새 따위에게 시달림을 받아 멀리 궁벽한 곳에서 양과 돼지 무리들 속에서 살고 있었다. 만일 때를 만나지 못했던들 어떻게 이런 높은 지위에 오를 수 있었겠는가? 당시는 한나라가 일어난 지 60여 년, 천하는 편안히 다스려지고, 부고(府庫)는 꽉차 있었으나 여전히 사방의 오랑캐들은 복종하지 않고, 제도에는 많은 결함이 있었다. 무제는 바야흐로 문무의 인재들을 혹시나 빠뜨릴세라 열심히 찾아 쓰려 하고 있었다. 처음 포륜(蒲輪)으로 매승(枚乘)을 맞았고, 또 주보언을 만나 보고 늦게 만난 것을 안타까워했다. 이리하여 신하들이 흠모하여 따르고 빼어난 재능을 가진 선비들이 잇달아 나타났다. 복식은 목자(牧者)에서 등용되고, 상홍양(桑弘羊)은 장사꾼에서 발탁되었으며, 위청(衛青)은 종의 몸으로 일어났고, 김일제(金日磾)는 항복한 흉노의 몸으로 출세했다. 이들은 옛날 판(版)으로 담을 쌓던 부열(傅說)이나 소 먹이 출신인 영척(寧戚)과 같은 따위다. 한나라 왕실로서 인재를 얻은 점에 있어서는 이때가 가장 성했다. 올바른 유학자로는 공손홍 · 동중서 · 예관이 있고, 행실이 돈독한 선비로는 석건(石建) · 석경(石慶)이 있으며, 질박하고 정직한 인사로는 급암과 복식이 있고, 어진 사람을 잘 천거하기로는 한안국(韓安國) · 정당시(鄭當時)가 있으며, 법령을 잘 만든 사람으로는 조우(越禹)와 장탕(張湯)이 있고, 문장에 뛰어난 사람으로는 사마천(司馬遷) · 사마상여(司馬相如)가 있으며, 변설에 능한 사람으로는 동방삭(東方朔)과 매고(枚皐)가 있고, 손님 접대에 능숙한 사람으로는 엄조와 주매신이 있었다. 또 천문과 역수(曆數)에 능한 사람으로는 당도(唐都)와 낙하굉(落下閎)이 있고, 음률(音律)을 잘 정리한 사람으로는 이연년(李延年)이 있었으며, 산수와 회계에 뛰어난 사람으로는 상홍양이 있었다. 외국에 간 사신으로는 장건(張騫)과 소무(蘇武)가 유명하고, 장군으로서는 위청과 곽거병이 있으며, 유조(遺詔)를 받들어 어린 임금을 보좌한 사람으로는 곽광 · 김일제가 있었는데, 이 밖에도 이루 다 헤아릴 수 없는 많은 인재들이 있었다. 그러므로 공업을 일으키고 제도를 확립시켜 빛나는 문물을 남긴 점에서는 후세에도 이때를 미칠 만한 시대는 없다. 효선제(孝宣帝)가 대통(大統)을 잇게 되자 효무제의 큰 사업을 이어 받아 다시 육예(六藝, 六經 — 易 · 書 · 詩 · 春秋 · 禮 · 樂)를 강론하고, 뛰어난 인재들을 불러 뽑았다. 소망지(蕭望

之)·양구하(梁丘賀)·하후승(夏侯勝)·위현성(韋玄成)·엄팽조(嚴彭組)·윤경시(尹更始)는 유학에 뛰어난 것으로 등용되고, 유향(劉向)·왕포(王褒)는 문장이 뛰어난 것으로 세상에 알려졌다. 장상(將相)으로는 장안세(張安世)·조충국(趙充國)·위상(魏相)·병길(邴吉)·우정국(于定國)·두연년(杜延年)이 있고, 백성들을 잘 다스린 사람으로는 황패(黃覇)·왕성(王成)·공수(龔遂)·정홍(鄭弘)·소신신(邵信臣)·한연수(韓延壽)·윤옹귀(尹翁歸)·조광한(趙廣漢) 등이 있는데, 모두 공적이 있어서 후세에 알려져 있다. 명신을 많이 내고 있는 점에서도 효선제 시대는 효무제 시대의 다음이 된다."

남월 열전(南越列傳)

한나라는 이미 중국을 평정했다. 조타(趙佗)는 능히 양월(揚越)의 땅을 평정하여 남방 번병(蕃屛)으로서의 실력을 지니고 한나라에 공물을 바쳤다. 그래서 〈남월 열전 제53〉을 지었다.

남월왕 위타는 진정(眞定) 사람으로 성은 조씨(趙氏)다. 당시 진나라는 천하를 통일하자 양월을 공략해서 이를 평정하고, 계림군(桂林郡) · 남해군(南海郡) · 상군(象郡)을 설치한 다음 13년간이나 그곳으로 범법자들을 이주시켜 월나라 사람들과 섞여 살게 한 바 있었다. 조타는 진나라 때 임용되어 남해군 용천 현령이 되었다. 2세 황세 때 남해군 군위 임효(任囂)가 병으로 죽을 무렵 조타에게 이런 이야기를 건넸다.

"들리는 바에 의하면 진승 등이 반란을 일으켰다 하오. 다시 말해 진나라가 무도한 짓을 해서 온 천하가 이를 고통스러워하던 참이라. 항우 · 유방 · 진승 · 오광 등이 각 주군에서 제각기 함께 군사를 일으키고 사람들을 끌어 모아 호랑이가 고기를 놓고 다투듯이 천하를 다투니 중국이 시끄러워 언제 안정을 찾게 될지 알 수 없고, 호걸들은 진나라를 배반하고 저마다 왕이 되어 있는 형편이라 하오. 우리 남해군은 멀고 구석진 땅이기는 하지만 아무래도 그 도둑의 군사들이 여기까지 침입해 올 염려가 있소. 그래서 나는 군사를 일으켜 새로 개통된 신도(新道)를 차단하고, 스스로의 힘으로 제후들의 분쟁에 대비할 생각이었는데, 이렇게 뜻밖에도 중병에 걸리고 말았소. 이 반우(番禺)는 험한 산을 등지고 남쪽은 바다로 막혀 있으며, 동쪽에서 서쪽까지는 땅이 몇 천리나 되는데다가, 중국 사람들도 상당히 살면서 서로 돕고 있는 만큼 한 주로서 독립하여 나라를 세울 수도 있는 곳이오. 그러나 군에 있는 고관 중에는 한 사람도 함께 상의할 만한 사람이 없어서 그대를 불러서 의논하는 거요."

그리고 임효는 거짓 조서를 만들어 조타에게 주고, 자기를 대신해서 남해군의 군위 직무를 맡게 했다. 임효가 죽자 조타는 곧 격문을 돌려 횡포(橫浦) · 양산(陽山) · 황계(湟谿) — 모두 광동성 — 의 각 관문에 통고했다.

"도둑의 군대가 침입해 오려 하고 있다. 급히 길을 차단하고 군사를 모아 각자가 지키도록 하라."

이리하여 조타는 법을 이용해서 차례로 진나라가 임명한 고관들을 죽이고, 자기 편 사람을 임시로 군수에 앉혔다. 진나라가 패해서 망하게 되자 조타는 계림군과 상군을 쳐서 이를 병합하고, 스스로 남월(南越)의 무왕(武王)이 되었다. 한나라 고제는 이미 천하를 평정했으나 중국이 전란에 막 시달리고 난 참이라 조타를 그대로 놓아둔 채 토벌하려 하지 않았다. 그리고 한나라 고조 11년에 육고(陸賈)를 보내 정식으로 조타를 남월왕으로 세워 할부를 주고 사절을 내왕하게 했을 뿐더러 조타가 백월의 백성들을 통합시켜 한나라 남쪽 변경을 해치는 일이 없게끔 했다. 따라서 남월은 장사(長沙)와 국경에 맞대게 되었다.

고후 때 담당관의 주청으로 남월과 국경 관문에서 철기(鐵器)의 교역을 금지시켰다. 그러자 조타는 이렇게 말했다.

"고제는 나를 왕으로 세우고, 사절의 내왕과 교역을 허락했었다. 그런데 지금 고후는 참소하는 신하의 말을 받아들여 오랑캐라 하여 차별 대우를 하며 이쪽으로 원하는 기물들을 끊어 버렸다. 이것은 틀림없이 장사왕의 계략이다. 그는 중국을 등에 업고 남월을 쳐서 없앤 다음, 남월 땅을 합쳐 이곳 왕이 되어 자기의 공적으로 삼으려 하는 것이다."

그리고는 스스로 존호를 높여 남월의 무제(武帝)라 부르며 군사를 동원하여 장사의 변경 고을들을 쳐서 몇 현을 깨뜨리고 돌아갔다. 이에 고후는 장군 융려후(隆慮侯) 주조(周竈)를 보내 이를 치게 했으나 더위와 습기를 만나 많은 사졸들이 전염병에 걸리는 바람에 양산령(陽山嶺)을 넘을 수가 없었다. 그리고 1년 남짓 지나 고후가 죽게 되자 한나라는 군대를 철수시켰다.

하지만 조타는 그 기회를 타서 군사를 보내 변경을 위협하고, 또 민월(閩越, 동월) · 서구 · 낙라(駱裸) 등에 재물을 주어 그들을 속국으로 만들었다. 이리하여 남월 땅은 동서가 1만여 리에 뻗쳐 있었고, 조타는 황옥(黃屋)을 타고 좌독(左纛, 천자의 수레 왼쪽에 꽂던 깃발)을 세우며 명령을 제(制)라 불러 중국과 똑같이 행동했다.

효문제 원년, 천하를 처음 진무함에 있어서, 황제는 제후와 사방 오랑캐들에게 대(代)에서 서울로 들어와 황제에 오른 내용을 통고하고, 까닭없이는 무위(武威)를 일삼지 않는 천자의 성덕을 일깨워 주었다. 그리고 조타 부모의 무덤이 진정에 있었으므로 그곳에 무덤을 지키는 땅을 마련하여 해마다 제사를 받들게 했고, 조타의 종형제들을 불러내어 높은 벼슬이며 후한 금품을 내려 그들을 총애했다. 또 승상 진평 등에게 조서를 내려 남월로 보낼 사신으로서의 그 적임자를 추천하게 했던 바, 진평이 말했다.

"호치현(好畤縣)의 육고는 선제 때 남월에 사신으로 간 적이 있어 그쪽 사정에 통해 있습니다."

그래서 황제는 육고를 불러 태중대부에 임명한 뒤 사신으로 남월로 가게 하여 조타가 자립하여 제왕이 되었음에도 그것을 보고하기 위해 한 사람의 사신도 보내오지 않은 것을 책망하려 했다. 그러나 육고가 남월에 도착하자 조타는 심히 두려워하며 글로써 사죄했다. 그 글의 내용은 이런 것이었다.

"만이의 대장인 노신(老臣) 타(佗)는 지난날 고후께서 남월을 차별 대우했을 때 장사왕이 신을 참소한 것으로 의심하고, 또 멀리서 들으니 고후께서 타의 일족을 모조리 죽이고 조상의 무덤을 파내어 불태웠다고 하기에 그로 인해 자포 자기하여 장사의 변경을 침범했습니다. 그리고 또 이곳 남방은 저지대라 습기가 심하고 만이들의 중간에 끼여 있습니다. 동쪽에는 민월이 있는데 겨우 천 명의 백성을 거느리고 왕이라 부르고 있으며, 서쪽에는 서구와 낙라가 있는데 미개한 나라인데도 이 또한 왕이라 부르고 있습니다. 노신이 멋대로 황제의 호칭을 참칭(僭稱)한 것은 잠시 스스로 즐겨본 것뿐으로서, 어찌 감히 천자께 보고드릴 수 있겠습니까?"

그러고 나서 조타는 머리를 조아려 사죄하며 길이 한나라의 번신(藩臣)으로 조공을 바치고 그 직분을 다할 것을 다짐했다. 그리고 곧 나라 안에 포고를 내렸다.

"나는 일찍이 '두 영웅은 함께 서지 못하고, 두 어진 이는 세상을 함께 차지하지 않는다.' 고 들었다. 한나라 황제는 현명한 천자이시다. 지금부터 나는 내가 쓰던 제제(帝制) · 황옥 · 좌독을 폐지한다."

육고가 돌아와 사실을 보고하자 효문제는 크게 기뻐했다. 조타는 드디어 효경제 때에 이르러는 신(臣)이라 일컬으며 사신을 보내 봄 가을로 조공을 바쳤다. 그러나 그의 나라 안에서는 몰래 제왕의 칭호를 쓰고, 천자에게 사신을 보낼 때만 왕이라 불러 조정으로부터는 제후로서 대우를 받고 있었다.

건원 4년에 조타는 죽었다. 조타의 손자 호(胡)가 남월왕이 되었다. 이때 민월왕 영(郢)이 군사를 일으켜 남월의 변경 마을을 침범했으므로 조호는 사신을 보내 다음과 같은 글을 올렸다.

"양월(兩越)은 다 같이 한나라 번신인 만큼 함부로 군사를 일으켜 서로 공격할 수는 없는 일인 줄 아옵니다. 그런데 지금 민월은 군사를 일으켜 신을 침범했습니다만 신은 감히 군사를 일으켜 대항하려고는 하지 않습니다. 바라옵건대 천자께옵서 조칙을 내리시어 적당한 처치를 하여 주옵소서."

천자는 남월이 의리를 지키며 직책을 다하고 있는 것을 가상히 여겨 그를 위해 군사를 일으키고 두 장군(왕회 · 한안국)을 보내 민월을 치게 했다. 그러나 한나라 군사가 아직 국경인 재를 넘기 전에 민월왕의 아우인 여선(餘善)이 영을 죽이고 항복했기 때문에 정벌은 중단되었다.

천자가 장조(莊助)를 사신으로 보내 천자가 뜻하는 바를 알리게 하자 남월왕 호는 머리 조아리며 말했다.

"천자께서는 신을 위해 군사를 일으켜 민월을 토벌해 주셨습니다. 죽어도 이 은덕만은 다 갚을 길이 없사옵니다."

태자인 영제(嬰齊)를 한나라로 들여보내 조정의 숙위(宿衛)로 있게 했다. 그리고 장조에게 말했다.

"우리 나라는 새로운 외적의 침략을 받았습니다. 사자께서는 부디 먼저 떠나십시오. 나도 쉬 행장을 꾸려 조정에 들어가 천자를 뵙겠습니다."

장조가 떠난 다음, 남월의 대신들은 호를 말리며 간했다.

"한나라가 군사를 일으켜 영을 무찔렀습니다. 그런데다가 또 우리 왕께서 조정으로 들어가시게 되면 남월을 동요시키게 됩니다. 또 선왕께서는 옛날 '천자를 섬기는 데는 다만 예를 잃지 않으면 그것으로 족하다' 고 말씀하셨습니다. 바라옵건대 달콤한 말에 끌리어 입조해서는 안 될 줄로 압니다. 입조케 되면 귀국하실 수 없게 되어 나라는 망하고 말 것입니다."

그래서 조호는 병을 핑계로 끝내 천자를 알현하러 가지 않았다. 그로부터 10여 년 뒤 조호는 실제로 중병에 걸리게 되었으므로 태자 영제는 청하여 본국으로 돌아왔고, 조호는 죽어서 문왕(文王)이란 시호가 내려졌다.

영제가 뒤를 이어 왕이 되었다. 그리고 그는 곧 선제인 무제가 쓰던 옥새를 감춰 버리고 황제라는 참호를 쓰지 않았다. 입조하여 장안에서 숙위로 있을 때 한단의 규씨(樛氏) 딸에게 장가들어 흥(興)이란 아들을 얻은 바 있었다. 그래서 왕이 되자 곧 글을 올려 규씨의 딸을 왕비로 삼아 흥으로 뒤를 잇게 하고 싶다고 청했다.

한나라에서는 자주 사신을 보내 은연중 영제에게 입조하도록 타일렀다. 그러나 영제는 함부로 살생을 즐기며 멋대로 사는 것을 좋아했기 때문에 조정에 들어가면 한나라 법에 따라 제후들과 똑같은 대우를 받게 될 것이 두려웠다. 그래서 끝내 병을 핑계로 조정에 들지 않고 대신 아들 차공(次公)을 조정으로 들여보내 숙위를 맡게 했다. 영제는 죽어서 명왕(明王)이란 시호가 내려졌다.

태자인 흥이 뒤를 이어 왕이 되고, 그의 어머니는 태후가 되었다. 태후는 영제의 총희가 되기 전에 패릉의 안국소계(安國少季)와 좋아 지낸 일이 있었다. 영제가 죽은 뒤 원정 4년에 한나라는 안국소계를 사신으로 보내 남월왕과 그의 태후에게 조정에 들어와 중국 제후들과 동등한 대우를 받도록 타일렀다. 그와 동시에 변설에 뛰어난 간대부(諫大夫) 종군(終軍) 등을 시켜 황제의 의사를 전달케 하고, 용사(勇士)인 위신(魏臣) 등에게 왕과 태후가 결정을 내릴 수 있도록 돕게 하는 한편, 위위 노박덕에게 군사를 이끌어 계양에 주둔케 하고 사신들의 귀국을 기다리게 했다.

남월왕은 어린 데다 태후는 중국인으로서 일찍이 안국소계와 좋아지낸 터라 그가 사신으로 도착하자 다시 정을 통하게 됐다. 남월 사람들은 대강 짐작들을 하고 있었으므로 대부분이 태후를 못마땅하게 생각했다. 그래서 태후는 반란이 일어날까 겁이 났고, 또 한나라의 위세에 의지할 생각으로 자주 왕과 군신들에게 한나라에 복종할 것을 권했다. 그 결과, 남월은 사신을 통해 글을 올리고, 중국 제후들과 동등한 대우에 복종하며 3년에 한 번 조정에 들것과 변경의 관문을 폐지시켜 줄 것 등을 청원했다.

천자는 이를 허락하고, 남월의 승상 여가(呂嘉)에게는 한나라의 은인(銀印)을, 내사 · 중위 · 태부에게는 각각 한나라 인을 주고, 그 밖의 벼슬은 왕이 직접 임명할 수 있게 했다. 또 남월의 관습인 문신과 코 베는 형벌을 폐지시키고, 한나라 법률과 제도를 쓰며, 그 밖의 것들도 중국의 제후들에 따르도록 했으며, 사신들은 모두 계속해 머물러 있으면서 진무에 임하도록 했다. 이에 왕과 태후는 행장을 꾸려 귀중한 선물을 골라 조정에 들 준비를 했다. 한편 남월의 승상 여가는 나이가 많았다. 삼대에 걸쳐 왕을 모시면서 승상으로 있었기 때문에 그의 집안에는 벼슬하여 높은 지위에 오른 사람이 70여 명이나 있었다. 여가의 아들들은 모두 왕의 딸을 아내로 맞고 있었고, 딸들은 모두 왕자나 왕의 형제 또는 종실로 시집가 있었으며, 또 창오군의 진왕(秦王)과도 인척 관계에 있었다.

여가의 국내에 있어서의 위치는 대단한 권위가 있었고, 월나라 사람들은 여가를 믿었고, 또 그의 눈과 귀가 되어 일하는 사람도 많았으므로 민심을 얻고 있는 점에서는 왕보다는 나은 편이었다.

왕이 천자에게 글을 올리려 했을 때 여가는 자주 간하여 못하도록 했으나 왕이 끝내 듣지 않자 그는 모반할 뜻을 품고 자주 병을 핑계하여 한나라 사신과 만나지 않았으므로 사신들도 모두 여가를 눈여겨 살피게끔 되었다. 그러나 정세로 보아 아직 그를 죽일 수는 없었다.

하지만 왕과 태후는 그들이 선수를 쳐서 반란을 일으키지나 않을까 겁을 먹고 있었다. 그래서 술자리를 베풀어 한나라 사신들의 권세를 빌어 여가 등을 무찌를 계획을 꾸몄다. 한나라 사신들은 모두 동향하고, 태후는 남향하고, 왕은 북향하고, 승상 여가와 대신들은 모두 서향해 앉아 술을 마시기 시작했다. 여가의 아우는 장군으로서 군사들을 데리고 궁전 밖에 있었다. 술잔이 돌기 시작하자 태후는 여가를 보고 말했다.

"남월이 한나라에 복종하는 것은 나라의 이익이오. 그런데 승상이 이롭지 않다고 몹시 못마땅해하는 이유는 무슨 까닭이오."

이렇게 말을 꺼냄으로써 한나라 사신들을 격분시키려 했던 것이나 사신들은 영문을 몰라 서로 미루며 아무도 일을 크게 만들려 하지 않았다. 여가는 분위기가 전과 다름을 깨닫자 곧 일어나 밖으로 나갔다. 이때 태후는 노하여 창으로 여가를 찌르려 했으나 왕이 말렸다.

여가는 드디어 밖으로 나가 아우가 거느리고 있는 병졸의 일부를 호위로 삼아 집으로 돌아간 다음 병을 핑계로 왕과 사신들을 만나려 하지 않았다. 그러고는 대신들과 반란을 일으키려 했다. 그러나 왕에게는 처음부터 여가를 죽일 생각이 없었고, 여가도 그것을 잘 알고 있었기 때문에 몇 달 동안은 일 없이 지나갔다.

태후에게는 음란한 행동이 있어서 월나라 사람들은 그를 따르지 않았다. 그래서 태후는 혼자 힘으로 여가 등을 죽여 없애고 싶었지만 힘이 모자라 불가능했다.

천자는 여가가 왕의 명령을 듣지 않는 데다 왕과 태후는 힘이 약해 고립된 채 여가를 누를 수가 없으며 사신들은 겁이 많아 결단을 내리지 못한다는 것을 들었으나, 한편으로 왕과 태후는 이미 한나라에 복종해 있는 이상 홀로 여가가 반란을 일으킨다 해도 군사를 보낼 것 까지는 없다고 생각했다. 그래서 장삼(莊參)에게 군사 2천 명을 주어 사신으로 보내려 하자, 장삼이 말했다.

"친선을 위해 떠나는 것이라면 몇 사람으로 충분합니다. 토벌을 위해 가는 것이라면 2천 명으로서는 아무 소용도 없습니다."

장삼이 명령을 받아들이려 하지 않았으므로 천자는 장삼의 파견 계획을 중지했다. 그러자 겹현(郟縣)의 장사로서 옛날 제북의 승상이었던 한천추(韓千秋)가 분연히 일어나 말했다.

"월나라는 보잘것 없는 나라이고 또 왕과 태후가 안에서 응하고 있습니다. 다만 승상 여가만이 화를 꾸미려 하고 있는데 지나지 않습니다. 용사 2백 명만 주신다면 반드시 여가의 목을 베어 보여드리겠습니다."

그래서 천자는 한천추를 보내기로 하고, 남월 태후의 친정 동생인 규락(樛樂)과 함께 2천 명을 거느리고 떠나게 했다. 한천추 등이 월나라 경계로 들어가자 바로 그때 여가 등은 마침내 반란을 일으켰다. 그리고 전국에 영을 내렸다.

"왕은 나이 어리고, 태후는 중국 사람이다. 또 태후는 한나라 사신과 간통하며 오로지 한나라에만 복종하려 하여 선왕의 보기(寶器)들을 모조리 가져다가 천자에게 바쳐 스스로 아첨하려 하고 있다. 또 많은 사람들을 장안으로 데리고 가서 포로로 팔아 종을 만들고, 그 자신 한때를 모면하는 이익을 취할 뿐 우리 조씨의 사직을 돌보거나 만세의 계획을 세울 생각은 없다."

그리고 그의 아우와 함께 군사를 거느리고 왕과 태후 및 한나라 사신들을 공격해 죽였다. 그리고 사신을 보내 창오의 진왕 및 그의 모든 군현에 통고하고, 명왕의 장남으로 월나라 여자가 낳은 아들인 술양후(術陽侯) 건덕(建德)을 왕으로 앉혔다.

한편 한천추의 군사는 남월로 들어가 몇 개의 작은 고을들을 함락시켰다. 그러자 월나라에서는 한천추에게 길을 열어 주고, 식량을 공급해 주게 하였다. 한천추의 군사가 반우에서 40리 떨어진 곳에 이르렀을 때, 월나라에서 군대를 이끌고 한천추 등을 공격하여 마침내 이를 전멸시켰다. 그리고 사람을 시켜 한나라 사신들의 부절을 함에 넣어 국경의 요새 위에 놓아두게 하고, 거짓말을 그럴 듯하게 꾸며 사죄를 한 다음, 군사를 보내 요충지를 지키게 했다. 그래서 천자는,

"한천추는 비록 공은 없었으나 군의 선봉으로서는 제일인 자다."

하고 한천추의 아들 연년(延年)을 성안후(成安侯)에 봉했다. 또 규락은 그의 누님이 남월왕의 태후로서 솔선하여 한나라에 소속될 것을 원해 왔기 때문에 그 아들 광덕(廣德)을 용항후(龍亢侯)에 봉했다. 그런 뒤에 다음과 같은 조칙을 내렸다.

"《춘추》에는 천자의 위엄이 약해져서 제후들이 서로 힘으로 겨루고 있을 때 신하로서 난적(亂賊)을 치지 않은 것을 기록하고 있다. 지금 여가 · 건덕 등이 반란을 일으키고 스스로 왕이라 일컬으며 태연히 앉아 있다. 죄수 및 장강 · 회수 이남의 수군 10만으로 하여금 나아가 이를 치게 하라."

원정 5년 가을, 위위 노박덕은 복파장군이 되어 계양으로 나가 회수(匯水)로 내려가고, 주작도위 양복(楊僕)은 누선장군이 되어 예장(豫章)에 나가 횡포로 내려가고, 원래 월나라 사람으로 한나라에 항복한 월후(越侯) 두 사람은 과선장군(戈船將軍)과 하려장군(下厲將軍)이 되어 영릉으로 나가 한 사람은 이수로 내려가고, 또 한 사람은 창오로 진출했다. 또 치의

후(馳義侯, 월나라 사람, 이름은 遺矢)로 하여금 파 · 촉의 죄인들을 모으고, 야랑의 군사를 동원시켜 장가강(牂牁江)을 내려가게 했다. 그리고 모두가 반우에서 합류하게 했다.

원정 6년 겨울, 누선장군은 정예부대를 이끌고 먼저 심협(尋陜)을 함락시킨 다음, 석문(石門)을 깨뜨리고 남월의 배와 양식을 얻어 다시 전진하여 남월의 선봉을 꺾고 몇만 명을 거느리고 복파장군이 오기를 기다렸다.

그러나 복파장군은 죄수들을 거느리고 있는 데다 길까지 멀어 약속한 날짜에 대올 수가 없었고, 누선장군과 합류했을 때에는 천여 명을 거느리고 있을 뿐이었다. 두 군사는 함께 나아갔는데, 누선장군이 앞장을 서서 먼저 반우에 도착했다. 건덕과 여가 등은 모두 성을 지키고 있었다. 누선장군은 스스로 편리한 지점을 골라 동남쪽에 진을 치고, 복파장군은 서북쪽에 진을 쳤다. 날이 저물 무렵, 누선장군은 공격을 가해 남월 군사를 깨뜨리고 불을 놓아 성을 태웠다.

남월에서는 평소부터 복파장군의 용명을 듣고 있었고, 또 해가 저물 무렵이라 그의 병력이 얼마나 되는지 알지 못했다. 복파장군은 이러한 상황을 이용해서 진영을 펴고, 사자를 보내 항복하는 사람들을 불러들여 후의 인을 준 다음, 다시 그들을 성 안으로 놓아 보내어 항복을 권유하게 했다. 누선장군은 힘껏 적과 싸우며 불로 공격을 가해 남월 군사들을 복파장군의 진영으로 내몰았다. 이튿날 아침, 성 안 군사들은 모두 복파장군에게 항복을 했다.

그러나 여가와 건덕은 벌써 밤중에 그들 일당 몇백 명과 함께 도망쳐 바다로 나가 배를 타고 서쪽으로 가고 없었다. 복파장군은 다시 항복해 온 귀인(貴人)들에게 물어 여가 등이 도망간 곳을 안 다음, 사람을 보내 이를 추격하게 했다. 그 결과 교위 사마소홍(司馬蘇弘)은 건덕을 잡은 공로로 해상후(海常侯)에, 남월의 낭도 도계(都稽)는 여가를 잡은 공로로 임채후(臨蔡侯)에 각각 봉해졌다.

창오왕 조광(趙光)은 남월왕과 같은 성으로 한나라 군사가 온다는 소식을 듣자, 남월의 게양(揭陽) 현령인 정(定)과 함께 자진해서 현민들을 거느리고 한나라에 귀속했다. 또 남월의 계림 군감인 거옹(居翁)은 구 · 낙 두 나라를 타일러 한나라에 귀속하게 했으므로 이들은 모두 후가 될 수 있었다.

과선장군과 하려장군의 군사 및 치의후가 동원시킨 야랑의 군사가 아직 남하하지도 않아서 남월은 이미 평정되어 드디어 한나라의 아홉 군이 되었다. 복파장군은 증봉을 받고, 누선장군은 그의 군사가 적의 굳은 진지를 함락시킨 공로로 장량후(將梁侯)에 봉해졌다.

남월은 위타가 처음 왕이 되고 나서 5세 93년으로 나라가 망했다.

태사공은 말한다.

위타가 왕이 된 것은 임효의 덕이다. 한나라가 처음으로 안정을 보게 된 시기를 만나 제후가 된 것이다. 융려후의 군사가 습기로 말미암아 전염병이 걸린 것으로 인해 위타는 더욱 교만해졌다. 구 · 낙 두 나라가 마주 공격하고 있을 때 남월은 흔들리고 있었는데, 그때 한나라 군사가 국경에 이르게 되었으므로 영제는 조정에 들게 되었다. 그 뒤 망국의 조짐은 규씨의 딸로부터 시작되었다. 여가는 조그만 충성으로써 위타의 뒤를 끊고 말았다. 누선장군은 욕심을 부리며 거만하고 게으름을 피운 탓으로 실패했고, 복파장군은 곤궁 속에 빠져서도 더욱 지혜와 생각을 더함으로써 화를 복으로 이끌었다. 성공과 실패의 뒤바뀌는 모습은 비유컨대 새끼를 꼬는 것과 같다.

동월 열전(東越列傳)

오나라가 반란을 일으켰을 때 구 사람들은 오왕 비를 죽였다. 그 뒤 민월에게 공격을 받았으나 봉우산(封禺山)을 지키며 한나라에 신복(臣服)했다. 그래서 〈동월 열전 제54〉를 지었다.

민월왕 무저(無諸)와 동해왕 요(搖)는 그들 조상이 다 같이 월왕 구천(句踐)으로 성은 추씨(騶氏)이다.

진나라가 천하를 통일하자 그들의 왕위를 폐하여 군장(君長)으로 하고, 그곳을 민중군(閩中郡)으로 만들었다. 그 뒤 제후들이 진나라를 배반하자 무저와 요는 월나라를 거느리고 파양(鄱陽) 현령 오예(吳芮)에게 귀순했다. 오예는 파군(鄱君)으로 불린 사람으로 제후들을 따라 진나라를 멸망시켰다. 당시는 항우가 제후들을 호령하고 있었는데, 그가 무저와 요를 왕으로 하지 않았으므로 그들 역시 초나라를 따르지 않았다.

한나라가 항우를 치게 되자 무저와 요는 월나라 사람들을 이끌고 한나라를 도왔다. 한나라 5년, 다시 무저를 민월왕으로 세워 민중의 옛 땅을 통치하게 하고, 동야(東冶)에 도읍하게 했다. 효혜제 3년에 고제 때의 월나라 공로를 열거하고 이렇게 말했다.

"민군 요는 공로가 많았으며, 그의 백성들은 그를 좋아하여 잘 따랐다."

그리고 요를 세워 동해왕으로 삼고 동구(東甌)에 도읍하게 했다. 세상에서는 그를 동구왕이라 불렀다.

그로부터 몇 대를 지난 효경제 3년, 오왕 비가 한나라에 반기를 들고 민월을 자기편으로 끌어들이려 했다. 그러나 민월은 오나라를 따라 출병하려 하지 않았고, 동구만이 오나라를 따랐으나 오나라가 패하자 동구는 한나라의 현상(懸賞)에 응해 오왕을 단도(丹徒)에서 죽였다. 이때문에 동구 사람들은 죽음을 모면하고 자기 나라로 돌아갈 수 있었다.

오왕의 아들인 자구(子駒)는 민월로 도망갔었는데, 동구가 그의 아비를 죽인 것에 원한을 품고 항상 민월에 대해 동구를 치라고 권했으므로 마침내 건원 3년에 이르러 민월은 군사를 동원하여 동구를 포위했다. 동구는 식량이 다 떨어져 곤궁한 나머지 항복을 눈앞에 두게 되었다. 그래서 사신을 보내 위급한 사정을 천자에게 고했다. 천자가 그에 대한 처리를 태위 전분에게 묻자 전분(田蚡)은 이렇게 대답했다.

"월나라 사람들끼리 서로 공격하여 싸우는 것은 항상 있는 일이며, 또 월나라 사람의 한나라에 대한 거취는 떳떳하지가 못합니다. 그러므로 중국을 번거롭게 하면서까지 군사를 보내 도울 필요는 없습니다. 월나라는 진나라 때부터 버려둔 채 군이 귀속시키려 하지 않습니다."

그러자 중대부 장조가 전분을 이렇게 힐책했다.

"천자의 힘이 월나라를 도울 수가 없고, 덕이 월나라를 덮을 수 없는 것이 걱정되는 점입니다. 만일 그것이 참으로 가능만 하다면 무엇 때문에 버려 두겠습니까? 그리고 진나라는 서울인 함양을 포함한 온 천하를 다 버린 것이지 월나라만을 버린 것은 아닙니다. 지금 작은 나라가 궁지에 빠져 있기 때문에 위급함을 천자께 알려 온 터인데, 천자께서 건져 주시지 않으면 작은 나라는 어디에 호소할 곳이 있겠습니까? 또 천자는 무엇으로 모든 나라를 자식처럼 여긴다 할 수 있겠습니까?"

이에 천자가 말했다.

"태위는 의논할 상대가 되지 않는다. 짐은 즉위한 지 얼마 되지 않으므로 호부(虎符)를 내어 정식으로 군국의 군사들을 징발할 생각이 없다."

그리고는 장조에게 사신의 부절을 주어, 회계군에서 군사를 징발하게 했다. 하지만 회계 태수는 호부가 아니라 하여 군사를 징발시키지 않으려 했다. 장조는 사마 한 사람의 목을 베어 천자의 뜻을 이해시킨 뒤에야 마침내 군사를 내어 바다를 건너 동구를 구원할 수 있게 되었다. 그러나 아직 도착하기 전에 민월은 군사를 이끌고 물러가 버렸다. 동구는 나라를 몽땅 중국으로 옮겨 와 살고 싶다면서 전체 백성들과 함께 항복해 와서 강수와 회수 사이에서 살게 되었다.

전원 6년에 이르러 민월이 남월을 쳤다. 남월은 천자와의 약속을 지키며 함부로 군사를 보내 이를 치지 않고 천자에게 보고만 했다. 천자는 대행 왕회를 예장으로부터, 대농인 한안국을 회계로부터 출격시켜 두 사람을 장군에 임명했다. 그러나 한나라 군사가 대유령을 넘기 전에 민월왕 영은 군사를 보내 험한 곳을 의지하여 막고 있었는데, 이때 그의 아우 여선이 대신 · 종족들과 의논하여 말했다.

"우리 왕은 마음대로 군대를 동원시켜 남월을 치면서 천자의 지령을 청하지 않았다. 그 때문에 천자의 군사가 우리 나라를 치려고 내려오는 것이다. 그런데 한나라 군사는 많고 강하다. 지금 설사 요행으로 이긴다 해도 앞으로 더욱 많은 군사가 쳐들어오게 되어 필경에는 우리 나라를 멸망시키고 말 것이다. 지금 왕을 죽여 천자께 사죄하고, 천자가 이를 받아들이게 되면 우리 나라는 본래대로 무사할 수 있을 것이다. 천자가 받아들이지 않으면 그때 가서 힘 자라는 데까지 싸우고, 싸워 이기지 못하면 바다 위로 도망치면 될 것이 아닌가?"

사람들은 모두 말했다.

"당연한 말씀이오."

그래서 왕을 찔러 죽이고, 사신으로 하여금 그 머리를 가져다가 대행에게 바치게 했다. 대행은 말했다.

"우리가 멀리에서 쳐오게 된 것은 민월왕을 무찌르기 위해서였다. 그런데 지금 민월왕의 머리를 보내 사죄를 해옴으로써 민월과 싸우지 않고도 해결이 되었다. 이보다 더 큰 이익은 없다."

그래서 적당히 군대를 멈추게 하고 대농의 군대에 연락을 취하는 한편, 사람을 시켜 민월왕의 머리를 가지고 말을 달려 천자에게 보고하게 했다. 이로써 천자는 조서를 내려 두 장군의 토벌을 중지시키고 이렇게 말했다.

"영 등은 원흉이다. 그러나 무저의 손자 요군(繇君) 축(丑)만은 모의에 가담하지 않았다."

곧 낭중장을 사신으로 보내 축을 세워 월나라 요왕(繇王)으로 삼아 민월의 조상 제사를 받들게 했다. 그러나 여선이 영을 죽인 뒤로 그의 위령(威令)이 민월에 떨치게 되어 많은 백성들이 그에게로 돌아와 붙었기 때문에 여선은 몰래 스스로 왕노릇을 했다. 요왕은 세력이 약해서 부하를 통솔하여 정통을 이어갈 수가 없었다. 천자 역시 이 소식을 들었으나 여선을 치기 위해 다시금 군대를 보낼 것까지는 없다고 하며 이렇게 말했다.

"여선은 자주 영과 함께 반란을 꾀하기는 했으나 뒤에는 그가 주동이 되어 영을 무찔렀다. 그로 인해 한나라 군사는 고통을 겪지 않게 되었던 것이다."

그리고는 여선을 동월왕으로 세워 요왕과 병립하게 했다.

원정 5년에 이르러 남월이 모반했다. 동월왕 여선은 글을 올려 군사 8천 명을 거느리고 누선장군을 따라 여가 등을 치고 싶다고 청을 해왔으나, 그의 군대가 게양에 이르자 바다에 바람이 일고 있다는 것을 핑계로 더는 나아가지 않고, 두 가지 생각을 품고 몰래 남월로 사람을 보내 내통을 하고 있었다. 그리고 한나라 군사가 반우를 깨뜨릴 때까지 군대를 나아가게 하지 않았다. 그래서 당시 누선장군 양복은 사람을 보내 군사를 이끌고 동월을 치게 해 달라고 글을 올렸으나 천자는 사졸들이 피로해 있다 하여 허가를 하지 않고 토벌을 중지시킨 다음, 모든 교위들로 하여금 예장군의 매령(梅嶺)에 주둔케 하여 천자의 명령을 기다리도록 했다.

원정 6년 가을, 여선은 자기를 치고 싶다고 청한 누선장군이 한나라 군사를 이끌고 국경에 머물러 있으면서 곧 쳐들어올 것이라는 소문을 듣자, 드디어 모반하고 말았다. 그리고 군대를 보내 한나라로 통하는 길을 막고 장군 추력(騶力) 등에게 탄한장군(呑漢將軍)이란 이름을 주었다. 탄한장군 등은 백사 · 무림 · 매령으로 쳐들어가 한나라의 교위 3명을 죽였다.

당시 한나라는 대농 장성(張成)과 전 산주후(山州侯) 치(齒)를 주둔군의 장군으로 삼고 있었는데, 그들은 나아가 적을 공격할 생각은 않고 안전한 곳으로 물러나 있기만 했으므로, 둘 다 겁이 많고 게으르다는 죄명으로 처형되었다.

여선은 무제(위타)를 본받아 옥새를 새겨 스스로 황제라 부르며 그 백성들을 속여 함부로 망언을 했다.

천자는 횡해장군 한열을 보내 구장(句章)으로 출격하여 동쪽 바다에서 나아가도록 했다. 또 누선장군 양복을 무림으로부터, 중위 왕온서(王溫舒)를 매령으로부터 출격하게 하고, 월후 두 사람을 과선장군과 하뢰장군으로 삼아 각각 약야(若

邪)와 백사로부터 출격하게 했다.

원봉 원년 겨울, 그들은 다 같이 동월로 쳐들어갔다. 동월로 미리 군대를 보내 험한 곳을 가로막고 순북장군(徇北將軍)을 시켜 무림을 지키게 하고, 누선장군의 휘하에 있는 몇 사람의 교위 군사를 깨뜨리고 장리(長吏)를 죽였다. 그러나 이 싸움에서 누선장군의 부하로 있었던 전당(錢唐) 출신의 원종고(轅終古)란 자가 순북장군을 목베고 어예후(禦兒侯)에 봉해졌다.

한나라 군사가 출격하기 이전의 일인데, 전 월나라 연후(衍侯) 오양(吳陽)이 전부터 한나라에 와 있었기 때문에 한나라는 오양을 월나라로 돌려보내어 여선을 타이르게 했지만 그것을 받아들이지 않았다. 횡해장군이 맨 먼저 도착하자 월나라 연후 오양은 그의 봉읍의 7백 명을 거느리고 여선을 배반, 월나라 군사를 한양(漢陽)에서 공격했다. 그리고 건성후(建成侯) 오(敖)를 따라 부하 병졸들과 함께 요왕 거고(居股)의 밑으로 들어와 모의를 했다.

"원흉 여선은 우리 무리들을 위협하고 있습니다. 지금 한나라 군사가 내려와 있는데, 수도 많고 강합니다. 생각컨대 여선을 죽이고 이쪽에서 한나라 장군에게로 귀순하게 되면 요행으로 멸망을 면할 수 있을 것입니다."

그리하여 드디어 힘을 합쳐 여선을 죽이고, 그의 부하를 이끌어 횡해장군에게 항복했다. 그로 인해 한나라는 요왕 거고를 동성후(東成侯)에 봉하여 1만 호를 주고, 건성후 오를 개릉후(開陵後)에, 월나라 연후 오양을 북석후(北石侯)에 각각 봉했다. 또 횡해장군 열(說)을 안도후(案道後)에, 횡해교위 복(福)을 요앵후(繚嫈侯)에 봉했다.

복은 성양(城陽)의 공왕(共王)의 아들로서 원래는 해상후(海常侯)였었는데, 법에 저촉되어 후의 지위를 잃고 있었다. 그래서 이 기회에 분연히 일어나 종군하게 되었지만 군공이 없었다. 그러나 종실과의 연고 관계에서 후를 봉하게 된 것이다. 그 밖의 모든 장수들은 모두 군공이 없어서, 후로 봉해진 사람이 없었다.

동월의 장군 다군(多軍)은 한나라 군사가 쳐들어오자 그의 군대를 버리고 항복해 왔으므로 무석후(無錫侯)에 봉해졌다. 천자는 이렇게 말했다.

"동월은 영역이 좁고 험한 곳이 많으며, 민월은 사람들이 모질고 사나워서 엎치락뒤치락 하는 일이 많다."

군리에게 명하여 그곳 백성들을 모조리 끌어다가 강수와 회수 사이로 옮겨와 살게 했으므로 동월 땅은 무인지경으로 변했다.

태사공은 말한다.

월나라는 오랑캐 나라이긴 하나 그들 조상은 백성들에게 큰 공로가 있었던 모양이다. 그토록 오래 나라를 유지하였으니 말이다. 여러 대가 내려오며 언제나 군왕(君王)으로 있었고, 구천은 한 차례 패자의 이름을 칭한 일까지 있다. 그러나 여선은 지극히 대역(大逆)한 사람이어서 나라를 망치고 백성을 중국으로 옮겨 살게 만들었다. 같은 조상의 자손인 요왕 거고 등은 그런 뒤에도 여전히 만호후에 봉해지게 되었다. 이 것으로 미루어 보건대 월나라가 대대로 공후가 된 것은 먼 조상으로 불리는 하나라 우왕이 후세에 남긴 공덕이 큰 때문이었음을 알 수 있다.

조선 열전(朝鮮列傳)

연나라 태자 단이 요동으로 달아날 때 위만(衛滿)은 그 남은 백성을 거둬 해동(海東)에 모이고, 진번(眞藩)을 확보함으로써 한나라 외신(外臣)이 되었다. 그래서 〈조선 열전 제55〉를 지었다.

조선왕(朝鮮王) 위만은 본래 연나라 사람이다. 연나라는 그 전성기에 진번(眞番 혹은 眞藩)과 조선을 공략해 복속시키고 관리를 두었으며 국경에 요새를 쌓았었다. 그 뒤 진나라가 연나라를 멸망시키자 조선은 요동의 국경 밖 땅이 되었다.

다시 한나라가 흥기하였지만 조선은 너무 먼 곳이어서 지킬 수 없었으므로 다시 요동의 요새를 수축하여 패수(浿水)까지를 경계로 삼아 연나라에 소속시켰다.

연왕 노관(盧綰)이 한나라를 배반하고 흉노로 도망칠 무렵, 위만도 연나라에 망명해 무리 천여 명을 모아 머리를 상투 모양으로 틀고 만이의 복장으로 동쪽으로 달아나 요새를 벗어났다. 그리고 패수를 건너 진나라 때의 빈 땅에 터를 잡았다. 그리고 차례로 진번과 조선의 만이들과 옛 연나라와 제나라의 망명자들을 부하로 만들어 왕이 되었고, 왕검(王險, 平壤)에 도읍했다.

그때는 천하가 처음으로 안정된 효혜제 · 고후의 시기였다. 요동 태수는 위만과 이렇게 약정했다.

"조선은 한나라 외신이 되어 한나라 요새 바깥의 만이를 통어하되, 변경에서의 그들의 노략질을 엄금시키며, 또 만이의 군장들이 입조하여 천자께 알현하려는 것을 막아서는 안 된다."

이 약정이 천자의 윤허를 받은 이래 위만은 군사와 재물을 얻어 가까운 소읍들을 쳐 항복받았고, 진번 · 임둔 등도 복속해 왔으므로 사방 몇천 리의 영역을 지니게 되었다. 그 아들에서 손자 우거(右渠)로 왕위가 전해지매 많은 한인(漢人)들이 유혹을 받고 도망쳐 와 더욱 불어났다. 그럴수록 조선왕은 한나라에 입조하지도 않았고, 또 진번의 이웃 여러 나라에서 천자를 알현하겠다는 글을 받고도 주선하지 않을뿐더러 길을 막아 한나라와의 교통을 저지했다.

원봉 2년, 한나라는 섭하(涉何)를 사신으로 보내 그런 우거를 달래었으나 그는 끝내 조칙을 받들려 하지 않았다. 그러자 귀로에 오른 섭하는 국경 패수 가까이에 이르렀을 때 부하를 시켜 그곳까지 전송나온 조선의 비왕(裨王) 장(長)을 찔러 죽이게 하곤, 그 길로 패수를 건너 한나라 요새로 달려들어갔다. 그리고 천자에게 보고했다.

"조선의 장군을 죽였습니다."

천자는 그 말에 기분이 풀렸으므로 섭하를 책하지 않았으며, 오히려 요동의 동부도위(東部都尉)에 임명하였다.

그러자 섭하에게 원한을 품은 조선은 그 소식을 듣자 곧 출병하여 섭하를 죽이고 말았다. 이에 천자는 죄수들 중에서 군사를 모집하여 조선을 치도록 했다.

그리하여 그해 가을, 누선장군 양복은 군사 5만을 이끌고 바닷길로 제나라에서 발해에 이르렀고, 좌장군 순체는 요동에서 출격해 함께 우거를 토벌하게 되었다. 우거 또한 출병하여 험준한 요새에 웅거해 대항하였다. 이때 좌장군의 졸정(卒正, 隊長) 다(多)가 먼저 요동 군사를 이끌고 멋대로 진격했다가 패주해 귀환했으므로 군법대로 참수당하고 말았다.

한편 누선장군은 제나라의 군사 7천 명을 선발대로 이끌고 왕검에까지 육박했다. 이를 맞은 우거는 오로지 성만을 수비하던 중 마침내 누선장군의 군사가 소수인 것을 탐하고, 곧 성을 나와 누선장군을 공격, 패주시켰다.

누선장군 양복은 부하 군사를 모두 잃은 채 10여 일을 산중에 숨어 있으면서 간신히 패잔병들을 모아 겨우 군대를 편성하였다. 좌장군 역시 조선의 패수 서쪽에서 적을 공격했으나 격파하지 못한 채 제자리에 있을 뿐이었다.

두 장군의 전황이 이렇듯 불리해지자 천자는 위산(衛山)을 조선에 사자로 보내어 한나라의 위용을 과시해 그의 투항을 권유하도록 했다.

과연 우거는 사자를 보자 머리를 조아리며 사죄했다.

"항복하고자 하였으나 두 장군이 신을 속여 죽이지 않을까 두려웠습니다. 이제 천자의 부절을 보았으니 항복하겠습니다."

태자를 한나라로 보내어 사죄하도록 하고, 군량과 말 5천 필을 보내기로 하였다. 그리하여 태자를 따라 조선군 1만여 명이 패수를 건너게 되었는데, 그들의 무장한 차림을 본 한나라 사자와 좌장군은 조선군의 변란을 두려워한 나머지 태자에게 이미 항복했으니 무기를 소지하지 말도록 명령하게 했다. 그러자 태자 또한 한나라 사자나 좌장군이 그것을 기화로 자기를 속여 죽이지 않을까 의심쩍었으므로, 마침내 패수를 건너지 않고 되돌아갔다.

위산은 돌아와 천자에게 그 사실을 보고했다. 천자는 위산을 주살했다.

그 뒤 좌장군은 패수 근방의 조선군을 격파한 다음 왕검성 아래로 육박해 그 서북쪽을 포위했고, 누선장군도 합류해 성의 남쪽에 진을 쳤다. 그러나 우거의 수비가 견고했으므로 여러 달이 지나도 성을 함락할 수가 없었다. 좌장군은 본래 궁중에서부터 천자의 총애를 받았으며, 그가 통솔한 연나라와 대나라의 군사들 역시 표독하고 날랜 편이었으므로 몹시 교만한 짓거리가 많았다. 이에 비해 누선장군은 처음 바닷길로 건너가 우거와 싸웠을 때 많은 군사를 잃는 등 곤욕을 치른 바 있어, 군사들 중에 싸움을 겁내는 자가 많았으므로 마음속으로 부끄러워하고 있었다. 따라서 우거를 포위하고서도 누선이 늘 화친을 바랐기 때문에 좌장군의 우거를 급습하려는 계획은 번번이 좌절되곤 하였다.

그 동안 조선의 대신들은 몰래 첩자를 놓아 한군을 내탐하는 한편 누선장군과 강화의 밀약을 맺기 위해 사자를 내왕시켰는데, 누선장군은 다만 결정을 내리지 못한 상태였다. 그리하여 좌장군이 여러 번 공동 작전을 펴기 위해 누선장군을 재촉했지만, 누선장군은 그 나름대로 조선의 항복 약속을 빨리 얻고자 하여 좌장군과 만나는 것을 피했다. 또한 좌장군 쪽에서도 기회 있는 대로 사람을 조선에 보내어 투항을 권고했지만, 조선은 그의 말을 듣지 않은 채 계속 누선장군에게 마음을 기울이고 있었다.

좌장군은 마침내 마음속으로 이렇게 의심했다.

'누선장군은 앞서 군사를 잃은 죄가 있다. 이제 몰래 조선과 친하여 항복시키려는 것이겠지…….'

한편으로는 누선장군에게 모반할 계획이 서있지 않은가도 의심했으나 누구에게도 말하지는 않았다.

천자는 말했다.

"두 장군이 진격하지 못하기 때문에 위산을 시켜 우거의 투항을 권했었다. 그때 우거는 승낙하여 태자를 한나라로 보내기로 했었다. 그런데 사자로써 전결 능력이 없었던 위산이 좌장군과 의논함으로써 오히려 일을 그르쳐 마침내 항복 약속을 망치고 말았다. 이제 두 장군이 적의 왕성을 포위하고는 있으나 또 의견을 달리한다니 해결되기는 글렀다."

그리고는 제남 태수 공손수(公孫遂)를 보내 사태를 수습케 하되 전결권을 주었다. 공손수가 도착하자 좌장군은 이렇게 말했다.

"조선은 벌써 항복했을 터인데, 아직도 항복하지 않은 데는 사정이 있습니다."

그리고 누선장군이 자주 약속하고서도 회동하지 않는다는 것을 말한 뒤 진작부터 마음속에 품었던 의혹을 자세히 공손수에게 밝혔다.

"조속한 시일 안에 이런 사태를 수습하지 못하면 큰 변이 생길지도 모릅니다. 한나라는 누선장군의 군사를 잃을 뿐만 아니라 그와 조선이 한통속이 되어 내 군사까지도 멸망시킬 것입니다."

공손수는 그 말이 그럴 듯했으므로, 좌장군의 진영에서 회담하는 양 꾸미고 부절을 보내어 누선장군을 부르고는 그가 오는 대로 체포한 다음, 그의 군사들을 좌장군의 휘하에 합병시켰다. 그리고 그것을 천자에게 보고했다. 천자는 공손수를 주살했다. 좌장군은 양군을 아우르자 곧 조선을 급습했다. 이어 조선의 대신 노인(路人) · 한음(韓陰), 이계(尼谿. 지명)의 대신 삼(參), 장군 왕겹(王唊) 등이 서로 상의했다.

"처음에 누선장군에게 항복하려 했으나 이제 누선장군은 갇힌 몸이다. 다만 좌장군이 양군을 아울러 장수가 되었기에 싸움이 더욱 급해진 것이다. 우리 군대로는 한군(漢軍)에 대항할 수 없지만 우리 임금은 결코 항복하지 않을 것이다."

노인 · 한음 · 왕겹 등은 모두 도망쳐 한나라에 투항했다. 그러나 노인은 도중에 죽고 말았다.

원봉 3년 여름, 이계의 대신 삼은 사람을 시켜 조선왕 우거를 살해한 다음 한나라에 투항해 왔다. 그러나 왕검성(王險城)은 항복하지 않은 채, 우거의 대신인 성이(成已)가 다시 한군을 공격해 왔다.

좌장군은 우거의 아들 장항(長降)과 대신 노인의 아들 최(最)에게 명해 백성들을 달래게 하는 한편 성이를 주살했다. 그리하여 조선을 평정한 한나라는 그 땅에 4군(眞番, 臨屯, 樂浪, 玄菟)을 설치했다.

삼은 획청후(澅淸侯), 한음은 적저후(荻苴侯), 왕겹은 평주후(平州侯), 장항은 기후(幾侯)에 봉해졌고, 최는 아버지가 죽기로써 공을 세웠다 하여 온양후에 봉해졌다. 좌장군은 천자에게 소환되어, 군공을 다투고 질투하며 모략한 죄를 들어 기시의 형에 처해졌다. 누선장군도 그 군사가 열구(列口, 조선의 국도 서남쪽)에 이르렀을 때 좌장군의 도착을 기다리지 않고 제멋대로 진군함으로써 많은 군사를 잃었으므로 주살에 해당되었으나 속죄금을 물고 평민이 되었다.

태사공은 말한다.

우거는 요새지의 견고함을 믿었기 때문에 나라를 망쳐 선조의 제사를 끊었고 섭하는 공을 속여 싸움의 실마리를 열었다. 누선장군은 적은 군사로 하여 곤란 끝에 견책을 받고, 반우에서의 실패를 뉘우친 것이 도리어 의심을 샀다. 순체는 공로를 다투다가 공손수와 함께 주살당했다. 양군은 모두 치욕을 입었으므로 누구도 후에 봉해지지 못했다.

서남이 열전(西南夷列傳)

당몽(唐蒙)은 사자로서 공략해 가며 야랑국(夜郞國)과 통했다. 공(邛)·작(筰)의 군장은 자청해서 한나라의 내신(內臣)이 되어, 한나라 관리의 통치를 받았다. 그래서 〈서남이 열전 제56〉을 지었다.

서남이는 수십 개의 소국으로 나뉘어져 있는데, 그 중에 야랑이 가장 컸다. 그 서쪽은 미막(靡莫)의 무리들로서 역시 몇십 개의 소국으로 나뉘어져 있는데, 전(滇)이 가장 컸다. 전의 북쪽으로도 몇십 개의 소국이 있는데, 그 중에서도 공도(邛都)가 가장 컸다. 이들은 다 같이 머리를 상투 모양으로 묶고 농사를 지으면서 마을을 이루고 살았다.

그 밖에 동사(同師) 동쪽으로부터 북쪽 엽유(楪榆)에 이르기까지는 수(巂)·곤명(昆明) — 둘 다 사천성 — 이라고 불렀다. 이들은 모두 머리를 땋아 내리고(辨髮) 유목 생활을 하는데, 군장은 없고 그 땅은 사방 수천 리에 걸쳐 있었다. 수로부터 동북쪽으로도 소국 수십 개가 있는데, 그 중 사(徙)·작도(筰都) — 둘 다 사천성 — 가 가장 강대했고, 작도의 동북쪽에도 소국 수십 개가 있는데, 염(冉)·방(駹) — 둘 다 사천성 — 이 가장 컸다. 이들은 어떤 때는 토착하고, 어떤 때는 유목했는데, 모두 촉나라 서쪽에 위치하고 있었다.

다시 염·방의 동북쪽에도 소국 수십 개가 있는데, 백마(白馬, 종족 이름—감숙성)가 가장 컸다. 이들은 저족(氐族, 티베트계)으로 파·촉 서남쪽 바깥에 사는 만이들이다. 처음 초위왕(楚威王) 때 초나라는 장군 장교(莊蹻)를 시켜 군사를 거느리고 강수 연안을 거슬러 올라 파·촉·검중군(黔中郡) 서쪽을 공략하게 했다. 장교는 원래가 초장왕의 후예였다.

장교는 전지(滇池, 곤명호—운남성)까지 갔었는데, 전지의 넓이는 사방 3백 리나 되었으며, 그 일대에는 수천 리에 걸쳐서 비옥한 평야가 있었다. 장교는 그곳을 평정하자 곧 돌아와 보고하려 했으나 때마침 진나라가 초나라를 공격해 파군과 검중군을 빼앗았기 때문에 길이 차단되었다. 그래서 장교는 그의 부하들을 거느린 채 전으로 되돌아가 그곳 왕이 되었다. 이때 그는 옷차림을 바꾸는 등 그곳 풍속을 따랐다.

진나라 시대에 상알(常頞)이 그곳을 공략해 폭 다섯 자의 길을 개통시켰으므로 진나라는 이들 나라에 많은 관리를 두어 통치했으나 10여 년이 지난 뒤 망하고 말았다. 그리고 새로 일어선 한나라에서는 이들 나라를 모두 버려둔 채 파·촉의 옛 요새를 부활시키고 이들 나라와의 교통로를 끊어 버렸다.

그러나 파 · 촉의 백성 중에는 몰래 요새선을 벗어나 그들과 거래를 트고 작은 말〔馬〕과 북(僰, 사천성의 西夷)의 노비, 모(髦, 운남성의 西夷)의 소〔牛〕를 사들여 왔기 때문에 파 · 촉 지역의 생활이 부유해졌다.

건원 6년, 대행 왕회가 동월을 치자 동월은 자신들의 왕 영을 죽이고 사죄했다. 왕회는 다시 군대의 위력을 과시하며 파양 현령인 당몽을 남월에 보내어 은연중에 귀순할 것을 권했다. 이때 남월에서 당몽에게 촉나라 구장(枸醬, 나무 열매로 만든 된장)을 대접하자 당몽은 그것을 어디서 났느냐고 물었다. 이에 남월에서 이렇게 대답했다.

"촉나라에서만 구장을 만들어 내고 있는데, 그곳 사람들이 몰래 나와서 야랑에서 팔아넘기는 겁니다. 야랑에는 장가강이 흐르고 있는데, 강의 폭은 백 보가 넘어서 배로 건널 수 있습니다. 남월은 재물을 이용하여 야랑을 귀속시키고 다시 서쪽으로 동사까지 세력을 뻗치고는 있으나, 그렇다고 그들을 신하처럼 부릴 수 있을 정도는 아닙니다."

그래서 당몽은 천자에게 글을 올려 이렇게 진언했다.

"남월왕은 천자를 모방하여 황옥의 수레를 타며 그 오른쪽에 독기(纛旗, 元師旗)를 세우고 다닙니다. 또한 그곳 땅은 동서 1만 리가 넘습니다. 이름만은 비록 우리의 외신으로 되어 있으나 실상은 한 주의 임금입니다. 그렇다고 그들을 토벌하기 위해 장사 · 예장의 군사를 동원해 보았자 물길이 자주 끊어져 행군하기가 매우 곤란합니다. 하지만 신이 알아본 바에 의하면 야랑에서 정병 10만을 얻을 수 있다고 합니다. 그들을 이끌고 배로 장가강을 내려가 남월의 허점을 찌르게 되면 반드시 남월을 누를 수 있습니다. 이 또한 기이한 계책이라 생각합니다. 진실로 한나라의 강대함에 파·촉의 풍요를 더하시려면 야랑으로 통하는 길을 열고 관리를 두어 통치하는 것이 가장 쉬운 일일 줄 아옵니다."

천자는 이를 받아들이고 당몽을 낭중장에 임명했다. 당몽은 군사 1천 명과 치중인부(輜重人夫) 1만여 명을 거느리고 파의 작관(筰關)에서 야랑의 땅으로 들어가 마침내 야랑후(夜郎侯) 다동(多同)과 만나게 되었다. 그리고 다동에게 후한 선물을 주며 천자의 위세와 덕망을 알림으로써 그곳에 통치를 위한 관리를 두기로 약속받았다. 이로써 그곳을 한나라 현으로 취급하여 다동의 아들을 현령에 임명했다. 야랑 주변의 소국들 역시 한나라 비단이 탐날 뿐 아니라, 한나라에서 오는 길이 험하기 때문에 이 땅을 그리 오래 차지할 수는 없을 것이라는 생각 끝에 모두들 당몽의 약속을 받아들였다. 당몽이 돌아와 그에 대한 보고를 올리자 한나라는 그 땅을 건위군(犍爲郡, 사천성)으로 하고 파·촉의 군사를 징발하여 길을 만듦으로써 북도현(僰道縣)에서 장가강까지 통하게 되었다. 이 무렵, 촉국 사람 사마상여(司馬相如)가 서방 오랑캐 공과 작의 땅에도 군을 두는 것이 옳다는 의견을 올려왔다. 그래서 천자는 사마상여를 낭중장에 임명한 다음, 그들을 한나라에 귀속시키라고 명령했다. 그 결과, 서방 오랑캐들에게도 모두 남방 오랑캐들처럼 통치를 위해 1도위(都尉) 10여 현(縣)을 두어 촉에 귀속시키게 되었다.

파·촉의 4군(韓中·巴·廣漢·蜀)은 서남이로 통하는 길을 열기 위해 군대를 보내 국경을 지키며 양식을 실어 보냈다. 그러나 몇 해가 지나도 길은 개통되지 않고, 사졸들은 피로와 굶주림이 겹치고 습기까지 만나 죽는 사람이 매우 많았다. 게다가 서남이들의 잦은 반란으로 그때마다 군사를 보내어 공격했으나 소모만 더해 갈 뿐 별다른 효과는 없었다. 천자는 이를 걱정하여 공손홍을 보내 살펴보게 했는데, 이를 돌아보고 온 공손홍은 유익할 것이 없다고 진언했다. 또한 공손홍은 어사대부가 되어서도 한나라는 삭방군에 성을 쌓고 하수를 거점으로 하여 흉노를 몰아내고 있을 때인 만큼, 서남이를 공략하는 것은 해로우니 잠시 멈추고 흉노의 일에만 온 힘을 기울일 것을 자주 말했다. 마침내 천자는 서이의 경략을 중지하고 다만 남이와 야랑 두 현에 도위 하나를 두고 건위군으로 하여금 서서히 직접 보수하여 완성시키도록 했다.

원수 원년, 박망후 장건이 대하(大夏)에 사신으로 갔다가 돌아와 이렇게 보고했다.

"대하에 있을 때 촉의 베와 공의 대나무 지팡이를 보았습니다. 어디서 들어온 것이냐고 물었더니 '동남쪽에 있는 신독국(身毒國, 인도)에서 온 것인데, 신독국은 수천 리나 먼 곳에 있는 바, 그곳 촉군 시장의 장사꾼들에게 산 것이다.'라고 했습니다. 혹은 또 공의 서쪽 2천리 쯤 되는 곳에 신독국이 있다고도 했습니다."

장건은 또 이어 강력히 말했다.

“대하는 한나라 서남쪽에 있습니다. 중국을 흠모하고 있으나 흉노가 한나라로 통하는 길을 막고 있기 때문에 안타까워하고 있습니다. 참으로 촉과 신독국을 통하게 되면 길도 편리하고 가까워 이익이 있을 뿐 해는 없을 것입니다.”

그래서 천자는 왕연우(王然于) · 백시창(柏始昌) · 여월인(呂越人) 등을 보내 조용히 서이의 땅을 벗어나 다시 서쪽으로 향해 신독국을 찾아가게 했다. 그들이 전국(滇國)에 도착하자 전왕 상강(嘗羌)은 그들을 억류시켰다. 서쪽으로 길을 찾아나선 10여 명도 1년 남짓 되었으나 길은 모두 곤명(昆明)에 의해 막혀 있었으므로 신독국으로 갈 방법이 없었다. 전왕은 한나라 사자에게 물었다.

“한나라와 우리 나라와는 어느 쪽이 더 큰가?”

이것은 야랑후도 역시 물어보았던 말이다. 길이 통하지 않고 있었기 때문에 곤명왕이나 야랑후는 저마다 천자를 다만 한 주의 군주 쯤으로 생각하고 있을 뿐 한나라의 광대한 세력을 모르고 있었던 것이다. 사신들은 돌아오자 전국은 큰 나라로서 이를 한나라와 가깝게 하는 것은 그만한 노력의 가치가 충분히 있다고 힘주어 말했다. 천자도 전국을 주목하게 됐다.

남월이 반란했을 때 천자는 치의후를 사신으로 보내 건위군에서 남이의 군대를 징발시켰다. 그런데 저란(且蘭, 귀주성)의 왕은 자신이 원정을 떠나고 없는 사이에 주변국들이 자기 나라의 노약자들을 포로로 잡아가지 않을까 하여 겁이 났다. 그래서 부족들과 함께 반란을 일으켜 치의후와 건위군 태수를 죽였다.

그래서 한나라는 파 · 촉의 죄인들 가운데 남월을 치겠다는 자원자들을 8명의 교위에게 딸려 보내 남월을 쳐부수려 했다. 그러나 때마침 월나라의 반란이 도중에 좌절되고 말았으므로 한나라 교위는 남하하는 대신 군사를 이끌고 되돌아와 다시 두란(頭蘭, 南夷의 하나) 토벌을 위해 떠나게 되었다. 두란이 전국으로 통하는 길을 가로막고 있었던 때문이다.

두란을 평정하고 드디어 남이도 평정하여 그 땅에 장가군을 설치했다. 야랑후는 처음 남월을 의지하고 있었으나 그 남월이 망하자 한나라 밑으로 들어왔다. 그리고 한나라를 배반한 여러 나라들을 무찌르고 드디어 조정에 입조했다. 천자는 그를 야랑왕으로 삼았다. 남월이 멸망한 뒤 한나라가 저란과 공의 군주를 죽이고 또 작후를 죽이자 염 · 방 등은 두려워한 나머지 한나라 신하가 되겠으니 관리를 두어 달라고 청원해 왔다. 그래서 공도를 월수군, 작도를 침리군, 염 · 방을 민산군, 광한 서쪽의 백마를 무도군으로 했다.

또 천자는 전왕에게 왕연우를 보내어 월나라를 쳐부수고 남이를 무찌른 한나라 군사의 위세를 자랑하여 은연중에 그로 하여금 조회에 들도록 만들려 했다. 그러나 전왕에게는 수만 명의 백성들이 있고, 또 가까운 동북쪽에는 노침(勞浸) · 미막(靡莫)이 있었는데, 모두 같은 성씨로 서로가 돕고 있었기 때문에 조회에 들어오는 것을 받아들이지 않았다. 노침 · 미막에서는 오히려 한나라 사신과 관리, 사졸들에게 폭행을 가하는 일이 잦았다.

원봉 2년, 천자는 파 · 촉의 군사를 동원시켜 노침과 미막을 쳐서 없앤 다음 군대를 전국으로 돌렸다. 그러나 전왕의 경우 그가 처음부터 한나라에 호의를 가지고 있었기 때문에 죽이지는 않았다. 전왕은 서남이에서 떨어져 나와 나라를 통틀어 항복한 다음 한나라 관리를 두게 하고 입조하도록 해줄 것을 청원했다. 그래서 그 땅을 익주군(益州郡, 운남성)이라 하고, 전왕에게 왕인(王印)을 주어 전과 같이 그곳 백성들의 군장으로 머물게 했다.

서남이의 군장은 수백이나 되었지만, 그 중 야랑과 전국만이 왕인을 받았다. 전국은 소국이긴 하지만 한나라에서 가장 우대받고 있었다.

태사공은 말한다.

초나라 조상은 하늘의 복록을 받은 것일까? 주나라 시대에는 문왕(文王)의 스승이 되어 초나라에 봉해졌고, 주나라가 약해졌을 때에는 그 땅이 이미 5천 리로 불어나 있었다. 진나라는 제후들을 멸망시켰으나 초나라 자손만은 전왕으로서 남아 있었다. 한나라가 서남이를 무찔러 많은 나라들이 망했건만 전국만은 여전히 한나라 천자의 우대를 받는 왕이 되었던 것이다. 그러나 남이의 사건은 그 발단이, 당몽이 구장을 반우에서 본 것에 있었고, 대하의 사건은 그 발단이 장건이 공의 대지팡이를 본 것에 있었다. 서이는 뒤에 나뉘어져 서쪽과 남쪽 둘로 갈라지고 마침내 7개 군으로 되었다.

사마상여 열전(司馬相如列傳)

〈자허부(子虛賦)〉와 〈대인부(大人賦)〉는 언사(言辭)가 너무 곱고 과장됨이 많다. 그러나 그 뜻은 풍간(諷諫)에 있고 무위(無爲)에 돌아가 있다. 그래서 〈사마상여 열전 제57〉을 지었다.

사마상여는 촉군 성도(成都) 사람이다. 자는 장경(長卿)으로 어려서부터 책읽기를 좋아하며 격검(擊劍)을 배워 그 어버이로부터 견자(犬子, 劍과 犬은 음이 비슷)라 불리었는데, 학업을 마친 다음에는 인상여(藺相如)의 인품을 경모한 나머지 그 이름을 상여(相如)로 고쳤다.

재물을 바쳐 낭(郎)이 되었고, 효경제 때에는 무기상시(無騎常侍, 騎馬侍從官)가 되었지만 이 벼슬을 달가워하지 않았다. 효경제는 사부(辭賦)를 좋아하지 않았다. 그 무렵 양효왕이 입조하면서 유세객들을 데리고 왔는 바, 제나라의 추양(鄒

陽), 회음의 매승(枚乘), 오나라의 장기부자(莊忌夫子, 夫子는 자) 등의 무리였다. 사마상여는 그들과 만나 이야기해 본 끝에 곧 병을 핑계로 직책을 해면받았다. 그리고 손의 신분으로 양나라에 갔다. 양효왕은 그를 여러 학자들과 동숙케 하였다. 그로부터 사마상여는 여러 학자 및 유세객들과 교분을 맺고 그들과 지내기 몇 년 만에 〈자허부〉를 지었으나, 양효왕이 죽었으므로 집으로 돌아갔다. 하나 빈궁한 집안 형편으로 생계를 이을 수 없었다.

임공(臨邛, 사천성) 현령 왕길(王吉)이 그와 사이가 좋았으므로, 어느 때 이렇게 말을 전해 왔다.

"장경은 오래도록 벼슬을 구해도 이루지 못했다니 내게 와 머물지 않겠소?"

그리하여 사마상여는 그를 찾아가 도정(都亭, 임공성 부근의 驛亭)에 머물게 되었고, 임공 현령은 미리 꾸민 약속대로 그를 공경하기로 했다. 그래서 매일 아침, 사마상여를 찾아뵈었지만 처음 한동안만 만나 주었을 뿐, 뒤에는 칭병하면서 종자를 시켜 왕길을 거절하였다. 그래도 왕길은 더욱 삼가 공경할 뿐이었다. 당시의 임공에는 부호들이 많았다. 그 중에도 탁왕손(卓王孫)은 8백 명의 노복을 거느렸고, 정정(程鄭) 또한 수백 명을 거느렸다. 이 두 사람이 하루는 서로 의논하기를 이렇게 했다.

"지금 현령에게 귀빈이 와 있으니, 연회를 열어 그분과 현령을 초대합시다."

그날, 현령이 탁씨의 집에 다다른즉 이미 수백 명의 손님이 모여 있었다. 이윽고 정오가 되어 사마장경을 초대했는데, 사마장경은 병을 핑계로 사양했다. 그러자 현령은 차린 음식에 손도 대지 않은 채 앞장서서 사마상여를 모시러 갔다. 사마상여는 그제야 못이기는 체 초대에 응했다. 그가 자리에 와 앉자, 그의 풍채는 단연 좌중을 압도했다. 주연이 무르익자 임공 현령은 거문고를 들고 앞으로 나서서 이렇게 청했다.

"듣건대 장경께선 거문고를 잘 타신다니 직접 듣고 싶습니다."

사마상여는 사양하다가 못내 한두 곡을 탔다. 그런데 당시, 탁왕손에게는 과부가 된 지 얼마 안 된 문군(文君)이라는 딸이 있었는데 음악을 좋아했다. 사마상여는 현령과 서로 매우 존중하는 체하고 거문고에 마음을 실어 그녀의 마음을 사로잡으려 했다. 사마상여가 거기(車騎)를 따르게 하며 임공에 왔을 때 이미 그의 비범한 풍채는 성내의 화젯거리였다. 그런데 이제 다시 탁씨의 술자리에서 거문고를 뜯으매, 그것을 문틈으로 엿보던 문군은 한눈에 그에게 이끌린 나머지 오히려 자신이 그에게 걸맞지 않을까 봐 걱정이 될 정도였다. 그런데 주연이 끝나자 곧 사마상여의 심부름꾼이 문군의 시종을 찾아와 예물을 올리어 사모의 정을 전했으므로 문군은 그에 응해 그 밤으로 상여와 함께 도망쳤다. 하지만 상여의 집〔成都〕은 네 귀퉁이에 벽만 서 있을 정도로 곤궁했다.

탁왕손은 몹시 화가 나서 말했다.

"못난 계집애를 차마 죽이지는 않겠지만, 한 푼도 나눠 줄 수는 없다."

누군가 탁왕손의 마음을 돌려보려고 해보았지만 탁왕손은 끝내 들은 척도 안했다.

얼마 지나지 않아 문군은 시무룩한 어조로 사마상여를 부추겼다.

"장경께선 저와 함께 임공으로 갑시다. 형제들에게 돈을 빌려서라도 어떻게 생계를 마련할 수 있을 테니 이렇게 고생은 하지 않을 겁니다."

사마상여는 함께 임공으로 가서 거마(車馬) 등속을 판 돈으로 술집을 사들여 술장사를 했다. 문군에게는 가게를 맡기고 그 자신은 잠방이 차림으로 머슴들과 함께 허드렛일을 했다. 이렇듯 그가 장판에서 술잔을 씻는다는 소문을 들은 탁왕손은 부끄러운 나머지 두문불출하게 되었다. 문군의 집안 형제와 어른들은 번갈아 탁왕손에게 권했다.

"1남 2녀뿐인데다 재산도 적잖습니다. 지금 문군이 사마장경에게 몸을 맡겼지만, 장경은 오래도록 각지를 유력한 인물입니다. 비록 가난하긴 하지만, 그 인물 재능에는 뛰어난 데가 많습니다. 게다가 현령의 손님이 아닙니까? 그런 그를 어찌하여 그같이 부끄러운 지경에 버려두십니까?"

이에 탁왕손도 하는 수 없이 종 백 명과 돈 백만 전 및 시집갈 때 장만했었던 재물을 문군에게 내주었다. 문군과 사마상여는 다시 성도로 돌아와 저택을 사들여 부유하게 살 수 있었다.

그로부터 얼마 뒤에, 촉 사람 양득의(楊得意)가 구감(狗監, 천자의 사냥개를 관리하는 직책)이 되어 천자를 시종할 때였다. 〈자허부〉를 읽고 마음에 든 천자는 이렇게 탄식했다.

"짐은 어찌하여 이 글의 작자와 같은 시대에 살지 못하는가?"

그러자 양득의가 아뢰었다.

"신의 마을에 사는 사마상여라는 자가 그 부를 지었다고 합니다."

천자는 놀라서 곧 사마상여를 불러들여 사실 여부를 물었다. 이에 사마상여가 대답했다.

"제가 지은 것입니다만 그것은 제후에 대한 일을 서술한 것이므로 천자께서 보실 만한 것이 못되옵니다. 바라옵건대 신에게 〈천자유렵부(天子游獵賦)〉를 짓게 해주시면 글이 되는 대로 곧 올리겠습니다."

천자는 허락하고, 상서(尙書)에게 붓과 찰(札, 글을 쓸 수 있는 널빤지)을 가져다 주게 했다. 상여는, '빈말'이라는 뜻의 자허(子虛)로써 초나라의 아름다움을 칭찬하고, '어찌(烏) 이런 일이 있으랴(有)'라는 뜻의 오유선생(烏有先生)으로써 제나라를 비난하고, '이 사람(是公) 없다(無)'는 뜻의 무시공(無是公)으로써 천자의 대의(大義)를 분명히 하려 했다. 그리하여 이 가공의 세 인물을 빌어 사부를 짓되, 그 글 중에 천자와 제후의 원유(苑囿, 짐승을 방목하는 곳)를 논란한 뒤, 그 마지막 장에서는 절약과 검소함을 내세워 천자를 풍간하고자 했다. 글이 다 되어 천자에게 올린 바 천자께선 흡족해하셨다.

그 사부의 내용은 다음과 같다.

초나라는 자허를 제나라에 사자로 보냈다. 제왕은 이에 나라 안의 선비를 불러 거마를 갖춘 다음 사자와 더불어 사냥을 나갔다. 사냥이 끝난 다음 자허는 오유선생에게 들렀는데 대단히 즐거워했다. 마침 무시공도 있었으므로 모두 좌정해 앉았다. 오유선생이 물었다.

"오늘의 사냥은 즐거웠소?"

"즐거웠소."

"잡은 것은 많았소?"

"적었소."

"그렇다면 무엇이 즐겁소?"

"제왕이 내게 거마의 많음을 보이셨을 때 운몽(雲夢)의 일로 대답했기에 즐겁소."

"그 이야기를 들을 수 있겠소?"

자허는 좋다고 대답했다.

"왕의 행차는 천 대의 수레였고, 가려 뽑은 무리는 만기(萬騎)로서 바닷가에서 사냥을 했소. 줄을 지은 사졸들은 계곡마다 가득 찼고, 그물은 산을 둘러싸서 펼쳐졌소. 토끼를 덮쳐 잡고, 사슴을 치어 죽이며, 고라니를 쏘아 맞히고, 기린은 다리를 잡아 쓰러뜨렸소. 갯벌을 달리는 수레바퀴는 찢긴 짐승의 피로 물들여지고, 쏘아 날린 화살마다 거둬들이는 것이 많았소. 이에 왕은 자기의 풍성함을 자랑하면서 나를 돌아보더니 이렇게 말씀하셨소.

'초나라에도 이렇듯 평탄한 들, 넓은 계곡의 사냥터가 있어 즐거울 수 있겠소? 또 초왕의 사냥은 과인에 비해 어떻소?'

나는 수레를 내려 이렇게 대답했소.

'신은 초나라의 보잘 것 없는 몸으로 다행히 숙위(宿衛)하기를 10여 년, 때때로 놀이를 따라 후원에 들렀으나 아직 두루 돌아볼 수는 없었습니다. 어찌 궁 밖의 사냥터를 말할 수 있겠습니까.'

'그대가 본 것만을 얘기하시오.'

'네, 알겠습니다. 신이 듣기에 초나라에는 택지가 일곱이 있습니다. 일찍이 그 하나를 보았을 뿐 그 밖의 것은 아직 보지 못했습니다. 신이 본 것은 그 중 제일 작은 것으로 이름은 운몽(雲夢)이라고 합니다. 운몽은 사방 9백 리로써 그 가운데는 산이 있습니다. 그 산은 굽이져 서려 있는가 하면 높이 솟아 험준하며, 봉우리는 들쭉날쭉하여 해와 달을 전부 가릴 때도 있고, 한 부분만을 가려 이지러지게도 합니다. 서로 어지럽게 뒤섞여 위로는 푸른 구름을 뚫고 우뚝 솟았고, 산비탈은 느슨하게 경사져서 그 끝이 강하(江河)에 들게 되옵니다. 그 흙은 주사(朱砂), 청확(靑雘), 자(赭, 赤土), 백악(白堊), 자황(雌黃, 유황과 비소의 혼합물), 백부(白坿), 석(錫), 벽옥(碧玉), 금, 은 따위의 갖가지 빛깔이 빛나기를 마치 용의 비늘에 어려 비치는 듯합니다. 그곳의 돌로는 적옥(赤玉) · 매괴(玫瑰) · 임(琳, 美玉) 민(瑉, 옥돌) · 곤오(琨珸, 美玉) · 감륵(瑊玏, 옥과 비슷한 돌) · 현려(玄厲, 흑석) · 연석(瑌石, 흰색과 붉은색이 도는 돌) · 무부(武夫, 옥) — 이상 모두 보석 이름 — 등이 있습니다. 그 동쪽에는 혜포(蕙圃, 香草園)가 있어, 두형(杜衡) · 난(蘭) · 지(芷) · 두약(杜若) · 야간(射干) · 궁궁(穹窮) ·

창포(昌蒲) · 강리(江籬) · 미무(蘪蕪) · 감자(甘蔗) · 박차(猼且) — 이상 모두 향초 이름 — 따위가 있습니다. 그 남쪽에는 평탄한 들과 너른 계곡이 올라간 듯 내려간 듯 구불구불 구부러지고 길게 뻗쳐 있으며, 움푹 패어 들어갔다가 편편하고 넓게 퍼지곤 하며 장강에 잇닿아 멀리 무산(巫山)에서 끝이 납니다. 높고 건조한 곳에는 침(葴, 꽈리) · 사(蔪) · 포(苞, 그렁풀) · 여(荔, 향풀) · 설(薛, 설풀) · 사(莎, 사초) · 청번(青蘋, 푸른 떼) — 이상 모두 풀 이름 — 이 무성하며, 낮고 습한 곳에는 장랑(藏莨) · 겸가(蒹葭, 갈대) · 동장(東薔) · 조호(雕胡) · 연우(蓮藕, 연근) · 고(菰, 줄풀) · 노(蘆, 갈대) · 암려(菴藺, 개제비쑥) · 헌우(軒芋) — 이상 모두 물풀 이름 — 등이 자라는데 온갖 것이 모두 모여 그 모양을 이루 다 그려낼 수가 없습니다. 그 서쪽에는 솟아오르는 샘과 맑은 못이 있는데, 그 물결이 일렁이며 흘러가는 바깥으로는 부용(芙蓉)과 능(蔆, 마름꽃)이 피어 있고, 안으로는 커다란 바위와 흰 모래가 감춰져 있습니다. 또 그 속에서는 신귀(神龜) · 교룡(蛟龍) · 대모(玳瑁) · 별원(鼈黿) — 이상 모두 거북 종류 — 따위가 살고 있습니다. 그 북쪽에서는 큰 숲과 거목들이 있는바, 편남(楩枏) · 예장(豫章) · 계초(桂椒) · 목란(木蘭) · 벽리(蘗離) · 주양(朱楊) · 사리(樝梨) · 영률(楟栗) · 귤유(橘柚) — 이상 모두 향목 이름 — 등이 방향을 뿜어냅니다. 그 나무들 위에는 적원(赤猿) · 구유(蠷蝚) — 이상 모두 원숭이 무리 — 원추(鵷鶵) · 공작(孔雀) · 난조(鸞鳥) — 이상 모두 크고 아름다운 새 이름 — 등원(騰遠) · 사간(射干) — 이상 모두 나무에 사는 짐승 이름 — 이 살고, 나무 밑에서는 백호(白虎) · 현표(玄豹) · 만연(蟃蜒) · 추(貙) · 한(豻) · 시상(兕象) · 야서(野犀) · 궁기(窮奇) — 이상 모두 맹수 이름 — 가 살고 있습니다. 그리하여 전저(專諸)와 같은 용사를 시켜 맨손으로 그것들을 생포하게 합니다. 초왕은 길들인 박(駁, 말과 비슷한 맹수) 네 마리가 끄는 옥으로 꾸민 수레를 타고 물고기 수염으로 만든 가느다란 깃대의 명월주(明月珠) 깃발을 길게 바람에 날립니다. 간장(干將, 오나라 刀劍의 명사)의 예리한 극(戟)을 세우고, 조각한 오호(烏嗥, 고대의 이름난 활) 활을 왼쪽에, 하나라 때의 화살통에 강전(强箭)을 담아 오른쪽에 두었으며, 양자(陽子, 진목공 때의 名調馬師)가 수레를 같이 타고 섬아(纖阿, 상고의 이름난 말몰이)가 수레를 몰아 달립니다. 짐승을 뒤쫓아 공공(蛩蛩, 말과 비슷한 파란 짐승)을 깔아 죽이고, 거허(距虛, 공공과 같은 짐승)를 짓밟아 잡고, 야마(野馬)를 들이받고, 도도(騊駼, 들말 무리)를 차축으로 죽이고, 유풍(遺風, 야생마 이름)을 타고선 질주하는 기(騏)를 쏘아 죽입니다. 수레와 말이 날래기는 우레와 같이 움직이며 질풍처럼 빨라서, 유성처럼 흐르며 벼락처럼 활은 하늘을 날아 명중되되 반드시 짐승의 눈꼬리를 찢거나 가슴을 꿰뚫어 옆구리에까지 미치고, 심장의 힘줄을 끊습니다. 사냥한 짐승은 비가 쏟아지듯 풀을 덮고 땅을 가립니다. 그때 초왕은 말고삐를 잡아 천천히 배회하되, 새가 날개를 펴고 나는 듯이 유연하게 소요하며 무성한 숲을 바라보기도 하고, 장수의 분노하는 모습과 맹수의 두려워하는 모양을 둘러보며, 피로한 짐승의 앞을 막아 힘이

다한 짐승을 잡아 여러 사물의 다양한 자태를 골고루 살핍니다. 그러면 부드러운 비단을 몸에 두른 미녀 · 미희가 가는 삼베와 비단자락을 끌며 머리에는 안개 같은 엷은 비단을 길게 드리웠고, 옷주름은 구겨져 골짜기처럼 접혔으나 긴 소맷자락은 정연하여 가지런하고, 웃옷에 늘어뜨린 긴 띠는 날리고, 소(髾)는 드리워졌습니다. 수레를 붙들고 따라갈 때마다 옷에서는 사각사각 소리가 나고, 아래는 난초와 혜초에 스치고, 위는 수레의 비단 덮개를 쓸고, 비취새의 날개 털로 만든 목걸이에 구슬로 장식한 수레의 끈이 걸리고, 가볍게 솟아올라 다시 내려지니 마치 신선의 모습을 방불케 합니다. 그리하여 모두가 함께 혜포로 가서 사냥하고, 무성한 풀 속을 기어서 견고한 뚝으로 올라가 비취를 잡고 준의(鵔鸃, 꿩의 일종)를 쏘고, 짧은 활에 가는 실을 매어 높은 하늘의 새를 맞추고, 백곡(白鵠)은 실활로 쏘고, 가아(駕鵝, 들거위)를 연달아서 잡고, 학 두 마리를 쏘아 떨어뜨리니 검은 학이 소리에 맞춰 땅에 떨어집니다. 사냥놀이에 지치면 푸른 연못에서 노닙니다. 물새 모양이 새겨진, 배를 띄우고 계수나무 삿대를 올리고, 새털로 장식한 배 덮개를 세우고, 대모를 그물로 잡고, 자패(紫貝)를 낚고, 황금북을 울리고 퉁소를 붑니다. 사공이 부르는 노랫소리는 여운이 있고 끓어오르는 물결은 물고기를 놀라게 하고, 분수가 내뿜는 것과 같이 높이 솟아오릅니다. 얼마 아니하여 한곳에 모인 물 속의 돌은 서로 부딪쳐 낭랑하게 울리고, 그 소리는 수백 리 밖까지 들리는 천둥이나 벼락 소리 같습니다. 사냥을 끝내고 돌아가고자 북을 울려 신호의 깃발을 들면, 수레는 행렬을 정돈하고 말은 대오를 짜서 서로 줄을 잇고 서로 무리를 이룹니다. 초왕은 양운대(陽雲臺)로 올라 편안히 좌정하고 작약 뿌리로 조미하여 오미를 갖춘 진미를 잡수십니다. 이것은 대왕께서 종일을 달려 수레에서 내리지 않고, 수레바퀴에다 피를 물들이고, 생고기를 찢어 소금을 찍어 입에 넣어 스스로 즐겁다고 하는 이런 정도가 아닙니다. 가만히 관찰하옵건대 제나라는 초나라에는 미치지 못합니다.' 라고 하였습니다. 그러자 제나라 왕은 잠자코 아무 말씀이 없었습니다."

오유 선생이 말했다.

"어찌 이렇게 틀린 말씀을 하십니까? 당신은 천 리를 멀다 하지 않고 제나라에 와서 정의를 표했습니다. 제나라 왕이 국내의 선비를 모두 불러서 수레와 말의 무리를 정돈하여 사냥을 나간 것도, 힘을 합해 짐승을 잡고 그때를 즐겁게 하려는 생각에서였는데 어찌하여 지나치게 자랑을 한다고 말하십니까! 초나라에 그러한 곳이 있는가 없는가를 물은 것은 대국의 아름다운 풍속과 당신의 감상을 들으려고 한 것이었습니다. 그런데 지금 당신은 초왕의 후한 덕을 칭송하지 않고, 다만 운몽을 칭찬하여 크게 음락(淫樂) 만을 떠벌리어 몹시 사치스럽다는 것을 드러냈습니다. 반드시 말한 그대로라 할지라도 본디 그것은 초나라의 아름다운 점은 아닙니다. 만약 그것이 사실이라면 주군의 악덕을 나타내는 것이고, 또한 사실이 아니라면 그대의 신의를 손상시키는 것입니다. 주군의 악덕을 나타내고 자기의 신의를 손상시키는 것은 어느 편도 좋은 일이라고 할 수 없는데, 당신이 그런 일을 하였으니 반드시 제나라에서는 당신을 가볍게 여길 것이고, 초나라에는 누를 끼치게 될 것입니다. 제나라는 동쪽으로 대해(大海)가 있고 남쪽에는 낭야산이 있으며, 성산에서 유람하고, 지부산에서 사냥하며, 발해에 배를 띄우고 맹저에서 놉니다. 곁으로는 숙신국과 이웃하고, 오른쪽은 탕곡으로써 경계를 삼고 있습니다. 가을에는 청구산(靑丘山)에서 사냥하고 바다 밖에서 노닐기도 하는데 운몽 같은 것을 여덟 개 아홉 개 삼켜도 그 가슴속에는 조금도 걸리는 것이 없을 것입니다. 타국의 여러 다른 기괴한 조수며, 만물은 물고기의 비늘처럼 그 가운데 가득 차 있어 다 들어 기록할 수 없습니다. 하우왕(夏禹王)도 그 하나하나를 이름붙일 수 없고, 설(契, 요순시대의 현자)도 그 수를 셀 수가 없을 것이다. 그러나 제왕은 제후의 지위에 있으므로 유희의 즐거움이라든가 원유의 크기를 말하지 않으며, 또 그대를 빈객으로 모시고 있었기에 사양하여 반박하지 않은 것뿐, 대답을 못했다는 말이 어찌 가당한 소리겠습니까?"

이때 무시공이 빙그레 웃으면서 말했다.

"초나라의 이야기도 틀렸지마는 제나라도 도리에 당연하다고는 말할 수 없습니다. 대체로 천자가 제후에게 조공을 받는 것은 재보를 위해서가 아니고, 그 직책의 도리를 행하도록 하는 데 있습니다. 흙을 쌓아 올려 경계를 만드는 것도 방위를 위해서가 아니고 방일함을 경계하기 위해서입니다. 지금 제나라는 동방의 수호소(守護所)이면서 밖으로는 은근히 숙신과 통하고, 제후국을 떠나 국경을 넘어 바다를 건너서까지 사냥을 하는 것은 그 의(義)로 보아서도 좋지 못한 일입니다. 또 두 분의 논쟁은 군신의 의리를 밝히는 것에도 제후의 예의를 바로잡는 것에도 힘쓰지 않고, 다만 함부로 사냥의 즐거움과 원유의 크기를 다투는 것뿐으로, 사치하는 것을 가지고 서로 이기려고 하고, 황음(荒淫)한 행동을 가지고 서로 뛰어나다고 자랑하고 있는 것입니다. 그렇게 해서는 명예를 세울 수 없을 뿐만 아니라 도리어 임금을 깎아내리고 자신을 손상시키기에 알맞을 뿐입니다. 제나라 · 초나라 다 말할 만한 것이 못 됩니다. 여러분들은 저 거대하고 화려한 것을 보지 못한 것 같습니다. 천자의 상림원에 대해서 들어 보지 못했습니까? 동쪽으로는 창오(蒼梧)가 있고, 서쪽으로 서극(西極, 섬서성)이 있으며, 단수(丹水)가 그 남쪽을 지나가고 자연(紫淵, 못이름)이 그 북쪽을 가로질러 흐릅니다. 패수(霸水)와 산수(滻水)가 원내에서 시작되어 원내에서 끝나고, 경수(涇水)와 위수(渭水)가 원 밖에서 흘러들어왔다가 밖으로 나갑니다. 풍(酆) · 호(鄗) · 요(潦) · 귤(橘)의 사수(四水)가 구부러져 뒤틀려 원 안을 돌다가, 여덟 개의 강으로 갈라져 출출 흐르고 서로 등지며, 각기 그 모양을 달리하고 동서남북으로 뒤섞여 흐른다. 다시 대치하는 초구(椒丘)의 사이로 나와, 섬의 물기슭에 이르러 계수(桂樹)의 숲속을 가로질러 넓은 들을 지납니다. 콸콸 흐르는 급류는 큰 구릉을 따라 흘러내려 좁은 해안 사이를 뚫고 나오면서 큰 돌에 부딪고, 쌓인 모래와 바위머리에 부딪혀 성난 듯 끓어올라서 세차게 출렁입니다. 물이 뛰어오르는가 하면 되돌아오고, 뭉치어 솟아오르는가 하면 금세 또 달아

나고 서로 부딪혀 소리를 냅니다. 옆으로 퍼졌다가 거꾸로 꺾이고 중첩해서 가볍게 달리는데 소리가 요란하고 세력에 기복이 있어 별안간 높았다가 별안간 낮았다가 뒹굴어 한쪽으로 꼬부라지고, 뒷물결은 앞물결을 넘어서 푹 꺼진 데로 달려가고, 찰찰찰 여울로 내려갑니다. 바위를 치고 귀퉁이로 부딪고 치솟아 올랐다가 주르르 흩어지고, 높은 데 다다라 낮은 데로 떨어지며 성나 부르짖는 물소리는 콸콸 솥에서 끓어오르는 듯 물결을 달리게 하고, 거품을 토해내고, 급히 내쏘아 달려서 저 아득한 곳에서 또 다른 아득한 곳으로 흘러가고, 고요히 소리없이 영원으로 흘러갑니다. 그런 다음에는 끝없이 위풍당당하게 흐르다가 서서히 배회하며 흰 빛으로 떠돌다가 동쪽으로 흘러서 태호(太湖)에 들어가 넘쳐 흘러 작은 못이나 호수에 모입니다. 이러한 곳에 이르면 교룡(蛟龍) · 적리(赤螭, 용 이름) · 긍맹(䱭鰽) · 점리(螹離) · 옹(鰅) · 용(鰫) · 건(鰬) · 탁(魠) · 우우(禺禺) · 허(魼) · 납(鰨)은 지느러미를 흔들고 꼬리를 움직이며 비늘과 날개를 떨쳐 일어나고, 심연 속의 바위 아래에서는 물고기와 자라의 소리가 은은하고 무리를 이루고 있습니다. 명월과 구슬은 강기슭에서 반짝이고, 촉석(蜀石) · 황연(黃堧) · 수정(水晶)은 도처에 흩어져 반짝반짝 번쩍번쩍 색채가 서로 비치어 빛나고, 물 가운데 더미를 지어 쌓여 있습니다. 홍곡(鴻鵠) · 숙보(鷫鴇) · 가아(駕鵝) · 촉옥(鸀鳿) · 교청(鵁鶄) · 선목(䴅目) · 번목(煩鶩) · 옹거(鷛䴘) · 짐자(䴋鴜, 물총새 종류) · 교(鵁) · 노(鸕)는 물 위에 떼를 지어 바람 따라 물결 따라 떠돕니다. 물결과 함께 흔들리고 무성한 풀에 떼지어 모여서 정(菁) · 조(藻) — 이상 물풀 이름 — 를 쪼아 먹고 연과 마름을 씹고 있습니다. 여기에 높이 치솟은 산이 있는데 산세가 험준하고, 산에는 수목은 울창해서 짙어 있고 높았다 낮았다 층이 진 바위들이 있습니다. 구종산(九嵕山)은 엄하고, 종남산(終南山)은 깎아질렀고, 그 험준한 바위와 벼랑은 이빠져 이지러진 듯 솥발 모양 같고, 꼬부라진 시내가 흘러드는 골짜기는 툭 티어 열려져서 공허하고, 언덕과 섬은 높고 험하고, 울퉁불퉁하여 평탄치 않습니다. 산세는 경사져 있는데 밑으로 내려오면서 점점 평평해집니다. 물은 이러한 계곡을 흘러 평지에 이르러서는 넓게 퍼집니다. 못가의 천 리의 땅은 어느 곳도 평평하게 다듬지 않는 곳이 없고, 혹은 녹색의 혜거나 강리로 덮이고 미무가 섞여 있고 신이(辛夷)도 섞여 있으며, 결루(結樓, 풀 이름)도 심어져 있고, 여사(戾莎, 풀 이름)도 모여져 있고, 게거(揭車) · 형란(衡蘭) · 고본(槀本) · 사간(射干) · 자강(茈薑) · 양하(蘘荷) · 침증(葴橙) · 약손(若蓀) · 선지(鮮枝) · 황력(黃礫) · 장모(蔣茅) · 청번(青薠)이 큰 못에 깔려 있거나 넓은 들에 가득합니다. 서로 연달아 넓게 퍼져 있으면서 바람이 부는 대로 몸짓해 흔들리고 향기를 풍기고, 여러 향기가 퍼지고 퍼져 바람에 실려서 사람의 마음속으로 스며 들어오는 것은 그 무엇이라고 말해야 좋을는지 모르겠습니다. 넓게 보고 두루 관찰하는데, 경물(景物)의 풍부하고 치밀하기는 사람을 망막하고 황홀하게 하며, 이것을 보는데 끝이 없고 한정이 없습니다. 해는 동산의 동쪽 못에서 나와 서쪽 언덕으로 사라지나, 동산의 남쪽은 엄동에도 초목이 무성하고 물결이 어는 일이 없습니다. 짐승은 용(犝)·모우(旄牛, 털 긴 소)·맥(貘)·모우(犛牛)·수우(水牛)·주미(麈麋)·적수(赤首)·환제(圜題)·궁기(窮奇)·상서(象犀) 등이 있습니다. 동산의 북쪽은 한여름에도 얼음이 얼고 땅이 갈라지므로 얼음 위를 걸어서 내를 건넙니다. 그곳의 짐승으로는 기린·각단(角端)·도도(騊駼)·낙타·공공(蛩蛩)·탄해(驒騱)·결제(駃騠)·여마(驢馬)·나마 등이 있습니다. 이궁과 별관은 산에 가득하고, 골짜기에 양다리 걸치듯 걸쳐 있고, 높은 회랑은 사방으로 처마를 드리우고, 층층의 높은 누각과 구부러진 주랑, 화려하게 조각한 대들보, 구슬로 장식한 서까래의 머리, 연수레가 오고가는 2층 낭하들이 서로 연달아 있고, 보랑(步廊)은 두루 둘러져 있어 도중에서 하룻밤을 자야 할 만큼 깁니다. 산을 편편하게 깎아 집을 짓고 누대를 겹쳐 층층이 만들고 바위 틈의 깊숙한 곳에 방을 꾸몄습니다. 아래쪽을 굽어보면 깊고 멀어서 아무것도 보이지 않는 것 같고, 올려다보면 대들보가 높아 하늘을 만질 수 있을 것만 같습니다. 유성은 궁중의 소문(小門)을 거치고, 무지개는 난간에 길게 걸려 있고, 청룡은 동상(東箱)으로 구불거려 가고 상여(象輿)는 서상(西廂)으로 이어져 움직이고, 영어선인(靈圉仙人)은 고요한 집에 휴식하고, 악전선인(偓佺仙人)은 남쪽 지붕 끝에 앉아 별을 쬐고, 감천(甘泉)은 청실(淸室)에서 솟아나 흘러서 내가 되어 안뜰을 지나고, 반석은 세밀하게 정돈되고 가지런하지 않은 작은 산을 닦고, 높고 험준한 산봉우리를 정리하여 조각한 듯 기이한 천연석을 보존시킵니다. 매괴와 벽옥과 산호는 떨기를 이루어 나고, 민옥과 문석에는 무늬와 줄이 있고, 적옥에는 문채가 있다. 또 여기에서 그것들의 사이에 섞이어 수수(垂綏)·완염(琓琰)·화씨벽(和氏璧)이 산출됩니다. 노귤(盧橘)은 여름에 익고 황감(黃柑)·유자(柚子)·소귤(小橘)·비파(枇杷)·소조(小棗)·산리(山梨)·배(梨)·후박(厚朴)·영조(楟棗)·양매(楊梅)·앵도·포도·은부(隱夫)·여지(荔枝)—이상 모두 과일 나무이름—는 후궁에 가득 열려 북쪽 동산에 이어 있고 언덕에 뻗치어 넓은 들로 내려갑니다. 푸른 나뭇잎과 자줏빛 줄기는 살아 움직이는 듯하고, 붉은 꽃이 성난듯 피어나고, 붉은 꽃봉우리는 넓은 들판에 불을 켠 듯합니다. 사당(沙棠)·역저(櫟櫧)·화범(樺汎)·벽로(檗櫨)·류(榴)·서여(胥余)·종려(椶櫚)·단(檀)·목란(木蘭)·예장(豫章)·여정(女貞)—이상 나무 이름—은 키가 큰 것은 천 길이나 되고, 굵은 것은 아름드리입니다. 꽃도 가지도 쑥쑥 자라나고, 열매와 잎은 크고 무성하며, 나무들은 한곳에 모여 있거나 서로 어우러져 의지하고 있고, 구불구불 뒤섞여 헝클어져 있습니다. 혹은 꼿꼿하게 혹은 비뚜름하게 사방으로 드리워진 가지 사이로 꽃잎이 떨어져 휘날립니다. 무성한 나무는 산들산들 바람에 흔들리고, 바람이 나뭇가지를 흔들 때 내는 빠른 소리는 종(鐘)·경(磬)·피리 소리를 듣는 듯합니다. 여러 나무들은 일정하지 않은 크기로 후궁을 빙 둘렀고, 수많은 나무들이 서로 의지하고 서로 뒤섞여 겹쳐 있는가 하면 산을 덮고 골짜기를 메우며, 비탈을 따라내려가 습한 지역으로 이어져 있고, 이것을 보는 데 한계가 없고 이것을 관찰하려면 끝이 없습니다. 현원(玄猿)·소자(素雌)·유(蜼)·확(玃)·비류(飛鸓)·질(蛭)·조(蜩, 쓰르라미)·구유(蠼蝚)·점호(螹胡)·의궤(縠蛫) — 이상 모두 동물 이름 — 들이 그 사이에 살면서, 길게 울부짖고 슬픈 소리로 울고, 민첩한 행동으로 서로 오가기도 하고, 가지에서 놀거나 나무에 거꾸로 매달려 있습니다. 짐승들은 끊어진 다리를 뛰어 넘어 다른 관목 수풀로 올라가 드리워진 가지를 붙든 채 나뭇가지 드문 곳으로 건너뛰고, 먼 데로 들어가 섞이고 어지럽게 흩어져, 먼 곳으로 이동합니다. 이러한 곳이 수천 수백 군데가 있어 즐거이 유람하여 오고가며 이궁에서 자고 별관에서 쉬는데, 모두 요리장 설비가 있고 궁녀가 모시며 그 밖에 없는 것이 없이 구비되어 있습니다. 가을이 지나고 겨울로 접어들면, 천자는 목책을 만들어 놓고 사냥을 합니다. 조각을 새긴 수레를 타고 마구를 구슬로 장식한 날랜 말 여섯 마리를 세워서 무지개 같은 오색의 깃발을 날리고, 용과 호랑이를 그린 깃발을 들고, 혁거(革車)를 전구(前驅)로 세우고, 도거(道車)와 유거(游車)가 뒤를 따릅니다. 손숙(孫叔, 말몰이의 명수)이 고삐를 잡고 위공(衛公, 몰이의 명인)을 모셔 태우고, 좌우 종횡으로 호위하며 병사들이 사면의 목책으로 나아갑니다. 북을 울려 행차를 엄중히 하고 사냥꾼을 내보냅니다. 강하를 막아서 짐승을 가두고, 태산을 망루로 삼고, 수레와 말을 우레같이 일어나 하늘을 떨치고 땅을 움직이며 분산하여 쫓아가는데, 언덕을 타고 못까지 떼지어 가는 모양이 마치 구름이 하늘을 가리고 비가 땅으로 쏟아지는 것과 같습니다. 비

(貚, 맹수 이름)와 표(豹)를 산 채로 잡고, 승냥이와 이리를 두들겨 잡고, 곰을 맨손으로 잡고, 산양을 발로 차 죽이고, 할(鶡)새의 깃털로 장식한 모자로 만들어 쓰고, 백호의 가죽을 바지로 하고 점무늬 있는 옷을 입고, 야마(野馬)를 타고 세 봉우리가 모여 있는 가파른 데를 오르고, 경사진 언덕을 내려가며 험준한 지름길을 달려서 골짜기를 넘고 물을 건넙니다. 비렴(蜚廉)을 방망이로 차고, 해치(解豸)를 희롱하고, 하합(瑕蛤, 맹수 이름)을 몽둥이로 두들겨 죽이고, 맹씨(猛氏, 맹수 이름)를 창으로 찌르고, 신마(神馬)를 줄로 매어 붙들고, 봉시(封豕, 큰 돼지)를 쏘아 맞춥니다. 화살은 헛되이 쏘지 않아 목을 찌르고 골통을 부수니, 쏘면 쏘는 대로 맞고 활 우는 소리에 따라 짐승은 넘어집니다. 그러면 천자의 수레는 깃대를 멈추어 배회하며, 유연히 둘러보아 부대의 진퇴를 바라보고 장수의 호령하는 모양을 본 다음에 다시 또 차례로 깃대를 재촉하여 홀연히 먼 데로 더 나가서, 나는 새를 괴롭히고 짐승을 짓밟고, 흰 사슴을 깔아 죽이고, 토끼를 잡되, 그 솜씨의 빠르기란 붉은 섬광을 따라 번쩍하는 한 순간이며, 신비한 것을 쫓아 우주의 밖으로 나가고, 번약(繁弱, 하후씨의 활)에 흰 깃의 화살을 먹여 잡아당기고, 움직이는 고(梟, 맹수 이름)를 쏘고 비허(蜚虡, 신령스런 맹수)를 치며, 살이 찐 것을 겨누어 쏘는데, 맞히기 전에 명중할 위치를 정하여 화살이 시위를 떠나자마자 짐승은 쓰러져 아래로 뒹굽니다. 이렇게 하여 또 깃발을 들어 공중에 나부끼고 강풍을 견디고, 폭풍을 이겨서 허무 적료한 천상에 올라서 천신과 함께 놀고, 검은 학을 짓밟

고 곤계(昆鷄, 학의 무리)의 행렬을 어지럽히며, 공작과 난조(鸞鳥)를 쫓고, 준의(봉황의 무리)에 다가들고 예조(鷖鳥)를 덮치고, 봉황을 두들기고 원추(鵷雛)를 갈라잡고, 초명(鷦明)을 그물로 잡습니다. 더 나갈 길이 없는 곳까지 갔다가 수레를 돌려 돌아옵니다. 마음을 따라 소요하고, 북쪽 끝에 내려서 똑바로 가기도 하고 돌기도 하면서 석궐관(石闕觀, 감천궁 근처의 궁. 이하 같음)을 지나고, 봉만관(封巒觀)을 거쳐 모작관(鳷鵲觀)을 지나 노한관(露寒觀)을 바라봅니다. 당리궁(棠梨宮)에 내려와 의춘궁(宜春宮)에서 쉬고, 서쪽으로 의곡궁(宜曲宮)으로 달려가 우수(牛首)의 어좌선(御座船)을 우수지(牛首池)에 노젓고, 용대관(龍臺觀)에 올라와 세류관(細柳觀)에서 쉽니다. 사대부의 근면함과 지략을 관찰하고 사냥꾼의 포획량을 균등하게 가르며, 말 수레에 깔리거나 기마 또는 인간에게 밟힌 새·짐승과 피로한 끝에 또는 놀라 엎드려 칼에 찔리지도 않고 죽은 새와 짐승이 뒤섞여 쓰러져 구덩이에 넘쳐 골짜기에 차고 평지를 덮고 못을 메운 것을 볼 수 있습니다. 이쯤에서 사냥놀이에 싫증이 나면 천공(天空)에 솟은 고대(高臺)에 술을 벌여 놓고, 넓고 고요한 당우(堂宇)에 악기를 늘여놓습니다. 천 섬 무게인 12만 근의 종을 치고, 만 섬의 기둥을 세우고 비취(翡翠)의 날개털 깃발을 장식하고, 악어 가죽으로 만든 북을 세워두고, 도당요씨(陶唐堯氏)의 춤을 연주하고 갈천씨(葛天氏, 太古帝王의 이름)의 노래를 듣습니다. 천 명이 노래하면 만 명이 여기에 화답하니 그 때문에 산륭(山隆)도 진동하고 천곡(川谷)도 일렁입니다. 파유(巴楡)의 춤,

송(宋)·채(蔡)의 음악, 회남(淮南)의 음악, 우차(于遮)의 곡(曲), 문성(文成)과 전(顚)의 노래를 한꺼번에 연주하기도 하고, 바꿔가며 연주하기도 합니다. 교대로 울리는 금석(金石)의 소리와 태고(太鼓)의 북소리가 가슴을 꿰뚫고 귀를 놀라게 하고, 형(荊, 楚)·오(吳)·정(鄭)·위(衛)의 노랫소리, 소(韶, 순임금의 음악)·호(濩, 은나라 탕왕의 음악)·무(武, 주나라 무왕의 음악)·상(象, 주공 旦의 음악)의 악곡(樂曲), 주색탐닉의 음악인 언(鄢)·영(郢)의 음악 — 이상 초나라 지명 — 등의 초가(楚歌)가 뒤섞이고, 격초(激楚)·결풍(結風) — 이상 초나라 가곡명 — 을 연주하고, 배우·난쟁이와 적제(狄鞮, 지명 또는 곡명)의 가수가 이목을 즐겁게 하고 마음을 기쁘게 해줍니다. 앞에는 아름다운 음악이 흐르고 뒤에는 아름다운 미녀들이 있습니다. 청금(靑琴, 옛神女)·복비(宓妃, 복희씨의 딸로서 낙수의 신)와 같은 세상에 둘도 없는 미인들은 눈이 부시고 찬란하도록 아름답고 우아하고 정숙합니다. 짙은 화장과 곱게 꾸민 모습은 부드럽고 곱고 가냘프고 섬세하고 나긋나긋합니다. 비단 치맛자락을 끌고 서 있는 모습은 아리땁고 기다란 옷매무새가 마치 그림을 그려놓은 것 같으며, 걸을 때마다 물결이 이는 것이 세상의 보통 의복과는 다릅니다. 짙고 좋은 향내를 풍기고, 흰 이는 아름답게 빛나고, 웃으면 하얀 이가 가즈런히 드러나고, 눈썹은 길어서 그린 것 같고, 먼 데를 보는 듯한 눈은 곁눈질을 하는 듯합니다. 어여쁜 미색이 오고 혼백이 가서 서로 만나니 마음이 기울어 즐깁니다. 그리하여 술자리가 무르익고 음악이 한창인 때에, 천자께서는 망연히 무엇을 생각하는 듯, 그 모습은 마치 마음을 잃어버린 것 같습니다. 천자 말씀하시기로는 '아아 이 어찌된 사치냐? 짐은 정사를 돌보는 외에는 한가로이 허송하는 날이 없이, 가을과 겨울철에는 사냥을 즐기면서 때로 여기에 휴식하나 후세의 나의 자손은 사치와 화려함 속에 빠져 마침내 처음의 근검·순박한 데로 되돌아 갈 수 없게 될까 두렵다. 이는 선조가 후손을 위해 업을 일으키고 전통을 드리우는 본의가 아니다.' 하셨습니다. 그리하여 술자리를 끝내고 사냥을 그치면서 관리에게 명하여, '개간할 수 있는 토지는 모두 갈아 밭으로 만들어 백성에게 주어라. 흙담을 부수고 도랑을 메워서 산골의 백성에게 들도록 하여라. 저수지에도 물고기를 길러 백성이 잡는 것을 금하지 말라. 이궁과 별관을 비워서 궁녀·관인을 들게 하지 말라. 창고를 열어서 가난한 자를 구하고 모자라는 자에게 보충해 주고, 홀아비·과부를 돌보아주고 고아와 의탁할 데 없는 늙은이를 위로해 주고, 은덕이 되는 명령을 내리고 형벌을 덜게 제도를 고치고 복색을 바꾸고 달력을 개량하여 천하 백성과 함께 다시금 일신토록 하자.' 하셨습니다. 그리하여 길일을 가려서 재계하고 예복을 입고, 육두마차를 타고 비취 깃발을 세우고, 방울을 울리고, 육예(六藝, 六經)의 동산에서 놀고 인의(仁義)의 길로 달리고, 춘추(春秋, 육경의 하나)의 수풀을 보고, 이수(狸首, 《시경》의 편이름)를 쏘고, 추우(騶虞, 《시경》〈소남편〉)를 아우르고, 현학(玄鶴)은 실활로 잡고, 간척(干戚)을 세워 운한(雲罕)을 장식하고, 대아(大雅)》와 소아(小雅, 《시경》)의 현인준수(賢人俊秀)

를 망라하고, 벌단(伐壇,《시경》〈魏風篇〉)의 시의(詩意)를 슬퍼하고, 악서(樂胥,《시경》〈小雅篇〉,〈桑扈篇〉)의 시를 즐기고, 위의를 예경(禮經)의 동산에 닦고, 상서(尙書,《書經》)의 밭에 날개를 펴서 춤추어 날고, 시의 길을 서술하고 동산 안의 괴이한 짐승을 들로 놓아 주고, 명당(明堂)에 올라 태묘에 앉아서 군신에게 마음껏 정사의 득실을 아뢰게 하므로 사해(四海) 안에 천자의 은혜를 받지 않은 자가 없었습니다. 이때 백성은 크게 기뻐하고 덕풍을 쫓아 나부끼고, 은택을 따라 감화하고 분발하여 도덕에 부화하고 정의에 나아가니 형벌은 있어도 쓰이지 않아, 천자의 덕은 삼황(三皇)보다도 높고 공은 오제(五帝)보다도 우월하였습니다. 이와 같았기 때문에 사냥도 기뻐할 수 있는 것입니다. 만약 종일을 풍우에 쐬여 돌아다니고, 몸과 마음을 수고롭게 하여 지치고, 거마를 혹사시키고 정병들의 사기를 손상시키고, 창고의 재물을 말리며, 후한 은덕이 없고 내 일신의 향락만 힘써 민초(民草)를 돌아보지 않고 국가의 정사를 잊어버리고, 꿩과 토끼 등의 사냥만을 탐하기나 하는 것은 인자(仁者)의 취할 바가 아닙니다. 이로써 보건대 제나라나 초나라의 일이 어찌 슬프지 않겠습니까? 영지는 사방 천 리에 불과한데, 원유는 9백 리나 됩니다. 이리해서는 개간하여 오곡을 심을 수도 없고, 백성들이 밭을 갈고자 하나 토지를 얻을 수도 없습니다. 한낱 작은 나라의 제후로서 만승의 천자도 사치로 여기는 것을 즐긴다면 나는 그 피해를 백성들이 입을까 두렵습니다."

그러자 두 사람은 깜짝 놀라 안색을 바꾸고 망연자실하여 뒤로 물러앉으며 말했다.

"시골뜨기는 고루해서 사양하고 체면차리는 것을 몰랐더니, 오늘에 처음으로 가르침을 얻었습니다. 삼가 가르침을 지키고자 생각합니다."

이 부(賦)가 천자에게로 올라가자 사마상여는 낭으로 임명되었다. 무시공이 말한 천자의 상림원의 광대함이나 그 산곡(山谷)·수천(水泉)·만물(萬物), 또 자허가 말한 초나라 운몽의 풍부함은 어느 것이나 사실을 넘어선 과장된 사치·화려라 하겠으며, 또 도리로 말하더라도 존중할 것이 못된다. 사마상여로서는 이것을 정도(正道)로 돌리려고 한 것이 그 주지인 것이다.

사마상여가 낭으로 임명된 몇 년 후에, 당몽은 사자로서 야랑·서북중(西僰中, 모두 서남이)을 점령하고 이곳과 교통을 하려고 파·촉 2군의 이졸(吏卒) 천 명을 징발하였다. 군에서도 그 때문에 육지와 바다로 그들의 양식을 운반하기 위하여 징발한 자만도 만여 명에 이르렀다. 그때 당몽은 징발의 군법을 발동하여 수령을 죽였기 때문에 파·촉의 백성은 매우 놀라고 겁내었다. 금상은 이 말을 듣고 사마상여를 시켜 당몽을 책함과 동시에 파·촉의 백성에 대하여 그것이 천자의 뜻이 아님을 깨우쳤다. 그 격문에 다음과 같이 말했다.

파·촉 2군의 태수에게 고한다. 오랑캐들은 제멋대로 날뛰고 있으나 오래도록 토벌하지 않고 놓아 둔 때문에 때로 변경을 침범하여 사대부를 괴롭게 한다. 폐하께서는 즉위한 이래 천하의 백성을 위로하고 중국을 안정시키고, 그 위에 출병하여 북쪽 흉노를 정벌하였다. 선우는 겁내고 놀라서 양손을 마주 잡고 지시를 기다리고 무릎을 꿇어 화친을 청하니, 강거(康居)와 서역(西域)의 나라들은 여러 번 통역을 거듭하여 멀리서 입조하고, 머리를 조아리면서 토산품을 바쳤다. 다시 한 나라가 군사를 동쪽으로 옮겨, 남월을 공격하는 민월을 깨트리자 민월은 그 왕 영을 죽이고 항복했다. 그리고 오른쪽으로 반우를 진무하니, 남월은 그 은혜에 감동하여 태자를 입조케 하였다. 남이의 군주들과 서북의 추장들은 언제나 게을리함이 없이 공물을 바치고, 목을 늘이고 뒤꿈치를 들어서 모두 다투어 정의의 편에 서고 신하로서 좇을 것을 원하고 있지만, 길은 멀고 산천은 험하여 스스로의 힘으로는 이룰 수가 없는 것이다. 순응하지 않는 자는 이미 토벌하였으나 선행한 자는 아직 상을 주지 못했다. 그런 까닭에 중랑장(中郎將, 당몽의 관직)을 보내어 나아가서 저들을 빈객으로 대우하고 상을 주기 위해 파 · 촉의 사민(士民) 5백 명을 징발하여 폐백을 받들고, 불의의 사건에 대비하여 사자를 호위케 하고, 변란의 걱정을 끊으려고 한 것이다. 그런데 당몽은 징발의 군법을 발동하여 자제들을 놀라고 겁나게 하고, 장로들을 근심하고 번민케 했으며, 군도 또 멋대로 양식을 운송하였다고 들었는데, 모두 폐하의 뜻이 아니다. 징발된 자들 중에는 도망치거나 자살한 자도 있다고 하니, 이것 또한 다른 사람의 신하된 자의 도리가 아니다. 변방의 무사들은 봉홧불이 올랐다고 들으면 모두 활을 들고 달려오며 무기를 들고 뛰어와서, 흐르는 땀을 씻을 새도 없이 다른 사람보다 뒤지는 것을 겁낸다. 그들은 칼날과 유시(流矢)에 맞는 것을 두려워하지 않는 것을 의로 여겨 뒤를 돌아보지 않고 발꿈치를 돌리려는 생각조차 않는다. 적에 대해 가진 노여움은 마치 사적인 원한을 갚는 것 같다. 이 사람들이라고 어찌 죽음을 즐기고 사는 것을 싫어하겠는가? 또 어찌 호적을 갖지 않고 파 · 촉의 백성과 임금을 달리하겠는가? 다만 깊이 생각하고 멀리 내다보아 국가의 위급을 급무로 생각하고 신하로서의 도리를 다하는 것을 즐거움으로 생각하기 때문이다. 그런 까닭에 할부를 내려 봉읍을 주고 규옥(珪玉)을 갈라 작위를 주어, 지위는 통후(通侯, 列侯)가 되고 주거는 성의 동쪽 저택가에 줄짓게 되고, 마침내 빛나는 이름을 후세에 남기고, 토지를 자손에게 전하게 된다. 또 일을 행함에 충경(忠敬)하고 위(位)에 있어서는 매우 편하며, 명성은 끝없이 전해지고, 공업은 드러나 멸하지 않는 것이다. 이 때문에 현인과 군자는 설령 간과 뇌를 중원(中原)의 땅에 바르고, 고혈로써 초야를 물들일지라도 물러나지 않는 것이다. 그러므로 사신 경호의 임무를 맡고 남이에 나아가면서 곧 스스로 목숨을 끊고, 혹은 도망을 하려다가 벌을 당하면, 몸은 죽어 악명을 남기고 그 어리석음은 후세에까지 알려져 치욕은 부모에게 미치고 천하 사람들의 웃음거리가 된다. 사람의 도량이 이 서로 얼마나 다른가! 그러나 이것은 다만 본인들의 죄만이 아니다. 부형이 당초에 가르치지 않아 자제가 말을 듣지 않고, 염치를 아는 마음이 적고 풍속이 돈독하지 않은 때문이다. 그러고서는 그들이 형벌을 받는 것도 무리가 아니지 않는가? 폐하께서는 사자와 관리가 저 당몽같을까 염려하시고, 불초한 백성들이 이와 같이 행동하는 것을 마음 아프게 생각하여, 군사를 징발하게 된 까닭을 백성들에게 깨우쳐 줌과 동시에 불충한 죽음의 죄를 책하고, 또 삼로(三老) · 효제(孝弟, 백성을 교도하는 직책)에 대해서는 백성들을 가르쳐 깨우쳐 주지 못한 허물을 책하도록 하려고 사자를 보냈는데, 때마침 농번기로서 사람들을 번거롭게 할까 걱정이 된다. 가까운 고을의 백성들에게는 친히 만나 깨우쳤으나, 멀리 떨어진 곳이 계곡과 두메 산골의 백성들은 두루 돌지를 못했을지도 모른다. 그러므로 격문이 도착하거든 곧 현내(縣內)의 오랑캐 부락에 게시하여 빠짐없이 폐하의 뜻을 알게 하라. 결코 소홀히 해서는 안 될 것이다.

사마상여는 돌아가서 천자께 복명하였다.

당몽은 야랑을 점령한 후에, 그 길을 개통하여 이를 기회로 다시 서남이와의 길을 열려고 파 · 촉 · 광한 3군의 군사를 징발하여 수만의 무리가 도로 공사에 종사하였다. 그러나 2년이 지나도 도로는 완성되지 않고 죽은 사졸이 많으며 막대한 경비가 들었으므로, 촉나라 백성 및 한나라 요직에 있는 사람들 중에는 그 일의 타당치 못함을 말하는 이가 많았다.

그 무렵, 공 · 작의 군장들은 남이가 한나라와 교통하여 많은 상을 얻은 사실을 듣고, 한나라 신하가 되어 한나라 관리를 받아들여 남이의 예를 본뜨려고 하였다. 천자가 그 가부를 사마상여에게 물으니, 사마상여는 이렇게 대답하였다.

"공·작·염·방은 촉군에 가까우므로 길을 열기도 쉽고, 일찍이 진나라는 이들과 교통하여 군현을 삼은 일도 있습니다. 한나라가 일어나면서부터 중단하고 있었으나 다시 이들과 교통하여 군현을 둔다면 남이보다 이익이 있을 줄로 압니다."

천자는 이것을 그럴 듯이 생각하여, 사마상여를 중랑장으로 임명하고 사자의 부절(符節)을 세워 서이로 보냈다. 부사(副使)는 왕연우·호충국·여월인 세 사람으로 네 마리의 급행 전마(傳馬)를 달려 파·촉 관리의 폐물을 가지고 서이로 보내도록 하였다.

촉나라에 도착하자, 촉군의 태수와 아래 관리들이 교외까지 영접을 나오고, 현령은 활과 화살을 등에 지고 앞에서 길을 안내했다.

촉나라 사람들은 사마상여를 영접하는 것을 영광으로 생각하였으며, 탁왕손을 비롯하여 임공현의 여러 유지들은 모두 사마상여의 문하를 통해 소와 술을 바치고 환심을 사려고 했다. 탁왕손은 크게 탄식하고 좀더 일찍 딸을 사마상여에게 줄 것을 그랬다고 생각하며 딸에게도 재산을 충분히 갈라 주어 아들과 공평하게 했다.

사마상여는 얼마 안 되어 서이를 평정하였다. 공·작·염·방·사유(斯楡)의 군장들은 모두 와서 신하가 되기를 청하였다. 그리하여 변경의 관소(關所)를 폐하고, 다시 신관(新關)의 땅을 설치하여, 관소의 범위는 더욱더 넓혀졌다. 서쪽은 말수(沫水)와 약수(若水)에, 남쪽은 장가강에 목책을 만들어 만이와 경계하고, 영관(零關, 사천성)의 길을 개통하여 손수(孫水, 사천성)에 다리를 놓아, 공 · 작으로 통하게 했다. 돌아와 천자에게 보고하니 천자는 매우 기뻐하였다. 앞서 사마상여가 사신으로 갔을 때는 촉의 장로의 대부분이 서남이와 교통하는 것은 무익한 일이라고 말하고, 대신들마저 그러한 의견에 찬성했으므로, 사마상여는 천자에게 간하려고 생각하였는데 이미 일이 착수되었으므로 간하지 않았던 것이다. 그리하여 글을 적어서 촉의 부로(父老)에 가탁하여 문장을 엮어서 스스로 이를 논란하고 천자를 풍간하였다. 또 이어 그가 사신으로 온 목적을 말하고 백성들로 하여금 천자의 의중을 알도록 했다. 그 글은 다음과 같다.

한나라가 일어난 지 78년, 제덕(帝德)은 6대(고조 · 효혜제 · 고후 · 효문제 · 효경제 · 효무제)에 걸쳐서 충성했고, 무위(武威)는 높고 은혜는 깊고 덕택(德澤)을 힘입기는 방외(方外)에까지 차서 넘쳤다. 그리하여 폐하는 사자인 나에게 서정(西征)을 명령하였는데, 흐름에 따르는 물과 같은 적은 물러서고, 바람에 나부끼지 않는 초목이 없는 것과 같이 흔들리지 않는 자가 없었다. 그리하여 염을 조공케 하고, 방을 복종케 하였으며, 작을 평정하고, 공의 백성들을 어루만지며, 사유를 공략하고 포만(苞滿, 서이의 부락명)을 점령했다. 수레를 돌려 동쪽으로 향하여 복명하려고 촉도(蜀都)에까지 왔을 때, 기로(耆老, 60세 이상의 노인을 말함) · 대부 및 그 지방의 유력자들

27인이 위의를 갖추어 사마상여를 방문했다. 인사의 말이 끝나자 그들은 앞으로 나와 말했다.

"대체로 듣건대, 천자는 이적(夷狄)에 대해서는 견제하며 그 관계를 유지한다고 합니다. 이제 파 · 촉 · 광한 3군의 사졸을 수고롭게 하여, 야랑의 길을 열기로 한 지 3년이 되는데도, 사업은 완성되지 않아 사졸은 피곤하고, 백성들은 견딜 수 없을 지경입니다. 그런데 지금 또 서이와 교통하려고 하니, 백성의 힘이 다하여 사업을 끝낼 수는 없을 것입니다. 이것은 사자의 걱정거리며 우리들도 은근히 당신을 위해 걱정하는 바입니다. 또 저 공 · 작 · 서북의 건국은 중국과 더불어 매우 오래되며 역사를 기록할 수 없는 것입니다. 옛날의 성왕도 덕으로써 부르지 못하였고, 강한 자도 힘으로써 아우르지를 못했던 곳입니다. 생각컨대 너무도 험하고 너무도 먼 때문에 거의 불가능한 일입니다. 이제 파 · 촉의 폐물(幣物)을 쪼개어 이적에게 주고, 믿는 바 중국인을 피폐케 하여 무용한 일에 전심하는데 우리들 시골 사람은 고루하여 그러한 일이 대체 어찌된 이유에 의한 것인지 이해가 되지 않습니다."

사자가 말했다.

"어찌하여 그와 같은 말을 하십니까? 반드시 여러분들의 말과 같다면 촉이나 파도 그 의복이나 풍속을 바꾸지 않고 중국에 동화되지 않았을 것입니다. 나 같이 생각이 뜬 사람도 그러한 주장에는 찬성할 수 없습니다. 더욱이 이는 일이 중대한 것으로 본시 밖에서 보는 자가 볼 수 있는 것이 아닙니다. 나는 급히 돌아가 보고해야 되므로 그 상세한 것을 말씀드릴 수는 없었으나 이제 대부들을 위해 그 대략을 설명해 드리겠습니다. 생각컨대 세상에는 반드시 비범한 인물이 있으며, 그런 뒤에 비범한 일이 있고, 비범한 일이 있는 뒤에 비범한 공이 있는 것입니다. 비범하다는 것은 본래부터 평범한 것과는 다른 것입니다. 때문에 보통 사람들은 비범한 일의 시초를 알기 어렵고 두려워한다고 합니다. 그렇지만 성공하고 보면 천하가 비로소 편안해집니다. 옛날에 홍수가 있어 범람하였을 때 사람들은 올라갔다 내려갔다 거처를 옮기고, 마음이 편안할 수가 없었습니다. 하나라 우왕이 이것을 걱정하여 홍수를 막으려고 강을 트고 내를 열고 물을 분산시킴으로써 재해를 줄였으며, 이를 동쪽의 바다로 흘려서 그 결과, 천하를 편안케 하였습니다. 그 당시 어찌 다만 백성만 수고로웠겠습니까? 우왕은 마음에 번민하고 스스로 옥체를 수고롭게 하여 몸에는 못이 박히고 털이 닳고닳아 없어져, 피부에는 털이 나지 않았습니다. 그런 까닭에 그 훌륭한 공적은 무궁하게 드러나고 그 명성은 오늘에까지 전해지고 있는 것입니다. 대체로 현군이 즉위하면 어찌 작은 일에 구애받아 법률 규칙에 매이고 곡론(曲論)에 끌리고 책에서 익힌 대로를 따르고 시대의 의견을 듣는 것만을 좋아하겠습니까? 반드시 원대한 생각 아래 큰 업을 일으켜 전통을 세우고, 만세의 모범이 되려고 할 것입니다. 그러므로 만국을 포용하고 사방의 이적을 포용하는 일에 힘써 대업을 천지와 나란히 하려고 생각하는 것입니다. 하물며 《시경》에서 '넓은 하늘 아래 왕토(王土) 아닌 것이 없고, 온 땅 위에 왕신(王臣) 아닌 이가 없다.' 고 하지 않았습니까? 이것은 육합(六合, 天地四方)의 안, 팔방의 밖에 이르기까지 물이 스며드는 것과 같은 것으로 생명을 가진 생물 중에 군자의 은택으로 윤택하지 않는 자가 있다면, 현군이 그것을 부끄러워할 것입니다. 이제 국내에서 의관속대한 종족(漢民族)은 다 복을 얻어서 남은 자가 없으나, 풍속이 다른 이적의 나라와 종족이 다른 구석지고 먼 땅은 주거(舟車)도 통하지 않고 인적도 드물어, 정치와 교화가 아직 미치지 않았고, 천자의 덕화는 미미합니다. 저들은 한나라에 대해 변경에서 의를 범하고 예를 침범하며, 국내에서는 요사한 행동을 마음대로 하여, 주군을 쫓고 죽이기도 했습니다. 군신은 지위를 바꾸고, 존비는 서열을 잃고, 부형은 죄없이 형벌을 받고, 어린이와 고아는 노예가 되어 매어서 울고 있습니다. 모두 중국을 원망하여, '듣건대 중국에는 성천자(聖天子)가 있어 덕을 넓히고 은택이 널리 퍼져 만물이 제자리를 얻지 않는 것이 없다고 들었는데, 왜 우리들만 버려두는가?' 하고 말하고, 뒤꿈치를 들어서 사모하기를 가뭄에 비를 기다리듯 한다고 합니다. 포악한 자도 이 때문에 눈물을 흘리는 지경이니, 하물며 성천자로서야 더 말할 것도 없는 일, 어찌하여 이를 그대로 버려둘 수 있겠습니까? 그런 까닭에 북쪽으로 군사를 내어 강호(强胡)를 치고, 남쪽으로 사자를 달리게 하여 강월(强越)을 꾸짖게 한 것입니다. 그러자 사방이 모두 덕풍에 교화되고, 서이와 남이의 군주는 물고기가 떼를 지어 흐름을 향하듯 하며, 천자의 호령을 받고자 원하는 자는 헤아릴 수 없을 정도입니다. 그런 까닭에 말수와 약수에 관소를 두고, 장가로써 국경을 삼았으며, 영산(零山)을 뚫어서 길을 열고 손수(孫水)의 원류(原流)에 다리를 놓았습니다. 도덕의 대도를 열고 인의의 단서를 드리우고, 은혜를 넓히고 구제를 널리하고, 은위(恩威)를 먼 데까지 미치게 하고, 먼 지방과도 서로 교통하고 몽매한 지방을 문화의 광명으로 비추어 주고, 무기를 버리고 토벌을 그쳐서 원근의 다름이 없이, 안과 밖을 함께 안락하고 행복하게 하려는 것도 또한 즐거운 일이 아니겠습니까? 백성을 어려운 가운데서 구하고 높은 미덕을 만들어, 말세의 퇴폐한 세력을 만회하고 주나라의 끊어진 맥락을 잇는 것은 천자가 서둘러 해야 될 일입니다. 설령 백성들을 수고롭게 할지라도 어찌 그칠 수가 있겠습니까? 대체로 제왕의 사업은 근심하고 부지런한 데서 시작하고, 편안하고 즐거워하는 데서 끝나지 않는 것이 없습니다. 그러고 보면 천자의 명령을 받은 이 사신의 사명은 이 서남이와 교통을 하는 데 있어야 할 것입니다. 천자께서는 지금 태산의 제단을 높이 하고, 양보(梁父, 산 이름)의 제전을 더하고 수레의 방울을 울리고 주락(奏樂)의 송가를 높이 드날리고, 위로는 오제와 덕을 같이 하고 아래로는 삼왕의 덕을 뛰어 넘으려 합니다. 그런데 상인(常人)은 아직 천자의 마음을 모르고 그 말씀을 이해하지 못하는데, 그것은 마치 초명(鷦明, 大鳥의 이름)이 하늘을 날고 있는데 그물을 치는 자가 덤불을 들여다보는 것과 같은 일이니 진실로 슬픈 일이라고 하겠습니다."

그러자 촉나라의 대부들은 망연하여, 처음에 생각하고 왔던 복안을 말하고자 하는 의기도 상실한 채 다소곳이 말했다.

"한나라의 은덕이야말로 정말 위대합니다. 우리들이 듣고 싶어했던 것은 바로 그것이었습니다. 모든 백성들이 게을리 할지라도 우리들만은 몸을 바쳐, 뭇사람들에 앞서 실천하겠습니다."

이렇게 하여 그들은 슬금슬금 돌아갔다.

그 뒤에 어떤 자가 이렇게 상서했다.

"사마상여는 사신으로 갔을 때 뇌물을 받았다."

그 때문에 사마상여는 벼슬을 내어놓게 되었는데, 1년 남짓한 뒤에 다시 불러서 낭이 되었다. 사마상여는 말을 더듬었으나 저술을 잘했고, 소갈병을 지병으로 갖고 있었는데, 탁씨의 딸과 결혼하여 재력이 풍부했다. 그리하여 그는 별슬살이를 하여도 일찍이 공경이나 국가의 일에 관여하지 않으려 했고, 병을 핑계삼아 한가하게 살면서 관직과 작위를 바라지 않았다. 일찍이 사마상여는 천자를 따라 장양궁(長楊宮, 섬서성)에 가서 사냥을 하였다. 이때 천자는 사냥을 좋아하여 친히 곰과 멧돼지를 쏘고, 말을 달려 들짐승을 쫓았으므로, 글을 올려 간했다.

신이 듣건대, 만물에는 동류(同類)라 할지라도 그 능력을 달리한다고 합니다. 그런 까닭에 힘은 오획(烏獲, 진나라의 力士)이 되려 하고, 날랜 것은 경기(慶忌, 오왕 요의 아들로서 매우 날랬음)를 말하고, 용감한 것은 분육(賁育, 孟賁과 夏育—옛날의 용사들)을 기약한다고 합니다. 신은 어리석은 자이지만 사람에게는 실로 그런 점이 있고, 짐승도 또한 그러리라 생각합니다. 폐하께서는 험한 것을 무릅쓰고 즐겨 맹수를 쏘나, 이제 갑자기 맹수를 만나 놀란 짐승이 생각지 않았던 곳에서 튀어나와 수레의 뒷먼지 속으로 달려든다면, 수레는 원(轅)을 두를 여유도 없고 사람은 재치있게 판단할 겨를도 없을 것이며, 설령 오획 · 봉몽(逢蒙, 명궁)의 기량이 있어도 그것을 쓸 수가 없습니다. 마른 나무와 썩은 그루터기도 다 해가 될 수가 있을 것입니다. 이것은 한나라에 원수를 돌리는 북의 흉노, 남의 월나라가 불의에 수레 아래서 일어나고, 서의 이적이 수레 뒤의 횡목으로 달려드는 것과 같습니다. 어찌 위험하지 않겠습니까? 만전을 기하여 염려할 것이 없다고 하나, 천자가 가까이 할 장소는 아닙니다. 또 길을 쓸어 깨끗이 한 다음에 가고, 길을 정비한 뒤에 달린다고 하여도, 때로는 말의 재갈이 벗겨져 날뛰는 변고도 있을 법한 일이며, 더욱이 잡초가 무성한 곳을 지나 높은 곳을 달리고, 짐승을 찾는 즐거움에 눈이 팔려서 변고에 대비할 만한 생각의 여유가 없는 경우도 있을 수 있으니, 그것이 화가 되리라는 것도 이상한 일은 아닙니다. 폐하께서 만승의 천자인 소중한 몸을 가벼이 여기시는 것을 안전하다고 할 수 없으며, 만의 하나라도 위험한 길에 나가기를 즐거움으로 삼는다면, 신으로서 은근히 찬동하지 못할 바입니다. 생각하건대 선견이 밝은 자는 싹이 트기 전에 일을 미리 보고, 지혜가 있는 자는 위험한 것을 미연에 피하는 것입니다. 본디부터 화는 잘 보이지 않는 곳에 숨어 있고 마음을 놓는 데서 일어나는 것입니다. 그런 까닭에 속담에 "집에 천금을 쌓은 자는 마루 끝에 앉지 않는다."고 합니다. 하찮은 일인 듯하지만 그것을 그대로 큰일에 비유할 수도 있습니다. 원컨대 폐하께서는 이런 일에 유의하시어, 다행히 신의 마음속을 살펴 주소서.

천자는 이 말을 받아들였다. 돌아오는 길에 의춘궁을 통과하였다. 근방에 진나라 2세 황제의 능이 있어, 사마상여는 부를 지어 올려 2세 황제의 과실을 슬퍼하였다. 그 글은 다음과 같은 것이었다.

가파른 긴 언덕을 올라 층층이 높게 솟아 줄 지어 있는 궁전으로 들어 선다. 굽이진 강의 물가를 굽어보며 고르지 못한 남산을 바라본다. 높디 높은 산은 공허하고 심대하며 확 트인 골짜기는 넓다. 물의 흐름은 가볍고도 급하게 멀리 흘러가 평원의 넓고 평평한 연못으로 쏟아진다. 온갖 무성하게 자란 나무들의 울창한 그늘을 보고, 많은 대나무 숲의 무성함을 본다. 동쪽으로는 토산(土山)으로 달려가고, 북쪽으로는 옷을 걷어올리고 돌 있는 여울물을 건넌다. 잠시 조용히 걸으면서 진이세의 유적을 살펴 조문한다. 진이세는 몸가짐을 삼가지 않아 나라를 멸망하게 하고 권세도 잃었다. 그는 참언을 믿고 깨어 있지 못하여 종묘 사직을 끊어 없어지게 하였다. 아, 슬프구나! 그는 품행이 좋지 못하였기에 무덤에 풀이 수북해도 돌보는 이가 없고, 영혼은 돌아갈 곳 없고 제사를 받드는 자도 없다. 아득히 세월이 멀리 흐를수록 더욱더 황폐해져 암담

해질 것이다. 정령(精靈)은 의지할 곳 없이 저 높은 하늘로 날아올라 돌아오지 않는다. 아 슬픈 일이구나!

사마상여는 문제의 능원령(陵園令)으로 임명되었다. 〈자허부〉는 앞서 천자에게 칭찬을 받았는데, 천자가 선인의 도를 즐긴다는 것을 알고 사마상여는 아뢰었다.

"상림원의 일은 아직 아름답다 할 것이 못 됩니다. 더 미려한 것이 있습니다. 신은 일찍이 〈대인부〉를 짓고 아직 완성하지 못했는데, 완성하는 대로 올리겠습니다."

〈열선전(列仙傳)〉에 의하면 선인들은 모두 산택(山澤)에 살고 있고 형체가 매우 여위었다고 하는데, 이것은 천자가 염원하는 선인이 아닐 것이라 생각하고 사마상여는 마침내 〈대인부〉를 완성했다. 그 글은 다음과 같은 것이었다.

세상에 대인(大人, 천자를 가리킴)이 있어 중주(中州)에 사는데 만리의 주거는 있으나 일찍이 잠시도 머무르지 않았다. 세상의 군색함을 슬퍼하며 훨훨 가볍게 천공에 올라 머나먼 곳에서 노닐었다. 붉은 번기(幡旗)에 흰 무지개를 타고 올라가 구름의 기운을 싣고 상공에 떴다. 황백(黃白)의 긴 장대를 세워 장대 끝에 빛나는 오색의 긴 장식을 달고, 아래에 순시(旬始, 성좌의 이름)를 본뜬 기각(旗脚)을 드리우고, 혜성을 본뜬 연미(燕尾)를 달아 바람을 따라 높이 드날리고, 또 펄렁펄렁 나부끼게 하여 혜성의 일종인 참창(欃槍)을 취하여 깃발로 하고, 둥그런 무지개를 나부끼게 하여 주(綢)로 삼는다. 그

붉은 색깔의 짙음은 눈이 부실 지경으로 바람처럼 솟고 구름처럼 뜬다. 응룡(應龍, 날개 있는 용)이 이끄는 수레를 닮은 구름을 타고, 구불구불한 적룡과 청룡을 부마로 하여 혹은 낮고 혹은 높게 기운차게 목덜미를 세우고 혹은 굽혔다가 우뚝 일어서고 혹은 뛰어 똬리를 틀곤 한다. 머리를 흔들고 목을 늘여서 앞으로 나아가기도 하고 때로는 우뚝하니 머리를 들어 나아가지 않기도 한다. 마음껏 고개를 우러러 입을 열고, 별안간 나아갔다가 갑자기 물러서고, 눈을 움직이고 혀를 내민다. 쭉 위로 날아올라 좌우로 서로 따르고, 여러 번 머리를 흔들고 달려서 서로 의지하고, 이끌고, 부른다. 땅을 밟고 길에 내려섰는가 하면 훌쩍 날아오르고, 날아올라서는 미친듯이 달리고, 나란이 날아가 서로 쫓곤 한다. 번개처럼 지나가고 안개처럼 사라지고 구름처럼 흩어진다. 비스듬히 극동(極東)을 건너서 극북(極北)에 오르니, 진인(眞人, 신선)을 만나고 서로 구부러져 깊숙이 오른쪽으로 돌았다가, 비천(飛泉)을 횡단하여 동쪽으로 가서 선인(仙人)을 모두 불러 종자를 선택하고, 요광(瑤光, 북두칠성의 일곱째 별)에서 여러 신선들을 배치한다. 오제(五帝, 동서남북 중앙의 신들)를 길잡이로 하고, 태일(太一, 별 이름)을 제자리로 돌려보내고, 능양(陵陽, 仙人)을 시종으로 하고, 현명(玄冥, 水神)을 왼쪽에, 함뢰(含雷, 조화의 신)를 오른쪽에 육리(陸離, 신 이름)를 앞에, 휼황(潏湟, 신 이름)을 뒤에 있게 한다. 정백교(征伯僑) · 선문(羨門, 다 仙人의 이름)을 사역으로, 기백(岐伯, 황제의 의사)에게 약방을 맡기고, 축융(祝融, 불의 신)에게 경호를 하도록 하여 행인을 멈추고 악기(惡氣)를 맑게 한 뒤에 나아간다. 나는 수레 만 승을 모아 오색의 구름을 덮개로 하고 화기(華旗)를 세우고, 구망(句芒, 木神)에게 종자를 인솔토록 하고, 남쪽에 가서 즐기려고 한다. 요임금을 숭산(崇山)으로 방문하고, 순임금을 구의산(九疑山)으로 찾아간다. 행렬은 뒤섞이어 겹치고 서로 교차하여 접해서 나란히 달려가려 하는데, 서로 부딪쳐 시끄러운 소리로 가득차 앞으로 나갈 수 없더니, 이제야 물이 흐르는 것같이 행렬이 움직인다. 잇달아 모여드는 것이 마치 모아놓은 듯하고, 넓게 퍼져 흩어지는 것은 또한 광막하게 뒤섞인 듯하다. 우렛소리는 뇌실(靁室, 雷神의 거처)에 직입(直入)하여 오뚝한 귀곡(鬼谷, 鬼地)을 빠져 나온다. 두루 팔방을 보고, 사방의 구석구석을 본 뒤에 큰 강과 오색의 내를 건너 염화산(炎火山)을 지나 약수(弱水)에 배를 띄어 지나가고 작은 내를 건넌다. 총령산(葱嶺山)에서 휴식하고, 범람하는 물 위에 유락한다. 여와(女媧, 옛 女帝)에게 비파를 타게 하고, 풍이(馮夷, 河神)에게 춤추게 하고, 때로 어둡고 그늘이 지면 병예(屛翳, 天神의 사자)를 불러 풍백(風伯, 風神)을 벌주고, 우사(雨師, 雨神)를 형에 처한다. 서쪽으로 곤륜산(崑崙山)의 모호한 형체를 바라보다가, 바로 옆질러 삼위산(三危山)으로 달려 창합(閶闔, 天門)을 밀어 젖히고, 천제의 궁전에 들어가 옥녀(玉女, 女神)를 태워 함께 돌아온다. 낭풍산(閬風山)에 올라 먼곳에서 멈추니, 까마귀가 높이 날아오른 뒤 한번 휴식하는 것과 같다. 음산(陰山)을 낮게 돌아 완곡하게 날아오르고 눈앞에서 서왕모(西王母, 선녀)를 본다. 흰 머리에 화승(華勝,

머리 장식)을 쓰고 혈거(穴居)하는데 다행히 삼족오(三足烏)가 있어 그 사역을 담당한다. 장생(長生)도 반드시 이같이 하여 불사(不死)한다면 만세에 걸쳐 사는 것도 기뻐할 것이 못된다. 수레를 돌려 왔다갔다하며 부주산(不周山)을 날아 넘어서 북쪽의 유군(幽郡, 북방의 仙都)에서 회식하고, 북방의 야기(夜氣)를 마시고 조하(朝霞, 입출시 적화의 기운)를 먹고 지영(芝英, 端草)을 씹고, 경수(瓊樹)의 꽃잎을 먹는다. 머리를 들어 점점 높이 올라 크게 비약하여 천문(天門)의 도영(倒影)을 꿰뚫고, 뭉게뭉게 피어나는 구름을 건너 유거(遊車, 앞 수레), 도거(道車, 뒷 수레)를 달려 장로(長路)를 내려가며, 안개를 배후로 하고 멀리 달려간다. 인간 세상을 좁다 하고 천천히 깃발을 날리면서 극북으로 나간다. 주둔시킨 기사를 현궐(玄闕, 극북의 산)에 남겨 두고 선구로 하여금 한문(寒門, 극북의 문)을 빠져나가게 하는데, 아래는 깊고 멀어 땅이 보이지 않고, 위는 넓고 멀어 하늘이 없다. 보려고 하여도 눈이 아물거려 볼 수 없고, 들으려 해도 귀가 멍멍하여 들리지 않고, 허무를 타고 올라 앞으로 나아가니 초연히 벗도 없이 홀로 남아 있다.

사마상여가 〈대인부〉를 바치자, 천자는 크게 기뻐하며, 갑자기 구름 위로 두둥실 올라간 듯하고, 마음은 천지 사이에서 자유로이 노니는 것 같았다. 사마상여는 병이 들어 직을 그만두고 무릉에서 살았다. 하루는 천자가 말했다.

"사마상여는 병이 중하니, 곧 가서 청하여 저작한 것을 모두 얻어 오는 것이 좋을 것이다. 그렇지 않으면 잃어버릴 우려가 있으리라."

그러고는 소충(所忠)을 심부름 보냈다. 그런데 사마상여는 이미 죽었고, 그 집에는 남긴 저작이 없었다. 사마상여의 아내에게 물으니 이렇게 대답하였다.

"주인은 본디 저작을 갖고 있지 않습니다. 때때로 문장을 써도 누군가가 가져가고 집에는 아무것도 없습니다. 다만 생전에 한 권의 책을 써서 남기고 만약에 천자의 사자가 저작을 구하거든 이것을 올리라고 말씀하였습니다. 그 밖에 저작이라고는 아무것도 없습니다."

그 유고는 봉선(封禪)에 대한 일을 쓴 것으로서 소충의 손을 거쳐 천자에게로 올라가니 천자는 이것을 신중히 여겼다. 〈봉선서〉는 다음과 같은 것이다.

대체로 상고의 시초에 하늘이 백성을 낸 이래 역조(歷朝)의 모든 군주를 거쳐 진나라에 이르렀습니다. 근래의 일을 찾는 자는 차례로 사적(事蹟)을 좇을 것이요, 먼 옛날의 일을 알고자 하는 자는 유풍(遺風) 명성(名聲)을 통해 살필 수 있을 것입니다. 고래로 군주가 된 자는 많으나, 이름이 묻히어 없어진 예는 다 헤아릴 수가 없습니다. 순임금이나 우임금의 뒤를 이어 그 이름을 추앙하고, 더욱더 일컫기에 족한 자는 72군(君)이 있습니다. 도리를 따르고 행동이 착하고서 흥성하지 않은 예가 없고, 또 도리를 거스르고 행동을 잃어서 멸망하지 않은 예도 없습니다. 황제 이전의 일은 멀고 아득해서 상세한 것을 알 수는 없으나 삼왕 오제의 사적을 비롯하여 육경 등의 서적에 전하는 바는 오늘날에도 이것을 볼 수 있는 일입니다. 《서경》에 "원수(元首)는 총명하고, 신하는 선량도 하다."고 하였는데, 이에 의하면 군주로서는 요임금보다 성대한 자가 없고, 신하로서는 후직(后稷, 관명 — 요임금의 신하로 뒤에 주나라의 시조)보다 어진 자가 없습니다. 후직은 요임금 때에 백곡을 심어 처음으로 백성에게 농사를 가르쳤고, 그 손자 공유(公劉)는 서융의 땅에 있어 공적을 올렸습니다. 문왕은 역법·복색 등의 제도를 고치고 이렇게 하여 주나라는 매우 융성하고 대도(大道)가 비로소 성취되었습니다. 그 뒤에 점차 쇠미하였으나 천하의 왕이 되어 있는 천 년 동안은 악한 소리를 듣지 않았습니다. 어찌 처음도 잘하고 끝도 잘한 것이 아니겠습니까? 그것은 달리 까닭이 있는 것이 아니고 주나라의 먼저 임금이 왕업의 규모를 삼가서 하고, 뒤의 임금은 끼쳐 놓은 가르침을 지켰기 때문입니다. 그런 까닭에 주나라의 사적은 평이해서 받들기가 쉽고 은덕은 광대하고 심후하며, 법도는 명백하고 자손에 이어준 천하 통치의 사업은 순조로워 계승하기에 쉬웠던 것입니다. 왕업은 성왕(成王) 시대에 융성하여 문왕·무왕 시대 때 한결 더 숭고했습니다. 그러나 그 처음과 마지막을 상고해 보건대 오늘에 각별히 훌륭한 사적이라고 생각될 만한 것은 없습니다. 그래도 양보산과 태산에 올라 봉선의 제사를 받들고 영광스러운 명예를 세워 존명을 세상에 떨쳤습니다. 위대한 한나라의 은덕은 원천이 솟아오르는 것과 같고 넘쳐서 널리 사방으로 통하여, 구름과 같이 퍼지고 안개와 같이 흩어져, 위로는 구중의 하늘 위로 뻗치고 아래로는 팔방의 극치에 흐릅니다. 모든 생령은 천자의 은택에 젖고, 화창한 기운은 사방으로 고루 이르고, 무위는 질풍같이 먼 데까지 미칩니다. 가까운 곳에 사는 사람은 그 은택의 근원에서 놀고, 먼 곳에 사는 사람은 그 은택의 하류에서 헤엄치는 것과 같습니다. 처음에 악을 저지른 자는 몰락하고, 몽매한 자는 광명을 얻고, 곤충까지도 화락하여 모든 것이 머리를 천자에게로 돌리고 있습니다. 그리하여 추우 같은 상서로운 짐승의 무리를 동산에서 기르고, 미록(麋鹿)같은 괴수를 국경에서 잡습니다. 한 줄거리에 여섯 이삭의 단곡(端穀)을 반빗간에서 가려서 종묘에 바치고, 뿔이 한쪽에 쌍으로 돋은 짐승〔白麟〕은 희생으로 바치며, 주나라 시대에 묻혔던 구정(九鼎)을 얻고, 놓았던 거북을 기수(岐水)에서 잡고, 취황색(翠黃色)의 용을 소(沼)에서 부르고, 귀신과 교영(交靈)의 영어선인을 빈객으로 하여, 한가롭고 고요한 관사에 머무르게 하는 등 괴이 진기한 물건들은 탁연(卓然)히 변화를 다해 왔습니다. 상서로운 조짐이 이같이 나타남은 진실로 삼가 존중해야 할 것인데도, 천자는 오히려 나의 덕을 엷다 하고 겸손하여 굳이 봉선의 일을 말씀하지 않았습니다. 생각컨대 주나라 시대에는 물 속의 고기가 튀어올라 무왕의 배 안으로 뛰어든 것을 상서로운 조짐이라 하고 이를 구워서 하늘에 제사지냈는데, 이러한 미세한 것을 표적으로 하여 태산에 올라 봉선을 한다는 것은 또한 부끄러운 일이 아니겠습니까? 주나라의 지나침과 한나라의 겸손이 어째서 이렇게 다릅니까?

이에 대사마가 아뢰었다.

“폐하께서는 인덕으로 천하의 백성들을 기르시고, 대의로써 불순하는 무리들을 징벌하셨습니다. 중국 안에 제후들은 기꺼이 공물을 받들고, 모든 만이들은 봉물을 올려 입조하였습니다. 제덕(帝德)은 상고와 같고, 공적은 같이 할 자가 없으며, 착하고 아름다운 치적은 두루 이르지 않는 데가 없고, 태평한 상서는 갖은 모양으로 변화해 나타나고, 시기에 따라 계속 이어지고 유독 이제 처음으로 나타난 것은 없습니다. 생각컨대 태산과 양보는 폐하께서 봉선의 제단을 모아 거둥하여 높은 이름을 더하고 상고에 필적할 만한 영광을 얻는 것을 바라고 있으며, 천제는 은혜를 내려 복을 쌓고, 왕업의 성공이 아뢰어지기를 바라고 있습니다. 그런데도 폐하께서 겸손하여 거둥하실 뜻을 내지 않으니, 천신(天神)과 지기(地祇)와 산악의 신의 환심을 끊고 제왕의 행할 바 도리를 결하는 것으로서 여러 신하는 이를 부끄러워하고 있습니다. 어떤 사람은, ‘하늘의 본체는 어두워서 말을 하지 않고 다만 상서로운 징조로서 그 뜻을 나타낸다. 상서로운 징조가 있으면 사양할 수 없다.’고 했습니다. 따라서 상서로운 표적이 있고도 사퇴할 것은 없으니, 만약 옛날의 제왕이 모두 사퇴하였다면 태산은 산정에 제왕의 공적을 기록한 일이 없을 것이며, 양보도 봉선을 원할 수는 없었을 것입니다. 또 각기 일시의 영화를 다하고 모두 그 세상을 지나는 데 그쳤다면, 후세의 논자가 칭송하기에 족한 군주를 72군이라거니 어떻게 말할 수가 있었겠습니까? 대체로 천자가 덕을 닦고 하늘로부터 표적을 받아 이것을 받들어 봉선을 행하는 것은 예를 지나쳐 방자한 것이 아닙니다. 그러므로 제왕이 봉선을 피하지 않고 지기에게 예를 닦고 천신에게 지성을 구하고 공을 중악(中嶽)에 기록하여, 이로써 천하에 지존의 신분을 나타내고, 성덕을 넓히고 그 영예로운 이름을 분명히 하여, 두터운 복을 받음으로써 만민이 은혜를 입도록 했던 것입니다. 얼마나 빛나고 성대한 일입니까? 천하의 장관이며 왕자(王者)의 대업이니 결코 가벼이 할 것이 아닙니다. 원컨대 폐하께서는 이 일을 온전히 하십시오. 그렇게 한 뒤에 학자 · 선생들의 학술과 책략을 빌려서 일월의 빛을 우러름과 같이 폐하의 성덕의 한 끝을 그들에게 우러르게 하고 각각 직분을 다하여 일을 잡아 행하고, 또 겸하여 봉선의 의의를 바르게 열기(列記)하여 문장을 수식하고, 《춘추》와 같은 경서를 짓게 하십시오. 그래서 종래의 육경에 하나를 더하여 칠경으로 하고 이를 영구히 전하여 만세에 한나라의 맑은 흐름을 흐르게 하여 여파를 높이고, 영명대공(英名大功)을 전할 수 있도록 하시기를 원합니다. 옛날의 성왕들이 길이 큰 명성을 보전하고 항상 첫째로 일컫게 되는 까닭은 봉선을 행한 때문이니, 마땅히 장고(掌故, 봉선 담당관)에게 명하여, 남김없이 그 의의를 아뢰게 하여 상고해 보옵소서."

이에 천자는 별안간 감동하여 앉음새를 고치고 말했다.

"그렇다면 짐은 시험해 보리라."

즉시 생각을 바꾸고 공경의 논의에 붙여 봉선에 관한 일을 자문시켰다. 이에 광대한 은혜와 수없이 많은 상서를 시로 썼다. 그 시의 내용은 다음과 같다.

우리의 머리를 덮고 있는 하늘에 뭉게구름이 피어오르고,
이슬과 제 때에 내리는 비가 있어 이 땅에서는 살기가 좋구나!
만물을 생장시키는 물이 대지를 촉촉하게 적셔 주니 그 어느 식물인들 잘 자라지 않겠는가.
좋은 작물은 한 줄기에 여섯 가닥의 이삭이 달리니 어찌 수확이 쌓이지 않으리!
비를 내려 적셔 줄 뿐만 아니라, 또 만물을 윤택하게 해주네.
윤택하게 할 뿐만 아니라 널리 퍼지게 하네.
만물이 활기에 가득 차 자라나니 모두가 사모의 정을 가슴속에 품고 있고, 명산(名山)은 봉선할 곳을 준비하고 제왕이 왕림하기를 기다린다네.
제왕이여, 제왕이여! 어이 봉선을 하지 않는가?
화려한 무늬의 들짐승들이 우리 군주의 동산에서 노닐고 있나니
하얀 바탕에 검정 무늬, 그 모습이 아름답도다!
경건하고 온화한 그 태도, 군자의 모습이로다!
저 짐승의 이름을 오래 전에 들었으나 오늘에야 보았네.
그가 걸어온 자취 찾을 수 없으니 이는 상서로운 징조로다.
순임금에도 이 짐승이 나타났으니 우국(虞國)은 이로 인하여 흥성을 누렸네.
저 기린은 봉선터에서 풀쩍풀쩍 노니네.
10월 한겨울에 천자께서는 제사하러 교외로 나가셨네.

천자의 수레 옆에서 흰 기린이 달려가므로 이를 잡아 하늘에 제사 드렸네. 삼대(三代)전에는 이런 일은 없었다네.

굼실굼실 노닐던 황룡(黃龍)은 덕이 넘침을 보고 승천하였네.

현란한 황룡의 색채야말로 휘황하고 찬란하였네.

정양(正陽)의 덕을 나타내는 황룡이 앞서서 뭇백성의 어리석음을 깨우쳤네.

《서경(書經)》에도 기록되어 있듯이 이 황룡이야말로 천명을 받은 제왕이 타는 것이네.

이미 상서로운 징조로 천명의 뜻을 나타냈으니 번잡스런 설명이 필요없네.

사류(事類)에 의탁하여 뜻을 맡고, 백성들에게 고한 뒤 비환 봉선을 하네.

경서를 살펴보니 하늘과 인간 두 세계가 이미 통하고 있고, 상하가 상호간에 감응을 주고 받으니 성왕의 행실은 더욱 근신해야 할 때이네.

그러므로 "한참 흥하고 있을 때라도 반드시 쇠퇴할 때를 생각해야 하며, 편안할 때라도 반드시 위태로울 때를 생각해야 한다."고 말하였네.

그러한 까닭에 은나라 탕왕과 주나라의 무왕은 지극히 존엄한 위치에 있으면서도 엄숙하고 공경하는 태도를 잃지 않았으며, 순임금은 봉선을 행하는 대전(大典) 중에도 언제나 스스로 되돌아보고 자신의 잘못을 살폈으니, 이런 일들을 두고 말하는 것이네.

원수 5년, 사마상여가 이미 죽고 천자는 처음으로 후토(后土)에 제사를 지냈고, 원수 8년, 마침내 중악에 제사를 행한 다음 태산을 봉했으며, 양보(梁父)에 이르러 봉선의 예를 엄숙하게 거행하였다.

사마상여가 지은 다른 저서로는 〈평릉후(平陵侯) 소건(蘇建)에게 주는 글〉·〈다섯 공자(公子)가 토론하는 글〉·〈초목편(草木篇)〉과 같은 글이 있으나, 이 책에는 다만 공경들 사이에서 정평 있는 글만을 수록하였다.

태사공은 말한다.

《춘추》는 지극히 은밀한 일을 미루어 알 수 있게 하고, 《주역》은 음양의 미묘한 조화에 근본을 두어 인간사를 밝혀주며, 〈대아〉는 왕공(王公), 대인(大人)의 덕에 대하여 말하고 그 덕이 뭇백성에게까지 미침을 노래하고 있으며, 〈소아〉는 작자 자신의 득실(得失)에 대하여 풍자하고 있으면서 그 대의는 정치의 득실에까지 연결되고 있다. 그런데 이들의 외양적인 언사는 비록 다르지만 덕이라는 합치점은 서로 같다. 사마상여의 글은 비록 과장되고 허황해 흠은 있지만 절제와 검약에 귀착점이 있음은 시의 풍자와 간언이라는 작용과 무엇이 다르겠는가? 양웅은 이렇게 말하기도 하였다.

"미려한 부는 권고하는 것이 주이고, 풍자하는 것이 적다. 그리하여 정(鄭)·위(衛)의 음악을 연주하고 난 뒤에 아악을 연주하는 것과도 같다."

그러나 양웅의 이러한 평이 옳은 것일까? 이에 나는 사마상여의 말 중에서 논술할 만한 것만을 취해서 이 편을 지었다.

회남·형산 열전(淮南衡山列傳)

경포가 반란을 일으킨 다음 고조의 아들 장(長)이 대신 나라를 평정하고, 남방의 강수 · 회수 사이를 진정했다. 그 아들 안(安)은 초나라 서민들을 쳐서 위협했다. 그래서 〈회남 · 형산 열전 제58〉을 지었다.

회남의 여왕(厲王) 장(長)은 고조의 막내아들이다. 그의 어머니는 본래 조왕(趙王) 장오(張敖)의 미인(美人, 姬妾)이었다.

고조 8년, 고조가 동원(東垣)에서 조(趙, 邢州)를 거쳐 가게 되었을 때였다. 조왕 장오는 그의 미인을 고조에게 바쳤는데, 그녀는 고조의 총애를 받아 아기를 갖게 되었다. 그래서 조왕 장오는 그녀를 감히 왕궁에 들여놓지 못하고 따로 궁전을 지어 살게 했다.

관고(貫高) 등이 박인에서 반란을 꾀하다가 사전에 발각되자 한나라는 조왕도 함께 체포해서 심문하게 하는 한편, 왕의 어머니 · 형제 · 미인을 역시 모조리 잡아 하내(河內)에 가둬두었으므로 여왕의 어머니도 함께 갇히게 되었는데, 옥리에게 이렇게 말했다.

"황제의 총애를 받아 홀몸이 아닙니다."

옥리는 곧 고조에게 그 사실을 보고했으나 조왕의 일로 격분해 있었던 고조는 그녀의 일을 미처 처리하지 못했다.

그래서 이번에는 그녀의 남동생 조겸(趙兼)이 벽양후(辟陽侯, 審食其)를 통해 여후에게 이 사실을 올렸지만 여후는 질투심 때문에 그 이야기를 고조에게 하려 하지 않았다.

그런 가운데 여왕의 어머니는 여왕을 낳은 다음 원한과 울분에 못이겨 자살하고 말았다. 옥리가 여왕을 고조에게 바침으로써 고조는 비로소 자기의 잘못을 뉘우치고 여왕을 여후에게 주어 어머니로서 기르게 하고 여왕의 어머니를 그녀의 외가가 있는 진정(眞定)에 장사지내게 했다.

고조는, 11년 10월에 회남왕 경포가 반란을 일으켰으므로 그의 아들 장을 회남왕으로 삼아 경포의 옛 영토를 다스리게 했다. 모두 4개 군이었다. 고조가 직접 군사를 거느리고 가서 경포를 쳐서 무찌른 다음, 여왕을 왕위에 올렸다. 일찍 어머니를 잃은 여왕은 늘 여후를 따르고 있었던 까닭으로 효혜제 · 여후의 시대에는 사랑을 받았을 뿐 다른 해를 입지 않았다. 그러나 마음속으로는 늘 벽양후를 원망하고 있었는데, 결코 그것을 드러내 보이지는 않았다.

효문제가 즉위했을 당초에 회남왕은 자신이 황제와 가장 친근하다는 생각에서 거드름을 피우며 자주 법을 어겼으나 황제는 형제라 하여 항상 관대히 용서했다.

효문제 3년, 조회에 들어온 여왕은 대단히 오만하였다. 효문제를 따라 어원(御苑)에 들어가 사냥을 할 때는 황제와 수레를 함께 탔으며, 또 늘 황제를 큰형님이라고 불렀다.

여왕은 능히 솥〔鼎〕을 들어 올릴 정도로 팔 힘이 세었다. 어느 날, 여왕은 벽양후를 찾아가 면회를 청한 다음 벽양후가 나와 맞이하려고 할 때 소매 속에 감춰 둔 철퇴를 꺼내어 후려친 다음 따라온 위경(魏敬)을 시켜 그의 목을 자르게 했다. 그리고 대궐 밑으로 달려가 엎드려 웃옷을 벗고 이렇게 사죄했다.

"신의 어머니는 마땅히 조나라 왕의 사건에 관련시키지 않았어야만 옳았습니다. 그 무렵 벽양후는 여후께 사랑을 받고 있었으므로 충분히 여후를 설득시킬 힘이 있었는데도 힘을 쓰지 않았습니다. 이것이 그의 첫 번째의 죄입니다. 조왕 여의(如意) 모자는 아무런 죄도 없었는데, 여후께서는 그들을 죽였습니다. 그때도 벽양후는 말리지 않았습니다. 이것이 그의 두 번째 죄입니다. 여후께서는 여씨 일족을 왕으로 세워 유씨를 위협하려 했으나 벽양후는 말리지 않았습니다. 이것이 그의 세 번째 죄입니다. 신은 삼가 천하를 위해 적신인 벽양후를 무찌르고 어미의 원수를 갚았습니다. 이에 삼가 대궐 아래 엎드려 죄를 청하옵니다."

효문제는 여왕의 행동이 부모를 위하는 마음에서 나온 것이었으므로 어여삐 여긴 나머지 죄를 다스리지 않고 그대로 용서했다.

그러나 당시의 박태후 및 태자, 그리고 여러 대신들은 모두 여왕을 꺼렸다. 이리하여 여왕은 본국으로 돌아간 뒤에 더욱 교만 방자해져서 한나라 법을 따르지 않았다. 드나들 때는 길을 물리고, 스스로의 명령을 제(制)라 부르는 등 모든 것을 천자와 같이 했다.

효문제 6년에 극포후(棘蒲侯) 시무(柴武)의 태자 기(奇)와 공모하여, 단(但)이란 사람 등 70명에게 국거(큰 마차) 40승을 이끌고 곡구에서 반란을 일으키게 했다. 또 사신을 민월 · 흉노 등에게로 보내 협조를 청했다.

그러나 일이 발각되어 처분이 내려진 다음 효문제는 사신을 보내 회남왕을 불러들였는데, 회남왕이 장안에 이르자 다음과 같은 상소문이 올라왔다.

"신 승상 장창(張蒼), 전객(典客) 풍경(馮敬), 종정(宗正) 겸 어사대부 일(逸), 정위 하(賀), 비도적중위(備盜賊中尉) 복(福)은 죽음을 무릅스고 말씀드리옵니다. 회남왕 장은 선제의 법을 쓰지 않고, 폐하의 조칙을 듣지 않습니다. 그의 일상 생활은 절도가 없고, 황옥의 수레를 타고 다니며, 출입에 있어 천자의 행차를 모방하고 있습니다. 마음대로 법령을 만들고 한나라 법을 따르지 않습니다. 또 관리를 둘 경우에도 그의 낭중인 춘(春)을 승상으로 하고, 한나라 제후들의 신하나 죄를 범하고 망명한 자들을 모아 숨겨주고, 그들을 위해 집을 마련해 주는가 하면 재물과 작록과 전택을 주었습니다. 어떤 이는 작위가 관내후에 이르고 2천 석의 봉록을 받았습니다. 이런 것들은 한 후왕(侯王)으로 할 수 없는 일인데도 감히 그와 같이 한 것은 반역을 꾀하고 있었기 때문입니다. 대부 단(但)과 사오(士伍, 범법해 벼슬을 잃은 자)의 개장(開章) 등 70명은 극포후의 태자 기(奇)와 함께 반란을 꾀하여 한나라 종묘와 사직을 위협하려 했습니다. 그들은 개장을 보내 반란 계획을 가만히 장에게 일러 주었고, 함께 꾀하여 민월과 흉노로 사람을 보내 군대를 동원시키려 했습니다. 개장이 회남에 가서 장을 만났을 때 장은 개장과 자주 자리를 같이하여 음식을 나누며 담소하였고, 또 그에게 집을 마련해 주며 부인을 맞게 하는 한편 2천 석의 봉록을 지급했습니다. 개장은 사람을 단에게로 보내 이미 반역에 대해 회남왕과 통했다고 이르게 했습니다. 또 승상 춘도 사신을 보내 그런 사실을 단 등에게 알렸습니다. 한나라 관리가 이 일을 알고 장안위(長安尉) 기(奇) 등을 보내어 개장을 잡아오게 했으나 장은 그를 숨겨 두고 내놓지 않았을 뿐 아니라, 전날의 중위였던 간기(簡忌)와 짜고 개장을 죽여 그의 입을 틀어막은 다음, 관곽과 장례용 옷을 만들어 그를 비릉읍(肥陵邑, 안휘성)에 묻고 한나라 관리를 속여 개장은 어디에 있는지 알지 못한다고 말했습니다. 또 거짓으로 흙을 무덤처럼 모아놓고 나무를 세워 그 위에다 '개장이 죽어 이 밑에 묻혀 있다.'고 써놓았습니다. 장은 제 스스로 죄 있는 한 사람을 무찔러 죽이고는 다시 관리로 하여금 죄 없는 여섯 사람을 사형에 처하게 했습니다. 마땅히 기시의 형에 처해야 할 망명자의 죄를 덮어 주기 위해 거짓 망명자도 아닌

죄 없는 사람을 잡아 망명자라고 주장하고 진짜 망명자는 죄를 면하게 했습니다. 또 함부로 사람을 죄 주고, 죄 준 사람을 한나라에 보고도 하지 않으며, 죄를 물어 묶어둔 사람으로 성단용(城旦舂, 징역형) 이상이 14명이었고, 멋대로 사면한 죄인은 사형이 18명, 성단용 이하가 58명이었습니다. 또 멋대로 작을 준 것이 관내후 이하 94명이었습니다. 또 일찍이 장이 병석에 누워 있을 때 폐하께서는 이를 걱정하시어 대추와 육포를 하사하셨습니다. 그래도 장은 하사품 받기를 꺼리며 사신을 만나 절하는 것을 승낙하지 않았습니다. 또 남해에 사는 자로 여강군(廬江郡) 경내에 있는 백성들이 반란을 일으킨 일이 있어, 회남의 관리와 사졸들이 이를 쳐서 무찔렀을 때, 폐하께서는 그로 인해 회남 백성들이 가난에 시달리고 있다고 생각하시고 장에게 사신을 보내 비단 5천 필을 하사하시고 그것으로 관리와 사졸의 노고를 위로하게 하셨습니다. 그런데도 장은 하사품 받기를 꺼리며 거짓으로 '노고한 사람은 없다.' 고 말했습니다. 또 남해(南海)의 백성 왕직(王織)이란 자가 글을 올려 폐하께 구슬을 올리고자 한 일이 있었을 때는 간기가 제 마음대로 그 글을 불태우고 올리지 않았습니다. 그래서 관리가 간기를 불러 심문할 것을 청했으나 장은 그를 보내주지 않고 거짓으로 '간기는 병을 앓고 있다.' 고 했습니다. 또 승상 춘이 한나라 조정에 들어가 보고 싶다고 장에게 청하자 장은 노하여, '그대는 나를 떠나 한나라에 붙고 싶으냐?' 고 말했습니다. 회남왕 장의 죄상은 마땅히 기시의 형에 처해야 될 것이므로, 이에 법대로 죄를 내리실 것을 청하는 바이옵니다."

이에 효문제는 다음과 같이 조칙을 내렸다.

"짐은 왕되는 사람에게 차마 법을 적용할 수가 없다. 열후 · 2천 석과 함께 의논하라."

그러자 다음과 같은 글이 올라왔다.

"신 창, 신 경, 신 일, 신 복, 신 하는 삼가 죽음을 무릅쓰고 말씀드리옵니다. 신 등은 삼가 열후와 2천 석의 녹을 받은 영(嬰) 등 43명과 함께 논의하였습니다. 모두 '장은 법도를 따르지 않고, 천자의 조칙을 듣지 않으며, 가만히 도당과 모반자를 불러모아 망명자들을 후대하여 반란을 일으키려 했다. 신 등은 법대로 죄를 논하고 싶다.' 고 말했습니다."

그러자 다시 이러한 조칙이 내렸다.

"짐은 왕되는 사람에게 차마 법을 적용할 수 없다. 유장의 죽을 죄를 용서하고, 그의 왕위를 폐하라."

그러자 창 등은 다시 글을 올렸다.

"신 창 등은 죽음을 무릅쓰고 말씀드립니다. 장에게는 큰 죽을 죄가 있는데도 폐하께서는 차마 법을 적용하지 않으시고 황공하옵게도 그의 죽을 죄를 용서하시고 그의 왕위를 폐하라 분부하셨습니다. 신들은 장을 촉군 엄도현(嚴道縣) 공(蛩)으로 귀양보내고, 그의 아들을 낳은 희첩들을 딸려 보내어 함께 살게 했으면 합니다. 또 현에서는 장을 위해 집을 새로 짓고, 양식 등 일체를 궁에서 공급하여 땔나무 · 채소 · 소금 · 콩자반 · 취사도구 · 갈자리를 지급할까 하옵니다. 신 등은 죽음을 무릅쓰고 이 일을 천하에 포고할 것을 청원하는 바이옵니다."

효문제는 명령했다.

"유장의 먹을 것으로는 매일 고기 다섯 근, 술 두 말을 지급하고 전의 미인과 재인으로 총애를 받고 있는 사람 10명을 장을 따라 살게끔 조처하라. 그 밖의 것은 올린 글에 말한 대로 해도 좋다. 또 함께 반역을 꾀한 자는 모조리 베어 죽여라."

이리하여 회남왕은 귀양갔다. 함거(檻車)에 실어 현에서 현으로 차례로 호송하도록 했다.

이때 원앙(袁盎)이 황제에게 간언했다.

"폐하께서는 처음부터 회남왕을 교만한 대로 내버려 두시고 엄격한 태부와 승상을 두지 않았습니다. 그래서 이런 결과로 된 것입니다. 또 회남왕은 사람됨이 강직한 분이온데 지금 갑자기 그것을 꺾게 되었습니다. 신은 회남왕이 안개와 이슬을 만나 병으로 죽지나 않을까 걱정되옵니다. 폐하께서 아우를 죽였다는 이름을 얻게 되시면 어찌하시겠습니까?"

"아니야, 다만 짐은 그를 잠시 괴롭혀 주려는 것뿐이다. 뉘우치기만 하면 곧 돌아오게 할 생각이오."

회남왕이 지나는 각 현에서는 아무도 함거의 봉(封)을 열려 하지 않았다. 그래서 회남왕은 시종에게 이렇게 말했다.

"누가 나를 용자(勇者)라고 하는가? 내가 어떻게 용자가 될 수 있겠는가? 나는 교만한 것 때문에 내 허물을 들으려 하지 않아 이 모양이 되고 만 것이다. 사람이 태어나서 일생 동안 어떻게 이다지도 답답히 지낼 수 있겠는가?"

그러고는 드디어 먹는 것을 끊고 죽었다. 일행이 옹(雍)에 도착해서 옹의 현령이 봉을 열어 봄으로써 비로소 왕의 죽음을 알고 나라에 보고했다. 효문제는 소리내어 울며 몹시 슬퍼하며 원앙을 보고 말했다.

"짐은 공의 말을 듣지 않아 결국은 회남왕을 잃고 말았다."

"이제 어찌할 수 없는 일입니다. 바라옵건대 폐하께서는 마음을 너그럽게 가지십시오."

"어떻게 하면 좋겠는가?"

"승상과 어사에게 명해 담당관들을 사형에 처하여 천하에 사과를 하는 것이 좋은 줄로 아옵니다."

황제는 곧 승상과 어사에게 명하여 각 현의 회남왕을 호송한 관리들로서 수레의 봉을 열고 식사를 제공하지 않은 사람들을 모조리 잡아 심문하게 하고 그들을 모두 기시하게 했다. 그리고 열후의 예로써 회남왕을 옹에다 장사지내는 한편, 그의 무덤을 30호로 지키게 했다.

효문제 8년, 황제는 회남왕을 불쌍히 여기고 있었다. 회남왕에게는 아들 넷이 있었는데, 모두 7, 8세 밖에 되지 않았다. 그래서 아들 안(安)을 부릉후(阜陵侯)로, 발(勃)을 안양후(安陽侯)로, 사(賜)를 주양후(周陽侯)로, 량(良)을 동성후(東城侯)로 각각 봉했다.

효문제 12년, 백성들 가운데 누군가가 회남의 여왕에 대해 다음과 같은 노래를 지어 불렀다.

한 자 베도 꿰매어 함께 입을 수 있고

한 말 조도 찧어 나눌 수 있는데
형과 아우 두 사람은 서로 용납하지 못하누나.

황제는 이 노래를 듣고 탄식해 말했다.

"요순(堯舜)은 골육을 내쫓고, 주공(周公)은 형제인 관숙(管叔)과 채숙(蔡叔)을 죽였어도 천하에선 그들을 성인이라 부르고 있다. 왜냐하면 사(私)로써 공(公)을 해치지 않았기 때문이다. 그런데 천하에선 왜 짐이 회남왕의 땅이 탐이 나서 그런 줄로 아는 것일까?"

이리하여 성양왕(城陽王, 朱虛侯 章의 아들 喜)을 회남의 옛 땅으로 옮겨 왕을 삼고, 전 회남왕 장을 추존해서 여왕이란 시호를 내렸다. 또 제후왕(諸侯王)의 법칙대로 원(園)도 두었다.

효문제 16년, 황제는 회남왕 희(喜)를 본래의 봉지인 성양으로 되돌려 보낸 다음, 회남의 여왕이 한나라 국법을 지키지 않고 또 법도에 따르지 않음으로써 스스로 나라를 잃고 일찍 죽게 된 것을 불쌍히 여겨 그의 세 아들을 왕으로 봉했다.

즉 부릉후 안을 회남왕으로 하고, 안양후 발을 형산왕으로 하고, 주양후 사를 여강왕으로 했다. 세 사람에게 여왕 당시의 봉지를 셋으로 나누어 준 것이다. 동성후 량은 이미 죽었고 자손도 없었다.

효경제 3년에 오·초 7국이 반란을 일으켜, 오나라 사신이 회남에 찾아왔다. 그러자 회남왕은 군사를 보내 이에 합세, 반란을 일으키려 했는데, 그때의 승상이 이렇게 진언했다.

"대왕께서 굳이 군사를 동원시켜 오나라와 호응하실 생각이시면 신을 장수로 삼아 주십시오."

그래서 왕은 승상에게 군사를 맡겼다. 회남의 승상은 장수가 되어 군사를 손에 넣자 성을 굳게 지키며 반란을 일으키라는 왕의 명령을 듣지 않고 한나라에 가담했다. 한나라도 또 곡성후(曲城侯)를 장군으로 하여 회남을 구원하게 했다. 그로 인해 회남은 무사했다.

오나라 사신은 여강에도 찾아왔으나 여강왕은 응낙하지 않고 월나라로 사신을 보내 연락을 취했을 뿐이었다.

또 오나라 사신이 형산에도 찾아왔으나 형산왕 역시 굳게 지키고 있으면서 한나라에 대해 두 마음을 품지 않았다.

효경제 4년의 일이다. 오 · 초는 이미 패해 달아나고, 형산왕이 한나라에 입조했다. 황제는 형산왕을 정신(貞信)하다고 여겨 그를 위로하여 말했다.

"남쪽은 지대가 낮고 습기가 많은 곳이다."

그러고는 형산왕을 옮겨 제북왕으로 했다. 즉 포상을 한 것이다. 형산왕이 죽자 정왕(貞王)이란 시호를 내렸다.

여강왕은 월나라와 변경을 맞대고 있어서 자주 사신을 보내 서로 교제하고 있었다. 그런 까닭에 형산왕으로 옮겨 봉하고 강북 땅을 다스리도록 했다. 회남왕은 예전과 같이 그대로 두었다.

회남왕 안은 책을 즐겨 읽고 거문고 타기를 즐겼으나 병기를 다루거나 새사냥이나 개나 말을 달리는 것 따위는 좋아하지 않았다. 또 은혜를 베풀어 백관과 백성들을 두루 보살피며 좋은 이름이 천하에 전파되기를 바라고 있었다. 때로는 여왕의 죽음을 원통하게 생각하고, 가끔 반란을 일으키려고도 했으나 아직 그럴 기회가 없었다.

건원 2년에 이르러 회남왕은 한나라에 입조하였다. 회남왕은 평소 무안후 전분과 친밀한 사이였다. 당시 무안후는 태위 벼슬에 있었는데 왕을 패상에서 맞아 함께 이야기를 했다.

"지금 폐하에게는 아직 태자가 없습니다. 왕께서는 고조의 손자이시며, 인의의 도를 행하고 있는 것은 온 천하가 다 알고 있는 사실입니다. 폐하께서 하루아침에 돌아가시게 되면 대왕 이외에 대위(大位)에 오를 분이 또 누가 있겠습니까?"

회남왕은 크게 기뻐하여 무안후에게 후한 금품을 보내주고, 은밀히 빈객들과 결탁하여 백관과 백성들을 어루만져 주며 반역을 획책하고 있었다.

건원 6년에 혜성이 나타났다. 회남왕이 이것을 괴상하게 여기자 누군가가 왕을 설득하여 말했다.

"앞서 오나라 군사가 반란을 일으켰을 때에도 혜성이 나타났으나 그 길이는 몇 자에 불과했습니다. 그런데도 유혈(流血)의 참사는 천 리에 이르렀습니다. 지금은 혜성의 길이가 하늘을 덮을 지경입니다. 천하에 반드시 큰 병란이 일어날 것입니다."

왕은 마음속으로 '황제에게는 태자가 없다. 천하에 변이 일어나게 되면 제후들은 함께 일어나 서로 다투게 되리라.'고 생각했다. 그래서 더욱더 전쟁에 필요한 모든 기구들을 갖춰두고 돈을 저축하여 한나라 군국과 제후들의 유사(游士)와 기재(奇才)들을 매수했다. 또한 모략을 잘 꾸미는 변사들은 되는 대로 지어낸 괴상한 말로써 왕에게 아첨하여 많은 돈을 타내었다. 이리하여 반역에 대한 음모는 더욱 심해져 갔다.

그런데 회남왕에게는 능(陵)이라는 딸이 있었다. 매우 슬기롭고 구변이 좋았으므로 왕은 능을 몹시 귀여워하며 늘 많은 돈을 주어 장안에 머물면서 황제의 측근들과 교제하며 모든 것을 정탐하게 했다.

원삭 3년에 황제는 회남왕이 나이 많은 것을 생각하여 궤장(机杖)을 하사하고 조회를 들어오지 않아도 좋다는 특권을 주었다.

또한 회남왕의 왕후는 도(荼)인데 왕의 총애를 받았다. 왕후는 태자 천(遷)을 낳았고, 천은 왕황태후(王皇太后, 효경제의 후로 효무제의 어머니) 외손인 수성군(修成君)의 딸을 맞아 비로 삼고 있었다. 따라서 왕은 반역을 꾸미는 음모를 태자비가 알고 비밀을 새나가게 할까 두려운 나머지 태자와 계획을 짰다. 태자가 그녀를 사랑하지 않는 것처럼 보이게 하는 것이었다. 태자는 석 달 동안 비와 자리를 같이 하지 않았다. 왕은 태자에게 거짓으로 화를 내고 태자를 방에 가둬 두고 석 달 동안 비와 한 방에 있게 했다. 그러나 태자는 끝내 비를 가까이 하지 않았으므로 비는 돌아가고 싶다고 간청했다. 그래서 왕은 글을 올려 사과의 뜻을 표하고 그녀를 돌려보냈다.

한편 왕후 도와 태자 천, 그리고 딸 능은 왕의 사랑을 받고 있는 것을 요행으로 알고 나라의 권세를 마음대로 휘둘러 백성들의 전택을 빼앗고, 죄 없는 사람들을 함부로 잡아들여 옥에 가두곤 했다.

원삭 5년에 태자는 검술을 배웠는데 아무도 자기를 따를 사람이 없다고 생각했다. 그리고 낭중 뇌피(雷被)가 검술에 뛰어나다는 말을 듣자 그를 불러내어 시합을 했다.

뇌피는 두 번까지는 짐짓 져주었다. 그런데 그 뒤 잘못해서 태자를 찌르게 되었는데 태자가 화를 냈으므로 뇌피는 겁이 났다. 당시는 군대에 나가기를 원하는 사람이 있으면 곧 경사(京師)로 보내 주었으므로 뇌피는 흉노 토벌에 가담할 것을 지원했지만 태자가 왕에게 중상모략을 일삼았다. 왕은 낭중령에게 명하여 파면시켰을 뿐 아니라 제자들이 검술조차 배우지 못하게 했으므로 뇌피는 드디어 도망쳐 장안으로 들어와 글을 올려 스스로를 변명했다.

황제는 조서를 내려 그 일에 관한 심리를 정위와 하남 관리에게 맡겼다. 하남 관리들은 사건을 심리하기 위해 회남 태자를 하남으로 불렀으나 회남왕과 왕후는 한나라에 태자를 보내는 대신 군사를 동원시켜 반란을 일으킬 공작을 꾸몄다. 하지만 10여 일이 지나도록 결정을 보지 못했는데, 그러는 사이에 조칙이 내려져 관리가 와서 태자를 심문하게 되었다. 이때 회남의 재상(한나라 조정에서 임명한 재상)은, 수춘(壽春, 안휘성)의 승(丞, 刑獄囚를 맡은 벼슬)이 회남왕의 뜻에 따라 소환장을 손에 쥐고서도 태자를 넘겨주지 않은 것을 노여워하며 승의 불경함을 탄핵하려 했다. 회남왕은 재상에게 온건히 처리해 달라고 일렀으나 재상은 받아들이지 않았다. 그래서 회남왕은 사신을 보내 글을 올리고 거꾸로 재상을 참소했다.

황제는 정위를 시켜 사건을 밝히게 했다. 정위는 사건을 차례로 심리해 들어가 마침내는 왕도 거기에 관련되어 있음을 밝혀냈다. 이에 회남왕은 사람을 보내 조정에 있는 공경들의 동향을 살펴보게 한 결과, 모두들 회남왕을 체포하여 사건을 처리할 것을 주장하고 있었으므로 왕은 일이 발각될까 겁이 났다. 그러자 태자 천이 꾀를 내어 말했다.

"한나라 사신이 와서 왕을 체포하려 하거든 왕께서는 누군가 그럴만한 사람을 위사(衛士)로 가장해 옆에 시립시켜 두었다가 형세가 불리해지면 사신을 찔러 죽이게 하십시오. 신도 또 사람을 보내 회남의 중위를 찔러 죽이도록 하겠습니다. 그러고 나서 군사를 일으켜도 늦지는 않을 것입니다."

이때 황제는 공경들의 의견을 받아들이지 않고 한나라 중위 은굉(殷宏)을 보내 회남왕을 심문하고 조사하도록 했다. 회남왕은 한나라 사신이 온다는 소식을 듣자 태자의 계책에 따라 손을 써 두었다.

이윽고 한나라 중위가 도착했다. 회남왕이 그의 얼굴빛을 바라보니 퍽 부드러웠고, 뇌피를 파면한 내용만을 물을 뿐이었다. 왕은 아무런 죄도 묻지 않을 것으로 판단하고 숨겨 둔 자객을 출동시키지 않았다. 중위는 조정으로 돌아와 사실을 보고했다. 그래서 사건 조사에 임했던 공경들이 이렇게 아뢰었다.

"회남왕은 흉노 토벌에 가담하겠다는 뇌피 등의 지원을 가로막아 황제의 조칙을 거역하였습니다. 그 죄는 기시에 해당합니다."

그러나 황제는 조서를 내려 이를 받아들이지 않았다. 그러자 공경들이 다시 회남왕의 왕위를 폐할 것을 청했지만 황제는 그것마저 받아들이지 않았다. 공경들은 이번에는 회남왕의 봉지 중 다섯 현을 삭감시키자고 청했다. 이에 황제는 두 현만을 줄이도록 하고 중위 은굉을 시켜 회남왕의 죄를 용서하고, 땅을 깎는 벌만을 가하게 했다. 중위는 회남 영내로 들어와 왕을 사면한다는 것을 선언했다.

왕은 처음, 한나라 공경들이 자기를 죄 주어 죽일 것을 청했다는 것만을 들었을 뿐 땅을 깎는 벌만 받게 된 것은 모르고 있었기 때문에 한나라 사신이 온다고 듣자 체포될까 겁이 난 나머지 태자와 공모한 앞서의 계책을 사용하기로 했다. 그런데 중위가 도착한 뒤에 보니 왕에게 축하만을 할 뿐이었으므로 자객을 내보내지 않았다. 그 뒤 왕은 혼자 이렇게 한탄했다.

"나는 인의의 정치를 행한다면서 봉토를 깎이게 되었으니 참으로 부끄러운 일이다."

회남왕은 봉토를 깎인 뒤로 더욱더 반란 준비를 진행시키고 있었으며, 장안에서 온 사신 중에 터무니없는 소리를 지껄이는 자들이, 황제에게는 아들이 없고, 한나라의 정치는 제대로 되고 있지 않다고 말하면 기뻐하고, 한나라는 정치가 바로 잡혀 있고, 황제에게는 아들이 있다고 말하면 화를 내면서, 그것은 요사스런 말로서 옳지 않다고 하였다.

회남왕은 밤낮으로 오피(伍被) · 좌오(左吳) 등과 지도를 들여다보면서 군대를 한나라로 침입시킬 곳과 부서를 정했다.

이 무렵에 왕은 이렇게 말했다.

"황제에게는 태자가 없다. 황제께서 만일의 경우라도 생기게 되면 한나라 조정 신하들은 틀림없이 교동왕이나 아니면 상산왕—둘 다 효경제의 아들—을 맞아다가 뒤를 세우게 될 것이다. 그렇게 되면 제후들은 서로가 맞서 싸우게 될 것이다. 난들 어찌 이에 대한 대비가 없을 수 있겠는가. 또 나는 고조의 손자로서 몸소 인의의 도를 행해 왔다. 나는 폐하에 대해 불만이 없는 것은 아니지만 폐하가 나를 후대해 왔으므로 참아 왔던 것이다. 폐하에게 만일의 경우가 있은 뒤, 내가 북면해서 어린 것들을 어떻게 임금으로 섬길 수 있겠는가?"

언젠가 왕은 동궁(東宮)에 있으면서 오피를 불러 함께 의논할 생각으로 이렇게 말했다.

"장군은 당으로 오르라."

그러자 오피는 서글픈 어조로 말했다.

"폐하께서는 관대하게 대왕을 사면하셨습니다. 그런데 대왕께서는 어째서 나라를 망칠 의논 같은 것을 하시려 하십니까? 신은 이렇게 듣고 있습니다. 옛날 오자서가 오왕을 간했을 때 오왕이 받아들이지 않자 오자서는 '신은 이제 고소대(姑蘇臺)가 황폐해서 그곳에 사슴들이 놀고 있는 것을 보게 될 것입니다.' 하고 말했다고 합니다. 머지않아 신도 또한 이 궁중에 가시나무가 자라고 이슬이 옷을 적시는 것을 보게 될 것입니다."

왕은 노하여 오피의 부모를 옥에 석 달 동안 가둬 두게 한 다음, 다시 오피를 불러 물었다.

"장군은 과인이 반란을 일으키는 것에 찬성하는가?"

그래도 오피는 반대했다.

"찬성할 수 없습니다. 다만 대왕을 위해 좋은 계책을 세워 드릴까 하고 들어왔을 뿐입니다. 들은 바에 의하면 '귀가 밝은 사람은 소리 없는 소리를 듣고, 눈이 밝은 사람은 나타나지 않는 모습을 본다.' 고 합니다. 그러므로 성인은 모든 행동에 있어서 만전을 기합니다. 옛날 주나라 문왕은 다만 한 번 움직인 것으로 그 공이 천세까지 나타나게 되어 하나라 우왕과 은나라 탕왕과 나란히 삼왕에 서게 되었습니다. 이것은 이른바 하늘의 뜻을 따라 움직인 것입니다. 그러므로 해내(海內)는 기약하지 않고도 따랐던 것입니다. 이것은 천 년 이전의 일이오나, 백 년 전의 진나라와 근세의 오 · 초 또한 국가의 존망을 깨우쳐 주기에 충분한 예들입니다. 신은 감히 오자서와 같이 죽음을 피하려 하지는 않사오나 대왕께서 오왕과 같은 그런 태도로 간언을 듣지는 마시기를 바라옵니다. 옛날 진나라는 선왕의 도를 끊고, 술사를 죽이며, 시서(詩書)를 불태우고, 예의(禮義)를 버리며, 속임수의 힘을 숭상하고, 형벌을 무겁게 하여 해변 지방의 곡식을 서하로 실어 보냈습니다. 그 당시 남자는 애써 농사를 지어도 쌀겨마저 넉넉히 먹을 수 없었고, 여자는 길쌈을 해도 옷이 몸을 제대로 덮을 수가 없었습니다. 또 장군 몽염을 보내 동서 수천 리에 걸쳐 장성을 쌓아 군사들을 비바람에 시달리게 한 것이 항상 수십 만에 달했습니다. 죽은 사람은 이루 다 헤아릴 수가 없었고, 죽어 넘어진 시체는 천 리에 뻗쳐 있었으며, 흘린 피가 들판을 물들였습니다. 백성 중에 지치다 못해 반란을 일으키려는 사람이 열 집 중에 다섯 집은 되었습니다. 또 도사(道士) 서복(徐福)을 바다로 보내 신이(神異)한 것을 찾게 했습니다만 돌아와 이렇게 거짓말을 했습니다.

'신은 바닷속에 들어가 대신(大神)을 만나보았는데, 대신이 너는 서황(西皇. 서쪽의 황제, 즉 始皇)의 사신이냐고 물었습니다. 그렇다고 대답했더니 무엇을 찾고 있느냐고 물었습니다. 오래 살 수 있는 약을 얻고자 한다고 대답했더니, 대신은 네가 모시고 있는 진왕의 예물이 적으므로 그 약을 보여주기는 하겠으나 이를 가져가지는 못한다고 하며, 신을 데리고 동남쪽으로 봉래산(蓬萊山)에 이르러 지초(芝草)로 둘러싸인 궁궐을 구경시켜 주었습니다. 거기에는 사자가 있었는데, 구릿빛으로 용의 모습을 하고 있었으며, 온몸에서 발산하는 빛은 하늘 위까지 비추고 있었습니다. 그래서 신은 두 번 절하고 어떤 물건을 바치면 좋겠습니까 하고 물었더니, 해신(海神)은 좋은 집안의 동남(童男) 동녀(童女)와 오만 가지 공작품들을 바치면 약을 얻을 수 있다고 했습니다.'

시황은 크게 기뻐하여 좋은 집안의 동남 동녀 3천 명을 보내기로 하고, 이들에게 여러 가지 곡식 종자와 여러 공인(工人)들을 딸려 출발하게 했습니다. 하지만 서복은 평원과 광택(廣澤)이 있는 곳까지 오더니 그곳에 머물러 왕노릇을 하며 다시 돌아오지 않았습니다. 이리하여 백성들은 서로 함께 슬퍼하며 반란 일으키기를 원하는 사람이 열 집에 여섯 집은 되었습니다. 또 위타를 시켜 오령(五嶺, 호남 · 광동 두 성의 경계에 있는 다섯 개의 고개)을 넘어 백월을 공격하게 했습니다. 위타는 중국이 극도로 피폐해 있는 것을 알고 그곳에 머물러 왕노릇하며 돌아오지 않았습니다. 그리고 사람을 보내 글을 올리고, 사졸들의 옷을 고쳐 만든다고 하며 남편이 없는 여자 3만 명을 요구했습니다. 시황은 그 반을 허가하여 1만 5천을 보냈습니다. 이리하여 백성들의 마음은 진나라를 떠나게 되어 반란을 일으키려 하는 사람이 열 집이면 일곱 집은 되었습니다. 어느 빈객이 고조에게 '이제 진나라를 쳐도 좋을 시기입니다.' 하고 말했으나 고조는 '잠깐만 기다려. 머잖아 성인이 동남쪽에서 나타나게 될 거다.' 고 말씀했습니다. 그로부터 1년이 지나지 않아 과연 진승 · 오광이 군사를 일으켰습니다. 그리하여 고조가 풍읍과 패현에서 한 번 의병을 외치게 되자 천하에서 기약하지 않고도 호응해 온 사람이 이루 헤아릴 수 없을 정도였습니다. 이것은 이른바 잘못을 노리고 틈을 엿보고 있다가 진나라가 망하게 된 시기를 타고 움직였던 것입니다. 그러므로 백성들이 그렇게 되기를 바라는 마음은 가문 하늘에 단비를 기다리는 것과 같았습니다. 그렇기 때문에 고조는 진으로 가는 도중에 일어나 즉위하여 천자가 되었고, 그 공은 삼공보다도 높고, 덕은 끝없이 전하게 된 것입니다. 그런데 대왕께서는 고조께서 천하를 차지하게 되었을 때의 쉬웠던 경우만을 보시고, 근세의 오 · 초에 대해서는 왜 생각지 않으십니까? 대체로 오왕은 유씨의 제주(祭主)라는 높은 이름을 받고 있으면서 한나라에 조회를 들지 않았습니다. 4군의 백성들에게 왕으로서 군림, 그의 봉지는 사방 수천 리나 되었습니다. 영내에선 구리를 끓여 부어 돈을 만들고, 동쪽에선 바닷물을 끓여 소금을 만들며, 위에서는 강릉(江陵)의 나무를 베어 배를 만들었습니다. 그 배 한 척에 싣는 양은 중국의 수십 량의 수레에 맞먹는 것이었습니다. 나라는 부유하고 백성들은 많았으며, 주옥금백(珠玉金帛)을 흩어 제후와 종실의 대신들을 매수했으나 두씨(竇氏)만은 거기에 관련되지를 않았습니다. 그리하여 반역 음모가 무르익어 군사를 일으켜 서쪽으로 진출했으나 대량에서 패하고, 다시 호보(狐父)에서 패하고 쫓겨 달아나 동쪽 단도(丹徒)에 이르러 월나라 사람에게 사로잡힘으로써 몸은 죽고 조상의 제사도 끊어져 천하의 웃음거리가 되었습니다. 오 · 초의 강대함을 가지고도 성공하지 못한 것은 무엇 때문입니까? 실로 천도를 거스르고 시기를 알지 못했기 때문입니다. 지금 대왕의 군사는 오 · 초의 10분 1도 미치지 못합니다. 게다가 천하는 오 · 초가 반란을 일으켰을 당시에 비해서 만 배나 더 태평스럽습니다. 바라옵건대 대왕께서는 신의 꾀를 따라 주십시오. 만일 대왕께서 신의 꾀를 따르지 않으신다면, 대왕의 반역은 반드시 실패하게 될 것이며, 비밀이 먼저 새어나가게 될 것입니다. 들리는 바에 의하면 미자(微子)는 망한 은나라의 옛 도읍터를 지나다가 슬퍼하여 '맥수(麥秀)의 노래'를 지었다고 합니다. 이것은 주왕(紂王)이 왕자 비간(比干)의 말을 듣지 않은 것을 탄식한 것입니다. 그러므로 맹자는 '주왕이 천자의 높은 지위에 있었으나 그가 죽자 필부만도 못했다. 이것은 주왕이 그가 살아 있을 때 이미 오랫동안 천하를 버린 때문이었지 그가 죽은 뒤에 천하가 그를 버린 것은 아니다.' 고 말했습니다. 지금 신도 또한 대왕께서 천승의 임금을 버리시려 하는 것을 슬퍼하고 있습니다. 부디 목숨을 끊으라는 글을 주시어 뭇신하들에 앞서서 이 동궁에서 죽게 하여 주옵소서."

말을 듣던 중 회남왕은 가슴이 답답하고 뭉클해지며 눈물이 글썽하여 옆으로 흘렀다. 오피는 일어나 계단을 성큼성큼 밟으며 떠나갔다.

회남왕에게는 불해(不害)라는 서자가 있었는데, 아들 가운데 가장 나이가 많았으나 왕은 그를 사랑하지 않았다. 왕과 왕후와 태자는 모두 불해를 자식으로나 형으로 치지 않았다. 불해에게는 건(建)이라는 아들이 있었다. 재능이 뛰어나고 기개가 있었으며, 항상 태자가 자기의 아버지를 무시하고 있는 것을 원망하고 있었다. 또 당시의 제후들은 모두 그의 자제를 분립시켜 후로 만들 수가 있었다. 그런데 회남에서는 아들이 둘밖에 없었는데도 그 한 사람은 태자였지만 건의 아버지만이 후가 되지 못하는 것을 원망하고 있었다. 그래서 건은 가만히 사람과 결탁, 태자를 고발하여 넘어뜨린 다음 자기 아버지를 대신 태자로 만들려 했지만 그것을 안 태자가 선수를 써서 여러 차례 건을 붙들어 옥에 가두고 매를 쳤다. 건은 태자가 계책을 세워 한나라 중위를 죽이려 한 것을 자세히 알고 있었으므로 전부터 친교를 맺고 있는 수춘에 사는 장지(莊芷)란 사람을 시켜 원삭 6년에 다음과 같은 글을 천자에게 올리게 했다.

'독한 약은 입에 쓰나 병에 좋고, 충성된 말은 귀에 거슬리나 행하는 데 도움이 된다.'고 했습니다. 지금 회남왕의 손자 건은 재능이 뛰어난 사람입니다. 회남왕의 왕후 도와 도의 아들 태자 천은 항상 건을 미워하여 건의 아비 불해에게는 아무런 죄도 없는데, 마음대로 건을 잡아 자주 옥에 가두고 그를 죽이려 하고 있습니다. 지금 건은 아직 살아 있으므로 그를 불러 물어 보시면 회남왕의 음모를 자세히 알수 있을 것입니다.

이 글이 황제에게 올라가자 황제는 이 사건의 심리를 정위에게 명했다. 정위는 하남의 소임들을 시켜 심문하게 했다. 이때 전 벽양후의 손자인 심경(審卿)은 승상 공손홍과 친한 사이였다. 그는 회남의 여왕이 그의 할아버지를 죽인 것에 원한을 품고 있었으므로 회남에 대해 있는 일 없는 일을 마구 꾸며 공손홍에게 일러바쳤다. 그래서 공손홍은 회남에 반역 음모가 있는 것이 아닌가 의심하여 이 사건을 철저히 규명하게 했다.

하남의 소임이 건을 심문하게 되자 그의 대답은 회남의 태자와 그 일당에까지 미치게 되었다. 회남왕은 걱정한 나머지 반란을 일으키려고 오피에게 물었다.

"한나라 조정은 잘 다스려지고 있는가? 아니면 어지러운가?"

"천하는 잘 다스려지고 있습니다."

왕은 마음속으로 탐탐치 않게 여기며 다시 오피에게 물었다.

"경은 어떤 이유에서 천하가 잘 다스려지고 있다고 하는가?"

"신이 가만히 조정의 정치를 살펴본바, 군신(君臣)의 의(義), 부자(父子)의 친(親), 부부(夫婦)의 별(別), 장유(長幼)의 서(序)에 있어 모두 그 도리를 얻고 있고, 폐하의 일거 일동은 옛 도를 따르며, 풍속과 기강에도 결점이 없습니다. 많은 상품을 가진 부상들은 천하를 두루 돌아다니고 있으며, 길은 통하지 않는 곳이 없습니다. 그러므로 외국과의 교역이 행해지고 있으며, 남월은 복종을 하고 강(羌)과 북(僰)은 조공을 바치고 있습니다. 또 장유(長楡, 楡中과 같다. 내몽고)의 요새를 넓히고, 삭방군을 개척하니 흉노는 깃을 꺾고 날개를 상하여, 응원군마저 잃고 풀이 죽어 있습니다. 옛날의 태평시대를 따를 수는 없지만 그래도 잘 다스려지고 있다고 할 수가 있습니다."

회남왕은 성을 냈다. 오피는 자기가 한 말이 죽을 죄에 해당한다고 사과를 했다. 왕은 또 오피에게 말했다.

"산동에 병란이 일게 되면, 한나라는 반드시 대장군 위청을 장수로 보내 산동을 제압하려 할 것이다. 경은 대장군을 어떤 인물로 생각하는가?"

"신이 친하게 사귀고 있는 사람 중에 황의(黃義)란 자가 있습니다. 대장군을 따라 흉노를 친 적이 있었는데, 돌아온 뒤에 신에게 말하기를, '대장군은 사대부를 대하는 것이 예의바르고, 사졸에 대해서는 은덕이 있다. 그러므로 무리들은 모두 대장군을 위해 도움이 되는 것을 좋아하고 있다. 또 대장군이 말을 타고 산을 오르내리는 것을 보면 마치 새가 날아다니는 것과 같다. 그의 재간은 사람이 따를 수 없다.' 고 했습니다. 신은 대장군의 재능이 이같이 뛰어난 데가 있는데다가 자주 장수가 되어 실전에 익숙해 있으므로 그를 상대한다는 것은 쉬운 일이 아닐 줄로 아옵니다."

이 무렵 알자인 조량(曹梁)이 장안에 사신을 다녀와서 말했다.

"대장군은 호령이 분명하고, 적을 대할 때는 용감해서 언제나 사졸들의 선두에 섭니다. 군막을 치고 쉴 때 우물을 파서 아직 물을 충분히 얻지 못하면 사졸 전원이 물을 다 마신 뒤에야 비로소 물을 마십니다. 후퇴할 때에는 사졸들이 모두 강을 건넌 다음에 자기도 건너게 됩니다. 황태후가 하사한 돈이나 비단은 전부 군리들에 주고 맙니다. 옛 명장들도 대장군보다 훌륭하지는 못했습니다."

이 말을 듣자 회남왕은 아무 말이 없었다. 왕은 건이 이미 소환되어 심문을 받는 것을 보고 나라의 음모가 발각될까 두려워 반란을 일으킬 생각이었다. 그러나 오피가 성공할 가망이 전혀 없다고 말했으므로 왕은 다시 오피에게 물었다.

"경은 오나라가 반란을 일으킨 것이 옳다고 생각하는가, 잘못이라고 생각하는가?"

"잘못이라고 생각합니다. 오왕은 지극히 부귀한 몸이었는데, 일을 잘못 시작했다가 그의 몸은 단도에서 죽어 머리와 다리를 달리 묻고 말았습니다. 또 자손으로 살아남은 사람은 없습니다. 들은 바에 의하면, 오왕은 몹시 뉘우치고 있었다 하옵니다. 바라옵건대 깊이 생각하시어 오왕과 같은 뉘우침이 없게 하옵소서."

"남자란 성공 못하면 죽음이 있을 뿐이다. 그리고 오왕은 반란을 일으키는 방법을 모르고 있었다. 성고(成皐)의 어귀를 막아야만 하는 걸 안 막았기 때문에 하루 사이에 한나라 장군이 40여 명이나 성고를 통과하게 되었던 것이다. 지금 내가 누완(樓緩)에게 먼저 성고의 어귀를 차단하게 하고, 주피(周被)에게 영천군의 군사를 끌어다가 환원(轘轅)과 이궐(伊闕)의 길목을 막게 하며, 진정(陳定)에게 남양의 군사를 동원시켜 무관(武關)을 지키게 하면 한나라의 하남 태수는 겨우 낙양을 유지할 뿐이니 조금도 걱정할 필요가 없다. 그러나 이들 북쪽으로 아직도 임진관 · 하동 · 상당과 하내 · 조나라 등이 있는데 사람들은 말하기를, '성고 어귀를 끊으면 천하는 불통이 된다.' 고 한다. 삼천(三川, 이수 · 낙수 · 하수)의 요충을 의지, 산동의 군사를 불러 모은 다음 일을 일으키는 것을 경은 어떻게 생각하는가?"

"신으로서는 그 화는 알 수 있으나 아직 그 복은 알 수가 없습니다."

"좌오(左吳) · 조현(趙賢) · 주교여(朱驕如) 등은 모두 복이 있다며 열에 아홉가지는 성공한다고 보고 있는데, 경만은 화가 있고 복이 없다고 하니 어째서 그런가?"

"대왕의 여러 신하들 가운데 옆에서 총애를 받으며 많은 사람을 통솔할 만한 사람들은 그 동안에 모두 조옥(詔獄)[3]에 끌려가고 말았습니다. 지금 남아 있는 사람들 중엔 일을 할 만한 사람이 없습니다."

"진승·오광은 송곳을 세울 만한 극히 좁은 땅마저 없었다. 그러나 겨우 천 명의 무리를 이끌고 대택(大澤)에서 일어나 팔을 휘두르며 크게 외치자 온 천하가 이에 호응해, 서쪽으로 나아가 희수(戲水)에 이르렀을 때에는 1백 20만의 병력을 가지게 되었다. 지금 우리 나라는 비록 작기는 하지만 싸움을 할 수 있는 10여 만의 군사를 불러 모을 수 있을 것이다. 그 강한 힘으로 말하면 진승·오광의 군사처럼 낫과 끌과 창자루 같은 것을 무기 대신 쓰고 있는 수자리 살던 무리들에 비할 것이 아니다. 그런데 경은 어째서 화만 있고 복이 없다고 하는가?"

"옛날 진나라는 무도한 짓을 하여 천하를 못살게 굴고 만승의 힘든 행차를 도처로 이끌고 다니며 아방궁을 짓노라 무거운 세금을 거두어들이고, 여좌(閭左)의 수자리[4]마저 징발했습니다. 그로 인해 백성들은 아비가 자식을 편안히 해 줄 수 없었고, 형은 아우를 도와줄 수 없게 되었습니다. 정치는 가혹하고 형벌은 준열하여 온 천하는 볶이어 타는 것만 같았습니다. 백성들은 모두 목을 길게 빼고 구해 줄 사람이 나타나기를 기다리며 혹시나 하고 귀를 기울여 듣고 있는 한편, 슬피 부르짖으며 하늘을 우러러보고 가슴을 치며 진나라 조정을

3. 천자의 조서에 의해 죄인을 다스리는 의옥(疑獄).

4. 진나라 초기에 가난한 백성들을 이문(里門)에 살게 하여 수자리를 면제해 주었으나, 뒤에는 그들 빈민(貧民)들마저 수자리를 살게 했다.

원망하고 있었습니다. 그렇기 때문에 진승이 크게 외치자 천하는 이에 호응한 것입니다. 그러나 지금은 폐하께서 천하를 직접 거느리시고 해내를 한결같이 바로잡아 널리 만백성들을 사랑하여 덕을 펴고 은혜를 베풀고 계십니다. 그 말이 입 밖에 나오기 전에 그 소리는 우레보다 더 빨리 백성들의 마음에 전해지고, 그 영이 아직 나오기 전에 교화는 신과 같이 백성들에게 펼쳐지고 있습니다. 마음속에 생각하는 것이 있으면 그 위엄은 만 리에까지 뻗치게 됩니다. 아랫사람이 윗사람을 따르는 것은 마치 그림자나 메아리가 형체와 소리를 따르는 것과 같습니다. 또 대장군 위청의 재능은 진나라 장군이었던 장한(章邯)이나 양웅(楊熊)에 비할 바가 아닙니다. 대왕께서 진승 · 오광을 비유로 드시는 것은 잘못인 줄로 아옵니다."

"만일 경의 말이 옳다고 한다면 요행을 바랄 수도 없다는 것인가?"

"신에게는 어리석은 계책이 하나 있습니다."

"어떤 건가?"

"지금에 있어서 제후들은 한나라에 대해 다른 마음이 없고 백성들에게도 원망하는 기색이 없습니다. 그리고 삭방군은 땅은 넓고 강물과 초목은 아름답습니다. 그런데 그리로 옮겨가는 사람의 수가 적어서 그 땅을 채우지 못하고 있습니다. 신의 어리석은 계책을 말하면 승상과 어사의 주청서를 거짓 꾸며 군국의 호걸과 협객의 무리, 그리고 내죄(耐罪)[5] 이상의

5. 머리털은 그대로 두고 아랫수염만 미는 가벼운 죄.

죄인들을 삭방군으로 이주시키는 것입니다. 또 특사령을 내려 죄인들을 용서하고 용서받는 사람들 가운데서 50만 이상의 재산을 가진 사람은 그 권속들을 모두 삭방군으로 옮겨가 살도록 하고, 크게 무장한 군사들을 보내 기일을 독촉하도록 합니다. 다시 좌우도사공(左右都司空)·상림(上林)·중도관(中都官, 모두 벼슬을 취급하는 벼슬)의 조옥 문서를 위조하여 제후들의 태자와 총신들을 체포하게 합니다. 이같이 하면 백성들은 한나라를 원망하고 제후들은 겁을 내게 될 것입니다. 거기에 변사들을 보내 설득을 시키면 혹은 요행으로 열에 하나쯤 성공할는지도 알 수 없습니다."

"그것도 좋지. 그러나 나는 그렇게까지 할 필요는 없다고 생각한다."

이리하여 회남왕은 관노(官奴)를 궁중으로 들여보내 황제의 옥새와 승상·어사·대장군·군리·중2천석(中二千石)·도관령(都官令) 승(丞)의 인과 그리고 가까운 군의 태수·도위의 인과 한나라 사신의 부절, 관 등을 만들게 하고 오피의 계책대로 하려 했다. 또 사람을 시켜 죄를 범하고 쫓겨난 것처럼 꾸며 서쪽으로 장안에 들어가 대장군과 승상을 섬기는 척하다가 하루 아침에 군사를 일으켰을 때 그들로 하여금 대장군 위청을 찔러 죽이고 승상을 설득시켜 회남에 항복하도록 만드는 것은 덮어 두었던 뚜껑을 벗기는 것처럼 아주 쉬운 일이라고 생각했다.

왕은 국내에 있는 군사를 징발하려 했으나 한나라에서 임명한 재상과 2천 석이 말을 듣지 않을까 걱정이 되었다. 그래서 오피와 상의해서 먼저 재상과 2천 석을 죽이려 했다. 즉 거짓으로 궁중에 불을 내면 재상과 2천 석들이 불을 끄러 달려올 테니, 오는 즉시 그들을 죽여 버리고자 한 것이다. 그러나 그런 계책은 아직 결정된 것은 아니었다.

또 사람을 시켜 구도(求盜, 도둑 잡는 벼슬)의 제복을 입고, 우격(羽檄)[6]을 들고 동쪽으로부터 달려오며, '남월의 군대가 국경을 침범했다'고 외치게 한 다음 그것을 구실로 해서 군사를 징발시키려 했다. 그래서 사람을 여강 · 회계로 보내 구도의 벼슬에 임명시키려 했는데, 이 역시 아직 떠나보내지 않을 때였다. 왕은 오피에게 물었다.

"내가 군사를 일으켜 서쪽으로 향하게 되면 제후들 중에 반드시 호응하는 사람이 있을 것이다. 그러나 만일 응하는 사람이 없으면 어떻게 해야 되겠는가?"

"남쪽으로 형산을 빼앗고 여강을 친 뒤, 심양(尋陽)의 배를 차지하여 하치(下雉)의 성을 지키며, 구강의 항구와 연락을 취하고 예장의 어귀를 끊으십시오. 강노(强弩)를 준비하여 강수 기슭에서 지키며, 남군(南郡)으로부터 내려오는 적군을 제지하고, 동쪽으로 강도(江都)와 회계를 공격하여 남쪽으로 강한 월나라와 연결하여 강수와 회수 사이에 위세를 떨치게 되면 오래도록 나라를 유지할 수 있을 것입니다."

"좋아. 이보다 더 좋은 계책은 없다. 만일의 경우에는 월나라로 도망가면 그만이다."

6. 위급한 상황을 알리기 위해 새깃을 단 격문(檄文). 군대를 징발할 때 쓰인다.

그러는 동안 정위는 회남왕의 손자 건의 이야기가 회남왕 태자 천과 관련이 있다는 것을 보고했으므로 황제는 정위를 보내 심리하도록 하기 위해 그를 회남의 중위로 임명시켜 태자를 체포하라고 명령했다. 그래서 새로 임명된 중위가 회남에 도착했다는 말을 듣자 회남왕은 태자와 짜고 재상과 2천석을 불러 그들을 죽인 다음 군사를 일으키려 했다. 그런데 왕이 부르자 재상은 왔지만 내사가 밖에 나가고 없다는 핑계를 만들고 들어오지 않았다. 중위 역시 이렇게 말하며 부름에 응하지 않았다.

"신은 폐하의 명을 받들어 사신으로 와 있는 만큼 내 마음대로 왕께 뵈올 수는 없습니다."

왕은 재상만을 죽여 보아야 내사와 중위가 오지 않으면 소용이 없다 싶어 재상을 그대로 돌려보냈다.

그런 뒤로 왕은 어떻게 하면 좋을지 망설이며 계책을 결정짓지 못하고 있었다. 태자는 '내가 죄를 의심받게 된 것은 왕이 나와 함께 한나라 중위를 찔러 죽이려고 했기 때문이다. 왕과 공모한 내가 죽어 버리면 아무도 입을 열 사람이 없을 터이니 왕은 죄를 면하게 될 것이다.' 고 생각했다. 그래서 왕에게 말했다.

"신하들 가운데 쓸 만한 사람은 모두 이미 옥에 갇히고 말았습니다. 지금 일을 꾸밀 만한 사람은 없습니다. 왕께서 시기가 아닌데 군사를 일으켜 보아야 필시 성공할 수 없을 것입니다. 바라옵건대 신의 체포를 허락해 주십시오."

왕도 잠시 군사를 일으키는 것을 보류할 생각이었으므로

태자의 청을 들어주었다. 그래서 태자는 곧 스스로 목을 쳤으나 죽지 않았다. 이때 오피가 자진해서 소임을 찾아가 이렇게 고발했다.

"회남왕과 반역을 꾀했습니다. 그 내막인즉 이러이러합니다."

그래서 관리들은 태자와 왕후를 체포하고 왕궁을 포위했다. 또 왕과 함께 반역 음모에 가담한 빈객들로 국내에 있는 사람들을 모조리 수색 · 체포하고, 또 반란에 쓸 무기들을 찾아내 이를 보고했다. 황제는 사건을 공경들에게 맡겨 이를 규명하게 한 결과, 회남왕의 반역 음모에 관련된 열후 · 2천석 · 호걸 등 수천 명은 모두 죄의 경중에 따라 처벌됐다.

형산왕 사는 회남왕의 동생으로 당연히 회남왕의 반역 음모에 연좌되어 체포되었어야 옳았다. 그래서 소임이 형산왕을 체포해야 한다고 청했으나, 황제는 허락하지 않았다.

"제후들은 각각 자기 나라를 근본으로 하고 있다. 서로 연좌될 일이 못된다. 제후왕 · 열후 가운데 일찍이 전고(典故)와 법률에 대해 배운 사람들은 승상과 함께 상의하라."

그래서 조왕 팽조(彭祖) · 열후 양(讓) 등 43명이 상의를 했는데, 다들 이렇게 말했다.

"회남왕 안은 심히 대역무도하며 반역을 음모한 것이 명백하므로 마땅히 사형에 처해야만 합니다."

그 중에도 교서왕 단은 이렇게 주장했다.

"회남왕 안은 한나라의 법을 무시하여 그릇된 일을 행했으며, 거짓된 마음을 품어 천하를 어지럽게 하고, 백성들을 현

혹시켰으며, 종묘를 배반하여 함부로 요망한 말들을 퍼뜨렸습니다. 《춘추》에도 '신하는 반하는 마음을 가져서는 안 된다. 반할 마음을 품으면 이를 벤다.'고 했습니다. 안의 죄는 반역할 마음을 품은 것보다도 무거워 그 모반의 계획은 이미 구체적으로 정해져 있었습니다. 신이 본 바에 의하면 문서 · 부절 · 인도(印圖)의 위조 및 그 밖의 무도한 행위에 대해서는 증거가 분명하고, 심히 대역무도한 것들입니다. 당연히 법에 따라 처형되어야 합니다. 또 회남의 관리로서 봉록 2백 석 이상인 사람과 이에 맞먹는 사람, 그리고 종실의 근신들로 왕의 총애를 받고 있던 신하들 가운데 비록 모반에 관계는 하지 않았더라도 서로 잘 지도하여 그런 일이 없도록 하지 못한 사람은 그 책임을 물어 모두 벼슬에서 물러나게 하고, 작을 깎아 사졸로 만들어 다시는 벼슬하여 관리가 되는 일이 없도록 해야 합니다. 이 범위를 벗어난 사람은 금 2근 8량을 바치고 죽을 죄를 면할 수 있게 한 다음 안의 죄를 분명히 밝혀 천하 사람들로 하여금 신하의 도리를 똑똑히 알게 함으로써 다시는 감히 그런 사벽(邪僻)되고 배반된 마음을 품는 일이 없도록 해야 합니다."

승상 공손홍과 정위 탕(湯) 등은 그대로 황제에게 보고했다. 황제는 종정에게 부절을 주어 가서 회남왕을 심리하게 했다. 그러나 종정이 도착하기 전에 회남왕은 스스로 목을 베어 자살해 버렸다. 왕후 도와 태자 천 및 모반에 가담한 모든 사람들은 전부 멸족의 죄를 입었다. 황제는 오피의 경우, 그가 평소에 한나라의 좋은 점을 많이 말하고 있었으므로 죄를 주지 않고 그대로 두려 했으나 정위 탕이 이렇게 말했다.

"오피가 주모자로 반역을 획책했습니다. 그의 죄는 용서할 수가 없습니다."

결국은 그를 사형에 처했다. 이리하여 회남은 없어지고 구강군(九江郡)으로 되었다.

형산왕 사의 왕후는 승서(乘舒)였는데, 자식 셋을 낳았다. 장남은 상(爽)으로 태자가 되고, 차남은 효(孝)였으며, 그 다음은 딸로서 무채(無采)라 불렀다. 또 서래(徐來)라는 희(姬)는 남녀 네 자식을 낳고, 미인인 궐희(厥姬)는 자식 둘을 낳았다. 형산왕과 회남왕 형제는 서로가 상대방의 예절이 옳지 못하다고 책망하고 원망하며 사이가 좋지 못했다. 형산왕은 회남왕이 반역을 꾀하며 무기를 만들고 있다는 말을 듣자, 그 역시 속으로 빈객들과 짜고 대책을 세우고 있었다. 회남왕에게 병합되는 것을 두려워했기 때문이다.

원광 6년에 형산왕은 한나라의 조회에 들어왔다. 그의 알자인 위경은 방술(方術)을 알고 있었는데, 글을 올려 황제를 섬기려 했다. 왕은 노하여 고의로 위경을 죽을 죄를 지은 것으로 몰아 가혹하게 매를 쳐서 억지로 죄를 시인하도록 만들려 했다. 그러나 형산의 내사는 그것이 정당하지 못하다 하여 사건을 각하시키고 말았다. 그래서 왕은 사람을 시켜 글을 올려 내사를 고발하게 하였다. 내사는 심문을 당하자 왕이 옳지 못하다는 것을 말했다. 형산왕은 또 자주 남의 밭을 침탈하고 남의 무덤을 헐어 자기 밭을 만들곤 하였으므로 소임은 형산왕을 체포하여 심리할 것을 나라에 청했다. 황제는 이를 허락하지 않았으나 형산의 2백 석 이상 관리를 조정에서 직접 임명하도록 했다.

형산왕은 이 일로 한나라에 대해 노여움을 품고 해자(奚慈)·장광창(張廣昌)과 짜고 병법에 통한 사람, 점성(占星)과 천문 기상에 능한 사람을 구했다. 그들은 밤낮으로 왕에게 반역 음모를 꾸미도록 권유했다.

왕은 또한 왕후 승서가 죽자 서래를 세워 왕후를 삼았다. 그런데 궐희와 서래 두 사람은 전부터 왕의 총애를 다투어 서로 질투가 심했다. 그래서 궐희는 왕후인 서래를 미워하여 태자에게 중상했다.

"서래는 하녀들을 시켜 태자의 어머님을 저주해서 죽게 했습니다."

이로써 태자는 마음속으로 혼자 서래를 미워하게 되었는데, 어느 날 서래의 오빠가 형산에 찾아오자 태자는 그와 함께 술을 마시며 놀다가 칼끝으로 그에게 상처를 입혔다. 이에 왕후는 역시 태자에게 원한을 품고 노여워하여 자주 왕에게 태자를 헐뜯었다.

태자의 누이인 무채는 시집을 갔다가 남편에게 소박을 맞고 친정에 와 있었는데 하인들이나 빈객들과 간통하곤 했으므로 태자는 자주 그녀를 꾸짖었다. 무채 또한 노여워서 태자와 내왕을 끊게 되었다. 왕후는 이 말을 듣자 무채를 후대했다. 더구나 무채와 그녀의 작은오빠 효는 어렸을 때 어머니를 여의고 왕후 밑에서 자라난 바 있었다. 왕후는 계략이 있었기 때문에 이들을 사랑하고 함께 태자를 헐뜯었다. 그 때문에 왕은 자주 태자에게 매를 때렸다.

원삭 4년에 누군가 왕후의 계모에게 상해를 입힌 일이 일어났다. 이때 왕은 태자가 사람을 시켜 상해를 입힌 것으로 의심하고 태자에게 매를 쳤었다.

그 뒤 왕이 병들었는데도 태자는 아프다 핑계하고 왕의 병을 보살피지 않았다. 효와 왕후와 무채는 태자를 비난했다.

"태자는 실제로는 병이 없습니다. 스스로 병이라고 말할 뿐 얼굴에는 기뻐하는 빛이 보입니다."

왕은 크게 노하여 태자를 폐하고 그의 아우 효를 태자로 세우려 했다. 하지만 왕후는 왕이 틀림없이 태자를 폐하리라는 것을 알자 효마저 폐하도록 만들려 했다. 즉 왕후에겐 시녀가 하나 있었는데 춤을 잘 추었다. 왕도 그녀를 사랑하고 있었으므로 왕후는 그 시녀에게 효와 간통하도록 만들어 놓고, 효에게 오명을 씌워 형제를 함께 폐하게 만든 다음 자기 아들 광(廣)을 세워 태자를 대신할 생각이었다.

태자는 이것을 눈치채고 '왕후는 자주 나를 헐뜯어 그칠 줄을 모른다. 어디 한 번 왕후와 밀통해서 그녀의 입을 틀어막아 주리라.'고 생각했다. 마침 왕후가 술자리를 벌이고 있을 때 태자는 앞으로 나아가 잔을 올린 다음 왕후의 다리를 끌어안으며 함께 잘 것을 요구했다. 왕후는 화가 나서 이 일을 왕에게 일렀다. 왕은 태자를 불러들여 묶고 매를 치려 했다. 이때 태자는 왕이 자기를 폐하고 동생인 효를 태자로 세우려 하고 있음을 이미 알고 있었으므로 이렇게 말했다.

"효는 왕께서 사랑하고 있는 시녀와 간통하고 있으며, 무채는 하인들과 간통하고 있습니다. 왕께선 부디 충분한 식사를 드시고 몸을 위해 주십시오. 신은 이 나라의 이런 일들에 대해 조정에 글을 올릴까 합니다."

그리고는 왕의 영을 거역하고 가 버렸다. 왕은 사람을 시켜 그를 멈추게 했으나 누구도 감히 태자의 걸음을 멈추게 할 사람은 없었다. 그래서 왕은 몸소 수레를 몰고 태자를 뒤쫓아 그를 붙들었다. 그래도 태자가 함부로 욕설을 퍼부었으므로 왕은 태자에게 칼을 씌워 궁중에다 가두어 버렸다. 효는 갈수록 사랑을 받았다. 왕은 효의 재능을 기특하게 여겨, 그에게 왕의 옥새를 차게 하여 장군이라 부르며 바깥 저택에 살게 하고는 많은 돈을 주어 빈객들을 불러모으게 했다. 찾아온 손들은 어렴풋이 회남과 형산에 반역의 계획이 있는 것을 알아차리고 밤낮으로 그것을 종용했다. 왕은 효의 빈객 중에서 강도 사람인 구혁(救赫)과 진희(陳喜)에게 명하여 전차와 활촉과 화살을 만들게 하고, 천자의 옥새와 장군 · 재상 · 군리의 인을 새기게 했다.

왕은 또 밤낮으로 주구(周丘, 오 · 초 반란 때 오왕의 勇臣)와 같은 장사들을 찾으며 자주 오 · 초가 모반했을 당시의 계획을 칭찬하고 그것을 본받아 모반에 관한 규약을 정했다. 그러나 형산왕은 감히 회남왕을 모방하여 천자의 자리에 오르려 하지는 않았었다. 그는 다만 회남이 군사를 일으켜 자기 나라를 삼킬까 두려워했던 것이다. 그러므로 회남이 서쪽으로 진출하게 되면 군사를 끌고 나가 강수와 회수 사이를 평정하여 그곳을 차지하려 했을 뿐이었다. 그의 욕망은 그 정도였던 것이다.

원삭 5년 가을, 형산왕은 한나라의 조회에 들어갈 시기가 되어서 6년에 회남을 지나게 되었다. 이때 회남왕은 형제라 하여 다정하게 이야기를 나누며 지난날의 불화를 다 씻어 버리고, 반란에 쓰일 무기를 함께 만들기로 약속했다. 그래서 형산왕은 글을 올려 병을 구실로 조회에 들지 못하는 것을 사과했다. 황제는 글을 내려 조회에 들지 않아도 좋다고 했다.

원삭 6년, 형산왕은 사신을 보내 글을 올려 태자 상을 폐하고 표를 태자로 세울 것을 청하게 했다. 그것을 안 상은 친하게 지내던 백영(白嬴)을 장안으로 보내 효가 반란에 쓸 전차와 활촉·화살을 만들고 있고, 또 왕이 사랑하고 있는 시녀와 간통하고 있다는 글을 올려 효를 실각시키려 했다. 그러나 백영은 장안에 도착하기는 했으나 아직 글을 올리기도 전에 회남 사건에 관계가 있다고 해서 형리에게 붙잡혀 옥에 갇히고 말았다.

또한 형산왕은 상이 백영을 보내 글을 올리게 했다는 것을 알자 나라의 비밀을 일러바칠까 겁이 났다. 그래서 글을 올려 거꾸로 태자 상의 하는 일이 무도(無道)하므로 기시의 죄에 해당한다고 고발했다. 이 사건은 패군(沛郡)의 담당관에게 맡겨 다스리게 했다.

원삭 7년 겨울에 유사와 공경은 패군으로 지령을 내려 회남왕과 함께 반역을 꾀한 사람들을 찾아 체포하게 했으나 좀처럼 잡히지 않았다. 그러던 중 형산왕의 아들 효의 집에서 진희를 체포하게 되었으므로 유사는 효가 수령이 되어 진희를 숨겨 두었다고 탄핵했다.

효는 원래 진희가 자주 형산왕과 반역을 꾀한 것을 알고 있었으므로 모두 불어 버릴까 겁이 났다. 또 한나라 법률에 자수한 사람은 죄가 면제된다고 들어 알고 있었으므로, 또 태자가 백영을 보내 글을 올려 모반에 대해 고발해 버린 것으로 의심하고 먼저 자수해서 함께 모반을 꾀한 구혁과 진희에 대해 털어놓았다. 정위가 심문한 결과 증거가 드러났으므로 공경들은 형산왕을 체포하여 심리할 것을 청했다. 그러나 황제는 이렇게 말했다.

"체포하지 말라."

중위인 사마안(司馬安)과 대행인 이식(李息)을 보내 왕을 심문하게 했다. 왕이 상세히 사실을 말했으므로 유사들은 모두 왕궁을 포위하여 지키고 있고 중위와 대행은 돌아와 사실을 보고했다.

공경들은 다시 종정과 대행을 보내 효의 사건과 함께 왕을 심문하게 할 것을 청했다. 왕은 이 소식을 듣고 스스로 목을 베어 죽었다. 효는 모반에 대해서는 자수를 했기 때문에 그 죄를 면했으나 왕이 총애하는 시녀와 간통한 죄를 물어 기시되었다.

왕후인 서래도 전의 왕후인 승서를 저주하여 죽게 한 죄를 묻게 되고, 또 태자 상도 왕을 고발한 불효의 죄를 물어 모두 기시되었다. 형산왕과 모반을 꾀한 모든 사람들은 그의 일족과 함께 처형되었다. 따라서 나라는 없어지고 형산군이 되었다.

태사공은 말한다.

《시경》에서 "융적은 이를 치고, 형(荊)과 서(舒)는 이를 징계한다."고 한 말은 정말 옳은 말이다. 회남과 형산은 직접 한 나라의 골육이며, 그 영토는 사방 천 리로 제후가 되어 있었다. 그런데도 번신으로서의 직분을 지켜 천자의 뜻을 받들어 돕는 데 힘쓰지 않고, 오로지 사벽한 계획을 품고 반역을 도모했다. 그로 인해 아비와 자식이 두 번에 걸쳐 나라를 잃고, 저마다 그의 몸을 온전히 하지 못한 채 천하의 웃음거리가 되었다. 이것은 왕의 잘못만은 아니다. 그 습속이 천박하여 신하들도 차츰 악에 물들어 그렇게 된 것이다. 대체로 형초(荊楚) 지방 사람들이 날쌔고, 용감하고, 사나워서 난을 일으키기를 좋아하는 것은 예로부터 기록에 남아 있다.

순리 열전(循吏列傳)

법을 받들고 이치를 따르는 관리는 공적을 자랑하거나 재능을 뽐내거나 하지 않고, 백성들 중에도 그를 칭찬하는 사람은 없다. 그러나 그들 행동에 그릇됨은 없다. 그래서 〈순리 열전 제59〉를 지었다.

태사공은 말한다.

"법령이란 백성을 교도하기 위해 있는 것이며, 형벌이란 간악한 짓을 금지하기 위해 있는 것이다. 문(文, 법령)과 무(武, 형벌)가 잘 갖춰져 있지 않으면 악인이 많아지기 때문에 착한 백성들은 두려워하게 된다. 수양이 높은 사람이 맡은 관청에서는 한번도 문란한 일이 없으며, 순리를 따라 직무를 받드는 사람들 역시 좋은 결과를 가져오게 된다. 백성을 다스리는 데는 반드시 위엄만이 필요한 것은 아니다."

손숙오(孫叔傲)는 초나라 처사였다. 재상인 우구(虞丘)가 그를 초장왕에게 추천하고, 자기 대신 재상으로 앉히려 했다.

손숙오는 석 달 뒤에는 초나라 재상이 되었는데, 그의 교도 아래 백성들은 상하가 서로 화합하고 풍속 또한 극히 아름다워졌으며, 정치에 있어서는 금지 조항을 완화하여도 간사한 짓을 하는 관리들이 없었고, 도둑도 일어나지 않았다. 가을과 겨울에는 백성들을 권유해서 산 속으로 들어가 나무를 베게 하고, 봄과 여름에는 불어난 강물과 냇물을 이용해서 그것을 운반했다. 백성들은 각각 편안과 이익을 얻게 되었고, 생활이 안정되고 즐거웠다.

장왕은 화폐가 가볍다고 생각한 나머지 작은 것을 고쳐 크게 만들었다. 그러자 백성들은 그것을 불편하게 생각하고 모두 그들의 생업을 떠나고 말았으므로 장터를 관장하는 시령(市令)이 이 문제를 재상에게 보고했다.

"시장은 어지러워지고 백성들은 자기 위치에 편안히 있지 못하며 가게 위치도 안정되어 있지 못합니다."

"그렇게 된 것이 언제부터였나?"

"석 달쯤 됩니다."

"알겠다. 돌아가거라. 곧 회복시켜 주겠다."

그로부터 닷새 후에 재상은 조회에 들어가 이 문제에 대해 왕에게 말했다.

"앞서 화폐를 바꾼 것은 그저 돈이 가볍다고 생각했기 때문입니다. 지금 시령이 와서, '장터가 어지러워지고 백성들은 자기 위치에 편안히 있지 못하며 가게 위치도 안정이 되어 있지 않다.' 고 보고해 왔습니다. 바라옵건대 본래대로 하여 주시옵소서."

왕은 이를 허락했다. 다시 명령이 내려지고 사흘이 지나자 시장은 전과 같이 활기를 띠었다.

초나라 사람들은 관습상 비차(庳車, 낮은 수레)를 좋아했다. 왕은 수레가 낮으면 말이 끌기에 불편하다고 생각하고 명령을 내려 이것을 높게 만들려 했다. 재상이 말했다.

"정령(政令)이 자주 내리면 백성은 어느 정령에 좇아야 할지를 모르게 되므로 좋지 못하옵니다. 왕께서 굳이 수레를 높게 만들고 싶으시면 마을에서 그 문지방을 높게 하게끔 지도를 하는 것이 좋겠습니다. 수레를 타는 것은 군자(君子, 지위 높은 벼슬아치)들입니다. 군자는 자주 수레를 내릴 수 없으므로 자연 수레가 높아질 것입니다."

왕은 이를 허락했다. 반 년이 지나자 백성들은 모두 자진해서 그들 수레를 높게 만들었다. 즉, 가르치지 않아도 백성들이 그의 가르침에 따른 것으로 가까운 사람은 이를 보고서 본받고, 먼 곳 사람은 이를 듣고 본받는 것이다.

손숙오는 세 차례나 재상이 되었으나 기뻐하지 않았다. 그의 재능이 자연 그 지위를 얻게 한 것을 알고 있었기 때문이다. 또 세 차례 재상의 지위를 떠났으나 뉘우치는 일이 없었다. 그것이 자기의 잘못에서 온 것이 아님을 알고 있었기 때문이다.

자산(子產)은 정나라 대부의 한 사람이었다. 정소군(鄭昭

君) 때 그가 총애하고 있던 서지(徐摯)를 재상으로 삼았으나, 나라가 어지러워져서 상하가 서로 멀어지고 부자가 서로 화목하지 못했다. 그래서 대궁 자기(大宮子期)가 소군에게 이 사실을 보고하니 자산을 재상으로 삼았다.

자산이 재상이 되고 1년이 지나자 어린아이들은 못된 장난을 치는 일이 없어지고, 반백이 된 노인은 무거운 짐을 들거나 끄는 일이 없었으며, 성년이 안 된 어린아이들은 밭을 가는 일이 없었다. 2년이 지나자 장판에서 값을 에누리하는 일이 없었다. 3년이 지나자 밤이 되어도 문을 안으로 걸어 잠그는 일이 없고, 길바닥에 물건이 떨어져 있어도 주워가는 사람이 없었다. 4년이 지나자 밭갈이하는 농기구를 집으로 가지고 돌아가지 않아도 되었고, 5년이 지나자 병역이 없어졌으므로 사민에게는 척적(尺籍)[7]이 없어지고, 상복을 입는 기간은 시키지 않아도 제대로 행해지고 있었다.

자산이 정나라를 다스린 지 26년 만에 죽었으니, 장정들은 소리내어 울고 노인들은 어린아이처럼 울며 말했다.

"자산이 우리들을 버리고 죽었단 말인가? 이 백성들은 장차 어디로 갈 것인가?"

공의휴(公儀休)는 노나라 박사였다. 그는 뛰어난 재주와 학문을 인정받아 노나라 재상이 되었다. 법을 바로 지키고 이치를 따르며 함부로 고치는 일이 없었기 때문에 모든 관청 일이

7. 군령을 기록하는 사방 한 자짜리 판자.

절로 바르게 되었다.

그는 특히 나라의 녹을 먹는 사람은 일반 백성들과 이익을 놓고 다투는 일이 없게 하고, 많은 봉록을 받는 사람은 뇌물을 받는 일이 없게끔 했다. 어떤 빈객이 재상에게 생선을 보내 왔으나 받지 않았다. 다른 빈객이 있다가 말했다.

"아마 재상께서 생선을 좋아하신다는 말을 듣고 보내온 것일 겁니다. 그런데 어째서 받지 않습니까?"

"생선을 좋아하기 때문에 받지 않는 거요. 지금 나는 재상으로 있기 때문에 내 돈으로 생선을 살 수가 있소. 그런데 생선을 받고 벼슬에서 쫓겨나게 되면 누가 내게 생선을 보내 주겠소? 그래서 받지 않는 거요."

자기 집 채소밭의 채소를 먹어 보았더니 맛이 대단히 좋았다. 그러자 그 채소밭의 푸성귀를 뽑아 버렸다. 또 자기 집에서 짜는 베가 좋은 것을 보자 당장 그 여자를 돌아가게 하고 그 베틀을 불태워 버린 다음, 이렇게 말했다.

"사서 입어야 할 사람이 사 주지 않으면 농사짓는 백성이나 베 짜는 여자들은 그들이 만든 것을 마음 놓고 팔 수 없게 되지 않겠는가?"

석사(石奢)는 초나라 소왕의 재상이었다. 건실하고 청렴 정직해서 아부하거나 회피하는 일이 없었다. 언젠가 고을을 순행하고 있는데, 도중에서 살인 사건을 만나게 되었다. 범인을 뒤쫓은 결과, 범인은 바로 자기 아버지였다. 재상은 아버지를 놓아 주고 돌아와 자기 스스로 옥에 갇힌 다음, 사람을 왕에게로 보내 이렇게 아뢰게 했다.

"살인자는 신의 아버지였습니다. 아버지를 잡아 법을 세우려면 불효가 되고, 그렇다고 법을 무시하고 죄를 용서한다면 이는 불충이 되옵니다. 신의 죄는 죽어 마땅하옵니다."

이에 왕은 말했다.

"뒤를 쫓았으나 잡지 못한 것뿐이므로 마땅히 죄를 받을 일이 못 된다. 전과 다름없이 일을 보도록 하라."

그러나 석사는 이렇게 아뢰었다.

"자기 아버지에게 사사로운 정을 두지 못하는 것은 효자의 도리가 아니오, 임금의 법을 받들지 못하는 것은 충신의 도리가 아닙니다. 왕께서 죄를 용서하시는 것은 왕의 은혜이오나 벌을 받아 죽는 것은 신하로서의 직분입니다."

그리고는 드디어 왕의 명령을 받지 않고 스스로 목을 베어 죽었다.

이이(李離)는 진(晋)나라 문공의 옥관이었다. 그는 판결을 잘못 내려 무죄한 자를 죽이게 되었으므로 스스로 감옥에 들어앉아 죽어 마땅하다고 주장했다. 문공은 말했다.

"벼슬에는 높고 낮은 것이 있고, 벌에는 가볍고 무거운 것이 있다. 아랫사람에게 잘못이 있다 해서 그것이 그대의 죄는 아니다."

"신은 장으로서 벼슬에 오래 앉아 있었으나 신의 부하에게 지위를 양보한 일은 없습니다. 또 많은 봉록을 받고 있었으나 그것을 부하에게 나눠 준 일도 없습니다. 그런데 판결을 잘못

내려 사람을 죽이고 그 죄를 부하에게 돌린다는 것은 일찍이 들어본 적이 없습니다."

이렇게 말한 그는 끝내 문공의 말을 따르지 않았다. 문공은 말했다.

"그대는 스스로 죄가 있다고 하는데, 그렇다면 과인 또한 죄가 있다는 말인가?"

"옥관에게는 그가 지켜야 하는 떳떳한 법이 있습니다. 잘못 형벌을 더하게 되면 그 자신이 벌을 받아야 하고, 잘못 사형을 집행했을 경우에는 그 자신이 사형을 받아야 하옵니다. 왕께서는 신이 능히 미묘한 이치를 잘 살펴 의심스런 판결을 옳게 내릴 수 있다고 생각하셨기 때문에 신을 옥관에 임명하신 것입니다. 그런데 신은 지금 판결을 잘못 내려 죄 없는 사람을 죽였으니 그 죄 죽어 마땅하옵니다."

이리하여 이이는 마침내 문공의 명령에 따르지 않은 채 칼에 엎어져 죽었다.

태사공은 말한다.

손숙오가 단 한 마디 말을 함으로써 영(郢, 초나라 서울)의 시장이 옛날로 돌아갔다. 자산이 병으로 죽자 정나라 백성들은 소리내어 울었다. 공의휴는 자기 집에서 짠 베가 좋은 것을 보자 베 짜는 여자를 돌려보냈다. 석사가 아버지를 용서하고 죽었기 때문에 초소왕은 이름이 알려지게 되었다. 이이가 판결을 잘못 내려 사람을 죽이고 스스로 칼에 엎어져 죽었기 때문에 진문공은 국법을 바로잡을 수 있었던 것이다.

급·정 열전(汲鄭列傳)

의관을 바르게 하고 입조하면 군신 중에 감히 부언(浮言)하는 자가 없다. 장유(長孺)는 그같이 처신하였다. 즐겨 추천하여 장자라 불린 것은 장(莊)의 그 같은 풍격 때문이다. 그래서 〈급·정 열전 제60〉을 지었다.

급암(汲黯)의 자는 장유(長孺)로 복양 사람이다. 그의 조상은 옛날 위나라 군주에게 총애를 받아 급암에 이르기까지 7대가 대대로 경이나 대부를 지냈다. 급암은 아버지의 천거로 효경제 때 태자 세마(太子洗馬)가 되었는데, 그의 장엄한 풍모는 보는 사람으로 하여금 절로 외경감을 갖게 했다.

효경제가 죽고 태자〔武帝〕가 황제에 오르자 급암은 알자로 임명되었다. 때마침 동월의 여러 나라들이 서로 싸우고 있었으므로 황제는 급암을 시켜 살펴보고 오게 했다. 그러나 급암은 월나라까지 가지 않고 오나라까지만 갔다가 돌아와서 보고를 올렸다.

"월나라 사람들이 서로 싸우는 것은 원래 그들의 풍습입니다. 천자의 사신을 욕되게 그런 곳에까지 보낼 필요는 없는 일이옵니다."

그 뒤 하내(河內, 하남성의 황하 이북 땅)에서 실화(失火)사건이 있어 천여 집을 불태웠다. 황제가 급암을 시켜 그것을 보고 오게 했다. 이때 급암은 돌아와 이렇게 보고했다.

"백성들이 실수하여 불을 낸 데다 그곳 집들이 다닥다닥 붙어 있기 때문에 그렇게 모두 불타 버린 것이오나 그다지 걱정할 정도의 것은 아니었습니다. 하지만 신은 도중에 하남을 지나다가 그곳 빈민 만여 호가 수해와 한해를 입어 심지어는 부자간에 먹을 것을 놓고 서로 빼앗는 참상을 보았습니다. 그래서 신은 삼가 한 방편으로서 사신의 부절을 보여주고 하남의 곡식 창고를 열어 가난한 백성들을 구제했습니다. 여기에 부절을 도로 바치고 어명이라 속인 죄를 달게 받겠습니다."

그러나 황제는 그의 임기응변을 인정, 현자라 하며 이를 용서하고 형양령(滎陽令)으로 옮겼는데, 급암은 현령으로 가는 것을 부끄럽게 여기고 병을 핑계 삼아 고향으로 돌아갔다. 그 말을 들은 황제는 다시 그를 불러내어 중대부로 임명했다. 그러나 급암은 자주 직간을 했기 때문에 오래 조정에 머물러 있지 못하고 동해 태수로 옮겨졌다.

급암은 황제와 노자의 학문을 배웠다. 그래서 관리나 백성들을 다스리는 데 있어서도 청정한 것을 좋아하여 승(丞)과

사(史) 중 적당한 사람을 골라 그들에게 모든 것을 일임했다. 그의 통치 방법은 대체적인 것만을 바로잡아 줄 뿐 사소한 일은 간섭하지 않는 것이었다. 1년 남짓하여 급암은 잔병이 많아 항상 침실에 누워 있고 별로 밖에 나가는 일이 없었지만, 동해는 크게 잘 다스렸다는 칭찬을 받게 되었다.

황제는 이 말을 듣고 그를 불러들여 주작도위에 임명하고 구경의 서열에 오르게 했다. 그의 치무(治務)는 전과 같아 무위(無爲)를 취지로 삼고 자연의 이법대로 다스릴 뿐 법률에 얽매이는 일이 없었다. 그러나 그 사람됨은 거만하고 예절을 지키지 않았으며, 기탄없이 말하고 남의 잘못을 용서하지 못하는 성격이었다. 즉 자기와 뜻이 맞는 사람은 잘 대우했지만 마음에 맞지 않는 사람과는 마주 앉아 있기조차 싫어했으므로 사람들이 따르지 않았다. 하지만 학문을 좋아하고 의협심이 강했으며, 기절(氣節)을 소중히 알고 품행이 바르고 결백했다. 또 직간을 좋아하여 자주 황제가 싫어하는 기색을 보여도 굽히는 일이 없었고, 항상 부백(傅柏, 양효왕의 諫臣)과 원앙(袁盎)의 사람됨을 흠모했다. 또 관부(灌夫) · 정당시(鄭當時) 및 종정(宗正) 유기(劉棄) 등과 사이가 좋았는데, 이들 역시 자주 직간하는 탓으로 한 벼슬에 오래 있지를 못하는 사람들이었다.

당시는 태후의 동생인 무안후 전분이 승상으로 있었다. 전분은 중 2천 석의 대관들이 찾아와서 배알해도 답례하는 일이 없었다. 그런데 급암은 그 전분과 부딪쳐도 배알하지 않은 채 다만 가볍게 읍할 뿐이었다. 어느 날, 황제가 학자들을 초빙

해 들이려고 이런 말을 했다.

"짐은 인의를 베풀도록 힘써 볼까 한다."

그러자 급암은 또 단번에 들이대었다.

"폐하께서는 속으로는 욕심이 많으시면서도 겉으로만 인의를 행하시려 하고 계십니다. 아무리 그렇게 해 보아야 요순의 정치가 될 리 없습니다."

황제는 말을 못할 정도로 노했다. 그리고 얼굴빛이 변한 채 조회를 중지시키고 말았다. 공경들은 모두 급암의 신변을 걱정했으나 황제는 조회를 파하고 난 뒤 좌우에게 다만 이렇게 말할 뿐이었다.

"너무 심하구나, 급암의 우직함은."

이로 인해 신하들 가운데 혹 급암을 꾸짖는 사람이 있었으나 그때마다 급암은 이렇게 대꾸했다.

"천자께서 공경 등을 두어 보필하게 하였는데, 어떻게 신하된 사람이 아첨으로 다만 뜻만을 따르며 폐하를 옳지 못한 곳으로 빠지게 할 수 있겠소? 또 이미 그 지위에 앉아 있는 이상 비록 자기 한 몸을 애석히 할지언정 조정을 욕되게 할 수는 없는 일이 아니오?"

급암은 병이 많았다. 병이 나서 석 달만 되면 황제는 언제나 휴가를 주곤 했지만 병은 늘 따라다녔다. 어느 날, 또 병이 났을 때 장조(莊助)가 급암을 위해 휴가를 내릴 것을 청하자 황제는 장조에게 이렇게 물었다.

"급암을 어떤 인물이라고 생각하는가?"

"급암은 보통 벼슬에 앉혀 놓았을 경우에는 별로 남보다 뛰어난 점은 없습니다. 그러나 나이 어린 군주를 보필할 땐 어떤 조건으로 그를 부르더라도 굳게 성을 지키며 응하지 않습니다. 이 점만은 옛 맹분(孟賁) · 하육(夏育) 같은 용자들이 나서보아도 그의 뜻을 꺾을 수 없을 것입니다."

"그렇다. 옛날에 사직지신(社稷之臣)이란 것이 있었는데, 급암과 같은 사람이 그에 가까울 것 같다."

황제는 대장군 위청이 시종할 때에도 침대 옆에 걸터앉아 그를 대했다. 또 승상 공손홍이 배알할 때에도 관을 쓰지 않은 채 대하는 적도 있었다. 그러나 급암이 찾아와 뵈올 때에는 관을 쓰지 않고 만나는 일이 없었다.

일찍이 황제가 무장(武帳, 장막 속에 무기를 둔 방) 안에 앉아 있을 때 급암이 찾아와 일을 보고하려 했다. 그때 황제는 관을 쓰지 않고 있었는데 급암을 멀리 바라보자 장막 속으로 얼른 피한 다음, 측근을 시켜 그의 보고를 듣고 재가를 내리도록 했다. 급암은 황제로부터 이렇듯 존경을 받았던 것이다.

그 무렵 장탕(張湯)이 법률을 고쳐 만든 공로로 인해 정위가 되었다. 급암은 자주 황제 앞에서 장탕을 질책해서 말했다.

"공은 정경(正卿)이 되어 있으면서 위로는 선제의 공업을 키워 넓히지 못하고, 아래로는 천하의 사심(邪心)을 눌러 나라를 편안히 하고 백성을 부유하게 하여 죄인이 생겨나지 않게 함으로써 감옥이 텅비게 하지 못했소. 둘 중에 어느 하나도 이룩하지 못했소. 애써 노력하여 공을 이룩하는 것이 아니라, 멋대로 옛날 제도를 헐어 없애는 것으로 공을 이룩하려고

만 했소. 어찌하여 고조 황제께서 만든 규약과 법령을 어지럽게 만드는 일을 하시오. 공은 이 일로 인해 멸족의 화를 받게 될 것이오."

이런 까닭에 급암과 장탕의 의론은 자주 맞서게 되었다. 장탕의 주장은 언제나 법령의 상세한 해석에 의해 전개되었고, 급암은 정치 이념의 입장에 서서 대항하는 것이라 어쩌다 급암이 몰리는 수가 많았다. 이렇게 되면 급암은 성이 나서 장탕을 매도했다.

"세상에서 흔히 말하기를 '도필의 관리들을 공경으로 앉혀서는 안 된다'고 하더니 정말 그러하구나. 장탕은 반드시 천하 백성들이 두려워서 제대로 서지도 보지도 못하게 만들고 말겠구나."

당시 한나라는 흉노를 무찌르고 사방 오랑캐들을 회유하고 있었다. 급암은 될 수만 있으면 일을 일으키지 않도록 노력하여 황제의 한가한 틈을 보아 항상 오랑캐들과 화친하여 군사를 일으키지 말도록 권했다.

그러나 황제는 때마침 유학(儒學)에 마음이 이끌려 공손홍을 존중하고 있었다. 또한 나라 일이 갈수록 많아져 관리나 백성들도 교묘하게 법을 악용하는 경우가 많았다. 그래서 황제는 법률을 더욱더 세분해 이를 다스리고자 했으므로 장탕 등은 새로운 판례를 만들어 더욱 황제의 총애를 받고 있었다. 급암은 늘 유학을 비난하였으므로 공손홍 등을 면대해 놓고 공격하는 경우가 많아서 곧잘 이렇게 주장했다.

"공손홍과 같은 사람들은 공연한 속임수로 지혜를 자랑하며 군주에게 아첨하여 환심을 사려하고 있다. 또 장탕과 같은 도필리들은 무엇이고 법률을 끌어다가 교묘히 사람들을 괴롭히고 죄에 떨어뜨려 참된 마음으로 돌아갈 수 없게 만들고, 말로 싸워 이기는 것을 가지고 공인 줄로 알고 있다."

그러나 황제는 더욱더 공손홍과 장탕을 소중히 여겼고, 공손홍과 장탕은 마음속 깊이 급암을 미워했다. 황제 또한 그를 좋아하지 않고 있었으므로 무엇이든 핑계만 생기면 그것을 이유로 급암을 해치울 생각이었다. 공손홍이 승상이 되자 황제에게 말했다.

"우내사(右內史, 도성의 치안궁)의 관할 안에는 귀인과 종실들이 많은지라 통치하기가 참으로 어렵습니다. 평소부터 알려진 중신이 아니면 그 소임을 다할 수는 없습니다. 급암을 우내사로 옮겨 앉히는 것이 좋겠습니다."

이리하여 급암은 우내사가 되었던 것인데, 몇 해 동안을 두고 보았지만 일만 제대로 잘 될 뿐 아무 말썽도 일어나지 않았다. 대장군 위청은 그의 누님이 황후가 되어 더욱더 높고 귀하게 되었다. 그러나 급암은 위청과 대등한 예[8]로써 그를 대했다. 이에 누군가가 급암을 일깨워 주었다.

"폐하께선 속으로 모든 신하들이 대장군을 떠받들어 주기를 바라고 계십니다. 대장군은 신임이 두텁고 더욱 귀하게 되었습니다. 그러니 상공도 대장군에 대해서는 배알을 해야만 합니다."

8. 한나라 시대의 의례(儀禮)로는 백관이 승상이나 대장군을 만날 때는 반드시 배알해야 했다.

그러자 급암은 말했다.

"대장군이 아무리 높지만, 그 대장군에게 배알하지 않는 자가 있다는 것이 도리어 대장군을 위대하게 만드는 것이 아니겠소?"

대장군은 이 이야기를 듣고 더욱 급암을 훌륭한 인물인 줄로 알았다. 그리하여 국가나 조정에 대해 혹 의심나는 점이 있으면 급암에게 질문하며 그를 후대했다.

회남왕〔劉安〕이 반란을 일으키려 했을 때 급암을 두려워하며 이렇게 말했다.

"급암은 직간을 좋아하고, 절개를 지켜 의에 죽는 사람이므로 옳지 못한 일로 그를 유혹할 수는 없다. 그에 비하면 승상 공손홍을 설득시키는 것은 보자기를 벗기고 마른 잎을 흔들어 떨어뜨리는 것처럼 아주 쉬운 일이다."

황제는 자주 흉노를 쳐서 승리를 거두었으므로 급암의 주장은 갈수록 쓰여지지 않게 되었다. 처음 급암이 구경에 올랐을 무렵, 공손홍과 장탕은 아직 말단의 관리였다. 그 뒤 공손홍과 장탕은 점점 높아져서 급암과 같은 지위로 되었으나 급암은 여전히 그들을 경멸하였다. 그러는 동안 공손홍은 승상으로 승진되어 후에 봉해지고, 장탕은 어사대부로 승진했다. 급암이 구경으로 있었을 때의 속관들은 모두 급암과 같은 계급으로 되고 혹은 급암보다 더 높게 되었다. 급암은 편협한 마음에서 다소 원망하는 생각이 없을 수 없었다. 그래서 황제를 뵙고 나아가 말했다.

"폐하께서 신하들을 등용하시는 방법은 장작을 쌓는 것과 같습니다. 나중 들어온 사람이 윗자리를 차지하게 됩니다."

황제는 잠자코 있었다. 잠시 후 급암이 물러가자 황제는 이렇게 말했다.

"사람은 역시 학문〔儒學〕이 없어서는 안 된다. 급암의 이야기〔道家〕를 들어 보니 가면 갈수록 심해지고 있다."

그 뒤, 얼마 안 되어 흉노의 혼야왕(渾邪王)이 무리들을 거느리고 항복해 왔다. 한나라에서는 그들을 수송하기 위해 2만 대의 수레를 징발하게 되었는데, 조정에서는 그만한 돈이 없어 백성들로부터 말을 외상으로 사들이려 했으므로 백성들 중에는 말을 숨겨 두는 자가 많았다. 그래서 그 숫자를 채울 수가 없었다. 황제는 화가 나서 장안령(長安令)을 사형에 처하려 했다. 그러자 급암이 말했다.

"장안령은 죄가 없습니다. 이 급암 한 사람의 목만 베면 백성들은 곧 자진해서 말을 내놓게 될 것입니다. 하지만 자기들 군주를 배반하고 한나라에 항복해 온 흉노 따위는 서서히 현에서 현으로 옮겨 실어오면 충분합니다. 어찌하여 천하에 소동을 일으켜 중국을 피폐시키면서까지 이적을 맞을 수 있단 말입니까?"

황제는 말없이 앉아 있을 뿐이었다. 혼야왕이 서울에 도착하자 장사꾼들은 금령을 어기며 다투어 이들과 물건을 사고 팔았다. 이 때문에 5백 명이나 붙잡혀 사형을 당하게 되었으므로 급암은 다시 황제의 여가를 타 미앙궁(未央宮)의 고문전(高門殿)에서 찾아뵙고 이렇게 말했다.

"흉노가 화친을 끊고 우리 북변의 요새들을 공격했기에 우리 중국도 군사를 일으켜 이를 무찌르게 됨으로 인하여 이루 헤아릴 수 없을 정도의 사상자가 났으며, 비용 또한 수백 만에 달했습니다. 신의 어리석은 생각으로는 폐하께서 흉노를 사로잡았을 경우에는 그들을 모두 전쟁에 나가 죽은 가족들에게 하인 · 하녀로 내리시고, 노획한 재물도 그같이 주시어 천하의 괴로움을 위로하시고 백성들의 마음을 즐겁게 해주실 것으로 알고 있었습니다. 지금 비록 그렇게는 못하시더라도 혼야왕이 수만 명의 무리를 거느리고 항복해 오자 국고를 텅 비게까지 만들어 이들에 상을 내리시고, 양민들로부터 징발까지 해서 그들을 위한다는 것은, 비유하면 버릇없는 자식을 위하는 거나 다를 것이 없습니다. 우리 어리석고 소박한 양민들이 장안 시중의 물건을 흉노에게 판 것이 어째서 법관의 눈으로 보면 무기나 쇠 같은 물건들을 가지고 변경의 관문을 몰래 빠져나가는 것과 똑같은 죄가 된다는 것인지 이해할 수가 없습니다. 폐하께서는 비록 흉노의 물자를 가지고 천하를 위로해 주시지는 못하더라도 어떻게 아리송한 법률로써 무지한 5백 명을 죽일 수 있습니까? 이것은 이른바 잎을 보호하기 위해 가지를 상하게 하는 것이 되옵니다. 신은 적이 폐하를 위해 취하실 것이 아닌 줄로 아옵니다."

황제는 한참 말이 없다가, 그의 의견을 물리치더니 이렇게 말했다.

"내 오랫동안 급암의 말을 듣지 못하다가 지금 또다시 들어보니 역시 망령된 말을 하는구먼."

그 뒤 몇 달이 지나 급암은 하찮은 법률에 저촉이 되었다.

죄는 용서받았으나 벼슬이 해임되었다. 그래서 급암은 전원에 숨어 살게 되었다.

몇 해가 지나 마침 오수전(五銖錢, 원수 5년에 만들어낸 돈)을 고쳐 만들게 되었는데, 많은 백성들은 멋대로 돈을 만들었다. 특히 초나라 지역이 가장 심했다. 황제는 회양이 초나라 지역으로 통하는 가장 중요한 위치라고 생각했다. 그래서 급암을 불러서 회양 태수로 임명하려 했으나 급암은 공손히 사양하며 인을 받지 않았다. 그러나 조서를 자주 내리고 강제로 인을 내렸으므로 결국 명에 따랐다. 황제는 명을 내려 급암을 불러 만나 보았는데, 급암이 황제 앞에 울면서 이렇게 말했다.

"신은 죽어 산골짜기에 버려질 때까지 다시는 폐하를 못 뵈올 줄 알았습니다. 폐하께서 다시 신을 등용하실 줄은 생각조차 못하고 있었습니다. 그러나 신에게는 항상 병이 떠나지 않고 있어 도저히 한군을 통치할 만한 능력이 없사옵니다. 신에게는 중랑이라도 맡겨 주시어 궁중을 출입하며 잘못된 것을 바로잡고 흘린 것을 줍도록 해주셨으면 하옵니다. 이것이 신의 소원이옵니다."

"경은 회양 태수가 마음에 차지 않는다는 것인가? 짐은 또 곧 경을 불러들이리라. 회양의 관원과 백성들이 서로 화합이 되어 있지 않으므로 짐은 경의 위엄과 무게로써 가만히 누워 있으면서 이를 다스려 보려는 것이다."

급암은 하직하고 임지를 향해 출발했는데, 대행 이식의 집에 들러 이렇게 말했다.

"나는 폐하의 버림을 받아 군으로 나가게 되어 조정의 의론에는 참여할 수 없게 되었소. 그런데 어사대부 장탕은 그의 간사한 지혜로 직언을 가로막을 수 있고, 속임수는 옳지 못한 것을 좋게 꾸미기에 충분하오. 재치있는 말을 잘하고 변론도 꽤 능한 편이지만, 천하를 위해 기꺼이 바른 말을 하지 않고, 오로지 폐하의 뜻에 아부만 하려고 하오. 폐하께서 바라지 않는 일이면 따라서 헐뜯고, 폐하께서 바라는 일이면 따라서 칭찬을 하오. 즐겨 일을 꾸며 내어 법률을 쥐고 흔들며, 속에 거짓을 품고 폐하의 마음을 조종하며, 밖으로 백성들을 해치고 관속들을 손발로 만들어 세도를 부리고 있소. 공은 지금 구경에 앉아 있으면서 하루빨리 이런 일들을 폐하께 말씀드리지 않으면 언젠가는 장탕과 함께 화를 만나게 될 것이오."

그러나 이식은 장탕이 무서워 감히 그런 말을 아뢸 수 없었다. 급암은 회양군으로 가서 일찍이 동해군을 다스리듯이 했다. 회양의 정치는 깨끗하고 조용하고 잘 정돈되어 가고 있었다.

뒤에 장탕은 과연 급암의 말대로 망하고 말았다. 황제는 급암이 이식에게 말을 했는데도 이식이 급암의 의견을 따르지 않았다는 것을 듣자 이식을 처벌했다. 또 급암에게는 제후의 재상이 받는 녹을 주어 회양에 살게 했다. 그로부터 7년이 지나 급암은 죽었다.

그가 죽은 뒤, 황제는 급암의 공로를 가상히 여겨 그의 아우 급인(汲仁)을 벼슬에 올렸다. 급인은 구경에까지 승진되었다. 급암의 아들 급언(汲偃)은 제후의 재상에까지 승진했다.

또 급암의 조카(고모의 아들)인 사마안(司馬安)은 젊었을 때 급암과 함께 태자 세마로 있었다. 사마안은 겉으로는 점잖았지만 속이 깊고 영리해서 관계에서의 처신이 아주 능숙했다. 네 차례나 구경에 올랐고, 하남 태수로 있다가 죽었다. 그의 형제 10명이 사마안의 공로에 의해 같은 때 2천 석의 높은 벼슬에 올랐다. 복양(급암의 고향) 사람 단굉(段宏)은 처음에 갑후(蓋侯) 신(信, 태후의 오빠 王信)을 섬겼다. 왕신은 단굉을 신임했다. 단굉도 두 차례 구경에 올랐다. 그러나 급암과 한 고향 출신으로 벼슬에 오른 사람들은 모두 급암을 무서워하며 꺼리어 아래로만 돌고 있었다.

정당시의 자는 장(莊)이며 진(陳, 하남성) 출신이다. 그의 조상인 정군(鄭君)은 일찍이 항우의 장수였는데, 항우가 죽은 뒤 한나라로 귀순했다. 고조가 항우의 그전 부하였던 사람에게 항우의 이름을 부르게 한 일이 있었는데, 정군만은 고조의 명령에 따르지 않았다. 고조는 조서를 내려 항우의 이름을 말한 사람은 모두 대부에 임명했으나 정군은 내쫓아 버렸다. 정군은 내쫓긴 채 있다가 죽었다.

효문제 때 정장(鄭莊)은 협객으로 자처했는데, 장우(張禹, 양효왕의 장수, 초나라 재상의 아우)를 재난에서 건져내 줌으로써 초나라, 양나라에 널리 명성을 떨치게 되었다.

효경제 때 태자의 사인이 되었다. 닷새에 하루 휴가를 얻을 때마다, 항상 역마를 장안의 여러 교외에 배치시켜 두고 옛 친구들을 찾아보며, 또 빈객들을 초청해서 밤을 샐 정도였지만 마음속으로는 항상 골고루 못 찾아보지나 않았나 하고 염려했다.

정장은 황제와 노자의 학설을 좋아했고, 훌륭한 사람들을 좋아하여 그들을 만나지 못하게 될까 늘 걱정하는 태도였다. 나이는 젊고 벼슬도 낮았지만 그가 교제한 사람들은 모두 할아버지 같은 연배의 천하에 이름이 알려진 선비들이었다.

효무제가 즉위하자 정장은 노나라의 중위, 제남의 태수, 강도의 재상들을 차례로 역임하고, 구경에 올라 우내사가 되었다. 무안후 전분과 위기후 두영이 싸우고 있을 때의 의론으로 말미암아, 벼슬이 깎이어 첨사(詹事)가 되고 다시 대농령(大農令, 大司農)에 옮겨졌다. 정장은 대관으로 있을 때 문하에 있는 사람들을 훈계해서 이렇게 말했다.

"손님이 찾아왔을 경우엔, 그 사람의 지위를 가리지 말고 문간에 세워 두는 일이 없이 맞아들여 정중히 손님에 대한 예를 지켜야 한다."

이같이 높은 지위에 있으면서도 자신을 굽혔던 것이다. 정장은 청렴하여 살림을 돌보지 않았으며, 봉록이나 하사품을 받게 되면 그때마다 여러 사람들에게 나눠 주었다. 그러나 그가 남에게 선물하는 것은 대나무 그릇에 담은 음식물 정도에 지나지 않았다. 또 조회에 들어갈 때마다 황제의 여가를 타서 이야기를 하곤 했는데, 그때마다 천하의 훌륭한 사람에 대해 말하지 않는 일이 없었다. 그가 선비나 또는 관속이나 승사(丞史) 등을 추천할 때는 그 말의 내용이 여간 재미있는 것이 아니었다. 그런 것을 말할 때면 언제나 예를 들어 자기보다 훌륭하다는 점을 보여 주었다. 관리들의 이름을 아무렇게나 부르는 일은 한 번도 없었고, 관속들과 이야기를 주고받을 때에도 혹시 그의 마음을 상하게 하지나 않을까 염려하는 것 같았다. 남의 좋은 말을 들으면 곧 그것을 황제에게 전해 드렸는데, 그래도 늦지는 않았나 하고 걱정했다. 산동의 모든 선비와 모든 훌륭한 사람들은 이런 때문에 기꺼이 그를 찾아 모여들며 칭송들을 했다. 정장이 사신으로서 황하의 둑이 터진 것을 살펴보고 오라는 명령을 받았을 때 그는 여행 떠날 준비를 하기 위해 닷새의 말미를 청했다. 그러자 황제는 이렇게 말했다.

"짐은, '정장은 천 리의 먼 길을 떠날 때에도 식량을 가지고 가지 않는다.' 고 들었는데, 지금 여행 준비를 해야겠다고 청하는 것은 어찌된 일인가?"

그런데 정장은 조정에 있어서는 언제나 부드러운 것을 위주로 황제의 의사에 따르며 별로 심하게 일의 옳고 그른 것을 따지지 않았다. 그의 만년에 이르러 한나라는 흉노를 무찌르고 사방의 오랑캐들을 달래느라 가외로 지출되는 비용이 쌓이고 쌓여 재정이 더욱 핍박해졌다.

이 무렵 정장은 자신이 보증인이 되어 어느 한 사람을 대사농의 관청에서 물건을 운반하는 청부인으로 천거했었는데, 그 사람은 갚을 수 없는 많은 빚을 지고 말았다. 그 뒤 사마안이 회양 태수로 있으면서 그 사건을 들추어 내었다. 그 때문에 정장은 죄를 짓게 되었고 속죄금을 문 다음 평민이 되었다. 그로부터 얼마 안 있어 다시 벼슬에 올라 장사(長史)로 있게 되었는데, 황제는 그가 너무 늙었다고 생각되어 여남 태수로 보냈다. 정장은 몇 해를 현직에 있다가 죽었다.

정장과 급암은 처음 구경에 올랐을 때는 청렴하고 모든 하는 일이 결백했다. 이 둘은 중간에 파면되어 집이 가난했기 때문에 빈객들은 점차로 흩어졌다. 군의 태수로 있었지만 죽은 뒤에 남긴 재산이라고는 조금도 없었다. 정장의 형제와 자손들로 정장의 공로에 의해 2천 석의 높은 벼슬에 오른 사람이 6, 7명 있었다.

태사공은 말한다.

급암과 정당시 같은 현자로서도 세력이 있으면 빈객이 열 배로 불어나고, 세력이 없으면 그렇지 못했다. 허물며 보통 사람의 경우야 어떠하겠는가? 하규(下邽)의 적공(翟公, 무제 때 사람)은 이렇게 말하고 있다.

"처음 내가 정위로 있었을 때 밀려드는 손들이 문에 가득 찼지만, 벼슬이 떨어지자 대문 밖에 작라(雀羅, 새 그물)를 쳐도 될 정도로 사람의 출입이 드물어졌다. 다시 정위가 되자 또 손들이 밀어닥치기 시작했다. 그래서 나는 이런 글을 대문에다 크게 써서 붙여 두었다. '한 번 죽고 한 번 사는데 곧 사귀는 정을 알게 되고, 한 번 가난하고 한 번 부함으로써 사귀는 모습을 알게 되고, 한 번 귀했다가 한 번 천해지면 사귀는 진정을 곧 알게 된다.' 급암과 정당시에 대해서도 똑같은 말을 할 수 있다. 슬픈 일이 아니겠는가."

유림 열전(儒林列傳)

공자가 죽은 뒤 경사(京師)에서는 학교(學校)의 가르침을 소중히 여기는 사람이 없었으나, 오직 건원 · 원수 연간에는 문사(文辭)가 찬연히 빛났다. 그래서 〈유림 열전 제61〉을 지었다.

태사공은 말한다.

"나는 〈공령(功令, 學令)〉을 읽다가 '학관(學官)의 장려책'에 이르게 되면 언제나 책을 내던지고 탄식하지 않은 적이 없다. 슬프다. 주나라 왕실이 쇠해지자 '관저(關雎)'의 시(詩, 《시경》의 첫편)가 지어졌고, 유왕과 여왕이 무도했던 탓으로 예악은 파괴되었으며, 제후들이 방자하게 굴어 정치의 실권은 세력이 강한 나라로 옮겨져 갔다. 그러므로 공자는 왕도가 허물어져 가고 사도(邪道)가 흥해 가는 것을 슬퍼한 나머지 《시경》과 《서경》을 논저하여 인도(人道)를 바로잡고, 예악을 고쳐 이를 다시 일으켰다. 공자는 제나라에 가서 '소(韶, 舜의 樂)'를 들었을 때는 크게 감동하여 석 달 동안이나 고기맛을 몰랐고, 그 결과 노나라 음악은 그가 위나라에서 노나라로 돌아온 뒤에야 비로소 바로 잡혀 아(雅, 正樂의 노래)와 송(頌, 종묘에 바치는 노래)이 각각 제자리를 찾게 되었다. 그러나 세상이 워낙 혼탁해 있었기 때문에 그를 알고 써 주는 사람이 없었다. 그리하여 공자는 70여 명의 군주를 찾아가 쓰이기를 바랐으나 그를 후대해 주는 사람은 없었다. 그래서 '참으로 나를 써주는 군주가 있다면 1년 안에 성과를 보여줄 수 있을 텐데.'라고 말했다. 또 서쪽으로 사냥나가 기린을 잡았다는 소식을 듣자 '내 도는 끝났다.'고 탄식했다.

이리하여 그는 노나라 사관의 기록에 의해 《춘추》를 지어 왕자(王者)의 법도를 세웠던 것이다. 《춘추》는 그 언사가 미묘하고, 내용이 넓고 깊기 때문에 후세 학자들은 대부분 이를 바탕으로 기록하고 있다. 공자가 죽은 뒤 그의 70여 명의 제자들은 사방으로 흩어져 제후 밑에 가 있게 되었는데, 그중 크게 된 사람은 제후의 스승이나 경상(卿相)이 되었고, 작게 된 사람은 사대부의 친구로서 그들을 가르쳤고, 또 어떤 이는 세상에서 숨어 나타나지 않았다.

즉, 자로(子路)는 위나라에 가 있었고, 자장(子張)은 진(陳)나라에 가 있었으며, 담대자우(澹臺子羽)는 초나라에서, 자하(子夏)는 서하(西河)에서, 자공(子貢)은 제나라에서 생애를 마쳤다. 전자방(田子方) · 단간목(段干木) · 오기(吳起) · 금활희(禽滑釐) 등은 모두 자하와 같은 사람들로부터 학문을 전수

받아 왕자의 스승이 되었다. 당시의 제후들 중에는 위나라 문후(文侯)만이 학문을 좋아했다.

그 뒤 세상은 점점 쇠해져 진시황에 이르기까지는 천하의 모든 나라들이 서로 다투며 전국시대(戰國時代)를 이루는 바람에 유술(儒術)은 배척당하고 말았지만 제나라 · 노나라 두 나라 안에서만은 학문하는 사람이 끊이지 않고 뒤를 이어 갔다. 제나라 위왕(威王)과 선왕(宣王) 시대에는 맹자와 순자 같은 사람들이 모두 공자의 유업을 이어받아 이를 빛냄으로써 학문이 당대에 알려졌다.

그러나 진나라 말세에 이르자 '분서갱유(焚書坑儒, 진나라 말기 《시경》·《서경》을 불태우고 학자들을 구덩이에 묻어 죽인 사건)'의 일로 육예(六藝, 六經)가 없어져 전하지 않게 되었다.

진섭(陳涉, 陳勝)이 왕위에 오르자 노나라의 모든 선비들은 공자의 예기(禮器)들을 가지고 진왕에게 가서 귀속했다. 이리하여 공갑(孔甲, 공자의 8세손)은 진섭의 박사가 되었다가 마침내 그와 함께 죽었다. 진섭은 필부의 몸으로서 일어나 변경을 수비하러 떠나가는 오합지졸들을 이끌고 석 달이 못돼 초나라에서 왕이 되었으나 반년이 못가 망해 버렸다. 그가 한 일이란 아주 보잘것없는 것이었다. 그런데도 유학자들이 공자의 예기를 가지고 나아가 그에게 예물로 바치고 신하가 된 것은 무엇 때문이었을까? 진나라가 그 많은 책들을 불살라 버림으로써 쌓이고 쌓인 울분을 진왕에게 쓰이는 것으로 새기려 한 것이다.

고조가 항우를 무찌르고 거병하여 노나라를 포위하게 되었는데, 노나라 선비들은 그런 가운데서도 여전히 글을 외고 예악을 익히며 현가(絃歌)의 소리가 끊이지 않게 했다 한다. 참으로 성인이 남긴 교화의 유덕으로 아직도 예악을 좋아하고 있는 나라가 아니겠는가?

그러기에 공자는 진나라에 있으면서도, '돌아갈지어다, 돌아갈지어다. 우리 노나라의 젊은이들은 뜻이 큰데다, 진취의 기상마저 넘쳐 흘러 찬연히 그 문장을 이룩하고 있으니, 이들을 어떻게 가르쳐야 할지 모르겠다.' 고 말했던 것이다.

대체로 제나라와 노나라의 사람들이 예로부터 문학을 좋아한 점은 천성이라 할 수가 있다. 그러므로 한나라가 일어난 뒤에 모든 선비들은 처음으로 이들 두 나라의 경서와 예서를 배워 익혔고, 대사례(大射禮)[9] · 향음례(鄕飮禮)[10]를 강습할 수가 있었던 것이다.

숙손통(叔孫通)은 한나라의 예의(禮儀)를 만들어 그 공로로 태상이 되었고, 그의 모든 제자들 가운데 그와 함께 예의를 제정한 사람들도 모두 우선적으로 벼슬길에 올랐다. 이리하여 고조는 유림이 쇠퇴되어 있는 것을 탄식하고 학문을 일으켰으나 아직도 무력으로 천하를 평정하고 있었기 때문에 상서(庠序, 學校)를 갖춰 정비할 겨를이 없었다.

효혜제와 여후 시대의 공경들은 모두 무공을 세운 신하들이었다. 효문제 시대에는 다소 문학하는 선비들이 등용되기

---

9. 제후가 제사 첫머리에 행하는 화살을 쏘는 예절.

10. 고을의 대부가 향학(鄕學)에서 우등한 사람을 임금에게 추천할 때 여는 송별잔치.

도 하였지만, 그러나 효문제는 원래 형명학(刑名學)을 좋아했다.

효경제 시대에 들어와서도 유학자들은 등용되지 않았고, 또 두태후 역시 황제와 노자의 학술〔道家〕을 좋아했으므로 여러 박사들은 다만 자리의 구색을 갖추기 위해 대기 상태에 있었을 뿐, 더 이상 높은 벼슬에 승진한 사람은 없었다. 금상(今上, 武帝)이 즉위하면서 조관(趙綰)·왕장(王臧) 등이 유학에 정통해 있었고, 또 폐하 역시 유학에 뜻이 있었으므로 방정(方正)·현량(賢郞)·문학(文學)의 선비들을 부르게 되었다. 이런 뒤로부터 《시경》을 강론하는 사람으로 노나라에서는 신배공(申培公), 제나라에서는 원고생(轅固生), 연나라에서는 한태부(韓太傅)가 있었고, 《상서(尙書, 書經)》를 강론한 사람은 제남의 복생(伏生)에서 비롯했고, 《예기》를 강론한 사람은 노나라의 고당생(高堂生)에서 비롯했고, 《역경》을 강론한 사람은 치천의 전생(田生)에서 비롯했으며, 《춘추》를 강론한 사람은 제나라와 노나라에서는 호무생(胡毋生)에서, 조나라에서는 동중서(董仲舒)에서 시작되었다.

두태후가 죽자, 무안후 전분이 승상이 되어, 황·노와 형명 백가의 학설을 물리치고 학식이 풍부한 유학자 수백 명을 등용하였다. 그 중 공손홍은 《춘추》를 가지고 한낱 평민에서 천자의 삼공에 올라 평진후에 봉해졌다. 이리하여 천하에서 학문에 뜻을 둔 사람들은 바람에 휩쓸리듯 유학을 숭상하는 풍조를 따르게 되었다."

공손홍이 학관(學官, 학교의 교관)이 되자 그는 유학이 침체

되어 있음을 슬퍼하여 다음과 같이 주청했다.

"승상 · 어사는 아뢰옵니다. 폐하의 조칙에, '듣건대, 백성을 인도하는 데는 예(禮)로써 하고, 풍속을 교화하는 데는 음악으로 한다. 더구나 혼인은 가정의 대륜(大綸)인데, 지금 예는 쓰이지 않고 있고, 음악은 무너져 있으므로 짐은 심히 이를 슬퍼하고 있다. 그래서 천하의 품행이 바르고 견문이 넓은 선비들을 빠짐없이 불러 모두 조정에 등용시키려 한다. 그리고 예관(禮官, 禮義)에게 명하여 학문을 권장하되 강론과 토의로써 두루 널리 듣게 하며, 예를 일으켜 천하의 본보기가 되게 하려는 것이니, 태상은 박사 및 그 제자들과 협의하여 향리(鄕里)의 교화를 숭상함으로써 널리 현명 유능한 인재들을 배출시키라.' 고 하셨습니다. 그래서 삼가 태상인 공장(孔臧)과 박사인 평(平) 등과 의논 끝에 조사해 본 결과 하 · 은 · 주 삼대의 도를 닦는 길엔 저마다 향리에 교화 기관〔學校〕이 있었던 바, 이를 하나라에서는 교(校), 은나라에서는 서(序), 주나라에서는 상(庠)이라 불렀으며, 선(善)을 권장할 경우에는 조정에 보고하여 이를 천하에 알리게 하고, 악을 징계할 경우에는 형벌을 가했습니다. 그러므로 교화가 행해지려면 먼저 선도(善道)는 서울서부터 시작되어 안에서부터 밖으로 미쳤다는 것을 알게 되었습니다. 지금 폐하께서는 덕에 이르는 길을 크게 열어 밝힘으로써 천지와 짝하게 하고, 인륜(人倫)에 근거하여 학문을 권장하고 예를 닦으며, 교화를 숭상하고 어진 선비를 격려하여 이로써 천하를 지도하고 계시니, 이는 태평의 근원이라 하겠습니다. 옛날에는 정교(政敎)

가 미흡하여 천하에 두루 갖춰져 있지 않았습니다. 바라옵건대 예로부터의 관제를 바탕으로 정교를 일으키도록 허락하여 주십시오. 즉 박사의 직책을 강화하기 위하여 그 밑에 제자 50명을 두게 하고, 그들 제자에게는 요역을 면제하여 줍니다. 그리고 태상은 18세가 넘는 사람으로 풍모와 행실이 단정한 사람을 백성들 가운데서 골라 제자로서 박사를 보필하게 합니다. 군국 · 현 · 도 · 읍에 학문을 좋아하고 윗사람을 공경하며, 정교에 조심하고 향리의 습속에 잘 순종하며, 그의 언행과 품행이 듣는 바와 같은 자가 있으면 현령, 제후들의 대신과 소현(小縣)의 장 및 현승들은 그들이 소속되어 있는 2천 석에게 추천하면 2천 석은 그들 중에서 우수한 사람들을 신중히 가려 내어 계리(計吏, 군현의 회계 담당)와 함께 태상에게로 보내어 박사의 제자들과 마찬가지로 학업을 받게 합니다. 그리고 1년이 지나면 그들 모두에게 시험을 치르게 하여 능히 한 가지 이상의 예에 통한 사람이면 문학(文學, 郡 · 國에 근무하는 박사)이나 장고(掌故, 태상의 속관)의 결원에 보충하도록 합니다. 또한 그 중에서 낭중으로 발탁시켜도 좋을 만큼 특히 뛰어난 사람이 있으면 태상이 명부를 작성하여 보고토록 하고, 만일 놀라운 정도로 재주가 뛰어난 사람이 있으면 그의 이름을 품하여 올리도록 합니다. 그러나 학업에 힘을 쓰지 않는 사람, 혹은 재주가 부족한 사람과 한 가지 예에 통할 수 없는 사람은 곧 파면시켜 돌려보냅니다. 또 태상 · 박사 · 2천 석 등으로 그 맡은 일에 충실치 못한 사람은 처벌하여 주십시오. 신이 삼가 지금까지 공포된 조서와 율령을 감안해 볼 때 천인

(天人)의 한계를 분명히 하고, 고금의 의에 통달해 있으며, 문장은 단아하고, 가르친 말은 깊고 두터우며, 은혜를 베푸심은 심히 아름다운데도 말단 관리들은 배운 것이 얕고 들은 것이 적어 이를 능히 밝혀 펴지 못하고, 백성들에게도 똑똑히 일러 깨우쳐 주지 못하고 있습니다. 치예(治禮)와 장고의 관리는 학문과 예의를 직책으로 맡고 있으나 그들의 승진과 영전의 길은 막힌 채 있습니다. 바라옵건대 그들의 질록(秩祿)이 2백 석 이상에서 1백 석까지의 관리로서 1예(一藝) 이상에 통해 있는 사람을 골라내어 좌우내사나 대행의 졸사에 보임케 하고, 1백 석 이하의 사람은 군 태수의 졸사에 보임하되 내지에 있는 군에는 각각 2명씩, 변방에 있는 군에는 각각 1명씩을 두도록 하여 주십시오. 또한 임용에 있어서는 경서를 많이 외고 있는 사람부터 채용하도록 하여 주십시오. 만일 인원이 부족하면 장고에서 골라 중2천 석의 속관에 보충하고, 문학 · 장고로 있는 사람들을 군의 속내관에 보충하게 하십시오. 이것을 '공령(功令, 여기서는 관리 임용 규정)'에 기재하고, 그 밖의 것은 율령에 따라서 해주시옵기를 아뢰어 청하는 바입니다."

그러자 황제는 칙명을 내려 말했다.

"좋다."

이 뒤로부터 공경 · 대부 · 사(士) · 리(吏) 가운데는 문학하는 선비가 훨씬 두드러지게 많아졌다.

신공(申公)은 노나라 사람이다. 고조가 노나라를 지나게 되었을 때 신공은 제나라 부구백(浮丘伯)의 제자로서 그의 스승을 따라 노나라 남궁(南宮)에서 고조를 알현하였다. 여태후 당시 신공은 장안에 와서 유학할 때 유영(劉郢, 초원왕의 아들)과 함께 그 무렵 장안에 와 있던 부구백에게서 배웠다. 그 뒤 유영이 초왕이 되자 신공은 그의 명령으로 태자 무(戊)의 스승이 되었으나 학문을 좋아하지 않았던 무는 신공을 미워했다. 그 때문에 왕 유영이 죽은 뒤 새로 초왕이 된 무는 신공을 서미(序靡, 腐刑)의 형에 처했다.

이렇듯 수치를 당한 신공은 노나라로 돌아오자 집에서 제자들을 가르치며 평생 문 밖에 나가지 않았을 뿐더러 또 손님들의 방문도 거절하고 있었다. 그러나 노공왕(魯恭王)이 명령하여 그를 불렀을 때만은 나갔었다. 제자들은 먼 지방에서도 찾아와 학업을 받았는데, 그 수는 백 명이 넘었다. 신공은《시경》만을 구술할 뿐, 해설에 관한 책은 만들지 않았다. 또 의심이 나는 시(詩)는 빼버리고 전하지 않았다.

난릉(蘭陵)의 왕장(王臧)은 신공에게《시경》을 배운 다음 효경제를 섬겨 태자소부가 되었으나 이윽고 면직되어 물러났다. 효무제가 즉위하자 왕장은 글을 올려 다시 숙위관(宿衛官)이 되었는데, 계속 승진하여 1년 안에 낭중령에 올랐다. 또 대나라의 조관도 일찍이《시경》을 신공에게서 배웠는데, 그는 어사대부에 올랐다.

조관과 왕장은 천자에게 주청하여 명당을 세워 제후들을 입조하도록 하려 했으나 역부족이었으므로 스승인 신공을 천거했다.

그래서 황제는 속백(束帛, 비단 다섯 필을 각각 양끝을 마주 말아 한데 묶은 것)에 구슬을 첨가한 예물을 사신에게 주어 네 마리 말이 끄는 안거(安車)로 신공을 맞아오게 했던 바, 이때 제자 두 사람이 역마차를 타고 함께 따라와 같이 천자를 알현했다. 이 자리에서 황제가 치란(治亂)에 대해 묻자 신공은 그때 이미 나이 80이 넘은 노인이었는데도 이렇게 대답했다.

"옳은 정치는 말을 많이 하는 데 있는 것이 아니고 힘써 행하느냐 못하느냐에 달려 있습니다."

당시 황제는 문사(文祠)를 좋아하고 있었으므로 신공의 대답을 듣자 더는 말이 없었다. 그러나 이미 불러 올린지라 태중대부에 임명하여 노왕의 저택을 숙소로 하며 명당 일에 대해 의논토록 했다. 때마침 노자의 학설을 좋아하고 유학을 좋아하지 않던 천자의 할머니인 두태후가 조관과 왕장의 잘못을 찾아내어 황제를 책망했다. 황제는 이 때문에 명당 세우는 일을 중지하게 하고 조관과 왕장을 형리에게 넘겼다. 그 뒤 두 사람은 자살했고, 신공도 병으로 고향으로 돌아간 지 몇 해 만에 죽었다.

그의 제자 중에 박사가 된 사람도 10여 명이나 있다. 즉 공안국(孔安國)은 임회 태수가 되고, 주패(周霸)는 교서 내사가 되고, 하관(夏寬)은 성양의 내사가 되고, 탕의 노사(魯賜)는 동해 태수가 되고, 난릉의 무생(繆生)은 장사 내사가 되고, 서언(徐偃)은 교서 중위가 되고, 추 땅 사람인 궐문경기(闕門慶忌)는 교동 내사가 되었는데, 그들이 관과 백성들을 통치하는 데 있어서는 학문을 좋아하는 사람답게 모두 청렴과 예절을 지켰다. 또 신공의 제자로서 학관으로 있던 사람은 모두가 품행이 방정했다고까지 할 수는 없으나 그래도 대부 · 낭중 · 장고가 된 사람이 약 백 명이나 되었고, 그들의 《시경》에 대한 해설은 각각 다르기는 했을지언정 대부분은 신공의 학설에 바탕을 두고 있었다.

청하왕(淸河王, 袁王乘)의 태부 원고생은 제나라 사람이다. 《시경》에 정통해서 효경제 때 박사가 되었다. 그는 경제 앞에서 황생(黃生, 道家의 학자)과 논쟁을 벌인 일이 있었다. 먼저 황생은 말했다.

"은나라 탕왕과 주나라 무왕은 천명을 받은 것이 아니라 그 임금을 시해한 것에 불과합니다."

이 말에 원고생이 반박했다.

"그렇지 않습니다. 대체로 걸(桀) · 주(紂)는 포학하고 난폭한 임금이었기 때문에 천하 인심이 모두 탕왕과 무왕에게로 돌아갔던 것입니다. 탕왕과 무왕은 천하 인심을 좇아 걸과 주를 쳤던 것입니다. 걸과 주의 백성들은 그들 임금의 부림을 당하는 것이 싫어서 탕왕과 무왕에게 귀속해 왔으므로 탕왕과 무왕은 하는 수 없이 천자가 된 것입니다. 이것이 천명을 받은 것이 아니고 무엇이겠습니까?"

황생은 말했다.

"관(冠)은 비록 해져도 반드시 머리에 쓰고, 신은 새 것이라도 반드시 발에 꿰게 됩니다. 그 이유는 상하의 구분이 분명해 있기 때문입니다. 걸과 주가 비록 임금의 도리를 잃었다

하더라도 역시 임금입니다. 탕왕과 무왕이 비록 성인이라도 역시 신하입니다. 천자가 잘못했을 경우에 신하된 사람이 바른 말로 허물을 바로잡아 줌으로써 천자를 떠받들지 못하고 도리어 천자의 허물을 이유로 이를 무찌르고 스스로 대신하여 천자의 자리에 오른 것이니, 이것이 시역이 아니고 무엇이겠습니까?"

원고생은 또 이렇게 받았다.

"꼭 당신의 말대로 한다면 고조께서 진나라를 대신해 천자의 자리에 오르신 것도 잘못이겠습니다그려."

그러자 효경제가 말했다.

"고기를 먹는 사람이 말의 간(肝, 독성이 있다고 한다)을 먹지 않는다고 해서 고기 맛을 모른다고 말할 수는 없다. 학문을 논하는 사람이 탕왕과 무왕의 수명(受命)에 대해 말하지 않는다고 해서 어리석은 것이 아니다."

이리하여 이 논쟁은 결국 중단되고 말았다. 이 뒤로 학자들도 수명과 방살(放殺)에 대해 감히 밝히지 않게 되었다. 노자의 글을 좋아하던 두태후가 원고생을 불러 노자의 글에 대해 물은 적이 있었다. 이때 원고생은 이렇게 대답했다.

"그것은 무식한 하인들의 말과 같은 것이어서 취할 바가 못되옵니다."

이 말에 태후는 격노하며 말했다.

"네게 사공(司空, 형벌 담당관)의 성단서(城旦書, 성을 쌓는 노역)을 얻어줘 형을 받도록 하랴?"

태후는 이어 원고생을 권(圈, 짐승 우리)으로 끌고 가 돼지를 찔러 죽이게 하였다. 경제는 태후가 비록 노하기는 했으나 원고생이 바른 말을 했을 뿐 아무런 죄도 없는 것을 아는지라, 우리로 들어갈 때 몰래 잘 드는 칼을 주어 돼지를 찔러 죽이게 했다. 원고생은 정확히 돼지의 염통을 꿰뚫어 찔렀으므로 단 한 번으로 돼지는 넘어졌다.

태후는 잠자코 있었고, 다시 죄를 줄 수도 없는 일이었으므로 그것으로 끝냈다. 그로부터 얼마 안 되어 경제는 원고생을 청렴 정직한 사람으로 인정하여 청하왕의 태부로 임명했다. 그 뒤 오래 있다가 원고생은 병이 들어 벼슬을 그만두었다. 효무제는 즉위하자 다시 현량(賢良)으로서 원고생을 불러들였다. 그러자 원고생을 미워하고 있던 모든 선비들이 그를 헐뜯었다.

"원고생은 벌써 늙었습니다."

황제는 그를 그대로 돌려보내고 말았다. 그때 원고생의 나이는 40이 넘었다. 원고생이 부름을 받았을 때 설의 공손홍도 마찬가지로 불려왔었는데, 원고생을 꺼린 그는 못마땅한 눈초리로 바라보았다. 이때 원고생이 말했다.

"공손자여, 바른 학문에 힘쓰고 바른 말을 하시오. 삐뚤어진 학문으로 세상에 아부해서는 안 되오."

이 뒤부터 제나라에서 《시경》을 논하는 사람은 곧 원고생의 말을 바탕으로 했다. 《시경》으로 귀인이 된 제나라의 선비들은 모두 원고생의 제자였다.

한생(韓生, 이름은 嬰)은 연나라 사람이다. 효문제 때 박사가 되고, 경제 때 상산왕의 태부가 되었다. 한생은 《시경》의 뜻을 부연하여 한시 내전(韓詩內傳)과 한시 외전(韓詩外傳) 수만 언(言)을 만들었는데, 그의 학설은 제나라와 노나라 두 나라에서의 《시경》의 학설과는 많이 달랐으나 그 취지만은 같았다. 회남의 비생(賁生)이 뒤를 이었다. 이 뒤로 연나라와 조나라 사이에서 《시경》을 논하는 사람은 한생의 말에 따랐다. 한생의 손자인 상(商)은 효무제의 박사가 되었다.

복생(伏生, 이름은 勝)은 제남 사람이다. 원래는 진나라 박사였다. 효문제 때에 《상서》를 잘 풀이하는 사람을 구하려 했으나 온 천하에 한 사람도 없었다. 복생이 잘 안다는 소리를 듣고 그를 부르려 했으나, 이때 복생은 아흔이 넘어서 다닐 수가 없었다. 그래서 황제는 태상을 불러 장고 조착(晁錯)에게 명령해서 나아가 그의 가르침을 받게 했다.

진나라에서 책을 불살랐을 때 복생은 벽 속에다 이를 감춰 두었었다. 그 뒤 병란이 크게 일어났기 때문에 그는 집을 떠나 유랑하는 몸이 되었지만 한나라가 천하를 평정하자 돌아와 그 책들을 찾아본바, 수십 편이 없어지고 29편만 찾아낼 수 있었다. 그래서 그것을 가지고 제나라와 노나라 두 나라에서 가르쳤던 것이다. 학문에 뜻을 둔 사람은 그로 인해 《상서》를 말할 수 있었고, 산동의 많은 대학자들은 《상서》에 능통하여 이를 가르치지 않는 사람이 없었다.

복생은 제남의 장생(張生)과 구양생(歐陽生)을 가르쳤고, 구양생은 이를 천승(千乘)의 예관(兒寬)에게 가르쳤다. 예관은 이미 《상서》에 능통해 있었던 터라 문학에 의해 군(郡)의 천거를 받은 뒤 박사가 되는 수업은 공안국(孔安國)에게 가서 배웠다. 예관은 집이 가난해서 학비를 가져다 쓸 수 없었으므로 항상 박사의 제자들을 위해 밥을 지어 주고 얻어먹었으며, 또 때때로 틈을 타서 날품팔이를 하여 의식비에 보태쓰곤 했다. 일을 하러 나갈 때는 언제나 경서를 휴대하고 가서 쉴 때면 이를 읽어 익혔다. 뒤에 시험을 친 성적 순위에 따라 정위의 사(史, 書記官)에 보임되었다.

이때는 장탕이 학문을 장려하기 시작하던 참이었으므로 예관을 주언연으로 삼았다. 예관은 옛날 법에 따라 큰 의옥(疑獄)들을 의결했으므로 장탕의 총애를 받게 되었다.

예관은 사람됨이 온량하여 그 몸가짐이 청렴하고 지혜로운 바가 있었다. 그리고 글을 잘 지었고 상소문을 쓰는 데도 그 문장에 재치가 있었다. 그러나 입이 무거워 자기 의견을 분명히 표현하지는 못했었다.

그를 덕이 있는 장자로 인정하고 자주 칭찬하던 장탕이 어사대부가 되자, 예관을 다시 그의 속관으로 하여 천자에게 천거했다. 천자는 그를 불러 여러모로 질문을 해 본 다음 그의 인물됨을 좋아했다. 장탕이 죽은 지 6년 만에 예관은 어사대부로 승진되었고, 다시 9년 뒤에 현직에 있으면서 죽었다.

예관은 삼공의 지위에 있으면서 그의 온화하고 양순한 성질로써 천자의 뜻을 잘 받들었으므로 아무 탈 없이 오래도록 그 자리를 지킬 수 있었다. 그러나 관리들의 잘못을 바로잡거나 간하는 바가 없었으므로 관속들은 그를 만만히 보고 힘을 다해 일하지 않았다.

제남의 장생도 박사가 되었다. 복생의 손자도 《상서》를 잘 안다고 해서 불리어 들어왔으나 깊이 통해 있지는 못했다. 그 뒤 노나라의 주패와 공안국, 낙양의 가가(賈嘉) 등이 상당히 《상서》에 통달해 있었다.

공씨에겐 《고문상서(古文尙書)》가 있었는데, 공안국은 금문(今文)으로 풀어 읽었다. 이로 인해 《상서》의 고문학법(古文學法)을 읽은 연구가 새로 일어나기에 이르러 지금껏 흩어져 있던 《상서》의 10여 편을 발견해 낼 수가 있었다. 생각컨대 《상서》는 이로부터 더욱 많아지게 된 것이리라.

여러 학자들이 '예'를 많이들 말하고 있었으나 노나라의 고당생이 가장 뛰어나 있었다. 예의 근원을 더듬어 보면 원래 공자 때에도 그 경전이 구비되어 있지 않았는 데다 그나마 진나라가 책을 불사르기에 이르렀으니 흩어져 없어진 예서가 더욱 많아질 수밖에 없다. 현재로는 다만 〈사례(士禮)〉가 있을 뿐이어서 고당생은 이것에 대해 잘 설명하고 있었던 것이다.

또 노나라 서생(徐生)은 예절 의식에 대해 잘 알고 있었다. 효문제 때 서생은 용의에 뛰어나다 하여 예관대부(禮官大夫)가 되어 그의 아들에게 전한 다음, 손자인 서연(徐延)과 서양(徐襄)에게까지 이르렀다. 서양은 타고난 그의 천품으로 예절 의식에는 능통해 있었으나 《예경》에는 능통하지 못했고, 서연은 《예경》엔 잘 통해 있었으나 예절 의식에는 그렇지가 못했다. 서양은 예절로써 한나라 예관대부가 되고, 광릉의 내사로 승진하기에 이르렀다. 서연을 비롯해 서씨의 제자인 공호만의(公戶滿意)·환생(桓生)·선차(單次) 등도 모두 일찍이 한나라 예관대부가 되었다. 또 하구(瑕丘)의 소분(蕭奮)은 예로써 화양 태수가 되었다. 이 뒤로 예를 잘 말할 수 있고 예절 의식에 대해 능숙한 사람은 서씨의 계통을 잇고 있다.

노나라 상구(商瞿)가 공자에게서 《역경》을 배운 다음 공자가 죽고, 상구가 《역경》을 6세에 전하여, 이것이 제나라 전하(田何, 子莊은 字)에까지 이르렀다. 한나라가 일어나게 되자 전하는 동무 사람인 왕동자중(王同子仲)에게 이를 전했고, 자중은 또한 치천 사람인 양하(楊何)에게 전했다. 양하는 《역경》으로 원광 원년에 부름을 받아 중대부에 이르렀다.

제나라 사람 즉묵성(卽墨成)은 《역경》으로 성양의 재상에 올랐고, 광천 사람 맹단(孟但)은 《역경》으로 태자의 문대부(門大夫)가 되었다.

노나라 사람 주패와 거(莒) 땅 사람 형호(衡胡), 임치 사람 주보언(主父偃) 등은 모두 《역경》으로 2천 석에 올랐다. 그러나 요약해서 말한다면 《역경》을 논하는 사람은 양하의 가법(家法)을 바탕으로 하고 있었다.

동중서는 광천 사람이다. 《춘추》를 잘 안다는 이유에서 효경제 때 박사가 되었다. 장막을 드리우고, 그 장막 속에서 글을 강의하고 읽고 했다. 제자는 먼저 들어온 제자가 차례로 새로 들어온 제자를 가르치는 방법으로 글을 배우므로 어떤 제자는 스승의 얼굴도 보지 못했다 한다.

동중서는 3년 동안이나 장막 속에 들어 앉아 자기 집 정원마저 보지 않았을 정도로 학문에 열중해 있었고, 또 출입이나 행동거지에 있어서 예에 맞지 않은 일은 행하지 않았으므로 학문에 뜻을 둔 사람들은 모두 그를 스승으로 존경했다.

효무제가 즉위하자 동중서는 강도(江都)의 재상이 되었다. 그리고 《춘추》의 천재지이(天災地異)의 원리에 따라 음과 양, 두 기운이 서로 운행하는 이치를 추구했다. 그러므로 비를 구할 경우에는 모든 양기를 닫아버리고 음기를 발산시키고, 비를 그치게 하는 데는 그 반대로 행했다. 이것을 강도 전국에 행해서 한 번도 바라는 대로 되지 않은 적이 없었다. 중도에 벼슬에서 해임되어 중대부가 되었으나 관사에 들어앉아 〈멸이지기(滅異之記)〉라는 책을 저술했다.

당시 우연히 요동에 있는 고조의 묘당(廟堂)이 화재를 당했는데, 동중서를 시기하고 있던 주보언이 그의 저서를 훔쳐다가 천자에게 올렸다. 천자는 여러 학자들을 불러 그 책을 검토하게 했던 바, 헐뜯은 데가 있었다.

동중서의 제자인 여보서(呂步舒)는 그것이 자기 스승의 글인 줄도 모르고 저속하고 어리석은 것이라고 했다. 이리하여 천자는 동중서를 형리의 손에 넘겨 죽을 죄에 해당시켰으나 곧 명하여 이를 용서했다. 이리하여 동중서도 다시는 감히 천재 지변에 대해 말하지 않게 되었다.

동중서는 그 사람됨이 청렴하고 정직했다. 당시 한나라는 사방의 오랑캐들을 나라 밖으로 몰아내고 있었다. 공손홍은 《춘추》를 아는 점에서는 동중서에 미치지 못했다. 그런데도 공손홍은 세상의 추세에 맞춰가며 일을 처신함으로써 벼슬이 공경에까지 올랐으므로 동중서는 공손홍을 아첨하는 무리라고 생각했으며, 공손홍 역시 그를 미워하여 천자에게 말했다.

"오직 동중서만이 교서왕(膠西王)[11] 의 재상이 될 수 있을 것입니다."

교서왕은 평소 동중서가 덕행이 있다는 것을 들었으므로 그를 후대했다. 하지만 동중서는 교서왕의 밑에 오래 있다가는 혹시 죄를 얻게 될까 두려워 병을 핑계로 벼슬을 그만두었다. 그 뒤로는 집에 있으면서 죽는 날까지 시종 가산을 돌보지 않고 저술하는 데만 전념했다. 그러므로 한나라가 일어나서 5세에 이르는 동안 오직 동중서만이 《춘추》에 능통해 있었다고 할 수 있다. 그의 학문은 〈공양전(公羊傳, 《춘추》의 하나)〉에 전해져 오고 있다.

호무생은 제나라 사람이다. 효경제 때 박사가 되었고, 늙어서는 고향에 돌아와 글을 가르쳤다. 제나라 지방에서 《춘추》를 말하는 사람은 대부분 호무생에게서 배운 사람이다. 공손홍 역시 그의 가르침을 많이 받았다.

하구의 강생(江生)은 〈춘추곡량전(春秋穀梁傳)〉을 공부했었는데, 공손홍이 등용되면서 《춘추》의 여러 해석들을 수집하여 비교한 끝에 마침내 동중서의 학설을 채용했다.

11. 무제의 형으로 이름은 단(端). 사람됨이 포학해서 자주 2천 석 관리를 죽이곤 했다. 공손홍은 동중서를 실수하게 하여 그가 교서왕의 손에 죽게끔 만들 심산이었다.

동중서의 제자로서 학문을 닦아 이름이 알려진 사람으로는 난릉의 저대(褚大), 광천의 은충(殷忠), 온(溫)의 여보서 등이다. 저대는 양나라 재상에까지 이르렀고, 여보서는 장사에 올라 지절사(持節使)로서 회남에 파견되어 그곳의 의옥을 처결해 줌으로써 제후들에게 본보기를 보여주었다. 회남왕이 한나라 조정에 보고하지 않고 멋대로 전결하고 있었으므로《춘추》의 가르침으로 이를 바로잡은 것이다. 천자는 모든 것을 다 잘했다고 했다.

이 밖에도 명대부(命大夫, 大夫)에 이르고, 낭 · 알자 · 장고가 된 제자는 약 백 명이나 되었고, 동중서의 아들 및 손자도 모두 학문으로 대관(大官)에 올랐다.

혹리 열전(酷吏列傳)

백성들은 근본을 등지고 거짓이 많으며, 규칙을 어기고 법을 희롱하니 착한 사람은 이를 교화할 수가 없었다. 오직 엄혹하고 각박하게 다루어서야 비로소 능히 이를 바로잡을 수가 있었다. 그래서 〈혹리 열전 제 62〉를 지었다.

공자는 이렇게 말했다.

"법으로써 이끌고 형벌로써 바로잡는다면 백성들이 비록 죄를 면할 수는 있겠지만 부끄러운 줄 모르게 된다. 덕으로써 이끌고 예로써 바로잡아야만 부끄러움을 알고 바르게 된다."

노자는 또 이렇게 말했다.

"상덕(上德)은 덕을 의식하지 않으므로 덕을 지니게 되고 하덕(下德)은 덕을 잃으려 하지 않으므로 덕을 지니지 못한다. 따라서 법령이 밝아지면 도둑은 더욱 많아진다."

태사공은 말한다.

"그 말들은 참으로 옳다. 법령이 정치의 도구이기는 하지만 백성들의 청탁을 다스릴 수 있는 근본 방법은 아니다. 옛 진(秦)나라의 경우를 보더라도 천하의 법망이 그렇듯 치밀했지만 간사함과 거짓이 싹터 마침내는 관리가 책임을 회피하고 백성들은 교묘하게 법망을 뚫어 더 이상 구원할 수 없을 망국의 길을 더듬게 되고 말았던 것이다.

당시의 관리들이란 불을 끄고 물이 더 끓지 않도록 하는 것이 아니라 불은 그대로 둔 채 물이 더 끓지 않게 하려고만 드는 식의 정치를 했다. 만용스럽고 혹독한 사람이 아니고서야 어떻게 그 임무를 견뎌내며 즐거워할 수가 있었겠는가? 도덕을 말하는 사람들 역시 다만 그 직무에 빠져 있었을 따름이었다. 그러니 공자가 '송사를 듣는 것은 나도 남과 다를 바 없다. 그러나 나는 반드시 송사가 일어나지 않게끔 할 수 있다.' 고 했고, 노자가 '못난 선비는 도를 듣고도 크게 웃기만 한다.' 고 했는데, 이것은 모두 허튼 말이 아니다.

한나라가 일어나자 모난 것을 둥글게 만들 듯이 엄한 형벌들을 없애고 간편한 것을 따랐으며, 수식을 붙이지 않고 소박한 조각을 만들 듯이 기교와 거짓을 없애니 그 법망은 배를 통째로 삼키는 고기라도 빠져나갈 만큼 너그러웠다. 그런데도 관리들의 정치하는 방법은 순수하여 간악한 데로 흐르지 않고, 백성들은 잘 다스려져 편안하기만 했다. 이런 것으로 미루어 볼 때 정치하는 방법은 도덕에 있을 뿐 혹독한 법령에 있는 것은 아니다.

여태후 때의 가혹한 관리〔酷吏〕로서는 오직 후봉(侯封)이 있었다. 그는 종실을 짓밟고 공신을 욕보였다. 그러나 여씨가 망하자 후봉의 일족은 몰살당하고 말았다.

효경제 때의 조착은 법을 냉혹하게 만들고, 술책을 써서 재주를 크게 자랑했다. 오·초 7국의 난은 바로 그런 조착에 대한 노여움에 의해 폭발한 것이다. 조착은 마침내 형을 받아 죽었다. 그 뒤 혹리로는 질도(郅都)와 영성(寧成)의 무리들을 들 수 있다."

질도는 양(楊) 땅 사람으로 낭이 되어 효문제를 섬겼다. 효경제 때 중랑장이 되어 감히 직간하면서 조정에서 대신들과 맞서서 그들을 꺾어 누르곤 하였다.

일찍이 황제를 따라 상림원에 간 일이 있었다. 그때 가희(賈姬)가 변소에 갔는데, 멧돼지가 갑자기 변소에 뛰어들었다. 황제는 질도에게 눈짓을 했으나 그는 움직이려 하지 않을 뿐 아니라 황제가 손수 무기를 들고 가희를 구출하려 하는 것마저 엎드려 말리며 말했다.

"한 사람의 부인을 잃는다 해도 또 다른 부인을 얻을 수 있습니다. 어찌 천하에 가희와 같은 여인이 또 없겠습니까? 폐하께서 스스로를 가볍게 여기신다면 종묘와 태후를 어떻게 대하겠습니까?"

황제는 하는 수 없이 되돌아섰고, 멧돼지 또한 사라졌다. 태후는 이 말을 듣고 질도에게 금 백 근을 하사했다. 이 일로 인해 황제는 질도를 소중히 알게끔 되었다.

제남의 간씨(瞯氏)는 3백여 집이나 되는 일족을 거느릴 만큼 세력이 강대해서 교활하게 굴어도 그것을 제압할 2천 석이 없었다. 그래서 효경제는 질도를 제남 태수로 임명했다. 질도는 부임하자 간씨들 집안에서 가장 포학한 자를 잡아 온 가족을 몰살시키니 나머지 간씨 일족들은 무서워 벌벌 떨 뿐이었다. 1년 남짓 지나자 군 안에는 길에 떨어진 것도 줍는 사람이 없었고, 가까운 10여 고을 태수들은 상관 대하듯 질도를 두려워했다.

질도는 사람됨이 용맹스럽고 힘이 세었으며, 공명하고 청렴해서 개인으로부터 오는 사사로운 편지는 열어 보는 일이 없고, 보내온 선물도 받은 적이 없었으며, 또 뒷구멍으로 하는 부탁은 듣는 일이 없었다. 그는 이렇게 말했다.

"나는 이미 친척을 배반하여 벼슬하고 있다. 이 몸은 마땅히 현직에 충실하며 바른 일을 하다가 죽을 뿐이며, 끝내 처자식조차 돌보지 않겠다."

질도는 승진되어 중위가 되었다. 승상 조후(條侯, 周亞夫)는 귀한 집안 출신으로 거만한 편이었으나 그는 승상에게도 읍(揖)으로 대할 뿐 절〔拜〕하는 법이 없었다. 당시 백성들은 소박해서 죄받는 것을 두려워하여 자중하고 있었는데도 질도만은 유독 엄혹(嚴酷)을 제일로 알고 극단에까지 법을 지켜 황실의 고귀한 친척까지도 꺼리는 일이 없었다. 열후나 종실들도 질도를 대하기를 옆눈질로 보는 보라매〔蒼鷹〕라 불렀다.

임강왕이 불려와 중위부에서 조사를 받은 일이 있었다. 그때 임강왕은 도필을 얻어 글로써 황제에게 사죄하기를 청했으나 질도는 관리들에게 이를 주지 못하도록 했다. 보다 못한 위기후가 몰래 사람을 시켜 틈을 보아 그것을 임강왕에게 주도록 했다.

임강왕은 글로써 황제에게 사죄하고 나서 자살을 했다. 이 소식을 듣고 노한 두태후는 억지로 죄를 씌워 질도를 중상했다. 그로 인해 질도는 벼슬을 사퇴하고 집으로 돌아갔다.

그러나 효경제는 사신에게 부절을 지참시켜 다시 질도를 안문 태수로 임명하되, 태후의 노여움을 고려해 조정에서의 임명식은 생략한 채 곧장 현지로 부임하게 했고, 중앙의 훈령 없이도 편의에 따라 다스리라고 했다.

질도의 미절(美節)은 흉노에게도 평소부터 널리 알려져 있었다. 그 때문에 흉노는 변경의 군사를 이끌고 떠나간 다음 질도가 죽을 때까지는 다시 안문 가까이에 나타나지 않았다.

하지만 흉노는 그 동안 질도에 대한 두려움을 해소코자 그의 허수아비를 만들어서 기병들을 시켜 말을 달리며 쏘게 했으나 아무도 이를 맞히지 못했다. 질도에 대한 흉노의 두려움은 이처럼 대단한지라 그들의 근심거리였던 것이다.

그러나 두태후는 마침내 한나라 법에 의해 질도를 처형하기에 이르렀다. 효경제가 말했다.

"질도는 충신입니다."

이렇게 말하고 그를 풀어주려 하자, 두태후가 말했다.

"그럼 임강왕은 충신이 아니었단 말이오?"

결국 질도를 목베고 말았다.

영성은 양(穰) 땅 사람이다. 낭과 알자로서 효경제를 섬겼다. 기개가 있어서 남의 부하로 있을 때는 반드시 그 윗사람을 능멸했고, 남의 윗사람이 되어서는 젖은 섶을 묶듯 사정없이 부하를 다루었다.

그는 교활하고 남을 해침으로써 위세를 부렸다. 그는 점점 승진하여 제남 도위로 부임하게 되었다. 당시 제남에는 질도가 태수로 있었는데, 전임 도위들은 모두 걸어서 태수 부중에 들어서고, 관속들을 통해 태수를 찾아뵈었다. 마치 현령이 태수를 배알하듯 그만큼 질도를 무서워하고 있었던 것이다. 그런데 영성은 부임하자마자 곧장 질도를 누르고 그 위에 올라섰다. 하지만 질도는 전부터 영성의 소문을 듣고 있었으므로 영성을 후대하며 서로 다정하게 지냈다. 그로부터 오랜 뒤에 질도가 죽은 뒤로는 장안의 종실 가운데 포학한 사람이 많아 곧잘 법을 범했다. 그래서 황제는 영성을 불러들여 중위로 앉혔다. 영성의 통치는 질도를 본따고 있었으나 청렴결백한 점에 있어서는 그를 따르지 못했다. 그러나 종실 및 호걸들은 모두 떨며 두려워하였다.

효무제가 즉위한 뒤에 영성은 내사로 전임되었는데 많은 외척들이 영성의 결점을 헐뜯어대는 바람에 그도 마침내 곤겸(髡鉗)[11]의 형에 처해졌다. 당시 구경의 신분으로 죽을 죄를 저질렀을 때는 자살하는 것이 통례여서 형을 받는 사람의 거의 없었다. 그런데도 영성은 중벌을 받았던 것이다. 그리고

11. 곤은 머리를 깎는 형벌, 겸은 목에 쇠고리를 끼우는 형벌.

이제 다시는 벼슬할 수 없다고 생각한 나머지 목의 사슬을 벗기고 전(傳, 通關證)을 위조하여 관문을 벗어 난 다음 집에 돌아와 말했다.

"벼슬에 있으면서 2천 석이 되지 못하고, 장사를 해서 천만 금의 부를 쌓지 못한대서야 어떻게 사람 구실을 할 수 있겠는가?"

그러고는 대금을 후불해도 되는 산 중턱의 밭 천여 경(頃, 一頃은 百畝)을 사들인 다음 가난한 백성들에게 빌려 주어 결국은 수천 가구의 소작인을 두는 몸이 되었고, 몇 해가 지나 그의 죄가 풀렸을 때에는 이미 수천 금의 재산을 모으고 있었으므로 영성은 임협(任俠)으로 자처하며 관리들의 약점을 잡고 꿈적도 하지 않았다. 또한 외출할 때면 언제나 수십 명의 호위 기병을 거느리고 다녔고, 백성들을 부릴 경우에는 그의 위엄이 군의 태수보다도 더 컸다.

주양유(周陽由)는 그의 아버지 조겸이 회남왕의 이모부라는 연유에서 주양에 봉해졌으로 주양씨란 성으로 불리었다. 주양유는 종가〔外戚〕의 한 사람으로서 특별히 임용되어 낭으로서 효문제와 효경제를 섬겼다. 효경제 때 주양유는 군의 태수가 되었다.

효무제가 즉위했을 무렵만 해도 관리들의 일하는 태도는 법에 따라 매우 조심성이 많은데, 주양유는 2천 석 가운데서도 가장 포학하고 냉혹하며 교만하고 방자했다. 그리하여 자신이 좋게 생각하는 사람에 대해서는 법을 어겨서라도 도와 주고, 미워하는 사람에 대해서는 법을 왜곡시키면서까지 죽였다. 부임해 가는 군에서는 반드시 호족들을 소탕하고 태수가 되면 군위를 직속 현령처럼 굽어보고, 도위가 되면 반드시 태수를 내리눌러 그의 통치권을 빼앗는 등 그의 엄혹함은 과히 급암과 한 쌍이 될 만했다. 때문에 법을 악용해서 사람을 곧잘 해치는 사마안(司馬安)도 같은 2천 석의 신분이었지만, 주양유를 무서워해서 같은 수레에 타서도 스스로 아랫자리에 앉을 정도였다.

그 뒤 주양유는 하동 도위가 되어 태수인 승도공(勝屠公)과 권력을 다툰 끝에 서로가 상대방의 죄를 고발했다. 승도공은 유죄 판결을 받자 스스로 자살했으며, 주양유는 기시형에 처해졌다.

영성과 주양유 뒤에는 사건이 갈수록 많아지고, 백성들도 교묘히 법망을 피하게 됨에 따라 관리들의 통치 방법 또한 대개 영성과 주양유의 수법을 따르는 경향이 많아졌다.

조우(趙禹)는 태(斄) 땅 사람이다. 좌사(佐史, 현의 속관)에서 중도관(中都官, 京師府의 속관)에 보임됐고, 청렴결백하다고 해서 영사(令史, 상서의 속관)가 되어 태위 주아부를 섬겼다. 주아부가 승상이 되자 조우는 승상부의 속관이 되었는데 부중 사람들은 모두 그의 청렴하고 공평함을 칭찬했다. 하지만 주아부는 그에 대해 이렇게 말할 뿐이었다.

"조우가 공평한 것은 잘 알고 있으나 그는 법을 너무 엄격하게 적용시키고 있다. 승상부에서 일할 사람이 못 된다."

무제 때 조우는 말단 관리로서 공을 쌓고 쌓은 끝에 조금씩 승진되어 어사가 되었던 바, 황제에게 능력 있는 관리로 인정받게 되었다.

그 결과, 태중대부가 된 그는 장탕과 모든 율령을 함께 토론 결정하여 견지법(見知法)[12]을 만들어냄으로써 관리들이 서로 감찰하게 했다. 법을 더욱더 가혹하게 쓰게 된 것은 여기서 비롯된 것이다.

장탕은 두(杜) 땅 사람으로 그의 아버지는 장안의 현승(縣丞)이었다. 언젠가 아버지가 출타하고 없을 때 아직 어린아이였던 장탕이 집을 보고 있었다. 아버지가 돌아와 보니, 쥐가 고기를 물어가 버렸으므로 화가 난 그는 장탕에게 매질을 했다.

그러자 장탕은 쥐구멍을 파 뒤진 끝에 물어간 쥐와 먹다 남은 고기를 찾아냈다. 그리고는 쥐를 탄핵하며 매를 치고, 영장을 떼어 진술서를 만들고 이를 심문 대조하여 죄상을 보고하는 수속을 밟은 다음 쥐를 구속하고 고기를 압수한 끝에 옥구(獄具)를 갖추어 대청 아래에서 못박아 죽였다.

그의 하는 모습을 보고 놀란 아버지가 그가 만든 글들을 읽어보았던 바, 옥기들이 한 것처럼 노련했으므로 크게 놀란 나머지 아버지는 마침내 그에게 판결문 작성법을 배우도록 했다.

12. 범인을 알고 있으면서도 관에 고발하지 않은 사람을 벌하는 법.

아버지가 죽은 뒤 장탕은 장안의 관리로서 오랫동안 근무했다. 주양후(周陽侯, 田勝 — 왕태후의 동생)가 아직 경으로 있을 무렵, 일찍이 장안 감옥에 갇힌 일이 있었는데, 장탕은 목숨을 걸고 주양후를 도와주었다.

주양후는 감옥에서 나와 후가 되자 장탕과 크게 친교를 맺고 여러 귀인들에게 골고루 그를 소개했다. 장탕은 내사에서 일을 보며, 영성의 속관이 되었다. 영성은 장탕을 공평하다고 인정하여 승상부에 상신해 올렸다. 승상부에서는 그를 뽑아 무릉의 위(尉)로 보내 방중(方中, 陵)의 조영 공사를 감독하게 했다.

무안후가 승상이 되자, 장탕을 불러 속관으로 삼은 다음 자주 천자에게 그를 추천했으므로 천자는 그를 어사에 보임하여 일을 처리하도록 했다. 이 무렵 장탕은 진(陳)황후가 위(衛)황후를 저주한 사건을 조사하여 그 일당들을 끝까지 찾아 밝혀냈다. 그 결과, 천자에게 유능한 관리로 인정되었으므로 장탕은 점점 더 승진하여 태중대부가 되었고, 조우와 함께 여러 가지 법령을 만들게 되었다. 그의 목적은 법률을 세밀하고 엄격하게 하여, 직책을 지키는 관리들을 단속하는 데 있었다.

그 뒤 조우는 중위로 옮겨 앉았다가 다시 소부(少府)로 전임되었고, 장탕은 정위가 되었다. 두 사람은 서로 친교를 맺었는데, 장탕이 조우를 형으로 섬겼다.

조우는 사람됨이 청렴결백했지만 오만해서 관리가 된 이래로 그의 관사에 식객을 둔 적이 없었다. 공경이 찾아와 그를 만나고 가도 조우는 답례로 찾아가는 일이 없었다. 그는 친구나 빈객들의 부탁을 거절하고, 자기 생각대로 실행하는 것만을 지켜나갔다. 법률에 저촉되는 것을 보기만 하면 곧 이를 사건으로 다스리기는 했으나, 다시 조사를 해서 부하 관속들의 숨은 죄까지 들춰내려고 하지는 않았다.

그러나 장탕은 사람됨이 거짓이 많고, 지혜를 부려 사람을 통솔했다. 처음 말단 관리로 있을 무렵, 장사에 손을 댔다가 손해 본 적이 있었는데, 그때의 인연으로 장안의 거상인 전갑(田甲)·어옹숙(魚翁叔) 등과 사사로이 교제를 해왔었다. 승진되어 구경에 오르자 천하의 유명한 선비와 대부들을 가까이 사귀며 마음에 들지 않는 사람일지라도 겉으로는 호의를 가진 양 대하였다. 당시 황제는 유학에 관심을 가지고 있었다. 그래서 장탕은 큰 옥사를 판결할 경우에는 유학 경전의 뜻에 맞게 하기 위해 박사의 제자로서 《상서》와 《춘추》에 능통한 사람을 청해다가 정위의 속관에 보임하여 의심스런 문제들을 해결했다.

의문이 있는 안건을 상주하여 결재를 청할 경우에는 반드시 황제를 위해 미리 분명한 자료를 밝혀둔 뒤에 황제가 옳다고 생각하는 것을 받아들여 판결의 원안으로 하되, 이를 정위의 판결문에 분명히 기록케 함으로써 황제의 현명함을 드러내보였다. 만일 올린 안건이 기각되었을 경우에는 장탕은 혼자서 책임지며 사과드린 뒤 황제의 의견에 따랐는데, 이런 경우엔 반드시 정(正)·감(監)·연(掾)·사(史) 등 속관들 가운데 현명한 사람들을 끌어넣어 이렇게 말했다.

"그들이 신을 위해 말한 의견들은 폐하께서 신을 꾸짖으신

의향과 같은 것이었습니다. 신이 그들의 의견을 듣지 않았기 때문에 이런 결과를 가져오게 되었습니다."

이리하여 그의 죄는 언제나 용서를 받았다. 또 안건을 올려 황제가 이를 칭찬했을 경우에도 그는 이렇게 말했다.

"이것은 신의 판단이 아니옵니다. 정 · 감 · 연 · 사 아무개가 올린 의견을 그대로 채택해 쓴 것입니다."

이같이 하여 그의 부하를 추천하고, 그들의 잘한 것을 찬양하고 잘못을 숨겨주려 했던 것이다. 황제가 죄를 주고 싶어하는 사람이면 미리 감 · 사 중에 죄를 무겁게 다스려 가혹한 판결을 내리는 사람을 뽑아 그에게 사건을 맡겼고, 황제가 놓아주길 바라는 사람이면 감 · 사 중에 죄를 가볍게 다스려 공평한 판결을 내리는 사람에게 넘겨주었다. 또 조사받는 상대가 세력가일 경우엔 반드시 법을 교묘히 적용시켜 죄에 걸리게끔 만들었고, 가난하고 무력한 백성인 경우에는 황제에게 이렇게 말했다.

"법조문으로는 죄가 되기는 하오나 폐하의 현명하신 보살핌으로 재량이 있으시기를 바라는 바이옵니다."

이렇게 하여 장탕이 말한 사람은 죄를 가끔 용서받았다.

장탕은 대관이 되자 품행이 발라졌다. 빈객들과 교제를 할 때는 음식을 나누며 환담을 했고, 옛 친구들의 자제로서 관리가 된 사람이나 가난한 형제들의 뒤를 알뜰히 보살펴 주었을 뿐 아니라, 다른 대관들을 찾아가 만날 때는 춥고 더운 것도 가리지 않았다.

이로 인해 장탕은 냉혹하게 법을 다스리고, 또 시기심이 많아 전적으로 공평한 편은 아니었지만, 그런대로 명성을 얻고 칭찬을 듣게 되었던 것이다. 법을 엄혹하게 적용함으로써 장탕의 손발 노릇을 한 사람 중에는 박사의 제자를 비롯한 학문한 선비들이 많았기에 승상 공손홍도 자주 장탕의 훌륭한 점을 칭찬했다.

회남왕 · 형산왕 · 강도왕 등의 반역 사건에 대한 장탕의 조사와 심문은 모두 그 근원을 철저하게 규명한 것이었다. 엄조 및 오피에 대해 황제가 그들의 죄를 용서하려 하자 장탕은 이렇게 간하며 반대했다.

"오피는 본래부터 반역을 계획한 사람입니다. 엄조는 폐하에게 사랑을 받으며 자유로이 궁중을 드나들고 있었던, 나라의 발톱과 어금니라고도 할 수 있는 중요한 신하입니다. 그런 사람이 몰래 제후들과 내통을 한 것입니다. 이같은 사람을 벌하여 죽이지 않으면 앞으로 죄인을 다스릴 수 없게 될 것입니다."

이리하여 황제는 결국 장탕의 말이 옳다는 결론을 내렸다.

이처럼 장탕은 옥사를 규명할 경우에는 대신들을 물리치고 스스로의 공적으로 돌린 사건들이 많았으므로 그는 더욱더 황제의 신임과 인정을 받아 마침내 어사대부에 올랐던 것이다.

때마침 흉노의 혼야왕 등이 항복을 해왔으므로 한나라는 이를 기회로 삼아 크게 군사를 일으켜 흉노를 쳤다. 또 산동 지방에 수해와 가뭄이 심해지자 가난한 백성들은 각지로 흩어져 유랑하며 의식을 오로지 나라에만 의지하려 하였다. 이로 인해 나라의 창고는 텅텅 비게 되었다.

그래서 장탕은 황제의 뜻을 받들어 나라에 청원, 백금과 오수전을 만들고, 천하의 소금과 쇠를 전매로 하여 거부 · 대상들을 밀어내는 한편, 고민령(告緡令)[13]을 만들어 약탈과 세도를 마구 부리던 호족과 대지주들을 제거하고, 법조문을 교묘히 활용하여 호족들을 법망에 빠뜨림으로써 법의 미비한 점을 보충했다.

따라서 장탕이 조회를 들어 일을 상주하고, 나라의 재정을 이야기할 때마다 황제는 해가 기울 때까지 밥먹는 것도 잊고 열심히 듣고 있었다. 따라서 승상은 그 지위에 앉아 있을 뿐, 천하 대사는 모두 장탕의 의견대로 결정되었다.

그러나 아직도 백성들은 생활의 안정을 얻지 못해 소동을 일으키고 정부의 부흥책이 채 그 효과를 올리기도 전에 간악한 관리들이 부당하게 중간에서 그 이익을 잘라 먹었다. 그래서 그들의 죄를 규명하여 엄격히 처벌했으나 아무런 효과가 없자 공경에서 서민에 이르기까지 모든 사람들은 이러한 사태를 빚어낸 책임은 부흥책의 창안자인 장탕에게 있다고 했다.

이러한 상황에서 장탕이 병으로 눕게 되자 황제는 몸소 그의 병문안을 갔었다. 이렇게까지 장탕은 황제의 존경을 받고 있었던 것이다.

그런 가운데 흉노가 화친을 청해왔으므로 여러 신하들이

13. 민전세(緡錢稅)를 바치지 않는 사람을 고발한 사람에게 그 세금의 반을 준다는 법령.

어전에서 의논을 하게 되었다. 박사인 적산(狄山)이 말했다.

"화친하는 것이 유리합니다."

황제가 유리한 이유를 묻자 적산은 이렇게 대답했다.

"전쟁이란 흉사이기에 쉽사리 자주 일으킬 수는 없는 것입니다. 고조께선 흉노를 치려고 하셨으나 평성에서 크게 고통을 겪으시고 마침내는 화친을 맺으셨습니다. 효혜제와 여태후 때의 천하는 무사태평했습니다. 그런데 효문제 때 다시 흉노를 치려고 했기 때문에 북쪽 변경은 소란 속에 빠져 전쟁으로 고통을 겪었습니다. 효경제 때는 오 · 초 7국의 난이 일어났습니다. 효경제께서는 태후와 상의하기 위해 양궁 사이를 내왕하시면서 몇 달 동안을 한심스럽게 보내셨습니다. 오 · 초가 패망한 뒤로는 효경제께서는 두 번 다시 전쟁에 대해서 말을 꺼내지 않으셨으며, 천하는 부유해지고 나라 안은 충실하게 되었습니다. 지금 폐하께서 군사를 일으켜 흉노를 치신 뒤로 중국의 물자는 텅텅 비게 되고, 변경의 백성들은 크게 가난에 시달리게 되었습니다. 이것으로 미루어 보더라도 화친을 맺는 길 이상 더 좋은 것이 없습니다."

황제는 장탕에게 의견을 물었다. 장탕은 말했다.

"적산은 어리석은 선비라 큰일에 대해서는 아무것도 모릅니다."

이에 적산은 장탕을 반박했다.

"신은 원래가 어리석은 충성을 가진 사람이옵니다. 그러나 어사대부 장탕과 같은 사람은 거짓 충성된 사람이옵니다. 장탕이 회남왕과 강도왕을 심문 처리한 방법은 법조문을 엄혹하게 적용하여 제후들을 억지로 죄에 떨어뜨리고, 골육 사이를 이간질하고, 변방을 지키는 중요한 신하들을 저절로 불안하게 만들었습니다. 신은 원래부터 장탕이 거짓 충성된 신하란 것을 잘 알고 있사옵니다."

그러자 황제는 노한 나머지 얼굴빛이 변한 채 물어보았다.

"짐이 그대를 한 군의 태수로 보낸다면 오랑캐의 침범을 막을 수 있겠는가?"

"그럴 능력이 없습니다."

"한 현의 현령으로 보내면 다스릴 수 있겠는가?"

"그럴 능력도 없습니다."

"한 장(障, 요새 근처에 따로 쌓은 성)을 맡기면 다스릴 수 있겠는가?"

여기서 적산은 대답에 궁하면 필경 옥리의 손에 넘어가리라 짐작하고 이렇게 대답했다.

"할 수 있습니다."

그래서 황제는 적산을 어느 장으로 보내어 도둑을 지키게 하였는데, 한달 남짓해서 흉노가 적산의 머리를 베어 갔다. 그런 뒤로 여러 신하들은 무서워 벌벌 떨었다.

장탕의 빈객인 전갑은 장사꾼이기는 했으나 현명하고 지조가 있는 사람이었다. 장탕이 아직 말단 관리로 있을 때 서로가 이익을 위해 교제한 사이였는데, 장탕이 대관이 되자 전갑은 장탕의 행동이나 잘못을 꾸짖는 데 있어 미사(美士)의 품격을 지니고 있었다. 장탕은 어사대부가 된 지 7년 만에 실각했다.

즉 하동 출신인 이문(李文)은 일찍이 장탕과 사이가 나빴던 인물이었다. 그는 어사중승이 되자 그 원한을 풀기 위해 어사부의 판결문서 가운데 장탕을 해칠 수 있는 것이라면 무엇이든 사정없이 지적해 내는 등 장탕을 실각시킬 기회만 노리고 있었다.

그런데 장탕에게는 전부터 총애하던 노알거(魯謁居)라는 속관이 있었다. 노알거는 이문의 하는 짓을 장탕이 불안해하는 것을 알자 사람을 시켜 급변을 상주하게 하고 이문의 간사함을 고발하게 했다. 사건은 장탕에게로 맡겨졌다. 장탕은 이문을 취조한 끝에 사형에 처했다. 장탕은 속으로 노알거가 자기를 위해서 이런 일을 하게 된 것을 알고 있었다.

황제가 물었다.

"이문의 변사는 누구의 고발에 의한 것인가?"

장탕은 놀라는 척하며 말했다.

"아마 이문의 옛 친구로서 그를 미워하는 사람이 한 짓일 겁니다."

이윽고 노알거가 병이 들어 어느 마을 집에서 앓아눕게 되었을 때였다. 장탕은 몸소 찾아 가서 병문안을 하며 노알거를 위해 그의 다리를 주물러 주기까지 했다.

조나라는 야금(冶金)과 주철(鑄鐵)을 나라의 주요 사업으로 하고 있었다. 조왕은 자주 철관(鐵官, 철의 官業을 담당)의 송사에 대해 한나라 조정에 호소했었으나 장탕은 언제나 그의 호소를 받아들이지 않았다. 그래서 조왕은 장탕의 숨은 죄를 밝히고 있었다. 또한 조왕은 일찍이 노알거에게 심문받은 일이 있었으므로 그 또한 괘씸하게 여긴 끝에 두 사람에 대해 아울러 글을 올려 고발했다.

"장탕은 대신입니다. 그런데 그의 관속인 노알거가 병이 들자 장탕은 노알거를 위해 다리를 주물러 주었습니다. 잠작컨대 이들 둘은 큰 음모를 꾸미고 있는 줄로 아옵니다."

이 안건은 정위에게로 내려왔다. 노알거는 병으로 죽고 말았다. 그러나 사건은 노알거의 동생과도 관련이 있었으므로 동생이 도관(導官, 쌀의 선택을 담당)의 청사에 갇혀 있게 되었다(감옥 안이 만원이었기 때문). 그때 장탕 또한 다른 죄수들을 도관 청사에서 심문하고 있던 중 노알거의 동생을 보게 되었다. 그러나 비밀리에 도와줄 생각이었으므로 일부러 모른 척했다.

이에 노알거의 동생은 그런 내용도 모르고 장탕을 원망했다. 그래서 사람에게 부탁해서 글을 올리고는 장탕과 노알거가 공모해서 이문의 변사를 일러바쳤다고 고발했다. 이 안건은 감선(減宣)에게로 내려왔다. 감선은 장탕과 사이가 나빴으므로 이 사건을 맡게 되자 철저히 조사를 해내기는 했으나 아직 보고를 올리지는 않고 있었다.

때마침 효문제 능원의 예전(瘞錢, 死者를 위해 능에 묻은 돈)을 도굴한 자가 있었다. 승상 청적(靑翟)은 장탕과 함께 입조하여 황제에게 사죄할 것을 약속했었다. 그러나 막상 어전에 나가자 장탕은 승상만이 사철 능원을 순행하고 있기 때문에 이는 승상이 마땅히 사과해야 할 일이지 자기와는 아무런 관계도 없다는 생각이 들어 사죄하지 않았으므로 승상만이 사죄했다. 황제는 어사에게 명하여 그 사건을 조사하게 했다.

장탕은 이 기회에 승상을 견지(見知)의 죄에 얽어 넣으려고 했다. 그 사실은 안 승상은 근심이 대단했다. 이에 승상의 장사 3명은 모두 장탕의 처사를 원망, 어떻게 해서라도 그를 넘어뜨리려 했다.

장사의 한사람인 주매신(朱買臣)은 회계 사람이었다. 《춘추》에 능통해 있었기 때문에 장조가 사람을 시켜 주매신을 추천하게 했던 것이다. 주매신은 《초사》에도 능통해 있었기 때문에 장조와 함께 황제의 총애를 받으며 궁중에 있으면서 태중대부가 되어 정무를 담당하고 있었다. 그 무렵 장탕은 말단 관리로서 주매신 등 앞에서는 무릎을 꿇고 심부름이나 하고 있었다. 그 뒤 장탕은 정위가 되어 회남의 반역 사건을 조사하여 장조를 밀어내게 되었으므로 주매신은 마음속으로 깊은 원한을 품고 있었다. 장탕이 어사대부로 있게 되었을 때 주매신은 회계 태수로서 주작도위가 되어 구경에 이르러 있었다. 그러나 몇 해가 지나서 법에 저촉되어 벼슬에서 물러나 겨우 장사의 지위를 유지하고 있었던 것이다. 그리고 장탕을 만나게 되면 장탕은 침대 위에 걸터앉은 채 주매신을 승·사와 마찬가지로 속관 취급을 할 뿐 예모 있게 대해주지 않았다. 주매신은 혈기 왕성한 초나라 사람이라 한층 더 깊이 장탕을 죽일 생각이었다.

또 한사람의 장사 왕조(王朝)는 제나라 사람이었다. 법술에 능통해 있었기 때문에 우내사가 되었다. 다시 또 한사람의 장사인 변통(邊通)은 장단술(長短術, 외교술의 한 유파)을 배운 사람으로 성질이 강직 흉포했으나, 제남의 재상을 두 번이나 지낸 바 있었다.

즉 이들 세 사람은 원래는 장탕보다 높은 지위에 있었으나, 실패하여 겨우 장사의 지위를 유지하고 있으면서 장탕 앞에 허리를 굽실거리고 있었던 것이다. 장탕은 자주 승상의 정무를 대행하며 이들 세 장사가 옛날에는 귀한 신분이었던 것을 알면서도 항상 그들을 업신여겼다. 그런 까닭에 세 장사들은 공모하여 승상 청적에게 말했다.

"처음 장탕은 군공과 함께 사죄할 것을 약속하고 나서 뒤에는 군공을 배반했었습니다. 그리고 지금 종묘 일을 가지고 군공을 탄핵하려 하고 있습니다. 이것은 군공을 대신해서 승상이 되려 하고 있기 때문입니다. 저희들은 장탕의 숨은 죄들을 알고 있습니다."

이리하여 소임들로 하여금 장탕의 죄를 증언할 수 있는 전신(田信, 앞에 등장한 상인 전갑의 일족으로 추측됨) 등을 체포하여 취조하게 했다. 전신은 말했다.

"장탕이 어떤 일을 황제께 청하려 할 경우에는 제가 먼저 그 내용을 알고 거기에 따라 물건을 사서 쌓아 두었다가, 뒤에 비싼 값으로 팔아 돈을 번 다음 그 이익을 장탕과 나눠 먹었습니다."

또 그 밖에도 장탕의 간악한 일들이 황제의 귀에 많이 들어갔다. 황제는 장탕에게 물었다.

"짐이 실행하려는 일들을 장사꾼들이 먼저 알고서는 그 물건들을 매점 매석해 버린다. 아무래도 짐이 생각한 것을 미리 장사꾼들에게 새나가게 하는 사람이 있는 것 같다."

장탕은 사과하지 않고 놀라는 척하며 말했다.

"꼭 그런 자가 있을 것입니다."

여기서 또 감선이 노알거 등의 사건을 보고했다. 황제는 역시 장탕이 사심을 품고 감쪽같이 자기를 속였다는 생각이 들었다. 그리하여 차례로 8명의 소임을 보내어 죄상을 기록한 장부에 따라 장탕을 문책하게 했지만 그때마다 장탕은 증거를 제시하면서 사실 무근임을 주장하며 끝내 굴복하지 않았다. 그래서 황제는 다시 조우를 시켜 장탕을 문책하게 했다. 조우는 장탕에게 이렇게 꾸짖었다.

"당신은 어째서 자기 분수를 모르고 있는가? 당신이 다스린 사건으로 패가망신한 집안이 얼마나 되는지 아는가? 지금 사람들이 당신의 죄상을 말하고 있지만 그것은 모두 증거가 있는 일들이다. 천자께선 당신을 감옥에 넣어 중죄로 다스리기 싫어서 당신이 자살하게끔 해주시려는 거다. 기록된 죄상에 대해 반박을 해보았댔자 무슨 소용이 있겠는가?"

그래서 장탕은 글로써 사죄의 말을 올렸다.

"신 장탕은 한 치의 공로도 없이 도필리로부터 몸을 일으켰습니다. 황공하옵게도 폐하께서는 은총을 내리시어 저를 삼공에 임명하셨으나 저는 그 소임을 다할 수가 없었습니다. 그러나 저에게 죄를 씌우려 한 것은 세 사람의 장사들입니다."

그러고는 마침내 자살했다. 장탕이 죽고 나서 보니 그의 재산은 5백 금에 불과했다. 그것도 모두 황제로부터 받은 봉록과 하사품일 뿐 그 밖의 수입은 없었다. 그의 형제들과 아들들이 장례를 후하게 지내려 하자, 장탕의 어머니가 이렇게 말했다.

"장탕은 천자의 대신으로 있으면서 남의 더러운 말을 듣고 죽었다. 어찌 장례를 후하게 지낼 수 있겠느냐?"

그리고 소달구지에 널을 실었으나 속널뿐으로 바깥널은 없었다. 황제는 이 말을 듣고 말했다.

"그런 어머니가 아니고는 그런 아들을 낳을 수 없었을 것이다."

그래서 다시 모든 것을 철저하게 조사한 결과, 세 사람의 장사를 주살했다. 승상 청적도 자살하고, 전신은 석방되었다. 황제는 장탕을 애석하게 생각하고 그의 아들 안세(安世)를 승진시켰다.

조우는 한때 벼슬에서 물러났으나 그 뒤 정위가 되었다. 처음 조후는 조우가 냉혹한 인물이라 하여 신임하지 않았었다. 조우가 소부가 되어 구경과 비교되는 지위에 오르자 그는 과연 냉혹했다. 그런데 만년에 가서의 그는 사람됨이 달라졌다. 사건이 점점 더 많아지고, 그에 따라 다른 관리들은 더욱 더 엄격하고 가혹해져 갔음에도 불구하고 조우만은 그 방법이 전보다 느긋하고 너그러운 편이어서 공평하다는 평을 들었다. 훨씬 뒤에 승진해 올라온 왕온서(王溫舒) 등이 조우보다 훨씬 가혹했던 것이다.

조우는 늙어서 연나라 재상으로 옮겨 갔다. 그로부터 몇 해가 지난 뒤 그는 정신이 혼미해져 정사를 어지럽힌 죄로 벼슬을 그만두고 고향으로 돌아갔다. 이리하여 장탕이 죽은 지 10

여 년 뒤에 그는 천수를 다하고 집에서 죽었다.

의종(義縱)은 하동 사람이다. 아직 소년이었을 무렵 장차공(張次公)과 함께 강도질을 하며 도둑패에 끼여 다닌 일도 있었다. 의종에게는 후(姁)라는 누님이 있었는데, 그녀는 의술에 능통하여 왕태후의 총애를 받고 있었으므로 왕태후가 그녀에게 이렇게 물었다.

"너희 형제 중에 관리가 되고 싶어하는 사람이 있느냐?"

그녀는 대답했다.

"동생이 있사오나 행실이 옳지 못해 소용이 없사옵니다."

하지만 태후는 황제에게 말해서 의후의 동생인 의종을 중랑에 임명하게 하여 상당군 내의 어느 현 현령을 보좌하도록 했다. 그런데 의종은 과감하게 일을 단행하여 동정을 하거나 부드러운 구석이 별로 없었으므로 마침내 현에는 세금을 미납하는 일이 없게 되었다. 그의 통치 성적은 첫째로 보고되어 장릉(長陵, 하남성) 및 장안령으로 승진했다.

그 뒤에도 그는 법을 곧이곧대로 다스릴 뿐 황제의 친척이라고 해서 피하려 하지를 않았다. 태후의 외손인 수성군(修成君)의 아들 중(仲)을 잡아다가 취조한 일로 황제의 인정을 받아 하내 도위로 영전되었다. 그는 부임하자 그 지방의 호족이던 양씨 일족을 모조리 잡아 죽였다. 그로부터 하내 사람들은 그를 무서워한 나머지 길에 물건이 떨어져 있어도 줍는 사람이 없게 되었다. 그 사이 장차공도 낭이 되었는데 그 역시 군대에 나가서 적국 속으로 깊숙이 쳐들어가는 등 용맹을 떨친 공로로 안두후(岸頭侯)에 올랐다.

그 무렵 영성은 벼슬을 떠나 집에 한가히 있었다. 황제가 그를 태수에 임명하려 했으나 어사대부 공손홍이 이를 말렸다.

"신이 산동에서 아직 말단 관리로 있을 때 영성은 제남의 도위였었습니다. 그때 그의 통치는 늑대가 양을 다스리고 있는 것과 같았습니다. 영성에게 백성을 다스리게 해서는 안 되옵니다."

그래서 황제는 마음을 바꿔 영성을 함곡관의 도위로 임명했다. 1년 남짓하자 관동의 군국에 벼슬을 하고 있으면서 가끔 서울에 들르고자 관문을 출입하는 관리들이 이렇게 말했다.

"새끼에게 젖을 주고 있는 무서운 범을 만나 건드릴지언정 영성의 노여움만은 사지마라."

의종은 하내에서 남양 태수로 옮겨 갔을 때 영성이 벼슬에서 물러나 남양의 집에서 한가히 있다는 말을 들었다. 이윽고 의종이 관문에 이르자 영성은 겸손하게 옆으로 비켜서 그를 마중하고 배종했지만 의종은 그래도 기세가 등등한 채 답례를 하지 않았다. 그리고 남양군에 이르자 영씨들 비행을 들추어 내어 그 집안을 쑥밭으로 만들어 버렸고, 영성 역시 죄인으로 다스리게 되었다. 일이 여기에 이르자 군의 호족인 공씨(孔氏)와 포씨(暴氏)는 아예 집안 권속을 이끌고 모조리 도망쳐 버렸다. 남양의 관리나 백성들은 모두 죽치고 들어앉아서 무서워 함부로 경거망동하지 않았다.

평지현(平氏縣)의 주강(朱彊)과 두연현(杜衍縣)의 두주(杜周)는 의종의 발톱과 어금니 구실로서 임용되어 정위의 속관으로 옮겨 갔다.

그 무렵, 흉노를 치러 가는 군대가 자주 정양군으로 출격했기 때문에 정양군 관리와 백성들은 혼란 상태에 빠져 있었다. 그래서 황제는 의종을 정양 태수로 전임시켰다.

의종은 부임하자 그곳 감옥에 갇혀 있는 중범과 경범 2백여 명과, 또 그들의 빈객이나 형제들로서 비밀리에 감옥에 드나들며 면회를 하고 있던 2백여 명을 한꺼번에 체포하여 심문 끝에 이렇게 논고했다.

"이놈들은 죽을 죄에 해당한 놈들을 도망시키려 했다."

그날 중으로 4백여 명을 모조리 죽였다. 그 뒤로 군내의 백성들은 춥지도 않은데 부들부들 떨게 되었고, 교활한 백성들은 관리에게 빌붙어 통치를 도왔다.

당시 조우와 장탕은 법을 가혹하게 적용함으로써 구경에 올라 있었다. 그러나 그들의 방법은 의종에 비하면 어쨌든 법을 근거로 하고 있었으므로 그래도 너그러운 편이었다. 그러나 의종은 매가 날개를 펴고 작은 새를 덮치듯이 무섭고 사납게만 통치했다.

그 뒤 천하가 피폐해지는 것을 막을 목적으로 오주전과 백금을 유통시키자 백성들 중엔 이를 위조하는 자가 생겨났는데, 특히 서울이 심했다. 그래서 의종을 우내사로 하고, 왕온서를 중위로 하여 그 단속을 담당하게 했다.

왕온서는 더할 나위 없이 혹독했는데, 그가 하려는 것을 의

종에게 연락조차 하지 않았다. 그러나 의종은 반드시 기세로 써 이를 꺾어 누르고 그의 공로를 깨뜨려 없앴다.

의종은 대단히 많은 사람들을 잡아 죽이는 방법을 썼으나, 그것은 일시적인 치안을 도모하는데 그쳤다. 세상에는 간악한 무리가 점점 더 많아져서 아무리 잡아 죽여도 소용이 없었다. 이리하여 직지(直指, 지방관 감찰직)라는 벼슬이 처음으로 생겨나고, 관리들의 통치는 잡아 죽이고 가두는 것만이 능사가 되었다. 이때 염봉(閻奉)은 악랄한 것으로 한몫 보고 있었다. 의종은 청렴했지만 그의 통치 방법은 질도와 비슷했다.

이 무렵, 황제는 정호(鼎湖)에 거둥했다가 오래도록 병상에 누워 있었다. 얼마 뒤 병이 회복되어 급히 감천궁으로 거둥하게 되었는데, 가는 길이 제대로 닦여 있지 않았으므로 황제는 노하여 말했다.

"의종은 짐이 죽어 다시는 이 길을 지나가는 일이 없을 것으로 생각하고 있었단 말인가?"

그리하여 이 일로 인해 의종을 괘씸하게 여기게 되었다.

그해 겨울, 고민령의 주관자인 양가(楊可)가 백성들에게서 법에 정한 대로 민전을 거둬들이지 않는다는 고발을 받았다. 의종은 이야말로 백성들을 혼란에 빠뜨리는 짓이라 생각하고, 부하들을 배치시켜 양가의 사주를 받은 사람들을 잡아들였다.

그런데 이 소식을 들은 황제는 오히려 두식(杜式)을 시켜 사건을 밝혀내고, 어명을 어기고 나라 일을 방해했다는 죄목으로 의종을 기시의 형에 처해 버렸다. 그 뒤 1년이 지나 장탕

역시 죽었다.

왕온서는 양릉(陽陵) 사람이다. 젊었을 때 사람을 때려 죽이고 몰래 묻는 등(혹은 무덤을 파헤침) 못된 짓을 했었다. 그 뒤 현의 정장에 보임되기도 했으나 여러 번 해임되었다.

그러나 다시 관리가 되어 죄인을 취급하다가 정위의 사(史)가 되어 장탕을 섬기게 되었다. 그 뒤 어사로 승진한 다음 도둑들을 살피는 일을 하게 되었는데, 죄인을 살상한 일이 심히 많았다. 차츰 승진되어 광평군 도위가 되자 군 안에서 용맹과감하게 일을 맡길 만한 관리 10여 명을 골라 자기의 발톱과 어금니로 삼고, 그들이 몰래 저지른 중죄의 증거를 잡고서는 이를 눈감아 주면서 도둑질을 살피게 했다.

왕온서는 잡아들이고 싶어하던 도둑을 잡아 그의 마음을 흡족하게 만들어 준 자에게는 백 가지 죄가 있다 하더라도 그를 벌하지 않았다. 반대로 도둑을 피하거나 하는 자가 있으면 미리 잡아 두었던 증거를 꼬투리로 죄를 씌워 그 자를 죽이고, 또 그의 일족까지 몰살시켰다.

그런 까닭으로 제 · 조나라 지방에서는 도둑들이 감히 광평 가까이 오지 못했다. 이리하여 광평에서는 길거리에 떨어진 물건이 있어도 주워가는 자가 없다는 소문이 퍼졌다.

황제는 이 말을 듣고 왕온서를 하내 태수로 전임시켰다. 왕온서는 광평에 있을 무렵부터 그곳 유력자들로서 간악한 짓을 저지르는 자들은 모두 파악하고 있었다. 부임하게 되자 9월에 도착한 그는 군에 역마로 사마(私馬) 50필을 갖춘 다음,

하내에서 장안에 이르는 각 역에다 배치하여 주청하는 글이 신속하게 전달될 수 있게 했다. 부하들의 배치는 광평에 있을 때와 같은 방법으로 하였다. 그리고 군 안의 간악한 호족들을 잡아들였는데 연좌되어 잡혀 들어온 간악한 호족들만 해도 모두 천여 가구에 이르렀다.

왕온서는 나라에 글을 올려 청했다.

"매우 간악한 자는 일족을 몰살시키고, 조금 간악한 자는 사형에 처하는 한편, 그의 가산을 몰수함으로써 그들이 부당하게 빼앗아들인 보상으로 삼을까 하옵니다."

이리하여 보고를 올린 지 2, 30일 밖에 안 되어서 황제의 재가를 얻어 형을 집행했다. 이때 사형을 받아 죽은 사람들의 피가 10리에 걸쳐 흘렀다. 하내 사람들은 모두 그의 처결이 너무나 신속한 것을 이상히 생각했다.

12월이 다 갈 무렵에는 이미 군 안에서 그에게 반항하는 소리를 들을 수가 없었고, 감히 밤에 나다니는 사람도 없었으며, 들판에는 개를 짖게 만드는 도둑도 사라지게 되었다. 미처 잡지 못하고 놓쳐 버린 도둑은 이웃 군국에까지 나가 끝내 잡아들였다.

입춘이 되자 왕온서는 발을 동동 구르며 탄식하여 말했다.

"아아, 겨울을 한 달만 더 늦출 수 있다면 도둑을 근절시켜 통치의 완성을 보여주는 건데(당시는 입춘 뒤에는 형을 집행하지 않았다)!"

그가 살상하는 것으로 위세를 부리며 백성들을 사랑하지 않은 것이 이와 같았다.

이 말을 들은 천자는 그의 유능함을 인정하여 중위로 전임시켰다. 중위가 된 다음에 하는 방법도 하내에 있을 때와 마찬가지여서 모든 교활한 관리들을 불러모아 함께 정사를 하게 했다.

즉 하내에서는 양개(陽皆)와 마무(麻戊), 관중에서는 양공과 성신 따위가 그 무리들이었다.

의종이 내사로 있는 동안은 양온서도 의종이 무서워 감히 방자하게 굴지는 못했었다. 그러나 의종이 죽고 장탕이 실각하게 되자 양온서는 정위로 승진되고, 윤제(尹齊)가 중위가 되었다.

윤제는 동군 치평 사람이다. 말단 관리에서 차츰 승진하여 어사가 되어 장탕을 섬겼다. 장탕은 자주 그의 청렴과 무용을 칭찬하며 도둑을 살피게 했는데, 그는 죄인을 처형하는 데 있어서는 황제의 친척도 피하지 않았다. 관내 군위로 옮겨간 이후로 그의 냉혹하다는 평판은 영성보다도 더해갔다. 이에 황제는 그의 유능함을 인정한 끝에 중위로 승진시켰으나, 관리나 백성들은 그의 위엄을 두려워하여 더욱 피폐해졌다. 윤제는 무뚝뚝하고 꾸밈이 없었다. 유력하고 간악한 관리들은 윤제가 무서워서 꼬리를 감추게 되었지만, 선량한 관리들 또한 원하는 대로 잘 다스릴 수가 없었다. 그런 까닭에 하는 일에 실패가 잦았고 마침내는 그 자신이 죄에 저촉되게 되었다.

황제는 다시 왕온서를 중위로 삼고, 양복(楊僕)은 엄혹한 것을 인정하여 주작 도위로 임명했다.

양복은 의양 사람이다. 천부(千夫)로써 관리가 되었다. 하남 태수의 인정을 받고 나라에 천거되어 어사로서 관동 지구의 도둑을 살피게 되었다. 그의 통치 방법은 윤제를 모방하고 있어 맹수처럼 사납고 무서웠다. 차츰 승진하여 주작 도위가 됨으로써 구경에 오르게 되었다. 천자는 유능하다고 인정하여 남월이 반란을 일으켰을 때 그를 누선장군에 임명했었는데, 공로가 있어 장량후에 봉해졌다.

그 뒤 동료인 좌장군 순체와 함께 조선을 치러 갔다가, 순체에게 묶이어 돌아왔다. 벼슬에서 쫓겨나고 오랜 뒤에 병으로 죽었다.

왕온서가 다시 중위가 되었다. 왕온서의 사람됨은 우아한 맛이 없고, 중위 이외의 벼슬에 있을 때에는 멍청해서 자기 맡은 일도 제대로 못할 정도였지만 중위가 되자 다시 생각이 활발히 움직여 도둑들을 잘 다스렸다.

평소 관중 사정에 익숙한 그는 유력하고 간악한 관리가 누구라는 것을 잘 알고 있었다. 유력하고 간악한 관리들도 또 그를 위해 열심히 움직이며 도둑과 불량 소년들을 가혹할 정도로 다루었다. 또 투서함을 곳곳에 마련해 두기도 하고, 현상금을 걸기도 하여 나쁜 일들을 고발하도록 하는 한편, 마을에 장(長)을 따로 두어 간악한 자들과 도둑을 감시하며 체포하게 했다.

왕온서는 또 사람에게 아첨하는 성격이 있어 권세 있는 사람에겐 선하게 대했으나, 권세가 없는 사람은 노예처럼 천시했다. 권세가 있는 집은 간악한 일이 산더미처럼 쌓여 있어도 죄를 다스리는 일이 없고, 권세가 없는 사람은 비록 귀족이나 외척일지라도 반드시 욕을 보였다. 법조문을 교묘하게 끌어다 붙여 하층 계급의 간악한 자들에게 죄를 씌움으로써 세력 있는 집들을 간접적으로 위협했다. 그가 중위로서 그 직책을 다하는 방법은 이러했다.

그는 간악하고 교활한 무리들에겐 끝까지 사정없는 심문을 가했고, 고문 끝에 그들은 거의 다 몸이 뚱뚱 부어올랐지만 어느 한 사람도 다시 상고를 해서 감옥을 빠져 나가려 하지 못했다.

왕온서의 발톱과 어금니 구실을 한 부하들은 사람의 탈을 쓴 호랑이처럼 몹시 포학했다. 이리하여 중위부 안에 있는 사람으로 중간쯤 교활한 자들은 모두 무조건 복종했고, 권세가 있는 자들은 왕온서의 칭찬을 퍼뜨리고 다니면서 그의 치적을 찬양했다.

이리하여 왕온서가 중위의 벼슬에 있는 몇 해 동안 그의 부하 중에는 직권을 이용해 부자가 된 자가 많았다. 그 뒤 왕온서는 동월을 치고 돌아왔으나 그의 의론 중에 황제의 뜻에 맞지 않은 바가 있는데다 사소한 일이 법에 저촉되는 바람에 문책을 받고 벼슬에서 쫓겨났다.

이 무렵 천자는 통천대(通天臺)를 만들려고 했으나, 이에 필요한 인원이 갖춰지지 않아 걱정이었는데 왕온서가 징집 해당자들로서 아직 군대에 나가지 않은 자를 중위부 안에서 몇만 명 조사해 내어 그들을 거기에 충당시키자고 주청했다. 황제는 기뻐하여 다시 왕온서를 소부로 임명했다가 이어 우내사로 전임시켰다. 왕온서의 통치 방법은 옛날 그대로여서 간사(奸邪)를 금하는 일이 별로 없었다. 그리고 다시 법에 저촉되어 벼슬에서 물러났다. 그러나 다시 우보(右輔, 우내사)에 임명되어 중위의 직무를 맡게 되었으나 그의 하는 방식은 전과 같았다.

그 뒤 1년 남짓해서 한나라는 군사를 동원, 대원국(大宛國)을 치게 되었다. 황제는 조서를 내려 호기 있고 힘 있는 관리들을 징발했는데, 이때 왕온서는 그의 부하인 화성(華成)을 숨겼다. 뿐만 아니라 어떤 자가 기병(騎兵)의 정원에 들어 있는 사람들로부터 돈을 받고 병역을 면제해 주었으며, 그 밖의 부정으로 이득을 얻으려 하고 있다고 왕온서를 고발했다.

왕온서의 죄는 멸족에 해당되었으므로 그는 하는 수 없이 자살하고 말았다. 그때 그의 두 아우와 두 사돈댁 또한 각각 다른 죄에 연좌되어 멸족을 당했다. 광록(光祿, 낭중령의 별칭) 서자위(徐自爲)는 왕온서의 일을 이렇게 탄식했다.

"슬픈 일이다. 옛날에는 삼족을 멸하는 형이 있었는데, 왕온서의 죄는 오족(五族, 왕온서의 일족, 두 아우, 두 사돈집)을 함께 멸하게 되었구나."

왕온서가 죽었을 때 그의 집 재산은 천 금이나 쌓여 있었다. 그로부터 몇 해가 지나 윤제도 회양 도위로 있다가 병으로 죽었지만 그의 재산은 50금도 못되었다. 그러나 윤제가 주살시킨 사람은 특히 회양 땅에 많아서 그가 죽자 원수진 집안 사람들이 그의 시체를 불태우려 했으므로 윤제의 집안 사람들은 몰래 시체를 갖고 고향으로 돌아와서야 겨우 장사지낼 수 있었다.

왕온서 등이 악을 저질러 가며 통치를 한 뒤로부터 군수·도위·제후·2천 석으로서 백성을 통치하려는 사람은 대개 그의 방법을 따랐으므로 관리나 백성들은 더욱더 법을 범하는 것을 가볍게 알고, 도둑은 점점 많아졌다. 즉 남양에는 매면(梅免)과 백정(白政)이 있고, 초나라에는 은중(殷中)·두소(杜少)가 있었으며, 제나라에는 서발(徐勃)이 있고, 연나라와 조나라 사이에는 견로(堅盧)·범생(范生)의 무리들이 있었다. 그들 무리로서 큰 것은 수천 명에 이르렀는데 제멋대로 이름을 내세우고 성읍을 공격해서는, 무기고 안의 무기를 훔쳐내고, 사형수들을 풀어주고, 군의 태수와 도위를 묶어서 욕을 보이고, 2천 석을 죽였다. 또 각 현에 격문을 돌려 식량 준비를 해놓도록 독촉했다. 소규모의 도둑떼는 그 수효가 수백이나 되었으며, 마을들을 약탈한 것은 이루 헤아릴 수 없을 정도였다. 이리하여 천자는 비로소 어사·중승과 승상의 장사에게 이를 단속하도록 했으나 여전히 금할 수는 없었다.

그래서 광록대부 범곤(范昆)과 모든 보도위(輔都尉, 中尉府의 속관) 및 전 구경이었던 장덕(張德) 등에게 수놓은 비단옷을 입히고, 사자의 절과 호부를 들려 군사를 징발하여 이들을 치게 했는데, 이때 머리를 벤 것이 많을 때에는 1만 급이 넘었다. 또 그들 도둑들에게 정보를 주거나 음식물을 제공한 사람 역시 법령에 의해 처벌했는데, 이에 관련된 사람은 각 군에 걸쳐 있었고, 많은 경우에는 수천 명에 이르렀다.

이리하여 몇 해 동안에 도둑떼의 두목들은 많이 잡혔으나,

흩어져 달아난 부하들은 다시 떼를 지어 각처의 산이나 강 사이에 살고 있었으므로 도저히 어쩔 수가 없었다. 그래서 침명법(沈命法, 도둑을 숨긴 자는 사형)이란 것을 만들게 되었다. 즉, '도둑떼가 일어나도 이를 적발하지 않고, 또는 적발해도 인정한 비율의 인원수를 잡지 못하는 자는 2천 석에서 말단 관리에 이르기까지 그 책임자를 모조리 사형에 처한다.'는 것이다.

그 뒤부터 하급 관리들은 처형될 것이 두려워서 도둑이 있어도 감히 적발할 생각을 품지 못했다. 잡지도 못하고 법의 제한에 저촉되어 군부(郡府)에 누를 끼치게 되는 것이 두려웠기 때문이다. 군부 역시 적벌하지 못하도록 했다. 이 때문에 도둑이 점점 많아졌는데도 관리들은 상하가 서로 숨기며, 도둑이 없다는 거짓 문서를 만들어 법의 저촉을 피했다.

감선(減宣)은 양(楊) 땅 사람이다. 좌사로 있으면서 일을 공평하게 보았기 때문에 하동 군부에서 일하게 되었다.

위청 장군이 하동으로 말을 사러갔을 때 감선이 공평한 것을 인정하고 황제에게 그 사실을 품했다.

황제는 감선을 불러 대구승(大廐丞, 황제의 수레와 말을 관리)을 시켰다. 감선은 맡은 일을 훌륭하게 수행하여 차츰 승진해서 어사 및 중승이 되었다. 황제는 그에게 주보언의 죄를 다스리게 하고, 또 회남의 반란 사건을 처리하게 했다. 이때 그는 하찮은 잘못을 너무 심한 법률에 적용시켜 사형에 처하게 한 사람이 대단히 많았는데, 그래도 능히 의옥을 해결했다는 칭찬을 받았다. 그 뒤 그는 파면과 기용을 여러 차례 거듭하면서 약 20년간이나 어사 및 중승으로 있었다.

왕온서가 중위에서 물러날 때 감선은 좌내사가 되었다. 그의 통치는 대단히 치밀해서 쌀과 소금을 비롯한 그 밖의 크고 작은 일들을 모두 자신의 손으로 했고, 직접 현의 모든 부서의 물품까지 맡고 있었으므로 현령이나 현승 이하의 관리들은 그것을 마음대로 움직일 수가 없었다. 만일 움직이게 되면 엄중한 법을 적용시켜 다스렸다.

그는 관직에 몸담은 지 몇 해 만에 군 안의 모든 작은 일까지도 완전히 처리해 나갔다. 그러나 감선 혼자만의 노력으로 작은 일을 충실하게 하는 것에 의해 큰일까지를 도맡아 처리하였는데, 이것은 보통 사람으로서는 하기 힘든 일이었다.

감선은 도중에 벼슬에서 쫓겨났다가, 그 뒤 우부풍(右扶風, 도위)에 임명되었다. 이때 그는 부하인 성신(成信)을 미워한 나머지 그가 도망쳐 상림원에 숨어 있는 것을 알자 미령(郿令, 미현의 현령)을 시켜 그를 쳐죽이게 했다. 그러나 미현의 이졸(吏卒)들이 성신을 공격했을 때, 화살이 상림원 문에 꽂히고 말았다. 이것이 죄가 되어 감선은 형리의 손으로 넘어갔다. 그리고 유죄 판결이 내렸는데 대역죄(大逆罪)로 몰려 멸족형을 당했고, 자신은 자살했다. 그리고 그 자리에 두주(杜周)가 임용되었다.

두주는 남양의 두연(杜衍) 사람이다. 의종이 남양 태수로 있을 때 그의 발톱과 어금니로 소중하게 쓰여 정위의 사(史, 서기관)로 천거되기까지 했다. 이리하여 두주는 장탕을 섬기게 되었는데, 장탕이 자주 그의 공평한 것을 황제에게 품했기 때문에, 어사가 되어 변방 오랑캐들의 침략으로 손실을 본 사람이며 짐승들, 그 밖의 피해들을 조사해 올리라는 명령을 받았다. 이때 두주의 논고로 사형을 받게 된 사람이 대단히 많았다.

또 그의 정사에 대한 보고가 황제의 마음에 들었으므로 감선과 똑같이 신임을 받았고, 번갈아 임용되어 10여 년 동안이나 중승을 지냈다.

그의 통치는 감선과 서로 닮은 데가 있었다. 신중하고 여유가 있어 겉으로는 관대하게 보였으나 속으로는 냉혹해서 뼛속까지 스며들었다.

감선이 좌내사가 되었을 때 두주는 정위가 되었다. 이때에도 그는 장탕을 크게 본떴고, 또 황제의 의향에 잘 맞추었다. 황제가 물리치고 싶어하는 사람은 그 또한 죄를 씌워 옭아넣었고, 황제가 풀어주고 싶어하는 사람은 그 또한 오래 옥에 가두어 두며 황제의 물음을 기다렸다가 은연중에 억울한 사정을 내비쳤다. 논객 가운데 두주를 책망해서 말하는 사람이 있었다.

"당신은 천자를 위해 공정한 판결을 내리는 사법관으로 있으면서 삼척법(三尺法)에 의해 처리하는 것이 아니라 오로지 황제의 비위에 맞추어 재판을 하고 있소. 법관이란 원래가 그런 것이오?"

그러자 두주는 말했다.

"법이란 어디서 생겨나는 것이겠소. 이전의 황제가 옳다고 한 것은 율(律, 法의 細目)로서 기록되고, 뒤의 황제가 옳다고 하는 것은 영(令, 法의 六綱)으로 기록되는 거요. 즉 그때그때에 적절한 것을 옳다고 하게 되는 거요. 어떻게 만사에 옛날 법만을 따를 필요가 있겠소?"

두주가 정위에 오른 뒤 조옥(詔獄)은 더욱 많아졌다. 2천 석으로 감옥에 갇혀 있는 사람은 앞서 체포된 사람과 새로 체포된 사람을 합쳐서 항상 백여 명이 되었다. 또 군의 관리나 승상부 · 어사부의 관리에 관한 사건은 모두 정위의 손에 의해 처리되었는데, 1년 동안에 모두 천 건이 넘었다. 큰 안건에서는 연관되어 증인으로 조사를 받는 사람이 수백 명, 작은 안건에서도 수십 명에 이르렀고, 먼 곳에서 불려오는 사람은 수천 리, 가까운 곳에서 불려오는 사람도 수백 리 밖에서 왔다.

심문을 하게 되면, 옥리는 고소장에 적힌 대로 탄핵 논고하여 죄를 시인할 것을 요구했고, 죄를 인정하지 않으면 매를 쳐서 죄를 결정했다. 이래서 호출을 당해 심문을 받게 된다는 것을 알기만 하면 모두 도망쳐 숨어 버렸다. 오랫동안 옥에 갇혀 있는 사람은 대사령이 내려와도 그 혜택을 입지 못하는 경우가 많았다. 한 번 달아나 숨었다가 10여 년이 지나서 고소를 당한 사람은 대개 부도죄(不道罪) 이상의 큰 죄로 처리되었다.

정위와 중도관이 취급한 조옥의 죄인만도 6, 7만 명이나 되었고, 그 밖의 관리가 다른 법령에 비추어 추가한 사람이 10만여 명이나 되었다.

두주는 중도에 해임되었다가 뒤에 집금오(執金吾, 近衛長官)에 임명되어 도둑잡는 일을 했다. 이때 상홍양(桑弘羊)과 위황후의 친정집 조카들을 너무 지나칠 정도로 뒤쫓아 다니며 잡아들였고, 그의 논고 또한 가혹했다. 그러자 황제는 그가 있는 힘을 다해, 사정을 두지 않음을 인정하여 어사대부로 승진시켰다. 두주의 두 아들은 하수를 사이에 두고 하내와 하남 태수가 되었는데, 그의 통치는 포학하고 냉혹해서 둘 다 왕온서보다도 더 심했다. 두주가 처음 부름을 받아 정위의 사가 되었을 때에는 단 한 마리의, 그것도 온전치 못한 말을 가지고 있었을 뿐이었다. 그런데 그의 몸이 오래 정사를 맡아 삼공에 오르게 되자 자손들은 모두 높은 벼슬에 앉게 되었을 뿐만 아니라 막대한 재산을 모으게 되었다.

태사공은 말한다.

질도에서 두주에 이르는 열 사람은 모두 혹렬(酷烈)한 것으로 유명해진 사람들이다. 그러나 질도는 강직하여 옳고 그른 것을 따져 천하의 원칙을 견지했다. 장탕은 지혜를 음양으로 부려 황제의 의향을 더듬으며 자신의 말과 행동을 황제의 뜻에 맞추는 한편, 때로는 일의 옳고 그른 것을 따져 옳은 것을 굳게 지켰으니, 나라도 그로 인해 편익을 얻은 바가 있었다. 조우도 때로는 법에 의해 공정을 지켜 나갔다. 두주는 아첨을 하기는 했으나 말이 적었기 때문에 무겁게 보였다. 장탕이 죽은 뒤로 법망은 점점 더 세밀해져서 관리들은 억지로 사람들에게 법을 냉혹하게 적용시켰으므로 정사가 차츰 쇠퇴해 갔다. 구경은 다만 봉록으로써 그들의 벼슬을 받들어 주었을 뿐, 실수가 없게끔 조심하는 데만 급급해 있었으니 어떻게 법도에서 벗어난 일들을 의논할 겨를이 있었겠는가. 그러나 이 열 사람 가운데 청렴한 사람은 모범을 삼기에 충분하고, 그 간악하고 더러운 자들은 사람들의 훈계가 되기에 충분하다. 어찌됐든 방략을 써서 교도를 해가며 일체의 간악과 부정을 막았다. 분명히 문무의 자질을 겸비해 있어서 비록 참혹하기는 했을망정 그 지위에 알맞은 사람들이었다. 촉군 태수 풍당(馮當)이 강포한 것으로써 사람들을 학대하고, 광한의 이정(李貞)이 멋대로 사람의 팔다리를 잘라내고, 동군(東郡)의 미복(彌僕)이 톱으로 사람의 목을 톱질하고, 천수(天水)의 낙벽(駱璧)이 망치로 쳐서 자백을 받아내고, 하동(河東)의 저광(褚廣)이 함부로 사람을 죽이고, 경조(京兆)의 무기(無忌)와 풍익(馮翊)의 은주(殷周)가 독사나 맹수처럼 가혹히 굴고, 수형도위(水衡都尉) 염봉(閻奉)이 사람을 쳐서 죽이고, 또 죄를 용서해 주는 조건으로 뇌물을 받았는데, 이러한 일들을 어찌 다 말할 수 있겠는가?

대원 열전(大宛列傳)

한나라는 이미 사자를 대하(大夏)로 통하여 서쪽으로 멀리 오랑캐 땅을 다스리니, 오랑캐들은 목을 내밀고 중국을 사모하며 구경하기를 원했다. 그래서 〈대원 열전 제 63〉을 지었다.

대원(大宛)의 사적은 장건(張騫)이 서방으로 사신을 다녀온 뒤부터 분명히 알게 되었다. 장건은 한중(漢中) 사람으로 건원 연간에 낭관이 되었다. 당시 천자 효무제가 항복해 온 흉노들을 심문했는데 한결같이 이렇게 말했다.

"흉노의 선우는 월지(月氏)의 왕을 무찌르고, 그의 두개골로 술마시는 그릇을 만들었습니다. 월지는 쫓겨난 뒤로 언제나 원한을 품고 복수하려 하지만 함께 흉노를 칠 만한 사람이 없습니다."

그때는 마침 한나라가 흉노를 쳐없애는 것을 나라의 대사로 삼으려 하던 참이었으므로, 이 말을 듣자 그러나 월지와 사신을 통했으면 했다. 월지로 가려면 반드시 흉노의 영토를 지나가지 않으면 안 되었다. 그래서 능히 사신으로 갈 수 있는 사람을 모집했다. 장건은 낭관의 신분으로 모집에 응해서 월지에 사신으로 가게 되었다. 당읍현(堂邑縣, 강소성) 출신의 흉노인 감보(甘父)와 함께 농서를 지나 흉노의 영토에 접어들자 흉노는 그를 잡아 선우에게 보냈다. 선우는 그를 붙들어 두고 말했다.

"월지는 우리 북쪽에 있다. 그런데 어떻게 한나라의 사신을 오가게 할 수 있겠느냐? 내가 월나라로 사신을 보내겠다면 한나라도 허락할 것인가? 피차 마찬가지가 아니냐."

이리하여 장건은 10여 년 간이나 억류되어 있으면서 결혼도 하고 자식까지 두었다. 그러나 장건은 한나라 사신으로서의 절(節)을 몸에 지니고 잃지 않았다. 또한 흉노들과 어울려 사는 동안 차차 감시도 느슨해졌으므로 그는 이 틈을 타서 무리들과 함께 달아나 월지로 향했고, 서쪽으로 달린 지 수십 일 만에 대원에 이르렀다. 때마침 대원왕은 한나라에 물자가 풍부하다는 말을 듣고 서로 통했으면 하고 있었던 터라 장건을 보자 기뻐하며 물었다.

"당신은 어디로 가고 있는가?"

"한나라를 위해 월지에 사신으로 가던 중 흉노 땅에서 길이 막혀 버린지라 도망쳐 나온 길입니다. 부디 왕께서는 제게 안내인을 붙여 보내 주십시오. 제가 월지에 갔다가 사명을 완수하고 다시 한나라로 돌아가게 된다면, 한나라는 왕에게 이루 말할 수 없이 많은 재물을 선물해 줄 것입니다."

대원왕은 그럴 듯하게 여겨 장건에게 안내인과 통역을 딸려 보내주었다. 일행은 강거(康居, 지금의 러시아 연방 자치령 키르키츠)에 도착했다. 강거에서는 그들을 대월지(大月氏, 지금의 부하라 동부, 우즈벡 지방)로 보내 주었다. 대월지는 왕이 마침 흉노에게 죽음을 당했으므로 태자를 세워 왕으로 하고 있었다. 그리고 그때는 새 왕이 대하(大夏, 지금의 아프가니스탄 북부)를 정복하여 그 땅에 살고 있었다. 땅은 기름지고 침략자들도 거의 없어 안락한 나날을 보내고 있었다. 그들은 한나라가 멀리 떨어져 있는 것으로 알고 있었으므로 함께 흉노에게 복수할 마음을 먹지 않았다.

장건은 대월지에서 대하로 갔으나 끝내 대월지의 취지를 파악하지 못한 채, 1년 남짓 머물러 있다가 귀로에 올랐다. 남산(南山)을 따라 강족(羌族, 서이의 일종)의 땅을 거쳐 돌아올 생각이었는데, 또다시 흉노에게 붙들리고 말았다. 1년 남짓 억류되어 있던 중 선우가 죽었다. 그러자 좌곡려왕이 선우의 태자를 몰아내고 스스로 왕이 되었으므로 나라 안이 혼란에 빠졌다. 이 틈을 타서 장건은 흉노에서 장가든 아내와 감보를 데리고 한나라로 도망쳐 돌아왔다. 한나라에서는 장건을 태중대부(太中大夫)에 임명하고, 감보에게는 봉사군(奉使君)이란 칭호를 주었다.

장건은 의지가 굳세어 끈기 있게 착실히 일을 했고, 마음이 너그러워 사람을 믿어 주었기 때문에 오랑캐들도 그를 좋아했다. 흉노 사람인 감보는 활을 잘 쏘았으므로 곤궁에 처했을 때에는 새나 짐승을 잡아 끼니를 채우기도 했다. 장건이 처음 길을 떠났을 때는 일행이 1백 명이 넘었지만 13년 만에 돌아왔을 때에는 오직 두 사람뿐이었다.

장건이 직접 가본 것은 대원 · 대월지 · 대하 · 강거였지만, 그 밖에 인접한 5, 6개의 나라에 대해서도 전해듣고 와선, 다음과 같이 보고를 드렸다.

"대원은 흉노의 서남쪽, 한나라의 정서쪽에 있는데, 한나라에서 1만 리쯤 떨어져 있습니다. 그들 풍습은 한 곳에 머물러 있으면서 밭을 갈아 벼와 보리를 심고 있습니다. 포도주가 있고, 또 좋은 말이 많은데, 말은 피땀(汗血)을 흘립니다. 그 말의 조상은 천마(天馬)의 새끼라 합니다. 성곽과 집이 있으며, 속읍은 대소 70여 성으로 인구는 수십만 정도 됩니다. 그들의 무기는 활과 창으로 말타기와 활쏘기를 잘합니다. 대원의 북쪽은 강거, 서쪽은 대월지, 서남쪽은 대하, 동북쪽은 오손(烏孫, 西城), 동쪽에는 우미(扜彌) · 우전(于窴) 등의 나라들이 있습니다. 우전 서쪽의 물은 모두 서쪽으로 흘러 서해로 들어가고, 그 동쪽의 물은 동쪽으로 흘러 염택(鹽澤)으로 들어갑니다. 염택부터는 땅속으로 흐르다가 그 남쪽으로 나와 하수의 원류가 됩니다. 이곳에는 보옥(寶玉)의 원석이 많고, 하천은 중국으로 흘러들고 있습니다.

누란(樓蘭) · 고사(姑師)는 마을마다 성곽을 갖고 염택에 임해 있습니다. 염택은 장안(長安)에서 5천 리쯤 떨어져 있습니다. 흉노의 우방(右方)은 염택 동쪽에 위치하고 있으며, 농서의 장성(長城)에 이르러 남쪽으로 강(羌)과 접하여 한나라로 통하는 길을 가로막고 있습니다.

오손은 대원의 동북쪽 2천 리쯤 되는 곳에 있습니다. 토착하지 않고 유목 생활을 하는 그들은 풍습이 흉노와 같습니다. 활을 쏘는 군사가 수만 명이나 되며, 전투에 있어서는 용감합니다. 원래 흉노에 복속되어 있었으나 강성해진 뒤로는 다만 형식적으로만 소속되어 있을 뿐, 흉노의 조회에도 잘 나가지 않습니다.

강거는 대원의 서북쪽 2천 리쯤 되는 곳에 있습니다. 유목민인 그들의 풍습은 월지와 아주 비슷합니다. 활을 쏘는 군사가 8, 9만이나 되며, 대원과 인접한 나라입니다. 나라가 작아서 남쪽은 이름뿐으로 월지에 복속하고 있고, 동쪽으로는 흉노에 복속하고 있습니다.

엄채(奄蔡)는 강거 서북쪽 2천 리쯤 되는 곳에 있습니다. 유목민인 그들의 풍습은 강거와 아주 흡사합니다. 활을 쏘는 군사가 10여 만이나 되며, 그 땅은 흔히 북해(北海, 바이칼호)로 일컬어지는 끝도 없이 큰 못에 임하여 있습니다.

대월지는 대원의 서쪽으로 2, 3천 리쯤 떨어져 있고, 규수(嬀水) 북쪽에 살고 있습니다. 그 남쪽은 대하, 서쪽은 안식(安息, 페르시아), 북쪽은 강거인데, 역시 유목국가로 가축을 따라 옮겨다니고, 흉노와 풍속이 같습니다. 활을 쏘는 군사가 1, 20만 가량 됩니다. 원래 강대한 것을 믿고 흉노를 업신여기고 있었는데, 흉노에 묵특 선우가 서게 되자 월지를 쳐서 이겼습니다. 그리고 노상(老上) 선우 때 와서 월지왕을 죽이고, 그 두개골로 술잔을 만들었습니다. 처음에 월지는 돈황(敦煌)

과 기련산 사이에서 살고 있었습니다. 그러나 흉노에게 패한 후 멀리 떠나 대원을 지나서 서쪽으로 대하를 쳐서 복속시킨 다음, 마침내는 규수 북쪽에다 도읍을 정하게 되었습니다. 그런데 같이 떠나지 못한 소수의 무리들은 남산(南山, 기련산)의 강족과 합류하여 그곳을 지키고 있으면서 소월지(小月氏)라 불렀습니다.

안식은 대월지에서 서쪽으로 수천 리 되는 곳에 위치하고 있습니다. 그들은 한곳에 머물면서 밭을 갈아 벼와 보리를 심고 살며, 포도주를 생산합니다. 성읍은 대원의 그것처럼 대소 수백으로 이루어져 있고, 땅은 사방 수천 리에 이르는 가장 큰 나라로서 규수에 임해 있습니다. 시장 사람들이 있어 수레와 배를 이용하여 가까운 나라로 다니며 장사를 하고 있으며, 혹은 수천 리 밖 먼 곳까지도 나갑니다. 은으로 돈을 만드는데, 돈 모양은 그 나라 왕의 얼굴을 새겨 넣은 것입니다. 왕이 죽으면 돈을 다시 새 왕의 얼굴을 넣고, 기록은 가죽에다가 횡서로 적어 둡니다. 그 서쪽은 조지(條枝, 시리아)이며, 북쪽에는 엄채 · 여헌(黎軒, 로마)이 있습니다.

조지는 안식에서 서쪽으로 수천 리 되는 곳에 있습니다. 서해에 임해 있으며, 땅은 덥고 습기가 많습니다. 밭갈이하여 벼농사를 짓고 삽니다. 큰 새〔駝鳥〕가 있는데, 알의 크기가 항아리만 합니다. 인구는 대단히 많으며, 가는 곳마다 소군장(小君長, 존장)이 있습니다. 안식은 이 나라를 속국으로 부리며 번국(蕃國)으로 만들었습니다. 사람들은 현술(眩術, 魔術)에 뛰어나 있습니다. 안식의 장로들은, '조지에는 약수(弱水,

기러기 털도 뜨게 할 수 없는 강)와 서왕모(西王母)가 있다고 전해 듣기는 했으나 아직 한 번도 본 일은 없다.' 고 말하고 있습니다.

대하는 대원의 서남쪽으로 2천여 리 떨어져 있는 규수 남쪽에 있습니다. 그들 풍속은 한 곳에 살고 있어서 성곽과 집이 있고, 풍속은 대원과 같습니다. 대군장(大君長)은 없고, 가는 성읍마다 소군장을 두고 있습니다. 군사는 약하고 싸움을 두려워하나 장사에는 능숙합니다. 대월지가 서쪽으로 옮겨간 뒤로 이를 쳐서 깨뜨려 속국으로 만들었습니다. 대하의 인구는 많아서 1백만이 넘으며, 서울은 남시성(藍市城)이라 부르고 있습니다. 시장이 있어서 모든 것을 팔고 있습니다. 그 동남쪽에 신독국(身毒國, 인도와 파키스탄 일대)이 있습니다."

장건은 계속해서 말했다.

"신이 대하에 있었을 때, 공(邛)의 대나무 지팡이와 촉의 옷감을 보고 '어디서 이것을 얻었소?' 하고 물었더니, 대하 사람들은 '우리 장사꾼들이 신독국에 가서 사 가지고 온 것입니다.' 하고 말했습니다. 신독국은 대하 동남쪽 수천 리 되는 곳에 있으며, 그들 풍속은 한 곳에 살고 있어 대하와 아주 비슷합니다. 그리고 땅은 습기가 많고 덥다고 합니다. 그들 백성은 코끼리를 타고 싸우며, 그 나라는 큰 강에 임해 있습니다. 신이 짐작해 보건대, 대하는 한나라에서 1만 2천 리나 떨어져 있고, 한나라 서남쪽에 위치하고 있습니다. 신독국은 또 대하의 동남쪽 수천 리에 위치해 있으며, 촉의 물자들이 있는 것으로 보아 촉에서 거리가 그리 멀지 않은 곳에 있는 것 같습니다. 지금 대하로 사신을 보낼 경우 강족이 싫어할 것이고, 조금 북쪽으로 돌아간다면 흉노에게 붙들리게 될 것입니다. 그러나 촉에서 가게 되면 길도 가까우려니와 도둑도 없을 것입니다."

천자는 대원과 대하 · 안식 등이 모두 대국으로서 진기한 물건들이 많고, 백성들은 토착해서 살며, 산업도 중국과 흡사한 데가 있으나 군사는 약하고, 한나라 재물을 소중하게 알고 있다는 말을 듣고 다음과 같은 생각을 했다.

'이들 모든 나라의 북쪽에 있는 대월지 · 강거 등은 군사는 강한 것 같지만 물건을 보내 주고 이익을 베풀면 조회에 들게 할 수도 있을 것이다. 어찌됐든 병력을 쓰지 않고 의(義)로써 그들을 예속시킨다면 1만 리에 걸쳐 국토를 넓힐 수가 있고, 아홉 번이나 통역을 바꿔야 할 정도가 될 것이며, 풍속을 달리하는 사람들을 내 세력 아래 두게 되니, 내 위엄과 덕을 사해에 두루 펴게 될 것이다.'

그래서 장건의 말을 틀림없다고 인정한 황제는 크게 기뻐하며 장건으로 하여금 촉의 건위군으로부터 밀사를 출발시켜, 네 길로 갈라서 동시에 대하를 향해 가게 했다. 방(駹) · 염(冉) · 사(徙) · 공북(邛僰) — 모두 사천성의 오랑캐 이름 — 땅에서 나간 밀사는 1, 2천 리쯤 나가자 북쪽은 저(氐)와 작(筰, 모두 오랑캐 이름)에서, 남쪽은 수(巂)와 곤명에서 각각 막혀 버렸다.

곤명에 있는 무리들은 군장도 없이 도둑질을 일삼고 있었으므로 한나라 사신들을 보기가 바쁘게 죽이고 물건을 빼앗았다. 그리하여 한 사람도 끝내 대하와 통할 수 없었다. 그러나 그 서쪽 1천 리쯤 되는 곳에 코끼리를 타고 다니며, 이름을 전월(滇越)이라 부르는 나라가 있었는데, 촉의 장사꾼 가운데 몰래 다니며 무역을 하는 사람이 있다는 것을 들어서 알았다.

이리하여 한나라는 대하로 통하는 길을 찾음으로써 비로소 전월과 통하게 되었다. 이보다 앞서 한나라는 서남쪽 이민족들과 통하려 했으나 비용이 많이 들고 길도 통해 있지 않으므로 그만두었었다. 그런데 장건이 '대하에 통할 수 있다'고 말했기 때문에 다시 서남쪽 이민족들과의 교통을 꾀하게 되었던 것이다. 그 뒤 장건은 교위로서 대장군 위청을 따라 흉노 정벌에 나섰는데, 장건이 물과 풀이 있는 곳을 알고 있었기 때문에 군대는 고통을 겪지 않을 수 있었다. 이리하여 장건은 박망후(博望侯)에 봉해졌다. 원삭 6년의 일이었다.

그 이듬해에 장건은 위위(衛尉)가 되어 이광(李廣) 장군과 함께 우북평(右北平)으로 나가 흉노를 쳤다. 흉노는 이광 장군을 포위했고, 한나라 군사는 피해가 대단히 컸다. 장건은 약속한 기일에 늦어서 참형(斬刑)에 해당되었으나 속죄금을 물고 서민이 되었다.

이 해에 한나라는 표기장군 곽거병을 파견했다. 표기장군은 흉노의 서쪽 변경에 있는 수만 명을 쳐 이기고 기련산까지 갔다. 그 이듬해 혼야왕이 백성들을 이끌고 한나라에 항복했다.

이리하여 금성(金城, 감숙성) · 하서로부터 서쪽 남산을 따라 염택에 이르기까지는 텅 비어 흉노의 모습을 찾아볼 수 없었다. 때로 그들의 척후가 나타나기도 했으나 그 역시 아주 드문 일이었다. 그 뒤 2년이 지나 한나라는 다시 출격해서 선우를 사막 북쪽으로 패주시키고 말았다.

이 뒤로 천자는 가끔 장건에게 대하 등에 대해 물었다. 장건은 이미 후(侯)의 자리를 잃었으므로 자기가 할 일을 찾기 위해 말했다.

"신은 흉노에 있었을 때 다음과 같이 들었습니다. 즉 오손왕은 곤모(昆莫)라 했는데, 곤모의 아버지는 흉노의 서쪽 변두리 작은 나라의 왕이었습니다. 흉노가 쳐들어와 그를 죽였고, 곤모는 태어나자 마자 들에 내다 버려졌습니다. 그러자 까마귀가 고기를 물고 와서 그 위를 날고, 늑대가 와서 젖을 빨렸습니다. 이상히 여긴 선우는 신인(神人)이라 생각하고 거두어 길렀습니다. 장년이 된 다음 군대를 거느리게 해 보니 자주 공을 세웠습니다. 그래서 선우는 그의 아버지의 백성들을 다시 곤모에게 주고 오랫동안 서쪽 변방을 지키게 했습니다. 곤모는 백성들을 잘 거두어 기르며 가까운 소읍들을 공략했으며, 활을 쏘는 군사가 수만이 되었는데, 싸움에 능숙해 있었습니다. 선우가 죽자 곤모는 무리들을 이끌고 먼 곳으로 옮겨가 중립을 지키며 흉노에게 조회하러 나가기를 꺼려하였습니다. 흉노는 기습 부대를 보내 그를 공격했으나 이길 수 없자, 역시 신인이라 생각하고 멀리하며 명목만의 속국으로 둔 채 그다지 공격하지 않았다는 것입니다. 지금 선우는 새로 한나라로부터 시달리고 있으며, 또 원래 혼야왕의 땅이던 곳은 텅 비어 사람이 살지 않고 있습니다. 오랑캐들은 습관처럼 한나라의 재물을 욕심내고 있습니다. 지금 이 좋은 기회를 놓치지 말고 후한 폐물을 오손에게 보내주고, 점점 더 동쪽으로 가까이 불러들여 그전 혼야왕의 땅에 살게 하고, 한나라와 형제의 의를 맺게 하면 오손은 형편상 한나라의 명령을 따르게 될 것입니다. 그렇게 된다면 흉노의 오른팔을 끊는 격이 됩니다. 오손과의 연합이 성립되는 날에는 그 서쪽의 대하 등의 나라도 모두 달래어 외신(外臣)으로 만들 수가 있을 것입니다."

황제는 그러리라 생각했다. 그래서 장건을 중랑장에 임명하여 군사 3백 명을 거느리게 했다. 말은 군사 한 명에 두 마리를 배당하고, 소와 양은 수만 마리에 이르렀다. 그리고 거만(巨萬)에 해당되는 금과 폐백을 지참시키는 한편, 많은 지절부사(持節副使)를 수행시켜 가는 길에 그들을 다른 가까운 나라에도 보낼 수 있게 했다.

장건이 오손에 도착했다. 오손왕 곤모는 한나라 사신을 만나 보는 데 선우의 예법에 따라 절을 하지 않고 거만한 태도를 취했다. 장건은 크게 부끄럼을 당했으나 오랑캐들이 욕심이 많다는 것을 알고 있었으므로 이렇게 말했다.

"한나라 천자께서 하사하신 예물입니다. 왕께서 절을 하지 않으시겠다면, 하사하신 예물을 되돌려 주십시오."

곤모는 일어나 보내온 예물에 대해서만 절을 하고 그 밖의 예식은 취하지 않았다. 장건은 사신으로 오게 된 취지를 타일러 말했다.

"오손이 동쪽으로 옮겨와 혼야왕의 옛 땅에 살게 되면 한나라는 옹주를 보내 곤모의 부인으로 삼게 하실 것입니다."

이 무렵 오손은 나라가 갈라져 있었고, 한나라에서 멀리 떨어져 있어 한나라가 큰지 작은지도 모르고 있었다. 한편, 흉노에게는 본래 오래 복종해 왔었고, 또 그들에 가까웠으므로 대신들은 모두 흉노를 무서워하며 옮겨가 살기를 원치 않았다. 왕도 자기 혼자 의견만으로 결정지을 수가 없었던 터라 장건은 그들을 설득할 방법이 없었다.

곤모에게는 10여 명의 아들이 있었다. 그 가운데 한 아들을 대록(大祿)이라 불렀는데, 힘이 세고 장수로서 무리를 선도하는 능력이 있었으므로 1만여 기를 거느리고 다른 곳에 가 있었다. 대록의 형이 태자였다. 태자에게는 아들이 있었는데 잠취(岑娶)라 불렀다. 태자는 일찍 죽었다. 그는 죽기에 앞서 그의 아버지 곤모에게 말했다.

"꼭 잠취를 태자로 해 주십시오. 다른 사람을 대신 세우지 말아 주십시오."

곤모는 불쌍한 생각에서 이를 허락하고, 마침내 잠취를 태자로 삼았다. 대록은 형을 대신해서 태자가 되지 못한 것을 노엽게 생각했다. 그래서 형제들을 자기편으로 끌어들인 다음 자신의 무리들을 거느리고 반란을 일으켜 잠취 및 곤모를 공격하려 하고 있었다.

곤모는 늙은 데다 항상 대록이 잠취를 죽일까 두려워하고 있었으므로 잠취에게 만여 기를 주어 딴 곳에 가 있게 하고, 자기도 만여 기를 가지고서 몸소 대비하고 있었다. 나라 안의 백성들은 셋으로 나뉘어 있었으나 대체로 곤모에게 지배를 받고 있었다. 이러한 상태였으므로 곤모도 감히 자기 의견만으로 장건과 약정하지 못했던 것이다. 그런 까닭에 장건은 부사(副使)들을 대원 · 강거 · 대월지 · 대하 · 안식 · 신독 · 우전 · 한미 및 근처의 여러 나라에 사신으로 나눠 보낸 뒤, 자신은 귀국하고 말았다. 오손은 안내인과 통역을 딸려 장건을 본국으로 보내 주었다.

장건은 귀국할 때 오손으로부터 한나라로 보내는 사신 수십 명과 오손의 보답 표시로서의 말 수십 필을 함께 끌고 왔다. 오손의 사신들에게 한나라를 구경시켜 그 광대한 것을 알려 주려 했던 것이다. 장건이 돌아오자 황제는 그를 대행에 임명하여 구경에 서게 했다. 그로부터 1년 남짓 지나 장건은 죽었다.

오손의 사신들은 한나라에 인구가 많고 물자가 풍부한 것을 보고 돌아가 그런 내용을 나라 사람들에게 보고했다. 이리하여 오손은 더욱 한나라를 중하게 알게끔 되었다. 그 뒤 1년 남짓쯤 지나 장건이 대하와 그 밖의 땅에 나누어 보냈던 사신들이 각각 그 나라 사람들과 함께 돌아왔다. 이리하여 서북쪽 모든 나라들이 비로소 한나라와 교통하게끔 되었던 것이다. 그러나 그런 교통은 장건이 개척한 것이므로 그 뒤로 나가는 사신들은 모두 박망후 장건을 이야기하며 한나라의 성의와 신의를 외국에 일깨워 주고, 외국은 또 이로 말미암아 한나라를 믿게 되었다.

박망후 장건이 죽은 뒤 흉노는 한나라가 오손과 교통하고 있다는 소문을 듣고 노하여 오손을 치려 했다. 또 오손에 파견된 한나라 사신들은 오손의 남쪽으로 나가 대원 · 대월지와 잇달아 왕래하니 오손은 두려워 사신을 보내 말을 바치면서, 한나라 제왕들의 딸과 혼인하여 형제의 나라가 되고 싶다고 청해 왔다. 천자가 이를 여러 신하들에게 의논시키자 모두가 말했다.

"반드시 먼저 폐백을 바치게 한 다음, 제왕의 딸을 보내도록 해야 되옵니다."

처음 천자가 《역서》를 펴서 점을 쳐보았던 바, '신마(神馬)가 서북쪽으로부터 오리라.'는 점괘가 나왔다. 오손의 말을 얻고 보니 좋은 말이었으므로 '천마(天馬)'라 이름을 붙였다. 그런데 대원의 한혈마(汗血馬)를 얻고 보니 더한층 억센 말이었으므로 이름을 바꾸어 오손의 말을 '서극(西極)'이라 고치고, 대원의 말을 '천마'라 불렀다. 그리고 한나라는 비로소 영거현(令居縣) 서쪽에 성을 쌓고, 또 처음으로 주천군(酒泉郡, 감숙성)을 두어 서북쪽의 모든 나라들과 통하기 좋도록 하여 더욱더 많은 사신들을 안식 · 엄채 · 여헌 · 조지 · 신독 등 여러 나라로 보내게 했다. 그리고 천자가 대원의 말을 좋아했기 때문에 그것을 얻기 위한 사신들이 계속 보내졌다.

외국으로 가는 사신의 일행들은 많을 때는 수백 명, 적은 경우는 백여 명이 되었는데, 그들이 가지고 가는 절과 폐물들은 거의 박망후 때와 같았다. 그뒤 차차 왕래가 익숙해짐에 따라 그것들은 차츰 적어지게 되었다. 약 1년 동안에 파견되는 한나라 사신은 많으면 10여 차례, 적으면 5, 6차례로서, 먼 곳을 간 사람은 8, 9년, 가까운 곳으로 간 사람은 몇 해가 걸려서 돌아왔다.

당시 한나라는 이미 월나라를 멸망시켜 버렸으므로 촉의 서남쪽에 있는 오랑캐들은 모두 떨며 한나라 관리를 파견해 줄 것을 청원하여 조회에 들어오고 있었다. 이리하여 익주(益州, 운남성) · 월수(越嶲, 사천성) · 장가(牂柯, 귀주성) · 심려(沈黎, 사천성) · 민산(汶山, 사천성) 등 군을 두어 그 땅을 서로 맞대게 하고, 더 나아가서는 대하까지 통하려 했다. 그래서 백시창(柏始昌)과 여월인(呂越人) 등을 사신으로 파견했고, 한 해 동안에 10여 차례나 이들 새로 설치한 군으로부터 대하로 향해 떠나게 했다.

그런데 모두가 또 곤명에 가로막혀 혹은 죽임을 당하고, 혹은 폐물과 물건들을 빼앗기고 하여 끝내 대하에 당도한 사람은 없었다.

이리하여 한나라는 삼보(三輔, 京北 · 左馮翊 · 右扶風의 獄舍)의 죄인들을 징발, 파 · 촉의 군사 수만 명과 합류시켜, 곽창(郭昌)과 위광(衛廣) 두 장군으로 하여금 한나라 사신을 가로막은 곤명의 무리들을 무찌르게 했다.

곽창 등은 수만 명의 적의 머리를 베고, 혹은 포로로 하여 철수했다. 그 뒤 사신을 보냈으나 곤명은 여전히 적으로 대했고, 그리하여 결국 대하까지 간 사람은 없었다.

한편, 북쪽의 주천군을 거쳐 대하로 통하는 길을 왕래한 사신들이 너무 많아서 외국에서는 더욱 한나라 폐물을 싫어하게 되고, 또 그 물건들을 소중하게 여기지 않게 되었다. 박망후가 외국으로 가는 길을 열어 귀인이 되었기 때문에 그 뒤에 따라간 이졸(吏卒)들은 서로 다투어 글을 올리고 외국의 기이하고 괴기한 것과 이해관계를 말하며 사신이 되기를 원했다. 천자는 그 나라들이 멀리 떨어져 있는 곳이어서 사람들이 즐겨 갈 수 있는 곳이 아니었으므로 그들 말을 받아들여 사신의 절을 주고, 또 이민(吏民)들로부터 모집하되 그들의 자격 여하를 묻는 일 없이 인원 수만 채워 보냄으로써 그 길을 넓혀주었다. 그로 인해 사신들의 질이 떨어져 도중에서 폐물을 빼돌리는가 하면 사신으로서 천자의 본뜻을 배반하는 자들도 나타나게 되었다. 천자는 그들이 이러한 일에 길들어 있음을 알고 조사하여 무거운 벌로 다스리는 한편, 그들이 발분해서 공을 세우면 죄를 면할 수 있게 해주었다. 이리하여 그들은 다시 사신이 되기를 요구했다.

사신의 폐단은 끝없이 발생했고, 또 많은 사신들은 가볍게 법을 범했다. 따라간 이졸들 역시 외국에 있는 것들을 지나치게 추켜올렸다. 많은 것을 말한 사람에겐 사신의 절을 주어 정사(正使)로, 적게 말한 자는 부사(副使)로 삼았다. 그런 까닭에 말을 함부로 하고 행실이 단정치 못한 자들이 모두 다투어 그런 본을 따게 되었다. 사신으로 가는 사람들은 모두가 가난한 집 아들들이어서 조정에서 외국으로 보내는 물건을 가로채거나 헐값으로 팔아넘겨 거기서 나는 이익으로 사복을 채우려 했다.

외국 사람들도 한나라 사신들 말이 각각 서로 다른 데에 싫증을 내고, 먼 곳에 있는 한나라 군사가 쳐들어올 수 없다는 계산 아래 먹을 것을 끊음으로써 한나라 사신들을 괴롭혔다.

사신들은 먹을 것이 떨어지자 원한을 품고 동행끼리 서로 공격하는 상태에까지 이르렀다.

누란과 고사는 조그만 나라였지만 지나다니는 길목에 있었으므로 한나라 사신 왕회(王恢) 등을 가장 심하게 위협하곤 했다. 또 흉노의 기습부대들이 가끔 서역으로 가는 한나라 사신들을 가로막고서 공격했다. 사신들은 모두 외국에서 받은 재난에 대해 다투어 말하고, 그들 나라에는 모두 성읍이 있기는 하나 그곳을 지키는 군사들은 보잘것이 없어 공격하기가 아주 쉽다고 했다. 그래서 천자는 종표후(從驃侯) 조파노(趙破奴)를 보냈다. 조파노는 속국의 기병과 군병 수만을 거느리고 흉하수(凶河水)까지 가서 흉노를 치려 했지만 흉노는 모두 달아나 버렸다. 그 이듬해 고사를 공격했다. 조파노는 경기병(輕騎兵) 7백여 명과 함께 선봉이 되어, 누란왕을 포로로 하고 드디어 고사를 정복했다. 그리고 그 일로 인해 크게 군대의 위력을 떨쳐 보이며 오손과 대원 등을 괴롭혔다. 돌아오자 황제는 조파노를 착야후(浞野侯)에 봉했다.

왕회는 자주 사신으로 나가 누란에게 고통을 겪었으므로 그런 내용을 천자에게 말했다. 천자는 군사를 징벌하여 왕회로 하여금 조파노를 도와 누란을 격파하게 하고, 그를 호후(浩侯)에 봉했다. 이리하여 주천군에서 옥문관(玉門關, 감숙성 — 한나라에서 서역으로 가는 요로)까지 요새가 줄을 잇게 되었다. 오손은 천 필의 말을 바치고 한나라 딸을 맞이하려 했다. 한나라는 종실의 딸인 강도 옹주(江都翁主)를 보내 오손왕의 아내로 삼게 했다. 오손왕 곤모는 그녀를 우부인(右夫

人)으로 했다. 흉노 또한 딸을 보내 곤모의 아내로 삼게 했는데, 곤모는 그녀를 좌부인(左夫人)으로 했다. 그리고 얼마 지나 곤모는 이렇게 말했다.

"나는 이미 늙었다."

그의 손자인 잠취에게 옹주를 아내로 주었다. 오손에는 말이 많아 그들 중 부유한 사람들은 4, 5천 필의 말을 가진 자도 있었다.

처음으로 한나라 사신이 안식에 도착했을 때 안식왕은 2만 기를 동원시켜 동쪽 경계선가지 나와 영접했다. 동쪽 경계선은 왕도(王都)에서 수천 리나 떨어져 있어서 사신이 왕도까지 가는 데는 수십 개의 성읍을 지나게 되었는데, 백성들은 어느 곳이나 대단히 많았다. 한나라 사신이 떠난 다음 안식은 한나라에 사신을 보내왔다. 한나라 사신을 따라온 안식의 사신들은 한나라의 넓고 큰 것을 둘러보고, 큰 새의 알과 여헌의 기술사(奇術師)를 한나라에 바쳤다. 그 밖에 대원 서쪽의 작은 나라인 환잠(驩潛) · 대익(大益)과 대원의 동쪽 나라인 고사 · 한미 · 소해(蘇薤) 등의 사신들이 한나라 사신을 따라와서 천자를 뵙고 또 예물을 올리자 천자는 크게 기뻐했다. 또 한나라 사신들은 하수의 원류를 찾아냈다. 하수의 원류는 우전에서 시작되는데, 그 산에는 보옥의 원석이 많아서 사신들은 그것을 캐어 가지고 왔다. 천자는 옛날 도서(圖書)를 참고하여 하수가 시작되는 산을 곤륜(崑崙)이라 불렀다.

이 무렵 황제는 자주 바닷가를 순행했는데, 언제나 외국 손님들을 데리고 다녔다. 그리고 인구가 많은 큰 도시에 들러서는 재물과 비단 등속을 풀어 상으로 내리고, 그들을 대접할 때는 물자를 골고루 넉넉하게 갖추어 후대함으로써 한나라의 부유함을 자랑해 보였다. 또 각처에서 성대한 씨름대회를 열거나 신기한 놀이를 벌이는가 하면, 갖가지 진기하고 괴상한 물건들을 모여든 군중에게 보이는 등 한나라의 위세를 과시했다. 또 외국 손님에게 대해서는 온갖 상품들을 하사하고, 주지(酒池) 육림(肉林)의 큰 잔치를 베풀며, 각 창고와 부장(府藏)에 쌓인 물건들을 골고루 구경시켰다. 외국 손님들은 한나라의 광대함을 보고 모두 놀라며 감탄했다. 그 뒤로 기술(奇術)하는 사람들의 재주가 늘어나 더욱 교묘하게 되자 씨름이나 기술은 해마다 달라지게 진보하여 이런 것들이 점점 성대하게 행해지게 되었는데, 그것은 이때부터 시작된 것이다.

서북 방면의 외국 사신들은 번갈아 조회에 들어왔다 돌아가고는 했다. 대원 서쪽의 여러 나라들은 한나라와 멀리 떨어져 있다는 것만 믿고, 여전히 마음놓고 교만하고 방자하게 굴고 있었으므로 아직은 무력으로 굴복시킬 수 없어 예로써 그들을 어루만져 붙들어두려고 했다. 오손의 서쪽에서 안식에 이르기까지는 흉노에 가까웠으므로, 흉노가 월지를 위협하고 나서부터는 흉노의 사신은 선우의 신표만 가지고 있기만 하면 각 나라들이 먹을 것을 차례로 보내주며 감히 억류해 놓고 고통을 주는 일 따위는 없었다. 그런데 한나라 사신의 경우에는 폐백을 주지 않으면 먹을 것을 얻을 수가 없고, 가축을 사지 않으면 타고 갈 수가 없었다. 그 이유는 한나라가 멀리 있고, 재물이 많다고 생각하고 있었기 때문이다. 그래서 한나라 사신은 가지고 싶은 것이 있으면 반드시 사지 않으면 안 되었던 것이다. 그것은 또 한나라 사신보다 흉노를 더 무서워한 탓이기도 했다.

대원과 그 이웃 나라에서는 포도로 술을 빚었는데, 부유한 사람들은 1만 섬 이상의 술을 저장하고 있었다. 그 술은 오랜 것은 수십 년이 지나도 맛이 변하지 않았다. 사람들은 술을 좋아하고, 말은 목숙(苜蓿, 거여목)을 좋아했다. 한나라 사신이 그 씨를 가지고 왔으므로 천자는 비로소 목숙과 포도를 비옥한 땅에 심었다. 천마가 많아지고, 외국 사신들이 많이 찾아오게 될 무렵에는 이궁(離宮)과 별장(別莊) 옆에는 눈길이 닿는 한 온통 포도와 목숙이 심어져 있었다.

대원의 서쪽에서 안식에 이르기까지는 언어는 많이 달랐지만, 그러나 풍습만은 거의 비슷해서 서로가 상대방 말을 알아들을 수 있었다. 주민들은 모두 눈이 깊숙했으며, 턱수염과 구레나룻이 나있는 사람이 많았다. 장사를 잘했고, 사소한 이익도 서로 다투었다. 그들 풍속은 여자를 존중했고, 여자의 말에 따라 남자는 일을 결정했다. 이 지방에서는 명주실과 칠(漆)을 생산하지 않았고, 돈이나 그릇들을 주조하여 쓸 줄 몰랐다. 한나라 사신을 따라 간 이졸들이 그들에게 도망쳐 가서는 여러 가지 무기와 그릇들을 만드는 법을 가르쳤다. 그 뒤로는 한나라의 금·은을 얻게 되면 곧 그릇을 만들었으며, 돈으로 쓰지는 않았다.

서역 각국으로 내왕하는 사신이 많았기 때문에 그들을 따라다니는 자들은 대부분 천자에게 나아가 뵙는 것에 익숙해 있어서 다음과 같은 말을 했다.

"대원에는 좋은 말이 있는데, 이사성(貳師城) 안에서만 감춰 두고 기르며 한나라 사신에게는 주려 하지 않습니다."

원래 대원의 말을 좋아하고 있었던 천자는 이 말을 듣자 귀가 솔깃했다. 장사와 거령(車令, 벼슬 이름)에게 명하여 천금과 동으로 만든 말을 대원왕에게 가지고 가서 이사성의 좋은 말을 얻어 오게 하였다. 대원에서는 벌써 한나라의 물건들을 풍부하게 가지고 있었으므로 서로 의논하여 이렇게 말했다.

"한나라는 우리 나라와 멀리 떨어져 있기 때문에 그들 사신 일행은 자주 염수(鹽水, 사막의 짠 호수)에 빠져 죽은 일이 있다. 그 북쪽에는 흉노의 도둑들이 있고, 그 남쪽으로 나가면 물과 풀이 없다. 또 성읍에서 떨어져 있어서 이따금 식량이 떨어질 때가 많다. 한나라 사신들은 수백 명이 한 패가 되어 오지만 언제나 식량이 모자라 죽는 사람이 반을 넘는다. 이 같은 상태에서 어떻게 많은 군사를 보낼 수 있겠는가? 한나라는 우리 나라를 어떻게 할 수 없을 것이다. 또 이사의 말은 대원의 보물이다."

이리하여 한나라 사신에게 말을 주려 하지 않았다. 한나라 사신은 화가 나서 듣기 싫은 소리를 내뱉으며 동으로 만든 말을 망치로 깨부수고는 돌아와 버렸다. 대원의 귀인들은 노하여 말했다.

"한나라 사신은 극도로 우리를 무시하고 있다."

그래서 한나라 사신을 돌아가도록 해놓고는, 그 동쪽 변경에 있는 욱성(郁成)이란 나라를 시켜 가는 길목을 막아 그들을 쳐죽이고 그 재물을 약탈하도록 만들었다. 천자는 크게 노했다. 일찍이 대원에 사신으로 갔다 온 일이 있는 요정한(姚定漢) 등은 말했다.

"대원의 군사는 약합니다. 불과 3천 명이 못되는 한나라 군사를 끌고 가더라도 강한 활을 쏘기만 하면, 그들을 모조리 포로로 하여 대원을 깨뜨릴 수 있을 것입니다."

천자는 일찍이 착야후에게 누란을 치게 했을 때, 착야후가 7백 기를 거느린 선봉군으로써 그 왕을 포로로 한 일이 있었기 때문에 정한(定漢) 등이 하는 말을 틀림없는 것으로 생각했다. 그리고 총희 이씨의 형제들을 후로 끌어올려 줄 생각에서 그 오빠인 이광리(李廣利)를 이사장군에 임명하고, 속국도위의 부하 8천 기와 각 군국에 있는 불량소년 수만 명을 징발하여 가서 대원을 치게 했다. 이사성에 이르러 좋은 말을 얻어 오기를 기대하고 있었기 때문에 이사장군이라 부른 것이다.

조시성(趙始成)을 군정(軍正, 군법무관)으로 하고, 전 호후(浩侯) 왕회로 하여금 앞장서서 군대를 이끌도록 했다. 또 이차(李哆)를 교위로 하여 군사 일을 담당하게 했다. 이 해는 태초 원년이었다. 관동 지방에서는 메뚜기 떼가 크게 일어나 서쪽으로 돈황까지 날아가고 있었다.

이사장군의 군사는 벌써 서쪽으로 진출해서 염수를 지나게 되었다. 한나라 군사가 지나가는 길목에 있는 작은 나라들은 겁이 나서 저마다 성문을 굳게 닫고 지키며 식량을 공급해 줄 것을 거절했다. 성을 쳐도 쉽게 함락시킬 수가 없었다. 항복을 받게 되면 식량을 얻을 수 있었지만, 그렇지 못할 경우는 며칠 만에 떠나가야 했다. 욱성에 도착했을 무렵에는 도착한 군사의 수는 수천에 불과했고, 그것도 모두 굶주림에 지쳐 있었다. 이리하여 욱성을 공격했으나 거꾸로 욱성이 크게 이겨 살상을 당한 한나라 군사가 대단히 많았다. 이사장군은 이차 및 조시성과 상의 끝에 이런 결론을 내렸다.

"욱성마저 함락시킬 수 없는 형편에, 하물며 왕도를 함락할 수 있겠는가?"

그리고는 군사를 이끌고 돌아왔다. 가며 오며 2년이 걸려 돈황에 돌아왔을 때는 군사 수가 출발했을 때의 10분의 1, 2에 불과했다. 사람을 서울로 보내 다음과 같은 글을 올렸다.

"길은 멀고 식량이 떨어져 사졸들은 싸움을 걱정하기보다 굶주림을 걱정하는 상태였습니다. 또 군사가 적어서 대원을 함락시키기는 부족했습니다. 바라옵건대 잠시 전쟁을 쉬게 하고 새로 병력을 증강하여 다시 나가 치게끔 해 주옵소서."

이 소식을 들은 천자는 크게 노하여 사신을 보내 옥문관을 막게 하고 이렇게 일렀다.

"군사 중에서 감히 관문 안으로 들어오는 사람은 사형에 처한다."

이사장군은 겁이 나서 그대로 돈황에 머물러 있었다. 그해 여름, 한나라는 착야후의 군사 2만여 명을 흉노로 인해 잃었다. 공경과 그 밖의 논자들은 모두 대원을 치는 군사를 파하고, 오로지 흉노를 칠 것을 청원했다. 그러나 천자는 이미 대원을 무찌르기로 했던 것이다. 그러므로 '대원은 작은 나라인데, 이들에게 항복받지 못하면 대하 등도 한나라를 가볍게 여길 것이며, 대원의 좋은 말은 다시는 오지 않게 될 것이다. 오손과 윤두(侖頭)도 한나라를 업신여기고 사신들을 괴롭히게 될 것이다. 그리고 외국의 웃음거리가 될 것이다.' 라고 생각하고, 특히 대원을 치는 것이 불편하다고 주장하고 있는 등광(鄧光) 등을 조사하여 처벌하는 한편, 죄수들 가운데 큰 활을 쏠 수 있는 사람의 죄를 용서하고, 보다 많은 불량소년과 변경의 기병들을 징발시켰다.

이리하여 1년 남짓 지나 돈황을 출발한 군사는 6만 명에 달했다. 그 중에는 스스로 먹을 것을 가지고 자원해서 따라가는 사람은 들어 있지 않았다. 소는 10만, 말은 3만여, 나귀와 노새와 낙타는 수만에 이르렀다. 식량은 풍부했고 무기와 큰 활도 많이 준비되었다. 온 천하가 떠들썩하게 서로 명령을 전하고 받들며 대원을 치게 되었는데, 전쟁에 따라간 교위만도 50여 명에 이르렀다.

대원왕이 있는 성 안에는 우물이 없었다. 물은 전부 성 밖의 흐르는 물을 길어다가 쓰고 있었다. 그래서 한나라에서는 수공(水工)들을 보내서 낮은 곳에 웅덩이를 파고 성 밑의 물을 끌어 넣어 성 안의 물을 말려 버렸다. 그리고 더 징발한 위수병(衛戍兵) 18만을 주천군과 장액군 북쪽에 설치한 거연(居延)과 휴도(休屠) 두 현에 배치하여 주천군을 방위하게 했다. 또 천하의 일곱 가지 죄과를 가진 자(죄를 범하고 수졸이 된 사람)를 징발하고, 또 말린 밥을 싣고 가 이사장군의 군사에게 공급해 주었다. 짐을 운반하는 수레와 사람이 쉴 새 없이 돈황에 도착했다. 또 말에 정통한 사람 둘을 집마교위(執馬校尉)와 구마교위(驅馬校尉)로 임명하여 대원을 격파하고, 그 나라의 좋은 말을 고르게 될 경우에 쓰도록 대비했다.

이리하여 이사장군은 다시금 길을 떠나게 되었다. 병력은 방대했는데, 가는 곳마다 작은 나라들 가운데 나와 맞지 않는 나라가 없었고, 모두 식량을 내와 한나라 군사에게 공급해 주었다. 그런데 윤두에 이르자 윤두는 항복을 하지 않았기 때문에 며칠 동안의 공격 끝에 함락시켰다. 여기서부터 서쪽으로는 대항하는 나라도 없이 대원성에 다다를 수 있었다. 도착한 한나라 군사는 3만, 대원 군사는 그 한나라 군사를 맞아 공격해 왔으나 한나라 군사는 활을 쏘아 이를 물리쳤다. 대원 군사는 패해 달아나 그들 성 안을 지키고 있었다. 이사장군의 군사는 욱성을 치고 싶었지만, 대원과의 싸움을 중지하게 되면 대원에게 더욱더 속임수를 쓸 여유를 주게 될까 두려워 먼저 대원성을 공격해서 그 수원을 끊어 물을 다른 곳으로 흘려보내자 대원은 크게 곤경에 빠졌다. 한나라 군사는 그 성을 포위하여 공격한 지 40여 일 만에 그 외성을 격파하고, 대원의 귀인으로 용장인 전미(煎靡)를 사로잡았다. 대원의 군사는 크게 겁을 먹고 성 안으로 패해 달아났다. 대원의 귀인들은 서로 상의 끝에 이렇게 합의했다.

"한나라가 대원을 치는 이유는 우리 임금인 무과(毋寡)가 좋은 말을 감춰 두고 한나라 사신을 죽인 때문이다. 지금 임금인 무과를 죽이고 좋은 말을 주게 되면 한나라 군사는 포위를 풀게 될 것이다. 포위를 풀지 않는다면 그때 가서 힘껏 싸워 죽어도 늦지 않다."

대원의 귀인들은 힘을 합쳐 그들 왕인 무과를 죽이고 귀인 한 사람이 그 머리를 가지고 이사장군에게로 가서 약속해 말했다.

"한나라 군사는 우리 나라를 치지 말아주십시오. 우리 나라는 좋은 말을 있는 대로 모조리 꺼내 마음대로 골라 가도록 내맡기겠습니다. 또 한나라 군사에게 식량을 공급하겠습니다. 만일 받아들이지 않는다면 좋은 말을 모조리 죽여 버리겠습니다. 그리고 강거의 구원병이 곧 도착하는 중입니다. 도착하게 되면 우리 군사는 성 안에 있고, 강거의 구원병은 성 밖에서 한나라 군사와 싸울 것입니다. 한나라는 이러한 사정을 깊이 계산한 다음, 어느 쪽이든 택해 주십시오."

이때 강거는 한나라 군사의 형편을 살피고는 있었는데, 한군이 여전히 강성하였으므로 감히 나오지 못하고 있었다. 이사장군은 조시성 · 이차 등과 상의했다.

"들리는 바에 의하면 대원성 안에서는 새로 한나라 사람을 찾아내어 우물을 파는 방법을 알게 되었고, 또 성 안에는 식량이 아직도 많다고 한다. 우리가 멀리 온 것은 원흉인 무과를 베어 죽이기 위해서였다. 그 무과의 머리는 이미 와 있다. 일이 여기까지 이르렀는데도 군사를 풀지 않는다면 대원은 굳게 지킬 것이다. 그리고 강거의 구원병이 우리 군사가 지친 것을 엿보고 있다가 대원을 구하게 되면 반드시 우리 군사를 깨뜨리게 될 것이다."

한나라 군사들은 모두 그러리라 생각하고 대원의 약속을

승낙했다. 대원은 좋은 말을 꺼내와서 한나라 군사에게 마음대로 고르게 했다. 그리고 많은 식량도 가져와 한나라 군사에게 공급했다. 한나라 군사는 좋은 말 수십 필과, 중간 이하 것의 암수 3천여 필을 고른 다음 대원의 귀인으로 장군이며 또한 전부터 한나라 사신을 후대한 말살(昧蔡)을 대원왕으로 세워 함께 맹약을 맺고 군사를 거두었다. 이리하여 끝내 중성(中城)으로는 들어가지 못한 채 전쟁을 끝내고 돌아왔던 것이다.

처음에 이사장군은 돈황을 출발하여 서쪽으로 행진할 때 군사 수가 너무 많아 도중 여러 나라들이 식량 공급을 할 수 없을 것으로 알고 군사를 몇 개 부대로 나누어 남쪽 길과 북쪽 길로 나아가게 했다. 교위(校尉)인 왕신생(王申生)과 전 홍려이던 호충국(壺充國) 등 천여 명은 본부대와 떨어져서 욱성에 도착하자 욱성은 성문을 굳게 닫고, 왕신생의 군사에게 식량 공급을 거절했다. 왕신생은 본대에서 2백 리 떨어져 있었으나 욱성의 형편을 정찰하고 이를 가볍게 여겨 식량을 제공하도록 요구했지만 욱성은 끝내 이를 승낙하지 않았다. 그러는 가운데 왕신생의 군사가 날마다 줄어드는 것을 알아낸 그들은 어느 이른 아침, 3천 명 군사로 공격해 와서 왕신생 등을 죽였다. 왕신생의 군사는 무너지고 몇 사람이 탈출하여 이사장군에게 달려갔다. 이사장군은 수속도위(搜粟都尉)인 상관걸(上官桀)을 시켜 욱성으로 가 이를 쳐서 깨뜨리자 욱성왕은 강거로 도망쳤다. 상관걸은 뒤쫓아 강거에 이르렀다. 강거는 한나라가 이미 대원을 깨뜨린 것을 듣고 욱성왕을 묶게 하여 엄한 감시하에, 이사장군에게 호송했다. 네 사람은 서로 의논하여 이렇게 말했다.

"욱성왕은 한나라가 미워하는 사람이다. 지금 산 채로 데리고 가려다가 도망이라도 치게 되면 큰 일이다."

그를 죽이고자 했으나, 자진해서 그를 죽이려는 사람이 없었다. 상규현의 기사인 조제(趙弟)는 가장 나이가 어린 사람이었지만, 칼을 뽑아 이를 쳐죽이고 그의 머리를 들고 갔다. 조제와 상관걸은 이사장군을 뒤쫓아 따랐다. 이사장군의 두 번째 원정 때 처음에는, 천자께서는 사신을 오손에게 보내 크게 군사를 동원, 협력하여 대원을 치도록 연락을 취했다. 오손은 2천 기로 출정을 하게 됐으나 두 마음을 품고 앞으로 나아가려 하지 않았다. 이사장군이 동쪽으로 돌아올 때 도중의 모든 작은 나라 왕들은 대원이 항복한 것을 아는지라 모두 그 자제들을 한나라 군에게 딸려 보냄으로써 천자를 뵈옵고 공물을 바치게 했다. 그리고 그들을 볼모로 하여 한나라에 머무르게 했다.

이사장군이 대원을 쳤을 때 군정인 조시성은 힘껏 싸워 공로가 가장 많았다. 또 상관걸은 용감하게 적진 깊이 쳐들어갔고, 이치는 많은 계략을 생각해냈다. 그런데 옥문관에 돌아온 군사는 1만여 명, 군마(軍馬)는 천여 필밖에 안 되었다. 이사장군의 두 번째 원정에서 군사는 식량이 모자란 것도 아니었고, 전사한 사람이 그리 많은 것도 아니었다. 그런데 장수와 관리들이 탐욕스러워 그들 대다수가 사졸들을 아끼지 않고 무모하게 쳐들어갔으므로 죽은 사람이 많았다. 그러나 만 리

저쪽까지 가서 대원을 친 것을 가상히 여긴 천자는 굳이 잘못을 밝히지 않았다. 그리고 이광리를 해서후(海西侯)에 봉했다. 또 스스로 욱성왕을 벤 기사 조제를 신치후(新時候)에 봉하고 군정인 조시성을 광록대부로 하고, 상관걸을 소부로 하고, 이차를 상당 태수로 했다. 군관으로 구경에 선 자는 세 사람, 제후들의 재상 · 군수 등 2천 석의 신분으로 발탁된 사람은 백여 명, 천 석 이하의 벼슬에 오른 사람은 천여 명이나 되었다. 자진해서 용감히 전쟁에 따라 나선 사람은 기대한 이상의 벼슬을 얻게 되고, 죄수로서 종군한 사람은 그 노역이 면제되었다. 사졸들에게 하사된 물건은 4만 금에 상당했다. 대원을 치기 위해 두 차례 오고가며 무릇 4년 만에 전쟁은 끝이 났던 것이다.

한나라 군사는 대원의 토벌을 끝내자 말살을 대원왕으로 세우고 떠났다. 그로부터 1년 남짓 지나자, 대원의 귀인들은 말살이 한나라에 아첨해서 자기 나라를 망친 것으로 판단하고 함께 말살을 죽인 다음, 무과의 동생인 선봉(蟬封)이란 자를 세워 대원왕으로 삼고, 그의 아들을 한나라에 볼모로 보냈다. 그래서 한나라에서는 사신을 보내 후한 선물을 주어 위로하게 했다. 그와 동시에 10여 명의 사신들을 대원 서쪽의 여러 나라에도 보내 진기한 물건들을 구해 오게 하고, 이를 계기로 대원을 치게 된 한나라의 위덕을 은연중 자랑해 보였다. 또 돈황에다 주천 도위를 둔 것을 비롯, 다시 서쪽 염수까지 이르는 곳엔 역(驛)이 생기고, 윤두에는 수백 명의 둔전병(屯田兵)이 있었다. 그래서 그들을 감독하기 위한 사신을 파견,

밭을 보호하고 쌀과 조를 쌓아두고, 외국으로 가는 사신들에게 공급했다.

태사공은 말한다.

《우본기(禹本紀, 고서의 하나)》에, '하수는 곤륜산에서 나온다. 곤륜산은 그 높이가 2천 5백여 리, 해와 달이 서로 피해 숨으며 그 빛을 밝혀 밤낮을 나누게 되는 산이다. 그 꼭대기에는 예천(醴泉, 단물이 솟는 샘)과 요지(搖池, 신선이 사는 못)가 있다.' 고 기록하고 있다 그런데 이제사 장건이 대하의 사신으로 가서 비로소 하수의 원류를 밝혀 내게 되었다 한다. 어떻게 《우본기》에서 말한 곤륜산을 본 사람이 있었겠는가? 그러므로 구주의 산천에 관한 기록은 《상서》에 있는 것이 사실에 가깝다. 《우본기》나 《산해경(山海經)》에 기록되어 있는 괴상한 물건에 대해서는 나는 감히 더 말하지 않겠다.

유협 열전(遊俠列傳)

사람을 곤경에서 건져주고, 사람이 고생할 때 구해 주는 것은 인자(仁者)의 도리가 아닌가. 믿음을 잃지 않고 말을 배반하지 않는 것은 의자(義者)의 경우도 같다. 그래서 〈유협 열전 제 64〉를 지었다.

한비자는 "유자(儒者)는 문(文)으로써 법(法)을 어지럽히고, 협자(俠者)는 무(武)로써 금(禁)을 범한다."고 말한다. 선비〔儒〕건 협객이건 가리지 않고 다 같이 비난한 것이다.

그러나 선비의 경우는 그래도 세상 사람들에게 평판이 좋은 셈이다. 학술로써 재상이나 경 · 대부가 된 사람이나 그 임금을 도와 공명을 역사에 기록한 사람들에 대해서는 구태여 이야기할 필요도 없을 것이다. 하지만 계차(季次, 公晳哀)나 원헌(原憲) — 둘 다 공자의 제자 — 은 한낱 서민에 불과했지만, 그들은 홀로 군자의 덕을 지닌 채 의를 지키며 당세의 시류를 외면하였고, 세상 사람들 또한 이런 그들을 비웃었다. 그러기에 그들은 일생동안 쑥대로 엮은 문 안에 살며 험한 의식마저 넉넉하지 못했던 것이다. 그런데도 그들이 죽은 지 이미 4백여 년이 지났건만 그 제자들은 그들의 뜻을 잊지 않고 있는 것이다.

이에 비해 유협(遊俠)의 경우는 어떠한가? 물론 그들의 행위가 반드시 정의에 합치되는 것은 아니다. 그러나 그들의 말에는 신용이 있고, 행동은 과감한 것이어서 한 번 승낙한 일에는 반드시 성의를 다한다. 자신의 몸은 아끼지 않으면서 남의 고난을 돌볼 뿐 일신의 존망 사생 따위는 아예 무시하고 만다. 그러면서도 그들이 수치로 여기는 것은 자신의 재능이나 덕을 자랑하는 일이다. 이런 것들로 보아도 그들 유협에게는 역시 본받을 점이 많지 않겠는가. 더군다나 위급한 일은 어느 때 누구에게 밀어닥칠지 모르니 말이다.

태사공은 말한다.

옛날 순임금은 아우 때문에 우물과 창고에서 고통을 겪었고, 이윤(伊尹)은 욕되게 솥과 도마를 짊어진 채(요리사) 다녔고, 부열(傅說)은 인부가 되어 부험(傅險, 굴 이름)에 숨어 살았고, 여상(呂尙)은 극진(棘津)에서 곤궁한 나머지 밥장사를 했고, 관중은 수갑과 차꼬를 찬 일이 있고, 백리해(百里奚)는 노예가 되어 소를 길러 주었고, 공자는 광(匡)에서 위급한 변을 당했는가 하면 진(陳)·채(蔡) 사이에서는 먹을 것이 모자라 얼굴빛이 나빠진 일이 있었다. 이들은 모두 선비들이 말하는 도를 지닌 어진 사람들이다. 그런데도 역시 재난을 당했던 것이니, 하물며 보통 사람으로서 난세의 탁류를 건너자면 말할 나위가 있겠는가? 위해를 만나는 일은 일일이 헤아릴 수조차 없을 것이다.

어떤 천한 자가 이런 말을 했다.

"무엇 때문에 인의를 알 필요가 있는가? 내게 이익을 주는 사람을 덕이 있는 사람으로 생각할 뿐이다."

그러기에 주나라를 추악하게 여긴 백이가 수양산에서 굶어 죽었어도 주나라 문왕과 무왕은 계속 왕위를 지켰으며, 도척(盜跖)과 장교(莊蹻, 大盜)는 포악하고 잔인했지만 그들의 패거리들은 의기 있는 사람이라고 끝없이 칭찬했던 것이다. 미루어 보건대 "갈고리를 훔친 사람은 죽음을 당하고 나라를 훔친 사람은 제후가 된다."든가, "제후의 문(門)에는 인의가 있다."든가 하는 말은 빈말이 아니다.

지금 학문에 구애되고, 혹은 약간의 정의감을 품고서, 오래도록 외롭게 세상을 등지고 살아가는 것이 어찌 천박한 의논으로 속세의 무리들과 어울려 세상의 흐름을 따라 부침하여 영광된 이름을 얻는 것만 못하겠는가? 그러나 또 포의(布衣)의 무리로서 은혜를 입었으면 반드시 갚고, 승낙한 일은 반드시 실천에 옮기고, 천 리 먼 곳에 가서도 의리를 지키고자 한 몸을 던지며 세상 사람들의 평 같은 것을 돌아보지 않는 유협의 무리들 역시 또한 남보다 뛰어난 점이 있다고 하겠지만 그들이 다만 임시 변통으로 그런 생활을 하고 있는 것만은 아니다. 그러기에 이름 있는 선비들도 막바지에 몰리게 되면 생명까지도 그들에게 의지하게 되는 것이다. 그들이야말로 사람들이 말하는 현인이나 호걸 축에 끼는 자들이 아니겠는가?

만일 민간의 유협들과 계차 · 원헌 등과 비교한다 치자. 그 권력이나 또는 그들이 살았던 시대에 미친 공적을 놓고 보면 유협의 무리는 결코 계차 등과 동시에 말할 수 없을 만큼 뛰어나 있다. 요컨대 그들의 공로가 뚜렷하고 말한 것에 신의가 있기 때문이다. 그렇다면 협객의 신의라는 것을 어찌 무시할 수 있겠는가?

옛 서민 협객에 대해서는 아무것도 들은 것이 없다. 근세의 연릉(延陵, 오나라 季札) · 맹상군(孟嘗君) · 춘신군(春申君) · 평원군(平原君) · 신릉군(信陵君) 등은 모두 왕의 친족들이었고, 영토가 있고, 경상의 자위에 있어 부유함이 있었기 때문에 그 점을 이용해서 천하의 어진 사람들을 불러들여 이름을 제후들 사이에 알리게 되었으니 어질지 못한 사람이라고는 할 수 없다. 그러나 그들의 명성이 높았던 것은 비유하면 바람을 타고 부른 소리가 더욱더 먼 곳에 미치는 것과 같은 것이었다. 바람을 타고 부르면 소리 그 자체가 속도를 가하게 되는 것도 아닌데 멀리까지 들리게 되는 것은 바람에 의해 그 기세가 강해지기 때문인 것이다.

그러나 시정의 협객들은 그 자신이 권세를 가지고 있는 것은 아니고, 오로지 행실을 닦고 이름을 갈아 그 명성이 천하에 미치는 것이니, 천하 사람들은 그들을 현자로 칭찬하지 않는 사람이 없다. 이렇게 하는 것은 지극히 어려운 일이다. 그런데도 유학이나 묵자의 학문을 하는 사람들은 모두 이를 배척하여 책에 기록하지 않았다. 진나라 이전의 서민 협객에 대해서는 기록이 없어져 버렸으므로 알 도리가 없어 심히 유감스럽다.

내가 들은 바에 따르면, 한나라가 일어난 뒤로 주가(朱家)·전중(田仲)·왕공(王公)·극맹(劇孟)·곽해(郭解) 등과 같은 협객이 있었다 한다. 때로는 당시의 법망에 저촉되는 일이 있었으나, 개인적인 의리에 있어서는 청렴 결백하고 겸양하여 칭찬하기에 충분한 점이 있다. 그들의 명성은 까닭없이 알려지는 것은 아니며, 뜻있는 선비들이 이유없이 따랐을 리 없다. 혹은 패를 지어, 혹은 집안붙이끼리 합세해서 도당을 만들고, 돈으로 가난한 사람들을 마구 부리고, 잘난 체 거만을 부리며, 약한 사람을 괴롭히고, 내 욕심만 채워 혼자만의 쾌락을 도모하는 따위를 유협의 무리들은 또한 수치로 여긴다.

나는 세속 사람들이 그 내용은 살펴보지도 않은 채 주가나 곽해 등을 허풍을 치고 포학을 일삼는 무리들과 동류로 보고 함부로 비웃는 것을 슬퍼한다.

노나라 주가는 고조와 동시대 사람이다. 노나라 사람들은 모두 유교를 숭상했으나 주가만은 협객으로서 이름이 알려져 있었다. 그가 숨겨줌으로써 목숨을 건진 호걸만도 수백 명에 이르고, 그 밖에도 평범한 사람들을 도운 수는 이루 다 헤아릴 수가 없을 만큼 많다.

그러나 그는 평생 자기 재능을 자랑하거나 그가 베푼 덕을 내세우지도 않았다. 오히려 전에 자신이 은혜를 베푼 사람과는 만나는 것조차 두려워했고, 남의 곤란을 도울 경우에는 우선 가난하고 신분이 천한 사람부터 먼저 손을 썼다. 집에는 남아 도는 재산이 없었고, 의복에는 장식품이 붙어 있지 않았으며, 음식은 맛있는 것이 못되었고, 타고 다니는 것은 소달구지가 고작이었다.

남의 위급한 일을 위해 쫓아다니는 것은 자기 개인의 볼일보다 더 열심이었다. 그는 일찍이 몰래 계포(季布) 장군의 재액을 벗어나게 해주었으나, 계포가 크게 출세를 하게 된 뒤로는 평생 그를 만나지 않았다. 함곡관 동쪽 지역 사람으로 그와 교제하기를 애써 원하지 않는 사람은 없었다.

초나라 전중은 협객으로 유명했고 칼 쓰기를 좋아했으며, 주가를 아버지로 섬겼다. 그러나 자신의 행동이 주가에 미치지 못한다고 자인하고 있었다.

전중이 죽은 뒤로 낙양 땅에 극맹이 있었다. 주나라 사람들은 장사를 해서 생활을 하고 있었는데, 극맹은 협객으로서 제후들 사이에 이름이 높았다. 오 · 초가 반란을 일으켰을 때 태위 주아부는 역전거를 타고 하남으로 가던 도중 극맹을 만나자 기뻐하며 말했다.

"오 · 초 두 나라는 큰일을 저질러 놓고도 극맹을 자기 편으로 끌어넣으려 하지 않았으니, 그들이 큰일을 해낼 수 없다는 것을 능히 알 수 있다."

이 말은 천하가 소란한 시기에 임해서 조후 주아부가 극맹을 자기 편으로 끌어넣게 된 것은, 하나의 적국을 자기 편으로 만든 것과 마찬가지라는 것을 뜻하고 있다. 극맹이 한 일들은 주가의 그것과 아주 비슷한 점이 많았다. 그는 노름을 좋아하고 아직 소년처럼 장난기가 많았지만 그의 어머니가 죽었을 때는 문상차 먼 곳에서 모여든 수레 수만도 거의 천 대나 되었다. 하나 극맹이 죽은 뒤 그의 집에 남아 있는 재산은 10금도 되지 않았다.

부리(符離) 사람인 왕맹(王孟)도 협객으로서 장강과 회수 사이에 이름이 높았다. 이 무렵 제남의 간씨와 진나라의 주용(周庸)도 역시 호걸로 유명했었는데, 경제가 그 말을 듣고 사자를 보내 이 무리들을 모조리 없애 버렸다. 그 뒤 대군의 백씨(白氏) 일족, 양나라의 한무벽(韓無辟), 양책(陽翟)의 설황(薛況), 섬(陝)의 한유(韓孺) 등이 연달아 나타났다.

곽해는 지(軹) 땅 사람이다. 자는 옹백(翁伯)으로서 관상을 잘 보기로 유명한 허부(許負)의 외손자다. 곽해의 아버지는 협객이라는 이유로 효문제 때 사형을 당했다.

곽해는 체구는 작았지만 총명하고 용감했으며, 술을 마시지 않았다. 그리고 외출할 때에는 기마 수행원을 데리고 다니지도 않았다. 젊었을 무렵은 마음속으로 잔인한 생각을 품고 있어서 뜻대로 되지 않으면 금시 분개해서 죽여 버린 사람이 대단히 많았다. 그리고 자기 한 몸을 던져 친구를 위해 원수를 갚고, 망명한 사람을 숨겨주고, 그리고는 쉴새없이 간악한 일이며 강도질을 했다. 또 사사로이 돈을 만들고 무덤을 파헤친 것은 이루 헤아릴 수 없을 정도였는데도 궁지에 빠져 있을 때마다 우연히 하늘의 도움이 있어 도망칠 수가 있었거나, 또는 은사가 있거나 했다.

그는 나이를 먹으면서 행실을 바꾸어 검소한 생활을 하고, 덕으로써 원수를 갚으며, 남에게는 후하게 은혜를 베풀었으나 그 보답을 바라는 일은 별로 없이 의협적인 일을 더욱 즐겨 행했다. 사람의 목숨을 건져주고도 그 공을 자랑하지 않았다. 다만 잔인한 마음은 그대로 품고 있어서, 성을 내며 노려보는 것만은 옛날 그대로였다고 한다. 젊은이들이 그의 행동을 사모하여 찾아오면 당장 그들을 위해 원수를 갚아주고, 그리고는 그들이 알아차리지 못하게끔 했다. 곽해의 조카(누님의 아들)가 그의 위세를 믿고 어떤 사람과 술을 마셨을 때 더 이상 마실 수 없는데도 억지로 술을 권하자 화가 난 상대방은 칼을 뽑아 곽해의 조카를 찔러 죽이고 달아났다. 곽해의 누님이 노여워하며 말했다.

"남이 내 자식을 죽였는데도, 옹백 같은 의협을 가지고 그 범인을 잡지 못하는구나."

그리고는 아들의 시체를 길거리에 버려둔 채 장사를 지내지 않으며, 그렇게 하는 것으로 곽해에게 모욕을 주려 했다.

곽해는 사람을 시켜 은밀히 탐색한 끝에 범인이 숨어 있는 곳을 알아냈다. 범인 궁지에 몰리자 자수해 나와 곽해에게 그 실정을 상세하게 말했다. 그러자 곽해는 이렇게 말했다.

"당신이 그를 죽인 건 당연하오. 내 조카가 나빴소."

그를 돌려보내고 조카에게 죄가 있다 하고 시체를 거두어 장사지냈다. 이 말을 들은 사람들은 모두 곽해의 의협심을 장하다고 하며 더욱 그를 사모하게 되었다.

곽해가 외출을 하면 사람들은 모두 길을 피했다. 그런데 어떤 사람이 그저 두 다리를 쭉 뻗치고 앉은 채 곽해를 쳐다보았다. 곽해는 사람을 시켜 그의 성명을 묻게 했다. 그러자 곽해의 문객들이 그를 죽이려 했다. 그러나 곽해는 이렇게 말했다.

"자기가 살고 있는 마을에서 존경을 받지 못하는 것은 내가 덕이 부족한 탓이다. 그에게 무슨 죄가 있단 말인가?"

그리고 은근히 위사(尉史)에게 부탁을 해뒀다.

"이 사람은 내가 소중히 여기는 사람이오. 천경시(踐更時, 병역 교체 시기)에는 병역을 벗어나게 해주시오."

그 뒤로 천경 때마다 그 사람은 몇 차례에 걸쳐 병역을 면하게 되었고, 관에서도 아무 말이 없었다. 이상한 생각이 든 그는 그 이유를 물어보았던 바, 곽해가 그렇게 해주었다는 것이었다. 그래서 두 다리를 쭉 뻗치고 앉아 있었던 그 사람은 웃옷을 벋고 용서를 빌었다. 젊은이들은 이 이야기를 듣고 더욱 더 곽해의 행동을 사모했다.

낙양 사람 중에 서로가 원수처럼 지내는 자들이 있었다. 고을 안의 어른들이며 호걸들이 10여 명이나 화해를 시키려 했으나 끝내 그들은 듣지 않았다. 그래서 누군가가 곽해를 찾아와서 중재를 부탁했다. 곽해는 밤중에 원수로 대하고 있는 사람들의 집을 찾아갔다. 그들은 자기들의 생각을 굽혀 곽해의 말을 받아들였다. 그러자 곽해는 그들에게 말했다.

"나는 낙양의 여러분들이 중재에 많이 나섰으나 당신들이 받아들이지 않았다고 들었소. 지금 다행히 이 곽해가 하는 말을 들어주기는 했소만 다른 고을 사람인 제가 어찌 이 고을에 계신 훌륭한 분들의 권위를 빼앗을 수 있겠소."

그는 그날 밤으로 남의 눈에 띄지 않게 그곳을 떠나며, 이런 말을 남겼다.

"잠시 동안 그 전처럼 행동하시며 제가 한 말을 받아들이지 않은 것처럼 해주시오. 그리고 제가 사라진 다음, 낙양에 있는 호걸을 중간에 넣고 그의 말을 들어 화해하도록 하십시오."

곽해는 평소에 몸가짐이 겸허하여 감히 수레를 타고 현청에 들어가는 일이 없었다. 또한 남을 도와줄 일이 이웃 군문(郡門)과 관련이 있을 때에는 먼저 가능한 일인가를 알아 본 다음 실행에 옮겼는데, 만일 불가능한 일일 경우에는 청탁자에게 그 이유를 잘 타일러 알아듣게 한 다음에야 비로소 술과 음식에 손을 댔다.

사람들은 이런 곽해에 대해 외경감을 갖고 어떻게라도 그에게 도움이 되고자 다투었다. 그래서 밤이면 항상 수레를 타고 찾아오는 고을 안의 젊은이며 인근 현의 현자 · 호걸들이 10여 명씩 되곤 했다. 이들은 곽해가 숨겨 두고 있는 망명객을 자청해서 자기들이 데려가 보호하려 한 것이었다.

무제 때에 지방의 호족들과 부자들을 무릉으로 강제 이주시키라는 명령이 내렸다. 곽해는 집이 가난해서 3백만 전 이상이라는 조건에 맞지 않았지만 그의 명성과 세력을 두려워한 관리들은 혹시라도 그를 강제 이주자 명단에서 제외하였다가 뒤에 벌을 받을까 겁을 낸 나머지 그를 명단에 넣었다. 이 소식을 들은 위청 장군이 곽해를 위해 황제에게 청을 올렸다.

"곽해는 집이 가난해서 이주 대상에 해당되지 않습니다."

그러나 황제는 이렇게 말했다.

"하찮은 평민 따위가 장군으로 하여금 한 마디 하게 한 권세만 보아도 자격이 충분해."

마침내 곽해도 이주하게 되었는데, 이때 그를 전송하는 사람들이 모은 전별금이 천여 만 전이나 되었다.

곽해가 관중에 들어오자 관중의 호걸·인재들은 그의 명성을 사모한 나머지 그와 지면이 있든 없든 가리지 않고 다투어 교제를 청했다.

이 무렵, 곽해의 조카(형의 아들)가 지현의 관리인 양가(楊哥, 楊季主의 아들)의 목을 자른 일이 일어났다. 그가 맨 처음 곽해의 이주를 주장하고 나섰기 때문이었다. 이로써 양씨와 곽씨는 원수지간이 되고 말았다. 그런데 이번에는 고향에서 어떤 자가 양계주를 죽인 일이 일어났다. 뿐만 아니라 양계주의 죽음을 나라에 알리려던 사람마저 대궐 근처에서 살해되고 말았다. 황제는 이 일을 추궁 끝에 관리에게 곽해를 체포하도록 명령했다.

곽해는 도망쳐 어머니와 처자를 하양(夏陽)에 둔 채 자신은 임진(臨晉)으로 갔다. 임진의 적소공(籍少公)은 사실 곽해와 지면이 없었다. 그리고 곽해 역시 거짓 이름을 대며 자기를 임진관 밖으로 나가게 도와 달라고 부탁했다. 적소공의 도움으로 임진관을 벗어난 곽해는 길을 되돌아 태원(太原)으로 들어갔다. 그런데 곽해는 그가 가는 곳마다 그 집주인에게 자기의 행선지를 알려 주었으므로 관리들은 쉽게 적소공까지 뒤쫓을 수 있었으나, 이미 적소공이 자결하고 난 뒤라 그곳에서 길이 끊어지고 말았다.

그로부터 오랜 뒤에야 곽해는 체포되었다. 그리고 그가 저지른 범죄를 철저히 추궁당했다. 하지만 곽해의 살인은 모두 특사가 있기 이전의 일이었다. 한데 관해가 신문을 받을 때였다. 지 땅의 선비 한사람이 곽해를 수색 · 체포한 관리와 동석하고 있었는데, 그는 곽해의 식객이 곽해를 두둔하자 이렇게 꾸짖었다.

"곽해는 오로지 못된 일만 저지르며 국법을 범하고 있는 것이다. 어떻게 그를 훌륭한 사람이라고 할 수 있느냐?"

그 말을 들은 곽해의 식객은 그 선비를 죽이고 그의 혀를 잘라 버렸다. 관리는 그 일을 곽해에게 추궁했으나 그는 실지로 누가 죽였는지 알지 못했다. 그러는 가운데 죽인 사람의 소식은 끊어지고, 그것이 누구였는지 아는 사람은 아무도 없었다. 관리는 하는 수 없이 곽해에게는 죄가 없다고 보고했다. 그러자 어사대부 공손홍이 따지고 들었다.

"곽해는 평민의 몸으로서 협객 노릇을 하며, 권력을 휘두르고 사소한 원한 때문에 사람들을 죽였다. 유생을 죽인 일이 곽해가 아는 바 아니라 하더라도 그 죄는 곽해 자신이 죽인 것보다도 크다. 대역무도에 해당한다."

이리하여 곽해 옹백은 멸족을 당하고 말았다.

이 뒤로 협객 노릇을 하는 사람은 극히 많았으나 모두가 오만하기만 할 뿐 이렇다 하고 내세울만한 자는 없었다. 그러나 관중에는 장안의 번중자(樊仲子), 괴리(槐里)의 조왕손(趙王孫), 장릉(長陵)의 고공자(高公子), 서하(西河)의 곽공중(郭公仲)이 있었고, 그 밖에도 대원(大原)의 노공유(鹵公孺), 임회(臨淮)의 예장경(兒長卿), 동양(東陽)의 전군유(田君孺) 등이 있었다. 이들은 협객 노릇을 했다고는 하지만, 조심성 있고 겸손한 군자의 풍모가 있었다. 장안 북쪽 지방의 요씨(姚氏), 서쪽 지방의 두씨(杜氏) 일족, 남쪽 지방의 구경(仇景), 동쪽 지방의 조타 우공자(趙他羽公子), 남양(南陽)의 조조(趙調) 등과 같은 무리들은 민간에 사는 도척과 같은 무리일 뿐으로, 도무지 이야기할 것이 못 된다. 이 같은 자들은 앞에 말한 주가(朱家)가 수치로 여길 자들이다.

태사공은 말한다.

나는 곽해를 본 적이 있는데, 그의 얼굴 모습은 오히려 보통 사람보다 못하였고, 그의 말에도 취할 만한 것이 없었다. 그러나 천하에서는 훌륭하든 못났든, 알든 모르든 간에 모두 그의 명성을 사모하고 있었다. 협객의 무리에 대해 말하는 사람은 모두 그의 이름을 예로 들어서 말했다. 속담에도 '사람이 영광된 이름을 얼굴 위하듯 하면 어떻게 시들어 버리는 일이 있겠는가?' 했다. 곽해가 멸족형에 처해진 것은 참으로 애석한 일이다.

영행 열전(佞幸列傳)

임금을 섬기며 능히 임금의 이목을 즐겁게 하고, 임금의 얼굴빛을 부드럽게 하여 친근한 정을 얻음은 다만 용색으로 사랑을 받을 뿐만 아니라 재능에 있어서도 뛰어난 점이 있기 때문이다. 그래서 〈영행 열전 제 65〉를 지었다.

속담에 말하기를, "힘써 농사 짓는 것이 풍년을 만나는 것만 못하고, 착하게 벼슬을 사는 것이 임금의 뜻에 맞도록 하는 것만 못하다." 고 했는데, 참으로 빈말이 아니다. 다만 여자만이 얼굴과 미태로써 잘 보이는 것이 아니고, 남자 역시 벼슬 하는 경우에는 그런 일이 있으며, 옛날에는 또한 남색을 가지고 임금의 사랑을 받은 자도 많았던 것이다.

한나라가 일어났을 때, 고조는 대단히 사납고 강직했지만, 그런데도 적(籍)이라는 소년은 아첨하는 것으로 사랑을 받았다. 또 효혜제 때에는 굉(閎)이라는 소년이 있었다. 적과 굉 두 소년은 무슨 재능이 있었던 것은 아니고 다만 얼굴이 예쁘고 알랑대는 것으로 귀염을 받으며 황제와 기거를 함께 했으므로 공경들은 드릴 말이 있을 때에는 모두 이 두 사람을 통해서 말씀을 올렸다.

그렇기 때문에 효혜제 때의 낭관과 시중은 모두 준의(鵔鸃, 봉황새를 닮은 산꿩)의 깃으로 꾸민 관을 쓰고, 조개로 장식한 띠를 매고, 연지와 분을 발랐었다. 말하자면 적과 굉의 무리들처럼 되어 버린 것이다. 적과 굉 두 사람은 안릉으로 집을 옮겨 살았다.

효문제 때 궁중의 총신으로는 등통(鄧通)이 있었고, 환관으로는 조동(趙同)과 북궁백자(北宮伯子)가 있었다. 북궁백자는 인자한 장자(長者)라 하여, 조동은 점성술과 망기술(望氣術, 구름 모양을 보고 점치는 것)로 각각 총애를 받아 항상 효문제의 참승(參乘)이 되었지만, 등통에게는 특별난 재주라고는 없었다.

등통은 촉군의 남안 사람이다. 노를 가지고 배를 잘 저었기 때문에 황두랑(黃頭郞, 御船의 선장—누런 모자를 썼음)이 되었다.

어느 날, 효문제는 꿈을 꾸었다. 그 꿈속에서 효문제는 하늘에 오르려고 했으나 잘 되지 않았다. 그러자 한 사람의 황두랑이 뒤에서 밀어 주어서 하늘에 오를 수가 있었다. 뒤를 돌아보니 그 황두랑의 옷에 등 뒤로 띠를 맨 곳의 솔기가 터져 있었다. 효문제는 잠을 깬 뒤 점대(漸臺, 미앙궁 서쪽 蒼池

가운데 있는 臺)로 가서 꿈속에서 가만히 밀어 올려준 황두랑을 찾았다. 그런데 등통을 보니 과연 그의 옷이 등 뒤가 터져 있어서 꿈에 본 사람처럼 여겨졌다. 그를 불러 성과 이름을 물은즉, 성은 등(鄧)이었고 이름은 통(通)이었다. 효문제는 기뻐했다.[14]

날이 갈수록 효문제는 그를 소중히 여기며 사랑했다. 등통 또한 조심성이 많고 정직한 데다 대궐 밖의 교제를 싫어해서 휴가를 주어도 밖에 나가려 하지 않았다. 이리하여 효문제는 10여 차례에 걸쳐 거의 십만 전을 등통에게 상으로 내렸다. 등통의 벼슬은 점점 올라 상대부에까지 이르렀다.

효문제는 때때로 등통의 집으로 가서 놀았다. 그러나 등통에게는 다른 재주도 없었지만 훌륭한 사람을 천거할 줄도 몰랐으며, 다만 자기 한 몸을 조심하여 임금에게 잘 보일 뿐이었다. 어느 날, 효문제가 관상 잘 보는 사람에게 등통을 보였다.

"가난해서 굶어 죽을 상입니다."

그러자 효문제는 말했다.

"등통을 부자로 만들 수 있는 것은 짐이다. 어떻게 가난하다고 말할 수 있는가?"

이리하여 등통에게 촉군 엄도현에 있는 구리 광산을 주고 마음대로 돈을 만들어 쓸 수 있게 해 주었다. 등통이 만든 돈은 온 천하에 널리 퍼져 그는 말할 수 없는 부자가 되었다.

14. 《한서》에는 문제가, 등(鄧)은 오른다는 뜻의 등(登)과 같다 하여 기뻐했다고 기록했다.

효문제는 일찍이 종기를 앓았다. 등통은 늘 임금을 위해 종기의 고름을 빨아 냈다. 효문제는 병 때문에 마음이 편치 못했으므로 어느 때 조용히 등통에게 물어 보았다.

"이 세상에서 누가 가장 짐을 사랑하고 있겠느냐?"

"물론 태자를 따를 사람이 없을 것이옵니다."

그때 태자가 문병하러 들어왔다. 효문제는 태자에게 종기의 고름을 빨아 내게 했다. 태자는 종기를 빨기는 했으나 난처해하는 얼굴빛이었다. 그 뒤 등통이 늘 임금을 위해 고름을 빨아 낸다는 말을 듣고 마음속으로 부끄러워했으나, 이로 인해 또한 등통을 미워하게 되었다.

효문제가 죽고 경제가 즉위하자 등통은 벼슬을 그만두고 집에 있었다. 오래지 않아 등통이 국경 밖으로 그가 만든 돈을 실어내고 있다고 고발한 사람이 있었다(당시는 돈을 국경 밖으로 내가는 것을 금했다). 경제는 이 사건을 형리에게 넘겨 조사를 하게 했던 바, 그런 일이 상당히 많았던 것이 드러났다. 결국 유죄로 등통의 집 재산을 모조리 몰수를 한 다음에도 거만 금의 빚을 지게 만들었다. 장공주(長公主, 경제의 누님으로 등통과 밀통하고 있었다)가 불쌍히 여기고 등통에게 금품을 내렸으나, 그때마다 소임이 재빨리 그것을 몰수했기 때문에 등통은 관을 쓰는 데 필요한 비녀 하나도 몸에 지닐 수 없는 처지가 되었다. 그래서 장공주는 관리들이 몰수하는 것을 두려워하여 빌려 준다는 명목으로 등통에게 입을 것과 먹을 것을 보내 주었다. 등통은 끝내 제 앞으로는 단 한 푼도 가지지 못하고 남의 집에 얹혀 살다가 죽었다.

효경제 때에는 이렇다 할 총신은 없었고, 다만 한 사람 낭중령인 주문인(周文仁)이 있었을 뿐이다. 주문인이 받은 총애는 보통사람이 받은 것보다는 훨씬 큰 것이었지만 그래도 그리 대단한 것은 아니었다. 지금의 천자가 총애하는 궁중의 신하로는 선비로서 한왕(韓王)의 손자인 언(嫣)이 있고, 환관으로는 이연년(李延年)이 있다.

한언은 궁고후(弓高侯)의 서손이다. 지금의 황제가 아직 교동왕으로 있을 무렵, 한언은 왕과 함께 글을 배우며 서로 친했는데, 그 뒤 왕이 태자가 되자 더욱더 한언을 아꼈다. 한언은 말타기와 활쏘기를 잘했고, 또 아첨도 잘했다. 효무제는 즉위하자 흉노를 치는 것에 전념할 생각이었다. 한언은 그 이전부터 흉노의 군사에 대해 잘 알고 있었으므로 더욱 소중하게 여겨져서 벼슬이 상대부에 올랐다. 그가 상으로 받은 재물은 등통과 맞먹었다.

그 무렵 한언은 늘 황제와 기거를 함께 했다. 마침 강도왕이 조회에 들었다. 조칙이 내려와서 왕은 황제를 따라 상림원에서 사냥을 하기로 되어 있었다. 통행을 차단하고 길 좌우의 경계를 다 끝냈으나 천자의 수레는 아직 출발하지 않고, 먼저 한언으로 하여금 부거(副車)를 타고 수백 기를 거느려 짐승이 있고 없는 것을 돌아보게 했다. 멀리서 이를 바라보고 있던 강도왕은 그의 일행을 천자의 행차인 줄 착각한 나머지 호종들을 물리치고 길가에 엎드려 배알하려 했다. 그런데 한언은 빨리 달려가느라 왕을 보지 못하고 지나가 버렸다. 강도왕은 분한 나머지 울며 황태후에게 말했다.

"바라옵건대 봉국을 폐하께 돌려드리고 한언처럼 궁중에서 폐하를 모실 수 있도록 해 주십시오."

태후는 이 일로 인해 한언에 대해 원한을 품게 되었다. 한언은 황제를 모시면서 영항(永巷, 궁녀들만이 있는 館)에 출입하는 것도 허락되어 있었으므로 어떤 자가 한언이 궁녀와 밀통하고 있다고 황태후에게 고해 바쳤다. 황태후는 노하여 사자를 시켜 한언에게 죽음을 내리도록 했다. 황제는 한언을 위해 사과를 했으나 황태후는 끝내 듣지 않았다. 한언은 결국 죽고 말았다. 그의 아우인 안도후 한열(韓說) 역시 아첨으로 사랑을 받았다.

이연년은 중산(中山) 사람이다. 부모와 그 자신, 그리고 형제자매들은 본래 다 창(倡, 광대)이었다. 이연년은 법에 저촉되어 궁형을 받은 다음 구중(拘中, 황제의 사냥개를 맡아 있는 관청)에서 일을 보고 있었다. 그런데 평양 공주(平陽公主, 경제의 누님)가 황제에게 이연년의 누이가 춤을 잘 춘다는 말을 했다. 그의 누이를 본 황제는 속으로 기뻐하며, 그녀가 영항에 들어오자 이연년을 불러 그의 지위를 높여 주었다. 이연년은 노래를 잘 불렀고, 새로 색다른 음악도 지어냈다. 당시 황제는 천지신명에 대한 제사를 일으키고, 악시(樂詩)를 지어 악기에 맞추어 노래를 부르게 하려 했다.

이연년은 황제의 뜻을 잘 받들어 악기에 맞추어 새로 지은 악장(樂章)의 절차를 정했다. 그의 누이도 사랑을 받아 사내아이를 낳았다. 이연년은 2천 석의 인수를 차고, 협성률(協聲

律, 음악을 맡아 보는 장관)이라는 이름으로 불리며 황제와 함께 기거를 했다. 대단한 사랑으로 한언과 똑같은 대우를 받았던 것이다.

그러나 오래 지난 뒤에 이연년의 아우가 궁녀와 밀통했을 뿐 아니라 출입하는 태도마저 교만하고 방자했다. 누이인 이 부인이 죽고, 이연년에 대한 황제의 사랑이 시들게 되자 이연년 형제는 잡혀 처형되고 말았다.

이런 뒤로 대궐 안에서 사랑을 받는 신하들은 대개가 외척 집안들이었는데, 특별히 들어서 이야기할 만한 사람은 없다. 위청과 곽거병 또한 외척으로서 사랑을 받았지만, 그들은 그들 재능에 의해 스스로 크게 승진했던 것이다.

태사공은 말한다.

사랑과 미움이 때에 따라 변화하는 것에는 참으로 심한 바가 있다. 미자하(彌子瑕)[15]의 행장은 후세 사람들에게 아첨으로 총애를 받는 자의 운명을 잘 보여 주는 것으로, 백세 뒤에도 이와 같은 것임을 알 수 있다.

15. 춘추시대 위나라 사람. 어머니의 병 때문에 몰래 군주의 수레를 탔으나 사랑을 받고 있었으므로 용서되었고, 먹다가 만 복숭아를 달다 하여 왕에게 주었으나 역시 사랑을 받고 있었으므로 기특하게 여겨졌다. 그러나 왕의 사랑이 식고 죄를 짓게 되자, 왕은 수레를 몰래 탄 것과 먹다 만 복숭아를 주었다고 탓하며 쫓아냈다.

골계 열전(滑稽列傳)

세속에 흐르지 않고, 권세와 이익을 다투지 않으며, 상하가 함께 막힌 데가 없고, 사람들도 그것을 해되는 것으로 알지 않으니, 그 도는 널리 유통되었다. 그래서 〈골계 열전 제66〉을 지었다.

공자는 이렇게 말했다.

"육예(六藝)는 서로 다르지만 정치에 이바지하는 점에서는 다 같다. 즉《예기(禮記)》는 사람에게 절도를 가르쳐 주고, 《악경(樂經)》은 사람의 마음을 화하게 만들고, 《서경(書經)》은 사실을 말해주고, 《시경(詩經)》은 사람의 감정과 의사를 통하게 해 주고, 《역경(易經)》은 천지의 신비로운 변화를 알려 주고, 《춘추(春秋)》는 대의(大義)를 말해 주고 있다."

태사공은 말한다.

"천도(天道)는 넓고 넓어 그 광대함을 어찌 말할 수 있겠는가! 육예만이 아니라 이야기나 말을 통한 미묘한 이치를 가지고도 분란을 풀어 좋은 결과를 가져올 수가 있는 것이다."

순우곤(淳于髡)은 제나라 사람의 데릴사위다. 키는 7척도 안 되나 익살스럽고 변론이 능숙해서 자주 외국에 사신으로 나갔으나 한 번도 굴욕을 당한 일이 없었다.

제위왕(濟威王) 때 위왕은 수수께끼 풀기를 좋아하고, 음탕한 음악을 즐겨 연주하며 밤새 잔치를 벌이고 술에 빠져 정치는 아예 대신들에게 내맡긴 채 아랑곳하지 않았다. 그로 인해 백관들이 문란해 질서가 없고, 제후들은 사방에서 제나라를 침범해 나라의 존망이 언제 어떻게 될지 알 수 없는 형편이었음에도 좌우에 있는 신하들은 아무도 왕에게 간하지 않았다. 이때 순우곤은 수수께끼에 빗대어 이렇게 왕에게 간언했다.

"나라 안에 큰 새가 있는데 대궐 뜰에 앉아 3년 동안 날지도 않고 울지도 않습니다. 대왕께선 그것이 무슨 새인지 아시옵니까?"

"그 새는 날지 않으면 모르되 한 번 날기로 작정하면 하늘 높이 날아오를 것이고 울지 않으면 모르되 한 번 울기로 작정하면 사람을 놀라게 할 것이다."

그래서 왕은 크게 깨달은 바가 있어 각 현의 현령과 현장(縣長) 72명을 조정으로 불러들인 다음, 그 중 한 사람〔卽墨大夫〕에게 상을 내리고, 한 사람〔阿大夫〕은 사형에 처했다. 그리고는 크게 군사를 일으켜 침략국에 대한 반격에 나섰다. 제후들은 크게 놀라 그때까지 침략해 차지하고 있던 제나라 땅을 고스란히 돌려주었다. 그 뒤 36년에 걸쳐 제나라의 위엄은 천하에 떨치었다. 이 일은 〈전경중완 세가(田敬仲完世家) 제16〉에 기록되어 있다.

위왕 8년에 초나라는 대거 군사를 동원하여 제나라를 쳤다. 제왕은 순우곤을 시켜 조나라에 가서 구원병을 청하게 할 생각으로 조나라에 선물로 보낼 금 백 근과 거마 40필을 준비해 두었다. 그러자 순우곤은 하늘을 우러러보고 크게 웃었는데, 그 바람에 관의 끈이 다 끊어지고 말았다. 왕은 말했다.

"선생은 선물이 적다고 생각하오?"

"그렇지는 않습니다."

"그럼 무엇 때문에 웃었는지 그 까닭을 듣고 싶소."

"방금 신은 동방으로부터 도착했사온데, 도중 길가에서 풍년을 기원하는 사람을 보게 되었습니다. 그들은 돼지의 발 하나와 술 한 잔을 들고 이렇게 빌었습니다.

높은 밭에서는 광주리에 넘치고
낮은 들판에서는 수레에 가득 차게
오곡이 모두 잘 익어서
집안 구석구석에 넘쳐 나게 해주옵소서.

신은 그가 들고 있는 것은 그처럼 적으면서 바라는 것은 너무나 많은 것이 문득 생각나서 그래서 웃은 것뿐입니다."

이리하여 제위왕은 조나라로 보내는 선물을 황금 천 일(鎰)과 백벽(白璧) 열 쌍, 거마 4백 필로 하였다. 순우곤은 위왕을 하직하고 조나라로 떠났다. 조나라 왕은 그에게 정병 10만과 병거 1천 승을 내주었다. 초나라는 이 소식을 듣고 밤중에 군사를 이끌고 가 버렸다.

위왕은 크게 기뻐하여 후궁에서 잔치를 벌이고, 순우곤을 불러 술잔을 내린 다음 물었다.

"선생은 어느 정도 마시면 취하오?"

"한 말을 마시고 취할 경우도 있고, 한 섬을 마시고 취할 경우도 있습니다."

"한 말로 취하는 정도라면 어떻게 한 섬을 마실 수 있겠소? 한 말로도 취하고, 한 섬으로도 취하는 까닭을 들려주시겠소?"

"술을 대왕이 계신 앞에서 받들 때 집법(執法)이 옆에 있고, 어사가 뒤에 있으면, 신은 황공하여 엎드려 마시기 때문에 한 말을 다 마시기 전에 취하고 말 것입니다. 만일 귀한 손이 있는 아비 앞에서 제가 소매를 걷어 올리고 팔꿈치가 닿도록 몸을 굽혀 무릎을 꿇고 나아가 술자리를 모시면서 때로는 남의 것을 받아 마시기도 하고, 가끔 일어나 손님의 장수를 빌며 잔을 들게 되면 두 말을 다 마시기 전에 곧 취하게 될 것입니다. 만일 오랫동안 만나지 못했던 친구나 서로 교제하는 사람을 뜻밖에 만나 즐겁게 지난 일을 이야기하거나 사사로운 일까지 허물없이 주고받으면서 마시면 대여섯 말쯤 해서 취하게 될 것입니다. 그러나 마을에 행사가 있어, 남자와 여자가 한데 어울린 자리에서 서로 술잔을 돌리며 육박(六博)과 투호(投壺)놀이를 즐기는 가운데 서로 끌려 한 패가 되어 남녀가 손을 잡아도 벌받는 일이 없고, 서로 눈길을 보내도 말릴 사람이 없으며, 앞에는 귀고리가 떨어져 있고, 뒤에는 비녀가 빠져 있는 형편이 되면, 저는 이것이 은근히 즐거워 여덟 말쯤 마셔도 2, 3할 정도 밖에 취하지 않을 것입니다. 해가 저물어 술이 막판에 가서 술통은 한 곳으로 밀려나고, 남녀가 자리를 함께하여 서로가 무릎을 맞대고, 신발이 뒤섞이고, 잔과 그릇이 흩어져 있는 가운데 대청 위의 촛불은 꺼지고 아름다운 주인 여자는 나 한 사람만을 붙들고자 다른 손님들을 보내고 나서 은은히 향기를 풍기며 비단 속옷의 옷깃을 열게 되면 신은 매우 마음이 즐거워서 한 섬 술도 마시고 맙니다. 그러므로 '술이 지나치면 어지럽게 되고, 즐거움이 극도에 달하면 슬퍼진다.' 고 하였습니다. 모든 일이 다 이 같은 것이옵니다."

순우곤의 말인즉, 모든 일이 지나쳐서는 안 되며 지나치면 시들어지게 되는 까닭을 풍자하여 위왕을 은연중에 간한 것이었다. 위왕이 말했다.

"알겠소."

위왕은 그 뒤로는 밤을 새는 잔치를 없애고, 순우곤을 제후들의 접대관으로 임명했다. 왕족들이 잔치를 열게 되면 순우곤은 언제나 왕을 모시고 그 옆에 앉았다. 그 뒤 백여 년이 지나 초나라에 우맹(優孟)이 나타났다(우맹은 순우곤보다 실상 2백 년쯤 앞의 사람이다).

우맹〔俳優인 孟이라는 뜻〕은 원래 초나라 악인(樂人)이었다. 키는 8척이었고, 구변이 좋아서 항상 웃으며 이야기하는 가운데 풍자하여 간하곤 했다. 초장왕 때 왕에게 사랑하는 말이 있었는데, 아름답게 수놓은 비단옷을 입히고, 화려한 집안에서 기르며 장막이 없는 침대 위에서 자게 하고, 대추와 마른 고기를 먹여 길렀으므로 그만 살이 너무 쪄서 죽어 버렸다. 그러자 왕은 대부의 예에 맞춰 신하들에게 말을 위해 상복을 입게 한 다음 속널과 바깥널로써 장사지내려 했다. 좌우에 있는 사람들이 그것이 옳지 않다고 간하자, 왕은 이렇게 명령을 내렸다.

"감히 말을 놓고 간하는 자가 있으면 사형에 처하겠다."

우맹은 이 말을 듣자 대궐 문을 들어서며 하늘을 우러러보고 크게 울었다. 왕이 놀라 까닭을 묻자, 우맹은 말했다.

"말은 대왕께서 사랑하시던 것입니다. 초나라처럼 큰 나라로서는 얼마든지 후장할 수 있습니다. 대부의 예로써 장사를 지낸다는 것은 너무도 박한 일이옵니다. 임금의 예로 장사지내는 것이 마땅한 줄로 아옵니다."

"어떻게 하면 좋겠느냐?"

"속널에는 아로새긴 보석을 박고 무늬 있는 가래나무로 바깥널을 만든 다음, 편(楩) · 풍(楓) · 예장(豫章) 등의 나무로 널 밖을 얽어 장식을 합니다. 군사를 동원시켜 무덤을 파게 하고, 노약자들에게는 흙을 운반하게 하며, 제나라와 조나라 사신들을 널 앞쪽에 열지어 서게 하고, 한나라와 위나라 사신들로 뒤쪽 경비를 서게 하며, 태뢰(太牢)로써 사당에 제사를 올리며, 먼 뒷날까지 제사를 받들 수 있게끔 1만 호의 고을을 따로 마련해 주십시오. 제후들이 이 소식을 들으면 모두 대왕께서 사람을 천하게 여기고 말을 귀하게 여긴다는 것을 알게 될 것입니다."

"과인의 허물이 그토록 심했단 말이냐? 이를 어쩌면 좋겠느냐?"

"대왕을 위해 6축(六畜)의 하나로서 장사를 지냈으면 하옵니다. 즉 아궁이를 바깥널로 하고, 구리로 만든 가마솥을 속널로 하여, 고기를 잘게 썰어 생강과 대추를 섞은 뒤에 목란나무로 불을 때어 익힌 다음, 쌀밥으로 제사를 지내고, 아름답게 타오르는 불빛을 배경삼아 사람의 뱃속에서 장사를 지냈으면 하옵니다."

그래서 왕은 말을 태관의 손에 넘긴 다음, 세상 사람들이 알지 못하게 처리하도록 했다. 초나라 재상 손숙오(孫叔敖)는 우맹이 어진 사람인 것을 알고 대우를 잘 했다. 그리고 병으로 죽으려 할 때, 그의 아들에게 이렇게 당부했다.

"내가 죽게 되면 너는 반드시 가난하게 될 것이다. 그렇게 되거든 가서 우맹을 만나보고 '저는 손숙오의 아들입니다.' 하고 말을 해라."

그로부터 몇 해가 지나자 그의 아들은 몹시 가난해져서 땔나무를 지고 다니며 팔아 겨우 입에 풀칠을 할 정도였다. 그래서 우맹을 찾아가 사정을 했다.

"저는 손숙오의 아들입니다. 아버지께서 돌아가시기 전에 가난하게 되거든 당신을 찾아가 만나 보라고 유언을 하셨습니다."

그러자 우맹이 말했다.

"그대는 부디 멀리 가는 일이 없도록 해주시오."

우맹은 그 날로 손숙오의 의관을 만들어서 쓰고, 행동과 말버릇을 손숙오의 아들에게 배워 그대로 흉내냈다. 1년 남짓 그렇게 하자 손숙오를 그대로 닮아 초왕 좌우에 있는 신하들까지도 그가 우맹인지를 모를 정도였다. 장왕이 잔치를 벌였을 때 우맹이 나아가 왕에게 축배를 올리자 장왕은 깜짝 놀라 손숙오가 다시 살아 온 것이 아닌가 하고 생각했다. 그리고는 우맹을 재상으로 앉히려 했다. 그러자 우맹은 말했다.

"집에 돌아가 아내와 상의해 보고 나서 사흘 뒤에 가부를 말씀드리겠습니다."

장왕은 이것을 승낙했다. 사흘 후에 우맹은 다시 왕을 뵈었다. 왕이 물었다.

"경의 아내는 뭐라고 하던가?"

우맹이 대답했다.

"아내가 말하기를 '신중히 생각하여 받아들이지 마십시오. 초나라 재상 자리는 그리 바랄 만한 자리가 못 됩니다. 손숙오 같은 분이 재상으로 있을 때 그토록 충성을 다하고 청렴과 결백으로 몸을 지켜가며 초나라를 다스렸기 때문에 초나라 임금께선 제후들에게 패자 소리를 듣게 되었던 것입니다. 그러던 그분이 죽은 뒤로 그 아들에겐 송곳조차 세울 땅도 없이 가난하여 땔나무를 지고 다니며 팔아서 겨우 입에 풀칠을 하고 있는 실정입니다. 이래저래 손숙오 같은 꼴이 될 바에는 차라리 자살하는 편이 나을 겁니다.'고 말하는 것이었습니다."

그러고는 다음과 같은 노래를 불렀다.

산속에 살면서 힘들게 밭을 갈아도 먹을 것을 얻기 어렵네.
크게 분발해서 관리가 되어도 탐욕스럽고 비루한 자는 재물을 남기며 치욕을 돌아보지 않네.
몸은 죽어도 집은 넉넉하게 하려면서 두려운 것은 뇌물을 받고 법을 굽히며 부정을 일삼아 큰 죄를 지어 패가 망신하는 거라네.
어찌 탐욕스런 관리가 될 수 있겠는가!
청렴한 관리가 되려고 법을 무서워하고 맡은 일을 지키며 죽을 때까지도 나쁜 일을 하지 않네.
청렴한 관리 또한 어찌 될 수 있겠는가!
초나라 재상 손숙오는 평생 청렴 결백했었건만, 어제 처자식은 가난하여 땔나무를 쳐서 풀칠을 한다네.
슬프고 가엾어라. 재상이란, 할 것이 못되네.

그래서 장왕은 우맹에게 고마움을 말하고, 손숙오의 아들을 불러들여 그에게 침구(寢丘) 땅 4백 호를 봉하여 아버지 제사를 받들게 했다. 그 자손은 10대 뒤까지 끊이지 않았는데 이는 우맹이 적절한 시기에 진언하였음을 알 수 있다.

그 뒤 2백 년 남짓해서, 진나라에 우전(優旃)이 나타났다.

우전은 진나라의 난쟁이 배우다. 우스운 말만 하고 있었지만 그것은 매우 이치에 맞는 것이었다. 진시황 때, 궁궐 안에서 잔치가 있었는데, 도중에 비가 내려 뜰 아래서 경호를 담당하고 있던 군사들의 옷이 젖어 떨고 있었다. 우전은 이것을 보고 불쌍한 생각이 들었다.

"너희들, 쉬고 싶으냐?"

"그렇게만 되면 다행이겠습니다."

그러자 우전은 말했다.

"내가 만일 너희들을 부르거든 즉시 '예' 하고 대답해라."

그리고 조금 지나자 전상에서는 시황제의 장수를 빌며 '만세'를 외쳤다. 그 기회를 놓치지 않고, 우전은 난간으로 가서 큰소리로 불렀다.

"호위병들!"

호위병들이 대답했다.

"네에."

우전이 말했다.

"너희들은 키는 크지만 아무 소용이 없구나. 빗속에 있다는 것은 고통스런 일이다. 나는 키는 작지만 보다시피 이렇게 쉬고 있지."

그래서 시황제는 호위병들에게 반씩 교대하여 쉬도록 해 주었다.

어느 날, 시황제는 대신들과 상의하여 원유(苑囿)를 크게 만들어 동쪽은 함곡관까지, 서쪽은 옹과 진창까지 확장하려 했다. 그러자 우전이 말했다.

"참으로 좋은 일입니다. 그 속에 많은 새와 짐승을 놓아 도둑과 적들이 동쪽에서 쳐들어오거든 고라니와 사슴으로 하여

금 그들을 맞게 하면 아무 일 없을 것입니다."

시황제는 계획을 중지하고 말았다. 2세 황제가 즉위하자 성에다 옻칠을 하려고 했다. 그러자 우전이 말했다.

"참으로 좋습니다. 폐하께서 말씀하시지 않더라도 신이 청하려 하고 있었습니다. 성에다 옻칠을 하게 되면 백성들은 그 일로 인해 세금을 내게 되지 않을까 걱정들을 하겠지만, 그러나 실상 훌륭한 일입니다. 칠을 한 성은 한없이 번쩍거리게 될 것이며, 도둑과 적들이 쳐들어오더라도 기어오를 수는 없을 것입니다. 다만 옻칠을 한 성을 만들어 내려면 칠하는 것은 쉬운 일이지만, 그 옻칠을 말릴 건조실을 만들기가 힘들 것 같습니다."

이 말을 듣자 2세 황제는 웃고 계획을 중지했다. 그로부터 얼마 안 지나서 2세 황제는 피살되었다. 우전은 한나라에 귀순해 왔다가 몇 해 후에 죽었다.

태사공은 말한다.

순우곤이 하늘을 우러러보고 크게 웃자 제위왕은 천하에 그 위엄을 떨치게 되었다. 우맹이 머리를 흔들어 가며 노래를 부르자, 땔나무를 지고 다니던 사람이 봉토를 받게 되었다. 우전이 난간에서 큰 소리로 외치자 호위병들은 반씩 교대해 가며 쉴 수가 있었다. 이 얼마나 장한 일인가!

● 다음은 저소손(褚少孫)의 보충기록이다

저선생은 말한다.

나는 다행이도 경술(經術)을 배워 낭관에 임명되어 정사(正史) 이외의 사전(史傳)과 기록을 즐겨 읽었다. 그래서 외람되이 새로 골계(滑稽)에 관한 옛이야기 6장을 만들어 이것을 다음과 같이 엮어둔다. 내 자신이 다시 읽을 때 유쾌한 기분을 느끼게 되므로 후세에 전해 호사가들로 하여금 읽게 하면 마음을 즐겁게 하고 귀를 놀라게 할 것으로 생각된다. 그래서 앞에 엮은 태사공의 3장 다음에 덧붙여 두는 바이다.

무제 때, 황제의 총애를 받은 배우로서 곽사인(郭舍人)이란 사람이 있었다. 그가 늘어놓는 말들은 큰 도리에는 맞지 않는 것이었지만, 그러나 임금의 마음을 평화롭게 하고 즐겁게 해주었다. 무제가 어렸을 때 동무후(東武侯)의 어머니가 한때 무제를 양육한 일이 있었다. 황제가 장년이 되자 그녀는 대유모(大乳母)라 불리며 대개 한 달에 두 번은 대궐에 들었다. 대궐에 왔다는 것을 아뢰게 되면 황제는 그녀를 불러들여, 조칙을 내려 총신인 마유경(馬遊卿)에게 명령하여 비단 50필을 내리게 하는 한편, 음식을 주어 유모를 대접하도록 하는 것이었다. 한번은 유모가 이런 글을 올렸다.

"아무곳에 공전(公田)이 있는데, 그것을 빌리고 싶습니다."

황제가 말했다.

"유모는 그것이 갖고 싶은가?"

그리고는 그 땅을 유모에게 주었다. 유모가 말한 것을 들어주지 않은 적은 한 번도 없었으며, 마침내 유모는 수레를 탄 채 치도(馳道)를 지나가도 좋다는 조칙이 내려졌다. 이런 형편이었으므로 당시 공경·대신들은 모두 유모를 존경하고 소중히 여겼다. 그러자 유모의 집 자손들과 하인들도 방자해져서 장안 거리를 휩쓸고 다니며 난폭한 짓을 함부로 하여, 길에서 남의 수레나 말을 세워 넘어뜨리기도 하고 남의 옷을 빼앗기도 했다. 그런 일이 궁중에까지 알려지게 되었으나 황제는 차마 이를 법으로 다스리지 못했다. 그러나 소임이 유모의 집을 변경으로 옮겨 그곳에 살도록 하고 싶다고 청해 오자 이를 재가하지 않을 수 없었다. 유모는 대궐로 들어가 황제 앞에 나아가 하직 인사를 드리게 되었는데, 그때 유모는 먼저 곽사인을 만나 보고 눈물을 흘렸다. 곽사인은 말했다.

"어전에 나아가 배알한 다음 하직하고 물러날 때 빨리 걸으며 몇 번이고 뒤돌아보시오."

유모는 작별 인사를 마치고 떠나갈 때 그가 시킨 대로 빠른 걸음으로 걸으며 연방 뒤를 돌아보았다. 그러자 곽사인은 재빨리 꾸짖어 말했다.

"허허, 저 늙은이는 어째서 빨리 가지 않고 저러는가. 폐하께서 이미 장년이 되셨는데 아직도 그대의 젖이 있어야만 살아가실 것 같은가? 무엇 때문에 자꾸만 뒤돌아보는가?"

이리하여 유모를 불쌍히 여긴 황제는 이별하는 것을 슬퍼하여 조칙을 내려 그녀의 이주를 중지시키고, 유모를 비방한 사람들을 귀양 보냈다.

무제 때 제나라 사람으로 동방 선생(東方先生)이란 자가 있었는데, 이름은 삭(朔)이었다. 옛날부터 전해 내려오는 책들을 좋아하고 경학(經學)을 사랑하여 잡서(雜書)며 역사, 전기까지도 널리 읽었다. 동방삭은 처음 장안으로 들어왔을 때 공거(公車, 상소문을 접수하는 관청)에 나아가 글을 올렸다. 그것은 모두 3천 개의 간독(簡牘)에 쓴 것이었으므로 공거의 관리 두 사람이 함께 들어야 겨우 들 수가 있었다. 황제는 처음부터 차례로 이를 읽기 시작하여 쉴 때마다 그곳에다 을자(乙字) 표를 해두었는데, 두 달이 걸려서야 다 읽을 수 있었다. 그리고 조칙을 내려 동방삭을 낭관에 임명했다.

동방삭은 항상 황제를 측근에서 모시고 있었으므로 자주 불려 들어가 말 상대가 되곤 했는데, 그때마다 황제는 마음이 즐겁지 않을 때가 없었다. 또 가끔 황제는 영을 내려 어전에서 음식을 들게 했다. 먹기를 마치면 동방삭은 남은 고기를 모조리 품속에 넣어가지고 갔으며, 그로 인해 옷이 전부 더러워졌다. 그래서 자주 합사(合絲)로 짠 비단을 내리게 되면 동방삭은 그것을 어깨에 메고 돌아갔다. 그리고 하사받은 돈과 비단을 함부로 쓰며 장한의 미녀 가운데서 젊은 여자를 아내로 맞곤 했는데, 대체로 1년만 되면 이를 버리고 새 여자에게 장가드는 것이었다. 이리하여 하사받은 돈과 재물을 모조리 여자를 위해 써버렸다. 황제의 좌우에 있는 낭관들은 그를 반미치광이로 취급하고 있었다. 황제는 그런 이야기를 들으면 이렇게 말했다.

"동방삭에게 일을 맡기면 그 누구보다도 일을 잘 해낸다. 그대들은 도저히 동방삭을 따르지 못하리라."

동방삭이 그의 아들을 추천하자 낭관에 임명되었다. 이윽고 그의 아들은 시알자(侍謁者)에 임명되어 항상 사자의 절을 지니고 사신으로서 밖으로 나돌아다니곤 했다. 동방삭이 궁궐 안을 거닐고 있노라니 낭관 한 사람이 동방삭에게 말했다.

"사람들은 모두 선생을 미치광이로 생각하고 있습니다."

그러자 동방삭은 반박했다.

"나 같은 사람은 이른바 세상을 피해서 조정 안에 있는 거요. 옛 사람은 세상을 피해서 깊은 산중으로 들었었지만 말이오."

그는 또 가끔 여러 사람이 모인 연회석에서 술이 거나해지면 두 손으로 땅을 짚고 노래를 불렀다.

속세에 묻혀 살며
세상을 금마문(金馬門)에서 피한다.
궁전 속이야말로
세상을 피해 몸을 안전하게 해주는 곳이거늘,
하필이면 깊은 산 속
쑥대 움막 밑으로 피할 것까지야!

금마문은 내시들이 있는 관청 문을 말한다. 그 문 옆에 구리로 만든 말이 있기 때문에 금마문이라고 한 것이다. 언젠가 있는 궁중 모임에서 박사와 여러 선생이 서로 논의하던 끝에 모두들 동방삭을 비난해서 말했다.

"옛날 소진과 장의는 한 번 만승 제후를 만나게 되자 재상의 자리에 올라 그 은택이 후세에까지 미쳤소. 그런데 지금 당신은 선왕의 학술을 닦고, 성인의 의를 사모하고, 이루 다 헤아릴 수 없을 만큼 많은 시 · 서 · 백가의 말들을 외고, 문장을 짓는 데도 뛰어나 스스로 천하에 나를 따를 사람이 없다고 자부하고 있으니, 보고 들은 것이 많고 사물을 판단하는데 밝으며, 변설과 지혜가 뛰어난 선비라 말할 수 있소. 그런데 그런 당신은 전력을 기울여 충성을 다하며 성제를 섬기고 있으나 결과적으로는 기껏 헛된 나날을 보냈을 뿐 이미 수십 년이 지났는데도 벼슬은 시랑에 지나지 않고 지위는 집극(執戟)에 불과하오. 아무래도 아직은 부족한 점이 있는 것 같은데, 대관절 어찌된 셈이오?"

동박삭은 말했다.

"그건 참으로 당신들이 자세히 모르고서 하는 소리요. 그때의 시대를 하나의 시대로 본다면, 지금도 하나의 시대인데 어찌, 각각 시대의 사정이 같을 수 있겠소! 대체로 장의와 소진의 시대는, 주나라 왕실은 쇠약해지고 천하의 질서는 크게 허물어져 제후들은 조회에 들지 않고, 공벌에만 힘써 권력을 다투며 병력을 가지고 서로 침략하고 서로 겸병하여 12국으로 되었으나 여전히 자웅을 결정지우지 못한 채 사람을 얻은 나라는 강성해지고, 사람을 잃은 나라는 망한 것이었소. 그러므로 유세하는 사람의 의견이 받아들여지고, 행하려 하는 바가 실천되어 그의 몸은 높은 벼슬을 차지하고 은택은 후에까지 미쳐 자손이 길이 번창했던 거요. 그러나 지금은 그런 시대가 아니오. 성제가 위에 계시어 그 덕은 천하에 고루 펼쳐져 있으며, 제후들은 심복해 있고 성위(聖威)는 서이(西夷)에까지 떨쳐 사해 밖까지 마치 한 장의 자리를 깔아 놓은 것처럼 이어져 있는 거요. 움직일 수 없게 엎어진 대접보다도 안정되어 있어, 천하는 다 같이 태평하여 합해서 한 집을 이루고 있는 거요. 계획을 세워 사업을 일으키는 것은 아주 쉬운 일인지라 그 가운데에는 어질고 어리석은 사람의 차이가 없소. 지금 천하는 넓고 사람은 많으므로 지혜를 짜고 변설을 전개하며 앞을 다투어 모여드는 사람이 헤아릴 수 없을 정도로 많소. 힘을 다해 의를 실행하더라도 입고 먹는 데 고통을 느끼거나 나아갈 문을 잃고 헤매고 있는 자가 있소. 만일 장의와 소진이 나와 함께 지금 세상에 태어나 살고 있다면, 장고 벼슬에도 오르지 못했을 거요. 하물며 상시나 시랑 같은 것을 바랄 수 있겠소? 옛날에도 '천하에 재난이 없으면 성인이 있어도 그 재주를 베풀 곳이 없고, 상하가 화목해 있으면 어진 사람이 있어도 공을 세울 수 없다.'고 했소. 그래서 '시대가 다르면 일도 다르다.'는 것이오. 그렇다고는 하지만, 어떻게 몸을 닦는 일에 힘쓰지 않을 수 있겠소? 《시경》에서도 이렇게 노래했소.

궁전 안에서 쇠북을 치면
그 소리가 밖에 들리고 (〈小雅〉 白華)
깊은 못에서 학이 울면
소리는 높은 하늘에까지 들린다(〈小雅〉 鶴鳴).

진실로 제 몸을 닦을 수만 있다면, 영달을 얻지 못할까 봐 걱정할 필요는 없는 거요. 태공망은 오로지 인의를 몸소 행하여, 72세가 되어서야 주나라 문왕을 만나 자신의 포부를 실행하게 되었고, 제나라에 봉해져 자손이 7백 년 동안이나 끊어지지 않고 있소. 이거야말로 뜻 있는 선비가 밤낮으로 애써 학문을 닦으며 도를 행하여 쉴 줄을 모르는 까닭이 아니겠소. 오늘날 세상 처사들은 출세를 못한다 해도 준연히 독립하고 괴연히 독보해서 위로는 허유(許由), 아래로는 접여(接輿)를 관찰함으로써 계책은 범려에, 충성심은 오자서에 필적하지만 천하가 태평하기 때문에 자신을 닦으면서 바르게 있는 거요. 상종하는 사람과 따르는 사람이 적은 것은 참으로 당연한 일이요. 그런데 당신들은 어째서 나만을 이상하게 생각하고 있소?"

이리하여 모든 선생들은 묵묵부답, 응대하는 사람이 없었다.

건장궁(建章宮) 후문 이중 난간 속에 이상한 짐승이 나타났다. 그 모양은 고라니와 비슷했다. 이 일이 황제에게 보고되자 무제는 친히 와서 이를 구경하고 좌우의 군신들 중에 아는 것이 많고 경학에 능통한 사람에게 그것이 무엇인가를 물었으나 아무도 아는 사람이 없었다. 그래서 동방삭을 불러들이라 하여 보였더니 동방삭은 말했다.

"신은 이것을 알고 있습니다. 바라옵건대 좋은 술과 쌀밥을 실컷 먹게 해 주십시오. 그러면 말씀드리겠습니다."

황제는 이를 승낙하여 "좋다." 하고 영을 내렸다. 바라던 음식을 먹고 나자 동방삭은 또 말했다.

"아무 곳에 몇 경(頃)의 공전과 고기못과 부들과 갈대가 우거져 있는 땅이 있습니다. 폐하께서 이것을 신에게 하사해 주십시오. 그러면 반드시 말씀을 드리겠습니다."

황제는 그것도 "좋다." 하고 승낙하는 영을 내렸다. 그러자 동방삭은 마음에 흡족한 듯 말했다.

"이것은 이른바 추아(騶牙)라는 것입니다. 먼 곳에 있는 나라가 의를 사모하여 귀속하려 하게 되면 추아가 먼저 나타나게 됩니다. 그것의 이빨은 앞니와 속니가 거의 같아서 한 줄로 나란히 줄지어 있고 어금니가 없습니다. 그래서 추아라 부르고 있습니다."

그 뒤 1년쯤 지나자 흉노의 혼야왕이 과연 10만의 군사를 거느리고 한나라에 투항해 왔으므로, 황제는 또다시 동방삭에게 막대한 돈과 재물을 하사했다.

동방삭이 늙어 죽을 시기가 임박했을 때 황제에게 다음과 같이 간했다.

"《시경》의 〈소아〉 청승편에 이런 글이 있습니다.

잉잉거리며 울타리에 날아앉는 청승(青蠅)처럼 참소하는 무리는 많다.

화락한 군자여, 참소하는 말을 듣지 말라.

참소하는 말은 한도 없으며 천하를 어지럽힌다네.

바라옵건대 폐하께서는 교활하고 아첨하는 무리들은 멀리 하시고 참소하는 말을 물리쳐 주시옵소서."

이를 들은 황제가 말했다.

"이상하게도 요즘 동방삭이 좋은 말을 많이 하는구나."

황제는 좀 이상하게 여겼다. 그리고 얼마 지나지 않아 동방삭은 과연 병으로 죽고 말았다. 옛말에 "새가 장차 죽으려 할 때에는 그 울음소리가 슬프고, 사람이 장차 죽으려 할 때에는 그 말이 착하다."고 했는데, 동방삭의 경우가 바로 그런 것이었다.

무제 때 대장군 위청은 위황후의 오빠로서 장평후에 봉해졌다. 전쟁에 나가 흉노를 쳐서 여오수(余吾水, 오르도스 지방의 강 이름) 부근까지 공격해 들어갔다가 돌아왔는데, 적의 머리를 베고 포로로 하는 등 군공이 컸다. 승리하고 돌아오자 조서를 내려 금 천 근이 하사됐다. 장군이 대궐 문을 나오자 제나라 사람으로 동곽 선생(東郭先生)이란 자가 방술(方術)이 있는 선비라 칭하며 공거에서 황제의 명령을 기다리고 있다가 위장군의 수레를 가로막고 절한 다음 말했다.

"꼭 드리고 싶은 말씀이 있습니다."

장군은 수레를 멈추고 동곽 선생을 앞으로 불러내었다. 선생은 수레 옆으로 나아가 말했다.

"왕부인께서 새로 폐하의 총애를 받고 있는데, 집이 몹시 가난합니다. 지금 장군께선 금 천 근을 하사받으셨으니, 청컨대 그 반을 왕부인의 부모님께 주십시오. 폐하께서 이 일을 아시면 반드시 기뻐하실 겁니다. 이것이 바로 신기한 계책이란 것으로 장군을 위해서도 유리할 것입니다."

위장군은 고마워하며 말했다.

"선생은 고맙게도 유리한 계책을 일러 주셨습니다. 어김없이 가르침에 따르겠습니다."

위장군을 5백 금을 가지고 가서 왕부인의 부모님께 선물했다. 왕부인이 그 일을 황제에게 들려주자, 황제는 말했다.

"대장군은 그 같은 일을 할 줄 모를 텐데."

그리고는 대장군에게 물었다.

"누구에게서 그런 계책을 일러 받았는가?"

대장군이 대답했다.

"대명중에 있는 동곽 선생입니다."

그래서 황제는 영을 내려 동곽 선생을 불러 군의 도위에 임명했다.

동곽 선생은 오랫동안 공거에서 명을 기다리고 있었으므로 곤궁해서 굶주리고 추위에 떨었으며, 옷은 다 해지고 신발도 낡아 있었다. 눈 속을 걸어가면 신은 위만 있고 바닥은 없어 맨발 그대로 땅을 디뎠다. 길 가던 사람들이 이것을 보고 웃자, 동곽 선생은 그 사람들을 보고 말했다.

"신을 신고 눈 속을 가는데, 사람들이 보았을 때 위는 틀림없이 신이지만, 그 밑은 사람의 발처럼 보이게 하는 것을 어느 누가 감히 해낼 수 있겠는가?"

군도위로 임명되어 2천 석의 신분이 되자 푸른색 인수를 차고 궁궐 문을 나온 그는 하숙집 주인에게 하직 인사를 하러 갔다. 옛날 친구로서 함께 대명하고 있던 사람들이 성문 밖에 늘어서서 길 귀신에게 제사를 드리고 출발을 축하하는 등 법석을 떨어 동곽 선생의 이름은 당대에 알려지게 됐다. 그는 이른바, '헌 털베옷 입고 보물을 품은 사람'으로서, 빈곤했을 때는 사람들이 돌아보는 일조차 없었지만, 높은 지위에 오르자 앞을 다투어 아부했던 것이다. 속담에 "말의 상을 볼 때는 여윈 것 때문에 실수하기 쉽고, 선비의 상을 볼 때는 가난한 것 때문에 잘못 보기 쉽다."고 했는데, 이런 것을 두고 한 말일 것이다.

왕부인이 위독해지자, 황제가 몸소 문병을 가서 말했다.

"그대가 낳은 자식은 당연이 왕이 될 것이오. 어느 나라에 두고 싶은가?"

왕부인은 대답했다.

"바라옵건대 낙양에 있게 해 주옵소서."

"그건 안 되오. 낙양 근처에는 무기고와 오창(敖倉, 식량창고)이 있고, 관문 출입구에 해당하니 천하의 목구멍이라 할 수 있는 곳이오. 선제 때부터 오늘에 이르기까지 그곳에는 대대로 왕을 두지 않았소. 그러나 그곳을 제외하면 관동의 나라로서 제나라보다 큰 나라는 없소. 제왕으로 하는 것이 좋으리다."

왕부인은 손으로 머리를 치며 말했다.

"참으로 황감하여이다."

그래서 왕부인이 죽자 제나라 왕의 태후가 죽었다고 말했던 것이다. 옛날 제왕이 순우곤을 시켜 따오기를 초나라에 바치게 했다. 순우곤은 제나라 성문을 나서자 도중에 그 따오기를 날려보내 버리고 빈 새장만 들고 초왕을 뵙고는 거짓 구실을 붙여 이렇게 말했다.

"제왕은 신으로 하여금 대왕께 따오기를 갖다 바치라고 하셨습니다. 그런데 물 위를 지나오게 되었을 때 따오기가 목이 말라 애타는 것을 차마 보고만 있을 수 없어 새장에서 꺼내 물을 마시게 하자 그만 제게서 날아 도망치고 말았습니다. 신은 스스로 배를 가르고 목을 매어 죽을까도 생각했었으나, 사람들이 우리 임금에 대해 새짐승 때문에 선비를 자살하게 만들었다고 비난하지 않을까 두려워서 그만두었습니다. 따오기는 새 종류로서 그와 비슷한 것이 많으므로 그것을 사서 대신 쓸까도 생각했었으나, 그것은 참되지 못한 행위로서 우리 임금을 속이는 것이 되므로 그만두었습니다. 또 다른 나라로 도망쳐 버릴까도 싶었으나 그것은 우리 두 나라 임금들 사이의 사신 길이 막히게 될 것이 가슴 아팠으므로 그만두었습니다. 그러므로 이렇게 와 뵈옵고 잘못을 저지른 죄를 자백하고 머리를 조아려 대왕으로부터 벌을 받고자 하는 바이옵니다."

그러자 초왕이 말했다.

"잘한 일이요. 제왕에게 이처럼 진실한 선비가 있다니."

그리고는 순우곤에게 후한 상을 주었다. 그가 받은 상은 따오기를 무사히 갖다 바쳤을 경우보다 배나 되는 것이었다.

무제 때, 북해군 태수를 불러 행재소로 나오게 했다. 그때 문학졸사(文學卒史, 박사의 속관)로 왕선생(王先生)이란 사람이 있었다. 그는 태수와 동행하고 싶다고 청했다.

"제가 당신에게 도움이 될 것이니 함께 가는 것을 허락해 주십시오."

그러나 태수부(太守府)의 속관과 하역들은 말했다.

"왕선생은 술이 지나치고 말만 많지 실상은 소인입니다. 데리고 가지 않는 편이 좋을 겁니다."

그러나 태수는 이렇게 말했다.

"선생이 함께 가기를 원하고 있으니 거절할 수도 없는 일이다."

결국 동행하여 행재소에 이른 다음 문 밖에서 명령을 기다리고 있었다. 왕선생은 품속에 지니고 있는 돈으로 되는 대로 술을 사서 위졸 및 복야와 마시면서 매일 취해 있을 뿐, 태수와는 얼굴도 대하는 일이 없었다. 그런데 태수가 행재소로 들어가 황제의 어전에 나아가 절하고 뵈었을 때가 되자 왕선생은 호랑(戶郞, 守門官)에게 부탁했다.

"송구스럽지만, 우리 태수를 문 안 아무데로든지 불러내어 멀리서라도 좋으니 나와 이야기를 할 수 있게끔 해 주십시오."

호랑은 태수를 불러내었다. 태수가 나와 왕선생을 바라보자 왕선생은 말했다.

"천자께서 만일 태수께 '어떻게 해서 북해군을 다스리며 도적을 없게 했느냐?' 고 물으시면 태수께서는 어떻게 대답하시겠습니까?"

"현명한 인재를 뽑아 각각 그 재능에 따라 관직을 맡기고 남달리 뛰어난 사람에겐 상을 주고, 못한 사람은 벌했습니다, 고 대답하겠소."

"그 같은 대답을 하게 되면 그것은 나 자신을 칭찬하고 스스로 공을 자랑하는 것이 되므로 좋지 않습니다. 부디 '신의 힘이 아니오라 모든 것이 폐하의 신령과 위무(威武)에 의한 교화의 소치인 줄로 아옵니다.' 고 대답하십시오."

"알았소."

태수가 어전 아래로 불려 나가자 황제는 다음과 같이 물었다.

"어떻게 북해군을 다스려 도적이 일어나지 않도록 했는가?"

태수는 머리를 조아려 대답했다.

"신의 힘이 아니옵니다. 모두가 폐하의 신령과 위무가 가져다준 교화의 소치인 줄 아옵니다."

무제는 크게 웃고 말했다.

"으음, 어디에 있는 유덕자(有德者)의 말을 빌어다가 그러는 거냐, 누가 가르쳐 주더냐?"

"실은 문학졸사가 일러 주었습니다."

"그 사람은 지금 어디에 있느냐?"

"행재소 문 밖에 있습니다."

이리하여 조서를 내려 왕선생을 불러들여 그는 수형속관(水衡屬官, 상림원을 관장하고 主稅의 업무를 겸한 벼슬)에, 북해군 태수는 수형도위(水衡都尉)에 각각 임명했다. 옛말에도 "듣기 좋은 말은 사람에게 팔아야 좋고, 높은 행실은 남에게 베풀어야 좋다.", "군자는 좋은 말을 서로 보내고, 소인은 재물을 서로 보낸다."고 했다.

위문후 때, 서문표(西門豹)가 업현의 현령이 되었다. 서문표는 부임해 업현에 도착하자 장로들을 불러 모아 백성들이 어떤 일로 고통을 겪고 있는가를 물었다. 장로들은 말했다.

"하백(河伯, 황하의 水神)을 위해 장가를 들이는 일로 고통을 받고 있습니다. 그 때문에 가난하게 삽니다."

서문표가 다시 그 까닭을 묻자, 대답은 다음과 같았다.

"업의 삼로(三老, 교화를 맡은 사람)와 정연(廷掾, 관청의 속관)들은 해마다 백성들에게 세금을 부과하고, 그 세금을 거두어 수백만 전을 얻게 되는데, 그 중에서 2, 30만 전은 하백을 장가들이는데 쓰고, 나머지 돈은 무당들과 나눠서 가지고 갑니다. 그때가 되면 무당들이 돌아다니며 남의 집 어여쁜 딸을 발견하고는 '이 아가씨야말로 하백의 부인이 될 만하다.' 고 말합니다. 그리고 폐백을 보내주고 그 처녀를 데려다가 목욕을 시킨 뒤 갖가지 비단으로 된 새 옷을 지어준 다음, 조용히 있으면서 재계를 시키기 위해 재궁(齋宮)을 하수 근처에 짓고, 두꺼운 비단으로 만든 붉은 색깔의 장막을 쳐서 그 안에 있게 합니다. 그리고 처녀에게 쇠고기 · 술 · 밥 등을 제공하며 열흘 남짓 지나면 여럿이서 화장을 해주고, 시집보낼 때의 상석(床席) 같은 것을 만들어 처녀를 그 위에 앉힌 다음 이것을 하수에다 띄우게 합니다. 처음에는 떠 있다가도 수십 리쯤 떠내려가면 가라앉고 맙니다. 그래서 아름다운 딸을 둔 집에서는 큰무당이 하백을 위해 그의 딸을 신부로 데려가지나 않을까 두려운 나머지 많은 사람들이 딸을 데리고 먼 곳으로 달아나 버립니다. 그런 까닭으로 성 안은 갈수록 사람이 줄어들어 비게 되었고, 또 가난해졌습니다. 이 일은 그 유래가 아주 오래여서 민간 속담에도, '만일 하백을 위해 신부를 보내 주지 않으면 성은 넘친 하수에 잠겨 사람들은 빠져 죽게 되리라.' 고 말하고 있습니다."

그래서 서문표가 말했다.

"하백을 위해 신부를 시집보낼 시기가 되어 삼로, 무당, 장로들이 처녀를 하수 기슭에서 보내고자 할 때에는 부디 내게도 알려주기 바라오. 나도 나가 처녀를 전송하겠소."

그러자 모두들 말했다.

"알았습니다."

그날이 와서 서문표가 하수 기슭으로 나가 보니, 삼로와 관속과 호족, 마을 장로들도 모두 모여 있었고, 그 밖에 구경온 사람들도 2, 3천 명이나 되었다. 이때의 무당은 나이 70이 넘은 노파였는데, 제자 무녀들을 열 명쯤 데리고 있었다. 제자들은 모두 비단 홑옷을 입고 큰무당 뒤에 서 있었다. 서문표가 말했다.

"하백의 신부를 불러오시오. 그가 아름다운지 추한지를 보겠소."

그러자 장막 속에서 처녀를 데리고 나와 그의 앞으로 보내왔다.

서문표는 처녀를 보고 나서 삼로, 무당, 장로들을 돌아보며 말했다.

"이 처녀는 아름답지 않소. 무당 할멈이 좀 수고스럽지만 하수로 들어가서 '새로 아름다운 처녀를 얻어서 다음 날 보내

드리겠습니다.' 하고 하백에게 여쭙고 오도록 하오."

그러고는 당장 관리와 졸개들을 시켜서는 무당 할멈을 안아 하수에다 집어 던져 버렸다. 그러고 나서 얼마가 지나자 서문표가 말했다.

"할멈이 왜 이다지도 꾸물대고 있는 걸까? 제자 중에 누가 가서 빨리 불러와라."

그러고는 제자 한 사람을 강물 속에 던졌다. 다시 얼마를 지나자 서문표가 말했다.

"제자마저 어째서 이렇게 늦는 걸까? 한 사람 더 들어가 빨리 오라 일러라."

또다시 제자 하나를 강물 속에 던졌다. 이리하여 모두 제자 세 사람을 물속에 던지고 나서 서문표가 말했다.

"할멈이나 제자들은 여자들이라서 사정을 제대로 이야기하지 못하는 모양이다. 그렇다면 삼로께서 수고를 해 주어야겠소. 어디 물속으로 들어가 분명히 말해 주고 오시지."

또다시 삼로를 강물 속에 던졌다. 그리고 자신은 붓을 관에 꽂고 몸을 굽혀 절을 한 번 한 다음 공손히 하수를 바라보고 서서 한동안 기다리고 있었다. 옆에서 보고 있던 장로와 아전들이 모두 놀라고 두려워했다. 서문표는 돌아보며 말했다.

"늙은 무당도 삼로도 돌아오지 않으니 어찌하면 좋겠소?"

그러고는 또다시 정연과 호족 한 사람에게 하수로 들어가 독촉을 시키려 했으므로 모두 머리를 조아렸다. 어찌나 머리를 조아렸던지 이마가 깨어져서 피가 땅바닥에 흘러내리고, 얼굴빛은 죽은 잿빛처럼 되어 있었다. 서문표가 말했다.

"그럼, 잠깐만 더 기다려 보기로 하지."

다시 얼마를 지난 다음, 서문표는 또 말했다.

"정연들은 일어나라. 아무래도 하백은 찾아간 손들을 붙들어 두고 좀처럼 돌려보내지 않을 모양이니 너희들은 그만 돌아가거라."

업의 관리와 백성들은 크게 놀라고 두려워하여 그 뒤부터는 하백을 위해 여자를 시집보내 준다는 따위의 소리는 아무도 입 밖에 내지 못하게 되었다.

서문표는 즉시 백성들을 동원시켜 열두 개의 도랑을 파고 하수의 물을 끌어다가 백성들의 논에 물을 대주었다. 그리하여 논마다 모두 물을 댈 수 있었다. 당시 백성들은 도랑을 만드는 데 약간의 수고를 하는 게 싫어서 일하기를 원치 않았던 것이다. 서문표는 말했다.

"백성이란 것은 완성된 것을 좋아할 줄은 알아도 함께 일을 시작하는 것을 생각하지는 못한다. 지금 노인네들과 자제들은 자기들을 괴롭히는 사람이라 하여 나를 싫어하고 있지만, 그러나 백 년 뒤에 그 노인네의 자손들이 내가 한 말을 생각하게 된다면 그것으로 좋은 것이다."

이리하여 오늘에 이르기까지 모두 수리(水利)의 혜택을 받아 백성들은 자급 자족하며 부유하게 살고 있는 것이다.

이 열두 도랑은 천자의 치도를 가로지르고 있다. 한나라가 일어나자 고을의 장리(長吏)는 열두 도랑의 다리가 치도를 가로질러 접근해 있는 것은 좋지 못하다고 생각하였으므로 도랑의 물을 합치고, 또 치도 있는 곳에서 세 도랑을 하나로 합쳐 다리를 하나로 만들려 했다. 그러나 업의 백성들과 노인네들은 끝까지 장리의 의견을 듣지 않고, 이 도랑은 서문군(西門君)이 만든 것이며, 현인의 법식은 고칠 수 없다고 했으므로 장리도 마침내는 이에 동의하여 그대로 두었다.

이리하여 서문표는 업의 현령으로서 그 이름은 천하에 알려졌고, 은택은 후세까지 흘러 끊일 날이 없었다. 어찌 현대부(賢大夫)라 하지 않을 수 있겠는가?

전하는 말에 "자산(子產)이 정나라를 다스릴 때 그 백성들은 능히 그를 속일 수 없었고, 자천(子賤, 공자의 제자 宓子齊의 字)이 선보(單父)를 다스릴 때 그 백성들은 차마 그를 속일 수 없었으며, 서문표는 업을 다스렸던 바 백성들은 감히 그를 속이지 못했다."고 했다. 이 세 사람의 재능 가운데 어느 분의 것이 가장 어질까. 정치를 아는 사람이면 구별할 수 있으리라.

일자 열전(日者列傳)[16]

제나라 · 초나라 · 진나라 · 조나라의 일자(日者)는 그 풍습에 따라 방법이 틀린다. 따라서 그 대의(大義)를 보기 위해 〈일자 열전 제67〉을 지었다.

예로부터 천명을 받은 사람만이 왕이 되었지만 왕자(王者)가 일어남에 있어 일찍이 복서(卜筮)에 의해 천명을 판단하지 않는 적이 있었던가? 복서는 주나라에 있어서 가장 성행했고, 진나라로 들어와서도 행해진 증거를 볼 수가 있다. 대왕(代王, 孝文帝)이 한나라 조정으로 들어가 천자가 된 것도 복자(卜者)에게 점을 치게 해서 결정했던 것으로 태복(太卜, 점을 맡은 벼슬)은 한나라가 일어난 당시부터 있었다.

16. 태사공에 의해 된 것은 아니다. 태사공에 의해서 된 것은 일찍 없어지고, 여기에 있는 것은 누군가가 기록한 것에다 저소손이 보충 기록한 것으로 전해지고 있다.

사마계주(司馬季主)는 초나라 사람으로 장안 동쪽 시장에서 점을 치고 있었다. 당시 송충(宋忠)은 중대부였고, 가의(賈誼)는 박사였는데, 한번은 같은 날 휴가를 얻어 물러나오게 되었다. 그리고 둘이서 여러 가지로 의논하던 끝에 역(易)이 선왕과 성인의 도술로서 두루 세상 물정에 통해 있는 것을 찬양하고 서로 얼굴을 마주보며 감탄했다. 가의가 말했다.

"듣건대, 옛 성인들은 조정에 있지 않으면 반드시 점쟁이나 의원 가운데 있었다고 하오. 지금 내가 삼공과 구경을 비롯해 조정의 사대부들을 본 바로는 아무도 성인이 아니오. 어디 한번 시험삼아 복술자 가운데 성인 같은 사람이 있는지 찾아보지 않겠소?"

두 사람은 즉시 같은 수레를 타고 시장으로 가서 점치는 가게로 들어갔다. 마침 비가 내리는 중이라 길에는 오가는 사람들도 적고, 사마계주는 한가롭게 자리에 앉아 옆에 모시고 있는 서너 명의 제자들과 천지의 도와 일월의 운행, 음양, 길흉의 근본을 논하고 있었다.

두 사람은 재배하고 섰다. 사마계주는 두 사람의 용모와 태도로 학식이 있는 사람인 줄 알고 정중히 대하며 제자들로 하여금 자리로 맞아들여 앉게 했다. 자리에 앉자 사마계주는 다시금 아까 하던 이야기를 계속하여 천지의 끝과 처음, 일월성신의 운행 원리를 밝히고, 인의를 차례로 설명하며 길흉의 징험을 열거하고 있었는데, 그 말은 수천 마디였지만 이치에 벗어난 것은 한 마디도 없었다. 송충과 가의는 놀라고 깨닫는 바가 있어 관을 고쳐 쓰고 옷깃을 여민 다음 자리를 바로 하고 말했다.

"선생님의 모습을 뵈옵고 선생님의 말씀을 들으니, 저희들이 가만히 세상을 바라볼 때 일찍 뵈온 적이 없는 분이옵니다. 그런데 지금 어떻게 이런 낮은 처지에 계시면서 점쟁이라는 천한 일을 하고 계십니까?"

사마계주는 배를 움켜 잡고 크게 웃으며 말했다.

"보아하니, 당신들도 학문이 있는 분들 같은데, 이 또 무슨 고루하고 천박한 말씀들이요. 대체 당신들이 어질다고 하는 사람은 어떤 사람입니까? 고상하다고 보는 사람은 어떤 사람입니까? 또 어떻게 나를 낮고 천하다고 생각하십니까?"

두 사람은 말했다.

"높은 벼슬, 후한 봉록은 세상 사람들이 고상하다고 하는 것이니, 현능한 사람은 그 같은 지위에 있습니다. 그런데 선생은 그런 지위에 계시지 않으므로 낮다고 말한 것입니다. 점쟁이가 하는 말은 미덥지가 못하고, 행동은 볼 만한 것이 없는데, 선생께선 그런 점쟁이 노릇으로 부당한 돈을 받고 있기 때문에 천한 일을 하고 있다고 말한 것입니다. 대체로 점이란 것은 세상에서 천하게 여기고 가볍게 여기는 것입니다. 세상 사람들은 모두, '점쟁이라고 하는 것은 인간의 약점을 노려, 과장된 말을 꾸며대어 사람들의 감정에 맞추고, 공연히 고귀한 운명에 처해 있다고 말하여 사람의 마음을 기쁘게 하고, 멋대로 환난이 있다고 떠벌려 사람의 마음을 상하게 하며, 귀신의 노염을 샀다고 꾸며대고는 그 액풀이를 한답시고 남의 재산을 빼앗고, 많은 사례금을 요구하여 사복을 채우고 있다'

고 말하고 있습니다. 이 같은 일은 우리들이 부끄러워하는 바입니다. 그래서 낮고 천하다고 한 것입니다."

사마계주는 말했다.

"그럼 편안히 앉아 천천히 들어 주십시오. 두 분께선 저 머리를 풀어 흐트린 아이들을 보셨겠지요. 해와 달이 그들을 환히 비쳐 주면 밖에 나가 놀고, 비쳐 주지 않으면 나가 놀지 않습니다. 아이들은 해와 달에 대해 잘 알고 있는 것같이 보이지만 일식이나 월식, 그리고 그 길흉에 대해 물으면 이치를 알고 있는 것은 아닙니다. 이것으로도 알 수 있듯이 세상에는 어진 사람과 어질지 못한 사람을 알아보는 사람이 흔치 못한 것입니다. 현자가 하는 일은 도를 행하여 바르게 간하고, 세 번 간해도 듣지 않을 때는 물러나는 것입니다. 남을 칭찬함에 있어 보상이 있기를 바라지 않으며, 남을 미워해도 원한을 사게 되는 것을 두려워하지 않으며, 나라에 편리하고 대중에 이익이 있도록 하는 것을 임무로 압니다. 그러므로 자기가 적임이 아니라고 생각되는 관직에는 나아가지 않으며, 자기 공로에 알맞지 않다고 생각되는 봉록은 받지 않습니다. 사람이 바르지 못한 것을 보면 그가 높은 지위에 있더라도 그를 존경하지 않으며, 사람에게 더러운 점이 있는 것을 보면 그 사람이 높은 신분을 가진 사람이라도 몸을 굽히지 않습니다. 지위를 얻어도 기쁨으로 삼지 않고, 이를 잃어도 원한을 품지 않습니다. 자신이 죄를 범하지 않았으면 몸이 묶이는 치욕을 당해도 부끄러워하지 않습니다. 그런데 지금 두 분께서 말한 현자란 모두 부끄러워해야 할 존재입니다. 너무도 몸을 낮추어 나아가고 너무도 겸손하게 말하며, 권세로써 서로가 끌어들이고 이익을 가지고 서로가 유도하며, 도당을 만들어 올바른 사람을 배척하고, 그렇게 함으로써 영달을 구하고, 나라의 봉록을 받으면서 농민들로부터 무거운 세금을 거둬들이며, 관직을 위세를 부리는 수단으로 하고, 법을 사람을 해치는 도구로 하여 이익을 찾아 포악하게 행동하니, 비유하면 칼을 잡고 사람을 위협하는 것과 조금도 다를 것이 없습니다.

처음 벼슬에 임명되었을 때에는 교묘히 거짓으로 실력을 두 배로 보여주며, 있지도 않은 공적을 말하고, 있지도 않은 일로써 임금을 속입니다. 윗자리에 있는 것을 좋은 일이라 하여 현자에게 사양하려 하지 않습니다. 공적을 말할 때에는 거짓 보고를 하기도 하고, 사실을 과장하기도 하며, 없는 것을 있는 것으로 하기도 하고, 적은 것을 많은 것으로 하기도 하여, 자기에게 유리한 권세와 높은 자리를 구합니다. 그리고 좋은 술, 좋은 음식으로 나날이 보내고, 수레와 말을 타고 놀러 돌아다니며 미녀를 거느리고 가동(歌童)을 기르되 부모를 돌보지 않고, 법을 범하여 백성을 해치며 나라를 텅 비게 합니다. 이 같은 무리들은 도둑질을 하기는 하되 창과 활을 가지지 않았다는 것뿐이며, 공격을 하기는 하되 활과 칼을 쓰지 않는 것뿐입니다. 부모를 속이고도 아직 그 죄를 받지 않고, 임금을 죽였으나 아직 그 벌을 받지 않은 것뿐입니다. 어떻게 그들을 현자라고 말할 수 있겠습니까?

이런 무리들은 도적이 일어나도 금할 수가 없고, 오랑캐가 복종하지 않아도 평정할 수가 없으며, 간악한 일이 일어나도 막을 수가 없고, 관직이 어지러워져도 다스릴 수가 없으며, 사철 기후가 불순해도 조정할 수 없고, 흉년이 들어 식량이 부족해도 적당한 대책을 강구할 수가 없습니다. 재주와 능력이 있는데도 이를 행치 않는 것은 불충입니다. 재주도 능력도 없이 벼슬자리에 있는 것을 장하다 하고 봉록을 탐하며, 현자의 출세를 방해하는 것은 벼슬자리를 도둑질하고 있는 것입니다. 무리를 거느리고 있는 자를 출세시키고, 재물이 있는 자를 대우하는 것은 거짓된 것입니다. 두 분께선 올빼미와 봉황이 함께 나는 것을 보지 못했습니다. 올빼미〔小人〕가 제멋대로 날뛰면 봉황〔君子〕은 자취를 감춥니다. 마찬가지로 지란(芷蘭, 蘭芷) · 궁궁(芎藭)과 같은 향기로운 풀을 벌판에 버려져 있고 쑥대는 숲을 이루게 됩니다. 군자가 물러나 세상에 나타나지 못하게 됨은 두 분께서 현자다, 고상한 사람이다라고 하는 그 무리들 때문입니다. 옛일을 말할 뿐 새 것을 만들어 내지 않는 것이 군자의 원칙입니다. 대개 복자(卜者)는 반드시 천지의 규범에 따르고, 사시(四時)를 모방하며, 인의에 순응하여 책(策)을 나눠 괘(卦)를 정하고, 식(拭, 점치는 도구)을 굴려 기(綦, 算木)를 바로잡은 뒤에야 비로소 천지의 이해(利害)와 일의 성패를 말하게 되는 것입니다. 옛날 선왕께서 나라를 정할 때에는 반드시 귀책(龜策)의 결과를 보고 해와 달의 운행을 생각했고, 그런 다음 하늘을 대신해서 정치를 행하되, 적당한 때와 날을 골라 행동했던 것입니다. 또 집에서 자식을 낳으면 반드시 먼저 길흉을 점친 다음 좋아야만 비로소 자식으로 길렀던 것입니다. 복희(伏羲)는 8괘를 만들고,

주나라 문왕은 8괘를 부연하여 64괘로 만든 다음 3백 84효(爻)의 말을 만들어 운용함으로써 천하가 바로잡혔습니다. 월왕 구천은 문왕의 8괘에 따라 점을 쳐서 그 결과로 적국을 깨뜨리고 천하의 패권을 잡았습니다. 위에 말한 것으로 보건대 점이란 결코 사람을 저버리는 것이 아닙니다. 그리고 점치는 사람은 깨끗이 쓸고 자리를 정한 다음 의관을 바르게 하여 비로소 일의 길흉과 성패를 말하는데, 이것은 곧 예의가 갖춰져 있는 것입니다. 일의 길흉과 성패를 묻게 되면 귀신이 이에 응하는 일도 있으므로 그에 의해 충신은 그 임금을 섬기고, 효자는 그 어버이를 받들게 되며, 사랑하는 아비는 그 자식을 양육하게 되니, 이는 곧 덕이 있는 것입니다. 그리고 점을 부탁하는 사람은 의무로 수십 전 내지는 백 전을 치릅니다. 점을 친 결과 아픈 사람이 완전히 낫기도 하고, 죽어가던 사람이 되살아나기도 하며, 환난과 고통을 면하는 사람도 있고, 사업에 성공하는 사람도 있으며, 자식을 시집보내고 또 장가들게 하여 인생을 온전하게 하는 사람도 있습니다. 그 덕으로 말하면 도저히 수십 전이나 백 전의 가치로 따질 것이 못 됩니다. 이것이야말로 저 노자가 말한바, '최상의 덕은 얼른 보아 덕과 같지 않다. 그러므로 덕이 있는 것이다.' 라는 것입니다. 대체로 점치는 사람은 천하에 베푸는 이익은 크고 자기가 받는 사례는 적은 것입니다. 노자의 말은 바로 이것을 말하고 있는 것입니다. 장자도 말하기를, '군자는 안으로는 굶주리고 추위에 떨 염려가 없고, 밖으로는 겁탈당할 걱정이 없으며, 윗자리에 있어서는 존경을 받고, 아랫자리에 있어서는 해가 되지 않는다. 이것이 군자의 도다.' 라고 했습니다. 대개 점치는 사람은 일의 성질상 몇 개 안 되는 서죽(筮竹)과 산목(算木)이 필요할 뿐으로 쌓아 올려도 부풀 것이 없고, 간직하는데 창고가 필요치 않으며, 옮기는데 짐수레가 쓰이지 않고, 짐을 꾸려 짊어져도 무겁지 않습니다. 그런데도 어느 곳에 머물러 쓰게 되면 언제까지고 다할 때가 없습니다. 다함이 없는 물건을 가지고 끝이 없는 세상에 놀게 되는 것이므로, 장자의 자유로운 행동도 이보다 더하지는 못할 것입니다. 두 분께서는 어째서 점을 업으로 하는 것을 나쁘다고 하십니까? 하늘은 서북쪽에 모자라는 곳이 있으므로 별이 서북쪽으로 옮겨가고, 땅에는 동남쪽에 모자라는 곳이 있으므로 물이 동남쪽으로 흘러 바다로 모이는 것입니다. 해는 중천에 오르면 반드시 기울기 시작하고, 달은 차면 반드시 줄어들기 시작합니다. 선왕의 도는 잠시 있다가 금시 없어집니다. 이같이 모두가 완전한 것이 없는데도 두 분께서 점치는 사람에게 대해서만 '말은 반드시 참되지 않으면 안 된다.' 고 꾸짖는 것은 잘못 생각한 일이 아닐까요?

저 변사들을 보십시오. 일을 생각하고 계책을 정하는 것은 반드시 저들입니다. 그러나 저들은 한 마디로 임금의 마음을 기쁘게 하지는 못합니다. 그러므로 반드시 선왕을 일컫고 상고(上古)를 언급하게 됩니다. 즉 일을 생각하고 계책을 정하는 데 선왕의 공을 들추어내는가 하면, 그 실패와 폐해를 말함으로써 임금의 마음을 두렵게도, 기쁘게도 하여 자신의 욕망을 이룩하려 하는 것입니다. 말이 많고 심하게 과장하는 점에서는 그들보다 더 심한 사람이 없습니다. 그러나 나라를 강하게 하고 일을 성공시켜 임금에게 충성을 다하려 할 경우에는 이렇게 하지 않으면 안 됩니다. 오늘날의 점치는 사람은 방황하는 사람을 인도하고 어리석은 사람을 깨우쳐 주는 것입니다. 대체로 어리석은 사람과 방황하는 사람은 도저히 말 한 마디로는 필요한 일을 이해할 수가 없습니다. 그러므로 점치는 사람은 말이 많은 것을 싫어하지 못하는 것입니다. 또 기기(騎驥, 俊馬)는 지친 나귀와 한 수레를 끌 수 없으며, 봉황은 제비 · 참새와 무리를 지을 수 없습니다. 마찬가지로 현자는 소인과 같이 생활하지는 못합니다. 그러므로 군자는 몸을 낮게 하여 사람 눈에 띄지 않는 곳에 살며 무리들을 피하고, 스스로 숨어 사람을 피하며, 조용히 그 순한 덕을 세상에 보여주고 많은 폐해를 제거시켜 사람의 천성을 밝혀주며, 위를 돕고 아래를 길러 세상의 공리를 많게 하고, 자신의 존귀나 명예를 구하지 않는 것입니다. 두 분과 같은 사람은 부화뇌동하는 사람에 불과하여 도저히 덕이 있는 장자의 도리는 알 수 없습니다."

송충과 가의는 망연자실하여 얼굴빛을 잃고 입을 다문 채, 아무 말도 하지 못했다. 그래서 옷을 여미고 일어나, 재배하고 하직인사를 고한 다음 정처 없이 돌아다니다가 시문(市門)을 나와서야 겨우 정신을 차리고 수레에 올랐으나 가로대에 엎드려 머리를 축 늘어뜨린 채 끝내 기운을 차릴 수가 없었다. 그로부터 사흘 뒤에 송충과 가의는 궁궐 문밖에서 마주쳤다. 두 사람은 서로 끌어당기며 남의 눈을 피해 가만히 말을 주고받으며 탄식해 말했다.

"도덕은 높을수록 더욱 안전하고, 권세는 높을수록 더욱 위태롭다. 혁혁한 권세 속에 있으면 짧은 세월 동안에 몸을 망치게 될 것이다. 점치는 사람은 점을 쳐서 맞지 않는 일이 있어도 사례금을 되돌려 받는 일은 없지만, 임금을 위해 꾀한 일이 옳게 맞아 떨어지지 않으면 아무데도 몸 둘 곳이 없게 된다. 정말 대단한 차이다. 머리에 쓴 관과 발에 신은 신만큼이나 틀린다. 노자가 말한 '무명(無名)은 만물의 처음'이란 바로 이것이다. 하늘과 땅은 넓고 크며, 물건은 너무 많아, 안전한 곳도 있고 위험한 곳도 있는데, 어떻게 대처해야 좋을는지 모르겠다. 나나 당신이나 그 사람처럼 살 수는 없다. 그는 오래도록 더욱 편안히 살 수 있을 것이다. 증자가 말한 본래의 뜻도 바로 그런 것일 것이다."

오랜 뒤에 송충은 사신이 되어 흉노로 가다가 도중에 되돌아온 일 때문에 법에 저촉되어 죄를 받았다. 가의는 양나라 회왕의 태부가 되었지만, 왕이 말에서 떨어져 죽자, 그 일로 인해 회한에 젖은 나날을 보내다가 음식을 끊어 죽고 말았다. 그들은 영화를 얻으려고 애쓰다가 도리어 삶의 뿌리를 끊은 사람들이다.

태사공은 말한다.

옛 복자에 대한 전기를 이에 싣지 않은 것은 고서에 기록되어 있지 않았기 때문이다. 사마계주의 경우는 사적이 뚜렷하므로 여기에 기록하게 되었다.

● 다음은 저소손의 보충 기록이다.

저선생은 말한다.

내가 낭관으로 있을 때, 장안 시중을 돌아다니며 복서를 업으로 하는 어진 대부를 자주 보게 되었다. 그가 기거하는 모습을 보면 단정하게 의관을 차려 입고, 지방 사람들과 말을 주고받는 것이 군자의 기풍이 있었다. 사람의 성격을 알아보고 교묘하게 해석하였다. 또 부인들이 찾아와 점을 칠 경우에는 얼굴빛을 엄숙히 하여 이빨을 드러내고 웃는 일은 한 번도 없었다. 옛부터 현인이 세상을 피해 살 경우에는 잡초가 무성한 늪에 숨어 사는 사람도 있고, 민간에 숨어서 한 몸을 보전한 사람도 있었다. 사마계주는 본래 초나라의 어진 대부로서 장안에 유학하고 있었는데, 《역경》에 통했고, 황제와 노자의 설을 말하며 들은 것이 많고 앞을 내다보는 달견을 가진 사람이었다. 그가 저들 두 사람의 대부와 주고받은 이야기만 보더라도 그 말 속에 옛 현명한 왕과 성인의 도를 일컬어 인용하고 있다. 이것은 학문이 옅은 술사로서는 도저히 될 수 없는 일이다. 복서를 업으로 하여 천 리 밖까지 그 명성을 떨친 사람이 가끔 있다. 옛글에는 '부(富)가 첫째고 귀(貴)가 다음이다' 라고 했다. 이미 몸이 귀해졌으면 각각 한 가지 재주를 배워 몸을 세웠던 것이다. 황직(黃直)은 대부이고 진군부(陣君夫)는 부인이었는데, 이 두 사람은 말이 좋고 나쁜 것을 감별하는 것으로 천하에 이름을 드러냈다. 제나라 장중(張仲)과 곡성후(曲城候)는 검술을 배워 검을 잘 쓰고 잘 찌르는 것으로써 천하에 이름을 드러냈다. 유장유(留長孺)는 돼지가 좋고 나쁜 것을 감별하는 것으로 이름을 드러냈다. 형양의 저씨(褚氏)는 소가 좋고 나쁜 것을 가려내는 것으로 이름을 천하에 드러냈다.

이같이 재주를 가지고 이름을 드러낸 사람은 대단히 많으며, 모두 한 시대에 뛰어나 멀리 뭇사람을 능가하는 풍격이 있었으나 이러한 사람들을 일일이 열거할 수는 없다. 그런데 '맞는 땅이 아니면 나무를 심어도 나지 않는다. 그럴 뜻이 있는 사람이 아니면 가르쳐도 소용이 없다.' 고 했는데, 집에서 자손을 가르칠 경우에는 당연히 자손들이 좋아하는 것을 알고서 할 일이다. 좋아하는 것과 싫어하는 것을 고르는 것이 참으로 삶의 길이 되는 것이니 만큼 좋아하는 것을 따라 가르쳐 이룩해 줄 일이다. 그러므로 '한 집을 이끌어가도, 자식을 가르치는 모습을 보면 선비된 사람의 인물을 관찰할 수가 있고, 자식들이 자기에게 맞는 일에 종사하고 있으면 그 어버이는 현인이라 할 수 있다.' 고 하는 것이다.

내가 낭관이었을 때 전에 태복이던 사람으로 대명(待命)하여 낭관이 된 사람과 같은 관청에서 일한 적이 있었는데, 그는 다음과 같이 말했다.

"효무제 때 점복가(占卜家)를 한 방에 모아놓고, '아무날은 며느리를 맞아들이는 데 좋은 날인가' 하는 하문이 있었습니다. 이에 대해 오행가(五行家)는 '좋습니다' 라고 말하고, 감여가(堪輿家, 풍수가)는 '안 됩니다' 라고 말하고, 건제가(建除家, 建除의 十二神占家)는 '좋지 못합니다' 라고 말하고, 총신가(叢辰家, 점성가)는 '아주 나쁩니다' 라고 말하고, 역가(歷

家, 歷에 의해 점침)는 '약간 나쁩니다' 라고 말하고, 천인가(天人家, 天一神占家)는 '조금 좋습니다' 라고 말하고, 태을가(太乙家, 자연 만물의 변화를 보고 점치는 사람)는 '아주 좋습니다' 라고 말했습니다. 각각 자기 주장을 내세워 논쟁을 벌이며 결론이 나지 않았습니다. 그래서 사실대로 보고를 드리자 '모든 상서롭지 못한 것을 꾀하는 데는 주로 오행(五行)을 가지고 하라. 사람은 오행에 의해 태어나고 살아가고 있는 것이니까' 라는 조칙이 있었습니다."

귀책 열전(龜策列傳)

하 · 은 · 주 삼대의 왕은 같은 귀복(龜卜)을 하지 않았고, 사방의 오랑캐들 역시 점치는 법은 제각기 달랐다. 그러나 각자가 그것으로 길흉을 판단한 점은 같았다. 그래서 대충 그 요지를 더듬어 〈귀책 열전 제68〉을 지었다.

태사공은 말한다.

예로부터 성왕이 나라를 세우고, 천명을 받아 왕업을 일으켜 일을 하려 할 때 복서(卜筮)를 소중히 여겨 선정을 돕지 않은 일은 한 번도 없었다. 요 · 순 이전에 행해졌던 일은 기록이 부족한 탓으로 여기에 기록할 수 없으나, 하 · 은 · 주 삼대가 일어난 뒤로는 각각 복서에 나타난 상서(祥瑞)가 있어서, 그것에 의해 나라의 기반을 닦게 되었던 것이다.

하나라 시조 우왕은 도산씨(塗山氏)의 딸을 아내로 맞이할 때 점을 쳐서 그대로 따랐으므로 그 아들 계(啓)가 대를 이어 하나라 천자가 되었던 것이다.

은나라 시조 설(契)의 어머니 간적(簡狄)의 경우, 날아가는 제비를 두고 점을 쳐서 괘가 좋았기 때문에 뒤에 은나라가 흥하게 된 것이다.

주나라 시조 후직(后稷)은 어릴 때부터 농사일을 좋아하여 즐겨 백곡을 심었는데, 그 점괘가 좋았기 때문에 뒤에 주나라가 천하의 왕자(王者)로 되었던 것이다.

왕자는 모든 의혹을 결정할 경우에 복서를 참고로 하여 시귀(蓍龜)로써 결단을 내렸으니, 이것은 만세를 통해 바꿀 수 없는 도(道)이다.

저(氐) · 강(羌) 등의 오랑캐들은 비록 군신의 차례는 없어도 의혹을 결정할 때는 역시 점법을 썼던 바, 쇠와 돌을 써서 점을 치기도 하고, 혹은 풀과 나무를 써서 점을 치는 등 나라에 따라 각각 그 풍습이 달랐다. 그러나 모두 그것에 의해 전쟁을 일으키고 공격을 하고 군사를 나아가게 하여 승리를 얻게 되었다. 각각 그들의 신령을 믿고 점에 의해 장차 올 일들을 알 수 있다고 생각했기 때문이다.

지금까지 들은 바를 대충 종합해 보면, 하나라와 은나라에 있어서는 복서를 행해야 할 시기가 되어야만 비로소 시초(蓍草)나 귀갑(龜甲)을 마련했고, 끝난 뒤에는 곧 버렸다. 귀갑은 오래 간직해 두면 영험이 없고, 시초는 오래 보관해 두면 신통함을 잃게 된다고 생각하였기 때문이다. 그런데 주나라에 와서는 왕실의 복관(卜官)이 항상 시초와 귀갑을 간직해 두게 되었다. 물론 그것들의 크기나 사용 순서 따위를 중시하는 바에는 차이가 있었지만 언제나 그 목적하는 것은 같았다.

한편에서는 "성왕은 일을 당하면 어떻게 처리할 것인가를 반드시 시초나 거북점에 의해 결정지었으며, 의혹점을 결정하는 것 역시 그러하였다. 성왕이 시초와 귀갑에 의해 신명의 의사를 묻고 의혹을 푸는 방법을 만들어 내게 된 것은, 세상이 점점 쇠미해져서 어리석은 사람이 지혜로운 사람을 스승으로 받들지 않게 되고, 사람들이 각각 자기 편한대로 생각하며, 가르침이 백가(百家)로 나뉘어 서로 다투게 되고, 도는 흩어져 통일을 찾을 수 없게 되었기에, 미묘함에 이르는 점에 귀퇴(歸堆)하여 정신을 깨끗이 할 필요가 있다고 생각했기 때문이다."는 의견을 말했고, 또 한편에서는 "거북의 뛰어난 점, 즉 영묘한 점에 있어서는 성인도 이에 미칠 수가 없고, 거북이 길흉을 보여주고 가부를 분별하는 것은 인간 세상에도 적중하는 일이 많기 때문이다."라고 했다.

고조 때에는 진나라 태복관(太卜官)을 그대로 이어 받고 있었다. 당시 천하는 겨우 안정을 찾았으나 전란은 아직 완전히 가시지 못하고 있었다. 효혜제는 재위 시기가 짧고 여태후는 여제(女帝)였었다. 효문제와 효경제 시대는 오로지 선례에 따랐을 뿐, 복서의 이치를 강구하거나 시험할 겨를이 없었다. 주관(疇官, 曆算과 복서 담당관)은 부자가 대대로 이어왔으나 복서의 정미함과 신묘한 점을 많이 잃게 되었다. 그러나 무제가 즉위한 뒤로는 널리 예능의 길을 열어 백가의 학문을 모두 채용하게 되었다. 따라서 한 가지 재주에 통해 있는 선비는 모두 자신의 능력을 발휘할 수가 있었다. 그리하여 뭇사람보다 월등히 능력이 뛰어난 사람은 높은 지위에 올라 남에게 아부하지 않아도 되었으므로 몇 해 사이에 태복의 벼슬은 크게 충실하게 되었다. 마침 황제는 흉노를 치며 서쪽으로는 대원을 물리치고, 남쪽으로는 백월을 손아귀에 넣고자 했다. 따라서 복서하는 사람들이 미리 길흉을 내다보고 사전에 이익을 꾀하게끔 되었으며, 또한 맹장(猛將)들이 적진으로 쳐들어가고, 천자의 사신이 부절을 받들고 전쟁터에서 승리를 얻은 것에도 날을 가린 시귀(蓍龜)의 점이 도움을 주었다고 할 수 있을 것이다.

황제는 더욱더 복자(卜者)를 중시하여 하사품만 해도 수천만 전에 달할 정도였다. 따라서 구자명(丘子明)과 같은 무리들은 거부가 되었을 뿐더러 황제의 사랑으로 높은 지위에까지 올라 조정을 휘둘렀고, 고도(蠱道, 무당의 푸닥거리)를 행한 것을 점으로 알아맞혀, 무고(巫蠱)의 사건〔陳皇后〕때에는 크게 공을 세우기도 했다. 그러나 그들은 점괘를 이용해 평소의 사소한 원한이나 못마땅한 일을 공적인 일과 관련시켜 죄를 덮어씌우고, 또 사람을 멋대로 모함하기 일쑤였다. 그 때문에 일족 일문이 멸족을 당한 예는 이루 다 헤아릴 수 없을 정도였고, 크게 두려워한 백관들은 모두 '귀책이 능히 말을 한다.' 고 했다. 하나 그 뒤 그들 역시 간악한 짓이 발각되어 삼족을 멸하게 되었다.

대체로 대나무 가지를 헤아려 괘를 만들고, 거북이 등껍질을 구워 좋고 나쁜 징조를 보는 것에는 그 변화가 무궁하다.

그 때문에 현인을 뽑아 점을 치게 하는 것인데, 점이야말로 성인에겐 중대사라고 할 수 있을 것이다.

예컨대 주나라 무왕이 병이 들었을 때, 주공은 삼귀(三龜)로써 점을 쳐 무왕의 병을 완쾌시켰고, 은나라 주왕이 포학을 행하여 원귀(元龜, 큰 거북)로 점을 쳤으나 길조를 보여 주지 않았다. 또 진문공은 주나라 양왕을 왕으로 받들고자 점을 치자 황제(黃帝)가 판천(阪泉)에서 싸운 길조를 얻었는데, 마침내 큰 공을 세워 양왕으로부터 동궁(彤弓, 붉은 활)을 하사받았다. 진헌공이 여희(驪姬)의 색을 탐내어 점을 쳤을 때는 참소의 화가 있으리라는 흉조가 있었는데, 그 화는 그로부터 5대에까지 미쳤다. 초나라 영왕이 주나라 왕실에 반역을 일으키려 하여 점을 쳤을 때는 거북이 흉조를 보였는데, 마침내 간계(乾溪)에서 패해 죽었다.

이같이 길흉의 징조와 반응은 올바르게 점괘에 나타나 보였고, 당시 사람들은 점괘가 제대로 맞는다는 것을 사실을 통해 똑똑히 보아왔던 것이다. 이상으로 미루어 보건대 점괘의 징조와 반응은 사실과 일치했다고 말하지 않을 수 없다.

군자는 말한다.

"대체로 점을 가볍게 여기고, 신명을 업신여기는 자는 사람의 도리에도 어긋나는 것이다. 그러나 그것만을 믿으려 하면 귀신도 바르게 알려주지 않을 때가 있다."

그러므로 《서경》의 〈홍범구주(洪範九疇)〉에는 의심나는 일을 생각해 결정하는 방법으로서, 5모(五謀, 다섯 가지 묻는 방법), 즉 자기의 생각, 신하들, 백성들, 복(卜)과 서(筮), 이렇게 다섯을 들고 있다. 복과 서는 다섯 가운데 둘을 차지하고 있어서 일을 하려면 이 다섯과 꾀하여 찬성이 많은 쪽에 따르는 것이다. 이것은 요컨대 신명이 있다고 보고 복서를 소중히 여기기는 하지만 그것만을 의지하여 일을 결정짓지 않고, 신명과 사람의 생각과의 일치를 중하게 여기는 것이다. 나는 강남(江南)에 가서 그곳 점치는 것들을 보고 장노에게 물으니 이렇게 말했다.

"거북은 천 년이 되면 연잎 위에서 놀고 시초는 한 뿌리에 백 개의 줄기가 올라온다. 또 시초가 나 있는 곳에는 호랑이가 살지를 않고, 독초가 나지 않는다. 장강 근방에 있는 사람들은 늘 거북을 길러서는 잡아먹는데 능히 혈액 순환을 좋게 하고, 기운을 도와 늙고 병드는 것을 막는 데 도움이 된다고 믿고 있다."

아마 그것이 사실이리라.

● 다음은 저소손의 보충 기록이다.

저선생은 말한다.

나는 경학에 통해 있었으므로 학업을 박사에게서 받고, 《춘추》를 공부하여 좋은 성적으로 급제를 하였다. 낭관에 임명되어 10여 년 사이에 다행히도 숙위로서 대궐 안을 드나들게 되었는데, 그 동안 혼자 〈태사공전(太史公傳)〉을 좋아해 읽었다.

〈태사공전〔太史公 自序 제70〕〉에는, "하 · 은 · 주 삼대의 왕이 다 같이 거북점을 친 것은 아니며, 사방 오랑캐들 역시 각각 그 방법이 달랐다. 그러나 각자가 그것에 의해 길흉을 판단한 점은 같다. 그래서 대충 그 요지를 엿볼 수 있어 〈귀책 열전〉을 만들었다."고 했다.

그래서 나는 장안 시내를 오가며 〈귀책 열전〉을 찾으려 했으나 손에 넣을 수 없었다. 그래서 태상관(太上官)을 찾아가기도 하고, 장고관 · 문학관에 있는 사람과 장로들로 모든 일에 능통한 사람들에게 묻기도 하여 귀책 점복을 뽑아 내어 아래와 같이 편술(編述)한다.

들은 바에 따르면, 옛날 오제 삼왕이 거사하여 일을 시작하려 할 때에는 반드시 먼저 시귀(蓍龜)에 의해 길흉을 결정했다 한다. 옛글에는 "아래 복령(伏靈, 茯笭—약 이름)이 있으면 그 위에 토사(兎絲, 약 이름)가 있고, 위에 시초가 나면 그 밑에 신귀가 있다."고 하였다. 이른바 복령은 토사 밑에 있어서 그 모양은 나는 새 모양과 같다. 새로 비가 오고 그친 다음 하늘이 맑고 고요하여 바람이 없을 때, 밤중에 토사를 베어내고 횃불이 꺼지면 그곳에 표를 하고, 길이 4장의 새 천으로 주위를 둘러싸 두고, 이튿날 새벽에 그곳을 판다. 깊이 넉 자에서 일곱 자까지를 파면 복령을 얻을 수가 있다. 일곱 자를 지나면 얻지 못한다. 복령은 천 년을 묵은 송진인지라 그것을 먹으면 죽지 않는다고 한다.

들은 바에 따르면, 시초가 나서 줄기가 백 개 이상이 되면 그 밑에는 반드시 신귀(神龜)가 있어서 이를 지키고, 그 위에는 항상 푸른 구름이 덮여 있다 한다. 옛글에는 '천하가 태평하여 왕도가 행해지고 있으면 시초의 줄기는 한 길이나 되고,

한 뿌리에서 백 줄기 이상이 난다' 고 했다. 그러나 지금 시초를 얻어 보아도 옛날 법도에 맞는 것은 없어서 백 개 이상의 줄기가 있고, 그 길이가 열 자가 되는 것은 얻을 수가 없다. 줄기가 80개 이상으로 길이가 여덟 자 되는 것마저 얻기 어렵다. 시초로 점치기를 좋아하는 사람들은 줄기가 60개 이상으로 길이가 여섯 자가 되는 것을 얻으면 좋다고 쓰고 있다.

기록에는, '명귀(名龜)를 얻어 가진 사람에게는 재물이 모여들고, 그 집은 크게 부하게 되어 반드시 천만 전을 모을 수 있다. 명귀는 첫째 북두귀(北斗龜), 둘째 남진귀(南辰龜), 셋째 오성귀(五星龜), 넷째 팔풍귀(八風龜), 다섯째 이십팔수귀(二十八宿龜), 여섯째 일월귀(日月龜), 일곱째 구주귀(九州龜), 여덟째 옥귀(玉龜)라 하여 모두 여덟 종류가 있다. 거북은 각각 무늬가 배 밑에 있는데, 그 생긴 무늬에 의해 그 이름을 달리 부르게 되는 것이다' 라고 했다. 여기서는 그 대충만을 기록하고 그 그림은 그리지 않는다. 거북을 잡는 데는 반드시 한 자 두 치가 안 되어도 상관없다. 사람들은 길이 7, 8치 되는 거북을 얻더라도 보물로서 소중히 알아야 할 것이다. 대체로 주옥이나 보기는 깊이 감춰져 있어도 빛을 드러내고 반드시 그 신명함을 나타낸다는 것은 이를 두고 말한 것이리라. 그러므로 옥이 산에 있으면 초목이 기름지고, 목에 구슬〔珠〕이 있으면 언덕의 물이 마르지 않는 것은 구슬과 옥에 윤택하게 하는 신령한 힘이 가해져 있기 때문이다. 명월주는 강과 바다에서 나는데 조개 속에 감춰져 있고, 그 밑에는 교룡(蛟龍)이 엎드려 숨어 있다. 왕자가 이를 얻으면 길이 천하를 보존하며, 사방 오랑캐들이 복종하게 된다. 줄기가 백 개 있는 시초를 얻고, 동시에 그 밑에 숨어 있는 신귀까지 얻어 점을 치는 사람은, 그가 말한 것이 백발 백중이어서 충분히 길흉을 판정할 수 있다. 신귀는 장강 물 속에서 나타난다. 여강군에서는 길이 한 자 두 치 되는 거북을 20마리씩 해마다 태복관으로 실어 보내고 있다. 태복관에서는 좋은 날을 가려 그 배 밑의 껍질을 떼어낸다. 거북은 천 년이 되어야 길이가 한 자 두 치가 된다.

왕자가 군대를 일으켜 장군을 내보내게 될 때에는 반드시 종묘의 당상(堂上)에서 귀갑을 찔러 점을 쳐서 길흉을 판단하다. 지금 고묘 안에는 귀실(龜室)이 있고, 그 안에 귀갑을 간직해 두고 신보(神寶)로 하고 있다. 옛글에는 "거북이 앞발의 뼈를 얻어 구멍을 뚫고 이것을 몸에 차고, 또 거북을 얻어 방 서북쪽에 걸어 두면 깊은 산이나 큰 숲속으로 들어가도 길을 잃지 않는다"고 했다.

내가 낭관으로 있을 때 《만필술(萬畢術)》 속에 있는 〈석주방전(石朱方傳)〉을 본 일이 있는데, 거기에는 다음과 같이 씌어 있었다.

"신귀는 강남의 가림(嘉林) 속에 있다. 가림이란 그 속에 범과 늑대 같은 맹수가 없고, 올빼미와 같은 나쁜 새도 없으며, 사람을 해치는 독초는 나지 않고, 들불도 여기까지는 미치지 못하며, 도끼나 낫도 여기에는 들어오지 못하므로 가림, 즉 좋은 숲이라는 것이다. 신귀는 이 속에 있으면서 항상 꽃 같은 연잎 위에서 살고 있다. 그 왼쪽 옆구리에 '갑자(甲子)

중광(重光)에 나를 잡는 사람은 필부로도 임금이 되거나 땅을 차지하는 제후가 될 것이다. 또 제후가 나를 잡으면 제왕이 될 것이다' 라는 글이 씌어 있다. 이 신귀를 흰 뱀이 몸을 서리고 있는 숲속에서 구하는 사람은 재계를 하고 그것이 나타나 주기를 기다리게 되는 것인데, 소식을 전달해 주는 사람을 기다리듯 공손히 기다리며, 술을 당에 부어 제사 지내고, 머리를 풀어 헤치고 사흘 밤낮을 갈구한 뒤에야 잡을 수가 있다."

이 기록에 의하면 신귀의 영묘함은 참으로 위대하다. 어찌 존경치 않을 수 있겠는가?

남쪽 땅의 한 노인이 거북으로 침대 다리를 받쳐 두었었다. 그로부터 20여 년이 지난 뒤에 노인이 죽게 되어 침대를 옮겼는데, 거북은 아직도 살아 있었다. 거북이란 것은 제 스스로 기운을 돌려 몸 속으로 끌어들일 수가 있기 때문이다. 누군가 이렇게 물었다.

"거북은 이처럼 매우 신령한 것인데, 태복관이 살아 있는 거북을 얻으면, 어째서 곧 죽여 그 껍질을 갖게 됩니까?"

최근에 장강 근처에 사는 사람이 명귀를 얻어 기르고 있었는데, 그로부터 그 집안은 큰 부자가 되었다. 그는 친구와 상의하여 거북을 놓아 주려 했으나 친구가, 죽이는 것은 좋지만 놓아 주는 것은 좋지 못하다. 놓아 보내면 그대 집은 망하게 되리라고 일러 주었다. 그러자 거북이 꿈에 나타나서 이렇게 말했다.

"나를 물 속으로 보내주시오, 죽이지는 마시오."

그러나 결국 죽이고 말았다. 거북이를 죽이자 그 집주인이 죽었고 집안에는 불행이 잇달았다. 백성과 임금은 길을 달리한다. 백성이 명귀를 얻었을 때는 아무래도 죽이지 않는 쪽이 좋은 것 같다.

그러나 고사에 따르면 옛날 현명한 왕과 성스런 군주는 모두 거북을 죽여서 사용했다. 송나라 원왕 때도 거북을 얻었는데 역시 죽여서 사용했다. 삼가 그 일을 아래에 기록하여 호사가의 판단에 맡기기로 한다.

송나라 원왕 2년에 장강의 신〔長江神〕이 신귀를 황하강의 신〔黃河神〕에게 사자로 보냈다. 거북이 천양(泉陽)까지 왔을 때 예저(豫且)라는 어부가 그물을 들어 이를 잡아 종다래끼 속에 넣어 두었다. 밤에 거북은 송나라 원왕의 꿈에 나타나 말했다.

"나는 장강신을 위해 사신으로 황하신에게로 가던 길이었는데, 내가 가는 길목에 그물이 쳐져 있어서 천양의 예저라는 사람에게 잡혀 갈 수밖에 없게 되었습니다. 도망칠 수가 없어 걱정이 되어 견딜 수 없으나 사정할 만한 상대가 없습니다. 왕께서는 덕과 의리가 계신지라 이렇게 찾아와 사정을 드리는 바입니다."

원왕은 깜짝 놀라 눈을 뜨고 박사인 위평(衛平)을 불러 물었다.

"지금 과인은 꿈속에서 한 남자를 만났다. 목을 길게 늘인, 머리가 길쭉한 남자로서 검은색 수놓은 옷을 입고, 검은 수레에 올라타고, 꿈에 과인에게 나타나 말하기를, '나는 장강신을 위해 사신으로 황하신에게로 가는 길이었는데 그물이 내가는 길목에 쳐져 있어서, 천양의 예저라는 사람에게 잡혀 갈 수밖에 없게 되었습니다. 도망칠 수가 없어 걱정이 되어 견딜 수 없으나 사정할 만한 상대가 없습니다. 왕께서는 덕과 의리가 계시므로 이렇게 찾아와 사정을 하는 바입니다' 라고 하는데, 이것이 무엇일까?"

위평은 식(栻, 점판)을 들고 일어나 하늘을 우러러 달빛을 보고 북두성이 가리키는 곳을 보아 해가 향하는 곳을 정하고, 규(規)를 잡은 동방신, 구(矩)를 잡은 서방신, 권(權)을 잡은 남방신, 형(衡)을 잡은 북방신의 도움을 빌어 사방의 방위를 바루고, 사유(四維, 서북 · 서남 · 동남 · 동북의 방위, 즉 乾 · 坤 · 巽 · 艮의 사방)가 이미 정해지자 8괘가 바르게 서로 바라보게 되었다. 그 길흉을 보자, 거북이의 형상이 먼저 나타났다. 그러자 위평은 원왕에게 대답했다.

"어젯밤은 임자일(壬子日)로, 달은 견우(牽牛, 二十八宿의 하나)에서 자고, 하수의 물은 크게 모여 귀신이 서로 의논하고 있었습니다. 은하수는 남북으로 바로 위치하여 장강과 하수는 사철의 정상을 잃지 않고 있습니다. 남풍이 새로 불어와 장강의 사자가 먼저 나왔습니다. 흰 구름이 은하수를 덮으면 만물이 모두 제자리에 멈추고, 북두성 자루〔柄〕가 해 있는 방향을 가리킵니다. 이렇게 되면 사자가 갇히게 됩니다. 검은 옷을 입고 검은 수레에 탄 것은 거북입니다. 왕께서는 급히 사람을 시켜 물어서 찾도록 하십시오."

왕이 대답했다.

"알았다."

왕은 사자를 천양령에게로 달려 보내 이렇게 묻도록 했다.

"어부의 집은 몇 집이나 되느냐? 예저는 누구냐? 예저가 잡은 거북이 꿈에 임금께 나타난 것이다. 왕은 그래서 나를 시켜 그 거북을 찾으라고 명령하신 거다."

그래서 천양령은 관속들을 시켜 호적을 조사하고 지도를 점검하게 했다. 강가에 있는 어부의 집은 쉰다섯 집이었는데, 상류에 있는 움막에 예저라는 사람이 살고 있었다. 천양령은 말했다.

"이 사람이다."

천양령은 사자와 함께 달려가 예저에게 물었다.

"어젯밤 너는 고기를 잡으러 가서 무엇을 얻었느냐?"

"한밤중에 그물을 올려 거북을 잡았습니다."

사자는 말했다.

"지금 거북은 어디 있느냐?"

"종다래끼 속에 있습니다."

"왕께선 네가 거북을 잡은 것을 아셨다. 그래서 내게 그것을 찾아오라고 명령을 하신 거다."

그러자 예저는 말했다.

"알았습니다."

그리고 곧 거북을 종다래끼 속에서 꺼내 묶은 뒤 사자에게 바쳤다. 사자는 거북을 수레에 싣고 천양의 문을 나왔는데 대낮인데도 깜깜해서 아무것도 보이지 않았고, 심한 비바람이 치며, 구름이 수레 위를 덮어 청황 등 오색으로 빛나고, 번개와 비가 함께 일어나며 바람이 뒤에서 불어왔다. 사자는 단문

(端門, 왕궁 남쪽의 정문)으로 들어와 정전 동쪽 방에서 원왕을 뵈었다. 거북의 몸뚱이는 흐르는 물처럼 번쩍이고 있었고, 멀리 원왕을 보자 목을 늘이고 세 걸음 나가 멈추더니 목을 움츠리고 물러나 본래의 위치로 돌아갔다. 원왕은 이것을 보고 이상하게 생각하여 위평에게 물었다.

"거북은 과인을 보자 목을 늘어뜨리고 나왔는데, 대관절 무엇을 바라는 것인가? 또 목을 움츠리고 본래의 위치로 돌아갔는데, 이것은 무슨 뜻인가?"

"거북은 걱정 속에 하룻밤을 꼬박 갇혀 있게 되었는데, 왕께서는 덕과 의가 계시어 사자를 보내 이를 구해 내셨던 것입니다. 지금 목을 내밀고 나아간 것은 감사하다는 뜻을 나타낸 것이며, 목을 움츠리고 물러난 것은 속히 떠나고 싶다는 뜻을 보인 것입니다."

"장한 일이로다. 이토록 신령하단 말인가. 오래 머물러 두어서는 안 되겠다. 수레를 재촉하여 거북을 보내 주어 기한에 늦지 않도록 해 주어라."

그러나 위평은 말했다.

"이 거북은 천하의 보물입니다. 남보다 앞서 이 거북을 얻은 사람이 천자가 됩니다. 또 이 거북에 의해 점을 치면 열 번 말해서 열 번 맞히고, 열 번 싸워 열 번 이깁니다. 이 거북은 깊은 못에서 나서 황토에서 자라나 하늘의 도를 알고 상고의 일에 밝습니다. 물 속에 살기를 3천 년, 자기에게 정해진 구역을 벗어나지 않으며, 편안하고, 얌전하고, 조용하고, 바르게 움직이는 데 힘을 쓰지 않습니다. 그 수명은 천지와 같아서 그 끝을 아는 사람이 없습니다. 사물과 함께 변화하여 사철마다 색깔이 바뀝니다. 가만히 숨어 살면서 엎드린 채 아무것도 먹지 않습니다. 즉, 봄에는 푸른색, 여름에는 누런색, 가을에는 흰색, 겨울에는 검은색으로 바뀌어 음양에 밝고 법과 도덕에 의한 정치에 정통해 있으며, 먼저 이해(利害)를 알고, 화복을 살필 줄 압니다. 그러므로 이 거북에 의해 점을 쳐서 말하면 맞고, 싸우면 이깁니다. 왕께서 이것을 보물로 가지고 계시면 제후들은 모두 복종하게 될 것입니다. 왕께서는 이를 놓아 보내지 마시고 이 거북으로 사직을 편안히 하십시오."

원왕이 말했다.

"이 거북은 대단히 신령해서 하늘에서 내려와 깊은 못으로 떨어져 환난에 처해 있는 가운데 과인을 어진 사람으로 생각하고, 후덕하고 충과 신의가 있다고 믿었기 때문에 찾아와 과인에게 알린 것이다. 과인이 만일 놓아 주지 않으면 어부가 한 짓과 무엇이 다르겠는가. 어부는 거북의 고기를 이익으로 알고, 과인은 그 신묘한 힘을 탐내는 것뿐이다. 이것은 아랫사람은 어질지 못한 일을, 윗사람은 덕이 없는 일을 행하는 것이 된다. 군신이 다 같이 예가 없으면, 어떻게 복을 받을 수 있겠는가? 과인은 이 거북을 붙들어 두는 일을 차마 하지 못하겠다. 무슨 일이 있더라도 놓아 주지 않으면 안 된다."

위평이 말했다.

"그렇지 않습니다. 들은 바에 따르면 '큰 덕은 갚을 필요가 없고, 중하게 맡긴 것을 돌려줄 필요는 없다. 하늘이 주는 것을 받지 않으면 하늘은 그의 보물을 다시 빼앗는다.' 고 했습니다. 지금 이 거북은 천하를 두루 돌아다니며 본래 있던 곳으로 돌아가 위로는 푸른 하늘에 이르고, 아래로는 진흙에 다다라, 구주를 골고루 돌아다녔지만 아직 한 번도 욕된 일을 당하거나 오래 붙들려 있거나 한 일이 없습니다. 그런데 지금 천양에 이르자 어부가 욕되게 이를 잡아 가두었던 것입니다. 왕께서 놓아 주시더라도 장강신과 황하신은 반드시 노하여 원수를 갚으려 할 것이며, 거북 스스로도 모욕을 당했다고 해서 다른 신들과 의논하게 될 것입니다. 그 결과, 장마는 그칠 줄을 모르고, 홍수는 막을 길이 없을 겁니다. 그렇지 않으면 큰 가뭄이 들고, 바람이 불어 먼지를 일으키며, 메뚜기 떼가 뜻밖에 휩쓸어와 백성들은 수확 시기를 잃게 될 것입니다. 왕께서 거북을 놓아 주는 인의를 행하여도 그 벌은 반드시 내려지고 맙니다. 그것은 다른데 까닭이 있는 것이 아니고, 재앙의 빌미가 거북에 있는 까닭입니다. 뒤에 후회해도 도저히 미치지 못합니다. 왕께서는 바라옵건대 이 거북을 놓아 주지 마십시오."

원왕은 개연히 탄식해 말했다.

"대체로 남의 사자를 가로막고, 남의 계획을 중단하는 것은 포(暴)라는 것이 아니겠는가? 남의 물건을 빼앗아 자기 것으로 만드는 것은 강(疆)이라는 것이 아닌가? 과인은 '포에 의해 얻는 자는 반드시 포에 의해 그것을 잃게 되고, 강을 행하는 자는 반드시 뒤에 공을 잃는다.' 고 듣고 있다. 걸왕과 주왕은 강포했기 때문에 몸은 죽고 나라는 망했던 것이다. 지금 과인이 경의 말을 받아들이면 인의의 이름을 잃게 되고, 강포의 도만이 남게 된다. 그렇게 되면 장강과 황하의 신은 탕왕과 무왕의 위치에 서고, 과인은 걸왕과 주왕이 되어 이득은 하나도 없고, 허물만 받을까 두렵구나. 나로서는 아주 의심스러운데, 어찌 보물에만 마음을 둘 수 있겠는가? 수레를 재촉하여 거북을 보내 주어 오래 머무르게 하는 일이 없도록 하라."

위평은 말했다.

"그렇지 않습니다. 걱정하실 필요는 없습니다. 천지 사이에는 돌이 쌓여 산을 이루고 있으나 산은 높아도 무너지지 않으며, 땅은 산으로 인해 안정을 유지하고 있습니다. 그러므로 '물건은 위태로운 듯이 보이나 도리어 편안한 것이 있고, 가벼운 듯이 보이나 도리어 옮길 수 없는 것이 있으며, 사람은 충성스럽고 신의가 있어도 방종한 사람만 못한 경우도 있고, 때로는 못난 얼굴을 가지고 있어도 큰 벼슬에 어울리고, 때로는 아름답고 고운 얼굴을 하고 있어도 뭇사람들의 근심거리가 되기도 한다.' 고 했습니다. 신인(神人)이나 성인이 아니면 사물의 이치를 다 알 수는 없습니다. 봄 · 여름 · 가을 · 겨울은 혹은 덥고 혹은 찹니다. 추위와 더위가 서로 조화를 이루지 못하면 나쁜 기운이 사물을 해치게 됩니다. 해를 같이 하면서도 절기를 달리 하는 것은, 때가 그렇게 하는 것입니다. 그러므로 봄에는 만물이 나고, 여름에는 자라며, 가을에는 거두어들이고, 겨울에는 간직하게 되는 것입니다. 사람도 마찬가지여서, 어떤 사람은 인의를 행하고 어떤 사람은 강포를 행합니다. 강포도 때로는 정도로 가는 수가 있으며, 인의도 행할 때와 행치 못할 때가 있습니다. 만물은 모두가 이런 것이어서 똑같이 처리할 수는 없습니다. 왕께서 허락해 주신다면, 이 점에 대해 전반에 걸쳐 말씀드리겠습니다. 먼 옛날, 하늘은 오색을 나타내어 흑백을 분간하고, 땅은 오곡을 낳아 선악을 알게 되었습니다. 그러나 백성들에게는 그것을 알아 분간하는 사람이 없고, 짐승과 같이 골짜기나 동굴에서 살며, 농사지을 줄도 모르고 있었습니다. 천하에 재난이 일어나고, 음양이 서로 뒤섞여도 백성들은 놀라 불안에 떨고 있을 뿐 나쁜 것을 멀리하고 좋은 것에는 나아갈 줄을 몰랐으므로, 요괴가 자주 나타나 미개한 세상으로 전해 내려왔던 것입니다. 그래서 성인은 생명이 있는 것들의 이치를 분별하여 서로 잡아먹거나 해치는 일이 없도록 했습니다. 짐승에게는 암수의 구별이 있으므로 적당히 산과 벌판에 있게 하고, 새에게도 암수가 있으므로 적당히 숲과 못에 흩어져 있게 하고, 딱딱한 껍질이 있는 동물은 물이 흐르는 골짜기에 두었습니다. 또 백성들을 다스리는 데는 성곽으로 구역을 정하여 그 안에 여(閭, 25가의 마을)와 술(術, 천 가의 마을)을 정하고, 그 밖에는 천(阡, 南北道)과 백(백, 東西道)을 만들어 부부인 남녀에게 전택을 나눠 주고, 그 집은 연결지어 지적도와 호적을 꾸며 성명과 가족을 나누고, 관청을 세워 관리를 두고, 지위와 봉록을 주는 것으로써 그들을 권장하며, 명주와 삼베옷을 입히고 오곡을 먹게끔 했습니다. 따라서 백성은 논밭을 갈아 씨를 흙으로 덮고, 김매어 잡초를 없애며, 입으로는 맛있는 것을 먹고, 눈으로는 아름다운 것을 보며, 몸은 이익을 받았습니다. 위에 말한 것으로 판단하면 강하지 않고서는 여기까지 이르지 못합니다. 그러므로 '밭갈이하는 사람이 강하지 못하면 창고가 차지 않으며, 장사꾼이 강하지 못하면 남의 이익을 얻지 못하며, 부녀들이 강하지 못하면 베와 면포가 정교하게 짜여지지 못하고, 소임이 강하지 못하면 위세가 성립될 수 없으며, 대장이 강하지 못하면 사졸은 명령대로 움직이지 않고, 제후나 왕이 강하지 못하면, 평생에 이름이 나지 못한다.'고 했으며, 또 '강은 모든 일의 처음이며, 분별하는 도리요, 사물의 기강이 된다. 강을 통해 찾는다면 얻지 못하는 것이 없다'고도 했습니다. 왕께서는 저 옥독(玉櫝)·척치(隻雉) — 모두 옥 이름 — 가 곤륜산에서 나고 명월주가 사해(四海)에서 난다는 것을 모르십니까? 그것들은 돌을 깨고 조개를 갈라 꺼낸 다음 시장에 내다 팔게 됩니다. 성인은 그것을 얻어 큰 보물로 여기고, 큰 보물을 가진 사람이라야만 천자가 됩니다. 지금 왕께선 스스로 포학하다고 하지만 조개를 바다에서 쪼개는 것만 못하고, 거북을 붙들어 두는 것을 강이라고 생각하고 계시나 곤륜산에서 돌을 깨는 것만 못합니다. 이것을 갖는다고 해서 그 사람에겐 허물이 될 수 없으며, 이것을 보물로 삼는다고 하여 그 사람에게 화가 될 수는 없습니다. 지금 거북은 사자로서 찾아와 그물에 걸림으로써 어부에게 잡혔지만 폐하의 꿈에 나타나 도움을 구했던 것이니 이것은 나라의 보물입니다. 왕께선 아무것도 걱정하실 것이 없습니다."

원왕이 말했다.

"그렇지는 않다. 과인은 '간(諫)은 복이요, 아첨은 화다. 임금이 아첨을 받아들이는 것은 어리석고 유혹되어 있기 때문이다.' 라고 듣고 있다. 그렇기는 하지만 화는 함부로 이르는 것이 아니고 복은 공연히 오는 것은 아니다. 천지의 기운이 화합해서, 비로소 모든 재물이 생긴다. 기운에는 음양의 나눔이 있고, 사철은 차례로 바뀌며, 열두 달은 동지와 하지를 기한으로 하여 번갈아 든다. 성인은 여기에 통철해 있으므로 몸에 재앙이 없고, 밝은 왕은 이 이치로써 다스리기 때문에 아무도 속이지 못한다. 그러므로 '복이 이르는 것은 사람이 스스로 낳는 것이요, 화가 이르는 것은 사람이 스스로 이룩하는 것이다.' 고 말했던 것이다. 화복은 같은 것이며, 형덕(形德)은 한 쌍이다. 성인은 이것을 꿰뚫어 보고 길흉을 아는 것이다. 걸왕과 주왕 때에는 하늘과 공을 다투고, 귀신의 길을 막아 사람과 서로 통하지 못하도록 했었다. 이것 자체가 이미 참으로 무도한 일이었는데, 거기에 또 아첨하는 신하가 많이 있었다. 걸왕에게 조량(趙梁)이라는 아첨하는 신하가 있었다. 그는 걸왕을 시켜 무도한 일을 행하게 하고, 늑대처럼 탐욕스런 짓을 권장하며, 은나라의 탕왕을 붙들어 하대(夏臺)의 옥에다 가두고, 관용봉(關龍逄)을 죽이게 했다. 좌우에 있는 신하들은 죽음을 두려워하여 걸왕 옆에서 구차스럽게 아첨으로 일관했다. 나라는 계란을 쌓아올린 것보다도 위험한 상태에 있었는데도 모두 '걱정없습니다' 라고 말하고 성수 만세를 외치며 즐거워했고, 그들 중에는 '즐거움은 아직 반에도 미치지 못했습니다.' 고 선동하는 사람도 있었다. 결국 걸왕의 이목을 가리고 함께 속이며 미쳐 날뛰었던 것이다. 그 결과, 탕왕이 드디어 걸왕을 치게 되니 그는 죽고 나라는 망했다. 아첨하는 신하의 말을 받아들였기 때문에 몸이 화를 입은 것이다. 역사는 이 사실을 기록에 남겨 오늘날까지 전해준다. 주왕에게도 아첨하는 신하가 있어서 주강(朱疆)이라고 불렀다. 그는 눈짐작으로 측량할 수 있는 것을 자랑하며 주왕으로 하여금 상아로 꾸민 상랑(象郎)을 짓게 했는데, 그 높이는 하늘에 닿을 정도였다. 또 주왕에게는 구슬을 새겨 넣은 침대도 있었고, 코뿔소의 뿔로 만든 그릇과 옥으로 만든 그릇, 상아로 만든 젓가락 등이 있었다. 성인 비간(比干)은 심장을 가르게 되고, 겨울 아침에 내를 건넨 장사는 다리를 끊겼다. 기자(箕子)는 죽는 것이 두려워 머리를 풀어헤치고 미치광이를 가장했다. 주나라 태자 역(歷, 季歷이 아님)을 죽이고, 문왕 창(昌)을 돌집에 처넣어 저녁부터 아침까지 버려두었다. 음긍(陰兢)이 이를 구출해서 함께 달아나 주나라 땅으로 들어간 다음 태공망을 얻어 군사를 모아 일으켜 주왕을 공격했다. 문왕이 병으로 죽자 주나라 군사는 그의 시체를 수레에 싣고 전진하며, 태자 발(發)이 대신 장수가 되어 무왕이라 하고, 목야(牧野)에서 싸워 주왕을 화산(華山) 남쪽에서 깨뜨렸다. 주왕은 싸움에서 패해 돌아갔으나 상랑에서 포위를 당하자 선실(宣室, 천자의 거실)에서 자살했다. 이리하여 주왕은 몸이 죽어도 장사를 지내지 못하고 그의 머리는 네 마리 말이 끄는 수레 뒤의 횡목에 매달려 끌려 갔던 것이다. 과인은 이 같은 일들을 생각하면 창자가 뒤끓는 것만 같다. 걸왕과 주왕은 천하를 차지할 만큼 부유했고, 천자라는 귀한 자리에 올랐으면서도 몹시 거만을 부리고, 욕심은 끝이 없었으며, 일을 일으켜 높여지는 것을 기뻐하고, 탐욕한 늑대처럼 교만하였다. 충신한 신하는 쓰지 않고 아첨하는 신하의 말만 받아들여 천하의 웃음거리가 되었다. 지금 우리 나라는 제후들 사이에 끼여 미약하기가 가을날의 새털과 같다. 일을 일으켰다가 실패하는 날엔 어디로 도망치겠는가?"

위평이 말했다.

"그렇지는 않습니다. 황하신이 아무리 신령하고 현명하더라도 곤륜산 신에는 미치지 못합니다. 장강의 원류가 멀어, 흐르는 길이 길고 크다 하더라도 사해의 크기에는 미치지 못합니다. 그런 곤륜산과 사해로부터 오히려 사람은 그 지닌 보물을 빼앗아 취하는 것입니다. 그리고 제후는 그 보물을 다투어 전쟁을 일으킵니다. 소국은 망하고 대국은 위태하게 되며, 남의 부형을 죽이고, 남의 처자를 포로로 하며, 나라를 해치고 종묘를 없애기까지 하면서, 이 보물을 놓고 서로 공격하여 다투고 있습니다. 이것이 강포입니다. 그러므로 '천하를 강포하게 취하더라도 다스리기는 문덕(文德)으로써 하고, 사시(四時)를 따라 일을 행하며, 반드시 어진 선비를 친애하며 음양의 기운과 더불어 변화하고, 귀신을 사자로 삼아 천지와 통하게 하여 더불어 벗이 되면 제후는 열복(悅服)하고, 백성들 또한 크게 기뻐하게 되어 나라는 편안하고 시대와 더불어 새로워질 것이다.' 라고 했습니다. 탕왕과 무왕은 이를 실천하였으므로 천자의 지위를 차지했고, 《춘추》에서는 이를 기록하여 세상의 법칙으로 삼았던 것입니다. 그런데 왕께선 탕왕과 무왕을 찬양하지 않고 스스로 걸왕과 주왕에 비하고 계십니다. 걸왕과 주왕은 강포를 행하여 이것을 당연한 것으로 생각하고 있었습니다. 걸왕은 사치한 기와집을 짓고 주왕은 상랑을 만들어 백성들로부터 실〔絲〕을 징겁하여 장작을 대신해 때는 등 애써 백성들의 힘을 낭비했습니다. 조세와 부역은 한도가 없고, 살육은 멋대로였으며, 다른 사람의 가축을 죽여 가죽을 만들고, 그 가죽으로 자루를 만들어 자루에다 죽인 가축의 피를 담은 다음 그것을 달아 매고, 사람들과 함께 활과 화살로 이를 쏘아 상제(上帝)와 힘을 겨뤘으며, 사계절의 법칙을 거슬러 행동하고, 백신에게 올리기 전에 먼저 햇곡식을 먹었습니다. 간언하는 사람은 당장 죽게 되고, 아첨하는 자만 옆에서 모시게 했습니다. 성인이 세상을 숨어서 살고, 백성은 착한 일을 하지 않게 되었습니다. 자주 가뭄이 들어 나라에는 이상한 일들이 많았으며, 곡식을 헤치는 곤충이 해마다 생겨 오곡은 잘 익지 못했습니다. 백성들은 편히 살지 못하고, 귀신은 제사를 받지 못했으며, 회오리바람은 매일같이 일어나서 대낮인데도 캄캄했고, 일식과 월식이 함께 일어나 천지에 빛이 사라져 어두웠고, 뭇 별들이 어지럽게 흐르며 모든 기강이 끊어졌습니다. 이러한 일을 생각해 보더라도 어떻게 걸왕과 주왕이 장구할 수 있었겠습니까? 탕왕과 무왕이 나타나지 않았더라도 때가 오면 당연히 망해야 했던 것입니다. 그러므로 탕왕이 걸왕을 치고 무왕이 주왕을 이긴 것은 때가 그렇게 시킨 것입니다. 이리하여 탕왕과 무왕은 천자가 되고, 자손들 또한 대를 이어 천자가 됨으로써 종신토록 허물이 없었기에 후세 사람들은 오늘날까지 이를 칭찬하고도 그칠 줄 모릅니다. 이것은 다 때에 맞추어 행할 일을 행하고, 일의 형세를 보아 강하게 나갈 때는 나갔기 때문에 비로소 제왕이 될 수 있었던 것입니다. 지금, 이 거북은 큰 보물입니다. 성인(聖人, 장강신)의 사자로서 뜻을 현왕(賢王, 황하신)에게 전하러 온 것입니다. 거북이 손발을 쓰지 않아도 우레와 번개가 인도하고 바람과 비가 이를 보내고, 흐르는 물이 이를 밀어 흘려보낸 것입니다. 왕께서 덕이 있어 이 거북을 얻게 된 것입니다. 지금 왕께선 덕을 지니고 계시니, 이 보물을 받아 마땅한 데도 굳이 받지 않으시려 하니 걱정이 되옵니다. 왕께서 이를 놓아 보내시면 송나라에는 반드시 허물이 있을 것입니다. 뒤에 후회를 하셔도 도저히 미치지 못할 것이옵니다."

원왕은 크게 기뻐했다. 이리하여 원왕은 하늘이 내리신 물건에 대해 태양을 향해 감사하고 두 번 절하며 거북을 받은 다음, 날을 가려 재계했다. 갑을일(甲乙日)이 가장 좋은 날이었으므로 그 날에 흰 꿩과 검은 양을 잡아 그 피를 거북에게 들이 붓고, 제단 위에서 칼로 거북의 뚜껑을 발라냈다. 거북의 몸에는 긁힌 상처 하나 입히지 않고 벗겨 내어 포(脯)와 술을 그 창자에 채워 경의를 표했다. 귀갑은 가시나무 가지로 태워 점을 치는데 그 위엔 반드시 틈이 나타났다. 즉 불로 구운 거북의 등에 갈라진 줄이 떠오르고, 그것이 서로 엇갈려 무늬를 나타내는 것이다. 복공(卜工)에게 이를 점치게 하면 말하는 것이 모두가 적중했다. 그래서 나라의 귀한 보물로 간직했었는데, 그 사실이 가까운 이웃 나라에도 알려졌다. 또

소를 죽인 뒤 그 가죽을 벗겨 정나라에서 나는 오동나무에 씌워 군고(軍鼓)를 만들면 초목이 각각 흩어져 무장한 군사로 변했고, 그리하여 싸워 이기고 쳐서 취하는 데는 원왕을 따를 사람이 없었다. 원왕 때 위평은 송나라 재상이 되었다. 송나라가 그 무렵 가장 강했던 것은 거북의 힘에 의한 것이었다. 그러므로 누군가가 이렇게 말했다.

"거북은 대단히 신령해서 원왕이 현몽을 할 수 있을 정도였지만, 자신이 어부의 종다래끼에서 나오지는 못했었다. 열 번 말해서 하나하나 적중시킬 수는 있었으나 사자로서의 명령을 황하신에게 전하고 돌아가 장강신에게 복명할 수는 없었다. 대단히 현명하여 사람으로 하여금 싸우면 이기고 치면 취할 수 있게 했지만 자기 몸을 칼날에서 벗어나 뚜껑을 벗기우는 환을 면하게 할 수는 없었다. 탁월한 지혜로 용케 자신의 위기를 미리 알고 재빨리 왕의 꿈에 나타나기는 했으나 위평의 입을 막을 수는 없었다. 백 번 말해 백 번을 다 맞혔으나 자신의 몸은 붙잡히는 신세가 되고 말았다. 만난 시운이 불리하면 제아무리 현명해도 그 현명함을 활용하지는 못한다. 현인은 항상 어질지만, 선비도 가끔 어질 때가 있다. 그러므로 밝은 눈에도 보이지 않는 것이 있고, 밝은 귀에도 들리지 않는 것이 있다. 사람은 아무리 현명해도 왼손으로 네모를 그리는 동시에 오른손으로 동그라미를 그리지는 못한다. 저 밝은 해와 달도 때로는 뜬 구름에 가려질 때가 있다. 예(羿)는 활을 잘 쏘기로 이름이 높았으나 웅거(雄渠)와 봉문(蠭門) — 다 활의 명인 — 에는 미치지 못했다. 우왕은 변론을 잘함으로써 유명했지만 귀신을 이길 수는 없었다. 지축이 부러지는 바람에 서까래가 없어져 하늘도 동남으로 기우는데, 하물며 사람에게 어찌 완전하지 못하다고 꾸짖을 수가 있겠는가?"

공자는 이 말을 듣고 이렇게 말했다.

"신령스런 거북은 길흉을 알고 있으나 그 뼈는 그저 헛되이 말려질 뿐이다."

해는 덕의 상징으로 천하에 군림하고 있으나 세 발 까마귀(해 안에 살고 있다고 한다)에게 욕된 꼴을 당하고 있다. 달은 형(刑)의 상징으로서 덕인 해를 보좌하고 있으나 두꺼비(달 안에 살고 있다고 한다)에게 먹히어 월식이 된다. 호랑이를 꼼짝 못하게 하는 고슴도치는 까치에게 욕을 당하고, 등사(騰蛇, 용의 일종)가 신명하기는 하나 지네〔蝍蛆〕에게는 위협을 당한다. 대나무의 밖은 마디가 있고 결이 있으나 속은 텅 비어 있을 뿐이다. 송백은 나무 중에 으뜸이지만 베어져서 문을 만드는 재목이 된다. 일진(日辰)이 완전치 못하기 때문에 고(孤, 10干에 12支를 붙이고 남는 2支)와 허(虛, 10干에 12支를 붙이고 10位가 배학된 5 · 6位)의 나쁜 날이 생긴다. 황금에도 흠이 생기는 수가 있고, 백옥에도 티가 있는 일이 있다. 일에는 빨리 행해야 할 경우와 서서히 행해야 할 경우가 있다. 물(物)에는 구속되는 경우와 의지하는 경우가 있다. 그물에는 눈을 조밀하게 할 경우와 엉성하게 할 경우가 있다. 마찬가지로 사람에게는 잘하는 점도 있고 못하는 점도 있다. 어떻게 한결같이 적당히 할 수 있겠으며 사물 또한 완전할 수 있겠는가? 하늘도 오히려 완전치는 못하다. 그러므로 세상에서 집을 지을 때는 기와를 석 장 모자라게 이어 하늘의 완전치 못한 것에 맞추는 것이다. 천하에는 온갖 계급이 있고, 물질은 불완전한 채로 생성하는 것이다(신귀도 완전치는 못하다는 뜻).

저선생은 말한다.

어부가 그물을 들어올려 신귀를 잡았고, 거북은 스스로 송나라 원왕에게 현몽을 했다. 원왕은 박사 위평을 불러 꿈에 본 거북의 모양을 알려주었다. 위평은 점판을 움직여 해와 달의 위치를 살피고 형(衡)과 도(度)에 의해 방위를 바로잡아 길흉을 판단한 다음, 물건의 빛깔로써 거북이란 것을 알았다. 위평은 왕을 달래어 신귀를 붙들어 두어 나라의 중한 보물로 삼게 했으니 장한 일이다. 옛날 복서를 행할 경우에 반드시 거북을 사용한 것은 이름이 전해 내려온 바가 오래 되었기 때문이다. 그 경위를 다음에 기록한다.

3월 · 2월 · 정월 · 12월 · 11월은 중앙은 닫혀지고 안은 높고 밖은 낮다. 4월은 머리가 들리고 발을 펴며, 발을 오므리기도 하고 펴기도 한다 머리를 숙여 큰 모양이 되는 것은 5월이다. 횡길(橫吉, 등을 가로지른 금이 있어서 좋다)이며, 머리를 숙여 큰 모양을 하는 것은 6월 · 7월 · 8월 · 9월 · 10월이다.

점복을 금하는 날〔卜禁日〕은 자일(子日) · 인일(寅日) · 술일(戌日)이니 점을 쳐서는 안 되고, 거북을 죽여서도 안 된다. 만일 한낮이나 일식이나 저물녘에 점을 치면 점괘가 맞지 않는다. 경신일(庚辛日)은 거북을 죽여도 좋고 거북의 껍데기를 벗겨도 좋다.

항상 초하루에 귀갑을 씻어 깨끗이 한다. 먼저 맑은 물로 이를 씻고, 계란으로 문질러 불상(不祥)을 없앤다. 그리고 나서 귀갑을 손에 들고 구워 점을 치는 것인데, 이것이 원칙대로 하는 것이다. 만일 점을 쳐도 맞지 않을 때에는 다시 계란으로 씻어 내어 깨끗이 하고, 동쪽을 향하고 서서 가시나무 또는 단단한 나무로 굽는다. 그때 흙으로 만든 알로 귀갑을 세 번 가리킨 다음, 그 귀갑을 손에 들고 계란으로 어루만지며, 다음과 같이 빈다.

"오늘은 길일입니다. 삼가 누런 비단에 싼 쌀과 계란과 제(悌, 거북을 태우는 나무)로 옥령(玉靈)의 상서롭지 못한 것을 씻어 깨끗이 했습니다. 옥령은 반드시 신(信)과 성(誠)으로써 만사의 진실을 알려 주십시오. 그러면 길흉의 징조를 분별하여 모든 것을 점칠 수 있습니다. 믿음도 성의도 없다면 옥령을 태워 그 재를 날려 보내, 다음 거북의 징계로 삼겠습니다."

이리하여 점을 칠 때는 반드시 북쪽을 향해 선다. 귀갑의 크기는 반드시 한 자 두 치가 되어야 한다.

점을 칠 때는 먼저 떼어 낸 귀갑을 아궁이에 구워 그 한복판에 구멍을 뚫은 다음 다시 굽는다. 다시 거북의 머리 부분을 세 번 뚫어 구멍을 내어 세 번 또 굽는다. 처음 구워 구멍을 뚫은 중앙 부분을 다시 굽는 것을 정신(正身)이라고 하고, 머리를 굽는 것을 정수(正首)라고 하며, 발쪽을 굽는 것을 정족(正足)이라고 한다. 각각 세 번씩 굽는다. 그런 다음 곧 아궁이에서 세 번 귀갑을 어루만져 돌리고 다음과 같이 빈다.

"그대 옥령부자(玉靈夫子, 신귀의 존칭)에게 부탁하나이다. 부자옥령이시여, 가시나무로 그대의 가슴을 구워 그대에게 먼저 알리게 합니다. 그대는 위로 하늘까지 오르고, 아래로는 못에 이릅니다. 모든 신령한 것들이 책을 헤아려 점을 치더라도 그대의 믿음직함을 따르지는 못합니다. 오늘은 길일, 참으로 점을 치기에 알맞습니다. 나는 이러이러한 일을 점치려 하오니 과연 희망하는 바를 얻어 기뻐할 것인지, 얻지 못해 후회할 것인지, 만일 얻게 될 것 같으면 내게 그 모양을 보여 주기 위해 몸(중앙부분)은 길게 하고, 손발은 모두 위로 향하십시오. 얻지 못할 것 같으면 내게 그 모양을 보여주기 위해 몸을 굽혀, 안과 밖이 서로 응하지 않고, 손과 발을 오므리십시오."

영귀(靈龜)로써 점을 칠 때는 다음과 같이 빈다.

"그대 영귀에게 부탁하나이다. 오서(五筮, 易의 五義. 變易 · 交易 · 反易 · 對易 · 移易)의 신령함도 신귀의 신령함만 같지 못하여 사람의 생사를 아는 것에 미치지 못합니다. 나는 몸을 곧고 바르게 하고, 이러이러한 것을 얻고자 하오니, 만일 희망하는 것을 얻을 수 있다면 머리는 내밀고, 발은 벌리어 안팎이 서로 응하게 하고, 만일 얻을 수 없다면 머리를 쳐들고, 발은 오므려 안팎이 서로 응하지 말고 각각 내리게 하옵소서. 점을 칠 수 있게 하십시오."

병자를 점칠 때는 다음과 같이 빈다.

"지금 아무개는 중한 병에 걸려 있습니다. 죽을 것 같으면 머리를 보이고 발을 벌려 안과 밖이 서로 다르게 하고, 몸을 꺽으십시오. 죽지 않을 것 같으면 머리를 쳐들고 발을 오므리십시오."

병자가 탈이 있을까 없을까를 점칠 때에는 이렇게 말한다.

"지금 병자가 탈이 난다면 징조를 보이지 말고, 탈이 없다면 징조를 보이십시오. 안에 탈이 있거든 징조를 안에 보이고, 바깥에 탈이 있으면 징조를 밖에 보이십시오."

옥에 갇힌 사람이 나올 수 있나 없나를 점칠 때는 이렇게 말한다.

"출옥할 수 없으면 횡길하여 편안히 있게 하고, 만일 출옥할 수 있으면 발을 펴고 머리를 쳐들어 징조를 밖으로 보이십시오."

재물을 구해서 그것을 얻을 수 있을지 없을지를 점칠 때는 이렇게 말한다.

"얻을 수 있으면 머리를 들고 발을 벌려 안팎이 서로 응하게 하고, 만일 얻을 수 없으면 징조를 보여 머리를 들고 발을 오므리십시오."

노복과 마소를 매매하는 것을 점칠 때에는 이렇게 말한다.

"매매가 잘 될 것 같으면 머리를 들고 발을 벌려 안팎이 서로 응하게 하고, 매매가 잘 안 될 것 같으면 머리를 들고 발을 오므리고 옆으로 선이 나타나게 하여 편안히 있게 하십시오."

도둑이 몇 명 모여 있는 곳을 공격하는 일을 점칠 때는 이렇게 말한다.

"지금 우리 장수와 군사 몇 명이 도적을 치러 나갑니다. 이

길 것 같으면 머리를 들고 발을 벌려 몸을 바르게 하여, 안은 높고 밖은 낮게 하십시오. 이기지 못할 것 같으면 발을 오므리고 머리를 들고, 몸은 안이 낮고 밖이 높게 하십시오."

가야 할 것인가 가지 말아야 할 것인가를 점칠 때는 이렇게 말한다.

"가도 좋으면 머리와 발을 펴고, 가지 말아야 할 것 같으면 발을 오므리고 머리를 들든지 횡길을 방해하십시오. 방해하면 가지 않겠습니다."

도적을 치러 나갈 때, 도적을 만나게 될 것인지 못 만나게 될 것인지를 점칠 때에는 이렇게 말한다.

"만나게 될 것 같으면 머리를 들고 발은 오므려 징조를 밖으로 보이시고, 만나지 못할 것 같으면 발을 펴고 머리를 드십시오."

도적의 동정을 살피러 갈 경우, 제대로 만날 수 있을지 없을지를 점칠 때에는 이렇게 말한다.

"만날 수 있으면 머리는 들고 발은 오므려 징조를 밖으로 보이시고, 만날 수 없으면 발을 펴고 머리를 드십시오."

도적이 일어났다는 소리를 듣고 쳐들어올 것인지 어떨지를 점칠 때는 이렇게 말한다.

"쳐들어올 것 같으면 밖은 높게 안은 낮게 하고, 발은 오므리고 머리를 드십시오. 쳐들어오지 않는다면 발을 펴고 머리를 들든가 횡길을 가로막으십시오. 그에 따라 기다리고 있든지 이쪽에서 나가든지 하겠습니다."

전임을 명령받았을 때 벼슬을 그만둘 것인지 그만두지 말 것인지를 점칠 때는 이렇게 말한다.

"버리는 편이 좋으면 발을 펴서 징조를 밖으로 보이고 머리를 드십시오. 버리지 않는 편이 좋으면 발을 오므려 징조를 보이거나 횡길을 보이면 편안히 있겠습니다."

관직에 있는 것이 좋은지 좋지 않은지를 점칠 때는 이렇게 말한다.

"좋으면 징조를 보여 몸을 바르게 하든지 횡길을 나타내고, 좋지 못하면 몸을 구부리고 머리를 들어 발을 펴십시오."

집에 있는 것이 좋은지 안 좋은지를 점칠 때는 이렇게 말한다.

"좋으면 징조를 보여 몸을 바르게 하거나 횡길을 나타내고, 좋지 못하면 몸을 구부리고 머리를 들고 발을 펴십시오."

그 해 농사가 풍년인지 흉년인지를 점칠 때는 이렇게 말한다.

"풍년이면 머리를 들고 발을 펴며 안은 스스로 높이고 밖은 스스로 밑으로 늘어지게 하십시오. 흉년이면 발을 오므리고 머리를 들어 징조를 밖으로 보십시오."

그 해에 전염병이 유행할 것인지 어떨지를 점칠 때는 이렇게 말한다.

"전염병이 유행할 것 같으면 머리를 들고 발을 오므리며, 몸의 마디가 굳어지는 징조를 밖으로 보이십시오. 유행하지 않으면 몸은 바르게 하고, 머리는 들고 발을 펴십시오."

그 해에 병란이 일어날지 어떨지를 점칠 때는 이렇게 말한다.

"병란이 일어나지 않을 것 같으면 징조를 보이거나 횡길을 나타내고, 병란이 일어날 것 같으면 머리를 들고 발을 펴며, 몸이 밖으로 굳어지게 해주십시오."

귀인을 만나는 것이 좋은지 좋지 않은지를 점칠 때는 이렇게 말한다.

"좋으면 발을 펴고 머리를 들고, 몸은 바로 하여 안이 절로 높게 하십시오. 좋지 못하면 머리를 들어 몸을 꺾고, 발을 오므려 징조를 밖으로 보이십시오. 또는 어(漁)를 없이 하십시오(여기에서 빠진 글자가 있는 것 같다)."

남에게 부탁할 일이 있을 경우, 그것이 잘 될지 어떨지를 점칠 때는 이렇게 말한다.

"잘 될 것 같으면 머리를 들고 발은 펴서 안은 절로 높아지게 하고, 잘 안 될 것 같으면 머리를 들고 발을 오므려 징조를 밖으로 보이십시오."

도망친 사람의 뒤를 밟아 잡을 수 있을지 어떨지를 점칠 때는 이렇게 말한다.

"잡을 수 있으면 머리를 들고 발을 오므려 안팎이 서로 응하게 하고, 잡을 수 없으면 머리를 들고 발을 펴거나 횡길을 나타내십시오."

고기잡이나 사냥을 나갈 때 얻는 것이 있을지 없을지를 점칠 때는 이렇게 말한다.

"잡을 수 있으면 머리를 들고 발을 펴서 안팎이 서로 응하게 하고, 잡을 수 없으면 발을 오므리고 머리를 쳐들거나 횡길을 나타내십시오."

길을 가다가 도적을 만나게 될지 어떨지를 점칠 때는 이렇게 말한다.

"도적을 만나게 되면 머리를 들고 발을 펴며, 몸을 꺾되 밖이 높고 안이 낮게 하십시오. 만나지 않을 것 같으면 징조를 보이십시오."

비가 올지 안 올지를 점칠 때는 이렇게 말한다.

"비가 온다면 머리를 들어 징조를 밖으로 보이되 밖이 높고 안이 낮게 하고, 비가 오지 않는다면 머리를 들고 발을 벌리거나 횡길을 나타내십시오."

내리고 있는 비가 갤지 개지 않을 지를 점칠 때는 이렇게 말한다.

"갤 것 같으면 징조를 보이되 발을 펴고 머리를 들고, 개지 않을 것 같으면 횡길을 나타내십시오."

명(命, 징조를 보고 판단하는 말)에 말한다.

"횡길이 나타나게 되면, 병을 점쳤을 때는 중한 병자라도 그날은 죽지 않는다. 중환자가 아니면 점친 날에 쾌히 낫고 죽지 않는다. 옥에 갇힌 사람 중 중죄인은 나오지 못하고, 경죄인은 출옥하나 그날을 지나도 나오지 못한다면 오래 옥에 갇혀 있어도 상하는 일은 없다. 재물을 구하고 노예와 마소를 사는 데는 그날 중이라면 원만히 되지만 그날을 넘기면 원만히 되지 않는다. 가야 할 것인지 가지 말아야 할 것인지라면 가지 말아야 한다. 올 것인가 어떨 것인가라면 온다. 그러나 밥먹을 때가 지나도 오지 않는 사람은 오지 않는다. 도적을 치러 갈 것인지 어떨지라면 가지 말아야 한다. 설령 가더라도 도적을 만나지 못한다. 도적이 일어났다는 말이 들려와도 쳐들어오지 않는다. 전임될 것인지 어떨 것인지는 전임되지 않는다. 관직에 있고 집에 있는 것은 모두 좋다. 농사는 풍년이 아니고, 전염병은 유행하지 않는다. 이 해 안에 병란은 일어나지 않는다. 사람을 찾아볼 것인가 말 것인가라면 찾아갈 일이다. 찾아가지 않으면 기쁜 일은 없다. 남에게 부탁을 하는 것은 가서 부탁하지 않으면 잘 되지 않는다. 도망간 사람을 뒤밟아도 잡을 수가 없고, 고기잡이나 사냥을 나가도 수확은 없다. 길을 나가도 도적을 만나지 않는다. 비가 올지 오지 않을지는 오지 않는다. 갤지 개지 않을지는 개지 않는다."

명에 말한다.

"좋은 징조를 보였을 경우, 병자는 죽지 않는다. 옥에 갇힌 사람은 나오며, 가야 하나 말아야 하나 하는 경우는 갈 일이다. 올지 어떨지는 온다. 장사를 하면 이익을 얻고, 도망한 사람을 뒤쫓는 것은 잡을 수가 있다. 그러나 하루가 지나면 잡지 못한다. 나간 사람을 찾아도 아무데도 없다."

명에 말한다.

"기둥이 서 있을 경우, 병을 점쳤을 때는 죽지 않는다. 옥에 갇힌 사람은 옥에서 나오며, 가야 할지 어떨지는 가야 한다. 올지 어떨지는 온다. 장사를 하면 얻는 것이 없고, 걱정이 있는 사람은 걱정거리가 사라지며, 도망간 사람은 뒤를 밟아도 잡지 못한다."

명에 말한다.

"머리를 쳐들고 발을 오므리고, 내조(內兆, 안으로 나타나는 징조)가 있고 외조(外兆, 밖으로 나타나는 징조)가 없을 경우, 병을 점치면 무거운 병이라도 죽지 않는다. 옥에 갇힌 사람은 석방되고, 재물을 구하고 노예와 마소를 사는 것은 잘 되지 않는다. 가야 할지 어떨지는, 가는 것이 좋다고 들었더라도 가지 말아야 하고, 올지 어떨지는 오지 않는다. 도적이 일어났다는 말을 들었더라도 쳐들어오지 않는다. 쳐들어온다는 소문이 있어도 쳐들어오지 않는다. 전임될 것인지 어떨지는 전임된다는 소문이 나도 전임되지 않는다. 관직에 나아가 있으면 걱정되는 일이 많고, 집에 있으면 재난이 많다. 이 해의 농사는 중간 정도이고, 전염병은 유행한다. 이 해 안에 병란이 일어난다. 그러나 공격을 당한다는 소문이 있어도 공격당하지 않는다. 귀인을 만나는 것은 좋다. 부탁하러 가지 않는 편이 좋으며, 가도 시원한 대답을 얻지 못한다. 도망간 사람은 쫓아가도 잡지 못한다. 고기잡이나 사냥을 해도 잡는 것이 없다. 외출을 해도 도적은 만나지 않는다. 비가 올지 안 올지는 전연 오지 않는다. 갤지 안 갤지는 개지 않는다."

원래 귀갑에 나타나는 자형은 모두 수엄(首儼)으로 되어 있다. 엄(儼)이란 것은 우러러본다는 뜻이다. 그러므로 '머리를 쳐들고'라 정해져 있는 것이다. 이것은 사기(私記)다.

명에 말한다.

"머리를 들고 발을 오므리고 내조가 있고 외조가 없을 경우(이것은 앞의 것과 꼭 같으므로 잘못된 것이리라), 병을 점치면 중병이라도 죽지 않는다. 옥에 갇혀 있는 사람은 나오지 못한다. 재물을 구하고 노비를 사는 것은 잘 되지 않는다. 가야 할지 어떨지는 가지 말아야 하고, 올지 안 올지는 오지 않는다. 도적을 치러 나가도 도적을 만나지 못하고, 도적이 쳐들어온다는 말을 듣고 마음 속으로는 놀라지만 쳐들어오는 일은 없다. 벼슬을 옮길까 옮기지 않을까 하는 경우는 옮기지 않는다. 관직에 있고 집에 있는 것은 좋다. 이 해 농사는 흉작이고, 전염병은 크게 유행한다. 이 해 안에 병란은 일어나지 않는다. 귀인을 만나는 것은 좋다. 부탁하는 일은 해도 잘 되지 않는다. 도망간 사람은 쫓아도 잡지 못한다. 재물을 잃으면 찾지 못한다. 고기를 잡고 사냥을 해도 얻는 것은 없다. 나가도 도적은 만나지 않는다. 비가 올지 안 올지는 오지 않는다. 갤지 안 갤지는 개지 않는다. 나쁘다."

명에 말한다.

"징조를 보이되, 머리를 들고 발을 오므릴 경우, 병을 점치면 죽지 않는다. 옥에 갇혀 있는 사람은 출옥하지 못한다. 재물을 구하고 노비나 마소를 사는 일은 잘 되지 못한다. 가야 할지 어떨지는 가지 말 일이다. 올지 안 올지는 오지 않는다. 도적을 치러 나가도 만나지 못한다. 도적이 쳐들어온다고 들었어도 쳐들어오지 않는다. 전임될지 안 될지는 전임되지 않는다. 오래 관직에 있는 사람은 걱정이 많고, 집에 있는 것은 좋지 못하다. 이 해의 농사는 흉작이고, 전염병이 유행한다. 이 해 안에 병란은 일어나지 않는다. 귀인을 만나는 것은 좋지 않다. 부탁하는 일은 해도 잘 되지 않는다. 고기를 잡고 사냥을 해도 얻는 것이 없다. 나가도 도적은 만나지 못한다. 비가 올지 안 올지는 오지 않는다. 갤지 안 갤지는 개지 않는다.

좋지 않다."

명에 말한다.

"징조를 보이되 머리를 들고 발을 폈을 경우, 병점을 친 사람 중 중병자는 죽는다. 갇힌 사람은 출옥한다. 재물을 구하고 노비와 마소를 사는 일은 잘 안 된다. 갈지 안 갈 것인지 하는 경우는 가야 하고, 올지 안 올지는 온다. 도적을 치러 나가도 도적을 만나지 못한다. 도적이 쳐들어온다고 들어도 쳐들어오지 않는다. 전임될지 안 될지는 전임된다. 관직에 머물러 있으려 해도 오래 있지는 못한다. 집에 있는 것은 좋지 못하다. 이 해의 농사는 흉작이며, 전염병이 유행해도 대단치는 않다. 이 해 안에 병란은 일어나지 않는다. 귀인을 만나는 것은 만나지 않는 쪽보다 낫다. 부탁하는 일은 해도 잘 되지 않는다. 도망자는 쫓아도 잡지 못하고, 고기를 잡고 사냥을 해도 잡는 것은 없다. 길을 나서면 도적을 만난다. 비가 올지 안 올지는 오지 않는다. 갤지 안 갤지는 개지 않는다. 약간 좋다."

명에 말한다.

"머리를 들고 발을 움츠릴 경우, 병을 점쳐 보면 죽지 않는다. 옥에 갇힌 사람은 오래 있어도 몸을 상하는 일이 없다. 재물을 구하고 노비와 마소를 사는 일은 잘 되지 않는다. 가야 할지 어떨지는 가지 말 일이다. 도적을 치는 것은 나가지 않는 편이 좋다. 올지 안 올지는 온다. 도적이 쳐들어온다는 소식이 들려오면 쳐들어온다. 전임될지 안 될지는, 전임의 소문이 나도 전임되지 않는다. 집에 있는 것은 좋지 않다. 이 해의 농사는 흉작이고, 전염병은 대단치는 않다. 이 해 안에 병란은 일어나지 않는다. 귀인을 만날지 만나지 말지는 만나지 않는 편이 좋다. 부탁하려는 일은 해도 잘 되지 않고, 도망자를 추적해도 잡을 수가 없으며, 고기잡이와 사냥을 해도 얻는 것은 없다. 나가면 도적을 만난다. 비가 올지 안 올지는 오지 않는다. 갤지 어떨지는 개지 않는다. 좋다."

명에 말한다.

"머리를 들고 발을 펴고 내조가 있을 경우, 병자를 점치면 죽는다. 옥에 갇힌 사람은 출옥한다. 재물을 구하고 노비와 마소를 사는 일은 잘 되지 않는다. 가야 할지 어떨지는 갈 일이다. 올지 어떨지는 온다. 도적을 치러 나가도 만나지 못하고, 도적이 쳐들어온다고 들려와도 쳐들어오지는 않는다. 전임될지 않을지는 전임된다. 관직에 머물러 있으려 해도 오래 있지 못한다. 집에 있는 것은 좋지 못하다. 이 해의 농사는 풍작이고, 전염병이 유행해도 대단치는 않다. 이 해 안에 병란은 일어나지 않는다. 귀인을 만나는 것은 좋지 않다. 부탁하려는 일은 해도 잘 되지 않는다. 도망간 사람을 쫓아도 잡지 못한다. 고기를 잡고 사냥을 해도 얻는 것은 없다. 나가도 도적을 만나지 않는다. 비가(빠진 대목이 있으리라) 갠다. 개면 조금 좋고, 개지 않으면 좋다."

명에 말한다.

"횡길이면서 안팎의 징조가 절로 높을 경우, 병자를 점치게 되면 쾌히 낫지 못하고 죽는다. 옥에 갇힌 사람은 무죄가 판명되어 출옥한다. 재물을 구하고 노비와 마소를 사는 일은 잘 된다. 가야 할지 어떨지는 갈 일이다. 올지 안 올지는 온다. 도적을 치면 서로 힘이 비슷하다. 도적이 쳐들어온다고 소문이 들리면 쳐들어온다. 전임될지 어떨지는 전임된다. 집에 있는 것은 좋다. 이 해 농사는 풍작이고, 전염병은 유행하지 않는다. 이 해 안에 병란은 일어나지 않는다. 귀인을 만나 부탁을 하거나, 도망자를 뒤쫓거나, 고기 잡고 사냥하는 일은 모두 잘 되지 않는다. 나가면 도적을 만난다. 비가 올지 안 올지는 온다. 갤지 어떨지는 갠다. 크게 좋다."

명에 말한다.

"횡길로서 안팎의 징조가 절로 길(吉, 이 글자는 잘못이리라)할 경우, 병을 점치면 병자는 죽는다. 옥에 갇힌 사람은 출옥하지 못한다. 재물을 구하고, 노비와 마소를 사고, 도망자를 뒤쫓고, 고기 잡고 사냥하는 일은 모두 잘 되지 않는다. 갈 것인지 안 갈 것인지는 가면 돌아오지 못한다. 도적을 치러 나가도 만나지 못한다. 도적이 쳐들어온다고 해도 쳐들어오지 않는다. 전임될지 안 될지는 전임된다. 관직에 머물러 있으면 걱정되는 일이 있다. 집에 있거나 귀인을 만나거나 부탁을 하는 일은 모두 좋지 못하다. 이 해의 농사는 흉작이고, 전염병은 유행한다. 이 해 안에 병란은 일어나지 않는다. 나가도 도적을 만나지 않는다. 비가 올지 안 올지는 오지 않는다. 갤지 안 갤지는 개지 않는다. 좋지 못하다."

명에 말한다.

"어인(漁人, 나타난 징조의 이름일 것이나 확실치 않다)일 경우, 병자를 점치면 중병자도 죽지 않고, 옥에 갇힌 사람은 출옥한다. 재물을 구하고, 노비와 마소를 사고 도적을 치고, 부탁을 하고, 도망간 사람을 뒤쫓고, 고기 잡고 사냥하는 것은 모두 잘 되지 않는다. 가야 할지 어떨지는 갈 일이다. 올지 안 올지는 온다. 도적이 쳐들어온다고 들려도 쳐들어오지 않는다. 전임될지 어떨지는 전임되지 않는다. 집에 있는 것이 좋다. 이 해의 농사는 흉작이고, 전염병이 유행한다. 이 해 안에 병란은 일어나지 않는다. 귀인을 만나는 것은 좋다. 나가도 도적을 만나지 않는다. 비가 올지 어떨지는 오지 않는다. 갤지 어떨지는 개지 않는다. 좋다."

명에 말한다.

"머리를 들고 발을 오므리고 안이 높고 밖이 낮은 경우, 병을 점치면 중병자라도 죽지 않는다. 옥에 갇힌 사람은 출옥하지 못한다. 재물을 구하고, 노비와 마소를 사고, 도망간 사람을 뒤쫓고, 고기 잡고 사냥하는 일은 모두 잘 된다. 가야 할지 어떨지는 갈 것이 못 된다. 올지 어떨지는 온다. 도적을 치면 이긴다. 전임될지 어떨지는 전임되지 않는다. 관직에 머물러 있으면 걱정은 있어도 손상은 없다. 집에 있으면 걱정과 병이 많다. 이 해의 농사는 큰 풍작이고, 전염병이 유행한다. 이 해 안에 병란이 있으나 쳐들어오지는 않는다. 귀인을 만나거나 부탁을 하거나 하는 것은 좋지 않다. 나가면 도적을 만난다. 비가 올지 안 올지는 오지 않는다. 갤지 어떨지는 개지 않는다. 좋다."

명에 말한다.

"횡길로서 위로 앙(仰)이 있고 아래로 주(柱)가 있을 경우

(앙과 주는 나타난 징조의 이름인데 확실치가 않다), 병은 오래 끌어도 죽지 않는다. 옥에 갇힌 사람은 나오지 못한다. 재물을 구하고, 노비와 마소를 사고, 도망자를 추적하고, 고기 잡고 사냥하는 일은 모두 잘 되지 않는다. 가야 할지 어떨지는 가지 않는다. 도적을 치는 것은 나가지 않는 편이 좋다. 나가도 만나지 못한다. 도적이 쳐들어온다고 들려와도 쳐들어오지 않는다. 전임될지 어떨지는 전임되지 않는다. 집에 있거나 귀인을 만나거나 하는 것이 좋다. 이 해의 농사는 크게 풍작이고, 전염병이 유행한다. 이 해 안에 병란은 일어나지 않는다. 나가도 도적을 만나지 않는다. 비가 올지 안 올지는 오지 않는다. 갤지 어떨지는 개지 않는다. 크게 좋다."

명에 말한다.

"횡길로서 유앙(楡仰, 징조의 이름)의 경우, 병을 점치면 죽지 않고, 옥에 갇힌 사람은 출옥하지 못한다. 재물을 구하고 노비와 마소를 사는 일은 나가 보아도 여의치 못하다. 가야 할지 어떨지는 가지 말 일이다. 올지 어떨지는 오지 않는다. 도적을 치는 것은 나가지 않는 편이 좋다. 설령 나가더라도 만나지 못한다. 도적이 쳐들어온다고 들려와도 쳐들어오지 않는다. 전임될지 어떨지는 전임되지 않는다. 관직에 머물러 있거나 집에 있거나 귀인을 만나거나 하는 것은 좋다. 이 해의 농사는 풍작이다. 이 해 안에 전염병이 유행하나 병란은 일어나지 않는다. 부탁을 하거나 도망자를 추척하거나 하는 것은 여의치 못하다. 고기 잡고 사냥하는 것은 나가도 얻는 것이 없고 잘 되지 않는다. 나가도 도적을 만나지 않는다. 비가 올지 안 올지는 온다. 갤지 어떨지는 개지 않는다. 조금 좋다."

명에 말한다.

"횡길로서 아래에 주(柱)가 있을 경우, 병을 점치면 중병이라도 쾌히 낫고 죽지 않는다. 옥에 갇힌 사람은 출옥한다. 재물을 구하고 노비와 마소를 사고, 부탁을 하고, 도망자를 뒤쫓고, 고기 잡고 사냥하는 일은 모두 여의치 못하다. 가야 할지 어떨지는 가야 한다. 올지 어떨지는 안 온다. 도적을 치러 나가도 만나지 못한다. 도적이 쳐들어온다는 소문이 들리면 쳐들어온다. 전임되거나 관직에 머물러 있거나 하는 것은 좋으나 오래 가지 못한다. 집에 있는 것은 좋지 못하다. 이 해의 농사는 흉작이고, 전염병은 유행하지 않는다. 이 해 안에 병란은 일어나지 않는다. 귀인을 만나는 것은 좋다. 나가도 도적은 만나지 않는다. 비가 올지 어떨지는 오지 않는다. 갤지 어떨지는 갠다. 조금 좋다."

명에 말한다.

"재소(載所, 징조의 이름이나 미상)의 경우, 병을 점치면 모두 완쾌되어 죽지 않고, 옥에 갇힌 사람은 출옥한다. 재물을 구하고 노비와 마소를 사고, 부탁을 하고, 도망자를 추척하고, 고기 잡고 사냥하는 일은 모두 뜻대로 된다. 가야 할지 어떨지는 가야 한다. 올지 어떨지는 온다. 도적을 치는 경우 마주치게는 되나 싸움까지는 이르지 않는다. 도적이 쳐들어온다고 들리면 쳐들어온다. 전임될지 어떨지는 전임된다. 집에 있으면 걱정이 있다. 귀인을 만나는 것은 좋다. 이 해의 농사는 풍작이고, 전염병은 유행하지 않는다. 이 해 안에 병란은 일어나지 않는다. 나가도 도적을 만나지 않는다. 비가 올지 어떨지는 오지 않는다. 갤지 어떨지는 갠다. 좋다."

명에 말한다.

"근격(根格, 징조의 이름이나 미상)의 경우, 병자를 점치면 죽지 않는다. 옥에 갇힌 사람이 오래 되어도 해가 없다. 재물을 구하고 노비와 마소를 사고, 부탁을 하고, 도망자를 뒤쫓고, 고기 잡고 사냥하는 일은 모두 여의치 못하다. 가야 할지 어떨지는 가지 말 일이다. 올지 어떨지는 오지 않는다. 도적을 치는 것은 나가도 싸움에는 이르지 않는다. 도적이 쳐들어온다고 들려도 쳐들어오지 않는다. 전임될지 어떨지는 전임되지 않는다. 집에 있는 것이 좋다. 이 해의 농사는 보통은 된다. 전염병이 유행하나 죽는 사람은 없다. 귀인을 만나려 해도 만날 수 없다. 나가도 도적을 만나지 않는다. 비가 올지 안 올지는 오지 않는다. 크게 좋다."

명에 말한다.

"머리가 들리고 발을 오므려 밖이 높고 안이 낮을 경우, 걱정이 있는 사람을 점쳐 보면 해가 없다. 가야 할지 어떨지는 가면 돌아오지 않는다. 오랜 병자는 죽는다. 재물을 구하는 것은 여의치 못하다. 귀인을 만나는 것은 좋다."

명에 말한다.

"밖이 높고 안이 낮은 경우, 병자를 점치면 죽지는 않으나 탈이 난다. 매매는 여의치 못하다. 관직에 머물러 있거나 집에 있거나 하는 것은 좋지 못하다. 가야 할지 어떨지는 가지 말 일이다. 올지 어떨지는 오지 않는다. 옥에 갇힌 사람은 오래 되어도 해가 없다. 좋다."

명에 말한다.

"머리를 들고 발을 펴며 안팎이 서로 응할 경우, 병자를 점치면 회복되고, 옥에 갇힌 사람은 출옥한다. 가야 할지 어떨지는 가야 된다. 올지 어떨지는 온다. 재물을 구하는 일은 뜻대로 된다. 좋다."

명에 말한다.

"징조를 보이되, 머리를 들고 발이 펴진 상태일 경우, 병을 점치면 악화되어 죽는다. 옥에 갇힌 사람은 출옥은 하나 걱정이 있다. 재물을 구하고 노비와 마소를 사고, 부탁을 하고, 도망자를 뒤쫓고, 고기 잡고 사냥하는 일은 모두 여의치 못하다. 가야 할지 어떨지는 가지 말 일이다. 올지 안 올지는 오지 않는다. 도적을 쳐도 싸움까지는 안 간다. 도적이 쳐들어온다고 하면 쳐들어온다. 전임되거나, 관직에 머물러 있거나, 집에 있거나 하는 것은 좋지 못하다. 이 해의 농사는 흉작이다. 전염병은 유행하나 죽는 사람은 생기지 않는다. 이 해 안에 병란은 일어나지 않는다. 귀인을 만나는 것은 좋지 못하다. 나가도 도적을 만나지 않는다. 비가 올지는 오지 않는다. 갤지 어떨지는 개지 않는다. 좋다."

명에 말한다.

"징조를 보이되, 머리를 들고 발을 펴고, 밖이 높고 안이 낮을 경우, 병자를 점치면 죽지는 않으나 다른 탈이 생긴다. 옥에 갇힌 사람은 출옥은 하나 걱정이 있다. 재물을 구하고 노비와 마소를 사는 일은(여기엔 빠진 대목이 있다), 만나려 해도 만나지 못한다. 가야 할지 어떨지는 가야 한다. 올지 어떨지는 온다는 소문이 있어도 오지 않는다. 도적을 치면 이긴다. 도적이 쳐들어온다고 들려와도 쳐들어오지 않는다. 전임되거나, 관직에 머물러 있거나, 집에 있거나, 귀인을 만나거나 하는 것은 좋지 못하다. 이 해의 농사는 보통이고, 전염병이 유행한다. 이 해 안에 병란이 일어난다. 부탁을 하거나 도망자를 추적하거나 고기 잡고 사냥하는 일은 모두가 여의치 못하다. 나가면 도적을 만난다. 비가 올지 안 올지는 오지 않는다. 갤지 어떨지는 갠다. 나쁘다."

명에 말한다.

"머리를 들고 발을 오므리고 몸을 구부려 안팎이 서로 응할 경우, 병을 점치면 중병이라도 죽지 않는다. 옥에 갇힌 사람은 오래 지나도 출옥하지 못한다. 재물을 구하고 노비와 마소를 사고, 고기 잡고 사냥하는 일은 모두 여의치 못하다. 가야 할지 어떨지는 가지 말 일이다. 올지 어떨지는 오지 않는다. 도적을 치면 이긴다. 도적이 쳐들어온다고 들리면 쳐들어온다. 전임될지 어떨지는 전임되지 않는다. 관직에 머물러 있거나 집에 있거나 하는 것은 좋지 않다. 이 해의 농사는 흉작이고, 전염병이 유행한다. 이 해 안에 병란이 있으나 쳐들어오지는 않는다. 귀인을 만나면 기쁨이 있다. 부탁을 하거나, 도망자를 추적하거나 하는 것은 여의치 못하다. 나가면 도적을 만난다. 나쁘다."

명에 말한다.

"횡길로서 안팎이 서로 응하여 저절로 높고, 유앙상주(楡仰上柱), 발을 오므릴 경우, 병을 점치면 중병이라도 죽지 않는다. 옥에 갇힌 사람은 오래 있으나, 죄는 되지 않는다. 재물을 구하고 노비와 마소를 사고, 부탁을 하고, 도망자를 추척하고, 고기 잡고 사냥하는 일은 모두 여의치 못하다. 가야 할지 어떨지는 가지 말 일이다. 올지 어떨지는 오지 않는다. 관직에 머물러 있거나, 집에 있거나, 귀인을 만나거나 하는 것은 좋다. 전임될지 어떨지는 전임되지 않는다. 이 해의 농사는 큰 풍작이라고 할 수 없고, 전염병이 유행한다. 이 해 안에 병란이 일어나기는 하나 전쟁의 화는 없다. 나가면 도적을 만난다는 소문이 있어도 실지로 만나지는 않는다. 비가 올지 안 올지는 오지 않는다. 갤지 어떨지는 갠다. 크게 좋다."

명에 말한다.

"머리를 들고 발을 오므리고 안팎이 자연히 드리워질 경우, 병으로 근심하는 사람을 점치면 중병이라도 죽지 않는다. 관직에 머물러 있고 싶어도 있을 수 없다. 가야 할지 어떨지는 가야 한다. 올지 어떨지는 오지 않는다. 재물을 구하는 일은 여의치 못하다. 사람을 구하는 일도 여의치 못하다. 좋다."

명에 말한다.

"횡길로서 아래에 주(柱)가 있을 경우, 올지 어떨지를 점치면 온다. 점친 날 오지 않으면 당분간 오지 않는다. 병자를 점쳤는데, 하루를 지나도 쾌유하지 못하면 낫지 못하고 죽는다. 가야 할지 어떨지는 가지 않는 편이 좋다. 재물을 구하는 일은 여의치 못하다. 옥에 갇힌 사람은 출옥하게 된다."

명에 말한다.

"횡길로서 안팎이 저절로 들려 있을 경우, 병자를 점치면 오랜 병이라도 죽지 않는다. 옥에 갇힌 사람은 오래 지나도 출옥하지 못한다. 재물을 구하는 일은 뜻대로 되기는 하나 얻는 것이 적다. 가야 할지 어떨지는 가지 말 일이다. 올지 안 올지는 오지 않는다. 귀인을 만날 것인지 어떨 것인지는 만나는 편이 좋다."

명에 말한다.

"안이 높고 밖이 낮으며 빠르고도 쉽게 발이 벌어질 경우, 재물을 구하는 것은 여의치 못하다. 가야 할지 어떨지는 가야 한다. 병자는 쾌히 낫고, 옥에 갇힌 사람은 출옥하지 못한다. 올지 어떨지는 오지 않는다. 귀인을 만날 것인가 안 만날 것인가는 만나지 않는 편이 좋다. 좋다."

명에 말한다.

"외격(外格, 징조의 이름이나 미상)의 경우, 재물을 구하는 일은 여의치 못하다. 가야 할지 어떨지는 가지 말 일이다. 올지 어떨지는 오지 않는다. 옥에 갇힌 사람은 출옥하지 못하며 불길하다. 병자는 죽는다. 귀인을 만날 것인지 어떨지는 만나는 편이 좋다. 좋다."

명에 말한다.

"안이 저절로 들리고, 밖은 오는 것이 바르고 발이 펴질 경우, 가야 할지 어떨지는 가야 한다. 올지 어떨지는 온다. 재물을 구하는 일은 뜻대로 된다. 병자는 병이 오래 가나 죽지 않는다. 옥에 갇힌 사람은 출옥하지 못한다. 귀인을 만날 것인지 어쩔 것인지는 만나는 편이 좋다. 좋다."

아래 있는 글은 모두 점을 말한 글로서 첫머리에 귀갑에 나타난 징조가 있었는데, 옮겨 쓰는 동안에 잃어버린 것으로 보고 있다.

1) 이것은 횡길로서 상주(上柱)이다. 외내(外內, 미상)는 저절로 들리고, 발은 오므려 있다. 구하는 것을 점치면 뜻대로 된다. 병자는 죽지 않는다. 옥에 갇힌 사람은 해를 입는 일은 없으나 아직 출옥은 못한다. 가야 할지 어떨지는 가지 말 일이다. 올지 어떨지는 오지 않는다. 사람을 만나는 것은 만나지 않는 편이 좋다. 모든 일이 다 좋다.
2) 이것은 횡길로서 상주다. 외내는 저절로 들리고, 주족(柱足)은 만들어져 있다(미상). 구하는 것을 점치면 뜻대로 된다. 병자는 거의 죽게 되었어도 병이 낫고 회복된다. 옥에 갇힌 사람은 상하는 일이 없이 출옥한다. 가야 할지 어떨지는 가지 말 일이다. 올지 어떨지는 오지 않는다. 사람을 만나는 것은 만나지 않는 편이 좋다. 모든 일이 다 좋다. 군사를 일으키는 것도 괜찮다.
3) 이것은 정사(挺詐, 미상)로서 외조가 있는 경우, 구하는 것을 점치면 여의치 못하다. 병자는 죽지 않고 종종 회복한다. 옥에 갇힌 사람은 죄가 있으나 말로만 그렇게 운운될 뿐 해는 입지 않는다. 가야 할지 어떨지는 가지 말아야 한다. 올지 어떨지는 오지 않는다.
4) 이것은 정사(挺詐)로서 내조가 있다. 구하는 것을 점치

면 여의치 못하다. 병자는 죽지 않고 종종 회복한다. 옥에 갇힌 사람은 죄가 있으나 해를 입지 않고 출옥한다. 가야 할지 어떨지는 가지 말아야 한다. 올지 어떨지는 오지 않는다. 사람을 만나는 것은 만나지 않는 편이 좋다.

5) 이것은 정사로서 내외(內外)는 저절로 들려 있다. 구하는 것을 점치면 뜻대로 된다. 병자는 죽지 않는다. 옥에 갇힌 사람은 무죄이다. 가야 할지 어떨지는 가야 한다. 올지 어떨지는 온다. 밭갈이, 매매, 고기잡이, 사냥은 모두 뜻대로 된다.

6) 이것은 호학(狐貉, 미상)이다. 구하는 것을 점치면 여의치 못하다. 병자는 죽고 회복하기 어렵다. 옥에 갇힌 사람은 무죄라도 나오기 어렵다. 집에 있는 것은 좋다. 장가들고 시집가는 것은 좋다. 가야 할 것인지 어떨 것인지는 가지 말아야 한다. 올지 어떨지는 오지 않는다. 사람을 만나는 것은 만나지 않는 편이 좋다. 걱정할 일이 있느냐 없느냐는, 없다.

7) 이것은 호철(狐撤, 미상)이다. 구하는 것을 점치면 여의치 못하다. 병자는 죽는다. 옥에 갇힌 사람은 죄를 받게 된다. 가야 할지 어떨지는 가지 말아야 한다. 올지 어떨지는 오지 않는다. 사람을 만나는 것은 만나지 않는 편이 좋다. 할 말이 정해져 있어 핑계는 댈 수가 없다. 모든 일이 다 좋지 못하다.

8) 이것은 머리를 숙이고 발을 오므려 몸이 굽어 있다. 구하는 것을 점치면 여의치 않다. 병자는 죽는다. 옥에 갇힌

힌 사람은 유죄로 되고, 원망을 듣는다. 떠난 자는 오지 않는다. 가야 할지 어떨지는 가야 한다. 올지 어떨지는 오지 않는다. 사람을 만나는 것은 만나지 않는 편이 좋다.

9) 이것은 정(挺)의 내외가 저절로 드리워져 있다. 구하는 것을 점치면 여의치 못하다. 병자는 죽고 회복하기 어렵다. 옥에 갇힌 사람은 무죄이나 출옥하기 어렵다. 가야 할지 어떨지는 가지 말아야 한다. 올지 어떨지는 오지 않는다. 사람을 만나는 것은 만나지 않는 편이 좋다. 좋지 못하다.

10) 이것은 횡길로서 유앙이며, 머리를 숙이고 있다. 구하는 것을 점치면 여의치 못하다. 병자는 회복하기 어려우나 죽지 않는다. 옥에 갇힌 사람은 출옥하기 어려우나 해는 잊지 않는다. 집으로 가고, 며느리를 맞고 딸을 시집보내는 것은 좋다.

11) 이것은 횡길로서, 상주(上柱)는 바르고, 몸이 굽고, 안팎은 저절로 들려 있다. 병자를 점치면 점친 날에는 죽지 않고 그 이튿날에 죽는다.

12) 이것은 횡길로서 상주다. 발이 오므라들고, 안이 저절로 들리고 밖이 저절로 드리워져 있다. 병자를 점치면 점친 날에는 죽지 않고 그 이튿날에 죽는다.

13) 머리를 숙이고 발을 감추고, 외조는 있고 내조는 없다. 병자는 귀갑의 점이 끝나기 전에 급히 죽는다. 복경실대(卜經失大, 미상)는 하루만에 죽지 않는다.

14) 머리는 들고 발은 움츠려 있다. 구하는 것을 점치면 여의치 못하다. 옥에 갇힌 사람은 유죄로 된다. 그 죄에 대해 사람들이 운운하는 것은 두려운 일이나 그로 인해 해를 입지는 않는다. 가야 할 것인지 어쩔 것인지에 대해서는 가서는 안 된다. 사람을 만나는 것은 만나지 않는 편이 좋다.

범론(汎論)해서 말한다.

외조는 남의 일이고, 내조는 자기 일이다. 외조는 여자의 일이고 내조는 남자의 일이다. 머리가 숙여 있는 것은 걱정거리가 있는 것이다. 큰 것은 몸(큰 龜裂)으로, 작은 것은 가지(작은 龜裂)로 판단한다. 그 대강은 다음과 같다. 즉 병자에 대해서는 발이 오므라들면 살고, 발이 펴지면 죽는다. 오는 사람에 대해서는 발이 펴지면 오고, 발이 오므라들면 오지 않는다. 가는 사람에 대해서는 발이 오므라들면 가서는 안 되고, 발이 펴지면 가야 한다. 구하는 것에 대해서는 발이 펴지면 뜻대로 되고, 발이 오므라들면 여의치 못하다. 옥에 갇힌 사람에 대해서는 발이 오므라들면 출옥하지 못하고, 펴지면 출옥한다. 병자를 점쳐서 발이 펴졌는데도 죽은 것은 안이 높고 밖이 낮기 때문이다.

화식 열전(貨殖列傳)

무위무관(無位無冠)인 필부의 몸으로 정치를 해치치도 않고 백성을 방해하지도 않으며 때에 따라 팔고 사서, 재산을 늘려 부자가 된 사람이 있으니 지혜로운 자도 이들에게 갈채를 보냈다. 그래서 〈화식 열전 제69〉를 지었다.

노자가 이렇게 말했다.

"치세의 극치는 이웃 나라가 서로 바라볼 수 있을 만큼 가까이 있고, 닭 우는 소리와 개 짖는 소리가 서로 들려도 백성들은 각각 그들의 음식을 맛있게 먹고, 그들의 입는 것을 아름답다 하며, 그들의 습속을 편히 여기고, 그들의 일을 즐기며, 늙어 죽을 때까지 서로 내왕하지 않는 법이다."

그러나 이러한 것을 이루기 위해 근대의 풍속을 돌이키고 백성들의 귀와 눈을 막으려 한다면 이것은 거의 실행할 수는 없을 것이다.

태사공은 말한다.

신농씨(神農氏) 이전의 일은 나도 알지 못하지만, 《시경》·《서경》에서 말하고 있는 순왕과 우왕 이후로는 귀와 눈은 아름다운 소리와 빛을 좋아하여 모두 듣고 보려 하고, 입은 소와 양 따위의 좋은 맛을 다 보려 하며, 몸은 편하고 즐거운 것을 좋아하고, 마음은 위세와 능력의 영화를 자랑하고 싶어한다. 그리고 그 같은 풍속이 백성의 마음에 스며든 지 오래다. 아무리 노자의 현묘한 이론을 들고 나와 집집마다 들려주어도 도저히 감화시킬 수는 없다. 그러므로 가장 정치를 잘하는 사람은 백성의 마음으로 다스리고, 다음은 이득으로써 백성을 이끌고, 그 다음은 백성을 가르쳐 깨우치고, 또 그 다음은 힘으로 백성을 바로잡고, 가장 정치를 못하는 사람은 백성들과 다투는 것이다.

대체로 산서(山西)에는 목재와 대나무·닥나무·산모시·검은 소꼬리, 옥석 등이 많고, 산동에는 물고기·소금·옻·실과 가희(歌姬)·미녀가 많다. 강남은 장목(枏)·가래나무(梓)·생강·육계(肉桂)·금·주석·납·단사·쇠뿔·대모·진주·상아와 가죽 등을 생산하고 용문·갈석 북쪽에는 말·소·양·갖옷·짐승의 힘줄·뿔 등이 많다. 구리와 쇠를 산출하는 산은 천 리 사방의 땅 여기저기에 있어서 바둑돌을 놓은 것 같다. 이상이 생산물의 대강인데, 이것들은 모두 중국 사람들이 좋아하는 것으로서, 각각 풍속에 따라 의복과 음식에 쓰며, 산 사람을 먹이고 죽은 사람을 장사지내는 데 쓰이는 것들이다. 그런데 농사꾼은 먹을 것을 공급하고, 나무꾼은 자재를 공급하고, 기술자는 이것을 물건으로 만들고, 장사꾼은 이것을 유통시킨다. 이러한 활동은 위로부터의 정교(政敎)에 의한 지도나 징발, 기회(期會)[17]에 의해 행해지는 것은 아니다. 각자가 저마다의 능력에 따라 그 힘을 다해 원하는 것을 손에 넣은 것뿐이다. 그러므로 물건의 값이 싼 것은 장차 높아질 징조이며, 값이 높은 것은 싸질 징조라 하여 적당히 팔고 사며, 각자가 그 직업에 힘쓰고, 일을 즐기는 상태는 물이 낮은 곳으로 흐르는 것과 같아 밤낮을 쉬지 않는다. 물건은 부르지 않아도 절로 모여들고, 강제로 구하지 않아도 백성이 그것을 만들어 내는 것이다. 이것이야말로 참으로 도와 부합되는 것이며 자연의 이치로 되는 것이 아니겠는가?

《주서(周書)》에는 "농민이 생산하지 않으면 식량이 모자라게 된다. 나무꾼이 나무를 베지 않으면 자재가 모자라게 되고, 자재가 적으면 산과 택지는 개척되지 않는다. 공인이 생산하지 않으면 제품이 부족하게 되고, 장사치가 유통시키지 않으면 삼보(三寶,식량 · 자재 · 제품)는 끊어지게 된다."라고 했는데, 이 넷〔農 · 虞 · 工 · 商〕은 백성들의 입고 먹는 것의 근원이다. 근원이 크면 백성은 부유해지고, 근원이 작으면 백성은 빈곤해진다. 이 넷은 위로는 나라를 부유하게 하고, 아래로는 가정을 부유하게 하는 것이다.

17. 미리 약속 날짜를 정해 두고 그날 모두 모여서 작업하는 것.

빈부라는 것은 밖에서 빼앗거나 주는 것이 아니고, 결국은 그 사람의 재능 여하에 딸린 것이다. 기교 있는 사람은 부유해지고 모자라는 사람은 가난한 것이다.

태공망〔呂尙〕이 영구(營丘)에 봉해졌을 때 그 영토는 소금기가 많고 습했으며, 백성들은 적었다. 그래서 태공망은 부녀자의 일을 장려하고 공예의 기술을 다하게 하고, 또 각지에 생선과 소금을 옮겨 내어 있고 없는 것을 서로 유통케 했다. 그러자 사람과 물건이 돌아왔으며, 줄을 지어 잇달아 모여들었다. 그리하여 제나라는 천하에 관과 띠와 옷과 신을 공급하게 되었고, 그 부강한 제나라에 대해 동해와 태산 사이의 제후들은 경의를 표하여 소매를 여미고 옷깃을 바로잡으며 조회에 들었던 것이다. 그 뒤 제나라는 한때 쇠해졌으나 관중이 나라의 정치를 맡으면서 경중(輕重) · 9부(九府)를 설치했으므로 환공은 패자가 되고, 제후들을 아홉 번이나 회맹시켜 천하를 바로잡았다. 관중 또한 제후의 신분으로 있으면서도 삼귀대(三歸臺)를 가질 만큼 열국의 왕들보다도 부유했다. 이리하여 제나라의 부강은 계속해서 위왕과 선왕의 대에까지 이르렀던 것이다.

그러므로 "창고가 가득 차야 예절을 알고, 의식이 넉넉해야 영예와 치욕을 안다."고 한 것이다. 예는 재산이 있으면 생기고 재산이 없으면 사라진다. 그런 까닭에 군자가 부유하면 즐겨 그 덕을 행하고, 소인이 부유하면 그 힘에 맞는 일을 한다. 못은 깊어야 고기가 있고, 산은 깊어야 짐승이 살 듯이, 사람은 부유해야만 인의가 따른다. 부유한 사람이 세력을 얻으면 더욱 세상에 드러나게 되고, 세력을 잃으면 빈객들도 줄어들어 따르지 않게 된다. 이런 경향은 만이의 나라에서 더욱 심하다.

속담에 "천금을 가진 부잣집 아들은 저자에서 죽지 않는다."고 했는데, 그것은 빈말이 아니다. 그러므로 "천하 사람들은 화락하여 모두 이익을 위해 모이고, 모두 이익을 위해 떠난다."고 하는 것이다. 저 천 승의 봉토를 가진 왕, 1만 가(家)를 지닌 후(侯), 백실(百室)을 가진 대부도 오히려 가난을 근심한다. 하물며 아래에 있는 서민들이야 말해 무엇하겠는가?

옛날 월왕 구천은 회계산 위에서 고통을 겪고 범려와 계연(計然, 범려의 스승)을 중용했다. 계연은 월왕에게 이렇게 말했다.

"전쟁이 있을 것을 알면 미리 군비를 정돈할 것이며, 어느 때 어느 물건이 필요하다는 것을 알면 그때에 앞서 필요한 물건을 알게 됩니다. 이 두 가지를 잘 알면 모든 재화의 실정을 제대로 알 수가 있습니다. 세성(歲星, 목성)이 금(金, 서쪽)에 있는 해는 풍년이 들고, 수(水, 북쪽)에 있는 해는 수해, 목(木, 동쪽)에 있는 해는 기근, 화(火,남쪽)에 있는 해는 가뭄이 있습니다. 가뭄이 든 해에는 미리 배를 준비해 두고(가뭄 뒤에 수해가 있는 법이니까), 수해가 있는 해엔 미리 수레를 준비해 두는 것이 사물의 이치입니다. 6년마다 풍년이 들고 6년마다 가뭄이 생기고 12년마다 큰 기근이 일어납니다. 무릇 쌀값이 한 말에 20전밖에 안 나가면 농민이 고통을 겪고, 90전으로 오르게 되면 반대로 장사꾼이 고통을 받습니다. 장사꾼이 고통을 받으면 상품이 나오지 않고, 농민이 고통을 받으면 논밭이 황폐해집니다. 비싸도 80전을 넘지 않고, 헐해도 30전 아래로 떨어지지 않게 하면 농·상이 함께 이롭게 됩니다. 쌀값이 일정한 한계를 지키고, 물자가 공평하게 유통되며, 사방의 물건이 관문을 통과하여 시장으로 돌아 나오고, 나라 안이 넉넉하게 지내게끔 하는 것이 나라를 다스리는 길입니다. 축적이라는 것은 물건을 온전한 채로 보존하는 것이지 물건을 오래 쌓아 두는 것은 아닙니다. 물자는 서로 교역하고 상한 것은 자기 집에서 쓰도록 합니다. 또 비싼 것을 오래 가지고 있어서는 안 됩니다. 물건이 남아 도는지 모자라는지를 알면, 그것이 귀한지 천한지를 알 수 있습니다. 높은 값이 극도에 다다르면 헐값으로 돌아오고, 싼 값이 극도에 이르면 높은 값으로 되돌아갑니다. 비싼 물건은 오물을 배설해 내듯 자꾸 내다 팔고, 싼 물건은 구슬을 손에 넣듯 소중히 사들입니다. 물건과 돈은 흐르는 물처럼 원활하게 유통시켜야 하는 것입니다."

이리하여 구천이 계연의 법을 10년간 행하니 나라는 부강하게 되고 병사들은 풍족한 금품을 받았다. 이로 인해 병사는 목마른 사람이 마실 물을 얻은 것처럼 적의 화살과 돌을 향해 용맹하게 달려나가게 되었고, 구천은 드디어 강한 오나라에 보복하여 병위(兵威)를 중국에 떨치고 오패의 한 사람이 되었다. 범려는 회계산의 부끄러움을 씻고 나서 탄식해 말했다.

"계연의 일곱 가지 계책 중에서 월나라는 다섯 가지를 써서 목적을 달성했다. 나라에서는 이미 써 보았으니 나는 이를 집에서 써 보리라."

그리하여 그는 작은 배를 타고 강호로 떠나 성과 이름을 바꾸었다. 제나라로 가서는 치이자피(鴟夷子皮)라 일컬었고, 도(陶)로 가서는 주공(朱公)이라 불렀다. 주공은 이렇게 생각했다.

"도는 천하의 중앙으로 사방의 제후국에 통해 있어 물자의 교역이 빈번한 곳이다."

그리고 장사를 하며 물자를 축적해 두었다가 시기를 보아 방매함으로써 이익을 거두었으나 오직 자연의 시기를 기다릴 뿐 사람의 노력에는 의지하지 않았다.

이같이 생업을 잘 운영하는 사람은 거래 상대를 고른 다음에야 자연의 시기에 맡기는 것이다. 주공은 19년 동안에 세 번이나 천 금을 모았었는데, 그중 두 번의 것은 가난한 친구와 먼 친척들에게 나누어 주었다. 이야말로 이른바 '부유하면 즐겨 그 덕을 행하는 표본'이라 할 것이다.

그는 연로하자 집안일을 자손에게 맡겼는데, 자손들이 집안을 다스리고 재산을 불리니 드디어 부가 거만(巨萬)에 달았다. 그런 까닭에 부를 말하는 사람은 모두 도주공을 일컫게 되는 것이다.

자공(子貢)은 공자에게 나아가 배운 다음, 스승을 하직하고 위나라로 가서 벼슬을 하고, 조나라와 노나라 사이에서 물자를 축적하기도 하고 시기를 기다려 팔기도 하여 재산을 모았다. 공자 문하의 70여 제자들 중에 자공이 가장 부유했고, 원헌(原憲)은 비지와 쌀겨도 제대로 먹지 못하며 뒷골목에서 쓸쓸히 살고 있었다.

자공은 사두마차를 타고 기마 수행원들을 거느리며 비단 뭉치를 선물로 꾸려갖고 다니며 제후들과 교제하자 그가 찾아가는 나라의 왕들은 몸소 뜰로 내려와 그에게 대등한 예를 행하지 않는 자가 없었다. 무릇 공자의 이름이 천하에 골고루 알려지게 된 것은 실상 자공이 공자를 모시고 다니며 도왔기 때문이다. 이야말로 이른바 '세력을 얻으면 더욱 세상에 드러나는 것' 이 아니겠는가.

백규(白圭)는 주나라 사람인데, 위문후 때의 일이다. 당시 이극(李克)은 농경을 중히 여겨, 땅을 충분히 이용하는 데 힘을 기울였으나, 백규는 때의 변화에 따른 물가의 변동을 살피기를 좋아했다. 그러므로 세상 사람들이 버리고 돌아보지 않을 때 사들이고, 세상 사람들이 사들일 때는 팔아 넘겼다. 즉 풍년이 들면 곡식을 사들이는 대신 실과 옻을 팔아 넘기고, 흉년이 들어 고치가 나와 돌면 비단과 풀솜을 사들이는 대신 곡식을 팔아 넘겼던 것이다.

태음(太陰, 목성 뒤의 두 별)이 묘(卯, 동쪽)에 있는 해는 풍년이 들고, 그 이듬해는 흉년이 든다. 또 오(午, 남쪽)에 있는 해는 큰 가뭄이 있고, 그 이듬해에는 수확이 많다. 그리고 홍수가 지는 해가 있으면 태음이 다시 묘로 돌아온다. 이러한 풍년 · 흉년의 변화를 보며 사고 팔았으므로 백규의 축적은 대체로 해마다 배로 불어났다. 돈을 불리려면 값싼 곡식을 사들이고, 수확을 늘리려면 좋은 종자를 썼다. 거친 음식을 달게 먹고, 욕심을 억제하며, 의복을 검소히 하고, 일을 시키는 노복과 고락을 함께 했으며, 시기를 보아 행동하는 데는 사나운 짐승과 새가 먹이에게 뛰어들 듯이 빨랐다. 그러므로 그는 이렇게 말했다.

"내가 생업을 운영하는 것은 마치 이윤과 여상이 정책을 도모하여 펴듯, 손자와 오자가 군사를 쓰듯, 상앙이 법을 다루듯이 했다. 그런만큼 임기응변하는 지혜도 없고, 일을 결단하는 용기도 없고, 얻었다가 도로 주는 어짐도 없고, 지킬 바를 끝까지 지키는 강단도 없는 사람은 내 방법을 배우고 싶어해도 가르쳐 주지 않겠다."

생각컨데 천하의 사업을 말하는 사람들이 백규를 그 조상으로 우러러 모시는 것은 백규가 실제 그것을 시험했기 때문이리라. 다시 말해 그는 실제로 시험해서 성과를 올린 것이지 결코 마구 지껄여 댄 것은 아니다.

의돈(椅頓)은 염지(鹽地)의 소금으로 그 몸을 일으키고, 한단의 곽종(廓縱)은 철광을 개발해서 사업에 성공함으로써 다 같이 부유한 점에 있어서는 왕자(王者)와 어깨를 겨루었다.

오지(烏氏)의 나(倮)라는 사람은 목축을 업으로 했는데 가축의 수가 불어나면 이를 팔아 신기한 비단을 사서 융왕(戎王)에게 바쳤다. 융왕은 보상으로 나에게 열 배의 가축을 주었다. 이로 인해 나의 가축은 골짜기마다 가득 차서 골짜기 수로 마소를 셀 정도가 되었다. 진시황은 나를 제후와 동격으로 대우하여 봄 · 가을에는 열신(列臣)들과 함께 조정에 들게 했다. 또 파(巴)에 사는 청(淸)이라는 과부는 조상이 단사(丹沙)를 캐내는 굴을 발견하여 여러 대에 걸쳐 그 이익을 독점해 왔으므로 그 재산이 헤아릴 수 없을 정도로 많았다. 청은 과부이기는 했으나 그 가업을 잘 지키고 재물의 힘으로 스스로를 지키며 사람들로부터 침범당하지 않았다. 진시황은 청을 정녀(貞女)로 인정, 빈객으로 대우하여 그녀를 위해 여회청대(女懷淸臺)를 지었다.

이같이 나는 시골뜨기 목장의 주인에 불과하며, 청은 산골 과부에 지나지 않았는데도 제후와 같은 대우를 받으며 그 이름을 천하에 드러낸 것은 오직 재력에 의한 것이다.

한나라가 일어나 천하를 통일하자 관문과 다리의 통행 제한을 폐지하고, 산림과 소택에서 나무하고 고기를 잡지 못하게 한 금령을 늦춤에 따라 부상(富商)과 대상(大商)들은 천하를 두루 돌게 되었고, 교역하는 물자가 유통되지 않는 것이 없었으므로 원하는 물건은 무엇이든 얻을 수 있게 되었다. 이무렵 한나라는 지방의 호걸들과 제후국의 호족들을 서울 장안으로 이주시켰다. 관중은 견수(汧水, 옹의 동쪽에 있다) · 하수 · 화산에 이르기까지 천 리에 걸친 땅이 비옥하여 순왕 · 우왕 시대의 공부(貢賦)에서도 상등의 전지(田地)로 인정받았다. 또 주나라 공유(公劉)는 빈으로 갔고, 대왕(大王)과 왕계

(王季)는 기산에서 살고, 문왕은 풍(豊)을 새로운 도읍지로 하고, 무왕은 호(鎬)를 서울로 삼았다. 그러므로 이 땅에 사는 백성들은 아직도 선왕 때의 유풍 때문에 농사짓기를 즐겨하여 오곡을 심고, 고장을 중히 여겨 다른 곳으로 옮겨가지 않고, 나쁜짓 하는 것을 꺼리는 풍습이 있었다.

진나라 문공·효공·목공이 옹에 도읍했을 무렵, 그곳에는 농·촉의 재화와 물건이 많이 모여들었고, 장사꾼도 많았다. 헌공·효공은 역읍(櫟邑)에 도읍하였다. 역읍은 북쪽에 있어서 융적을 격퇴하는 데 편리한 곳이었고, 동쪽은 삼진과 통해 있어서 또한 큰 장사꾼이 많았다. 무왕·소왕은 함양에 도읍을 정했으므로 한나라는 그곳에 가까운 장안에 도읍을 했던 것이다. 장안 주변의 여러 릉이 있는 곳에는 사방에서 사람들이 모여들었다. 그로 인해 좁은 땅에 인구가 많아지자 주민들을 점점 약아져서 상업에 종사하게 되었다.

관중 남쪽은 파와 촉이다. 파·촉 또한 들이 비옥하여 치자, 생강, 단사, 구리, 쇠와 대나무 그릇, 나무 그릇이 많이 나므로 그 남쪽에 있는 전(滇)·북(僰)을 제압하고 있다. 북으로부터는 노비를 많이 보내오고 있으며, 서쪽은 공(邛)·작(筰)에 가깝다. 작에서는 말과 모우를 생산한다. 파·촉 땅은 사방이 산으로 둘러싸여 있으나 그 산엔 천 리에 걸친 잔도(棧道)가 부설돼 있어 통하지 않는 곳이 없다. 다만 포(褒, 한중 위수의 요로)·야(斜, 북쪽 요로)가 파·촉의 각지에서 관중으로 통하는 도로를 수레의 바퀴처럼 막고 있어서 여기서 파·촉의 풍부한 물자는 부족한 물자와 교환되곤 했다.

천수 · 농서 · 북지 · 상군은 관중과 같은 풍속을 가지고 있으나, 서쪽에는 강중(羌中, 강족의 거주지)과의 교역에 이득이 있고, 북쪽에는 융적의 풍부한 가축이 있다. 목축이 성하기로는 천하에서 손꼽힐 만하다. 이곳은 한쪽에 구석져 있는 데다 험난한 곳이라 겨우 장안에만 길을 통해 있다.

관중에 파 · 촉 및 위의 여러 고을을 합치면 그 땅은 천하의 3분의 1을 차지하고 인구는 10분의 3에 불과하지만, 그 부를 계산해 보면 10분의 6에 이른다.

옛날 요임금은 하동에 도읍하였고, 은나라는 하내에 도읍하였고, 주나라는 하남에 도읍하였다. 무릇 삼하(三河)는 천하의 중앙에 위치하여 솥발처럼 셋으로 갈라져 왕자가 번갈아 도읍한 곳이다. 그 왕조는 제각기 수백 년에서 수천 년에 걸쳐 내려왔고, 땅은 좁았으나 백성들은 많았다. 게다가 그 도읍지는 제후들이 모여든 곳이었으므로 그 풍속이 섬세하고 절약과 검소함을 숭상하며 제각기 일을 익혔다.

양(楊) · 평양(平陽)은 서쪽으로는 진나라나 백적(白翟)과 거래를 하고, 북쪽으로는 종(種) · 대(代)와 거래하였다. 종 · 대는 석읍(石邑, 산서성)의 북쪽에 있어 흉노와 경계를 맞대고 있었기 때문에 자주 침범을 당했다. 그곳 백성들은 자존심이 강하여 지기를 싫어하며, 용맹을 좋아하고 임협풍이 있어 간악한 일을 행할 뿐 농사나 장사에 종사하지 않는다. 그러나 북쪽 만이와 인접하고 있어서 토벌군이 자주 출동하는 관계로 중국에서 자주 물자가 보내지므로 때로는 큰 벌이를 할 때도 있다. 그곳 사람들은 대개 흉노의 무리와 섞여 살고 있는

데, 들양처럼 성격이 강포해서 진나라가 아직 한나라 · 위나라 · 조나라로 갈라지기 전부터 진나라의 골칫거리이기도 했다. 게다가 조나라 무령왕이 더욱 그들의 포악한 기질을 장려하고 있었으므로 이곳 풍속에는 조나라의 유풍이 남아 있다. 그래서 양과 평양의 백성들은 이러한 조건을 잘 이용하여 얻고 싶은 물자를 손에 넣었다.

온(溫) · 지(軹)는 서쪽으로는 상당(上黨)과 거래하고, 북쪽으로는 조나라 · 중산(中山)과 거래하였다. 중산은 땅이 메마르고 인구가 많은데다 또 멋대로 음란한 짓을 하던 은나라 주왕의 자손들이 사구(砂丘)에 살고 있다. 그들의 풍속은 경박하고 잔인할 뿐 아니라 생활조차도 교활한 수단에 의지하고 있다. 남자들은 서로 어울려 놀고 희롱하며, 슬픈 노래를 불러 울분을 터트리며, 활동을 할 때에는 패를 지어 강도짓을 하고, 쉬고 있을 때는 무덤을 파헤쳐 물건을 훔쳐내고, 교묘한 방법으로 사람들에게 아부하고, 악기를 다루며 배우 노릇을 하기도 한다. 여자들은 소리 좋은 비파를 타고 작은 신을 신으며, 귀인과 부호에게 꼬리쳐 후궁으로 들어가 제후국마다 두루 퍼져 있다.

한단은 장수(漳水)와 하수 사이에 있는 큰 고을로서 북쪽으로는 연나라 · 탁에 통하고, 남쪽에는 정나라 · 위나라가 있다. 정나라 · 위나라의 풍습은 조나라와 비슷하나, 양나라 · 노나라에 가까우므로 다소 중후하고 절조를 숭상하는 면이 있다.

복양 사람들은 진왕 정(政) 때문에 임금과 함께 야왕(野王,

하남성)으로 옮겨 갔다. 야왕 사람들은 기개를 소중히 알고 임협풍이 있었는데, 그것은 위나라의 유풍이다.

연(燕, 북경)도 발해와 갈석산 사이에 있는 큰 고을이다. 연나라는 남쪽은 제나라 · 조나라에 통하고 동북쪽은 흉노와 경계를 접하며, 상곡으로부터 요동에 이르고 있다. 변두리 땅은 아주 먼 곳에 있어서 백성이 적고 자주 침범을 당했다. 풍속은 조나라 · 대나라와 대단히 닮아 있으나 이곳 백성은 아직도 독수리처럼 정한하고 사려가 얕다. 물고기, 소금, 대추, 밤이 많이 난다. 북쪽은 오환(烏桓) · 부여(夫餘)와 이웃해 있고, 동쪽은 예맥 · 조선 · 진번과의 교역에서 이득을 독점하고 있다.

낙양은 동쪽으로 제나라 · 노나라와 거래하고 있고, 남쪽으로 양나라 · 초나라와 거래하고 있다. 태산 남쪽은 노나라이며, 북쪽은 제나라이다. 산과 바다로 둘러싸인 제나라는 기름진 들이 천 리에 걸쳐 있으므로 뽕나무와 삼이 잘 되고, 사람은 많으며, 아름다운 무늬의 옷감이며 베, 비단, 생선, 소금 등을 생산한다. 임치도 동해와 태산 사이에 있는 큰 고을이다. 이곳 풍속은 너그럽고 활달하며, 지혜가 있고 의논하길 좋아하고 성격이 진중해서 남에게 휩쓸려 따라가는 일이 없다. 단체로 싸우는 데는 겁이 많지만 개인끼리의 싸움에는 용감하다. 따라서 남을 협박하는 사람이 많다. 대체로 대국풍(大國風)의 기질이 있고 5민〔士 · 農 · 商 · 工 · 賈〕이 두루 모여 살고 있다.

추(鄒)나라 · 노(魯)나라는 수수(洙水) · 사수(泗水)의 강물을 끼고 있어 지금도 아직 주공의 유풍이 있다. 풍속은 유교를 숭상하고 예를 잘 지키기 때문에 사람들은 도량이 깊다. 뽕과 삼의 산업이 성하나 숲이나 못에서 나는 산물은 적다. 게다가 땅은 좁고 사람은 많기 때문에 사람들은 검소하게 생활하며, 죄를 두려워하여 사악하지가 않다. 그러나 노나라가 쇠한 뒤로는 그곳 주민들이 장사를 좋아하게 되었는데, 이익을 좇는 점은 주나라 사람들보다도 심하다.

홍구(鴻溝, 賈魯河)에서 동쪽, 망(芒) · 탕(碭)의 북쪽 거야현(巨野縣)까지는 양나라 · 송나라의 땅이다. 도(陶) · 수양(睢陽)도 역시 이곳의 도시다. 옛날 요왕은 성양에 이궁(離宮)을 만들고, 순왕은 뇌택(雷澤)에서 고기를 잡고, 은나라 탕왕은 박(亳)에 도읍을 정했다. 그러므로 그들 땅의 풍속에는 아직 선왕의 유풍이 남아 사람들은 일반적으로 중후해서 군자가 많고 밭갈이를 좋아한다. 산과 물에서 나오는 산물은 풍부하지 않으나 험한 옷, 험한 음식을 달게 여기며, 재물을 모아 간직하고 있다.

월나라와 초나라의 땅에는 세 가지 풍습이 있다. 회수 북쪽에서 패 · 진 · 여남 · 남군까지는 서초(西楚)다. 그 풍습은 사납고 경솔하며 성을 잘 내고, 땅은 척박해서 물자를 축적하기가 어렵다. 강릉(江陵)은 원래 초나라 도읍지인 영(郢)으로 서쪽으로는 무(巫) · 파(巴)로 통하고 동쪽에는 운몽의 풍요한 생산물이 있다. 진(陳)은 초나라와 하나라의 중간에 있어 생선, 소금 등의 물자를 교역하고 있고, 그곳 백성들 중에는 장사꾼이 많다. 서(徐) · 동(僮) · 취려(取慮)의 백성들은 청렴하기는 하나 까다롭고, 약속을 중하게 여기는 것을 자랑으로 알고 있다.

팽성(彭城)에서 동쪽으로 발해 · 오(吳) · 광릉까지는 동초(東楚)이다. 이곳 풍습은 서 · 동과 비슷하다. 또 구(朐) · 회(繒)로부터 그 북쪽의 풍습은 제나라와 비슷하고, 절강(浙江) 남쪽은 월나라와 비슷하다. 오나라는 오왕 합려 · 춘신군 · 오왕 비 세 사람이 이곳을 근거지로 하여 각각 천하를 돌아다니는 젊은 사람들을 불러모았다. 동쪽으로는 풍요한 바다의 소금, 장산(章山)의 구리, 3강(三江, 吳淞江 · 婁江 · 東江), 오호(五湖, 太湖의 다른 이름)에서 나는 산물의 이득이 있다. 또한 강동(江東)의 대도시다.

형산, 구강과 강수 남쪽의 예장 · 장사는 남초(南楚)다. 이곳 풍습은 서초와 아주 비슷하다. 옛날 초나라는 도읍을 영에서 수춘(壽春)으로 옮겼었는데, 수춘도 또한 대도시다. 합비(合肥)는 강수와 회수의 조수를 남북으로 받으며, 피혁, 건어물, 목재 등의 집산지다. 풍습에는 민중(閩中, 복건성)과 간월(干越)의 것이 섞여 있기 때문에 남초 주민의 말은 아무리 듣기 좋아도 믿을 수가 없다. 강수 남쪽은 땅이 저습하여 남자는 일찍 죽는다. 대나무나 목재가 많다. 예장에서는 금을 생산하고 장사에서는 아연과 주석을 생산한다. 그러나 극히 양이 적으므로 캐내어도 이득이 없다. 구의산과 창오군에서부터 남쪽 담이(儋耳, 海南島)에 이르기까지는 강수 남쪽과 풍습이 거의 같으나 양월족(楊越族)이 많다. 반우(番禺) 또한 이곳의 대도시로 주옥, 무소뿔, 대모, 과실, 갈포의 집산지이다.

영천 · 남양은 옛 하나라 사람이 살던 곳이다. 하나라 사람은 충실하고 소박한 정치를 숭상했으므로 이곳에는 지금도 아직 선왕의 유풍이 남아 있다. 영천 사람들은 후덕하고 조심성이 많다. 진나라 말기에는 조정 명령에 굴복하지 않는 사람들을 남양에 이주시키기도 했다. 남양은 서쪽으로는 무관(武關) · 운관(鄖關)에 통하고, 동남쪽으로는 한수 · 강수 · 회수가 흐르고 있다. 원(宛) 또한 큰 도시 중 하나이다. 이곳의 풍습은 여러 가지가 뒤섞여 있으며, 일을 좋아하고 장사꾼이 많으며 협객의 기질이 있다. 이곳 영천과 서로 통해 있으므로 이곳 사람들은 지금도 하나라 사람으로 불리고 있다.

무릇 천하에는 물자가 적은 곳도 있고 풍부한 곳도 있다. 그리고 백성들의 풍습은 그것에 영향을 받는다. 소금의 경우를 예로 든다면 산동에서는 바닷소금을 먹고, 산서에서는 바위소금을 먹으며, 영남(嶺南, 華南) · 사북(沙北, 沙漠의 북쪽)에도 원래부터 소금을 생산하는 곳이 있어 그곳 백성들은 그것을 식용으로 하고 있다. 물건과 사람과의 관계는 대체로 이런 것이다.

대체적으로 보면, 초나라와 월나라의 땅은 넓지만 사람이 드물며, 쌀을 주식으로 하고, 생선을 국끓여 먹는다. 농사짓는 방법은 거둬들인 다음 마른 풀을 불태워 밭을 갈고, 여름엔 논에 물을 대고 김을 매는 방법을 취하고 있다. 초목의 열매와 생선, 조개 따위는 장사꾼을 기다리지 않아도 될 만큼 충분하며, 지형상 식량은 풍부해서 기근의 염려가 없다. 그런 까닭에 백성들은 게을러서 그날그날을 그럭저럭 살아가며, 재산을 모으지 않아 가난뱅이가 많다. 이 때문에 강수·회수 이남에는 춥고 배고픈 사람도 없을 뿐 아니라 천 금을 가진 부잣집도 없다.

기수(沂水)·사수(泗水)의 북쪽은 오곡과 뽕·삼을 심고 육축을 기르기에 적당하나 땅은 좁고 사람은 많은데다 자주 수해와 가뭄이 들므로 백성들이 자진해서 저축을 한다. 그러므로 진나라·하나라·양나라·노나라의 땅에서는 농사에 힘을 기울이며 농민을 소중히 여기고 있다.

삼하(三河)·원(宛)·진(陳)의 땅도 그와 같으나 상업에도 힘을 기울이고 있다. 제나라와 조나라에서는 지교(智巧)를 부리고 기회를 보아 이익을 도모하며, 연나라와 대나라에서는 농사와 목축을 주업으로 하는 한편, 양잠에도 힘쓰고 있다.

이것으로 볼 때 현인이 묘당에서 깊이 꾀하고 조정에서 의논하고 믿음을 지켜 절개에 죽는 것이나, 세상을 피해 숨은 고사(高士)가 높은 명성을 얻으려는 것은 결국은 무엇을 위해서인가? 그것은 부귀를 위한 것이다. 그러므로 청렴한 관리도 오랜 동안 일하는 가운데 승진되어 보다 부유하게 되고, 폭리를 탐하지 않는 장사꾼도 마침내는 부유하게 되는 것이다. 부는 사람의 본성인지라 배우지 않아도 누구나 갖기를 바라는 것이다. 그러므로 장사(壯士)가 싸움에 임하여 성을 공격해서 먼저 오르고, 적진을 무찔러 적을 물리치며, 적장을 목베고 적의 깃발을 빼앗으며, 자진해서 화살과 돌을 무릅쓰고 탕화(湯火)의 어려움도 피하지 않는 것은, 그 목적이 중한 상을 받는 데 있기 때문이다. 또 마을의 젊은 사람들이 강도질을 일삼고, 사람을 죽인 다음 묻어 버리고, 협박하며 나쁜 짓을 되풀이하고, 무덤을 파헤쳐 물건을 훔치고, 돈을 위조하고 협객인 체 강탈을 하며, 같은 패들을 대신해서 목숨을 걸고 원수를 갚으며, 후미진 곳에서 물건을 빼앗고 사람을 내쫓는 등 법과 금령을 아랑곳없이, 달리는 말처럼 죽을 곳에 뛰어드는 것도 실은 모두 재물을 얻기 위해 하는 것이다. 또 조나라와 정나라의 미녀들이 얼굴을 아름답게 꾸미고, 소리 고운 거문고를 켜고, 긴소매를 나부끼며 가볍게 발을 놀리며 눈으로 이끌고 마음으로 불러서 천 리를 멀다 않고 나아가, 손님의 나이를 가리지 않는 것은 후한 부를 찾아 그러는 짓이 아니겠는가. 여가가 남아도는 귀공자들이 관과 칼을 꾸며 차고, 수행하는 거마를 따르게 하는 것도 부귀를 과시하기 위한 꾸밈인 것이다.

주살로 고기를 잡고 활을 쏘아 사냥하기 위해 새벽 일찍 나가 밤 깊어 돌아오며, 서리와 눈도 아랑곳 않고 깊은 골짜기를 뛰어 돌아다니며 맹수의 위험을 피하지 않는 것은 맛있는 것을 실컷 먹기 위해서다. 박희(博戱) · 경마(競馬) · 투계(鬪鷄) · 경견(競犬) 등으로 얼굴빛을 바꿔가며 서로 자랑하고 반드시 싸워 이기려는 것은 짐으로써 건 돈을 빼앗기고 싶지 않기 때문이다. 의술이나 그 밖의 모든 기술을 생업으로 삼고 있는 사람이 노심초사하며 재주와 힘을 짜내는 것도 막대한 사례를 얻으려 하기 때문이다. 관리가 교묘한 농간을 부리며 법문을 삐뚤어지게 해석하기도 하고, 도장과 문서를 위조해 가며 형벌을 받는 것 마저 피하지 않는 것은 뇌물에 탐닉한 때문이다. 농사꾼 · 장인 · 장사꾼들이 저축과 이식에 열을 내는 것도 원래가 부를 구하고 재산을 불리려 하기 때문이다. 부를 쌓는 일이라면 지혜와 능력을 다하는 것이 인간의 상도라 있는 힘을 다 짜내지 않으면 재물을 남에게 넘겨 주는 일을 초래하게 된다.

속담에 "백 리 먼 곳에 나가 땔나무를 팔지 말며, 천 리 먼 곳에 나가 쌀을 팔지 마라(너무 멀어서 이익이 없으니까)"고 했다. 1년을 살려거든 곡식을 심고, 10년을 살려거든 나무를 심으며, 백 년을 살려거든 덕을 베풀어라(자손에게 그 보상이 돌아가니까). 다시 말하면 사람에게 덕을 심으라는 뜻이다.

그런데 여기 관으로부터 봉록도 없고, 지위나 영지에 의한 수입도 없지만 이것들을 기진 사람들과 같은 즐거움을 가지고 있는 사람이 있는데 소봉(素封)이라 부른다. 봉(封)이란 영지로부터 조세를 거두는 것이다. 예를 들어 해마다 한 호에서 2백 전을 걷는다고 하면, 천 호의 영지를 가진 군주는 연수입이 20만 전이나 되는지라 입조(入朝)의 비용이며 제후들과의 교제비를 지출할 수가 있다. 서민인 농사꾼 · 장인 · 장사꾼의 경우 원금 1만 전에 대한 한 해 이식은 2천 전이 되므로, 백만 전의 자산이 있는 집이라면 이식은 20만 전이 되어, 병역 · 요역의 대인료(代人料)가 이 중에서 나온다. 물론 그것을 치르고도 입고 먹는 것은 욕구대로 할 수 있다.

그러므로, "연간 말 50마리, 또는 소 1백67마리, 또는 양 2백50마리를 키울 수 있는 목장, 연간 돼지 2백50마리를 키울 수 있는 습지대, 연간 천 석의 고기를 양식할 수 있는 못, 연간 1천 장(章, 章은 목재의 계산 단위)을 벌채할 수 있는 산림, 안읍의 천 그루 대추나무, 연나라 · 진나라의 천 그루 밤나무, 촉한 · 강릉의 천 그루 귤나무, 회북 · 상산 이남 및 하수 · 제수 사이의 천 그루 가래나무, 진(陳)나라 · 하나라의 천 무(畝)의 옻나무 밭, 제나라 · 노나라의 천 무의 뽕나무밭 또는 삼밭, 위천(渭川) 유역의 천 무의 대나무숲, 거기에 각국 1만 호 이상 도시의 교외에서 1무에 1종의 수확이 있는 천 무의 밭, 혹은 천 무의 연지 · 꼭두서니밭, 천 무의 생강 · 부추밭, 이상의 어느 것인가를 가지고 있는 사람들은 모두 수입에 있어서 1천 호의 영지를 가진 제후와 같다."고 했다. 이것들은 확실히 필요하고도 충분한 부의 자원인지라 그것을 가진 사람들은 시장을 기웃거릴 필요도 없고, 다른 마을로 나가 장사를 하지 않아도 되므로 가만히 앉아 수입만을 기다리기만 하면 된다. 처사와 같은 편한 마음과 몸가짐으로 유유히 생활을 할 수가 있는 것이다.

만일 집이 가난하고, 어버이는 늙고, 처자는 어리고, 세시가 되어도 조상의 제사도 지내지 못하며, 음식과 옷가지까지 자기로서는 어떻게 해볼 수 없어 친척과 친구들에게 신세를 지고 있으면서 이를 부끄러운 줄을 모르는 사람은 갈 데까지 다간 사람이다. 그래서 재물이 없는 사람들은 힘써 일하고, 약간의 재물이 있는 사람들은 지혜를 써서 더 불리려 하고, 이미 많은 재산을 가진 사람은 시기를 노려 더 큰 비약을 꾀하려 한다. 이것이 이식의 대강이다.

그런 만큼 꾸려 나가는 데 있어 자신을 위태롭게 하지 않으면서 수입을 얻으려 하는 것은 현인이 한결같이 힘쓰는 일이다. 그러므로 농업으로 부를 얻는 것이 최상책이고, 상업에 의하는 것이 그 다음이요, 간악한 수단으로 치부하려는 것이 최하책이다. 또한 세상을 등지고 산야에 묻혀 사는 청빈한 선비나 기인들이 오랫동안 가난하고 천하게 살면서 말로만 인의를 운운함도 역시 부끄러운 일이라 할 것이다.

대개 서민들은 상대방의 재산이 자기 것의 열 배가 되면 몸을 낮추고, 백 배가 되면 이를 무서워하고 꺼리며, 천 배가 되면 그의 심부름을 달게 하고, 만 배가 되면 그의 하인이 되는데, 이것은 만물의 이치다. 대체로 가난에서 벗어나 부자가 되는 길엔 농(農)은 공(工)에 미치지 못하고, 공(工)은 상(商)에 미치지 못한다. 수를 놓기보다는 시장에 나가 장사를 하라는 말은 상업이 가난한 사람들에게 있어서는 부를 얻는 가까운 길임을 뜻한다.

교통이 편리한 대도시에서는 천 독의 술, 천 병의 식초며 간장, 천 섬의 마실 것, 천 장의 소 · 양 · 돼지의 털가죽, 천 종의 쌀이나 된장, 땔나무 천 수레 또는 길이가 장장 천 장이 되는 배에 실은 땔감이나 짚, 천장의 목재, 1만 그루의 대나무 간짓대, 백 대의 작은 수레, 천 대의 소(牛)수레, 천 개의 칠기, 천 균(鈞)의 구리 그릇, 천 섬의 나무그릇 · 쇠그릇 또는 연지 · 꼭두서니, 2백 마리의 말, 5백 마리의 소, 2천 마리의 양과 돼지, 백 명의 노비, 천 근의 힘줄, 뿔, 단사, 천 균의 비단 · 풀솜 · 세포(細布), 천 필의 무늬 있는 비단, 천 섬의 탑포(榻布) · 피혁, 천 말〔斗〕의 옻, 천 홉의 누룩 · 메주, 천 근의 복어와 갈치, 천 섬의 말린 생선, 천 균의 절인 생선, 3천 섬의 대추 · 밤, 천장의 여우 · 담비의 갖옷, 천 섬의 염소 · 양의 갖옷, 천 장의 털자리, 천 종의 과일과 야채 등, 이들 물건(본전은 모두 백만 전)을 팔면 어느 것이든 1년 동안에 20만 전의 이득을 얻는다. 또는 현금 천관(백만 전)을 중개인에게 빌려주고 2할의 이식을 받아도 좋다. 이보다 이식을 높게 하면 자금 회전이 늦어져 세 번에 걸쳐 회수되고 이식이 낮으면 다섯 번에 걸쳐 회전이 된다. 어느 쪽이 됐든 이들의 수입은 천 호의 영지를 가진 제후와 같은 수준에 이른다. 이상이 소봉의 대강이지만 다른 잡일에 종사하면서 2할의 이익을 올리지 못하는 사람은 재물을 활용한다고 말할 수 없다.

다음, 거의 당세에 서울에서 천 리 이내에 살았던 현인들이 어떤 방법으로 부유해졌는지를 말하여 둠으로써 후세 사람들의 참고로 삼을까 한다. 촉 땅의 탁씨(卓氏) 조상은 조나라 사람이다. 탁씨는 제철업을 경영하여 부호가 되었다. 처음 진나라가 조나라를 깨뜨렸을 때 탁씨에게 이주를 명령했다. 포로가 된 탁씨는 재물을 약탈당했으므로 이주지로 떠나게 되었다. 함께 옮겨간 포로들로서 다소 남은 돈이 있었던 사람들은 앞을 다투어 진나라 관리에게 뇌물을 바치고 가까운 곳으로 가도록 해 달라고 부탁하여 가맹(葭萌)에 자리를 잡았다. 그러나 탁씨만은 이렇게 말했다.

"가맹은 땅이 좁고 척박하다. 들리는 소문으로는 '문산 기슭에 기름진 들이 있어 그곳에는 큰 감자가 나기 때문에 죽을 때까지 굶지 않으며, 백성들은 장사에 능숙해서 교역을 한다.' 고 했다."

그래서 멀리 옮겨 갈 것을 원하여 임공으로 가게 되었다. 그는 대단히 기뻐하며 철산(鐵山)으로 들어가 쇠를 녹여서 그릇을 만들었다. 그리고 여러모로 꾀를 써서 교역을 하며 부유해지자 전 · 촉의 백성들을 기술자로 이용했다. 그 결과, 그의 부는 노비 천 명을 부리게까지 되었을 뿐 아니라 전답과 연못에서 사냥하고, 고기잡이하는 즐거움은 임금의 그것에 비교될 정도였다.

정정(程鄭)은 산동에서 옮겨온 포로였다. 그 또한 제철을 업으로 하며 머리를 방망이 모양으로 틀어올린 백성〔西南夷〕들과 교역했다. 그 결과, 탁씨처럼 부유해진 그는 함께 임공에서 살았다.

원 땅의 공씨(孔氏)의 조상은 양나라 사람이다. 공씨는 제철을 업으로 했다. 처음 진(秦)나라가 위(魏)나라를 쳤을 때 공씨는 남양으로 이주되었다. 이주된 뒤로 공씨는 대규모로 쇠를 녹여 그릇을 만들었고, 그 이익으로 큰 연못을 가지게 되었다. 거기(車騎)를 거느리고 제후들과 노닐며, 그것을 기회로 장사에서 이익을 거두었다. 공씨가 제후들에게 보내는 선물은 언제나 대단한 것이었으므로 '유한공자(游閑公子)의 선물' 이라는 이름이 붙을 정도로 호사스러웠지만 장사의 이득은 막대한 것이어서 인색하고 좀스럽게 구는 장사치보다 훨씬 치부했다. 그 결과 그는 집에다 수천 금의 부를 쌓았으므로 남양의 장사꾼들은 모두 공씨의 배포 큰 마음을 본받았다.

노나라 사람에게는 검소하고 절약하는 풍습이 있었는데, 조(曹) 땅의 병씨(邴氏)는 그 중에서도 가장 심했다. 대장장이로부터 입신하여 거만의 부를 쌓고, 그런 뒤에도 그 집안의 부형에서 자손들에 이르기까지 "구부리면 물건을 줍고, 우러르면 물건을 취하라"고 했고, 행상을 하며 모든 군국에 걸쳐 금품을 빌려 주었다. 그 때문에 추나라 · 노나라에서는 학문을 버리고 돈벌이에 나서는 사람이 많았는데 이것은 오로지 조 땅의 병씨 영향을 받은 탓이었다.

제나라 사람은 노예를 업신여겼는데, 조간(刁間)만은 노예를 정중히 대했다. 교활한 노예는 사람들이 싫어하게 마련이었는데, 조간만은 이를 발탁하여 생선과 소금 장사를 시켜 이익을 얻었다. 조간은 거기를 거느리고 다니며 고을 태수나 나라의 재상과 서로 교제한 일도 있는 신분이었지만, 더욱 노예들을 신임하여 드디어는 그들의 협력으로 수천만 금의 부를 쌓았다. 그래서 "벼슬하여 작록을 받는 몸이 될 것이냐, 아니면 조씨의 종이 될 것이냐."는 말까지 나올 정도였는데, 이것은 조간이 뛰어난 종들을 잘 이끌어 부유하게 만들어 주고, 마음껏 그들의 힘을 주인을 위해 다 바치게 한 것을 칭찬한 것이리라.

주나라 사람은 본래 검소하고 인색하지만 그 중에서도 사사(師史)는 더욱 심했다. 수백 대의 수레를 이끌고 군국으로 나가 장사를 했는데, 그는 안 간 곳이 없었다. 낙양 시가는 제나라 · 진(秦)나라 · 초나라 · 조(趙)나라의 중심지였기 때문에 가난한 사람들은 장사 일을 부자들에게 배워 오랜 세월 동안 행상하고 산 것을 서로 자랑하며, 가끔 고향 마을을 지나가도 자기 집에는 들르지 않았다. 사사는 이러한 패들에게 일을 맡겨 장사를 시킨 결과, 능히 7천만의 재산을 쌓았던 것이다.

선곡(宣曲)의 임씨(任氏) 조상은 독도(督道)의 창고지기였다. 진나라가 패했을 때 호걸들은 모두 앞을 다투어 금 · 옥을 취했으나 임씨만은 창고의 곡식을 굴 속에 감추어 두었다. 그 뒤 초나라와 한나라가 형양에서 서로 대치하고 있는 동안 백성들은 농사를 지을 수가 없게 되자 쌀은 한 섬에 1만 전까지 뛰어 올랐다. 그로 인해 앞서 호걸들이 차지했던 금 · 옥은 모두 임씨의 것이 되고, 임씨는 부유하게 되었다. 부유한 사람들이 사치를 다툴 때, 임씨는 허세를 버리고 절약 검소하며 농사와 목축에 힘썼다. 사람들은 농사와 목축에 필요한 물건을 살 때 싼 것을 택했지만, 임씨만은 값이 비싸도 물건이 좋은 것을 골랐다. 이리하여 임씨 집안은 부호로서 여러 대가 지났는데, 지금도 이 집안 사람들은, "내 집의 농사와 목축에서 얻은 것이 아니면 입고 먹는데 쓰지 않고, 공사(公事)가 끝나기 전에는 술과 고기를 입에 대지 않는다."는 가풍을 지키고 있다. 이런 까닭으로 해서 임씨는 마을의 모범으로 우러러 보이게 되고 집안은 더욱 부유해져서 천자께서도 이들을 소중히 여겼다.

한나라가 흉노를 친 뒤 변경의 땅을 안정시켰을 때, 교요(橋姚)라는 사람만이 그 시기를 놓치지 않고 말 천 마리, 소 2천 마리, 양 1만 마리, 곡식 수만 종의 재물을 얻는 데 성공했다.

오·초 7국의 난이 일어났을 때 장안에 있는 대소 제후들이 토벌군에 가담하기 위해 이잣돈을 얻으려 했다. 그런데 돈놀이하는 사람들은 모두 "제후들의 봉읍은 관동에 있다. 관동이 잘 다스려지게 될지 어떨지는 아직 모른다."고 생각하고 아무도 빌려 주려는 사람이 없었다. 다만 무염씨(無鹽氏)만은 천금을 풀어 이자를 원금의 10배로 하여 빌려 주었다. 그리고 석 달이 지나자 오나라와 초나라는 평정되었다. 그는 따라서 겨우 1년 동안에 빌려준 돈의 10배를 이자로 받게 되고, 그 바람에 그의 재산은 관중 전체의 부와 맞먹게 되었다.

관중의 부상(富商)이나 대상(大商)은 대체로 전씨(田氏) 일족이었는데, 전색(田嗇)·전란(田蘭) 등이 그들이다. 그 밖에 위가(韋家)의 율씨(栗氏) 및 안릉(安陵)과 두(杜)의 두씨(杜氏)도 거만의 부를 지니고 있었다.

위의 사람들은 부호 중에서도 두드러진 사람들로 특히 뛰어난 존재다. 그들은 모두 작읍이나 봉록을 가지고 있는 것도 아니고, 법률을 교묘하게 운용하고 나쁜 짓을 행하여 부자가 된 것도 아니다. 모두 사물의 이치를 추측하여 행동함으로써 시운에 순응하여 이익을 얻고, 상업에 의해 재물을 쌓고, 부유한 몸이 되어서는 농사일로 돌아가 부를 지켰던 것이다. 즉 처음은 과단성을 가지고 때와 맞서 성과를 거두고, 뒤에는 떳떳이 도리를 지켜 성과를 얻었던 것이다. 그 변화에는 절도가 있고, 순서가 있어, 족히 얻을 것을 얻었다 할 것이다.

농사 · 목축 · 장인 · 나무꾼 · 행상 · 가게에 종사하면서 임기응변으로 처세하여 이익을 올림으로써 부를 이룩한 사람들 가운데는 크게는 한 군을 압도하는 사람이 있는가 하면 중간으로는 한 현을 압도하는 사람이 있고, 작게는 한 마을을 압도하는 사람도 있으니 일일이 다 들 수는 없다.

무릇 아껴 쓰고 부지런히 일하는 것은 삶의 정도를 걷는 길이다. 그런데 부자는 반드시 독특한 방법으로 남을 누른다. 농사는 재물을 모으는 데에는 탐탁한 것이 못되지만 진(秦)나라의 양씨(陽氏)는 그 농사에 의해 주(州)에서 제일 가는 부호가 되었다. 무덤을 파서 재물을 훔치는 것은 나쁜 일이지만 전숙(田叔)은 그것을 발판으로 몸을 일으켰다. 도박은 나쁜 놀이지만 환발(桓發)은 그것에 의해 부자가 되었다. 행상은 남자에게 천한 직업이지만 옹낙성(雍樂成)은 그것에 의해 부자가 되었다. 기름장사는 부끄러운 장사이긴 하지만 옹백(雍伯)은 그것으로 천 금을 얻었다. 술장사는 하찮은 장사지만 장씨(張氏)는 그것으로 천만 금을 얻었다. 칼을 가는 것은 보잘것 없는 기술이지만 질씨(郅氏)는 그것에 의해 호화로운 식사를 즐겼다. 위포(胃脯, 양의 밥통을 삶아 말린 것)팔이는 단순하고 하찮은 장사였지만 탁씨(濁氏)는 그것으로 기마 수행원을 거느리고 다니는 신분이 되었다. 마의(馬醫)는 대단찮은 처방술이지만 장리(張里)는 그것으로 인해 종을 쳐서 하인을 부를 정도의 큰 저택에 살았다. 이것은 모두 한결같은 마음으로 돈벌이에 힘쓴 때문이라 할 것이다.

이로 미뤄 볼 때 치부하는 데는 정해진 직업이 없고, 재물에는 정해진 주인이 없다. 재능이 있는 사람에겐 재물이 모이고, 못난 사람에게서는 홀연히 흩어지고 만다. 천 금을 모은 부자는 한 도시를 차지한 군주와 맞먹고, 거만의 부를 가진 사람은 왕자와 낙을 같이 한다. 그들이야 말로 이른바 소봉을 지닌 사람들이 아니겠는가?

태사공 자서(太史公自序)

옛날 전욱(顓頊)은 남정(南正, 벼슬 이름) 중(重)에게 명하여 천문(天文)을 맡게 하고, 북정(北正) 여(黎)에게 지문(地文)을 맡게 했다. 당(唐) · 우(虞) 시대에도 이를 이어받아 중씨 · 여씨의 자손에게 이를 맡게 하여 하나라 · 상나라에 이르렀다. 그러므로 중씨 · 여씨는 대대로 하늘과 땅의 질서를 다스리는 벼슬을 맡아온 셈이다.

주나라에 있어서는 정백(鄭伯, 정나라의 백작) 휴보(休甫)가 여씨의 자손이었다. 주나라 선왕 때 여씨의 자손은 대대로 지켜 내려온 벼슬을 잃고 사마씨(司馬氏)가 그 일을 대신하게 되었다. 사마씨는 대대로 주나라의 기록을 맡았으나 혜왕 · 양왕 사이에 사마씨는 주나라를 버리고 진(晉)나라로 갔다. 진나라 중군(中軍)이던 수회(隨會)가 진(秦)나라로 달아나 버리자 사마씨는 소량(少梁)으로 들어갔다. 주나라를 버리고 진나라로 간 뒤에 사마씨들은 뿔뿔이 흩어져 어떤 사람은 위나라에서 살고, 어떤 사람은 조나라에서 살고, 어떤 사람은 진나라에서 살았다. 위나라에 살던 사람은 중산국(中山國)의 재상이 되었고, 조나라에 살던 사람은 검술(劍術)의 이론을 전함으로써 후세에 명성을 날렸으니, 괴외가 바로 그의 후손이다. 진나라에 산 사람은 이름을 착(錯)이라 하며, 장의와 논쟁을 벌였는데 혜왕은 착을 장군에 임명하여 촉나라를 치게 했다. 착은 드디어 촉나라를 이기고 그곳의 태수가 되었다. 착의 손자 근(靳)은 무안군 백기(白起)를 섬겼다. 이 무렵에 소량은 하양(夏陽)으로 그 이름이 바뀌었다. 근은 무안군과 함께 장평(長平)에 진을 치고 있던 조나라 군사를 구덩이에 쳐넣어 죽이고 돌아왔다. 그는 두우(杜郵)에서 백기와 함께 자결 명령을 받아 화지(華池)에 매장되었다. 근의 손자가 창(昌)이었는데, 그는 진나라 주철관(主鐵官)이 되었다.

진시황 당시 괴외의 현손인 앙(卬)은 무신군의 장수가 되어 군대를 거느리고 조가(朝歌)를 평정했다. 제후들이 봉해져 서로 왕이 되었을 때 앙은 은나라의 왕이 되었다. 한나라가 초나라를 치자 앙은 한나라에 귀속하고 은지방을 하내군(河內郡)으로 했다. 창은 무택(無澤)을 낳았다. 무택은 한나라의 시장(市長, 장안의 4시장 중 시장의 長)이 되었다. 무택이 희(喜)를 낳았고, 희는 오대부가 되었다. 죽어서 모두 고문(高門) 땅에 장사지냈다. 희가 담(談)을 낳았으니, 담은 태사공(談은 遷의 아버지)이 되었다.

태사공 담은, 천문은 당도(唐都)에게서 배우고, 역(易)은

양하(楊何)에게서 전수받았으며, 황노의 도는 황자(黃子)에게서 익혔다. 효무제 건원 · 원봉 연간에 세상에 나와 벼슬했다. 학문하는 사람들이 학문의 본뜻을 깨닫지 못하고 그들 스승의 뜻에 어긋나 있는 것을 불쌍히 여긴 그는 음양 · 유(儒) · 묵(墨) · 형명(刑名) · 법(法) · 도(道) 등 육가(六家)의 학문에 대한 요지를 논하여 말했다.

"《역경》의 〈대전(大傳, 繫辭傳)〉에 '천하 사람들의 학설은 하나이나 거기에 이르는 사고 방법은 백 가지가 되며, 귀착되는 곳은 같으나 길은 다르다'고 했듯이, 음양가 · 유가 · 묵가 · 명가 · 법가 · 도가는 다 같이 바른 정치를 힘쓰는 것이지만 다만 그들의 내세우는 이론이 서로 길을 달리하여 어떤 것은 제대로 살핀 것도 있고, 어떤 것은 살피지 않은 것이 있을 뿐이다.

일찍이 나는 음양술을 관찰한 일이 있는데, 대단히 자세하고 금기하고 꺼리는 것이 너무 많아 보통 사람들로 하여금 구속을 받아 두려워하게 하였다. 그러나 봄 · 여름 · 가을 · 겨울 4계절의 운행의 큰 법칙을 밝힌 점만은 놓쳐서는 안 될 것이다.

유가의 학문은 크고 넓기는 하지만 요점은 적어서 번거롭기만 하고 쓸모가 적다. 그러므로 전면적으로 그것에 따르기는 어렵지만, 군신 · 부자 상호간의 예절을 마련한 것과 부부와 장유의 서열을 구별지은 점은 결코 바꿔서는 안 되는 것이다.

묵가의 학문은 절검(節儉)만을 소중히 여기고 있어 따르기가 어렵다. 그러나 근본을 튼튼히 하고, 비용을 절약하는 점은 폐할 수 없다.

법가의 학문은 엄혹하고 은애(恩愛)가 적다. 그러나 군신 · 상하의 분수를 바로잡은 점은 고칠 수 없다.

명가의 학문은 사람의 마음을 명분에만 얽매이게 하여 일의 진실을 알아보지 못하게 한다. 그러나 그 명실(名實)을 바로잡은 점은 잘 통찰하지 않으면 안 된다.

도가의 학문은 사람의 정신을 전일(專一)하게 하고, 행동은 무형(無形)의 도에 합치시켜 만물을 충족시킨다. 그 술(術)은 음양가의 천지 자연의 법칙〔四時〕에 따르고, 유가 · 묵가의 선(善)을 취하고, 명가 · 법가가 필요로 하는 점을 취하여 시대에 따라 더불어 옮겨 가고 사물에 따라 변화하며, 습속을 바로잡아 일을 베푸니 적절하지 않은 것이 없다. 그 요지는 간략해서 행하기가 쉬우므로 수고는 적게 드나 성과는 많다.

유가의 학문은 그렇지가 않다. 임금된 사람은 천하의 의표(儀表)라 군주가 창도(倡道)하면 신하가 이에 화답하고, 군주가 앞장서면 신하가 그에 뒤따라야 한다고 생각하고 있다. 이렇게 되면 군주는 지치고 신하는 무사 안일하다.

도가의 이른바 대도(大道)의 요점은, 강건(剛健)과 탐욕을 버리고 총명을 물리치며, 모든 것을 자연의 법도에 따르는 것이다. 정신을 지나치게 쓰면 메마르고 육신을 지나치게 시달리게 하면 피폐해질 수밖에 없다. 정신과 육신이 빨리 쇠해 가는데, 천지와 더불어 오래 살기를 바란다는 것은 있을 수 없다.

음양술에는 사계(四季) · 팔괘(八卦)의 방위, 12지, 24절마다 각각 그 때에 따라 해야 할 규정이 있다. 이에 따르는 사람은 번창하고 이에 역행하는 사람은 죽거나 망한다고 한다. 그러나 반드시 그런 것은 아님에도 불구하고 그것에 구애되어 두려워하는 자가 많다는 것이다. 그러나 봄에 나고 여름에 자라고 가을에 거두고 겨울에 저장하는 것은 영원히 바뀌지 않는 하늘의 법칙이니 만큼 이에 따르지 않는다면 천하의 기강을 세울 수 없게 된다. 그러므로 네 계절의 운행 법칙을 놓칠 수는 없다고 한 것이다.

유가의 학문은 육경을 법으로 하고 있다. 육경의 경서와 주석은 너무나도 많기 때문에 여러 세대에 걸쳐 배워도 그 학문에 통할 수가 없고, 그런 까닭에 크고 넓기는 하지만 요점을 잡아내기 어렵고, 번거로움이 많아도 쓸모가 적다는 것이다. 그러나 군신 · 부자의 예와 부부 · 장유의 차례를 구별지은 것은 다른 백가(百家)라도 이를 바꿀 수는 없다.

묵가의 학문 또한 요임금과 순임금의 도를 숭상하여 그 덕행을 찬양하고 있다. '당의 높이는 석 자, 흙계단은 3단으로 아주 낮고, 띠로 지붕을 이되 끝을 자르지 않으며, 참나무 서까래는 다듬지 않은 채 썼으며, 흙으로 만든 밥그릇에 먹고, 흙으로 만든 국그릇으로 마시며, 현미로 밥을 지어 먹고, 명아주와 콩잎으로 국을 끓여 먹으며, 여름에는 칡베옷을 입고, 겨울에는 사슴의 가죽옷을 입는다.'

일상 생활은 이같이 검소하게, 죽어 장사지낼 경우에는 두께 세 치의 얇은 오동나무 널을 쓰고, 소리내어 울더라도 그 슬픔을 모두 드러내지는 않는다. 상례(喪禮)를 가르치는 경우에는 반드시 위에 말한 기준을 만민의 것으로 한다는 것이 묵가 학문의 요점인데, 천하의 큰 법을 다 이같이 하면 존귀·비천의 구별은 없어진다. 세상은 자꾸 달라지고 시대는 움직이며, 사람이 하는 일은 반드시 같지가 않다. 그러므로 검약을 소중히 여길 뿐 좇기는 어렵다는 것이다. 그러나 요컨대 '근본을 튼튼히 하고 비용을 절약한다.'는 것은 사람이고 집이고 모두 충실하게 하는 길이니, 이것은 묵가 학문의 좋은 점이라 다른 백가라 하더라도 이를 버릴 수는 없다.

법가의 학문은 친소(親疎)를 가리지 않고 귀천을 구별하지 않았으며, 모두가 법에 따라 한 번에 단죄해 버리므로 친한 사람을 친하게 대하고 높은 사람을 높이 받드는 은애의 정이 끊어지고 만다. 그러므로 한때의 계책은 될 수 있어도 오랫동안 사용할 수는 없을 것이다. 따라서 '엄격하여 은애의 정이 적다.'고 하는 것이다. 그러나 임금을 높이고 신하를 낮추어, 직분을 명확히 하고 서로가 그 분수를 넘지 않게 하는 것은 다른 백가라 하더라도 이를 고칠 수는 없다.

명가의 학문은 철저하게 통찰하고 끈덕지게 매달림으로써 다른 사람이 내 의사에 반대할 수 없도록 만들려 한다. 그리고 오로지 명분에 의한 결정뿐이지 인정에 흔들리지 않으므로 사람들의 마음을 이름으로 묶어 두고 참을 보지 못하도록 만든다. 그러나 명분에 의거하여 실질을 비판하고 명분과 실질이 서로 호응하는 것에 의하여 진실을 잃지 않은 것과 같은 점은 살피지 않으면 안 된다.

도가 학문의 요점은 하는 일도 없고〔無爲〕, 하지 않는 일도 없다〔無不爲〕. 각각 그 분수를 지키기 때문에 실행하기는 쉽다 해도 그 말은 미묘해서 알기 어렵다. 그들의 학술은 허무를 근본으로 삼고 자연에 순응하는 것을 작용으로 삼는다. 일정하게 만들어진 형세도 없고, 또 일정한 형태도 없다. 그렇기 때문에 만물의 실정을 깊이 연구할 수가 있다. 만물보다 앞서지도 않고, 만물보다 뒤에 처지지도 않으므로, 만물 그것에 의해 제어해 가기 때문에 만물의 주인이 될 수 있는 것이다. 법은 있으나 고정된 법이 없고 만물의 형세에 따라 만물과 함께 일어나고 없어진다. 그렇기 때문에 성인이 가르친 발자취는 불후(不朽)의 것이나 때에 따라 변화한다는 것이다. 허(虛)는 도(道)의 상(常)이요, 만민의 마음에 의해 교화하는 것은 군주된 사람의 지킬 일이다. 그리고 여러 신하들이 나란히 쓰이게 함으로써 각자가 스스로를 밝히도록 하는 것이다. 그 실질이 그 명분에 맞는 것을 바른 것이라 하고, 맞지 않는 것을 비어있다고 한다. 빈말을 받아들이지 않으면 간악한 일은 생기지 않으며, 현명하고 현명하지 못한 것이 저절로 분명해지고, 희고 검은 것 역시 절로 명백해진다. 문제는 이것을 쓰느냐 그렇지 않느냐에 달려 있으므로 쓰려고만 하면 어느 것이나 되지 않을 것이 없다. 즉 무위(無爲)하면 대도(大道)에 합치하여 무지무형(無知無形)인 채로 천하에 빛나게 되며, 이름 지어 부를 수 없는 무명(無名)으로 돌아가는 것이다. 대체로 사람이 살아 있다는 것은 정신이 있다는 것이고, 의지하게 되는 것은 육신이다. 정신은 너무 써버리면 말라 버리고, 육신은 너무 피로하면 쓰러져 버린다. 육신과 정신이 분리되면 죽는다. 죽은 사람은 다시 살아나지 못하고, 분리된 것은 다시 돌이킬 수 없다. 그런 까닭에 성인은 정신과 육신을 소중히 여기는 것이다. 이런 점에서 보면 정신은 삶의 근본이요, 육신은 삶의 도구인 것이다. 먼저 그 정신을 바로 정립하지 않고 '내가 천하를 다스리리라' 하는 따위는 무슨 이유에 근거한 것일까?"

태사공 담은 천문을 맡고 있어서 백성을 다스리지는 않았다. 그에게는 아들이 있었는데 천(遷)이라 불렀다. 천은 용문(龍門)에서 태어나 하수 북쪽과 용문산 남쪽 땅에서 밭갈이하며 가축을 기르고 있었다. 열 살에 벌써 옛글〔古文〕을 외고, 스무 살에 남쪽의 강수와 회수를 유력하고, 회계산(會稽山)에 올라가선 그 산꼭대기에 있는 우혈(禹穴, 우임금의 장지)을 더듬고, 구의산(九疑山, 순임금의 장지)을 찾는 한편, 원수(沅水)와 상수(湘水)에 배를 띄우고 유람하다가, 북쪽으로 문수와 사수를 건너 제나라와 노나라의 도읍에서 학업을 닦았고, 공자의 유풍을 참관하며 추현(鄒縣)과 역산(嶧山)에서 향사(鄉射)의 예를 익히고, 파(鄱) · 설(薛) · 팽성(彭成)에서 고통을 겪은 다음, 양나라와 초나라를 거쳐 돌아왔다.

이리하여 천은 벼슬길에 올라 낭중이 된 뒤 칙명을 받들어 서쪽으로 파 · 촉 이남을 정벌하고, 남쪽으로 공(邛) · 작(筰) · 곤명(昆明)을 공략한 다음 돌아와 복명했다.

이 해에 천자〔武帝〕는 비로소 한나라 황실의 봉선례(封禪禮)를 행하였는데, 태사공 담은 주남(周南, 낙양)에 머물러 있어서 봉선에 참가하지 못했다. 그 일로 인해 분통이 터져 죽을 지경에 이르렀지만, 마침 아들 천이 사명을 마치고 돌아오던 중 하수와 낙수 사이에서 아버지를 만났다. 태사공은 아들 천의 손을 잡고 울면서 이렇게 말했다.

"우리 조상은 주나라 태사(太史)였다. 일찍기 아주 먼 옛날 우나라 · 하나라 시대부터 공명을 나타낸 이래 지금까지 천문에 관한 일을 맡아 왔으나, 그 뒤 중간 무렵부터 쇠해지더니 마침내는 내 대에서 끊어지려는가? 네가 또 태사가 되거든 우리 조상의 일을 이어 다오. 지금 천자께서 천세의 황통을 이어 태산에서 봉선례를 행하고 있다. 그런데 나는 그 행사에 참가할 수가 없었다. 아아, 이건 천명인 게지, 천명인 게지. 내가 죽거든 반드시 너는 태사가 되어라. 태사가 되거든 내가 논저하려던 바를 잊지 말아라. 또 효란 것은 어버이를 섬기는 것이 처음이고, 임금을 섬기는 것이 중간이고, 입신하는 것이 끝이다. 이름을 후세에까지 떨쳐 부모를 드러나게 하는 것은 큰 효인 것이다. 천하 사람들이 주공을 칭송하는 것은 주공이 능히 문왕과 무왕의 덕을 노래하고, 주(周) · 소(召) ― 《시경》의 〈周南篇(주남편)〉 · 〈소남편(召南篇)〉 ― 를 선양하며, 태왕(太王)과 왕계(王季)가 생각하던 것을 성취하고, 다시 거슬러 올라가 공유(公劉)에게 미치고, 후직(后稷)을 존중했기 때문이다. 주나라 유왕과 여왕 이후로 왕도는 무너지고 예악은 쇠했다. 공자는 옛것을 닦아 버려진 것을 다시 일으켜 《시경》 · 《서경》을 논하고, 《춘추》를 지었다. 학자들은 지금에 이르도록 이것을 본받고 있다. 획린(獲麟)[18]에서 지금까지 4백여

18. 노애공 때 기린을 잡았는데, 공자는 이 때를 《춘추》 기록의 하한선으로 잡았다. 즉 공자의 시대를 말한다.

년 동안 제후들은 겸병(兼併)에 힘쓰고 사관(史官)의 기록은 방기된 채 끊어지고 말았다. 지금 한나라가 일어나 해내는 통일되고, 명주(明主)와 현군(賢君)이 있고, 또 의를 위해 죽은 충신 · 열사도 있다. 나는 태사로 있으면서 그것들에 대해 평론하고 기재하지 못함으로써 천하의 사기(史記)를 없애 버리고 말았다. 나는 이 일을 심히 두려워하고 있다. 너는 이런 내 마음을 알아다오."

천은 고개를 숙이고 눈물을 흘리며 말했다.

"소자는 불민하옵니다만 아버님께서 간추려 놓으신 옛이야기들을 모조리 논술하여 감히 빠뜨리는 일이 없도록 하고자 합니다."

태사공이 죽은 지 3년이 되자, 천은 태사령이 되어 사관의 기록과 석실(石室) · 금궤(金匱) — 모두 나라의 책들을 간직하는 곳 — 의 책들을 모아 엮었다. 그로부터 5년이 지나 태초 원년이 되었다. 그해 11월 갑자 삭단(朔旦) 동짓날에 천력(天歷, 太初歷)이 비로소 시행되고, 명당(明堂)을 세워 각 고을 산천의 모든 신들에게 제사지냈다.

태사공 천은 말한다.

"일찍이 아버지는, '주공이 죽고 5백 년이 지나 공자가 태어났다. 공자가 죽은 지 지금이 5백 년이다. 능히 큰 도가 밝았던 세상을 이어받아 《주역》의 〈계사전(繫辭傳)〉을 바로잡고 《춘추》의 뒤를 쓰고 《시》 · 《서》 · 《예》 · 《악》의 근원을 구명할 사람이 나타날 것이다'고 했는데, 아버지의 생각과 뜻이 여기에 있었던 것일까. 내 어찌 감히 겸손만 부리고 있겠는가?"

상대부 호수(壺遂)가 말했다.

"옛날 공자는 무엇을 위해 《춘추》를 지었습니까?"

태사공 천은 말했다.

"나는 동중서에게 들은 바가 있습니다. 즉 '주나라 도가 쇠미해지고 폐지되자, 공자가 노나라 사구(司寇)가 되었다. 제후들은 이를 싫어하고 대부는 이를 꺼렸다. 공자는 자기의 언사(言辭)가 쓰여지지 않고, 도가 행해지지 못할 것을 알자, 2백 42년 동안의 노나라 사적(事蹟)의 옳고 그름을 따져 천하의 본보기로 삼았다. 천자일지라도 잘못이 있으면 깎아 내리고, 제후들의 무도함을 물리치며, 대부의 불의를 성토함으로써 왕이 할 일을 이룩했다.'는 것입니다. 또 공자는, '나는 이것을 추상적인 말로 기재하려 했었으나, 구체적인 사실로 표현하는 쪽이 보다 절실하고 명백했다.'고 말하고 있습니다. 《춘추》는 위로는 삼왕의 도를 분명히 하고, 아래로는 사람들이 하는 일의 기강을 정하여 의심나는 곳을 풀고 옳고 그른 것을 밝히며, 아직 결정하지 못한 것을 결정하여 선(善)을 선이라 하고, 악(惡)을 악이라 하며, 현(賢)을 현이라 하여 불초(不肖)를 천하게 만들며, 망해서는 안 될 나라가 망한 것을 다시 일으키고, 끊어져선 안 될 집안이 끊어진 것을 다시 잇게 하며, 바른 것이면서 없어진 것을 보완하여 일으켰으니, 이는 실로 왕도(王道)의 중요한 것이라 할 것입니다. 《역경》은 천지 · 음양 · 사시 · 오행의 운행 원리를 분명히 했습니다. 그러므로 변화의 서술에 뛰어나 있습니다. 《예기》는 인륜의 기강을 다루었기 때문에 사람의 행실을 바르게 하는 것에 대한 서술에 뛰어나 있습니다. 《서경》은 선왕의 사적을 기록했습니다. 그러므로 정치의 서술에 뛰어나 있습니다. 《시경》은 산천 · 계곡 · 금수 · 초목 · 빈모(牝牡) · 자웅(雌雄)에 대해 기록했습니다. 그러므로 풍유(諷諭)에 뛰어나 있습니다. 《악경》은 입신하는 즐거움을 기록했습니다. 그러므로 화(和)의 서술에 뛰어나 있습니다. 《춘추》는 옳고 그른 것을 분별한 것입니다. 그러므로 사람을 다스리는 데 대한 서술에 뛰어나 있습니다. 이러한 까닭으로 《예기》는 사람을 절도 있게 하고, 《악경》은 사람의 마음에 화합을 일으켜 주고, 《서경》은 사실을 가르치고, 《시경》은 정의(情意)를 창달시키고, 《역경》은 변화를 가르치고 《춘추》는 대의(大義)를 가르치고 있습니다. 어지러운 세상을 다스려 이를 바른 데로 이끄는 길로는 《춘추》가 가장 가깝습니다. 《춘추》는 수만의 글자로 되어 있으며, 그 뜻 또한 수천에 달합니다. 만사의 취산(聚散)은 모두 《춘추》에 실려 있습니다. 《춘추》에만도 임금을 사해한 것이 36건이고, 나라를 망친 것이 52건, 도망을 쳐서 그 사직을 지키지 못한 제후는 이루 다 헤아릴 수 없습니다. 어떻게 그렇게 되었는지 이유를 밝혀 보면, 모두 근본을 잃은 점에 귀착됩니다. 그런 까닭에 《역경》에는 '아무도 하찮은 호리(毫釐)의 작은 잘못이라도 그 결과는 천 리의 차이를 낳는다' 고 했고, 또 '신하가 임금을 시해하고, 자식이 아버지를 죽이는 것은 일조 일석(一朝一夕)의 이유에서 그렇게 되지는 않는다. 오랜 동안에 걸쳐 쌓이고 쌓인 잘못이 그런 결과를 가져온다.' 고 했습니다. 그러므로 나라를 가진 임금이 《춘추》를 모르면 안 됩니다. 이를 모르면 면전에서 참언을 당한다 해도 눈치채지 못하고, 배후에 역적이 있다 해도 알지 못합니다. 신하된 자도 마땅히 《춘추》를 알아야 합니다. 이를 모르면 경상사(經常事)를 당해도 의당 지킬 점을 모르며 알맞은 일을 깨닫지 못하고, 변사를 당해도 그 변에 알맞은 처치를 할 줄 모릅니다. 남의 임금과 아버지가 되어 《춘추》의 의에 통하지 못하는 자는 반드시 원흉이라는 악명을 듣게 될 것입니다. 남의 신하나 자식된 사람으로 《춘추》의 의에 통해 있지 못한 자는 반드시 찬탁이나 시역의 벌을 받아 죽게 될 것입니다. 사실 그들은 모두 선으로 여기고 행하지만, 그 큰 뜻을 모르기 때문에 터무니없이 악명을 쓰고도 감히 그 죄를 벗어나지 못하는 것입니다. 무릇 예의(禮義)의 근본 뜻에 통해 있지 못하면 임금은 임금답지 못하고, 신하는 신하답지 못하며, 아버지는 아버지답지 못하고, 자식은 자식답지 못한 상태로 되고 맙니다. 임금이 임금다운 참모습이 없으면 신하에게 침범을 당하고, 신하가 신하다운 참모습이 없으면 임금에게 죽임을 당하고, 아버지가 아버지다운 참모습이 없으면 무도한 아버지가 되고, 자식이 자식다운 참모습이 없으면 효자가 되지 못합니다. 이 네 가지 일은 천하의 큰 잘못입니다. 천하의 큰 잘못으로 비방을 당해도 이것을 받아들이고 벗어나려 하지 않습니다. 그러므로 《춘추》는 예의의 근간인 것입니다. 예란 것은 일이 아직 생기기 전에 막아 누르는 것이며, 법은 이미 생겨난 다음에야 실시하는 것입니다. 법의 효과는 눈에 잘 보이지만 예가 미리 막을 수 있다는 것은 알기 어렵습니다."

호수는 말했다.

"공자 시대에는 위에 명군이 없어, 아래에서 임용되지 못했습니다. 그래서 공자는《춘추》를 지어 글 속에서 예의에 비추어 이를 논단함으로써 한 사람의 왕자의 법에 맞게 했던 것입니다. 그런데 지금 선생은 위로는 밝으신 천자가 계시고, 아래로는 공정한 직을 지키게 되었습니다. 모든 것이 다 갖춰져 있고, 모든 것은 의당 각각의 질서를 유지하고 있습니다. 선생께서 논하는 것은 무엇을 밝히려 하는 겁니까?"

태사공은 말했다.

"네, 네. 하지만 그런 것이 아닙니다. 나는 돌아가신 아버지로부터 '복희(伏羲)는 지극히 순후하여《역경》의 팔괘를 만들었다. 요임금과 순임금의 성덕은《상서》가 이를 싣고 있다. 예악은 여기에서 일어난 것이다. 은나라 탕왕과 주나라 무왕의 융성은 시인이 이를 노래하고 있다.《춘추》는 선을 취하고 악을 폄하며, 하 · 은 · 주 삼대의 덕을 추앙하고 주왕실을 찬양하고 있다. 다만 풍자하고 비방만 한 것은 아니다.' 고 들었습니다. 한나라가 일어난 뒤로 밝으신 천자〔孝武帝〕에 이르러 보정(寶鼎)과 기린을 얻는 상서(祥瑞)에 접해 봉선을 하고, 정삭(正朔, 책력)을 다시 정하고, 복색을 바꾸어 천명을 청화한 기운으로 받고, 덕택(德澤)이 끝없이 흘러 해외의 이민족으로서 몇 번이나 통역을 바꿔가며 변경 땅으로 찾아와서는 조정에 들어 헌상 · 알현할 것을 청원한 자가 이루 헤아릴 수 없었습니다. 문무 백관들이 애써 성덕을 찬양하고 있지만 그것으로도 오히려 그 뜻을 이루 다 말할 수가 없는 것입니다. 또 선비가 총명하고 재능이 있는데도 등용되지 못하는 것은 나라를 가진 임금의 부끄러움이며, 임금이 밝고 거룩한 데도 그 덕이 천하에 유포되어 전하지 못함은 유사의 잘못입니다. 지금 제가 기록하는 벼슬을 맡아 있으면서 밝고 거룩한 천자의 성덕을 버려 둔 채 기록하지 않고, 공신(功臣)·세가(世家)·현대부(賢大夫)의 업(業)을 멸각한 채 기술하지 않았으니, 선친이 이르시던 말을 어긴 것으로 이보다 큰 죄는 없습니다. 나는 이른바 고사(故事)를 적어 대대로 전해 내려오던 것을 간추려 보려는 것이지 소위 창작을 하려는 것은 아닙니다. 그러므로 당신이 이를 《춘추》와 비교하는 것은 잘못입니다."

이리하여 《사기(史記)》의 글은 논찬되었지만, 그로부터 7년 만에 태사공 천은 이릉(李陵)의 화[19]를 입고 옥에 갇혔다. 그는 탄식해 말했다.

"이것아 내 죄인가? 이것이 내 죄인가? 이제 내 몸은 병신이 되었으니 세상에 쓰여지진 못하리라."

형을 받고 물러난 뒤 그는 깊이 생각한 끝에 말했다.

"무릇 《시경》과 《서경》의 뜻이 은미하고 말이 간략한 것은 그 마음이 뜻한 바를 이룩하려 했기 때문이다. 옛날 서백(西伯, 주나라 문왕)은 은나라 주왕에 의해 유리(羑里)에 갇혀 있었기 때문에 《주역》을 풀이했고, 공자는 진나라와 채나라 사이에서 고생을 겪음으로써 《춘추》를 지었고, 초나라 굴원(屈

19. 흉노에게 잡힌 이릉을 변호하다가 사마천은 궁형(宮刑)을 받았다.

原)은 쫓겨나 귀양살이를 함으로써 《이소(離騷)》를 지었고, 좌구명(左丘明)은 눈이 멀었기 때문에 《국어(國語)》가 있고, 손자(孫子)가 다리의 무릎뼈를 잘림으로써 《병법(兵法)》을 논했고, 여불위(呂不韋)가 촉나라로 쫓겨남으로써 세상에 《여람(呂覽,呂氏 春秋)》이 전해지게 되었고, 한비(韓非)는 진나라에 갇힌 몸이 되어 《세난(說難)》·《고분(孤憤)》을 남겼으며, 또 시 3백 편은 대개 현성(賢聖)이 분발하여 지은 것이다. 결국 사람은 모두 마음이 답답하고 맺힌 바가 있어 그 도를 통할 수가 없기 때문에 지나간 일을 말하며 장차 올 일을 생각하는 것이다."

이리하여 드디어 도당(陶唐, 堯)으로부터 인지(麟止)[20]에 이르기까지를 서술했다. 그 기록은 황제(皇帝)에서 시작된다.

옛날에 황제(黃帝)는 하늘과 땅을 법칙으로 삼았고, 사성(四聖, 전욱 · 제곡 · 요 · 순)은 사계절의 운행에 따라 각각 그 법도를 제정했다. 당요(唐堯)가 천자의 자리를 물려주었을 때 우순(虞舜)은 기뻐하지 않고 마지못해 받았다. 천하는 이들 황제의 공적을 칭찬하여 만세에까지 이것을 전한다. 그래서 〈오제본기(五帝本紀)) 제1〉을 지었다.

우임금의 치수(治水) 공적은 구주가 한결같이 입어 당 · 우 시대를 빛내며 자손에게까지 미쳤다. 하나라의 걸왕은 음란

20. 원수 원년(기원전 122년)에 효무제는 옹에서 백린(白麟)을 얻고, 대시(大始) 2년(기원전 95년)에 금을 부어 기린의 말굽 모양을 만들었다. 《춘추》가 획린에서 붓을 놓는 것에 따라 사마천 역시 여기에서 《사기》를 끝내려 했다.

하고 교만했기 때문에 명조(鳴條)로 쫓겨났다. 그래서 〈하본기(夏本紀) 제2〉를 지었다.

설(契)은 상나라를 일으켜 성탕(成湯)에까지 이르렀다. 태갑(太甲)은 동(桐)에 있으면서 그 덕은 아형(阿衡, 재상)이던 이윤의 도움으로 성하게 되었다. 무정(武丁)은 부열(傅說)을 찾아내어 고종(高宗)이라 불렀다. 제신(帝辛, 紂)은 주색에 빠져 제후들이 섬기지 않았다. 그래서 〈은본기(殷本紀) 제3〉을 지었다.

기(棄)는 후직이 되었으며, 그 덕은 서백 때에 이르러 성대해졌다. 무왕은 목야에서 은나라의 주왕을 물리치고 천하를 위무했다. 유왕과 여왕은 어둡고 음란해서 풍 · 호를 잃고, 점차로 약해져서 난왕(赧王)에 이르러 드디어 낙읍에서 조상의 제사가 끊어졌다. 그래서 〈주본기(周本紀) 제4〉를 지었다.

진(秦)나라의 선조 백예(佰翳)는 우임금을 도왔다. 목공은 대의를 생각하고 효산에서 전사한 군사들을 슬퍼했다. 또 그가 죽음을 맞게 되자 사람들을 순장하게 했다. 《시경》의 〈진풍(秦風) · 황조편(黃鳥篇)〉은 이에 대한 슬픈 노래다. 소왕과 양왕은 제업(帝業)의 기초를 쌓았다. 그래서 〈진본기(秦本紀) 제5〉를 지었다.

진시황이 즉위한 다음 6국을 겸병하고 병기를 녹여 종을 만들었다. 그리고 방패와 갑옷을 못쓰게 하였으나, 그후 존칭을 붙여 황제(皇帝)라 하고, 무(武)를 자랑하여 힘대로 굴었다. 2세 황제가 그 운을 받았으며, 자영(子嬰)은 한나라에 항복하여 포로가 되었다. 그래서 〈시황본기(始皇本紀) 제6〉을 지었다.

진나라가 정도(政道)를 잃자 호걸들이 함께 일어나 천하는 어지러워졌다. 항량(項梁)이 군사를 일으켰고, 항우가 뒤를 따라 경자관군(慶子冠軍, 宋義)을 죽이고, 조나라를 구했다. 제후는 그를 우러러보았다. 그러나 진의 자영을 죽이고, 초나라 회왕을 배반하자 천하는 모두 이를 그르다고 했다. 그래서 〈항우본기(項羽本紀) 제7〉을 지었다.

항우는 포학했으나 한왕은 공덕을 쌓았고, 촉한 땅에 봉해진 것에 분노하여 돌아와선 관중 땅을 평정한 뒤 항우를 무찔러 죽이고 제업을 이룩했다. 천하가 안정되자 제도를 고치고 풍속을 바꾸었다. 그래서 〈고조본기(高祖本紀) 제8〉을 지었다.

혜제가 일찍 죽자, 여씨 일족은 백관과 백성들의 미움을 샀다. 여태후가 여록(呂祿)과 여산(呂産)의 신분을 높여 권력을 강화시키자 제후들이 모반을 꾀했다. 조나라의 은왕(隱王) 여의(如意)를 죽이고, 유왕 우(友) 또한 유폐하자 대신들이 의구심을 품게 되었고, 드디어 종족의 화에까지 미쳤다. 그래서 〈여태후본기(呂太后本紀) 제9〉를 지었다.

한나라가 처음 일어났을 때는 후사를 잇는 일이 분명치 못했으나 대왕(代王)을 맞아 천자의 자리에 오르게 하니 천하 인심이 하나로 돌아왔다. 육형(肉形, 髖形 · 刖形 · 宮形)을 없애고, 관소와 교량을 개통시켜 은혜를 널리 베풀었으므로 태종(太宗)이라 불려졌다. 그래서 〈효문본기(孝文本紀) 제10〉을 지었다.

제후들이 교만 방자해져서 오왕 비가 주동이 되어 반란을 일으켰다. 조정에서는 군대를 보내 주벌을 행하니 오 · 초 등 7국은 그 죄를 받았다. 천하는 통일되고 크게 안정을 얻어 부유해졌다. 그래서 〈효경본기(孝景本紀) 제11〉을 지었다.

한나라가 일어난 지 5대가 되었지만 그 융성은 건원 연간에 절정에 달했다. 밖으로는 만이들을 물리치고, 안으로는 법도를 정비하며, 봉선 의식을 행하고, 정삭(正朔)으로 고치고 복색을 바꿨다. 그래서 〈금상본기(今上本紀, 孝武本紀) 제12〉를 지었다.

하 · 은 · 주 삼대의 사적은 너무도 멀어서 구체적인 연대는 살펴볼 수가 없다. 대체로 이것을 보첩(譜牒)에서 취하고, 옛날 문헌들에서 취하여 이를 근본으로 하고 여기에 대강 추정하여 〈삼대세표(三代世表) 제1〉을 만들었다.

유왕과 여왕의 이후로 주왕실이 쇠미해지자 제후들이 정권을 휘둘렀다. 그것에 대해서는 《춘추》의 각국 기록에도 적혀 있지 않은 것이 있다. 그러나 보첩에 기록되어 있는 경략(經略)의 자취를 더듬어 보면 오패가 번갈아 성쇠했다. 그래서 주나라 시대의 제후들이 서로 앞서거니 뒤서거니 하며 성쇠한 의미를 살펴보고자 〈십이제후연표(十二諸侯年表) 제2〉를 만들었다.

춘추시대 이후로 배신(陪臣)들이 정권을 잡고, 강국들이 서로 왕이 되었다. 진나라에 이르러 드디어 중원의 제후국을 통합, 그들의 봉토를 없애 버리고 제멋대로 황제의 칭호를 사용했다. 그래서 〈육국연표(六國年表) 제3〉을 만들었다.

진나라가 포학했기 때문에 초나라 사람〔陳勝 · 吳廣〕이 반란을 일으켰다. 항우가 드디어 난을 자행하여 의제(義帝)를 시살했으므로 한왕은 대의명분을 들고 일어나 이를 정벌했다. 8년 동안에 천하에는 세 번의 정변이 있었고, 사건은 복잡하고 변화가 많았다. 그런 까닭에 자세하게 〈진초지제월표(秦楚之際月表) 제4〉를 만들었다.

한나라가 일어나 금상의 태초 연간에 이르기까지의 백 년 동안은 제후가 폐립되고, 혹은 분봉되고, 혹은 땅이 깎였지만 보첩의 기록은 분명치가 않다. 이것은 유사가 강약책(强弱策)의 근원을 계속 규명하지 못한 때문이라 하겠다. 그래서 〈한흥이래제후연표(漢興以來諸侯年表) 제5〉를 만들었다.

고조가 처음 천하를 취할 때, 보좌한 신하와 공신들은 할부를 받아 봉작되었고, 그 은택은 자손에게까지 전해졌다. 그런데 대대로 누린 은혜를 잊고서 혹은 몸을 죽이고, 혹은 나라를 망쳤다. 그래서 〈고조공신후자연표(高祖功臣侯者年表) 제6〉을 만들었다.

혜제와 경제 연간에 고조의 공신으로서 아직 남아 있는 사람들을 예우하여 벼슬을 높여주고 또 종족들에게 작읍을 주었다. 그래서 〈혜경간후자연표(惠景間侯者年表) 제7〉을 만들었다.

북쪽으로 강대한 흉노를 토벌하고, 남쪽으로는 강력한 월나라를 무찔러 오랑캐들을 평정함으로써 그 무공에 따라 열후에 봉해진 사람이 많다. 그래서 〈건원이래후자연표(建元以來侯者年表) 제8〉을 만들었다.

제후들이 강성해져서 오·초 등 7국이 연합하여 반란을 일으켰다. 그 뒤 제후들의 자제가 많아졌으므로 작록과 봉읍이 없을 경우엔 제후가 그 영지를 그들 자제에게 나눠주어 그로써 은혜를 입고 의를 행하게끔 했다. 그로 인해 제후들의 세력은 약해져서 위덕(威德)은 모두 한왕실로 돌아갔다. 그래서 〈왕자후자연표(王子侯者年表) 제9〉를 만들었다.

나라에 어진 재상과 훌륭한 장수가 있으면 백성의 사표로 할 수 있다. 한나라가 일어난 뒤의 장군 · 재상 · 명신의 연표를 만들어 보이고, 어진 사람에 대해서는 그의 치적을 기록토록 하고, 어질지 못한 사람은 그가 한 일을 분명히 밝혔다. 이리하여 〈한흥이래장상명신연표(漢興以來將相名臣年表) 제10〉을 만들었다.

하 · 은 · 주 삼대의 예는 각각 줄이고 더한 곳이 있는데, 그것은 각각 그 힘쓰는 바를 달리하고 있기 때문이다. 그러나 결국은 사람의 본성에 가깝게 하고, 왕도에 통하는 것을 본뜻으로 삼고 있다. 그런 까닭에 예는 사람의 본질을 바탕으로 절문(節文)하여 대략 고금의 변화에 맞게끔 되어 있다. 그래서 〈예서(禮書) 제1〉을 지었다.

음악은 풍속을 옮기고 습속을 바꾸는 것이다. 《시경》의 아(雅)와 송(頌)이 바른 음악으로 흥했을 때에는 사람들은 벌써 정(鄭) · 위(衛)나라의 음탕한 음악을 좋아하고 있었다. 정 · 위의 음탕한 음악이 유래된 지는 오래되었는데, 사람의 정감의 흐름은 같은지라 음악을 사용하면 먼 곳의 풍속이 다른 사람들에게도 정답게 들린다. 그래서 고래로부터 음악에 대해 말한 글을 한데 묶어 〈악서(樂書) 제2〉를 만들었다.

병력이 없으면 나라는 강할 수 없고, 은덕이 없으면 나라는 창성하지 못한다. 황제 · 탕왕 · 무왕은 병력에 의해 일어나고, 걸왕과 주왕과 진나라 2세 황제는 악덕에 의해 망했으니 삼가지 않을 수 있겠는가? 〈사마법(司馬法)〉에 전해 온 지는 오래다. 태공망 · 손자 · 오자 · 왕자 성보(成甫)가 잘 이어 받아 이를 밝혀 왔는데 근세로 오며 더욱 절실하게 인사(人事)의 변화를 깊이 연구하여 다루고 있다. 그래서 〈율서(律書, 兵書) 제3〉을 만들었다.

율(律)은 음(陰)에 입각하여 양(陽)을 다스리고, 역법(曆法)은 양에 입각하여 음을 다스린다. 율과 역이 서로 음과 양을 다스리며 조금도 틈을 주지 않는다. 황제 · 전욱 · 하 · 은 · 주의 역은 각기 서로 다르다. 이리하여 태초 원년부터 역을 논하게 되어 〈역서(曆書) 제4〉를 만들었다.

성신(星辰)과 기상(氣象)에 관한 글은 길흉 화복에 관한 것을 잡다하게 섞어 넣어서 믿기 어려운 점이 있다. 그러나 그 글을 추정하여 응용을 생각해 보면 그리 특별난 것도 아니다. 그래서 그 글들을 모아 그 행사(行事)를 논하고 차례를 세워 성신 운행(星辰運行)의 법도를 조사 시험하여 〈천관서(天官書) 제5〉를 만들었다.

천명을 받아 왕이 되더라도 상서로운 징조가 있어 봉선을 행하는 일은 드물다. 이를 행하면 만물의 영은 제사를 받지 않는 것이 없다. 그래서 평산대천의 여러 신들에게 제사 지내는 예의 본원을 거슬러 올라가 연구함으로써 〈봉선서(封禪書)

제6〉을 만들었다.

우임금은 하천의 준설작업으로 홍수를 다스렸으므로 구주가 안정을 얻었다. 그래서 막힌 물을 통하게 하고, 넘치는 물은 둑으로 막고, 개천을 끊어 도랑을 튼 것을 말하여 〈하거서(河渠書) 제7〉을 만들었다.

화폐의 유통은 농(農) · 상(商)의 교역을 위한 것이다. 그런데 화폐를 쓰게 된 궁극에 가서는 교활한 꾀를 쓰는 자, 땅과 집을 겸병하는 자들이 점점 늘어나 투기의 이익을 다투는 바람에 근본을 떠나 갈 때까지 가 버렸다. 그래서 일의 변천을 알아보기 위해 〈평준서(平準書) 제8〉을 만들었다.

주나라 태백(太伯)은 계력(季歷)을 피해 강남의 오랑캐 땅〔吳〕으로 갔다. 그래서 문왕과 무왕이 일어나게 되었다. 오나라는 고공(古公, 大王)이 왕도를 창업한 유적이라고도 할 수 있다. 합려는 오왕 요(僚)를 죽이고 형초(荊楚)를 굴복시켰다. 부차가 제나라와 싸워 이기고, 오자서는 말가죽에 싸여 물속에 던져졌다. 재상 백비(伯嚭)를 신임하여 월나라와 친함으로써 오나라는 망해 버렸다. 태백이 계력에게 양위한 것을 가상히 여겨 〈오세가(吳世家) 제1〉을 지었다.

신(申) · 여(呂) 두 나라가 쇠약해지자. 상보(尙父, 太公望)는 미천해졌으므로 마침내 서백에게 귀화했는데, 문왕과 무왕은 그를 스승으로 우러러 모셨다. 그의 공적은 여러 사람 가운데서 가장 뛰어났고, 그가 세운 계획은 깊이가 있었다. 나이 들어 머리털이 황백(黃白)색으로 변한 그는 제나라 영구

(營丘)에 봉해졌다. 가(柯)의 맹약을 저버리지 않았기 때문에 환공은 크게 되어 제후를 아홉 번 모아 패자로서의 공적이 현저했다. 그 뒤 전씨(田氏)와 감씨(闞氏)가 임금의 총애를 다퉜기 때문에 강성(姜姓, 太公)의 자손은 무너져 망하고 말았다. 상보의 꾀를 가상히 여겨 〈제태공세가(齊太空世家) 제2〉를 지었다.

무왕이 죽자 어떤 자는 주나라에 복종하고, 어떤 자는 주나라를 배반했다. 주공 단(旦)이 이를 평정시킨 뒤 분발하여 문덕(文德)을 베풀자 천하가 이에 화응했다. 이처럼 그가 성왕(成王)을 보좌했기 때문에 제후들은 주나라를 종실로서 우러르게 된 것이다. 그런데 노나라의 은공과 환공 시대에는 어째서 그 같은 주공 단의 자손이 쇠하게 되었을까? 같은 종족인 삼환(三桓)이 서로 세력을 다투었기 때문에 노나라가 번영하지 못했던 것이다. 주공 단의 금등(金縢)[21]을 아름답게 여겨 〈주공세가(周公世家) 제3〉을 지었다.

무왕이 주왕을 이겼으나 천하가 아직 화합되기 전에 죽었다. 성왕이 어렸으므로 관숙(管宿)과 채숙(蔡宿)은 섭정인 주공을 의심하고, 회이(淮夷)는 배반했다. 그래서 소공(召公)은 덕치로 왕실을 편케 하는 한편 동방의 여러 나라도 이로써 안정시켰다. 그러나 연왕 쾌의 양위는 마침내 화란을 불러 일으켰다. 감당(甘棠)의 시[22]를 가상히 여겨 〈연세가(燕世家) 제4〉

21. 주나라 무왕이 앓고 있을 때 주공은 자기가 대신 죽기를 빌었었는데, 그 맹세한 글이 들어 있는 상자.

22. 소공의 유덕을 찬양한 《시경》 〈소남〉의 시.

를 지었다.

관숙과 채숙은 무경(武庚, 주왕의 아들)을 도와 옛 은나라의 영토를 안정시키려 했으나 주공 단이 섭정이 되자 두 사람은 주왕실을 받들지 않았다. 그래서 주공 단은 관숙을 죽이고, 채숙을 추방한 다음 주왕실에 대한 충성을 다했다. 태임(太任, 文王의 妃)은 아들 10명을 낳았고, 주왕실은 강성해졌다. 중(仲, 채숙의 아들)이 허물을 뉘우친 것을 가상히 여겨 〈관채세가(管蔡世家) 제5〉를 지었다.

무왕이 천하를 평정하고 나서 성왕의 자손을 찾아 봉했다. 순임금과 우임금의 성덕을 흠모한 때문이다. 덕이 크게 밝아 있으면 그 자손들이 음덕을 입어, 백세 뒤까지도 제사를 받게 되는 것이다. 주나라 때 진(陳, 순임금의 자손)·기(杞, 우임금의 자손)나라가 있었지만, 초나라가 이들을 멸망시켰다. 그러나 그때에는 이미 제나라 전씨(田氏, 陳의 일족)가 이미 일어나고 있었다. 이처럼 자손에게 은택을 베푼 순임금은 얼마나 덕이 큰 성왕이었던가? 그래서 〈진기세가(陳杞世家) 제6〉을 지었다.

무왕은 은나라의 유민들을 포섭하여 강숙(康叔, 무왕의 동생)을 처음 그 땅에 봉하게 했다. 무왕은 은나라의 주왕이 음란했음을 들어 강숙을 훈계하고, 〈주고(酒誥)〉·〈자재(梓材)〉—尙書의 篇名—로써 주색의 해독을 타일렀다. 삭(朔, 惠公)이 태어난 뒤로 위나라는 기울기 시작해서 안정되지 못했다. 남자(南子, 靈公의 부인)가 태자 괴외를 미워했기 때문에 괴외는 달아나고, 그의 아들 첩(輒)이 임금이 되었다. 주왕실의 덕이 쇠미해서 전국시대의 제후들은 강대해졌다. 위나라는 약하고 작은 나라였으나, 진나라 통일 후 각(角, 임금 이름)의 시대에 멸망했다. 저 강고(康誥)를 가상히 여겨 〈위세가(衛世家) 제7〉을 만들었다.

슬프다 기자(箕子)여! 슬프다 기자여! 바른 말을 해도 받아들여지지 않자 미치광이로 가장, 마침내 종이 되었다. 무경이 죽은 다음 주나라는 그 뒤에 미자(微子, 紂의 庶兄)를 봉했다. 송나라 양공은 군자의 예를 지키려다가 초나라에게 홍수(泓水)에서 패했다. 예를 지킨 양공을 칭찬하지 않으면 어떤 군자를 칭찬하겠는가? 경공이 겸양의 덕을 지켰으므로 형혹(熒惑, 화성)이 운행을 바꾸어 송나라에서 물러났고, 척성(剔成, 偃의 잘못)이 포학했기 때문에 송나라는 마침내 멸망했다. 미자가 태사(太師, 기자)에게 정치의 도리를 물은 것을 가상히 여겨 〈송세가(宋世家) 제8〉을 지었다.

무왕이 죽고 숙우(叔虞, 成王의 아우)가 당(唐, 뒤의 晉)에 봉해졌다. 목공이 태자를 구(仇)라 이름짓고, 막내아들을 성사(成師)라고 이름지었으므로, 군자들이 태자의 이름을 비방했었는데, 결국은 진나라 곡옥(曲沃)의 무공(武公, 成師의 자손)에게 멸망했다. 헌공이 여희(驪姬)와의 사랑에 빠진 탓으로 진나라는 5대에 걸쳐 어지러웠다. 중이(重耳, 文公)는 뜻을 얻지 못하고 제후국을 떠돌아다녔으나 마침내 패업을 이룩했다. 6경이 정권을 멋대로 휘두른 때문에 진나라는 힘을 잃었다. 문공이 규(珪, 옥술잔)와 창(鬯, 기장으로 빚은 술)을 받은 일을 가상히 여겨 〈진세가(晉世家) 제9〉를 지었다.

중(重)·여(黎)가 처음 남정(南正)·화정(火正)의 벼슬에 오르고, 오회(吳回)가 그것을 이어 받았다. 은나라 계보는, 육자(粥子)에서부터 분명하다. 주나라 성왕(成王)이 웅역(熊繹)을 쓰고, 웅거(熊渠)가 뒤를 이었다. 장왕은 현명해서 진(陳)나라를 없앴다가 다시 일으키고, 또 정나라의 항복을 받았으나 정백(鄭伯)을 용서했고, 송나라를 포위했으나 화원(華元)의 말을 받아들여 군사를 회군했다. 회왕은 진나라에서 객사했고, 난(蘭, 令尹의 子蘭)은 굴원을 꾸짖었다. 평왕은 아첨을 좋아하고 참소하는 말을 믿었기 때문에 초나라는 진나라에 병합되었다. 장왕의 대의를 가상히 여겨 〈초세가(楚世家) 제10〉을 지었다.

소강(小康, 夏의 帝王)의 아들은 남해로 쫓겨가서 몸에 문신을 하고 머리를 자른 뒤 자라와 거북을 벗으로 삼아 살았다. 그 뒤 봉우산(封禺山, 절강성)을 지키며 시조인 우임금의 제사를 받들었다. 구천은 회계산에서 고통을 겪고 마침내 대부 문종(文種)과 범려를 등용했다. 구천이 만이들 속에 있으면서 능히 그 덕을 닦아 강대한 오나라를 멸망시키고 주나라 왕실을 떠받든 것을 가상히 여겨 〈월왕구천세가(越王句踐世家) 제11〉을 지었다.

환공은 동쪽으로 옮길 때 태사의 말을 받아들였던 것이다. 정나라가 주나라 화(禾)를 침범하자 주나라 왕실 사람들이 이를 비방했다. 제중(祭仲)이 송나라 장공의 강요로 여공(厲公)을 세운 뒤에 정나라는 오래 번영하지 못했다. 자산(子産)의 어진 정치에 대해서는 대대로 어진 사람이란 칭찬이 자자했다. 삼진(三晉)이 정나라를 침략하여 정나라는 한나라에 병합되었다. 여공이 주나라의 혜왕을 주나라로 돌려보낸 것을 가상히 여겨 〈정세가(鄭世家) 제12〉를 지었다.

기(驥)니 녹이(騄耳)니 하는 명마가 조보(造父, 말의 名人)를 세상에 알려지게 했다. 조숙(趙夙)은 진헌공을 섬겼고, 조숙의 아들 쇠(衰)가 그의 뒤를 이었다. 그리고 진문공을 도와 주나라 왕실을 높이 받들고, 드디어 진나라의 보신(輔臣)이 되었다. 조양자(趙襄子)는 곤욕을 당한 끝에 지백(智伯)을 사로잡았다. 주보(主父, 武靈王)는 산 채로 잡혀 굶어 죽을 지경이 되자 참새를 잡아먹고 살았다. 조왕 천(遷, 마지막 왕)은 음란해서 어진 장군을 배척하고 말았다. 조앙(趙鞅)이 주나라의 혼란을 토벌한 것을 가상히 여겨 〈조세가(趙世家) 제13〉을 지었다.

필만(畢萬)이 위나라에 봉해지리라는 것은 점치는 사람이 알고 있었다. 강(絳, 필만의 자손)이 양간(楊干, 晉悼公의 아우)을 죽이려다가 그에게 융적(戎狄)과 화친을 맺게 했다. 문후(文侯)가 의를 사모하여 자하(子夏)를 스승으로 모셨다. 혜왕이 스스로 잘난 체하자 제나라와 진나라가 이를 공격했다. 신릉군을 의심했기 때문에 제후들은 위나라를 돕는 것을 중지했으므로 드디어 대량(大梁)을 잃고 왕가(王假)는 진나라에 잡혀가 종이 되었다. 위무자(魏武子)가 진문공을 도와 패도를 닦은 것을 가상히 여겨 〈위세가(魏世家) 제14>를 지었다.

한궐(韓厥)의 음덕은 조무(趙武)를 일어나게 해서 조나라의 끊어진 제사를 다시 이어주고, 망한 집안을 다시 일으켰기 때문에 진나라 사람들은 그를 존경했다. 소후(昭侯)가 열후 중에 뛰어난 것은 신불해를 등용했기 때문이다. 한왕 안(安)은 한비자를 의심하여 믿지 않았으므로 진(秦)나라의 습격을 받기에 이르렀다. 한궐이 진나라를 돕고 주나라 천자의 공부(貢賦)를 바로잡은 것을 가상히 여겨 〈한세가(韓世家) 제15〉를 지었다.

완자(完子, 陳完)가 난을 피해 제나라로 가서 환공을 도왔고, 5대에 걸쳐 은밀히 제나라 사람들에게 은혜를 베푸니 제나라 사람들은 이를 칭찬해서 노래를 불렀다. 전성자(田成子)는 정권을 잡고, 전화(田和)는 후가 되었다. 왕 건(建)이 진나라의 모략에 넘어가 공(共) 땅에 옮겨지게 되었다. 위왕과 선왕이 능히 탁한 세상을 바로잡아 홀로 주왕실을 천하의 종주로 받든 것을 가상히 여겨 〈전경중완세가(田敬仲完世家) 제16〉을 지었다.

주왕실은 이미 쇠해지고, 제후들은 방자히 굴었다. 중니(仲尼)는 예가 땅에 떨어지고 음악이 무너진 것을 슬퍼하여 경술(經術)을 닦고 추구하여 왕도를 밝혀 어지러운 세상을 바로잡아 이를 정도로 돌아오게 하고자 하였다. 이것을 글로써 나타내 천하를 위해 의법(儀法)을 만들고, 육예(六藝, 六經)의 기강을 세워 후세에 수범이 되도록 했다. 그래서 〈공자세가(孔子世家) 제17〉을 지었다.

걸왕과 주왕이 정도를 잃자 탕왕과 무왕이 일어났고, 주나라가 도를 잃자 춘추전국 시대가 비롯되었고, 진(秦)나라가 정도를 잃자 진섭이 세상에 나타나고, 제후들이 반란을 일으켰다. 그 기세는 바람이 일고 구름이 일어나는 것과도 같아서 드디어는 진나라 일족을 멸망시켰다. 이러한 천하 대사의 발단은 진섭의 거사에서 비롯되었던 것이다. 그래서 〈진섭세가(陳涉世家) 제18〉을 지었다.

성고(成皐)의 대(臺)에서 박희(薄姬)가 고조의 총애를 받고, 박씨는 번영의 기반을 쌓았다. 두(竇) 황후는 뜻을 굽혀 대(代)로 갔었는데, 대왕이 황제가 되자 황후가 되어 두씨 일족을 귀하게 만들었다. 율희(栗姬)는 귀함을 믿고 교만했기 때문에 왕씨가 황후가 되었다. 진(陳)황후가 너무 교만했기 때문에 금상은 위자부(衛子夫)를 황후로 삼았다. 부덕(婦德)의 이 같은 것을 가상히 여겨 〈외척세가(外戚世家) 제19〉를 만들었다.

한나라 고조는 속임수를 써서 한신을 진나라에서 사로잡았다. 월나라와 형초(荊楚)의 백성들은 사납고 경박했기 때문에 고조는 아우인 교(交)를 봉하여 초왕을 삼았다. 초왕은 팽성에 도읍을 정하고, 회수와 사수의 땅을 튼튼히 하여 한왕실의 종번(宗蕃)이 되었다. 이왕(夷王)의 아들 무(戊)가 사도(邪道)에 빠져, 그의 아들 예(禮)가 뒤를 이었다. 유(游, 交의 字)가 고조를 도운 것을 가상히 여겨 〈초원왕세가(楚元王世家) 제20〉을 지었다.

고조가 군사를 일으켰을 때, 유고(劉賈, 荊王)는 이에 가담했으나 뒤에 경포에게 습격당해 형·오의 땅을 잃었다. 영릉후 유택은 거짓으로 여태후를 격분시켜 낭야왕이 되었으나 축오(祝午, 齊王의 사자)의 꾐에 빠져 제나라를 믿고 그곳으로 갔다가 자기 나라로 돌아오지 못했다. 나중에 서진하여 관중으로 들어갔다가, 한왕실이 효문제를 받들었을 때 다시 연왕에 봉해졌다. 천하가 아직 통일되지 않았을 때, 유고와 유택은 일족을 거느리고 한왕실의 번병 · 보신이 되었던 것이다. 그래서 〈형연세가(荊燕世家) 제21〉을 지었다.

천하는 이미 평정되었으나 고조는 친속이 적었다. 제나라의 도혜왕(悼惠王, 고조의 庶長子 劉肥)은 아직 장년이었는데도 동쪽의 제나라를 눌러 다스렸다. 그의 아들 애왕(哀王)은 멋대로 군사를 일으켜 여씨들의 노여움을 샀다. 사균(駟鈞, 哀王의 동복 형제)이 포악했기 때문에 한왕실에서는 애왕을 맞아 황제로 모실 것을 허락하지 않았다. 여왕은 누님과 밀통하다가 재상인 주보언(主父偃)에게 들키고 말았다. 비(肥)가 고조의 고굉(股肱)이었음을 가상히 여겨 〈제도혜왕세가(齊悼惠王世家) 제22〉를 지었다.

초나라 항우의 군사가 한왕의 군사를 형양에서 포위했으나 서로 3년 동안 대치하고 있었다. 소하(蕭何)는 산서를 진무한 뒤 계략을 써서 계속 군대를 보충시키고, 양식의 보급을 끊어지게 한 일이 없었다. 또한 백성들로 하여금 한나라를 사랑하게 하고, 초나라를 위해서는 즐겨 일하지 못하도록 만들었다. 그래서 〈소상국세가(蕭相國世家) 제23〉을 지었다.

조참은 한신과 함께 위나라를 평정하고, 조나라를 깨뜨리고 제나라를 항복시킨 뒤에 드디어는 초나라 군사마저 약하게 만들었다. 그는 소하의 뒤를 이어 한나라의 상국이 되었지만, 소하의 법을 그대로 따르고 고치려 하지 않았기 때문에 백성들은 안정을 얻게 되었다. 조참이 자신의 공과 재주를 자랑하지 않은 것을 가상히 여겨 〈조상국세가(曹相國世家) 제24〉를 지었다.

장막 안에서 꾀를 내고 승리를 눈에 뜨이지 않게 이룩한 것은 자방(子房, 張良의 字)이 일의 계책을 꾸민 때문이다. 이름이 알려진 일도 없고, 용감한 공적도 없었으나, 어려운 일을 쉬운 가운데서 도모하고 큰 일을 작은 일 속에서 처리했던 것이다. 그래서 〈유후세가(留侯世家) 제25〉를 지었다.

진평(陳平)의 여섯 가지 기계(奇計)가 쓰여짐으로 해서 제후들은 한나라에 복종했다. 여씨의 난을 토멸한 일은 진평의 모사였다. 이리하여 드디어 한나라 왕실의 종묘를 편히 받들고, 사직을 튼튼히 했다. 그래서 〈진승상세가(陳丞相世家) 제26〉을 지었다.

여씨 일족이 연합하여 한왕실을 약하게 만들려고 일을 도모했다. 강후 주발(周勃)은 상도에는 어긋났으나 임기 응변하여 한왕실의 권위를 지킨 것이 시의에 맞았다. 오 · 초 등 7국이 반란을 일으켰을 때 주아부(周亞夫, 주발의 아들)는 창읍에 주둔하여 제나라와 조나라를 괴롭히며 양나라의 출병을 독촉하여 오나라와 상대하게 했다. 그래서 〈강후세가(絳侯世家) 제27〉을 지었다.

오 · 초 등 7국의 반란 때는, 오직 양나라만이 한왕실의 번병으로서 방위에 임했다. 그 뒤 양나라는 한왕실의 사랑을 믿고 공을 자랑하다가 하마터면 화를 당할 뻔했다. 능히 오 · 초 등의 난으로부터 한 왕실을 지킬 것을 가상히 여겨 〈양효왕세가(梁孝王世家) 제28〉을 지었다.

다섯 종친이 이미 왕이 되고, 한왕실의 친속들은 화합하였고 대소 제후는 모두 번병이 되어 의당 자기 위치를 찾게 되었다. 이리하여 분수에 벗어나 자리를 넘보는 일이 차츰 없어지게 되었다. 그래서 〈오종세가(五宗世家) 제29〉를 지었다.

황제의 세 아들은 왕이 되었는데, 그 조서(詔書) 문장에 볼만한 것이 있었다. 그래서 〈삼왕세가(三王世家) 제30〉을 지었다.

말세에 사람들은 모두 이득을 다투었으나 오직 백이와 숙제만은 의를 지켰다. 나라를 사양하고 굶어 죽으니 천하가 모두 칭송했다. 그래서 〈백이 열전 제1〉을 지었다.

안자는 검소했으며 관중은 사치스러웠다. 제환공은 관중을 써 패자가 되고, 경공은 안자를 써서 치세를 이루었다. 그래서 〈관안 열전 제2〉를 지었다.

노자는 무위(無爲)로써 자화(自化)하고 청정으로써 자정(自正)하였다. 한비자는 사물의 이치를 헤아려 형세와 이치에 따랐다. 그래서 〈노장 · 신한 열전 제3〉을 지었다.

옛날 왕자 때부터 〈사마법〉이 있었다. 양저는 그를 부연하여 더욱 병법을 뚜렷이 밝혔다. 그래서 〈사마 · 양저 열전 제4〉를 지었다.

신(信) · 염(廉) · 인(仁) · 용(勇)이 없으면, 병법을 전하고 검법을 논할 수 없다. 병법은 도덕과 부합하여, 안으로는 일신을 다스리고 밖으로는 변화에 순응한다. 그러기에 군자는 병법을 도덕에 비교하고 있다. 그래서 〈손자 · 오기 열전 제5〉를 지었다.

건(建, 초평왕의 태자)이 참소를 당하자 그 화는 오자서에게 미쳤다. 오자서의 아들 상(尙)은 아버지를 구하려 하고, 상의 아우인 운(員)은 오나라로 도망쳤다. 그래서 〈오자서 열전 제6〉을 지었다.

공자는 문(文)을 서술하고, 제자들은 학문에 힘을 써서 모두 제후들의 스승이 됨으로써, 인(仁)을 숭앙하고 의(義)를 장려했다. 그래서 〈중니 · 제자 열전 제7〉을 지었다.

상앙은 위나라를 버리고 진나라로 가서 능히 그의 법술(法術)을 밝게 펴서 효공을 패자로 만들었다. 진나라는 후세에도 그의 법을 따랐다. 그래서 〈상군 열전 제8〉을 지었다.

천하는 연횡(連衡)을 걱정하고 진나라는 침략을 그칠 줄 몰랐다. 이에 소진(蘇秦)은 능히 제후들을 붙들어 두고 합종(合從)을 맹약함으로써 탐욕스럽고 강대한 진나라를 눌렀다. 그래서 〈소진 열전 제9〉를 지었다.

6국은 이미 합종을 맹약하고 화친했으나, 장의는 그의 주장〔連衡說〕을 밝힘으로써 제후들을 해산시켰다. 그래서 〈장의 열전 제10〉을 지었다.

진나라가 동쪽의 땅을 차지하여 제후들의 패자가 된 것은 저리자와 감무의 책략이 있었기 때문이다. 그래서 〈저리자 · 감무 열전 제11〉을 지었다.

하수와 화산을 장악하고, 대량을 포위하여 제후들로 하여금 손을 잡고 진나라를 받들게 한 것은 양후 위염의 공적이다. 그래서 〈양후 열전 제12〉를 지었다.

남쪽으로 초나라의 언과 영을 함락하고, 북쪽으로 조나라의 장평을 꺾어 한단을 포위한 것은 무안군 백기의 지휘였고, 또 초나라를 무찌르고 조나라를 멸망시킨 것은 왕전의 계책이었다. 그래서 〈백기 · 왕전 열전 제13〉을 지었다.

맹자는 유가 · 묵가의 문헌을 섭렵하고 예의의 계통을 밝혀, 혜왕의 욕심을 단절시켰다. 순경은 과거의 유가 · 묵가 · 도가 삼가의 성쇠를 함께 논했다. 그래서 〈맹자 · 순경 열전 제14〉를 지었다.

맹상군은 빈객을 좋아하고 일예(一藝), 일기(一技)가 있는 선비라도 좋아했으므로 유사들은 설 땅으로 모여들었다. 그래서 〈맹상군 열전 제15〉를 지었다.

조나라의 평원군은 풍정(馮亭, 한나라 상당 태수)과는 권모를 겨루고, 초나라로 가서는 한단의 포위를 구함으로써 그 군주로 하여금 다시 제후가 되게 했다. 그래서 〈평원군 · 우경 열전 제16〉을 지었다.

부귀한 몸으로써 빈천한 선비에게 몸을 낮추고 어진 선비로서 하찮은 사람에게 굽히는 일은 오직 신릉군(信陵君)만이 할 수 있다. 그래서 〈위공자 열전 제17〉을 지었다.

몸을 던져가면서 군주를 따라 마침내 강국 진나라에서 탈출시켰고, 유세객들을 시켜 남쪽의 초나라로 달아나게 한 것은 황헐(黃歇)의 충의였다. 그래서 〈춘신군 열전 제18〉을 지었다.

능히 위제(魏齊)에게서 받은 치욕을 참고, 강국 진나라의 재상이 되어 위세를 떨치면서도, 어진 사람을 추천하여 자리를 양보한 사람이 둘 있다. 그래서 〈범수 · 채택 열전 제19〉를 지었다.

계책을 성공시켜 5개국 군사를 연합하고, 약한 연나라를 위해 강한 제나라에게 원수를 갚아 그 선군(先君)의 부끄러움을 씻었다. 그래서 〈악의 열전 제20〉을 지었다.

인상여는 강국 진나라를 상대로 하여 자기 뜻대로 행동하고, 몸을 염파에게 굽혀 그의 군주를 위함으로써 제후들로부터 존경을 받았다. 그래서 〈염파 · 인상여 열전 제21〉을 지었다.

제민왕은 임치를 잃고 거(莒)로 달아났으나, 오직 전단만은 즉묵을 굳게 지켜 기겁을 패주시킴으로써 드디어 제나라 사직을 온전히 지켰다. 그래서 〈전단 열전 제22〉를 지었다.

능히 궤변을 꾸며 포위된 조나라의 근심을 풀고도 작록을 가볍게 여겨 자기 뜻대로 사는 것을 즐겼다. 그래서 〈노중련 · 추양 열전 제23〉을 지었다.

글을 지어 풍간하고, 예를 차례로 들어 의를 다툰 것으로는 〈이소〉가 있다. 그래서 〈굴원 · 가생 열전 제24〉를 지었다.

공자 자초를 진왕실과 친하게 하고, 천하의 세객들로 하여금 다투어 진나라를 섬기도록 한 것은 여불위다. 그래서 〈여불위 열전 제25〉를 지었다.

노나라는 조말의 비수로써 잃은 땅을 되찾고, 제나라는 그 믿음을 분명히 했다. 예양의 의는 두 마음을 품지 않았다. 그래서 〈자객 열전 제26〉을 지었다.

그의 계획을 분명히 하고, 시류를 타고 진나라를 밀어 마침내 진나라로 하여금 해내를 통일케 한 것은 모두 이사의 힘이었다. 그래서 〈이사 열전 제27〉을 지었다.

진나라를 위해 땅을 개척해 인구를 증가시키고, 북쪽으로 흉노를 휩쓴 다음 하수를 요새로 삼고, 산을 의지하여 방비를 튼튼히 함으로써 유중현을 건설했다. 그래서 〈몽염 열전 제28〉을 지었다.

조나라를 평정하고 상산에 요새를 만들어 하내를 넓히고 초나라의 권세를 약화시켜 한왕의 신의를 천하에 분명히 했다. 그래서 〈장이 · 진여 열전 제29〉를 지었다.

위표는 서하와 상당의 군사를 거두어 한왕을 따라 팽성에 이르고, 팽월은 양나라에 침략하여 함께 항우를 괴롭혔다. 그래서 〈위표 · 팽월 열전 제30〉을 지었다.

경포는 회남 땅을 가지고 초나라를 배반하여 한나라에 투항했다. 그로 인해 한나라는 대사마 주은(周殷)을 맞아들여 마침내 항우를 해하에서 무찔렀다. 그래서 〈경포 열전 제31〉을 지었다.

초나라 군사가 경수 · 삭수 사이에서 한나라를 위협하고 있을 때 회음후 한신은 위나라와 조나라를 정복하고, 연나라와 제나라를 평정하여 천하를 삼분하고 그 둘을 한나라가 차지하게끔 함으로써 항우를 멸망케 했다. 그래서 〈회음후 열전 제32〉를 지었다.

초나라와 한나라가 공과 낙양 사이에서 공방전을 벌이고 있을 때, 한왕 신은 한나라를 위해 영천을 평정하고, 노관은 항우의 보급로를 끊었다. 그래서 〈한왕신 · 노관 열전 제33〉을 지었다.

제후들이 항왕을 배반했을 때 오직 제나라의 전담만이 군사를 거느리고 계속 항우와 성양에서 싸웠다. 그래서 〈전담 열전 제34〉를 지었다.

공성야전(攻城野戰)에서 공을 세우고 돌아와 그것을 보고한 것으로는 번쾌와 역상이 뛰어났다. 단지 채찍을 휘두르며 실전(實戰)한 것만이 아니라 한왕과 더불어 위기를 벗어난 적도 있었다. 그래서 〈번 · 역 · 등관 열전 제35〉를 지었다.

한왕실은 비로소 안정을 얻었으나 그 문치(文治)는 아직 뚜렷하지 못했다. 장창은 주계관(主計官)이 되어 도량형을 정제하고 율력의 순서를 세웠다. 그래서 〈장승상 열전 제36〉을 지었다.

변설로써 사자의 뜻을 통하고, 제후들과 약속함으로써 그들을 회유했다. 제후들은 모두 그와 친해져, 한나라로 돌아와서는 그 번병 · 보신이 되었다. 그래서 〈역생 · 육고 열전 제37〉을 지었다.

진나라 · 초나라 사이의 사정을 자세히 알기 위해서라면 오직 괴성후 주설만이 항상 고조를 따라다니며 제후들을 평정했기 때문에 그것을 알 수 있었다. 그래서 〈부 · 근 · 괴성 열전 제38〉을 지었다.

호족들을 관중에 옮겨 도읍을 정하고 흉노와 화친을 맺었으며, 조정의 예를 분명히 하고 종묘의 의법을 제정하였다. 그래서 〈유경 · 숙손통 열전 제39〉를 지었다.

유(柔)로써 능히 강(剛)을 누르고 한나라 대관이 되었다. 난공은 고조의 위세에 꺾이지 않고 목숨을 걸어 팽월을 배반하지 않았다. 그래서 〈계포 · 난포 열전 제40〉을 지었다.

감히 군주의 노여움을 무릅쓴 채 직간하고, 군주가 지킬 바 의리를 관철시키며, 자기 몸을 돌아보지 않고 나라를 위해 영구한 계획을 세웠다. 그래서 〈원앙 · 조착 열전 제41〉을 지었다.

법을 지켜 대의를 잃지 않고, 옛 현인에 관해 말함으로써 임금의 총명을 더해 주었다. 그래서 〈장석지 · 풍당 열전 제42〉를 지었다.

돈후하고 자애롭고 효성스러우며, 눌변이기는 해도 행동만은 민첩하여 공손한 태도로 임금을 받드는 덕 있는 군자가 되기에 힘썼다. 그래서 〈만석 · 장숙 열전 제43〉을 지었다.

절개와 지조를 지켜 강직하고, 의는 청렴 결백을 말하기에 충분했고, 행실은 현인을 격려하기에 충분했으며, 권세 있는 지위에 있으면서도 이치에 어긋나는 짓을 하지 않았다. 그래서 〈전숙 열전 제44〉를 지었다.

편작은 의술로써 방술자(方術者)의 종(宗)이 되었고, 수리(數理)를 지킴이 정밀하고 명확했기에 후세에 이르러서도 그 원칙을 뜯어 고칠 수가 없었다. 창공도 그에 가까운 사람이라 말할 수 있다. 그래서 〈편작 · 창공 열전 제45〉를 지었다.

고조의 형 유중은 왕의 작록을 빼앗겼지만, 고조에게 그의 선량함을 인정받아 그 아들 비가 오왕이 될 수 있었다. 한왕실이 처음 창업에 나섰을 때 그는 강수와 회수 사이를 진무했다. 그래서 〈오왕비 열전 제46〉을 지었다.

오 · 초가 반란을 일으켰을 때 한왕실의 종속 가운데 오직 위기후 두영만이 현명하고 선비들을 좋아하여, 선비들도 그에게 심복했으므로 군사를 이끌고 산동 형양에서 항전했었다. 그래서 〈위기 · 무안후 열전 제47〉을 지었다.

지혜는 근세의 변화에 대응하기에 충분했고, 관용은 인심을 사는데 충분했다. 그래서 〈한장유 열전 제48〉을 지었다.

적을 만나서 용감했고, 사졸에게 인애로 대했으며, 호령은 번잡하지 않아 장병들이 심복했다. 그래서 〈이장군 열전 제49〉를 지었다.

하 · 은 · 주 삼대 이래로 흉노는 항상 중국의 걱정거리가 되어 왔다. 한왕실은 흉노의 강하고 약한 시기를 알고 대비하여 이를 치려했다. 그래서 〈흉노 열전 제50〉을 지었다.

변새(邊塞)의 일에 직면하여 하남을 넓히고, 기련산의 적을 무찌르고, 서역의 모든 나라와 통하여 북방의 오랑캐를 휩쓸었다. 그래서 〈위장군 · 표기 열전 제51〉을 지었다.

대신과 종실이 사치를 서로 시새우고 있을 때 오직 공손홍만은 먹고 입는 것을 절약하여 모든 벼슬아치의 앞장을 섰다. 그래서 〈평진후 · 주보 열전 제52〉를 지었다.

한나라가 이미 중국을 평정하자, 조타는 옛 양월의 땅을 평정하여 남방 번병으로서의 실력을 지니고 한나라에 공물을 바치게 했다. 그래서 〈남월 열전 제53〉을 지었다.

오나라가 반란을 일으켰을 때 동구 사람들은 오왕 비를 죽였다. 그 뒤 민월에게 공격을 받았으나 봉우산을 지키며 한나라에 신복했다. 그래서 〈동월 열전 제54〉를 지었다.

연나라 태자 단이 요동으로 달아날 때 위만은 그 망민(亡民)들을 거두어 해동(海東)에 모으고, 진번을 평정해 요새를 확보함으로써 한나라 외신(外臣)이 되었다. 그래서 〈조선 열전 제55〉를 지었다.

당몽은 사자로서 공략해 가며 야랑구와 통했다. 공 · 작의 군장은 자청해서 한나라의 내신(內臣)이 되어, 한나라 관리의 통치를 받았다. 그래서 〈서남이 열전 제56〉을 지었다.

〈자허부(子虛賦)〉와 〈대인부(大人賦)〉는 언사가 너무 곱고 과장됨이 많다. 그러나 그 뜻은 풍간에 있고 무위에 돌아가 있다. 그래서 〈사마상여 열전 제57〉을 지었다.

경포가 반란을 일으킨 다음 고조의 아들 장이 대신 나라를 평정하고, 남방의 강수와 회수 사이를 진정했다. 그의 아들 안은 초나라 서민들을 쳐서 위협했다. 그래서 〈회남 · 형산 열전 제58〉을 지었다.

법을 받들고 이치를 따르는 관리는 공적을 자랑하거나 재능을 뽐내거나 하지 않고, 백성들 중에도 그를 칭찬하는 사람이 없지만, 또한 행동에 그릇됨이 없다. 그래서 〈순리 열전 제59〉를 지었다.

의관을 바르게 하고 입조하면 군신 중에 감히 허튼 소리를 하는 자가 없다. 급장유는 그같이 처신하였다. 사람을 즐겨 추천하여 장자라 불린 것은 정당시의 그 같은 풍격 때문이다. 그래서 〈급 · 정 열전 제60〉을 지었다.

공자가 죽은 뒤 경사에서도 학교(學校)의 가르침을 소중히 여기는 사람이 없었으나 오직 건원 · 원수 연간에는 문사(文辭)가 찬연히 빛났다. 그래서 〈유림 열전 제61〉을 지었다.

백성들은 근본을 등지고 거짓이 많으며, 규칙을 어기고 법을 희롱하니 착한 사람은 이를 교화할 수가 없었다. 오직 엄혹하고 각박하게 다루어서야 비로소 능히 이를 바로잡을 수가 있었다. 그래서 〈혹리 열전 제62〉를 지었다.

한나라는 이미 사자를 대하로 통하여 서쪽으로 멀리 오랑캐 땅을 다스리니 오랑캐들은 목을 내밀고 중국을 사모하여 구경하기를 원했다. 그래서 〈대원 열전 제63〉을 지었다.

사람을 곤경에서 건져 주고, 사람이 고생할 때 구해주는 것은 인자(仁者)의 도리가 아닌가? 믿음을 잃지 않고 말을 배반하지 않는 것은 의자(義者)의 경우도 같다. 그래서 〈유협 열전 제64〉를 지었다.

임금을 섬기며 능히 임금의 이목을 즐겁게 하고, 임금의 얼굴빛을 부드럽게 하여 친근한 정을 얻는 까닭은 다만 용색으로 사랑을 받을 뿐이 아니라 재능에 있어서도 뛰어난 점이 있기 때문이다. 그래서 〈영행 열전 제65〉를 지어다.

세속에 흐르지 않고, 세리(勢利)를 다투지 않으며, 상하가 함께 막힌 데가 없고, 사람들도 그것을 해로운 것으로 알지 않으니 그 도는 널리 유통되었다. 그래서 〈골계 열전 제66〉을 지었다.

제나라 · 초나라 · 진나라 · 조나라의 점복가들은 그 풍습에 따라 사용한 방법이 다르다. 따라서 그 대의를 보기 위해 〈일자 열전 제67〉을 지었다.

하 · 은 · 주 삼대의 왕은 같은 귀복(龜卜)을 하지 않았고, 사방의 오랑캐들 역시 점치는 법은 제각기 달랐다. 그러나 각자가 그것으로 길흉을 판단한 점은 같았다. 그래서 대충 그 요지를 더듬어 〈귀책 열전 제68〉을 지었다.

무위무관(無位無冠)인 필부의 몸으로 정치를 해치지도 않고, 백성에게 방해되지도 않으면서 때에 따라 팔고 사서 재산을 늘려 부자가 된 사람이 있으니 지혜로운 자도 이들에게 갈채를 보냈다. 그래서 〈화식 열전 제69〉를 지었다.

우리 한나라는 오제(五帝)의 말류와 삼대의 통업을 잇고 계승하고 있다. 주나라가 도를 잃고, 진나라는 고문(古文)을 없애고 《시경》과 《서경》을 불태웠다. 그로 인해 명당 · 석실 · 금궤에 간직한 옥판(玉版)의 도적(圖籍)은 산산이 흩어지고 말았다. 이리하여 한나라가 일어나 소하가 율령을 제정하고, 한신이 군법을 말하고, 장창이 장정(章程)을 만들고, 숙손통이 예의를 정했다. 학문은 조금씩 빛나며 진보하고 《시경》과 《서경》도 가끔 세상에 나오게 되었다. 조참이 갑공(蓋公)을 추천한 뒤로 황제와 노자의 학문을 말하는 사람이 많아졌다. 가의와 조착은 신불해 · 상앙의 학문을 밝게 하고, 공손홍은 유학을 가지고 출세했다. 이리하여 한나라 건국 이래 백 년 동안에 걸친 천하의 유문(遺文) · 고사(古事)는 모조리 태사공의 손에 집대성되지 않은 것이 없었고, 태사공의 관직은 또 아버지인 담에게서 아들인 천에게로 이어졌다. 태사공 천은 말한다.

"아아, 슬프다. 생각해 보건대 우리 조상은 일찍이 이 일을 맡아 당 · 우 시대에 알려졌고, 주나라 시대에 이르러 다시 이것을 맡았었다. 이리하여 사마씨는 대대로 천관(天官)을 맡아 내게 이르게 된 것이다. 삼가 흠념(欽念)하지 않을 수 없다. 삼가 흠념하지 않을 수 없다."

그래서 천하의 흩어진 옛 기록을 망라하여 역대 왕조며 왕자들의 흥망 성쇠를 시종 일관 관찰함으로써 사실에 입각, 고찰 논증하니, 대충 삼대를 추정하여 기술하고, 진나라와 한나라를 기록하되 위로는 황제로부터 시작하여 아래로는 지금에 이르기까지 12본기를 지었다. 이미 조리를 세워 적어 두었으나 혹은 시대가 같은 것도 있고 다른 것도 있어서 연차가 확실치 못하므로 10표를 만들었다. 또 시대에 따라 예악이 줄어들고 늘어난 것이며 율력이 개역된 것, 병권(兵權) · 산천 · 귀신 · 천인 · 인사가 시세의 변화에 따라 폐해지는 것을 살피고, 세상의 변화에 적응해 나가는 내용으로 8서(書)를 만들었다. 28수(宿)는 북두칠성을 향해 돌고, 30개의 바퀴살은 한 개의 바퀴통을 향하고 있어 그 운행이 무한하다. 지금 보필하는 고굉의 신하들을 이에 비유하여 충신으로 도를 행하며 주상을 받들고 있는 상황에 대해 30세가(世家)를 지었다. 의를 북돋우고 재기가 높이 뛰어나 있어서, 시기를 놓치지 않고 공명을 천하에 세운 사람에 대해 70열전을 지었다. 무릇 1백 30편, 52만 6천 5백 자로 된 이 책을 《태사공서(太史公書)》라 이름 붙인다(《史記》라고 부르게 된 것은 삼국시대 이후의 일이다). 자서(自序)의 개략은 빠진 것을 주워 모으고, 육경을 보충해서 일가언(一家言)을 만든 것이다. 즉 육경에 대해 다르고 같은 것을 서로 비교하여 버릴 건 버리고 취할 건 취하여 백가의 잡어(雜語)를 정리하였는데, 정본(正本)은 이름난 산에 간직하고 부본(副本)은 서울에 둠으로써 후세의 성인 군자들에게 보탬이 되게 하고자 기다리려 하며 〈태사공자서 제70〉을 지었다.

태사공은 말한다.

나는 황제로부터 태초에 이르기까지를 역술하여 1백 30편으로서 끝을 맺었다.

작품 해설 및 사기 관계 연표

작품 해설

문왕이 《주역》을 발전시킨 것은 유리(羑里)에 유폐되었기 때문이었고, 공자가 《춘추》를 편찬한 것은 진(陳) · 채(蔡) 사이에서 액운을 당했기 때문이며, 굴원의 〈이소(離騷)〉는 추방이라는 비운 속에 생겨났다. 좌구명(左丘明)은 실명함으로써 《국어(國語)》를 저술했고, 손자는 다리를 잘림으로써 《병법》을 편찬했다. 여불위가 촉(蜀)에 유배됨으로써 《여씨춘추》가 세상에 전해졌고, 한비가 진(秦)에 갇힘으로써 《세난(說難)》 · 《고분(孤憤)》의 양편이 씌어질 수 있었다.

1. 사마천의 생애와 시대 배경

사마천(司馬遷)의 생애에 있어 그의 '비극적 체험〔宮刑〕' 과 '위대한 결산(《史記》 찬술)' 은 그의 생애를 통틀어 그 무엇보다도 더 뚜렷하게 그를 대표하는 것이다.

사실 사마천의 생애란 열전 제70의 〈태사공 자서(太史公自序)〉에 수록된 약전뿐이다. 거기에는 그가 용문(龍門)에서 사마담(司馬談)의 아들로 태어나 가축을 방목하며 유년 시절을 보내다가, 기원전 138년(武帝, 建元 3년)에 수도 장안 부근의 무릉(茂陵)으로 가족과 함께 이주했다는 정도가 밝혀져 있다. 용문은 지금의 연안에서 동남쪽으로 35킬로 지점, 산서성과 섬서성의 경계선인 계곡을 흐르는 황하 연변, 즉 섬서성 한성현(韓城縣)의 남쪽 교외 사마판(司馬坂)으로 추정된다. 이곳에서 그는 유년 시절에 아버지에게서 고문을 습득했다.

수도의 문화권으로 이주한 뒤로, 사마천이 어떠한 변모를 거쳐 20세경에는 당대의 석학이던 동중서(董仲舒)와 《춘추》에 대해 담론했는가는 알 수 없으나, 이와 같은 담론이 이미 그가 사관으로서의 기초를 닦고 있었음을 시사해 준다는 점에 주목해야 할 것이다.

사실 사마천의 집안은 조상 대대로 사관직을 지내 왔으며(〈태사공 자서〉 참조) 사마천의 아버지 사마담이 그 동안 중단되었던 전통을 다시 이어서 한나라 태사령이 되었던 것에 비추어 볼 때 사마천의 입지가 사관에 있었다는 추정은 당연하다. 이러한 추정은 일종의 사료 채집 여행 기록으로 보이는 그의 〈천하유력(天下遊歷)〉으로 더욱 확실시되기도 한다.

이 〈천하유력〉 후에 사마천은 출사해 낭중(郎中)이 되었고, 칙명을 받아 파(巴)·촉(蜀)의 남쪽 지역을 다녀왔으며, 서남쪽의 공(邛)·작(筰)·곤명(昆明) 등지를 둘러보기도 했다.

기원전 110년, 이 해는 무제가 한나라 최초로 봉선례(封禪禮)를 거행한 해이며, 사마천에게는 최초의 변화가 몰아쳐 온 해이기도 하다. 그의 아버지 사마담은 태사령이었으므로 마땅히 봉선례 식전에 참석해 그 사실(史實)을 기록해야 하는데도 불구하고 무제에게 참석을 허락받지 못한 것이다. 사관 사마담으로선 결코 용납 못할 치욕이었다. 그리하여 사마담은 울분 끝에 병들어 누웠고, 때마침 사명을 마치고 돌아오던 아들 사마천을 낙양에서 만나 필생의 유언을 남기며 운명했다. 즉, 자신이 계획해 오던 중국 상고 이래의 역사를 찬술하라는 것이었다.

이때부터 사마천은 《사기》와 씨름하게 되었다. 한 개인의 작업으로서는 너무나도 방대한 양이었고, 너무나도 힘겨운 작업이었다. 더구나 한편으로는 궁중에서의 직분을 다해야 했다. 이때 사마천이 상대부 호수(壺遂)와 더불어 산정해 낸 책력이 한나라 최초의 월력인 〈태초력(太初曆)〉이다. 기원전

104년(태초 원년)의 일이다.

또한 이 무렵은 무제의 흉노 토벌전이 보다 본격화되던 시기인데, 기원전 99년(天漢 2)에 이르러 사마천은 일생일대의 '비극적 사건'을 겪게 된다. 흉노 토벌대로 나간 장군 이능(李陵)이 별동대 5천을 이끌고 진격하다가 흉노의 정병 8만에게 포위된 나머지 투항한 사태가 일어난 것이다. 이때의 토벌대 총수는 무제의 총희인 이희(李姬)의 오라비 이광리(李廣利)였다. 이에 조정에서는 이능에 대한 처벌책이 논의되었는데, 어느 누구도 역전의 용장인 이능을 비호해 그의 투항을 변호하려 하지 않았다. 이능을 두호하다가는 그 책임을 이광리에게 묻게 될 우려가 있었기 때문이다. 이때 사마천은 이능의 전공과 인품을 들어 그의 투항을 변명하고 나섰다. 그리고 사마천의 발언은 무사 안일주의 관료들이 예측한 대로 무제의 격노를 사서 궁형(宮刑)에 처해지게 되었다.

궁형이란 곧 남자의 생식기를 거세함을 뜻한다. 당시의 한나라 사대부들에게 궁형이란 치욕과 동의어로 이해되어 궁형을 받기보다는 자결하는 것이 통례였다.

"분뇨에 처박힌 것 같은 현재를 참고 살아 있는 것은 다만 마음속에 맹세한 것을 완성하지 못함이 원통해서이며, 이대로 죽어 버림으로써 내 문장이 후세에 남지 못하게 될 것을 애석하게 여기기 때문이다."

후일 〈임안(任安)에게 보내는 글〉에서 자결 대신 치욕을 자원했던 심경을 사마천은 이렇게 밝히고 있지만, 치욕감과 자학 속에 무서운 분노를 감춘 이 당당한 생명 선언은 어떠한 변설보다도 더 감동적으로 사마천을 대변해 준다. 사마천의 생애에 비장미를 더해 주는 궁형의 이 비극적 체험은 그로부터 사마천의 삶을 결정할 뿐 아니라 《사기》 완성의 배경을 이루는 것이자 《사기》의 세계에 거의 완벽하게 융화됨으로써 우리로 하여금 《사기》가 곧 사마천의 분신임을 이해하게 한다.

당시 나이 40세 전후의 장년기였던 사마천은 가슴에 대망을 감춘 채 묵묵히 옥중 생활을 견뎌 나갔다. 그러나 우리는 다시 운명이 그에게 가하는 통렬한 일격을 여기에 담지 않을 수 없다. 옥중 생활 2년 만에 대사령(大赦令)이 내려 출옥한 그를 기다리는 것은 중서알자령(中書謁者令)이라는 직책이었다.

약칭해서 중서령이란, 일종의 비서장관(秘書長官)으로서 정무를 주달하고 결재를 전달하는 직책으로, 실질적으로 재상에 상당하는 요직이었다. 이것은 세기의 대제국을 건설한 전제군주 무제가 연만하면서 자주 내연에 들어앉게 됨에 따라 신설된 직책이었는데, 내정에는 거세된 남자만이 출입할 수 있었기 때문에 일약 사마천이 등용된 것이었다. 사형수의 몸에서 일전(一轉)하여 황제의 측근 중의 측근으로 발탁된 이 돌연한 사태 앞에서 그가 무엇을 생각했겠는가는 우리가 구태여 추측하지 않아도 알 수 있을 것이다. 의를 밝히려다가 체벌을 받고, 그 때문에 다시 권력의 중추에 참여하게 되었다니 이처럼 인간을 우롱하는 일이 달리 또 있겠는가. 그것은 바로 인간 세계를 질타하는 역사의 조롱이자 운명의 통렬한 풍자라 할 수밖에 없다.

그로부터 사마천은 표면상으로는 세속에 맞추어 부침하며, 혹은 위를 쳐다보고 혹은 아래를 내려다보며 무사태평주의로 일을 맡아 보는 한편, 내면으로는 자신의 삶을 투영하여 인간 세계를 집약하려는 역사 저술에 필사적인 힘을 기울였다. 다시 말해《사기》는 그의 '천도란 옳은가 그른가?' 라는 통절한 의문 제기와 그에 대한 스스로의 해답이었던 것이다.

기원전 91년, 드디어 사마천은 불후의 대저서《사기》를 찬술하였으나 그 뒤의 행적은 다시 안개에 쌓인다. 아마도 그는《사기》를 완성한 후 그 몇 년 뒤에 죽었다고 추정하고 있다.

사마천의 자는 자장(子長)이며 직책인 태사령에 따라 태사공(太史公)으로 통칭된다. 추정 생몰연대는 기원전 145년~86년이다.

사마천이 살았던 시대는 거의 무제 재위 기간에 상응한다. 전통 중국의 원형을 이룩한 무제와 역사 기술(記述)의 원형을 이룩한 사마천이 동시대에 생존했다는 일은 아마도 독자에게 그들의 상관성을 연상케 할 것이다.

무제는 절대군주였다. 그는 우선 대외적으로 영토를 거의 무모할 정도로 확대하였고, 그때까지 흉노 일변도였던 이웃 나라로 관심을 넓혀 지금의 인도, 페르시아, 로마와 같은 미지의 세계가 존재하고 있음을 중국인들로 하여금 깨닫게 했다. 또한 국내적으로는 유학(儒學)을 통치술의 기본으로 채택함으로써 무제는 그가 예측(?)했던 것 이상의 성과를 거뒀다. 그때까지만 해도 한나라 왕실 및 조정에는 유학보다 도교세(道教勢)가 더 강했었다. 그러나 열렬한 도교 신봉자였던 두(竇) 태후가 죽자 무제의 유학에 대한 배려가 한층 강화됨으로써 도교는 세력을 잃게 되었고, 제자백가의 일파에 지나지 않았던 유학은 그로부터 한왕조(漢王朝)의 지주사상(支柱思想)이 된 것이다. 따라서 유학의 상하 복종관계가 엄격히 이행되었고, 때마침 동중서가 제창한 왕권신수설은 황제의 존엄성을 뒷받침하는 기치가 되었다.

그 밖에도 무제는 황제권 확립을 위한 제반 조치를 강구해, 강력한 절대통치 기구를 완성시켜 나갔는데, 이때의 통치술은 그 뒤 2천 년에 걸쳐 중국 대륙에서 흥망한 모든 왕조에 계승됨으로써 한왕조의 전통 중국 원형화를 작동시켰다. 오늘날 중국을 일컫는 제반 용어의 첫머리에 '한(漢)'이란 호칭이 따라다니게 된 이유는 바로 여기에 있는 것이다. 사마천은 이러한 시대에 생존했었다.

2. 《사기》에 대하여

《사기》는 전 1백 30권의 장대한 저작물로서 사마천 자신은 《태사공서(太史公書)》라고 명명했었다. 《태사공서》란 바로 '태사령 사마천의 저서'라는 뜻이다. 지금의 《사기》라는 통칭은 중국의 삼국시대 이후의 용례에 따른 것이다.

◆ 대상

중국 역사서의 규범인 《춘추》는 기린이 잡혔다는 기원전 481년〔魯哀公時〕의 '획린(獲麟)'을 역사 기술의 하한선으로 설정하였다. 그러나 사마천은 공자가 유교적 대의의 표출에 의해 하한선을 설정한 것과는 대조적으로 한대 책력의 기본인 태초력(太初曆) 완성 연도, 즉 태초 원년을 채택함으로써 그의 현실주의적인 면모를 보이고 있다. 또한 상한선에 있어서 공자가 오제삼왕(五帝三王)을 전설로 간주한 데 비해 그는 그들의 시대를 중국 역사의 개막시대로 채택하였다.

이러한 시간적 배려의 포괄성은 공간상에도 원용되어 중국을 세계의 중심에 설정하고 나아가 기지(旣知)된 주변 국가를 총망라함으로써 세계 전부를 대상으로 삼았다.

또한 정치사에 편중됨이 없이 천문 지리를 비롯해 경제 · 예술 · 철학에 이르기까지 자연과 인간 전체를 대상으로 삼았다.

세계를 대상으로 한 사마천의 이러한 관심과 기술 태도는 쉽게 오늘날의 백과사전과 같은 양상을 띠지만, 사마천은 한 걸음 더 나아가 백과사전을 역사서로 정립해 낸 것이다.

◆ 구성

사마천은 우선 '세계'를 구상한 다음, 인간을 그 주역으로 파악했다. 이 때문에 그의 독특한 서술 방식인 기전체가 탄생했으며, '인간학의 백과사전'이라는 별칭이 《사기》에 부여되었던 것이다. 또한 기전체는 《춘추》의 편년체와 함께 중국 정사 기술의 규범이 된다. 기전체란 곧 《사기》의 〈본기(本紀)〉와 〈열전(列傳)〉을 요약해 명명된 것이다.

《사기》 1백 30권은 〈본기〉 12권, 〈서(書)〉 8권, 표(表) 10권, 〈세가(世家)〉 30권, 〈열전〉 70권의 5부로 되어 있으며, 총 52만 6천 5백 자로서 그 구성 의도를 〈태사공 자서〉에서 인용하면 다음과 같다.

'천하에 흩어진 옛 기록을 망라하여 역대 왕조며 왕자들의 흥망 성쇠를 시종일관 관찰함으로써 사실(史實)에 입각, 고찰 논증하니, 대충 삼대(三代)를 추정하여 기술하고, 진나라와 한나라를 기록하되 위로는 황제 헌원(軒轅)으로부터 시작하여 아래로는 현재에 이르기까지 12본기를 지었다. 이미 조리를 세워 적어 두었으나 혹은 시대가 같은 것도 있고, 다른 것도 있어서 연차가 확실하지 못하므로 10표(表)를 만들었다. 또 시대에 따라 예악이 줄어들고 늘어난 것과 율력이 개역된 것, 병권 · 산천 · 귀신 · 천인 · 인사가 시세의 변화에 따라 폐해지는 것을 살피고, 세상의 변화에 적응해 나가는 내용으로 8서를 만들었다. 28수(宿)는 북두칠성을 향해 돌고, 30개의 바퀴살은 한 개의 바퀴통을 향하고 있어 그 운행이 무한하다.

지금 보필하는 고굉의 신하들을 이에 비유하여, 충신으로 도를 행하며 주상(主上)을 받들고 있는 상황에 대해 30세가를 지었다. 의를 북돋우고 재기가 출중하여 시기를 놓치지 않고 공명을 천하에 떨친 사람에 대해서는 70열전을 지었다.'

그러나 현재 우리가 알고 있는 《사기》는 10권 정도가 모자라는 것으로, 사마천이 처음부터 쓰지 않았는지, 초고만으로도 탈고를 못한 것인지, 아니면 탈고 후에 유실된 것인지 정확하지 않다. 또한 1백 30권 속에는 사마천의 원작이 아니라 후세에 보완된 것으로 추정되는 부분이 10권 가량 있으나 중국의 고서가 대부분 그렇듯이 그 한계를 명확히 알 수는 없다. 그러나 《사기》가 일찍부터 고쳐 쓰여지고, 보완된 것만은 분명하다.

◆ 사상

사마천은 세계 역사를 정치의 역사로 보아 정치적 인간이 역사와 세계의 동력(動力)이라고 믿었기 때문에 사마천이 설정한 역사의 무대 위에서 연출되는 것은 정치의 와중에서 생존해 나가는 현실적인 인간들이다. 먼저 이러한 인간의 파악이 〈세계〉를 기술하기 위한 전제가 된 것이다. 그것은 또한 그의 시대가 강렬히 풍기는 관료주의의 냄새를 경멸하는 동시에 개인의 주체성을 한껏 펼 수 있었던 전국 시대의 위인들에게 향수를 느끼는 것으로 표현된다. 《한서(漢書)》에는 〈열전〉에 실려 있는 항우(項羽)가 《사기》에서는 〈본기〉의 위치를 차지하고 있는 것 역시 그러한 이유일 것이다.

《사기》에 일관된 기조는 기성 관념에서 벗어나 인간을 직시하는 이러한 현실주의 정신으로서 이 정신은 가치관의 다양성으로 하여 더욱 표면화된다. 이러한 사마천의 자유로운 가치 판단은 역사를 항상 복안적으로 보는 그의 관점과 융화함으로써 개별적인 사실들을 항상 전체와 연관시키고 있다.

다시 말해 《사기》는 역사와 함께 서로 관계를 맺으며 부침하는 인간을 기록하였다는 데에 그 가치가 있다.

◆ 집필

사마천이 《사기》를 집필한 무렵에는 '천하에 남아 있는 서적과 옛 기록은 빠짐없이 사관 앞으로 모여졌다'고 《태사공자서》에서는 말한다. 사마천은 우선 이것을 읽는데 굉장한 시간과 노력을 쏟아야만 했다. 그는 먼저 진제국(秦帝國)의 연대기부터 읽어 나갔으며 이어 한제국의 기록에도 손을 뻗쳤다.

당시만 해도 종이는 아직 없었고, 간혹 명주에 글을 쓰기는 했지만 너무 비싸서 기록용으로는 적당하지 않았다. 따라서 죽간이나 목간이라는 길이 30센티 남짓한 가느다란 대나무나 나무토막에 글을 써서는 그것을 말아서 책을 만들어야 했다. 따라서 기록을 읽거나 쓴다는 것은 여간 힘든 일이 아니었다.

그러나 그는 쉬지 않고 기록을 파헤치는 한편 오경박사(五經博士)를 직접 찾아다니며 부지런히 사료를 거두어들여 자료가 정리되는 대로 착수하였고, 그와 같은 집필, 자료 외의 난관까지 극복하여 마침내 대저서 《사기》의 완성을 이룩하기에 이른 것이다.

◆ 열전

《사기》의 압권은 역시 전권의 반 이상을 차지하는 대하 인간 드라마 〈열전(列傳)〉이라고 할 수 있다. 제1의 〈백이(伯夷)〉에서 제70의 〈태사공〉에 이르는 70장의 〈열전〉에 등장하는 인물은 한 마디로 말해 각양각색이다. 한 시대를 말 위에서 보내는 장군들이 있는가 하면 황제의 걱정거리를 웃음으로 날려 보내는 난쟁이 배우가 있다. 선인과 악인, 인(仁)과 불인(不仁), 사술과 충성이 서로 얽혀 움직이는 인간 관계의 추적, 그것이 곧 〈열전〉을 시종 일관하는 주제이다.

그러나 〈열전〉은 단순한 인간 서술로 끝나는 것이 아니다. 여기에 2천 년에 걸쳐 《사기》가 읽히는 비결이 있는 것이다. 그 열쇠는 '표제명'과 '서술 방식'에 있다.

각 표제명과 그에 따른 서술 방식은 하나같이 사마천의 치밀한 배려하에 놓여 있다. 이를테면 그것들을 人名(伯夷), 合名(老莊申韓), 國名(朝鮮), 爵名(魏其武安侯), 類名(刺客) 등으로 되어 있는데, 이들 표제명이 주역 인물임에는 틀림이 없지만 내용에 있어서는 반드시 그렇지만도 않은 것이 특징이다.

예컨대, 〈맹자순경〉의 경우 맹자에 관한 부분은 극도로 생략되어 있으며, 오히려 방계 인물인 삼추자(三鄒子)의 이야기가 더 상세할 정도이다. 그러면서도 사마천이 맹자를 표제로 내세운 것은 맹자로 상징되고 대표되는 '덕'의 강조 때문이자, 그 덕을 표방함으로써 전개되는 인생에의 음미를 알리기 위해서인 것이다.

그런가 하면 〈관안〉에서는 관중과 포숙의 우정 관계가, 〈손자오기〉에서는 손빈과 방연의 악연이 묘파된다. 또한 한제국의 지주사상이 도교에서 유교로 넘어가는 과정은 〈유림〉의 '원고생과 황생의 혁명 논쟁'으로 처리되고, 그에 따른 별도의 도가 열전을 마련하지 않음으로써 가치의 경중을 은연중에 암시한다.

특히나 〈열전〉은, 주역이나 선, 혹은 힘 같은 것만이 역사의 추진자가 아니란 것을 명쾌하게 갈파한다. 즉 〈순리〉·〈혹리〉·〈유협〉·〈영행〉·〈골계〉·〈일자〉·〈자객〉 등에 등장하는 역사의 막후 인물들을 통해 역사란 또한 이들 조역자나 무력한 자, 혹은 악이 모두 함께 어울려 형성하는 것임을 증언해 준다.

또한 〈열전〉이 백이와 숙제의 '유심론'에서 화식(貨殖)의 '유물론'으로 끝나는 것을 주목하는 견해도 있으나, 그보다는 2천 년 전에 이미 '경제'를 역사의 한 요인으로 파악해 별도의 한 장을 만든 사마천의 탁견을 음미해야 할 것이다.

그리고 중국 고대사의 이채로운 꽃이랄 수 있는 식객(食客)에 대해선 따로 〈열전〉과 함께 풍환이 등장하는 〈맹상군〉에 자세히 기록하고 있다.

◆ 주석

고전의 대부분이 그러하듯《사기》역시 사마천의 원저가 최초의 형태와 내용을 보존한 채 현재에 이른 것은 물론 아니다. 〈태사공 자서〉에 따르면, 《사기》는 '정본과 부본 둘이 있었는데, 정본은 명산(名山)에 숨겨 두어 만일에 대비했고, 부본은 경사(京師)에 두어 후세의 군자를 기다렸다' 고 한다. 한대에도 《사기》를 공부하고 베끼는 사람들이 있어, 자주 옮겨지는 동안 대나무의 가죽끈이 끊어지기도 하고 혹은 대나무 조각 그 자체가 더러워지거나 분실되거나 해서 차차 유실되고 뒤바뀐 것이 생겼을 것이다. 1백 30권 가운데 벌써 한대에 〈효경 본기(孝景本紀) 제11〉, 〈효무 본기(孝武本紀) 제12〉를 비롯해서 〈예서(禮書)〉·〈악서(樂書)〉·〈병서(兵書, 지금의 율서(律書)〉 등 3서(書)와 연표·세가·열전 등에서 모두 10권 가량이 그 전부 혹은 일부분이 없어져서, 저소손(褚小孫)이 이를 새로이 보완했다고 전해지고 있다.

《사기》의 현존하는 가장 오랜 주석서(主釋書)는 남조 송나라 배인(裵駰)이 찬술한 《사기집해(史記集解)》 1백 30권이다. 사마천 시대에서 약 6백 년이 경과한 이 시대엔 《사기》가 상당히 널리 읽혀졌던 모양으로, 빠지고 뒤섞인 부분과 베낄 때 잘못 베낀 부분 등을 통일하는 주석서가 필연적으로 요구되었던 것 같다. 수·당대에는 종이에 쓴 《사기》가 몇 종류 나타나서 사마정(司馬貞)이 《사기집해》를 참고로 《사기색은(史

記索隱)》 30권을 썼고, 또 《삼황 본기(三皇本紀)》를 보충한 다음 직접 여기에 주석을 붙였다. 또한 장수절(張守節)이 《사기정의(史記正義)》의 1백 30권을 저술했는데, 이 《색은》과 《정의》가 세상에 나옴으로써 현재의 《사기》가 이루어졌다고 한다 — 이상을 세칭 〈사기삼주본(史記三注本)〉이라 한다.

그 뒤의 주석서와 연구서로는 송나라 홍매(洪邁)의 《사기법어(史記法語)》 8권, 누기(婁機)의 《반마자류(班馬字類, 일명 史漢子類)》 5권, 명나라 능치륭(凌稚隆)의 《사기평림(史記評林)》 1백 30권이 있는 바 《사기평림》은 명나라 때 거의 《사기》의 정본으로 인정되었고, 그 뒤 청나라 때에도 별다른 이견이 없어 왔다.

3. 우리말 번역에 대하여

이 《사기 열전》은 원래 하남(河南) 최인욱(崔仁旭) 선생이 1965년, 열전 70편 중에서 22편만을 초역(抄譯) 발간한 것을 바탕으로 하여 편집 과정 중의 오식(誤植) 정도만 수정하고, 아직 번역되지 않은 나머지 48편을 국역하여 하나의 완역본으로 만든 것이다.

하남 선생은 일찍이 우리 문학에 향토성 짙은 단편 소설과,

《초적》·《만리장성》·《임꺽정》 등 역사 소설의 새 경지를 개척한 노작들을 남겨 놓았거니와, 대학의 강단에서 국문학을 강의하며 소설을 집필하는 틈틈이 중국 문학의 번역에도 손을 대 《고문진보》·《유제지이》 등 우리말 번역본을 세상에 내놓았고, 《사기 열전》 역시 비록 초역이기는 하지만 하남 선생의 역본이 가장 먼저 나왔던 것으로 알고 있다. 그 이후 20년이 지난 현재까지도 발췌된 번역본이나 그 일부를 재편집한 《사기》의 국역판 등이 발간될 뿐이었으므로 완역본으로는 이 책이 처음 출판되는 셈이다.

언젠가는 선생의 손으로 《사기 열전》의 완역본이 나올 것으로 기대하고 있던 차에 선생의 타계로 인하여 그 기대가 무산되었음을 안타까워해 왔었는데, 이제 선생이 못다한 부분을 번역하여 이미 번역된 부분과 합쳐 한 권의 완역본으로 내놓게 되니, 스스로 부끄러워지는 한편 다행하게 여겨지기도 하는 것이다.

참고로 하남 선생 국역분과 《사기》 세목을 아래와 같이 적어 둔다.

◆ 하남 선생의 국역 부분

백이 열전(伯夷列傳) 제1, 관안 열전(管晏列傳) 제2, 노장·신한 열전(老莊申韓列傳) 제3, 사마양저 열전(司馬穰?列傳) 제4, 상군 열전(商君列傳) 제8, 소진 열전(蘇秦列傳) 제9, 장의 열전(張儀列傳) 제10, 맹자·순경 열전(孟子荀卿列傳) 제14, 맹상군 열전(孟嘗君列傳) 제15, 굴원·가생 열전(屈原賈生列傳) 제24, 여불위 열전(呂不韋列傳) 제25, 자객 열전(刺客列傳) 제26, 이사 열전(李斯列傳) 제27, 몽염 열전(蒙恬列傳) 제28, 장이·진여 열전(張耳陳餘列傳) 제29, 위표·팽월 열전(魏豹彭越列傳) 제30, 경포 열전(鯨布列傳) 제31, 계포·난포 열전(季布欒布列傳) 제40, 편작·창공 열전(扁鵲倉公列傳) 제45, 이장군 열전(李將軍列傳) 제49, 조선 열전(朝鮮列傳) 제55, 사마상여 열전(司馬相如列傳) 제57, 이상 22편.

◆ 사기세목

본기 — 삼황 본기(三皇本紀, 司馬貞 補遺), 오제 본기(五帝本紀) 제1, 하 본기(夏本紀) 제2, 은 본기(殷本紀) 제3, 주 본기(周本紀) 제4, 진 본기(秦本紀) 제5, 진시황 본기(秦始皇本紀) 제6, 항우 본기(項羽本紀) 제7, 고조 본기(高祖本紀) 제8,

여후 본기(呂后本紀) 제9, 효문 본기(孝文本紀) 제10, 효경 본기(孝景本紀) 제11, 효무 본기(孝武本紀) 제12, 이상 12편.

표 — 3대세표(三代世表) 제1, 12제후연표(十二諸侯年表) 제2, 6국표(六國表) 제3, 진초지제월표(秦楚之際月表) 제4, 한흥이래제후연표(漢興以來諸侯年表) 제5, 고조공신후연표(高祖功臣侯年表) 제6, 혜경문후제연표(惠景間侯諸年表) 제7, 건원이래후자연표(建元以來侯者年表) 제8, 건원이래왕자후자연표(建元已來王者侯者年表) 제9, 한흥이래장상명신연표(漢興以來將相名臣年表) 제10, 이상 10편.

서 — 예서(禮書) 제1, 악서(樂書) 제2, 율서(律書) 제3, 역서(曆書) 제4, 천관서(天官書) 제5, 봉선서(封禪書) 제6, 하거서(河渠書) 제7, 평준서(平準書) 제8, 이상 8편.

세가(世家) — 오태백세가(吳太伯世家) 제1, 제태공세가(齊太公世家) 제2, 노주공세가(魯周公世家) 제3, 연소공세가(燕召公世家) 제4, 관채세가(管蔡世家) 제5, 진기세가(陳杞世家) 제6, 위강숙세가(衛康叔世家) 제7, 송미자세가(宋微子世家) 제8,

진세가(晉世家) 제9, 초세가(楚世家) 제10, 월왕구천세가(越王句踐世家) 제11, 정세가(鄭世家) 제12, 조세가(趙世家) 제13, 위 세가(魏世家) 제14, 한세가(韓世家) 제15, 전경중완세가(田敬仲完世家) 제16, 공자세가(孔子世家) 제17, 진섭세가(陳涉世家) 제18, 외척세가(外戚世家) 제19, 초원왕세가(楚元王世家) 제20, 형연세가(荊燕世家) 제21, 제도혜왕세가(齊悼惠王世家) 제22, 소상국세가(蕭相國世家) 제23, 조상국세가(曹相國世家) 제24, 유후세가(留侯世家) 제25, 진승상세가(陳丞相世家) 제26, 강후주발세가(絳侯周勃世家) 제27, 양효왕세가(梁孝王世家) 제28, 오종세가(五宗世家) 제29, 삼왕세가(三王世家) 제30, 이상 30편.

사기관계 연표(史記關係年表)

서주(西周)

1100년경 무왕(武王)이 은나라를 멸하고 주나라를 세우다. 백이(伯夷) · 숙제(叔齊)가 수양산에서 굶어 죽다.

841년 여왕(厲王)이 폭정을 하므로 국민이 왕을 추방하고 공화백(共和伯)의 정치를 하다. 《사기》에서는 이때부터 연표를 시작하고 있다.

춘추시대(春秋時代)

770년 평왕(平王)이 태융(太戎)에게 쫓겨 동부의 낙읍으로 도읍을 옮기다.

722년 공자(孔子)가 만든 역사서 《춘추》는 이 해부터 시작된다(481년).

685년 제나라에 환공(桓公)이 즉위하고 관중(管仲)이 재상이 되다.

681년 제환공이 노장공(魯莊公)과 가(柯)에서 회맹하고 조말(曺沫)에게 협박당하여 영토를 반환하다.

679년 제환공이 패자(覇者)가 되다.

645년 관중이 죽다.

643년 제환공이 죽다.

638년 송양공(宋襄公)이 초나라를 위해 사양하다가 홍(泓)에서 패전하다.

636년 진(晉)나라에 문공(文公)이 즉위하다.

632년 진문공이 제후와 함께 초나라 군을 성복(成濮)에서 격파하다. 문공은 제후와 천토(踐土)에서 회맹하고 패자가 되다.

623년 진목공(秦穆公)이 서융의 패자가 되다.

602년 황하(黃河)의 흐름이 이동하다.

598년 초장왕(楚莊王)이 제후와 신릉(辰陵)에서 회맹하고 패자가 되다.

585년 오나라에 수몽(壽夢)이 즉위하다.

579년 송나라 대부 화원(華元)이 진나라 · 초나라 사이를 왕래하며 평화 공작을 하다.

551년 공자가 노나라에서 태어나다.

547년 제나라에 경공(景公)이 즉위하여 사마양저(司馬穰苴)를 등용하다.

543년 자산(子産)이 정나라의 집정(執政)이 되다.

539년 제나라 안영(晏嬰)이 사자로 진나라에 가다.

522년 초나라 오자서(伍子胥)가 오나라로 망명하다.

515년 오나라 합려(闔廬)가 전저(專諸)에게 왕 요(僚)를 죽이게 하고 즉위하다.

510년 오나라가 처음으로 월나라를 공격하다.

496년 월왕 구천(句踐)이 오나라 군을 격파하다. 오왕 합려는 부상을 당해 죽고 부차(夫差)가 이어 즉위하다.

494년 오왕 부차가 월왕 구천을 격파하고 회계산에 유폐시키다.

484년 오자서가 자살을 명령받다.

482년 오왕 부차가 황지(黃池)에서 중원의 제후와 회맹하다.

479년 공자가 죽다.

473년 월왕 구천이 오나라를 멸하고 패자가 되다. 구천을 도운 범려(范蠡)가 월나라를 떠나다.

453년 진나라의 한(韓)·위(魏)·조(趙) 3가(家)의 지백(智伯)을 멸하고 그 땅을 삼분하다〔三晉〕.

446년 위나라에 문후(文侯)가 즉위하다(397년 재위). 오기(吳起)를 서주의 태수에 임용하다. 이리(李悝)에게 《법경(法經)》을 만들게 하다.

전국시대(戰國時代)

403년 한·위·조 3가가 주왕(周王)에 의해 제후에 봉해지다.

397년 섭정(聶政)이 한나라 재상 겹루(俠累)를 죽이다.

390년 이 무렵 맹자(孟子)가 태어나고, 묵자(墨子)가 죽다.

386년 제나라의 전화(田和)가 제후에 봉해지다.

381년 위나라에서 초나라로 망명해 온 오기가 죽음을 당하다.

370년 위나라에 혜왕(惠王)이 즉위하다(319년 재위).

361년 위나라가 안읍에서 대량으로 천도하다(이로부터 魏

를 梁으로 칭하기도 한다).

359년 진효공(秦孝公)이 상앙(商鞅)을 등용하여 변법(變法)을 실시하다.

341년 위나라가 제나라의 손빈(孫臏) 등에 의해 마릉에서 대패하다.

338년 상앙이 진나라에서 처형되다.

337년 한나라 재상 신불해(申不害)가 죽다.

333년 소진(蘇秦)은 합종(合縱)을 성립시키고 6국의 재상을 겸하다.

328년 장의(張儀)가 연횡(連衡)을 주창하고 진나라의 재상이 되다.

326년 조나라에 무령왕(武靈王)이 즉위하다(299년 재위).

320년 제위왕(齊威王, 357년 재위)이 죽고 선왕(宣王, 301년 재위)이 즉위하다.

309년 진나라가 저리자(樗里子)와 감무(甘茂)를 승상에 등용하다.

307년 진나라에 소양왕(昭襄王, 251년 재위)이 즉위하여 위염(魏冉)을 장군에 임명하다.

299년 제나라 맹상군(孟嘗君)이 재상이 되려고 진나라에 가다(이듬해 귀국).

298년 조나라 혜문왕(惠文王)이 동생 승(勝)을 평원군(平原君)에 봉하다.

293년 진나라 백기(白起)가 한나라 · 위나라 군과 싸워 이궐(伊闕)에서 대승하다.

291년 진나라가 위염을 재상으로 하다.

284년 연나라 장군 악의(樂毅)는 제나라를 치고 도읍인 임치를 함락시키다.

283년 조나라 장군 염파(廉頗)가 제나라를 공격하다. 또 인상여(藺相如)가 진나라에 사신으로 갔다가 화씨벽을 보전하고 돌아오다.

279년 제나라 전단(田單)은 즉묵으로부터 연나라의 침략지를 탈환하다.

278년 초나라 굴원(屈原)이 멱라에서 죽다.

276년 위나라 안회왕(安釐王)이 동생 무기(無忌)를 신릉군(信陵君)에 봉하다.

270년 조나라 장군 조사(趙奢)가 진나라군을 격퇴하고 마군복(馬君服)에 봉해지다. 범수(范雎)가 진나라에서 원교근정책(遠交近政策)을 가르치다.

265년 평원군이 조나라 재상이 되다.

262년 초나라가 황헐(黃歇)을 재상으로 하고 춘신군(春申君)에 봉하다.

260년 진나라 백기가 장평에서 조나라 군에 대승하다.

257년 진나라 군이 조나라 도읍 한단을 포위하고 노중련(魯仲連)이 조나라로 오다. 평원군의 요청으로 위나라 신릉군과 초나라 춘신군이 한단의 포위를 풀다.

255년 진나라가 범수를 물러나게 하고 채택(蔡澤)을 승상에 임명하다.

249년 진나라에 장양왕(莊襄王)이 즉위하고 여불위(呂不韋)가 상국이 되다. 진나라가 주나라를 완전히 멸망시키다.

247년 진나라 태자 정(政)이 즉위하다(시황제). 이사(李斯)가 진나라로 가다.

244년 조나라가 이목(李牧)을 장군으로 하여 연나라를 공격하다.

243년 위나라 신릉군이 죽다.

238년 초나라 춘신군이 죽임을 당하다.

236년 진나라 장군 왕전(王翦)이 조나라를 공격하다.

235년 진나라 여불위가 자살하고, 이 무렵 순자(荀子)가 죽다.

233년 한비(韓非)가 진나라로 가서 죽임을 당하다.

230년 한나라가 진나라에게 멸망당하다.

228년 진나라 왕전이 조나라 한단을 함락시키다(조나라는 222년에 완전히 멸망했다).

227년 연나라 태자 단(丹)이 형가(荊軻)를 시켜 진왕 정(政)을 척살하려다 실패하다.

225년 위나라가 진나라에 멸망되다.

223년 초나라가 진나라에 멸망되다.

진(秦)

221년 진나라는 제나라를 멸하고 천하를 통일하다.

215년 몽염(蒙恬)을 파견하여 흉노를 토벌시키다.

214년 몽염이 하남(河南, 오르도스) 땅을 약정해 만리장성을 쌓다.

210년 시황제가 순행 도중에 죽다. 몽염이 죽임을 당하다.

209년 진승(陳勝)과 오광(吳廣)이 반란을 일으키다. 항우(項羽)와 유방(劉邦)이 병(兵)을 일으키다.

208년 진여(陳餘)와 장이(張耳)가 조알(趙歇)을 조왕으로 삼다. 전담(田儋)이 제왕이 되어 전사하다. 위표(魏豹)가 위왕이 되다. 이사가 진나라에서 죽임을 당하다.

한(漢)

206년 유방이 진왕 자영(子嬰)의 항복을 받고 관중으로 들어가다. 진나라가 멸망되다. 항우는 서초의 패왕이라 칭하고, 유방은 한중왕에 봉해지다.

205년 유방이 한중에서 북상하여 항우 토벌군을 일으키다. 한나라의 일족인 신(信)이 한왕이 되다. 선곡(宣曲)의 임씨(任氏)가 이 전란에 편승하여 미곡을 은닉하여 큰 이익을 얻다.

204년 한신(韓信)이 조나라 군을 대패시키다. 역이기(酈食其)가 제나라를 설득하여 항복시키다.

203년 한신은 제왕에, 경포(鯨布)는 회남왕에 봉해졌다.

202년 항우가 해하(垓下)에서 포위되어 자결하다. 팽월(彭越)이 양왕에 봉해지다. 유방이 제위에 올라(고조) 한나라를 세우다. 노관(盧綰)이 연왕에 봉해지다.

201년 숙손통(叔孫通)이 조의(朝儀)를 제정하다.

200년 고조가 흉노를 쳐 묵특 선우에게 포위되다. 유경(劉敬)의 진언에 따라 도읍을 정하다.

196년 한신, 팽월이 살해당하다.

195년 경포가 모반을 일으켜 패사하다. 고조가 죽다.

193년 소하(簫何)가 죽다.

189년 장량(張良), 번쾌(樊噲)가 죽다.

188년 혜제(惠帝)가 죽고, 여후(呂后)가 실권을 장악하다.

180년 여후가 죽자 진평(陳平) · 주발(周勃) 등이 여씨 일족을 죽이고 고조의 아들을 제위에 오르게 하다〔文帝〕. 역상(酈商)이 죽다.

175년 관영(灌嬰)이 태위(太尉) 되다.

177년 장석지(張釋之)가 정위(廷尉)가 되다.

175년 등통(鄧通)에게 촉나라의 동산(銅山)을 주어 돈을 주조케 했다. 괴성후(蒯成侯) 주설(周緤)이 죽다.

174년 회남왕(淮南王) 장(張)이 반란을 일으켜 패사하다. 가의(賈誼)가 치안책을 세우다.

172년 하후영(夏侯嬰) 등공(縢公)이 죽다.

169년 조착(晁錯)이 흉노족의 제압책을 진언한다.

166년 흉노족의 침입이 심해져 장안 근처까지 오다.

162년 승상 장창(張蒼)이 물러나고 신도가(申屠嘉)가 승상이 되다.

157년 문제(文帝)가 죽고 경제(景帝)가 즉위하다.

155년 조착이 어사대부가 되다.

154년 오왕(吳王) 비(濞)가 주창하여 오 · 초 7국의 난이 일어나지만 주아부(周亞夫)에게 평정되다. 조착이 살해되다. 원앙(袁盎)이 봉상(奉常)이 되다.

152년 장창이 죽다.

150년 질도(郅都)가 제남 태수에서 중앙에 들어와 중위가 되다.

145년 이 무렵 사마천(司馬遷)이 태어나다. 난포(欒布)가 죽다.

143년 위관(衛綰)이 승상이 되다.

141년 경제가 죽고 무제(武帝)가 제위를 계승하다.

140년 위관 대신에 위기후(魏其侯) 두영(竇嬰)이 승상이 되다.

139년 장건(張騫)이 사자가 되어 서역으로 파견되다.

136년 동중서(董仲舒)의 헌책에 따라 오경박사를 두다.

135년 전분(田蚡)이 승상이 되고 한안국(韓安國) 장유(莊孺)가 어사대부가 되다.

131년 장숙(張叔)이 어사대부가 되다.

130년 사마상여(司馬相如) 등을 파견하여 서남이를 초무하다. 장탕(張湯) 등이 율령을 제정하다.

129년 북변에 침입한 흉노를 위청(衛青)이 격퇴하다.

127년 제후왕(諸侯王)이 자제를 봉할 것을 허락하다. 위청이 흉노를 치고 하남 땅을 빼앗아 삭방군을 두다. 주보언(主父偃)이 살해당하다.

126년 장건이 서역에서 귀국하다.

124년 공손홍(公孫弘)이 승상이 되다. 석분(石奮)이 죽다.

121년 곽거병(霍去病)이 흉노를 토벌하여 혼야왕(渾邪王)이 항복하다.

119년 염철(鹽鐵)의 전매를 실시, 장군 이광(李廣)이 자결하다.

117년 곽거병 · 사마상여가 죽다.

111년 남월을 평정하여 9개 군을 두다.

108년 서역의 고사와 누란을 치다. 위씨 조선(衛氏朝鮮)을 멸하고 4개 군을 두다.

104년 이광리(李廣利)가 장군이 되어 대원을 쳤으나 실패하다. 이무렵 동중서가 죽다.

102년 이광리가 다시 대원을 정벌하여 항복시키다.

100년 소무(蘇武)가 사자로 흉노로 가서 억류되다.

99년 이릉(李陵)이 이광리의 별장(別莊)이 되어 흉노를 치고 포로가 되다. 사마천은 이것을 변호하여 그 다음해, 궁형에 처해진다.

91년 무고(巫蠱)의 난이 일어나 위황후(衛皇后) · 위태자(衛太子)가 자살하다.

89년 무제가 조서를 내려 서역의 둔전을 폐지하다.

87년 무제가 죽고 소제(昭帝)가 즉위하다.

86년 이 무렵, 사마천이 죽다.

김영수
• 조도전(早稻田) 대학 전문부 정경과와 동국대 국문과 졸업.
• 홍익대 · 충남대에서 국한문학을 가르침.
• 주요 작품 : 《동양의 지성》, 《중국의 고사》.
• 역서 : 《첨원집》, 《실학총서》

최인욱
• 해인불전을 거쳐 일본 대학 종교과 졸업.
• 의대 · 중앙대에서 국문학을 가르침.
• 주요 작품 : 《임거정》, 《만리장성》, 《초적》 등.
• 역서 : 《고문진보》, 《요제지이》 등.

밀레니엄북스 80

사기 열전 3

초판 1 쇄 발행 | 2006년 5월 15일
초판 3 쇄 발행 | 2010년 1월 25일

지은이 | 사마천
역 해 | 김영수, 최인욱
펴낸이 | 신원영
펴낸곳 | (주)신원문화사
책임 편집 | 최광희

주 소 | 서울시 영등포구 당산동 121-245 신원빌딩 3층
전 화 | 3664 – 2131~4
팩 스 | 3664 – 2130

출판등록 | 1976년 9월 16일 제5 – 68호

* 잘못된 책은 바꾸어 드립니다.

ISBN 89 – 359 – 1351 – 0 04820
89 – 359 – 1348 – 0 (세트)